大秦帝國

THE QIN EMPIRE

2019年全新修订版

帝国烽烟

孙皓晖 SUN HAO HUI 著

中信出版集团 | 北京

图书在版编目（CIP）数据

大秦帝国．帝国烽烟 / 孙皓晖著．-- 北京：中信出版社，2019.5（2024.7 重印）
ISBN 978-7-5086-9897-7

I. ①大… II. ①孙… III. ①长篇历史小说－中国－当代 IV. ① I247.5

中国版本图书馆 CIP 数据核字（2019）第 002864 号

大秦帝国 · 帝国烽烟
著者：　孙皓晖
出版发行：中信出版集团股份有限公司
（北京市朝阳区东三环北路 27 号嘉铭中心　邮编　100020）
承印者：　河北鹏润印刷有限公司

开本：880mm × 1230mm　1/32　印张：18.5　字数：477 千字
版次：2019 年 5 月第 1 版　印次：2024 年 7 月第 5 次印刷
书号：ISBN 978–7–5086–9897–7
定价：88.00 元

献给中国原生文明的光荣与梦想

赳赳老秦　共赴国难

中国文明正源的强势生存

——序长篇历史小说《大秦帝国》

一

大秦帝国是中国文明的正源。

大秦帝国所处的时代是中国五千年文明史中最重要的一个时代。

不幸的是，作为统一帝国的短促与后来以儒家观念为核心的官方意识形态的刻意贬损，秦帝国在“暴虐苛政”的恶名下几乎湮没在历史的沉沉烟雾之中。有限史料所显示的错讹断裂且不必论，明清小说《东周列国志》《二十四史演义》等通俗史话作品，对秦帝国的描述更是鲁莽灭裂，放肆亵渎，将这段历史涂抹得狰狞可怖面目全非。这种荒诞的史观，非但是官方正统意识形态的形象化，而且流布民间，形成了中国民众源远流长的“暴秦”口碑。事实上，对于酷爱说古道今的中国老百姓而言，话本小说、评书戏剧、民间传说等对民众意识所起到的浸润奠基作用，远远大于晦涩难懂的史书。两千年来，在对秦帝国的描绘评判中，旧的正统意识形态与旧的民间艺术异曲同工，或刻意贬损，或肆意涂抹，悠悠岁月中众口铄金，中国文明正源的万丈光焰竟然离奇地变形了。

这是中国历史的悲剧，也是中国文明的悲剧——一个富有正义感与历史感的民族，竟将奠定自己文明根基的伟大帝国硬生生划入异类而生猛挞伐！

悲剧的深远阴影正在随着历史的进步而渐渐淡化，儒家式的恶毒咒骂也已经大体终止了。但是，国人乃至世界对秦帝国的了解，依然朦胧混沌。尽管万里长城、兵马俑、郡县制、度量衡以至我们每日使用的方块字（请注意，人们叫它“汉字”），都实实在在地矗立在那里，人们观念的分裂却依旧如斯。

秦为何物？老百姓还是不甚了了。即或在知识阶层，能够大体说叨秦帝国来龙去脉与基本功绩的，也是凤毛麟角。

于是，就有了将秦帝国说叨清楚的冲动。

在漫长艰苦的写作中，这种冲动已经慢慢淡了下来，化成一个简单的愿望——将事实展现出来，让人们自己去判断。

虽然如此，还是想将研究与写作过程中形成的一些基本思想大体说说，给读者与研究家们提供些许谈资，以做深究品评。

二

通常意义上，“帝国”是一个历史概念。它一般包含三个基本特征：其一，统一辽阔的国土（小国家没有帝国）；其二，专制统治或高度集权（民主制没有帝国）；其三，强大的军事扩张（无扩张不成帝国）。秦在这三个方面都表现得极为鲜明，可算是典型的古典帝国，而不是一个普通的王朝。

所以，这部描述秦兴亡生灭过程的长篇历史小说，就叫了《大秦帝国》。

秦之作为大帝国，略早于西方的罗马帝国，但大体上是同时代的。在古朴粗犷的铁器农耕时代，大秦帝国与西方罗马帝国一起，成为高悬于人类历史天空的两颗太阳，同时成为东西方文明的正源。但是，大秦帝国与罗马帝国的历史命运却是截然不同的。这里有两个基本方面特别值得注意：其一，秦帝国统一大政权存在的时间极短，只有十五年；而罗马帝国却有数百年大政权的历史。其二，秦帝国创造的一整套统一国家体制与文明体系，奠定了中国文明的根基，而且绵延不断地流传了下来；具有数百年历史的罗马帝国，却在历史更替中变成了无数破碎的裂片，始终未能建立一脉相承的统一文明。

一个是滔滔大河千古不废。一个是源与流断裂，莽莽大河化成了淙淙小溪。

历史命运的不同，隐寓着两种文明方式内在的巨大差异。详细比较研究这种差异，不是文学作品的任务。《大秦帝国》所展现的，只是这个东方大帝国的生灭兴亡史的形象故事。与罗马帝国的比较只是说明，秦帝国是一个具有世界意义的东方帝国，是创造了一整套不朽文明体系的大帝国。在整个人类文明史中，这样的大帝国是独一无二的。

这是我创作《大秦帝国》的信念根基。

我对大秦帝国有着一种神圣的崇拜。

三

先得说说那个伟大的时代与伟大的时代精神。

秦帝国兴亡沉浮的五百多年（从秦立诸侯国到帝国二世灭亡），是中国历史上最为自由奔放、充满活力的大黄金时代。用那个时候的话说，那是一个“礼崩乐坏，瓦釜雷鸣，高岸为谷，深谷为陵”的剧烈变化时代。用历史主义的话说，那是一个大毁灭、大创造、大沉沦、大兴亡，从而在总体上大转型的时代。青铜文明向铁器文明的转型，隶农贵族经济向自由农地主经济的转型，联邦制政体向中央统治政体的转型，使中华民族在那个时代达到了农业文明的极致状态。

这个辉煌转型的历史过程，就是秦帝国生灭兴亡的历史过程。

春秋战国孕育出的时代精神是全面竞争，强势生存。用当时的话说，就是“凡有血气，皆有争心”的“大争之世”。所谓大争，就是争得全面，争得彻底，争得漫长，争得残酷无情。春秋三百年左右的纷争组合，就像春水化开了河冰，打碎了古典联邦王国时代的窒息封闭，铁器出现、商业活跃、井田制动摇、天子权威削弱、新兴地主与士人阶层涌现，整个社会的生命状态大大活跃起来。于是，旧制度崩溃了，旧文化破坏了，像瓦罐一样卑贱的平民奴隶雷鸣般躁动起来，高高的山陵塌陷了，深深的峡谷竟然崛起为巍巍大山！进入战国，这种纷争终于演变为大争，开始了强势生存的彻底竞争。弱小就要灭亡，落后就要挨打，成为几乎没有任何缓冲的铁血现实。彻底地变法，彻底地刷新自己，成为每个邦国迫在眉睫的生存之道。由此引发的人才竞争赤裸裸白热化。无能的庸才被抛弃，昏聩的国君被杀戮，名士英才成为天下争夺的瑰宝，明君英主成为最受拥戴的英雄。名将辈出，大才如云，英主迭起。中华民族的所有文明支系都被卷进了这场全面彻底的大竞争之中！经济、政治、军事、文化、民俗，乃至生活方式，举凡社会生活的所有领域，都在这种大争之中碰撞出最灿烂的辉煌。战争规模最大，经济改革最彻底，权力争夺最残酷，政治生活最阳光，文化争鸣最激烈，民众命运与国家命运的联系最紧密，创造的各种奇迹最多，涌现的伟人最多……所有这些，都是后来的时代无法与之比肩的，甚至是无法想象的。

在这样的历史土壤中成长的秦帝国，是那个伟大时代强力锻铸的结晶。

秦帝国崛起于铁血竞争的群雄列强之林，包容裹挟了那个时代的刚健质朴、创新求实精神。她崇尚法制，彻底变革，努力建设，统一国家，统一文明，历一百六十余年六代领袖坚定不移地努力追求，才完成了一场最伟大的帝国革命，建立起一个强大统一的帝国，开创了一个全新的铁器文明时代，使中国农耕文明完成了伟大的历史转型。

作为时代精神汇集的大秦帝国，最集中地体现了那个时代中华民族的强势生存精神。中华民族的整个文明体系之所以能够绵延相续如大河奔涌，秦帝国时代开创奠定的强势生存传统起了决定性的作用。

这种强势生存精神，可以概括为六个基本方面：其一，彻底的不断的变法革命，以激发民众最旺盛的活力与国家最强大的实力为生存之本。“求变图存”，此之谓也。其二，对外部野蛮民族与愚昧文明的冲击，实行“强力反弹，有限扩张”的战略。其三，整合统一，霸气巍巍。其四，统一架构文明载体，使不同习俗的民族分支在同一文明载体下凝聚起来。其五，兼容并蓄，消解融会外部流入的不同文明。其六，崇尚法制，实行英才治国。

这种强势生存的基本精神，已经在中国文明的历史发展中一以贯之地表现了出来。否则，我们这个幅员辽阔人口众多的国度，根本不可能在统一文明中顽强地生存数千年而成为世界唯一。

大秦帝国又是中国历史上的一个黑洞，一个巨大的兴亡之谜。她只有十五年生命，像流星一闪，轰鸣而逝。

这巨大的历史落差与戏剧性的帝国命运中，隐藏了难以计数的神奇故事以及伟人名士的悲欢离合。他们以或纤细，或壮美，或正气，或邪恶，或英雄，或平庸的个人命运奏成了这部历史交响乐。帝国所编织的统一文明框架及其所凝聚的文化传统，今天仍然规范着我们的生活，构成了中华民族的巨大精神支柱。

这些，就是《大秦帝国》要用故事去表现的最基本内涵。

四

虽然我们没有忘记秦帝国，但却也淡漠了那个时代的勇气与创造力。

在这种民族精神衰退面前，欧洲人的复兴之路是我们的镜子。

当欧洲社会将要被中世纪的死海窒息时，欧洲人发动了文艺复兴，力图从古希腊与罗马帝国勃勃生气的文明中召回强大的生命力。历史没有辜负欧洲民族。正是古希腊与罗马帝国原生文明的光焰，摧毁了中世纪宗教领主文明的藩篱，引发了波澜壮阔的启蒙运动。一个新兴的资本阶级破土而出，开辟了人类历史的新纪元。

被尘封的历史竟然有如此巨大的力量？

原生文明是一个民族的根基。一个国家、一个民族，在她由涓涓溪流汇成澎湃江河的历史中，必然有一段沉淀、凝聚、升华、成熟的枢纽期。这个时代所形成的文化文明，如同一个人的生命基因，将永远以各种各样的方式影响或决定一个人的生命轨迹。这便是原生文明。各个民族对其原生文明的深刻反思，从来都是各个民族在各个时代发挥创造力的精神资源宝库。

当许多人在西方文明面前底气不足时，当我们的民族文明被各种因素稀释搅和得乱七八糟时，我们淡忘了大秦帝国，淡忘了那个伟大的时代，淡忘了向伟大的原生文明寻求“凤凰涅槃”的再生动力。

与西方原生文明相比，以秦帝国为最高峰的中国原生文明更加灿烂，更加伟大。

与中国春秋时代大体同步的古希腊文明，温和脆弱娇嫩。虽然开放得多姿多彩，却缺乏一种强悍的张力与坚韧的抵抗力。所以，在罗马军团的剑盾方阵面前倏忽崩溃灭亡。这是一个文胜于质的民族的必然悲剧。幅员辽阔的罗马帝国，则是铁马剑盾铸成的刚性社会。他没有汲取希腊文明融会改造自身，本民族又缺乏丰厚渊深的原生文明。所以，他在岁月侵蚀中无声无息地解体了。这是一个质胜于文的民族的必然悲剧。

大秦帝国则不然。她既创造了博大精深的统一文明体系，又具有强悍的生命张力与极其坚韧的抵抗力。自然条件的严酷、内部整合的激烈、野蛮部族的蚕食、强大外敌的入侵、意识形态的较量、各种文化的渗入，都远远未能撼动她的根基。秦帝国兴亡沉浮的五百多年中，华夏文明历经千锤百炼而炉火纯青，具有无可匹敌的独立性与稳定性。秦帝国时代创造的统一文明，使中国人在此后两千多年中历经坎坷曲折而没有亡国灭种。

我们可以骄傲地说，在这个地球上，只有中国人创造的原生文明在自己的国土上绵延不断地生存发展到今天！

这绝不是“地大物博，人口众多”所能解释的。

罗马帝国不大么？奥斯曼帝国不大么？拜占庭帝国不大么？一个一个，灰飞烟灭，俱成过眼烟云，这些帝国所赖以存在的民族群也都淹没消散到各个人类族群中去了……唯有中华民族，一个黄皮肤、黑头发、写方块字、讲单音节的族类，所建立的国家始终是以其原生文明为共同根基的国家。

还得感谢大秦帝国，我们那伟大的原生文明的最高峰时代。

还得感谢这种原生文明所蕴涵的奋争精神与生命张力。

这是在写作《大秦帝国》中经常涌动的骄傲与激情。

否则，我是无法坚持这么多年的。

五

从文学艺术的角度说，大秦帝国无疑是一个世界性题材。

这不仅仅在于秦帝国对中国统一文明的奠基作用。从文学艺术的角度讲，更重要的在于这个时代本身的故事性。中国原生文明的春秋战国时代是中国人心中的圣土。政治的、经济的、军事的、科学技术的、文学艺术的、法学的、哲学的、神秘文化的……举凡基本领域，那个时代都创造了我们民族在自然经济时代的最高经典，并当之无愧地进入了人类文化的最高殿堂。仅以战争规模论，秦赵长平大战，双方参战兵力总数超过一百万，秦歼灭赵主力大军五十余万（坑杀二十万）！如此战争规模，即或在当代也仍然放射着炫目的光彩而难以逾越。而创造这些奇迹的各种人物以及这些事件的曲折艰难，都构成了作家无法凭空想象的戏剧性故事。展现这些人物，展现这些故事，展现那些令人感慨唏嘘的历史血肉，是文学艺术的骄傲，是文学艺术的使命。

在中国元代以前，中国是世界文明中心，西方世界是当时的“周边文明”。秦帝国及其之后的一千余年，中国的强盛衰落总是居于世界的中心潮流，无不对世界其他文明发生着深远的冲击与影响。中国文明具有悠长内力的根源，在于秦帝国，而不是别的任何时代。从这一点说，帝国时代创造统一文明的过程与史诗般的兴亡幻灭，是当今世界具有最大开采价值的文化矿床。文学艺术对这段历史的开发，更具有特殊的意义和特殊的价值。因为只有文学艺术，才能形象地告诉人们，那个时代人的生命状态是何等饱满、何等昂扬、何等自信、何等具有进取精神！

六

遗憾的是，正面表现秦帝国时代的文学艺术作品始终没有问世。

虽然学力浅薄笔力不济，还是勉力上阵了。

时常觉得，不做完这件事情，我的灵魂将永远不得安宁。1993 年冬天进入案头工作以来，其中的艰难周折无须细说。完成一个大工程，种种艰难几乎都是必然会发生的，也只有硬着头皮不去理它了。

作为作者，我想告诉读者的一点，仍然是有关作品的一点儿体会。《大秦帝国》最艰难的是剪裁，也就是理出一个故事框架来。帝国时代是一个气象万千而又云遮雾罩的时代。浩瀚而又芜杂的典籍资料，无数令人不能割舍而又无所适从的故事与结局，常常使人产生遍地珍宝而又无可判断的茫然与眩晕。鲁迅先生曾感慨系之，说三国宜于做小说，而春秋战国不宜于做小说。其实质困难也许正在这里。以秦帝国为轴心主体，以帝国兴亡为主线（古话叫“国运”吧），以人物命运与事件冲突为经纬，虽然是能想到的一条较好路子，但依然不能包容伟大帝国时代的全部冲突，甚至不得不割舍许多重要素材（譬如诸子伟人的许多故事）。这种遗憾可能将是永远难以弥补的。为了使读者更为深入地透视帝国命运，我欲另将早秦部族的故事专门写成一部《马背诸侯》，完成后另行出版，以完整展现那个曾为中华民族文明做出伟大贡献的古老部族的历史命运。

孙皓晖
修订于海南·积微坊
2012 年春

目录

假如秦帝国没有速亡

——《大秦帝国·帝国烽烟》序

嬴政大帝病逝后秦帝国三年崩塌，是最大的历史悲剧。

这幕历史大悲剧，就是《大秦帝国•帝国烽烟》惊心动魄的故事。

历史悲剧，是美好事物的毁灭，是历史逻辑无规则的突然变形所导致的破坏性结局。从历史哲学的意义说，历史逻辑是具有真理性的那些历史法则。譬如，法治社会比人治社会更具有稳定性；譬如，创造性变革比保守性复古对人类社会具有更大的推动力；譬如，高级社会形态比低级社会形态具有更为强大的生命力等等。也就是说，依据历史逻辑的正常发展，秦帝国创建的统一文明的国家形态，具有强大而稳定的特质，应该有相对稳定的发展；在中国古典文明时期，至少应该具有后来的统一政权所拥有的 300 年左右的历史生命。

可是，秦帝国却突然灭亡，哗啦啦大厦倾倒，令人目眩。

我们不能改变历史所发生的事实。可是，我们有思索的权利，有开掘历史真相并总结其经验教训的权利。古谚云：事怪必有妖。也就是说，事情不按常理发展，其背后必然有不能以常情忖度的秘密元素。仔细解析秦帝国的兴亡进程，这一违背历史逻辑的速亡事实，至少隐含了两个方面的基本问题。

其一，导致秦帝国速亡的真实原因，究竟是什么？

其二，这个真实的原因，是历史逻辑的必然发展环节，还是历史逻辑之外的偶然性突发元素？

对于这样两个极为重大的历史奥秘，中国古典史书上都曾经有主流性的明确回答。将所有的回答概括起来，实际就是两句话——暴政亡秦，事属必然。对于这种流传两千余年的既定回答，中国近代史以来的新兴人文理念，作出了新的解析，提出了新的挑战，但仍然未能占据社会历史意识的主流。之所以如此鸡肋，既在于新解析本身的高度深度的局限性，又在于新解析者的思维方式的简单化——以救亡图存为目的的急迫性，以阶级斗争理念为解析方法的革命式论断。无论如何，这个最大的历史奥秘仍然没有真正被揭开，秦帝国身具强大的历史生命力而突然灭亡的真相，依然掩盖在历史的烟尘之中。这种混乱的历史意识，给我们带来的直接危害，就是当我们面临中国文明重建的历史任务时，当我们要走向法治社会时，我们几乎没有历史性的参照经验；我们不能明确中国古典文明最值得借鉴的历史遗产究竟在哪个时代，我们赖以前进的历史根基究竟在哪里？

毕竟，我们是中华民族群，我们得寻找自身内核的成长基因。我们不可能靠移植器官，更不能靠移植某种思想，而改变一个民族群的生命结构。

所以，这个古老的问题，依然是个具有重大现实性的问题。

关于秦帝国速亡的历史真相，我已经在《大秦帝国 • 帝国烽烟》最后的《祭秦论》中有了相对详尽的解析。我的结论是：秦帝国速亡的真实原因是两个：偶然性事件的叠加，少数权力轴心人物的突然畸变。总体说，秦帝国速亡，不是历史逻辑的必然性；旧史书的暴政亡秦说，是不符合历史实践的。对于这个问题，这里不再讨论了。

一个新的问题是，假如秦帝国没有速亡，历史进程将会如何？

历史进程的非逻辑发展，已经屡屡成为事实，这是任何具有历史意识的人都承认的。因此，依据历史逻辑的发展，重新审视非逻辑阶段的历史，就具有特殊的意义。这一研究方式的开创者，是英国的金融史学家尼尔·弗格森的著作《虚拟的历史》。他对“假如拿破仑在滑铁卢战胜”“假如希特勒没有死”等诸多反历史结局的事件与人物的研究，都给我们提出了一种新的视野——揭示历史逻辑的深刻性与突然变形中断性，给人类提供更为丰富的历史经验教训。如此一种“虚拟历史”的方式，实则是揭示历史扭曲变形，使一个民族更为清醒地看到“本该如此作为”的可能性。虽然是后悔药，改变不了已经发生的事实。但是，它的价值在于真实地揭示历史逻辑本该具有的延长线；对于一个善于思索总结的民族文明——譬如二战后的德意志民族文明——它的价值也许是更为长远的未来脚步。

依据历史逻辑，秦帝国倘若能稳定地延续200余年的历史，那么中国的统一文明形态的发展，必然是另一种更为健康的进程——不会有一元独尊的思想独裁（秦帝国时期即使法家也没有被独尊），法治社会将以稳定的根基成为历史传统，而人治社会必然退出历史舞台；举国大建设之后的经济活力朝气蓬勃，匈奴外患将早早结束；秦帝国的“水德”国运无疑将扩展为航海壮举（一定会赶赴东瀛捕获逃亡的徐福等一群方士）；秦帝国是实用理念为主导的国家，其对实用技术的重视将不会出现后世的视科学技术为“奇技淫巧”的僵化腐朽，科学技术的发展必然会有一方健康的社会土壤等等。循此历史逻辑，中国统一文明的发展绝非后来的那般踉踉跄跄，漏洞百出。从大的方面说，最重要的是法治社会必然成为中华民族群最为坚实的历史遗产，不会出现我们至今都难以根除的人治痼疾。

做梦吗？是的。虚拟的延长线本来就是被现实中断的大梦。

可是，这个大梦曾经是那么的无限接近于现实，我们却痛苦地失之交臂。历史逻辑提醒我们，曾经在一个最为关键的转折时代，我们这个民族群因权力人物的人性恶变而失却了一条康庄大道。我们的歧路亡羊，我们的一扑三跌，我们的土壤变质，我们的思想无可遏制地走向板结僵化，我们痛苦挨打的诸多历史阶段，都是在失却了那个雄风四溢的时代之后又百般鞭笞那个时代的状况下发生的，我们无法追究任何人的责任，只能是自己做自己受了。

假如这条历史逻辑的延长线，能在我们这个时代重新连接起来，中华民族群之万幸也！

孙皓晖

海南·积微坊

2019 年岁初

楔子

沙丘湖畔一片静谧。

自来以夏风闻名的避暑胜地大陆泽，忽然停止了天地吐纳，声息皆无，闷热平静得令人心慌。残月一钩，碧空如洗，浩瀚星河伸向无垠的旷远。城堡行宫外的重甲骑士营地中，云车望楼的点点军灯闪烁若天上星辰。茫茫沙丘营地，唯有城堡寝宫的灯光明亮依旧。寝宫门外的两队矛戈斧钺甲士笔直地挺立着，黑森森甬道直达巍巍然城门。三丈六尺高的黑色大纛旗沉沉垂在城门箭楼，旗面上斗大的白色“秦”字静静地蜷伏在黑丝峰谷若隐若现。城堡内外的篝火坑早已经捂上了厚厚一层半干半绿的艾草，徐徐弥漫出覆盖整个城堡行宫的驱赶蚊虫的淡淡青烟。

丞相李斯在城堡外弥漫着的烟气中沉重地徘徊着，不时向城堡内焦虑地张望。说不清缘由，李斯只感心头一阵阵悸动，莫名其妙地生出一种前所未有的惊恐，全身毛发几乎都要立将起来。倏地，李斯心头电光石火般闪亮——必须立即见到皇帝，皇帝一定有事！可刚刚迈开大步，李斯又突然站定了。仅凭一种莫名的直觉贸然闯入行宫，在素来不言怪力乱神的秦国君臣眼里岂非大是荒诞？更何况行宫一片平静，皇帝并没有召见自己，又能有何种突然事体？即或在惊恐慌乱之中，李斯依然确信：病中的皇帝一旦有事，第一个召见的必然是自己，以皇帝陛下的强毅，没有召见自己自然意味着不会有事。身为帝国首席主政大臣，又兼大巡狩总执事，是不能无端失态的。尽管李斯告诫着自己停住了脚步，可是，莫名其妙的心悸却丝毫没有减弱。几乎是下意识地，李斯抬头仰望星空，扫视着紫微垣星区，想找见那颗对应于君王的帝星。突然，李斯发现那颗高居于九天中央的历来闪射着强烈光芒的大星已经变得暗淡微弱，几乎被一天星云淹没了。猛然一个激灵，李斯一身冷汗涔涔冒出，不禁用力揉了揉自己的眼睛……

陡然之间，飓风乍起，天地变色。

山川呼啸中，大陆泽畔的雪白沙滩骤然卷起了一道道白色巨龙，弥天而起的白沙尘雾片刻间湮没了方才还灿烂闪烁的残月朗星，大湖林木行宫整个陷入了混沌黑暗之中。日间浓荫可人的湖畔森林，在飓风席卷中激荡出连绵不断的长啸。行宫城堡内外，顷刻间天翻地覆。骑士营地的牛皮帐篷被一片片连桩拔起，一张张牛皮一件件衣甲满天飞旋，怪异得如同陷入了黑色大蝙蝠群的洞窟。城门箭楼的串串军灯噼啪炸响着破裂，倏忽飞入了无垠的高天暗夜之中。驱赶蚊虫的一坑坑艾草篝火一扫上天，火星连绵如漫天飞舞的流萤，又于顷刻间杳无踪迹。城门箭楼的黑色大纛旗狂暴地撕扯着拍打着又粗又高的旗杆，终于，大纛旗裹着粗壮的旗杆猛烈晃动着轰然翻倒。那面以帝国功业交织成的“秦”字大旗轰隆隆张开飘起，在高天狂舞一阵，突然不偏不倚地正正覆盖了皇帝寝宫的屋顶。所有的灯光都在飓风中熄灭了，唯有皇帝寝宫的一片红光闪烁着，恍如一叶孤舟上的渺渺桅灯……在猝不及防的风暴中，天空滚过阵阵惊雷，天河开决暴雨白茫茫瓢泼而下，沙丘行宫顿成一片汪洋。横亘天际的电光骤然划破长空，一声炸雷撼天动地，一片数百年老林齐刷刷拦腰而断。树身燃起的熊熊大火中，可见一条粗长不知几许的黑色大蟒在凌空飞舞中断裂成无数碎片，散落抛撒到雨幕之中，狰狞的蟒蛇头颅不偏不倚地重重砸在了陀螺般旋转的李斯身上……

飓风初起之时，入梦酣睡的甲士们便在凄厉的牛角号中裸身跃起，嗷嗷吼叫着向行宫城堡奔拥而来。巡狩大将杨端和赤裸着上身，紧紧抱着一棵大树连连大吼发令。光膀子甲士们立即挽起臂膀，结成了一个巨大的方阵，在阵阵惨白的电光雨幕中齐声嘶吼着“赳赳老秦，共赴国难”的老誓，激溅着泥水蹚向了城门洞开的行宫。

“丞相何在？大天变！”胡毋敬白发散乱嘶声大叫着跌撞过来。

“老奉常！大风起于何方？”李斯抓着腥臭沉重的蛇头趴在地面大喊。

“乾位！风起乾罡之位！”胡毋敬抱住一辆铁车费力地喊了一句。

“陛下——！”李斯骤然变色，一跃起身大喊着向城堡奋力冲去。

“护持丞相！护持列位大人！”杨端和带着一个赤膊方阵卷了过来。

奋力冲进皇帝寝宫，将士大臣们都惊愕得屏住了气息。

赵高趴在皇帝身上。皇帝倒在地上，一片殷红的血从公文长案直洒到胸前。皇帝圆睁着那双令人望而生畏的大眼，眼珠几乎要爆出了眼眶。赵高紧紧抱着皇帝嘶声哭喊着：“陛下醒来啊！风雨再大，小高子都替陛下挡着！陛下放心，陛下嘱托的事，小高子会办好的啊……陛下，你闭上眼睛啊！小高子怕你的眼睛……陛下，你闭上眼睛啊！”少皇子胡亥也抱着皇帝身躯哭喊着……一身泥水的李斯骤然一个激灵，浑身一软几乎要瘫了过去。极力定住心神，李斯一个踉跄大步扑了过来，猛然扒开了赵高，跪伏在了皇帝身侧。李斯试图扶皇帝起来，可是，当他双手触摸到皇帝身体时，一阵奇异的冰凉使他惊恐莫名了——皇帝的眼睛依旧放射着凌厉的光芒，身体却已经冰冷僵硬了。心头电闪之间，李斯倏地站起一声大吼：“老太医何在？施救陛下！”

一阵连绵不断的传呼中，杨端和带着一队光膀子甲士从寝宫外的一根石柱下将两名老太医搜索了出来，护进了寝宫。泥污不堪失魂落魄的老太医踉跄走出风雨天地，这才骤然清醒过来。看了看一脸肃杀的李斯，又看了看倒在厚厚地毡上的皇帝，两人立即明白了眼前的情势，一齐跪伏在了皇帝身侧。饶是宫外风雨大作，两位老太医还是依着法度，吩咐内侍扶开了哀哀哭嚎的少皇子胡亥，谨慎仔细地诊视了皇帝全身。当两位老太医一交换眼色正要禀报时，李斯断然一挥手道："先依法施救！"两位老太医骤然噤声，一人立即打开医箱拿出银针，一人立即推拿胸部要害穴位。大约半个时辰之内，两位太医连续对皇帝进行了三次全力施救。

"禀报丞相：皇帝陛下，无救了……"老太医颓然坐倒。

"陛下，陛下真走了，走了。"赵高一脸木呆，梦呓般喃喃着。

"不是有方士丹药么！"李斯一声大吼。

"禀报丞相：方士走了，丹药毁了……"老太医嘶声喘息着。

"赵高！还有没有方士丹药！"李斯猛力扯过赵高，脸色骤然狰狞。

"丞相不信，赵高毋宁追随陛下……"木然的赵高一伸手，倏地拔出了李斯腰间的随身短剑，顶在了自己肚腹之前。杨端和一个箭步过来夺下短剑，一声怒喝道："赵高大胆！回丞相问话！"赵高号啕一声扑拜在地大哭起来："丞相列位大人，果有方士之药，赵高何须等目下施救啊！赵高追随皇帝三十余年，原本是要跟皇帝去的啊！赵高活着，是奉皇帝严令行事啊！丞相列位大人，赵高纵灭九族，也不敢迟延施救陛下啊！……"

李斯欲哭无泪脸色灰白，剧烈地一个摇晃，颓然倒在了皇帝身边。两位太医大惊，几乎同时扑来揽住了李斯，一人掐住了人中穴，一人银针便捻进了脚掌的涌泉穴。片刻之间，李斯睁开了眼睛，一把推开太医，猛然扑住了皇帝尸身一声痛彻心脾的长哭："陛下！你如何能走啊！……"哭声未落，旁边的顿弱一步抢来抱住了李斯，低声急促道："丞相不能张声！目下你是主心骨，主心骨！"李斯心头一紧，猛然大悟，倏地挺身站起一挥手厉声下令："杨端和封闭寝宫！所有入宫之人齐聚正厅，听本相号令！"

杨端和奋然一应，大步走到寝宫廊下高声发令：“铁鹰剑士守住行宫城门！不许任何人再行进入！凡在宫内者，立即进入正厅！军令司马行号：宫外人等集结自救，不需进宫护持皇帝！风雨之后，列阵待命——！”随着杨端和的连续军令，一排排牛角号凄厉地响彻行宫，穿破雨幕，飞出城门；一队队最精锐的铁鹰剑士挽着臂膀蹚进了暴风雨幕，开入了水深及腰的城门洞下，铁柱一般扎住了行宫城堡的进口出口。牛角号连响三阵之后，城堡外遥遥传来连绵不断的欢呼：“皇帝大安！万岁——！”与此同时，冲进行宫城堡的大臣将士们也齐刷刷聚在了寝宫正厅，一排排光膀子夹杂着一片片火把与一片片泥水褴褛的衣衫，密匝匝延续到风雨呼啸的廊下，杂乱不堪又倍显整肃。杨端和大踏步过来一拱手道：“禀报丞相：号令贯通，内外受命，敢请丞相发令！”

“敢请丞相发令！”寝宫内外的将士大臣一声齐应。

“好！本相发令，所有人等完令之后立即回到寝宫！”

“嗨！”大厅内外一声雷鸣。

“中车府令赵高会同两太医，立即护持陛下安卧密室。赵高派精锐内侍严密守护密室，任何人不得擅入！”李斯的脸上苍白得没有一丝血色，第一道命令平静而严厉，显然在片刻之间已经有所思虑了。见赵高带着两名太医与两名内侍抬走了皇帝尸身，李斯继续发令：“老奉常与郑国老令，督导寝宫吏员立即清理皇帝书房，悉数诏书文卷，一体妥善封存！”将士大臣们都知道，这是最最紧要的一项事务，皇帝对帝国未来大事的安排几乎必然地包含在诏书文卷之中，自当由德高望重的大臣共同清理，以为相互制约而确保不生意外。丞相李斯能在匆忙急迫之中如此依法妥善处置，足见公心至上。是故，李斯话音落点，将士大臣们人人肃然点头，从方才那种天塌地陷悲怆欲绝中相对恢复了过来。胡毋敬与郑国一拱手领命，立即领着皇帝书房的吏员们大步去了。李斯浑然无觉，继续发令道：“典客顿弱率所部文吏，立即对进入寝宫之将士悉数登录，确保无一人在风雨止息前走出寝宫！卫尉杨端和率全部行营司马，总司沙丘宫内外自救，务使人马减少伤亡！”嗨嗨两声，顿弱与杨端和大步去了。

“其余将士，全数走出寝宫，聚集车马场！”

将士们还在惊愕之中，李斯已经大踏步走向寝宫宫门，从光膀子将士们闪开的甬道中走进了茫茫雨幕。当此危难之时，秦军将士们立见本色，不管明白与否，立即挽起臂膀护卫着丞相走进了气势骇人的大风大雨之中。李斯长发飞舞，突然嘶哑着嗓子奋激地振臂长呼起来："九原大捷！胡虏驱除！上天长风激雨，贺我大秦千秋万岁——！皇帝万岁——！”皇室将士们大为感奋，光膀子一片齐刷刷举起，在大雨狂风中岿然不动，山呼海啸般的声浪压过了滚滚雷霆："九原大捷——！大秦万岁——！皇帝万岁——！”顷刻之间，城堡外连绵呼应，内外交汇的奋激声浪与风雨雷电交织成一片天地奇观。

曙色初显。风停了，雨住了。

天空又变得蓝汪汪无边无际，稀疏的小星星在天边闪烁着。一个多时辰的狂风暴雨，将大陆泽畔的壮阔行宫激荡得面目全非一片狼藉。林中积水过膝及腰，水上漂浮着相互纠缠的旗帜衣甲树枝头盔兵器牛马以及五颜六色的侍女彩衣。除了内外奔走自救的杨端和与一班行营司马在城堡外号令善后没有归来，其余夜来入宫的大臣与将士们都聚在了行宫城堡内的车马场。几位大臣被将士们围在了仅存的三五辆残破的战车前，尽管哗哗流水浸过了膝盖，却没有一个人挪动脚步。谁都明白，此刻将要做出的才是最为重要的决断。

残破的战车前，李斯伫立在混浊的哗哗流水中，凝视着一大片目光炯炯的大臣将士，双腿不禁一阵阵发抖。此刻，李斯第一次感到了自己肩负的担子是何等沉重，也第一次明白地感受到“领政首相”这四个字的山岳分量。也就是在这一瞬间，李斯突然明白了嬴政皇帝超迈古今的伟大。因为，李斯深深地知道，皇帝在三十余年的权力生涯中遇到的每一次挑战都是生死攸关的，而皇帝从来都是毫无惧色地沉着应战，以无与伦比的大智大勇激励着无数追随他的臣下与将士……而今皇帝去了，支撑帝国广厦的重任第一个便压到了自己这个丞相肩上，李斯啊李斯，你害怕了么？你担当不起么？

“诸位！”李斯勇气陡增，一步跨上战车高声道，“今日事发突然，唯我等将士臣工皆在当场，是以须共同会商，议决对策。国家危难在即，我等将士臣工，皆须勠力同心！”全场立即便是一声秦人老誓：“赳赳老秦，共赴国难！”声浪尚在激荡回旋，李斯已经高声接上，“目下非常时刻，当取非常对策。李斯身为首相，要对大秦兴亡承担重责。诸位在场亲历，同样须为大秦承担重责！据实审量，李斯以为：目下当秘不发丧，并中止北上九原，宜全力尽速还都。一切大事，皆等回到咸阳再议。本相之策，诸位以为如何，尽可说话！”

“老夫赞同丞相对策！”胡毋敬与郑国一齐呼应。

“在场任何人，不得泄露皇帝病逝消息！”顿弱高声补充。

“中车府令以为如何？”李斯肃然盯住了赵高。

“在下，赞同秘不发丧。只是……”

“只是如何？说！”李斯前所未有地冷峻凌厉。

“随行将士臣工甚多，若有求见陛下者，不知丞相如何应对？”

“此事另行设法，先决是否秘不发丧。”李斯没有丝毫犹疑。

“老夫以为，天下复辟暗潮涌动，猝然发丧难保不引发各方动荡。就实而论，秘不发丧并尽速还都，确为上上之策！”职司邦交的顿弱再次申述了理由。

“我等赞同秘不发丧！”全场将士齐声呼应。

“好！”李斯一挥手道，“第二件事：径取直道速回咸阳，可有异议？”

“此事得征询卫尉，方为妥当。”赵高小心翼翼地说了一句。

“急召杨端和！”李斯立即决断。

顿弱一挥手，最擅机密行事的邦交司马立即快步蹚水出了车马场。全场人等铁一般沉默着，等待着，没有一个人说话，没有一个大臣提出新的议题。大约顿饭时光，光膀子散发的杨端和大步赳赳来到，听李斯一说事由，立即拱手高声道：“目下还都，当以军情择路。取道中原，路径虽近，然有两难：一则得返身两次渡河，恐不利陛下车驾；二则山东乱象频发隐患多多，沿途难保不受骚扰迟滞回程！若从沙丘宫出发，经井陉道直抵九原直道，再从直道南下甘泉、咸阳，则路虽稍远，然可确保安然无事！”

“卫尉赞同九原直道，诸位如何？”李斯高声一问。

“我等赞同！”全场一吼。

“好！”李斯断然下令，“今日在场将士，由卫尉统率全数护卫帝车，不再归入旧部！一应行装整肃，由典客署吏员督导，皆在行宫内完成，不许一人走出行宫！诸位大臣并中车府令，立即随老夫进入寝宫密室，备细商议还都上路事宜！”李斯话音落点，全场嗨的一声轰鸣，将士大臣们蹚水散开了。

一进密室，几位大臣都一齐瘫坐在了粗糙的石板草席上。素来关照诸般细节极为机敏的赵高也木然了，只矗在圈外愣怔着。直到李斯喘息着说了声：“水”，赵高才醒悟过来，连忙俯身扯了扯密室大书案旁一根隐蔽的丝绳，又连忙拉开了密室石门。片刻之间，两名侍女捧来了两大陶罐凉茶。赵高给每个大臣斟满一碗，说了句这是赵武灵王行宫，一切粗简，大人们将就了，又矗在一边发愣。李斯汩汩饮下一碗凉茶，抹了抹脸上泥水，疲惫地靠着大书案道：“赵高，你只是中车府令，依法不当与闻大臣议事。然，此前陛下已经命你暂署符玺与皇帝书房事务，巡狩行营还都之前，你也一起与闻大事议决。来，坐了。”见其余四位大臣一齐点头，一脸木然的赵高这才对李斯深深一躬，坐在了最末位的一张草席上。

“两位老令，皇帝书房情形如何？”李斯开始询问。

“禀报丞相，”奉常胡毋敬一拱手道，“文卷悉数归置，未见新近诏书。”

“赵高，皇帝临终可有遗诏？”李斯神色肃然。

“有。然，皇帝没有写完诏书，故未交特使……”

“目下存于何处？”

“在符玺事所。”

“既是未完诏书，老夫以为回头再议不迟。”老郑国艰难地说了一句。

“对！目下要务，是平安还都！”杨端和赳赳跟上。

“也好。”李斯心下一动，点头了。从风雨骤起冲进城堡寝宫的那一刻起，李斯的心底最深处一直郁结着一个巨大的疑问：皇帝在最后时刻为何没有召见自己？是来不及，还是有未知者阻挠？若赵高所说属实，那就是皇帝没有召见自己，已开始书写遗诏了，而遗诏未曾书写完毕，皇帝就猝然去了。果然如此，则有两种可能：一则是皇帝有意避开自己这个丞相，而径自安置身后大事；二则，皇帝原本要在诏书写完后召见自己安置后事，却没有料到暗疾骤发。若是前者，诏书很可能与自己无关，甚或与自己的期望相反；若是后者，则诏书必与自己相关，甚至明确以自己为顾命大臣。李斯自然期望后一种可能。然则，诏书又没写完，也难保还没写到自己皇帝已猝然去了。果然如此，自己的未来命运岂非还是个谜团？当此之时，最稳妥的处置是不能纠缠此事，不能急于揭开诏书之谜，而当先回咸阳安定朝局，而后再从容处置。

“还都咸阳，最难者莫过秘不发丧。”李斯顺势转了话题。

“此事，只怕还得中车府令先谋划个方略出来。”顿弱皱着眉头开口了。

“老夫看也是。别人不熟陛下起居行止诸事。”胡毋敬立即附和。

“中车府令但说！我等照办便是！”杨端和显然已经不耐了。

“在下以为，此事至大，还当丞相定夺。”赵高小心翼翼地推托着。

“危难之时，勠力同心！赵高究竟何意？”李斯突然声色俱厉。

“丞相如此责难，在下只有斗胆直言了。”赵高一拱手道，“在下思忖，此事要紧只在三处：其一，沿途郡守县令晋见皇帝事，必得由丞相先期周旋，越少越好。其二，皇帝正车副车均不能空载，在下之意，当以少皇子胡亥乘坐六马正车，当以皇帝龙体载于中央辒凉车；皇帝惯常行止，在下当向少皇子胡亥备细交代，万一有郡守县令不得不见，当保无事。其三，目下正当酷暑，丞相当预先派出人马，秘密买得大批鲍鱼备用。”

“鲍鱼？要鲍鱼何用？”胡毋敬大惑不解。

“莫问莫问。”郑国摇头低声。

“老夫看，还得下令太原郡守搜寻大冰块。”顿弱阴沉着脸。

“好。顿弱部秘密办理鲍鱼、大冰。”李斯没理睬老奉常问话，径自拍案点头道，“皇帝车驾事，以中车府令方略行之。我等大臣，分署诸事：卫尉杨端和，总司护卫并行军诸事；奉常胡毋敬并治粟内史郑国，前行周旋沿途郡县，务使不来晋见皇帝；典客顿弱率所部吏员剑士，署理各方秘事并兼领行营执法大臣，凡有节外生枝者，立斩无赦！中车府令赵高，总署皇帝车驾行营事，务使少皇子并内侍侍女等不生事端。老夫亲率行营司马三十名并精锐甲士五百名，总司策应各方。如此部署，诸位可有异议？”

“谨遵丞相号令！”

“好。各自散开，白日归置预备，夜半凉爽时开拔。”

疲惫的大臣们挣扎着站了起来，连久历军旅铁打一般的杨端和也没有了虎虎之气，脸色苍白得没了血色。李斯更是瘫坐案前，连站起来也是不能了。赵高连忙打开密室石门，召唤进几名精壮内侍，一人一个架起背起了几位大臣出了行宫。

是夜三更，一道黑色巨流悄无声息地开出了茫茫沙丘的广阔谷地。

这是公元前 210 年的七月二十二日深夜。

第一章 权相变异

一　南望咸阳　一代名将欲哭无泪

连接两封密书，大将军蒙恬的脊梁骨发凉了。

旬日之前，胞弟蒙毅发来一封家书，说他已经从琅邪台“还祷山川”返回咸阳，目下国中大局妥当，陇西侯李信所部正在东进之中；皇帝陛下风寒劳累，或在琅邪歇息些许时日，而后继续大巡狩之旅。密书最后的话语是耐人寻味的：“陛下大巡狩行将还国，或西折南下径回秦中，或渡河北上巡视长城，兄当与皇长子时刻留意。”蒙恬敏锐过人，立即从这封突兀而含混的“家书”中，嗅到了一股不寻常的气息。没有片刻犹豫，蒙恬立即来到了监军皇长子扶苏的行辕。

自去岁扶苏重新北上，皇帝的一道诏书追来，九原的将权格局发生了新的变化。变化轴心，在于扶苏不再仅仅是一个血统尊贵的单纯的皇长子，而已经成为皇帝下诏正式任命的监军大臣了。列位看官留意，整个战国与秦帝国时代，大将出征或驻屯的常态，或曰体制，都是仅仅受命于君王兵符的独立将权制。也就是说，主将一旦受命于君王而拜领兵符，其统军号令权是不受干预的，军中所有将士吏员都无一例外的是统兵主将的属员，都得无条件服从主将号令。其时，监军之职完全是因人而异的临时职司，在整个战国与秦帝国时期是极少设置的。监军之普遍化或成为定制，至少是两汉三国以后的事情了。此时，始皇帝之所以将扶苏任命为九原监军，本意并非制约蒙恬将权，而是在皇帝与事实上的储君发生国政歧见后对天下臣民的一种宣示方略——既以使扶苏离国的方式，向天下昭示反复辟的长策不可变更；又以扶苏监军的方式，向天下昭示对皇长子的信任没有动摇。蒙恬深解皇帝意蕴。扶苏更体察父皇苦心。是故，九原幕府格局虽变，两人的信任却一如既往，既没有丝毫影响军事号令，更没有任何的龃龉发生。唯一的不同，只是扶苏的军帐变成了监军行辕，格局与蒙恬的大将军幕府一般宏阔了。

虽然如此，蒙恬还是忧心忡忡。

蒙恬之忧，不在胡人边患，而在扶苏的变化。自重回九原大军，扶苏再也没有了既往的飞扬激发，再也没有了回咸阳参政期间的胆魄与锋锐。那个刚毅武勇信人奋士的扶苏，似乎莫名其妙地消失了。蒙恬与将士们所看到的，是一个深居简出郁闷终日且对军政大事不闻不问的扶苏。有几次，蒙恬有意差遣中军司马向扶苏禀报长城修筑的艰难，禀报再次反击匈奴的筹划进境，或力请监军巡视激励民力，或请命监军督导将士。可扶苏每次都在伏案读书，每次都是淡淡一句："举凡军政大事，悉听大将军号令。"说罢便再也不抬头了。蒙恬深知扶苏心病，却又无法明彻说开。其间顾忌，是必然地要牵涉皇帝，要牵涉帝国反复辟的大政，甚或要必然地牵涉出储君立身之道。凡此等等，无一不是难以说清的话题。蒙恬纵然心明如镜，也深恐越说越说不清。毕竟，蒙恬既要坚定地维护皇帝，又得全力地护持扶苏，既不能放弃他与扶苏认定的宽政理念，又不能否定皇帝秉持的铁腕反复辟长策。两难纠缠，何如不说？

更何况，蒙恬自己也是郁闷在心，难以排解。

扶苏回咸阳参政，非但未能实现蒙恬所期望的明立太子，反而再度离国北上，蒙恬顿时感到了空前沉重的压力。其时，帝国朝野都隐隐将蒙恬蒙毅兄弟与皇长子扶苏看做一党。事实上，在反复辟的方略上，在天下民治的政见上，扶苏与蒙氏兄弟也确实一心。李斯姚贾冯劫顿弱等，则是铁腕反复辟与法治天下的坚定主张者。以山东人士的战国目光看去，这便是帝国庙堂的两党，李斯、蒙恬各为轴心。蒙恬很是厌恶此等评判，因为他很清楚：政道歧见之要害，在于皇帝与李斯等大臣的方略一致，从而使一统天下后的治国之道变成了不容任何变化的僵硬法治。此间根本，与其说皇帝接纳了李斯等人的方略，毋宁说李斯等秉持了皇帝的意愿而提出了这一方略。毕竟，一统帝国的真正支柱是皇帝，而不是丞相李斯与冯去疾，更不会是姚贾冯劫与顿弱。皇帝是超迈古今的，皇帝的权力是任何人威胁不了的。你能说，如此重大的长策，仅仅是皇帝接纳了大臣主张而没有皇帝的意愿与决断么？唯其如此，扶苏政见的被拒绝，便也是蒙氏兄弟政见的被拒绝。蒙恬深感不安的是，在皇帝三十余年的君臣风雨协力中，这是第一次大政分歧。更令蒙恬忧虑的是，这一分歧不仅仅是政见，还包括了对帝国储君的遴选与确立。若仅仅是政见不同，蒙恬不会如此忧心。若仅仅是储君遴选，蒙恬也不会倍感压力。偏偏是两事互为一体，使蒙恬陷入了一种极其难堪的泥沼。想坚持自己政见，必然要牵涉扶苏蒙毅，很容易使自己的政见被多事者曲解为合谋；想推动扶苏早立太子，又必然牵涉政见，反很容易使皇帝因坚持铁腕反复辟而搁置扶苏。唯其两难，蒙恬至今没有就扶苏监军与自己政见对皇帝正式上书，也没有赶回咸阳面陈。蒙毅也一样，第一次在庙堂大政上保持了最长时日的沉默，始终没有正面说话。然则，长久默然也是一种极大的风险：既在政风坦荡的秦政庙堂显得怪异，又在大阳同心的君臣际遇中抹上了一道太深的阴影，其结局是不堪设想的。目下，尽管蒙恬蒙毅与扶苏，谁都没有失去朝野的关注与皇帝的信任，然则，蒙恬的心绪却越来越沉重了。

蒙恬的郁闷与重压，还在于无法与扶苏蒙毅诉说会商。

扶苏的刚正秉性朝野皆知，二弟蒙毅的忠直公心也是朝野皆知。与如此两人会商，若欲抛开法度而就自家利害说话，无异于割席断交。纵然蒙恬稍少拘泥，有折冲斡旋之心，力图以巩固扶苏储君之位为根本点谋划方略，必然是自取其辱。蒙恬只能恪守法度，不与扶苏言及朝局演变之种种可能，更不能与扶苏预谋对策了。蒙恬所能做到的，只有每日晚汤时分到监军行辕“会议军情”一次。说是会议军情，实则是陪扶苏对坐一时罢了。每每是蒙恬将一匣文书放在案头，便独自默默啜茶了。扶苏则从不打开文书，只微微一点头一拱手，也便不说话了。两人默然一阵，蒙恬一声轻轻叹息：“老臣昏昏，不能使公子昭昭，夫复何言哉！”便踽踽走出行辕了……然则，这次接到蒙毅如此家书，蒙恬却陡然生出一种直觉——不能再继续混沌等待了，必须对扶苏说透了。

“公子，这件书文必得一看。”蒙恬将羊皮纸哗啦摊开在案头。

“大将军家书，我也得看么？”扶苏一瞄，迷惘地抬起头来。

“公子再看一遍。世间可有如此家书？”

扶苏揉了揉眼睛，仔细看过一遍还是摇了摇头：“看不出有甚。”

“公子且振作心神，听老臣一言！”蒙恬面色冷峻，显然有些急了。

“大将军且说。”毕竟扶苏素来敬重蒙恬，闻言离开座案站了起来。

“公子且说，蒙毅可算公忠大臣？”

“大将军甚话！这还用得着我说么？”

“好！以蒙毅秉性，能突兀发来如此一件密书，其意何在，公子当真不明么？依老臣揣摩，至少有两种可能：一则，陛下对朝局有了新的评判；二则，陛下对公子，对老臣，仍寄予厚望！否则，陛下不可能独派蒙毅返回关中，蒙毅也断然不会以密书向公子与老臣知会消息，更不会提醒公子与老臣时刻留意。老臣之见：陛下西归，径来九原亦未可知。果真陛下亲来九原，则立公子为储君明矣！”

“父皇来九原？大将军何有此断？”扶苏骤然显出一丝惊喜。

“公子若是去岁此时，焉能看不出此书蹊跷也！”蒙恬啪啪抖着那张羊皮纸，“这次大巡狩前，公子业已亲见陛下发病之猛。这便是说，陛下这次大巡狩，原本是带病上路，随时可能发病，甚或有不测之危。蒙毅身为上卿兼领郎中令，乃陛下出巡理政最当紧之中枢大臣，何能中道返国？只有一种可能，奉了陛下的秘密使命！还祷山川，不过对外名义而已。然则，既有如此名义，便意味着一个明白的事实：陛下一定是中途发病，且病得不轻。否则，以陛下之强毅坚韧，断然不会派遣蒙毅返回咸阳预为铺排。蒙毅书说，国中大局妥当。这分明是说，蒙毅受命安置国事！蒙毅书说，李信率兵东来。这分明是说，蒙毅受命调遣李信回镇关中！陛下如此处置，分明是说，陛下忧虑关中根基不稳！陛下既有如此忧虑，分明是说，陛下觉察到了某种可能随时袭来之危局！公子且想，这危局是甚？老臣反复想过，不会有他，只有一处：陛下自感病体已经难支……否则，以陛下雄武明彻，几曾想过善后铺排？陛下有此举措，意味着朝局随时可能发生变故。公子，我等不能再混沌时光了！”

“父皇病体难支……”扶苏的眼圈骤然红了。

“身为皇子，家国一体。”

“不。有方士在，父皇不会有事，不会有事。”扶苏迷惘地叨叨着。

“公子，目下国事当先！”蒙恬骤然冷峻了。

“大将军之意如何？”扶苏猛然醒悟过来。

“老臣之意，公子当亲赴琅邪，侍奉陛下寸步不离。”

“断断不能！”扶苏又摇手又摇头，“我离咸阳之时，父皇明白说过，不奉诏不得回咸阳。此乃父皇亲口严词，扶苏焉得做乱命臣子？再说，父皇身边，还有少弟胡亥，不能说无人侍奉。我突兀赶赴琅邪，岂不徒惹父皇恼怒，臣工侧目……”

“公子迂阔也！”蒙恬第一次对扶苏生气了，啪啪拍着书案道，“当此之时，公子不以国家大计为重，思虑只在枝节，信人奋士之风何存哉！再说，陛下秉性虽则刚烈，法度虽则森严，然陛下毕竟也是人，焉能没有人伦之亲情乎！今陛下驰驱奔波，病于道中，公子若能以甘冒责罚的大孝之心赶赴琅邪行营，陛下岂能当真计较当日言词？老臣与陛下少年相交，深知陛下外严内宽之秉性。否则，以陛下法度之严，岂能处罚公子却又委以监军重任？公子啊，陛下将三十万大军交于你手，根本因由，认定公子是正才。公子若拘泥迂阔，岂不大大负了陛下数十年锤炼公子之苦心哉……”

“大将军不必说了，我去琅邪。”扶苏终究点头了。

“好！公子但与陛下相见，大秦坚如磐石！”蒙恬奋然拍案。

可是，蒙恬万万没有料到的是，午后上道的扶苏马队，在当夜三更时分又返回九原大营了。当扶苏提着马鞭踽踽走进幕府时，正在长城地图前与司马会商防务的蒙恬惊讶得话都说不出来了。待蒙恬屏退了左右军吏，扶苏默然良久，才低声说了一句：“我心下混沌，不知父皇若问我如何得知父皇患病消息，我当如何作答？”蒙恬皱着眉头哭笑不得，一个如此简单的问题竟能难倒这个英英烈烈的皇子，昔日扶苏安在！蒙恬一直没有说话，只在幕府大厅里无休止地转悠着。扶苏也一直没有说话，只在案前抱着头流泪。直至五更鸡鸣，草原的浩浩晨风穿堂而过，吹熄了大厅的铜人油灯，远处的青山剪影依稀可见，蒙恬终于艰难地开口了："公子犹疑若此，误事若此，老臣夫复何言……"一句话没说完，蒙恬已经老泪纵横，径自走进了幕府最深处的寝室。

……

蒙恬心头的阴云尚未消散，上郡郡守的特急密书又到了。

上郡郡守禀报说：皇帝陛下的大巡狩行营一路从旧赵沙丘西来，业已从离石[1]要塞渡过大河进入上郡，目下已经接近九原直道的阳周段[2]；行营前行特使是卫尉杨端和的中军司马，给郡守的指令是：皇帝陛下须兼程还国，郡守县令免予召见，只需在沿途驿站备好时鲜菜蔬猪羊粮草即可。郡守请命，可否报知九原大将军幕府？两特使回答，不需禀报。郡守密书说，因上郡军政统归九原大将军幕府统辖，上郡粮草专供九原大军，输送皇帝行营后必得另征大军粮草，故此禀报，请大将军作速定夺。

"怪矣哉！陛下进入上郡，何能不来九原？"

灯光摇曳，心念一闪，此前由蒙毅密书引发的种种忧虑立时一齐扑到心头。蒙恬一边拭着额头冷汗，一边大步焦躁地转悠着，思绪翻飞地推想着种种蹊跷迹象背后的隐秘。陛下既然已经从琅邪动身西来，连续渡过济水与大河，其意图几乎肯定是要北来九原；行营既然在沙丘驻屯几日，很可能是皇帝病势再度发作了；可是，能接着西进渡河，又已经进入上郡，显然便是皇帝病情再度减轻了；病情既轻，开上直道舒缓行进，距九原也不过一日路程，如何却急匆匆又要立即回咸阳？如此行止既不合常理，更不合皇帝宁克难克险而必欲达成目标的强毅秉性，实在大有异常！更有甚者，皇帝即或万一有急务须兼程回咸阳，以皇帝运

[1] 离石，战国秦汉时之黄河渡口要塞，在今陕北吴堡（西）与山西离石（东）之间的河段地带。

[2] 阳周，战国秦时河西地带军事重镇，属上郡辖区，秦直道经此南下抵甘泉，在今陕北绥德县西之秦长城地带。

筹大才，更会提前派出快马特使，急召扶苏蒙恬南下于阳周会合，将大事妥善处置。毕竟，皇帝要来九原是确定无疑的意向，如何能没有任何诏书与叮嘱便掠过九原辖区南下了？皇帝陛下久经风浪，当机立断过多少军国大事，无一事不闪射着过人的天赋与惊人的灼见，如今善后大政，会如此乖戾行事么？

“不。陛下断不会如此乖戾！”

陡然，一个念头电光石火般掠过心田，蒙恬脊梁骨顿时一阵发凉，眼前一黑，不由自主地跌倒在了将案……不知几多时辰，蒙恬悠然醒来，一抹蒙眬双眼，竟是一手鲜血！上天有眼，幸亏方才额头撞在了案角，否则还不知能不能及时醒来。顾不得细想，蒙恬倏地起身大步走进浴房，冲洗去一脸血迹自己施了伤药，又大步匆匆冲出幕府，跨上战马风驰电掣般飞向了监军行辕。

草原的夏夜凉风如秋，大军营地已经灯火全熄，只有一道道鹿砦前的串串军灯在高高云车上飘摇闪烁。夜间飞驰，很难在这茫茫营地中辨别出准确的方位。蒙恬不然，天赋过人又戎马一生，对九原大军与阴山草原熟悉得如同自家庭院，坐下那匹雄骏的火红色胡马，更是生于斯长于斯熟悉大草原沟沟坎坎的良种名马。一路飞驰一路思虑，蒙恬没有对战马做任何指令，就已经掠过了一片片营地军灯，飞进了监军行辕所在的山麓营地。

“紧急军务，作速唤醒公子！”尚未下马，蒙恬厉声一喝。

偌大的监军行辕黑沉沉一片，守着辕门口的艾草火坑躲避蚊虫的护卫司马闻声跳起，腾腾腾便砸进了辕门内的庭院。片刻之间，原木大屋的灯火点亮了。几乎同时，蒙恬已经大踏步走进了庭院，急匆匆撩开了厚重的皮帘。

“大将军，匈奴南犯了？”扶苏虽睡眼惺忪，却已经在披甲戴胄了。

“比匈奴南犯更要紧。”蒙恬对扶苏一句，转身一挥手对还在寝室的护卫司马下令道，“监军寝室内不许有人，都到辕门之外，不许任何人擅自闯入！”

“嗨！”司马挺身领命，带两名侍奉扶苏的军仆出了寝室。

“大将军，何事如此要紧？”扶苏一听不是匈奴杀来，又变得似醒未醒了。

“公子且看，上郡密书！”

扶苏皱着眉头看罢，淡淡道：“大将军，这有甚事？”

“公子！陛下入上郡而不来九原，正常么？可能么？”

“父皇素来独断，想去哪便去哪，有甚……”

“公子，你以为，陛下素来独断？”蒙恬惊愕的目光盯住了扶苏。

“父皇胜利得太多，成功得太多，谁的话也不会听了。”

“公子，这，便是你对君臣父子歧见的省察评判？”

“大巡狩都如此飘忽不定，若是君臣会商，能如此有违常理么？”

“大谬也！”蒙恬怒不可遏，一拳砸上书案，额头伤口挣开，一股鲜血骤然朦胧了双眼。一抹一甩血珠，蒙恬愤然嘶声道，“国家正在急难之际，陛下正在垂危之时！你身为皇长子不谋洞悉朝野，不谋振作心神，反倒责难陛下，将一己委屈看得比天还大！是大局之念么？蒙毅密书已经明告，陛下可能来九原。陛下来九原作甚？还不是要明白立公子为皇太子？！还不是要老臣竭尽心力扶持公子安定天下？！陛下如此带病奔波，显然已经自感垂危！今陛下车驾西渡大河进入上郡，却不来九原，不召见你我，咫尺之遥却要径回咸阳，不透着几分怪异么？陛下但有一分清醒，能如此决断么？不会！断然不会！如此怪异，只能说陛下已经……至少，已经神志不清了……”一语未了，蒙恬颓然坐地，面如死灰，泪如泉涌。

“大将军是说，父皇生命垂危？”扶苏脸色骤然变了。

“公子尽可思量。”蒙恬倏地起身，“公子若不南下，老臣自去！老臣拼着大将军不做，也要亲见陛下！陛下垂危，老臣不见最后一面，死不瞑目……”

“大将军且慢！”扶苏惶急地拦住了大步出门的蒙恬，抹去泪水道，“父皇果真如此，扶苏焉能不见？只是父皇对我严令在先，目下又无诏书，总得谋划个妥善方略。否则，父皇再次责我不识大局，扶苏何颜立于人世……”

“公子果然心定，老臣自当谋划。”蒙恬还是沉着脸。

“但有妥善方略，扶苏自当觐见父皇！”

“好！公子来看地图。”

蒙恬大步推开旁门，进入了与寝室相连的监军大厅，点亮铜灯，又一把拉开了大案后的一道帷幕，一张可墙大的《北疆三郡图》赫然现在眼前。待扶苏近前，蒙恬便指点着地图低声说将起来。忧心忡忡的扶苏不断地问着，蒙恬不断地说着，足足一个时辰，两人才停止了议论。蒙恬立即飞马返回幕府，扶苏立即忙乱地准备起来。

黎明时分，一支马队飞出了九原大营。

清晨时分，蒙恬率八千精锐飞骑轰隆隆向上郡进发了。

蒙恬的谋划是三步走：第一步，派王翦之孙王贲之子王离为特使，赶赴阳周，以迎候皇帝行营北上巡视为名，请见皇帝当面禀报九原大捷与长城即将竣工的消息。蒙恬推测，王贲与皇帝最是贴心相得，皇帝素来感念王氏两代过早离世，亲自将年轻的王离送入九原大军锤炼，以王离为特使请见，陛下断无不见之理。第二步，若王离万一不能得见皇帝，则扶苏立即亲自南下探视父皇病情，如此所有人无可阻挡，真相自然清楚。第三步为后盾策应：蒙恬自率八千飞骑以督导粮草名义进入上郡，若皇帝果然意外不能决事，甚或万一离世，则蒙恬立即率八千飞骑并离石要塞守军兼程开赴甘泉宫截住行营，举行大臣朝会，明确拥立扶苏为二世皇帝！蒙恬一再向扶苏申明，这最后一步是万一之举，但必须准备，不能掉以轻心。扶苏沉吟再三，终究是点头了。

王离马队飞到阳周老长城下，正是夕阳衔山之时。

九原直道在绿色的山脊上南北伸展，仿佛一条空中巨龙。夏日晚霞映照着林木苍翠的层峦叠嶂千山万壑，淋漓尽致地挥洒着帝国河山的壮美。年轻的王离初当大任，一心奋发做事，全然没有品评山水之心。王离很明白，皇帝虽然破例特许自己承袭了大父王翦的武成侯爵位，然自己没有任何功业，在早已废除承袭制的大秦法度下，其实际根基仍然是布衣之身，一切仍然得从头开始。故此，王离入九原军旅，其实际军职不过一个副都尉而已。若非王氏一门两代与皇帝的笃厚交谊，论职司这次特使之行是不会降临到他头上的。唯其如此，年轻的王离很是看重这次出使。临行之时，大将军蒙恬与监军大臣扶苏虽然没有明说来龙去脉，精明过人的王离却能从两位统帅的神色中觉察到一股异常的气息——觐见皇帝事关重大，绝非寻常禀报军情。

“大巡狩行营开到！三五里之遥——！”

王离正要下令扎营造饭，远处山脊上的斥候一马飞来遥遥高呼。

“整肃部伍，上道迎候陛下！”

王离肃然下令。沓沓走马，百骑马队立即列成了一个五骑二十排的长方阵，打起“九原特使”大旗，部伍整肃地开上了宽阔的直道向北迎来。未及片刻，便见迎面旌旗森森车马辚辚，皇帝行营的壮阔仪仗迎面而来。突然，王离身后的骑士们一片猛烈的喷嚏声，战马也咴咴嘶鸣喷鼻不已，一人喊了声：“好恶臭！”王离猛力揉了揉鼻头，厉声喝令：“人马噤声！道侧列队！”片刻间马队排列道侧，避过了迎面风头，腥臭之气顿时大减，马队立即安静了下来。王离飞身下马，肃然躬身在道边。

“九原特使何人？报名过来！”前队将军的喊声飞来。

“武成侯王离，奉命迎候皇帝陛下！”

“止队！武成侯稍待。”行营车马停止了行进，一阵马蹄向后飞去。

良久，一辆青铜轺车在隐隐暮色中辚辚驶来，六尺伞盖下肃然端坐着须发灰白的李斯。王离自幼便识得这位赫赫首相，当即正身深深一躬：“晚辈王离，见过丞相。”李斯没有起身，更没有下车，只一抬手道：“足下既为特使，老夫便说不得私谊了。王离，你是奉监军皇长子与大将军之命而来么？”王离高声道：“回禀丞相，王离奉命向陛下禀报二次反击匈奴大捷，与长城竣工大典事！”李斯沉吟道：“武成侯乃大秦第一高爵，原有随时晋见陛下之特授权力。然则，陛下大巡狩驰驱万里，偶染寒热之疾，方才正服过汤药昏睡。否则，陛下已经亲临九原了。武成侯之特使文书，最好由老夫代呈。”王离一拱手赳赳高声道：“丞相之言，原本不差。只是匈奴与长城两事太过重大，晚辈不敢不面呈陛下！”李斯淡淡一笑道：“也好。足下稍待。”说罢向后一招手，“知会中车府令，武成侯王离晋见陛下。”轺车后一名文吏立即飞马向后去了。李斯又一招手道：“武成侯，请随老夫来。”说罢轺车圈转，辚辚驶往行营后队。王离一挥手，带着两名捧匣军吏大步随行而来。

大约走罢两三里地，李斯轺车与王离才穿过了各色仪仗车马，进入了道旁一片小树林。王离与两名军吏走得热汗淋漓，一路又闻阵阵腥臭扑鼻，越近树林腥臭越是浓烈，不禁便有些许眩晕。及至走进树林，王离已经是脚步踉跄了。

沉沉暮色中，小树林一片幽暗。一大排式样完全一样的驷马青铜御车整齐排列着，双层甲士围成了一个巨大的圆阵，将御车围在了中央一片空地，前方甲士借着两排大树肃立，正好形成了一条森严的甬道。

“武成侯晋见——！”甬道尽头，响起了赵高悠长尖亮的特异嗓音。

“臣，王离参见……”话未说完，王离在一阵扑鼻的腥臭中跌倒了。

“武成侯不得失礼！”赵高一步过来扶住王离，惶恐万分地低声叮嘱。

“多谢中车府令。”王离喘息着站稳，重新报号施礼一遍。

“九原，何事？”前方车内传来一阵沉重的咳嗽喘息，正是熟悉的皇帝声音。

“启禀陛下：公子扶苏、大将军蒙恬有专奏呈上。”

“好……好……”御车内又一阵艰难喘息。

赵高快步过来接过王离双手捧着的铜匣，又快步走到御车前。王离眼见御车两侧的侍女拉开了车前横档，睁大眼睛竭力想看清皇帝面容，奈何一片幽暗又没有火把，腥臭气息又使人阵阵眩晕，无论如何也分辨不出车中景象。

“赵高，给朕，念……”

赵高遂利落地打开铜匣，拿出了一卷竹简。一个内侍举来了一支火把。王离精神一振，跨前两步向车中打量，也只隐隐看见了车中捂着一方大被，大被下显出一片散乱的白发。正在王离还要凑近时，旁边赵高低声惶恐道：“武成侯，不得再次失礼！”显然，赵高是殷切关照的。王离曾经无数次地听人说起过这位中车府令的种种传奇，对赵高素有敬慕之心，一闻赵高的殷切叮嘱，当即后退两步站定了。此时，王离听赵高一字一顿地高声念道：“臣扶苏、蒙恬启奏陛下：匈奴再次远遁大漠深处，边患业已肃清！万里长城东西合龙，即将竣工！臣等期盼陛下北上，亲主北边大捷与长城竣工大典，扬我华夏国威。臣等并三军将士，恭迎陛下——！”

“好……好……”

车中又一阵咳嗽喘息，嘶哑的声音断续着，“王离，晓谕蒙恬、扶苏……朕先回咸阳，待痊愈之日，再，再北上……长城大典，蒙，蒙恬主理……扶苏，军国重任在身，莫，莫回咸阳。此，大局也……”一阵剧烈的咳嗽喘息后，车内沉寂了。

“陛下睡过去了。”赵高过来低声一句。

王离深深一躬，含泪哽咽道：“陛下保重，臣遵命回复！”

李斯轻步走了过来，正色低声叮嘱道：“武成侯请转告监军与大将军：陛下染疾，长城重地务须严加防范；但凡紧急国事，老夫当依法快马密书，知会九原。”

“谨遵丞相命！”王离肃然一拱。

赵高过来一拱手：“丞相，是扎营夜宿，还是趁凉夜路？”

李斯断然地一挥手：“夜风清爽，不能耽延，上路！”

一名司马快步传令去了。片刻之间，直道上响起了沉重悠远的牛角号。王离肃然一拱手道：“丞相，晚辈告辞！”转身大步走了。及至王离走出树林走上直道，皇帝的大巡狩仪仗已经启动了。夜色中，黑色巨流无声地向南飘去，一片腥臭在旷野弥漫开来。

蒙恬军马正欲开出离石要塞，扶苏与王离飞马到了。

听罢王离的备细叙说，蒙恬良久沉默了。扶苏说，依王离带来的皇帝口诏，他已经不能去晋见父皇了。扶苏还说，父皇体魄有根基，回到咸阳一定会大有好转的。蒙恬没有理会扶苏，却突然对着王离问了一句：“你说几被腥臭之气熏晕，可知因由？”王离道：“两位随我晋见的军吏看见了，大约十几车鲍鱼夹杂在行营车马中，车上不断流着臭水！”说话间王离又打了一个响亮的喷嚏，显然对那腥臭气息厌恶至深。蒙恬又问：“如此腥臭弥漫，大臣将士，丞相赵高，没有异常？”王离又摇头又皱眉道："我也想不明白。当真是奇了！丞相赵高与一应将士内侍，似乎都没长鼻子一般，甚事皆无！"蒙恬目光猛然一闪道："且慢！没有鼻子？对了，你再想想，他们说话有无异常？"王离拍拍头凝神回思片刻，猛然一拍掌道："对了对了！那仪仗将军，还有丞相，还有赵高，话音都发闷，似乎都患了鼻塞！对！没错！都是鼻子齉齉的！"

"公子，不觉得有文章么？"蒙恬脸色阴沉地看了看扶苏。

"再有文章，只要父皇健在，操心甚来？"扶苏似乎有些不耐。

蒙恬无可奈何，苦涩地笑了笑，不说话了。以蒙恬的天赋直觉更兼内心深处之推测，分明此中疑点太多，王离看到的绝非真相。然则，他没有直接凭据，不能说破。王离亲见皇帝尚在，你能说皇帝如何如何了？毕竟，随皇帝出巡的李斯等大臣个个都是帝国元勋，赵高更是朝野皆知的皇帝忠仆，说他们合谋如何如何，那是一件何等重大的罪名，身为尊崇法治的大秦大将军，岂能随意脱口说出？蒙恬需要的是挑出疑点，激发扶苏，使扶苏刨根问底，他来一一解析。最终，蒙恬依旧想要激发扶苏南下甘泉宫或直奔咸阳，真正查明真相。蒙恬设想的最后对策是：若皇帝已经丧失了断事能力，或已经归天，则扶苏联结蒙毅、李信守定咸阳，他则立即率军二十万南下，一举拥立扶苏即位！可是，这一切，都首先需要扶苏的勇气与决断力，需要父子血亲之情激发出的孝勇之心。只要扶苏怀疑父皇病情，只要扶苏决意澄清真相而必欲面见皇帝，大事才有可能。也就是说，只有扶苏如同既往那般果决地行动起来，蒙恬才有伸展的余地。毕竟，蒙恬的使命是实现皇帝的毕生意愿，拥立扶苏而安定天下。扶苏死死趴着不动，蒙恬能以何等名义南下咸阳整肃朝局？显然，眼前这位性情大变的皇长子监军大臣，似乎一切勇气都没有了，只想铁定地遵守法度，铁定地依照父皇诏书行事，绝不想越雷池半步了。甚或，扶苏对蒙恬的连绵疑虑已经觉得不胜其烦了。当此之时，蒙恬要对已经变得迂阔起来的扶苏，剖析守法与权变的转合之理，显然是没有用了。若咸阳没有确切消息，或皇帝没有明确诏书，目下局面便是只能等待。

“公子先回九原，老臣想看看大河。”

蒙恬一拱手，转身大踏步去了。

登上离石要塞的苍翠孤峰，俯瞰大河清流从云中飞来切开崇山峻岭滔滔南下，蒙恬的两眼湿润了。三十多年前，少年蒙恬义无反顾地追随了雄心勃勃的秦王嬴政，一班君臣携手同心披荆斩棘克难克险，整肃秦政大决泾水打造新军剪灭六国统一天下重建文明盘整华夏，一鼓作气，一往无前，那情形历历如在眼前，活生生一幅大河自九天而下的宏大气象啊！……曾几何时，一片清明的大秦庙堂却变得扑朔迷离了，难以捉摸了。陛下啊陛下，你果然康健如昔，你果然神志清明，何能使阴霾笼罩庙堂哉？！如今，匈奴之患肃清了，万里长城竣工了，复辟暗潮平息了；只要万千徭役民众返归故里，再稍稍地宽刑缓政养息民力，大秦一统河山便坚如磐石也。当此之时，陛下只需做好一件事，明定扶苏为储君，陛下之一生便将是没有瑕疵的大哉一生了。陛下啊，你何其英断，何其神武，如何偏偏在确立储君这件最最要紧的大事上踟蹰二十年不见果决明断？陛下啊陛下，当此之时，你当真撒手归去，大秦之乱象老臣不堪设想啊……

遥望南天，蒙恬心痛难忍，眼眶却干涩得没有一丝泪水。

二　赵高看见了一丝神异的缝隙

一过雕阴要塞，赵高心头怦怦大动起来。

从沙丘上路以来，赵高无一日不紧张万分。若非三十余年在权力风暴中心磨炼出的异常定力，赵高很可能已经崩溃了。皇帝的骤然病逝太不可思议了，一轮光芒万丈的太阳陡地被天狗吞噬了，天地间一片黑暗，谁都不敢轻易抬脚了。只有赵高的一双特异目光，隐隐看到了黑暗中的一丝缝隙，隐隐看到了这一丝缝隙中弥散出的天地神异，心头怦怦大跳着。然则，更令赵高紧张的是，天狗吞日是一时的，若不能在这片时黑暗之中飞升到那神异的天地，阳光复出，一切都将恢复常态，自己将只能永远地做一个皇室宦臣，永远地丧失那无比炫目的神异天地。每每心念及此，赵高便紧张得透不过气来。短短的回归路程，赵高几乎要散架了，夜不能安卧，日不能止步，除了八方奔走应对种种纰漏与急务，还得恰如其分地在李斯等大臣们面前表现出深重的悲痛，还得思绪飞转地反复揣摩内心深处那方神异天地。旬日之间，一个丰神劲健的赵高倏忽变成了一个须发虬结形容枯槁的精瘦人干，每日挑着宽大的衣衫空荡荡水桶般在行营车马中奔走，引来将士大臣们的一片感慨与怜悯。不知多少次，心力交瘁的赵高都要放弃闪烁在心底的神异天地了。可是，每每当他闪现出这个念头时，总有一种神奇的迹象，使他心底掠过一阵惊喜，心头又是勃勃生机。

沙丘宫的风雨之夜，赵高看到了第一丝亮光。

李斯没有要他在大臣们面前立即出示皇帝遗诏，也没有公议皇帝遗诏如何最快处置。李斯以当下危局为理由，将包括皇帝遗诏在内的一应国事，都推到了回咸阳议决。赵高不相信李斯当真在皇帝病逝的那一刻悲怆得昏乱了，没有理事才具了，果真如此，那还是李斯么？李斯的这一决策，使赵高第一次陡然心动，依稀看见了到达那方神异天地的可能。原因只有一个，李斯首相有斡旋朝局之私欲，没有将拥立新皇帝看得刻不容缓！毕竟，皇帝猝然归天，二世皇帝尚未确立，李斯便是权力最大的人物；其时，若李斯秉持法度，要赵高当即公示皇帝遗诏，并当即派特使将皇帝遗诏发往九原，闪烁在赵高眼前的那方神异天地便会立即化为乌有，一切将复归可以预知的常态——扶苏主持大局，帝国平稳交接。所幸者，李斯没有如此处置，慌乱悲怆的大臣们也没有人想到去纠正李斯，一切都顺理成章而又鬼使神差地被异口同声决断了。不。应该说，只有赵高想到了其中的黑洞。可是，赵高不会去提醒李斯，也不会去纠正李斯。因为，精明绝伦的赵高立即从李斯的处置方式中捕捉到了一丝希望——李斯可以不对随行大臣公示遗诏，他便可以不对李斯出示遗诏！而只要皇帝遗诏没有公示，丞相李斯的隐秘忌惮与一己私欲便会持续，丞相府这架最大的权力器械便存在倾斜于赵高天地的可能。至于李斯究竟忌惮何来，李斯的私欲究竟指向何方，赵高完全不去想。赵高只死死认定一点：一个在皇帝猝逝的危难时刻敢于搁置皇帝遗诏的权相，内心一定有着隐秘的私欲，而这一私欲不可能永远地隐藏。

自沙丘一路西来，赵高再次看到了一丝丝亮光闪烁眼前。

皇帝死于盛夏酷暑而秘不发丧，一路须得着意掩盖的痕迹便不可胜数了。而从种种难题的解困之策，赵高则确定无疑地一次次领略了李斯的权变计谋。车载鲍鱼以遮尸臭，是赵高最先提出的应急对策。赵高所说的鲍鱼，不是真正产出珍珠的鲍鱼，而是用盐浸渍的任何鱼类。因盐浸鱼皮，故此等咸鱼原本写作“鞄鱼”。“鞄”字本读“袍”音，然民间多有转音读字，故市井民间多读作鲍鱼之鲍，时日渐久相沿成习，盐浸咸鱼与真正的鲍鱼，都被唤作鲍鱼了。孔子所谓的“如入鲍鱼之肆，久而不闻其臭。”说的便是这种盐浸咸鱼。死鱼以盐腌制，在夏日自然是腥臭弥散。

赵高没有料到的是，咸鱼腥臭夹着尸身腐臭浓烈弥散，大臣将士们根本无法忍受。上路当日，将士们呕吐频发，大队车马走走停停，一日走不得三五十里。次日，胡毋敬与郑国两位老臣连续昏厥三次，顿弱也在辒车中昏昏不省人事，眼看三位老臣奄奄一息。当时李斯立即决断：将三位老臣留在邯郸郡官署养息，入秋时由邯郸郡守护送回咸阳。送人之时，偏偏顿弱陡然醒来，死死抓住了辒车伞盖铜柱，声称不死不离开皇帝陛下，才勉力留了下来。李斯的临机决策大得人心，独赵高却看出了其中隐秘——不送两位老臣回咸阳而偏偏留在邯郸，是有意无意地疏散重臣，使朝中要员不能在行营回归之前聚集咸阳！

更令赵高叫绝的是，李斯与顿弱及两名老太医秘密会商，在当晚扎营起炊时在各营炖煮咸鱼的军锅里不知放置了何种草药，将士大臣竟全数莫名其妙地鼻塞了，甚也闻不到了。后来，辎重营熬制的凉药茶分发各部，将士大臣们日日痛饮，从此便甚事也没有了。李斯的此等机变，是以博大渊深的学问为根基的，赵高自愧弗如，心下生出的感喟是——只要李斯同心，所有的权变之术都将在无形中大获成功！

阳周老长城会见九原特使王离，是最当紧的一个关节。无论从哪方面说，只要有公心，或有法度信念，李斯都当有不同的处置——或立即奔赴九原会见扶苏蒙恬，或密令王离急召扶苏蒙恬来见，共商危难交接长策。须知，秘不发丧是为防备山东老世族作乱而议决的对策，绝不是针对扶苏蒙恬这等血肉肱股之臣的。然则，李斯并未如此处置，却立即找到赵高密商如何支走王离，并力图不使扶苏蒙恬知道皇帝病逝消息。当时，李斯的说辞是："方今皇帝病逝，九原立成天下屏障。若皇帝病逝消息传入胡地，匈奴必趁机聚结南下！其时，皇长子与大将军悲怆难当，何能确保华夏长城不失！为防万一，当一切如常，国事回咸阳再从容处置！"赵高心明眼亮，立即明白了李斯内心的忌惮所在，也清楚地听出了李斯说辞的巨大漏洞。然则，赵高想也没想便一力赞同了李斯，并立即在片刻之间安置好了一切，将年轻的王离瞒了个结结实实。

若没有李斯的种种异常，赵高断然不敢推出自己的秘密伞盖。

在皇帝身边三十余年，赵高一丝一缕地明白了庙堂权力的无尽奥妙与艰难险危。即便在大阳炎炎最为清明的秦国庙堂，也有着一片片幽暗的角落。这一片片幽暗的角落，是人心最深处的种种恶欲，是权力交织处的种种纽结，是风暴来临时各方利害的冷酷搏杀，是重重帷幕后的深深隐秘。赵高一生，不知多少次的奉皇帝密令办理秘事。赵高秘密扑杀过皇帝最为痛恨的太后与嫪毐的两个私生子，在攻灭邯郸后，又秘密杀光了当年蔑视欺侮太后家族与少年嬴政的所有豪强家族与市井之徒；至于刺探王族元老与权臣隐秘，部署侍女剑士进入黑冰台秘密监视由姚贾顿弱执掌的邦交暗杀等等，更是不计其数了。赵高一生，始终活跃在幽暗的天地里。赵高精通秦法，却从来没有真正信奉过秦法。在赵高心目中，再森严整肃的法治，都由定法的君王操纵着；庙堂权力的最高点，正是一切律法的空白点。在巍巍矗立的帝国法治铁壁前，赵高看见了一丝特异的缝隙。这道特异的缝隙，是律法源头的脆弱——在所有的权力风暴中，只有最高的帝王权力是决定一切的；帝王能改变律法，律法却未必能改变帝王；只要帝王愿意改弦更张，即使森严如秦法也无能为力。为此，屡屡身负触法重罪的赵高要逃脱秦法的制裁，只有最大限度地靠近甚或掌控君王最高权力。赵高以毕生的阅历与见识，锤炼出了一顶特异的遮身伞盖。

自从皇帝将少皇子胡亥交给赵高，这一独特目标便隐隐地生发了。随着岁月流转，赵高的这顶独特伞盖终于大体成形了。数年之间，赵高教导的胡亥，已经是一个丰神俊秀资质特异的年轻皇子了，虽未加冠，却已经成熟得足可与大臣们会议国政了。为了使胡亥能够坚实地立足于皇子公主之林，赵高以最严厉的督导教给了胡亥两样本领：一则是通晓秦法，一则是皇帝风范。对于苦修秦法，胡亥是大皱眉头的，若非赵高的严厉督导，这个曾被皇帝笑作“金玉其外，实木其中”的荷花公子肯定是一条秦法也不知所以。然对于修习皇帝风范，胡亥却乐此不疲。赵高的本意，是要通过修习皇帝风范袪除胡亥的声色犬马气息，好在将来正正道道地做个大臣或将军。一旦皇帝辞世，胡亥所在便是赵高的归宿。赵高深知，自己与闻机密太多，在扶苏二世的庙堂里是不可能驻足的。令赵高大大出乎意料的是，胡亥并没有真正地修习皇帝的品性与才具，却将皇帝的言谈举止模仿得惟妙惟肖，连声音语调都惊人的相似。一日夜里，赵高正在灯火熄灭的帷幕里折腾一个曾经侍奉过皇帝一夜的侍女，廊下骤然一声咳嗽，赵高立即从榻上跳将下来，跪伏在地瑟瑟发抖。突然一阵哈哈笑声，赵高又吓得大跳起来，一脸诡秘的胡亥正笑吟吟站在面前！赵高又恼怒又惊慌，当即严厉申斥了胡亥，说如此模仿皇帝陛下，要被砍十次头，绝不能教不相关者知道！胡亥惶恐万分地诺诺连声，丝毫没想到自己也熟悉的秦法里，根本就没有十次砍头之罪。

若没有李斯的会商求告，赵高不会贸然推出“皇帝风范”的胡亥。

胡亥，是一个无能而又具有特异天赋的皇子。最要紧的，胡亥是赵高的根基。当那片神异天地在赵高眼前闪烁时，最灿烂的影子便是这个胡亥。如今，从沙丘宫到阳周老长城的短短路程之间，李斯也隐隐约约地走近了这片神异的天地，不时晃动在赵高眼前。然则，赵高无法确切地知道，李斯究竟是否能真正地走入这片天地？毕竟，李斯是位极人臣的法家大才，是帝国广厦的栋梁，是天下最有资望与权势的强臣，要李斯走进赵高心中的神异天地，李斯图谋何等利市呢？官职已经大得不能再大，资望已经高得不能再高，荣耀富贵也已经是无以复加，丞相之职，通侯之爵，举家与皇帝多重联姻；普天之下，除了皇帝，能有几人如同李斯这般尊崇？没有。一个都没有。王翦王贲父子固然比李斯爵位高，然却恬淡孤冷，除了战场统兵，其对国政的实际掌控力远远不如李斯。蒙恬蒙毅兄弟虽一内一外，群臣莫敢与之争，然却距离实际政务较远，与皇族融为一体的根基早已不如李斯家族了；若扶苏做不得二世皇帝，蒙氏兄弟纵然可畏，也不是没有应对之策。如此一个李斯，赵高的那片神异天地能给李斯何等尊荣呢？唯其如此，赵高仍然得继续查勘李斯，得继续结交李斯，得走进李斯的心田，看清那里的沟沟坎坎。

至少，一个突然的消息，使赵高生出了吃不准李斯的感觉。

一个小内侍奉赵高之命，例行向李斯禀报“皇帝病况”，却不经意看到了李斯正与自己的舍人秘密议事。小内侍只听见了“姚贾如何”几个字。待小内侍走近，舍人立即匆匆出帐，随即，帐外一阵急促的马蹄声远去了。赵高心头蓦然一闪，立即断定这是李斯要密邀姚贾北上。姚贾北上做甚？自然是要与李斯合谋对策了。姚贾何许人也？李斯的铁定臂膀，官居九卿之首的廷尉，又曾多年执掌邦交，极擅策划秘事。如此一个人物先群臣而来，岂非李斯心存私欲斡旋朝局的开始？当然，李斯越有私欲，赵高心下越踏实。赵高此时深感不安的是，李斯究竟何事不能决，而要与姚贾会商合谋？李斯的心结在何处？是靠近那片神异天地，还是疏远那片神异天地？赵高唯一能够确定的是，无论姚贾如何主张，李斯的盘算都是根基，不将李斯内心根基探查清楚，一切都落不到实处。至少，在进入甘泉宫[1]之前，应该对李斯心思的趋向有所探查。

赵高没有料到，这个时机是李斯送上门来的。

送走王离，大巡狩行营连夜从直道南下。将及黎明时分，好容易才在一辆皇帝副车中打起鼾声的赵高，突然接到了李斯书吏的传令：丞相正在前方一座山头树林中等候中车府令，须得会商紧急事务。赵高二话没说，下车飞马赶去了。山风习习的林下空地中，只有李斯一个人踽踽转悠着，几名举着火把的卫士都站在林边道口。赵高提着马鞭走进一

1] 甘泉宫，秦时行宫，遗址在今陕西省淳化县之甘泉山。

片朦胧的树林，第一眼看见的，是李斯腰间的一口长剑。数十年来，这是赵高第一次看见李斯带剑，心下不禁怦然一动——杀心戒心，李斯何心？赵高走过去深深一躬，不说话了。幽暗的夜色中，李斯沙哑的声音飘了过来："老令，行营将过义渠旧地，这几日行程有何见教？"赵高思忖间一拱手道："高无他议，唯丞相马首是瞻！"李斯没有一句赞许，也没有一句谦辞，默然转悠片刻，突然道："咸阳宫今夏储冰几多？"赵高思绪电闪，一拱手道："禀报丞相，赵高尚未与给事中互通，不知储冰如何。然则，以赵高推测：皇帝出巡，只怕储冰会有减少。"李斯叹息了一声，语气透着几分无奈："若储冰不够，国丧之期足下如何维持？"赵高依旧是拱手道："高无他意，唯丞相马首是瞻！"李斯肃然道："老夫欲使皇帝行营驻跸甘泉宫，发丧后再回咸阳，足下以为如何？"赵高小心翼翼地道："如此，丞相可尽快处置遗诏事，高无他议。"李斯却道："议决遗诏事，至少得三公九卿大臣聚齐方可。目下宜先行安置好陛下，再相机举行朝会！"赵高心头猛然一跳，当即一拱手高声道："甘泉山洞凉如秋水，正宜陛下，丞相明断！"李斯一点头，赵高一拱手，两人便各自去了。

将近午时，一夜行进的将士车马在泥阳[1]要塞外的山林河谷中扎营了。

各营各帐起炊造饭时，同时接到了行营总事大臣李斯的书令——丞相奉皇帝口诏，各营歇息整肃，午后申时整装进发，直抵甘泉山之甘泉宫驻跸。

---

[1]　泥阳，战国秦时城邑，因在源自陇东的泥水下游的北岸，故名，大约在今陕西旬邑县西北地带。

三　残诏断句　李斯的勃勃雄心燃烧起来了

廷尉姚贾接到密书，星夜赶到了甘泉宫。

这座行宫城邑，坐落在泾水东岸的甘泉山。当初建造之时，因此地林木茂密河谷明亮，故有了一个官定名称——林光宫。然则，此地更有山泉丰沛多生，甘泉山之名人人皆知。是故，秦川国人不管官府如何名称，只呼这座行宫为甘泉宫。久而久之众口铄金，林光宫之名反倒淡出，朝野皆呼甘泉宫了。甘泉宫原本是一片庭院的小行宫，始皇帝在灭六国大战开始之前对北方匈奴极为警觉，派蒙恬坐镇九原郡河南地的同时，也将北出咸阳二百余里的甘泉山小行宫扩建为颇具规制的城邑式行宫，以备国难之时驻跸甘泉宫督导对匈奴作战。这座行宫城邑周迴十余里，沿山脊筑起石墙，山麓隐蔽处建造砖石庭院（宫殿），道道山泉下的冬暖夏凉的洞窟，都被依势改建为隐秘坚固的藏兵所在，外观并不如何壮阔，实际却极具实战统帅部之功效。灭六国之后，秦直道是以甘泉宫（林光宫）为起点直达九原。为此，甘泉宫依然持续着总监北方战事的职能，依然是戒备森严。

轺车方停，姚贾被专一在宫外道口迎候的行营司马领进了一座隐秘的庭院。司马的口信是，丞相诸事繁剧，请廷尉大人先行歇息精神。姚贾心知肚明，微微一笑径自沐浴用饭去了。饭罢，刚刚摆脱咸阳酷暑闷热的姚贾，又在这谷风如秋的幽静庭院大睡了半日，直到暮色沉沉才醒了过来。用过晚汤，已经是月上山头，仍不见李斯消息，姚贾不禁有些迷惑了。毕竟，李斯绝不会一封密书召他来甘泉宫避暑。

“大人，请随我来。”将近三更，那个司马终于来了。

在一道山风习习明月高悬的谷口，姚贾见到了李斯。那个腰悬长剑的枯瘦身影在月光下静静地伫立着，如同一尊冰冷的石雕，弥散出一种令人不安的气息。姚贾心有所思，轻轻地咳嗽了一声。枯瘦的身影蓦然转身，良久没有说话。姚贾深深一躬道：“敢问丞相，可是长策之忧？”李斯猛然大步过来拉住了姚贾双手，用力地摇着：“廷尉终是到了！来，过来坐着说话。”说罢拉着姚贾便走，在一座山崖下一片雪白的大石上停了下来。机敏的姚贾早已经看得清楚，谷口已经被隐蔽的卫士封锁，这片白岩无遮无挡又背靠高高石崖，清凉无风，幽静隐秘，任谁也听不到这里的说话声。唯其明白，姚贾心头愈发沉重。李斯身为领政首相，素来以政风坦荡著称，即或在当年杀同窗韩非的政见大争中也从未以密谋方式行事，今日如何这般隐秘？姚贾心下思忖着坐了下来，拿起旁边已经备好的水袋，啜着凉茶不说话了。

“目下情势不同，廷尉见谅。”李斯坐在了对面，勉力地笑了笑。

“外患还是内忧？”

“且算，内忧。”

“敢请丞相明示。”

“廷尉，这山月可美？”李斯望着碧蓝夜空的一轮明月。

“美得冰凉。”

“设若国有危难，廷尉可愿助李斯一臂之力？”

“赳赳老秦，共赴国难。”姚贾念诵了一句秦人老誓，却避开了话根。

“廷尉，若陛下病势不祥，足下当如何处之？”李斯说得缓慢艰涩。

“丞相！”姚贾大惊，“陛下当真病危？”

“方士害了陛下，陛下悔之晚矣！……”

“目下，陛下病势如何？”姚贾哽咽了。

“上天啊上天，你何其不公也！”李斯凝望夜空，泪水溢满了眼眶。

“丞相明示！陛下究竟如何了？”姚贾突然站了起来。

李斯很明白，姚贾身为廷尉，依据秦法对所有的王公大臣有勘定死因之职责；对于皇帝之死，自然也有最终的认定权；所谓发丧，对帝王大臣而言，就是经御史大夫与廷尉府会同太医署做最终认定后所发布的文告。这里，御史大夫通常是虚领会商，廷尉府则是完成实际程式的轴心权力。在所有大臣中，对任何人都可以在特定时日保持皇帝病逝之机密，唯独对廷尉不可以保密；因为，从发丧开始的所有的国丧事宜，事实上都离不开廷尉府的操持。事实是，任何国丧，都是廷尉府介入得越早越好。李斯之所以用密书方式将姚贾召来，除了姚贾与自己素来同心共谋，还有一个原因，便是姚贾的廷尉职司实在太过重要了。默然片刻，李斯也站了起来。

“廷尉，皇帝陛下，归天了！……”李斯老泪纵横。

“何，何时？何地？”

“七月二十二日，丑时末刻，旧赵沙丘宫……”

“陛下！……”姚贾失声痛哭，浑身颤抖着瘫坐在地。

李斯猛然拔剑，奋力向一方大石砍去，不料火星四溅，长剑当啷断为两截。李斯一时愣然，颓然掷去残剑，跌坐于大石上双手捂脸哽咽不止。姚贾却已经抹去泪水止住哭声，大步走过来道：“丞相，陛下可有遗诏？”李斯一脸沉郁道：“有。在赵高的符玺事所。”姚贾惊讶道：“没有发出？”李斯皱着眉头将当时情形说了一遍，末了道：“山东复辟暗潮汹汹，只能秘不发丧，速回咸阳。不发丧，如何能发遗诏？”姚贾道：“丞相可知遗诏内容？”李斯摇头道：“遗诏乃密诏，如何开启方合法度，老夫尚未想透。”姚贾愣怔片刻，猛然道：“行营从九原直道南来，扶苏蒙恬没有前来晋见陛下？”李斯道：“王离做特使，前来迎候陛下北上九原，被赵高技法支走了。”姚贾大是惊讶：“赵高技法？赵高何能支走王离？”李斯长叹一声，遂将那日情形叙说了一遍，末了道："这件事，老夫深为不安。庙堂宫闱，似有一道黑幕……"这一夜，李斯与姚贾直说到山月西沉，方才出了谷口。

次日午后，姚贾探视典客顿弱来了。

姚贾与顿弱之间渊源可谓久矣。同被秦王延揽，同掌邦交大任，同为帝国九卿，同善秘事谋划。最大不同是两处，一则家世不同，二则秉性不同。姚贾家世贫贱，父亲是大梁看守城门的一个老卒，被人称为"大梁监门子"；是故，姚贾是凭自己的步步实干进入小吏阶层再入秦国的。顿弱却是燕赵世家，名家名士，周游天下而入咸阳的。就秉性而言，姚贾机变精明长于斡旋，与满朝大臣皆有良好交谊；顿弱却是一身傲骨，不屑与人滥交，公事之外只一味揣摩百家经典。在帝国大臣中，几乎只有姚贾与顿弱能够说得上有几分交谊。今春皇帝大巡狩，原定也有姚贾随行，却因李斯提出廷尉府牵涉日常政务太多不宜积压，皇帝才下诏免去了姚贾随行。如此一来，顿弱便成为随行皇帝大巡狩中唯一通晓山东老世族的大臣，原先从事邦交秘密使命的黑冰台也事实上全部交顿弱统领了。皇帝猝然病逝，顿弱病体不支却死也不离开行营，李斯多少有些不安了。

姚贾踏进典邦苑的时分，顿弱正在扶杖漫步。

一道飞瀑流泉下，坐落着典邦苑。这是甘泉宫的独特处，因依着战时秦王统帅部的规制建造，各主要官署都建造有专门的公务庭院。执掌邦交的官署所在，便叫做典邦苑。幽静的山居庭院里，顿弱扶着竹杖踽踽独行，雪白的散发宽大的布衣，身躯佝偻步履缓慢，远远望去分明一个山居老人。

"顿子别来无恙乎！"姚贾遥遥拱手高声。

"姚贾？"顿弱扶杖转身，一丝惊喜荡漾在脸上苍老的沟壑里。

"顿子，看！这是何物？"

“目下不宜饮酒，足下失算了。”顿弱的惊喜倏忽消失了。

“谁说酒了？此乃健身药茶，顿子失算也！”姚贾朗声大笑。

“噤声！笑甚？药茶有甚好笑？”顿弱板着脸。

“哎——你这老顿子，不酒不笑，还教人活么？”

“莫胡说，随老夫来。”顿弱点着竹杖径向瀑布下去了。

姚贾心头顿时一亮——顿弱清醒如常！两人同掌邦交多年，诸多习惯都是不期然锤炼出来的。譬如但说大事，总要避开左右耳目，且要最好做到即或有人听见也不能辨别连贯话音。目下，顿弱将他领到瀑布之下，水声隆隆，对面说话如常，丈余之外却不辨人声，足见顿弱心智如常绝没有迟钝麻木。两人走到瀑布下，相互一伸手作请，不约而同地背靠高高瀑布坐在了距离最近的两方光滑的大石上。顿弱顺手背后一抄，一支盛满清清山泉水的长柄木勺伸到了姚贾面前，随之一声传来：“不比你那药茶强么？”姚贾握住木勺柄腰，低头凑上木勺汩汩两大口，抬头笑道：“果然甘泉，妙不可言！”

“你既来也，自是甚都知道了，何敢屡屡发笑？”顿弱显然不高兴了。

“顿子何意？我知道甚？”

“姚贾若以老夫为迂阔之徒，免谈。”

“顿弱兄……如此，姚贾直言了。”

“愿闻高见。”

“请顿子援手丞相，安定大秦！”

“如何援手？敢请明示。”

“以黑冰台之力剪除庙堂黑幕，确保丞相领政，陛下法治之道不变！”

姚贾说得很是激昂。顿弱却看着远山不说话。默然良久，顿弱的竹杖点着姚贾面前的大石缓缓道："庙堂究竟有无黑幕，老夫姑且不说。老夫只说一件事：依据秦法，黑冰台只是对外邦交之秘密力量，不得介入国政。否则，黑冰台何以始终由邦交大臣统领？天下一统之后，陛下几次欲撤去黑冰台，奈何复辟暗潮汹汹而一再搁置。本次大巡狩之中，大肆追捕山东复辟世族，黑冰台尚未起用。陛下亦曾几次对老夫提及，秦政奉法，黑冰台该当撤除了……"

"陛下可曾颁了撤台诏书？"姚贾有些急迫。

"老夫劝告廷尉，也请廷尉转告丞相。"顿弱回避了姚贾问话，点着竹杖正色道，"治道奉法，秦政之根基也；纵然国有奸佞，亦当依法剪除；大秦素有进贤去佞传统，只要几位大臣联名具奏弹劾不法，蛀虫必除，庙堂必安！"

"姚贾只是虑及万一。顿子主张，自是正道。"

"无非赵高在宫而已，有何万一之虑？"顿弱很不以为然。

"赵高能使胡亥以假乱真，恐非小事。"

"老夫明说了。"顿弱一跺竹杖，霍然站了起来激昂高声道，"以皇帝陛下奠定之根基，一百个赵高，一百个胡亥，也兴不起风浪！陛下之后，大秦危难只有一种可能：丞相李斯有变！只要丞相秉持公心，依法行事，任谁也休想撼动大秦！赵高，一个小小中车府令，纵然在巡狩途中兼领了陛下书房事务，又能如何？只要召扶苏、蒙恬两大臣还国，召郎中令蒙毅来行营收回皇帝书房事务，你便说，赵高能如何？目下之事，老夫想不通！行营已到甘泉宫，丞相为何还不急召扶苏蒙恬？秘不发丧，那是在沙丘宫，老夫也赞同。如今还能秘不发丧？纵然秘不发丧，难道对皇长子，对大将军，也是秘不发丧？怪矣哉！丞相究竟是何心思！……"突然，顿弱打住了。

"顿弱兄，误会了。"姚贾正色道，"变起仓猝，丞相纵有缺失，也必是以安定为上。兄且思忖，丞相与陛下乃大秦法政两大发端，丞相若变，岂非自毁于世哉！至于没有及时知会九原，只怕是虑及万一。毕竟，边塞空虚匈奴南下，其罪责难当……”

“老夫失言，廷尉无须解说。”顿弱疲惫地摇了摇手。

“姚贾一请，尚望顿弱兄见谅。”

“廷尉但说。”

“今日之言，既非政事，亦非私议……”

“老夫明白，一桶药茶而已。”

“如此，姚贾告辞。”

“不送了。足下慎之慎之。”

匆匆走出典邦苑，姚贾驱车直奔丞相署，李斯却不在行辕了。

李斯欲会赵高，赵高欲会李斯，两人终于在望夷台下相遇了。

望夷台者，甘泉宫十一台之一也。咸阳北阪原有望夷宫，取意北望匈奴日日警觉之意。甘泉宫既为对匈奴作战而设，自然也有了一座望夷台。这座高台建造在一座最大山泉洞窟的对面孤峰之上，高高耸立犹如战阵中云车望楼。登上望夷台顶端，整个甘泉山俯瞰无遗，那条壮阔的直道展开在眼前，如巨龙飞出苍翠的大山直向天际。李斯与赵高在台下不期相遇时，两人都有瞬间的尴尬。赵高指着那道巨大的瀑布说，要找丞相禀报陛下安卧所在，好让丞相安心。李斯打量着望夷台说，要向赵高知会发丧日期，好让中车府令预为准备。立即，几乎是不约而同地，两人都说望夷台说话最好。及至登上巍巍高台，残阳晚霞之下遥望巨龙直道壮美山川，两人却都一时无话了。

“丞相，但有直道，驷马王车一日可抵九原。”

“中车府令驭车有术，老夫尽知。”李斯淡漠地点头。

“丞相又带剑了？”赵高目光殷殷。

“此剑乃陛下亲赐，去奸除佞。”李斯威严地按着长剑。

“这支金丝马鞭，亦陛下亲赐，在下不敢离身。”

“足下与老夫既同受陛下知遇之恩，便当同心协力。”

“丞相与陛下共创大业，在下万不敢相比！”赵高很是惶恐。

“发丧之期将到，老夫欲会同大臣，开启遗诏。”李斯切入了正题。

“在下一言，尚请丞相见谅。”赵高谦卑地深深一躬。

“你且说来。”

“在下之意，丞相宜先开遗诏，预为国谋。”

“中车府令何意，欲陷老夫于不法？”

“丞相见谅！”赵高又是深深一躬，“沙丘宫之夜，丞相原本可会同随行大臣，当即开启遗诏。然，其时丞相未曾动议，足见丞相谋国深思。在下据实论事：陛下遗诏未尝写就，说是残诏断句，亦不为过；既是残诏，便会语焉不详，多生歧义；若依常法骤然发出，朝野生乱，亦未可知。为此，在下敢请丞相三思。”

“也是一说。”李斯淡淡点头。

“丞相肩负定国大任，幸勿以物议人言虑也！”赵高语带哽咽再次恳请。

“也好。但依中车府令。”思忖片刻，李斯终于点头了。

“丞相明断！”赵高一抹泪水扑倒在地，咚咚叩首。

瞬息之间，李斯大感尊严与欣慰。皇帝在世之时，赵高官职爵位虽不甚高，却是人人敬畏的人物。对于常常照面的大臣们，赵高不卑不亢，从来不与任何人卑辞酬答。只有在皇帝面前，赵高自甘卑贱，无论皇帝如何发作，赵高都忠顺如一。对大臣扑拜叩首，对于赵高，是绝无仅有的。就目下境况而言，李斯可以不在乎赵高是否敬重自己，然却不能不在乎目下的赵高是否会听命于自己；若赵高要公事公办，将已经封存的皇帝遗诏径自交传车发出，任谁也无权干涉；果真如此，李斯便该正当发丧，正当安国，不再作任何斡旋之想，即或扶苏即位贬黜自己，也只能听天由命了。然则，若赵高信服自己，听命于自己，则事情大有可为也！至少，李斯可在遗诏发出之前，最大限度地安置好退路，不使扶苏与自己的昔日歧见成为日后隐患；更佳的出路则是，通过拥立新帝而加固根基，进而继任丞相，辅佐新帝弘扬大秦法政，成为始皇帝身后的千古功臣。果能如此人臣一生，李斯何憾！所幸者，赵高对自己的敬重超出了预料，赵高所敦请自己要做的事情也恰恰符合了自己的心愿，岂非天意哉！在这片刻之间，李斯已经完全忘记了自己对姚贾提起的宫闱黑幕。那时，李斯从另外一个路径揣摩赵高——封存遗诏不发，以谋个人晋身之阶，奸佞之心可见！如今，赵高敦请自己先行开启遗诏，这便是一心一意地依附了自己。李斯的内心评判是：这才是真正的赵高面目，清醒地权衡出目下的权力轴心，并立即紧紧地依附于这个轴心。此时，李斯已经不需要对赵高做出道德的评判。李斯深深地知道：在大政作为中，只有最终的目标能指向最高的道德，而对任何具体作为的是非计较，往往都会诱使当事者偏离最高的为政大道。李斯所秉持的最终目标，是坚持始皇帝身后的大秦法治，是确定无疑的为政大道。唯其如此，任何依附于李斯者，都符合最高的大政大道，都无需去计较其琐细行径的正当性。

李斯疏通了自己的精神路径，也疏通了赵高的行为路径。

山月初上时分，赵高将李斯领进了一座守护森严的山洞。赵高说，这便是甘泉宫的符玺事所。李斯曾久为秦王长史，也曾亲掌秦王符玺。其时，天下所谓“李斯用事”，一则是指李斯谋划长策秦王计无不用，二则便是指李斯执掌秦王书房政务并符玺事所。符玺者，兵符印玺也。

符玺事所者，昔日秦王兵符印鉴，今日皇帝兵符印玺之存放密室也。任何兵力调动，都得从这里由君王颁发兵符；任何王书诏书发出，都得从这里加盖印玺。是故，符玺事所历来是皇室命脉所在，是最为机密的重地。虽则如此，然就职事而言，帝国时期的符玺事所并未成为独立的大臣官署，既非九卿之一，也非独立散官，而只是郎中令属下的一个属官署。从秦王嬴政到始皇帝时期，执掌符玺事所的大臣先后有三人：王绾、李斯、蒙毅。赵高目下执掌符玺事所，只是在蒙毅离开大巡狩行营后的暂领而已。论资望，李斯是内廷大臣的老资格，丝毫不担心赵高在遗诏封存上故弄玄虚。饶是如此，李斯却没有在这甘泉宫住过，更没有进出过甘泉宫的符玺事所，不知这甘泉宫符玺事所竟设在如此坚固深邃的洞窟之中，心头委实有几分惊讶。

“天字一号铜箱。”一进洞窟，赵高吩咐了一声。

洞壁两侧虽有油灯，两名白发书吏还是举着火把，从洞窟深处抬出了一只带印白帛封口的沉重的铜箱。铜箱在中央石案前摆好，赵高从腰间皮盒掏出了一把铜钥匙，恭敬地双手捧给了李斯。虽未进过这甘泉宫石窟的符玺事所，然李斯对王室皇室的符玺封存格式还是再熟悉不过，瞄得一眼，便知这是极少启用的至密金匮。古人所谓的周公金匮藏书，便是此等白帛封存的大铜箱（匮）。依照法度，此等金匮非皇帝亲临，或大臣奉皇帝诏书，任何人不得开启。今日，赵高将始皇帝遗诏封存于如此金匮，李斯立即看透了赵高心思：任何人都无论如何不能说赵高做得不对，然任何人也都无法开启此匮，除非赵高愿意听命；因为，皇帝不在了，任何人都不会有皇帝诏书，而赵高却可以任意说出皇帝如何遗嘱此匮开启之法，可以任意拒绝自己想拒绝的任何人开启金匮。当然，赵高若想拒绝李斯，只怕李斯会同大臣议决开启遗诏，也得大费一番周折。当此情势，赵高自请李斯开启金匮，且拱手将钥匙奉送，宁非天意哉！李斯清楚地知道，纵然大臣奉诏而来，打开金匮还得符玺事所之执掌官员。因为，此等金匮有十余种锁法开法，任谁也难以准确地预知目下金匮是何种开法。执掌吏员捧上钥匙，乃皇帝亲临的一种最高礼仪而已，并非要皇帝亲自开启。而今，赵高对自己已经表示了最高的敬奉，李斯足矣！

“中车府令兼领符玺，有劳了。”李斯破例地一拱手。

“在下愿为丞相效劳。”赵高最充分地表现出内廷下属的恭敬。

小心翼翼地撕开了盖着皇帝印玺的两道白帛，小心翼翼地反复旋转钥匙打开了金匮，又小心翼翼地拿去了三层丝锦铜板，好容易显出了一方黑亮亮的木匣，赵高这才对李斯肃然一躬：“丞相起诏。”李斯熟知此中关节，对着金匮深深一躬，长长一声吟诵：“臣李斯起诏——！”双手恭敬地伸入金匮，捧起黑亮亮木匣出了金匮，放置到了金匮旁的石案上，又对赵高一拱手：“烦请中车府令代劳。”赵高上前对黑匣深深一躬，啪地一掌打上木匣，厚厚的木盖“嘭”的一声弹开。赵高又对李斯一拱手：“丞相启诏。”李斯明白，这个“启”不同于那个“起”，立即一步上前，一眼瞄去，心头悚然一惊——一卷渗透着斑斑血迹的羊皮纸静静地蜷伏着，弥漫出一片肃杀之气！

“陛下！老臣来也……”李斯陡然哽咽了。

“丞相秉承陛下遗愿，启诏无愧！”赵高赳赳高声。

电光石火之间，李斯的精神转换了，李斯不再是未奉顾命的大臣，李斯变成了谋划长策而从来与始皇帝同道同心的帝国栋梁。如此李斯，启诏何愧哉！心思飞动间，李斯捧出了那卷血迹斑斑的羊皮纸，簌簌展开在眼前——

以兵属蒙恬，与丧会咸阳而葬……

“陛下——！”李斯痛彻心脾地长哭一声，颓然软倒在冰凉的石板上。

倏忽醒来，望着摇曳的灯光，李斯恍惚若在梦中：“这是何处？老夫如何，如何不在行辕？”旁边一个身影立即凑了过来，殷切低声道：“丞相，在下私请丞相入符玺事所。丞相无断，在下不敢送回丞相。”刹那之间一个激灵，李斯的神志恢复了。李斯双手一撑霍然坐起道：“赵高，屏退左右。”赵高一声答应，偌大的洞窟顿时没有了人声。李斯从军榻起身站地，这才看见洞窟中已经安置好了长谈的所有必备之物。石案上饭食具备，除了没有酒，该有的全都有了；石案两厢各有坐席，坐席旁连浸在铜盆清水中的面巾都备好了。李斯一句话没说，刚要抬步走过去，赵高已经绞好面巾双手递了过来。李斯接过冰凉的面巾狠狠在脸上揉搓了一番，一把将面巾摔进了铜盆，板着脸道：“中车府令何以教李斯？说。”赵高肃然一躬道：“丞相错解矣！原是赵高宁担风险而就教丞相，焉有赵高胁迫丞相之理？赵高纵无长策大谋，亦知陛下之大业延续在于丞相。赵高唯求丞相指点，岂有他哉！”

“中车府令，难矣哉！”良久默然，李斯长叹了一声。

“敢问丞相，难在何处？”

“遗诏语焉不明，更未涉及大政长策……”李斯艰难地沉吟着，“再说，此诏显是陛下草诏，只写下了最要紧的事，也还没写完……老夫久为长史，熟知陛下草诏惯例：寻常只写下最当紧的话，然后交由老夫或相关大臣增补修式，定为完整诏书，而后印鉴发出。如此草诏断句，更兼尚是残诏，连受诏之人也未写明……”

“丞相是说，此等诏书不宜发出？”

“中车府令揣测过分，老夫并无此意！”

“丞相，在下以为不然。”沉默一阵，赵高突然开口了。

“愿闻高见。”李斯很是冷漠。

“如此草诏残诏，尽可以完整诏书代之。”赵高的目光炯炯发亮，“毕竟，陛下从未发出过无程式的半截诏书。更有一处，这道残诏无人知晓。沙丘宫之夜风雨大作时，在下将此残诏连同皇帝符玺，曾交少皇子胡亥看护，直到甘泉宫才归了符玺事所。如此，在下以为：皇帝遗诏如何，定于丞相与赵高之口耳。丞相以为如何？”

“赵高安得亡国之言！非人臣所当议也！”李斯勃然变色。

“丞相之言，何其可笑也。”

“正道谋国，有何可笑！”李斯声色俱厉。

“丞相既为大厦栋梁，当此危难之际，不思一力撑持大局，不思弘扬陛下法治大业，却径自迂阔于成规，赵高齿冷也！早知丞相若此，在下何须将丞相请进这符玺事所，何须背负这私启遗诏的灭族大罪？”

“赵高！你欲老夫同罪？”李斯愕然了。

“丞相不纳良言，赵高只有谋划自家退路，无涉丞相。”

“你且说来。”李斯一阵思忖，终于点头了。

“洞外明月在天！赵高欲与丞相协力，定国弘法，岂有他哉！”

“如何定国？如何弘法？方略。”

“丞相明察！”赵高一拱手赳赳高声，“始皇帝陛下已去，然始皇帝陛下开创的大政法治不能去！当今大局之要，是使陛下身后的大秦天下不偏离法治，不偏离陛下与丞相数十年心血浇铸之治国大道！否则，天下便会大乱，山东诸侯便会复辟，一统大秦便会付诸东流！唯其如此，拥立二世新帝之根基只有一则：推崇法治，奉行法治！举凡对法治大道疑虑者，举凡对陛下反复辟之长策疑虑者，不能登上二世帝座！”

“中车府令一介内侍，竟有如此见识？”李斯有些惊讶了。

“内侍？”赵高冷冷一笑，“丞相幸勿忘记，赵高也是精通律令的大员之一。否则，陛下何以使赵高为少皇子之师？赵高也是天下大书家之一，否则，何以与丞相同作范书秦篆？最为根本者，丞相幸勿相忘：赵高自幼追随皇帝数十年，出生入死，屡救皇帝于危难之中。丞相平心而论，若非始皇帝陛下有意抑制近臣，论功劳才具，赵高何止做到中车府令这般小小职司？说到底，赵高是凭功劳才具，才在雄迈千古的始皇帝面前坚实立足也！功业立身，赵高与丞相一样！”一席话酣畅淋漓，大有久受压抑后的扬眉之象。

“中车府令功劳才具，老夫素无非议。”李斯很淡漠。

“丞相正眼相待，高必粉身以报！”

“大道之言，中车府令并未说完。”李斯淡淡提醒。

“大道之要，首在丞相不失位。丞相不失位，则法治大道存！”

“老夫几曾有过失位之忧？”

“大势至明，丞相犹口不应心，悲矣哉！”赵高嘭嘭叩着石案，“若按皇帝遗诏，必是扶苏称帝。扶苏称帝，必是蒙恬为相。赵高敢问：其一，丞相与蒙恬，功劳孰大？”

“蒙恬内固国本，外驱胡患，兼筹长策，功过老夫。”

“其二，无怨于天下，丞相孰与蒙恬？”

“政道怨声，尽归老夫，何能与天下尽呼蒙公相比。”

“其三，天赋才具，丞相孰与蒙恬？”

“兵政艺工学诸业，蒙恬兼备，老夫不如。”

“其四，得扶苏之心，丞相孰与蒙恬？”

“蒙恬扶苏，亦师亦友，老夫不能比。”

“其五，谋远不失，丞相孰与蒙恬？”

“不如……足下责之何深也！”李斯有些不耐了。

“以此论之，蒙恬必代丞相总领国政，丞相安得不失位哉！”

“也是一说。”默然有顷，李斯点了点头。

“更有甚者，扶苏即位，丞相必有灭族之祸。”

“赵高！岂有此理！”李斯愤然拍案。

“丞相无须气恼，且听在下肺腑之言。”赵高深深一躬，殷殷看着李斯痛切言道，“始皇帝陛下千古伟业，然也有暴政之名。若扶苏蒙恬当国，为息民怨，必得为始皇帝暴政开脱。这只替罪羊，会是何人？自然，只能是丞相了。丞相且自思忖：天下皆知，李斯主行郡县制，开罪于可以封建诸侯之贵胄功臣；李斯主张焚书，开罪于华夏文明；李斯主张坑儒，开罪于天下儒生；而举凡刑杀大政，丞相莫不预为谋划，可说件件皆是丞相首倡。如此，天下凡恨秦政者，必先恨丞相也。其时，扶苏蒙恬杀丞相以谢天下，朝野必拍手称快。以蒙恬之谋略深远，以扶苏之顺乎民意，焉能不如此作为哉！”

“大道尽忠，夫复何憾？”李斯的额头渗出了晶亮的汗珠。

“丞相何其迂阔也！”赵高痛彻心脾，“那时只怕是千夫所指，国人唾骂。普天之下，谁会认丞相作忠臣，谁会认丞相为国士？”

“中车府令明言！意欲老夫如何？”突然地，李斯辞色强硬了。

“先发制人。”赵高淡淡四个字。

“请道其详。”

“改定遗诏，拥立少皇子胡亥为帝。”

“胡，胡亥？做，二世皇帝？”李斯惊得张口结舌了。

“丞相唯知扶苏，不知胡亥也。”赵高正色道，“虽然，少皇子胡亥曾被皇室选定与丞相幼女婚配。然在下明白，丞相很是淡漠。根本因由，在于丞相之公主儿媳们对胡亥多有微词，而丞相信以为真也。在下就实而论，少皇子胡亥慈仁笃厚，轻财重士，辩于心而拙于口，尽礼敬士；始皇帝之诸子，未有及胡亥者也。胡亥，可以为嗣，可以继位。恳请丞相定之，以安大秦天下也……”猛然，赵高再次扑拜于地，连连叩首。

“你敢反位拥立！”李斯霍然起身，“老夫何定？老夫只奉遗诏！”

“安可危也，危可安也。丞相安危不定，何以成贵圣？”

“老夫贵为圣人？赵高宁非痴人说梦哉！”李斯喟然一叹，继而不无凄凉地长笑一阵，泪水不期然弥漫了满脸，“李斯者，上蔡闾巷之布衣也！幸入秦国，总领秦政，封为通侯，子孙皆尊位厚禄，人臣极致，李斯宁负大秦，宁负始皇帝哉！足下勿复言，否则，老夫得罪也！”

“秋霜降者草花落，水摇动者万物作。”赵高并没有停止，相反地却更是殷切了，“天地荣枯，此必然之效也，丞相何见之晚也！”

“赵高，你知道自己在说甚也！”李斯痛楚地一叹，“古往今来，变更储君者无不是邦国危难，宗庙不血食。李斯非乱命之臣，此等主张安足为谋！”

“丞相差矣！”赵高也是同样地痛心疾首，说的话却是全然相反，“目下情势清楚不过：胡亥为君，必听丞相之策；如此丞相可长有封侯而世世称孤，享乔松之寿而具孔墨之智。舍此不从，则祸及子孙，宁不寒心哉！谚云，善者因祸为福。丞相，何以处焉？”

“嗟乎！”李斯仰天而叹老泪纵横，“独遭乱世，既不能死，老夫认命哉！”

“丞相明断！……”赵高一声哽咽，扑拜于地。

……

天将破晓，李斯才走出了符玺事所的谷口。

手扶长剑踽踽独行，李斯不知不觉地又登上了那座望夷台。山雾弥漫，曙色迷离，身边飞动着怪异的五光十色的流云，李斯恍若飘进了迷幻重重的九天之上。今日与赵高密会竟夜，结局既在期望之中，又在意料之外。李斯所期望者，赵高之臣服也。毕竟，赵高数十年宫廷生涯，资望既深，功劳既大，与闻机密又太多，若欲安定始皇帝身后大局并攀登功业顶峰，没有此人协力，任何事都将是棘手的。这一期望实现得很是顺利，赵高从一开始便做出了只有对皇帝才具有的忠顺与臣服，其种种谦卑，都使李斯很有一种获得敌手敬畏之后的深切满足。然则，李斯没有料到，赵高所付出的一切，都是以最后提出的拥立胡亥为二世皇帝为条件的。始皇帝二十余子，李斯与几位重臣也不是没有在心目中排列过二世人选，尤其在扶苏与始皇帝发生政见冲突的时候。但无论如何排列，少皇子胡亥都没有进入过李斯的视界，也没有进入任何大臣的视界。一个历来被皇子公主与皇族大员以及知情重臣们视为不堪正道的懵懂儿，以皇子之身给李斯做女婿，李斯尚且觉得不堪，况乎皇帝？胡亥若果真做了大秦皇帝，天下还有正道么？李斯纵然不拥立扶苏，也当认真遴选一位颇具人望的皇子出来，如何轮得到胡亥这个末流皇子？那一刻，李斯惊愕得张口结舌，根基尽在于此也。纵然赵高极力推崇胡亥，李斯还是怒斥赵高“反位拥立”。然则，便在此时，赵高淡淡漠漠地露出了狰狞的胁迫——舍此不从，祸及子孙！李斯既与赵高一起走进了符玺事所，一起私开了最高机密的皇帝遗诏，便注定将与赵高绑在一起了。

老泪纵横仰天长叹的那一刻，李斯是痛切地后悔了，后悔自己走进符玺事所前，太失算计了。两人同在望夷台时，李斯真切地感到了赵高的臣服，尤其当赵高第一次扑在地上叩首膜拜时，李斯几乎认定赵高已经是自己一个驯服的奴隶，而自己则是赵高的新主人了。那一刻，李斯是欣慰有加的。当赵高主动提出开启遗诏预为谋划时，李斯的评判是：赵高是真心实意地为新主人谋划的，对李斯如同对先帝！此前，李斯自然也在谋划如何能先行开启遗诏。李斯唯一的顾虑是，赵高不认可自己；而只要赵高认可自己，当然最好是臣服于自己，一切不足虑也。

为此，李斯在真切感到赵高的臣服后，几乎是不假思索地跟赵高走进了那座洞窟。

在满朝大臣中，李斯是以心思缜密而又极具理事之能著称的。事实上，数十年理政处事，李斯也确实没有失误过一次。为此，非但举国赞誉，李斯也是极具自信的。长子李由向父亲求教理事之才，李斯尝言：“理事之要，算在理先。算无遗者，理事之圣也！”李由问，父亲理事自料如何？李斯傲然自许曰：“老夫理事，犹白起将兵，算无纰漏，战无不胜也！”便是如此一个李斯，竟只算计到了赵高自保求主，却没有算计到赵高也有野心，且其野心竟是如此的不可思议，要将自己不堪正道的懵懂学生推上帝位！更感痛心者，李斯面对如此不可思议的野心，竟没有了反击之策，而只能无可奈何地接受了。

“李斯，执公器而谋私欲，必遭天算也。”

“不。李斯只有功业之心，从无一己私欲！”

一个李斯颇感心虚，一个李斯肃穆坚定，相互究诘，不知所以。以公器公心论之，李斯身为领政首相兼领大巡狩总事大臣，在皇帝猝然病逝之时能启而不启遗诏，能发而不发遗诏，听任赵高将遗诏封存，如此作为，焉能不是私欲使然哉！然则，李斯之所以不假思索地如此处置，果真是要谋求个人出路么？不是，决然不是！那一刻，李斯的第一个闪念便是：若发遗诏于九原而扶苏继位，始皇帝的新文明与法治大政是无法延续下去的，唯其如此，宁可从缓设法；若能与扶苏蒙恬达成国策不变之盟约，再发遗诏不迟也。要说这也是私欲，李斯是决然不服的。毕竟，帝国文明的创制浸透着李斯的心血，李斯可以毫无愧色地说，只有他与始皇帝是帝国新文明的创制轴心！任何人都可以在某种程度上轻忽帝国文明是否改变，唯独李斯不能。这是李斯内心最深处的戒备，也是李斯对扶苏蒙恬的最忌惮处。虽然，李斯也有权位后路之虑，然那种丝缕轻飘的念头，远非维护帝国新文明的理念那般具有坚实根基。毕竟，李斯已经封侯拜相位极人臣，对青史评判与功业维护的信念，已经远远超过了维持个人官爵的顾忌。

在符玺事所第一眼看见始皇帝残诏，李斯的功业雄心便骤然勃勃燃烧了起来。他看到的前景是：只要他愿意，他便可以拟出正式的皇帝遗诏，另行拥立新帝，坚实地维护帝国新文明！甚或，在新帝时期，他完全可以登上周公摄政一般的功业最巅峰！果真如此，李斯将不负始皇帝一生对自己的决然倚重，为大秦河山奠定更为坚实的根基，使帝国文明大道成为华夏历史上永远矗立不倒的巍巍绝壁。那一刻，李斯被这勃勃燃烧的雄心激发了感动了，面对血迹斑斑的残诏，念及始皇帝在将要登上功业最巅峰时撒手归去，不禁痛彻心脾……如此一个李斯，责难他有私欲，公平么？

是的，从此看去，可能不公平。另一个李斯开口了，然则，赵高胁迫之下，你李斯居然承诺共谋，这不是私欲么？明知胡亥为帝，无异于将帝国新文明拖入未知的风浪之中，你李斯为何不抗争？你没有权力么？你没有国望么？你没有兵力么？你没有才具么？你事权俱有，可是，你还是答应了赵高。这不是私欲么？若是商君在世，若是王翦王贲在世，会是这样么？如此看去，要说你李斯没有私欲，公平么？青史悠悠，千古之下，李斯难辞其咎也……

且慢！肃穆坚定的李斯愤然了。此时，老夫若不权宜允诺，焉知赵高不会举发李斯威逼私启遗诏之罪？其时，李斯将立即陷入一场巨大的纷争漩涡；而赵高，则完全可能倒向扶苏一边，交出遗诏，发出遗诏，使扶苏为帝；果然扶苏为帝，蒙恬为相，李斯能从私启遗诏的大罪中解脱么？显然不能。更有甚者，扶苏蒙恬当国，必然地要矫正帝国大政，必然地要为始皇帝的铁血反复辟开脱，以李斯为替罪牺牲品，而使

"暴秦"之名得以澄清。那时，李斯获罪可以不论，然帝国文明变形，也能不论么？不能！老夫活着，老夫领政，尚且能与胡亥赵高周旋，除去赵高而将胡亥变为虚位之帝，亦未可知也。也就是说，只要老夫矗在庙堂，帝国文明便不可能变形！若非如此，老夫何能心头滴血而隐忍不发？春秋之程婴救孤，公孙杵臼问曰："立孤与死，孰难？"程婴曰："死易，立孤难耳。"今李斯不死，畏死乎？非也，隐忍而救帝国文明也！这是私欲么？

"如此，公以赵高胡亥为政敌耶？"心虚的李斯低声问。

"然也！"肃穆的李斯果决明晰。

"公将设策，以除奸佞乎？"

"自当如此，否则国无宁日。"

"果能如此，世无老夫之李斯也！"

"谓予不信，请君拭目以待。"

朝阳升起在苍翠的群峰时，李斯的目光重新明亮了，李斯的自信重新回来了。大步走下望夷台，李斯登上轺车直奔姚贾的秘密庭院。

四　眩晕的胡亥在甘泉宫山林不知所以

赵高匆匆走进阴山宫时，胡亥正在亭下与几个侍女做坊间博戏。

侍女们全然像坊间婢女一样，偎伏在胡亥的腿上肩上，兴致勃勃地看着一个扮成贵胄公子的中年侍女与少皇子杀枭[1]，惊呼着笑叫着喧嚷一片。赵高远远望了一眼，立即下令几个内侍武士守在了寝宫入口，不许任何人进来。片刻部署妥当，赵高大步过来厉声呵斥道："此乃皇

---

[1]　杀枭，春秋战国博弈游戏之一，类似后世军棋，以杀死对方之"枭"者为胜。

帝寝宫！不是坊间市井！”侍女们闻声大惊，倏地站起正要散去，却见一排执法内侍已经从林下森森然逼了过来。赵高一挥手下令：“尔等诱使皇子博戏，一体拿下，全数囚禁饿毙！”侍女们个个面色青白，纷纷盯住了亭下枯坐的胡亥。胡亥却低头不语。侍女们顿时颓然倒在了草地上，没有一个人向赵高求告，一个个默默地被执法内侍们架走了。

“老师，这，这……”胡亥终于站了起来，终于走了过来。

“公子随我来。”赵高径自走进了寝宫东偏殿。

胡亥惶恐不安地跟了进来，低着头一句话不说。赵高却一脸急迫道：“公子何其荒诞不经也！目下虽未发丧，可几个要害重臣谁不知情？更不用说还来了一个姚贾！当此之时，公子竟能做坊间博戏？传将出去，岂非大祸临头！公子如此不思自制，终将自毁也！”

“老师，我，知错了。”胡亥喃喃垂首，一副少不更事模样。

“公子啊公子，你叫老夫操碎心也！”赵高的眼中闪烁着泪光。

“老师，胡亥不，不想做皇帝……”

“岂有此理也！”赵高捶胸顿足，“险难之际，岂能功亏一篑哉！”

“做皇帝，太，太难了。”

“老夫业已说服李斯，何难之有？”赵高的语气冰冷坚实。

“丞相？丞相，赞同老师谋划？”胡亥惊讶万分。

“老夫奉太子之命会商，李斯敢不奉令！”

“老师，胡亥还不是，不是太子。”

“不。公子切记：自今日始，公子便是大秦太子！”

“老师，这，这……”胡亥搓着双手，额头渗出了涔涔汗水。

“公子如此失态，焉能成大事哉！”赵高很有些不高兴了。

“老师……胡亥，只是心下不安。可否，许我告知父皇……”

“此举倒也该当，公子且去。”赵高一点头又叮嘱道，“然则无论如何，公子不能走出寝宫，更不能再度嬉闹生事。发丧之前，最是微妙之际，公子定要慎之又慎！公子但为皇帝之日，何事不能随心所欲？不忍一时，何图长远哉！”胡亥认真点头。赵高说声老夫还要巡查寝宫，一拱手匆匆出了偏殿。胡亥望着赵高背影，长长地出了一口气，抹了抹额头汗水，从东偏殿偏门悄悄出去了。

甘泉山最幽静的一片小河谷里，坐落着东胡宫。

甘泉宫周围近二十里，有十二座宫殿十一座台阁，其功能、名称均与对胡战事相关。这东胡宫便是谋划辽东对胡战事的一座小幕府，昔年常驻着十几个国尉府的司马，四面墙上挂满了东胡地图，一切有关辽东战事的消息都在这里汇集。而那座最大的阴山宫，则是谋划对匈奴主力战事的行宫幕府，灭六国之后才改成了皇帝寝宫。在灭六国后的十余年里，帝国君臣忙得连轴转，皇帝除了几次大巡狩，都守在咸阳埋首山海一般的天下急务，几乎所有的关中行宫都没有帝国君臣的足迹了。唯甘泉宫不同，因地处九原直道必经之路，便成了事实上的一座皇家驿站。皇帝北上九原巡视，必在甘泉宫驻跸几日。九原直道修筑时期，更有郑国、王贲的行辕长期驻足甘泉宫。直道竣工之后，则不时有过往大臣因秘事留宿。纵然如此，甘泉宫依旧是大显冷清，最深处的宫殿台阁显然地有了人迹罕至的荒冷气息。而东胡宫，则是最为荒冷的一处。在甘泉山十二宫里，东胡宫最小，地处甘泉山最为阴寒的一片河谷，纵是炎炎夏日也凉如深秋。正是这一特异处，李斯与赵高共商，将始皇帝的遗体秘密安置在了东胡宫，在发丧之前又设置了秘密灵堂。

胡亥心绪很乱，很想对父皇禀报一番自己的想法。

虽身为少皇子，胡亥却从未出过咸阳宫，自然也没有来过甘泉宫。然则，胡亥对甘泉宫的这座东胡宫，还是烙印在心头的。少时，胡亥便听乳母断断续续地悄悄说过一些故事。故事说，胡亥的母亲原本是一个东胡头领的小公主，因部族战败族人流散，小公主流落燕国。后来，小公主又随胡商进入了秦国，被胡商献给一个秦国大臣做了女仆。后来不知如何，小公主便进了咸阳宫。两三年后，小公主又被总掌内宫事务的给事中分派到了甘泉宫，在甘泉宫里，小公主成了东胡宫的侍女头目。故事还说，那年秦王北上九原，巡视了甘泉宫的所有宫殿幕府，暮色时分进入东胡宫，直到次日清晨才出来。乳母说，小公主后来有了身孕，才被给事中入册为秦王妃，重新回到了咸阳宫。那年秋天，小公主生下了一个小王子。小公主对乳母说，王子生日她记得很清楚，是乙亥年丁亥月亥时生的。后来，小公主上书驷车庶长署，说少王子“生逢三亥，母为胡女，请名为胡亥。”驷车庶长转呈小公主上书于秦王，忙得不可开交的秦王不晓得看了没看，便以例照准了。可是，在胡亥长到一岁多时，小公主却又请命回到了甘泉宫，依旧住进了人迹罕至的东胡宫。三五年后，已经是皇帝的秦王再来甘泉宫时，东胡小公主已经死了。乳母说，她与小公主只是在咸阳宫相处过年余时日，这些故事都是听小公主说的。小公主临走时叮嘱说，要她权且当做故事，将来说给小王子听，记住记不住由他了。

乳母说的故事，胡亥记得很清楚，始终烙印在少年心头。

对亲情，胡亥素来很淡漠。从呱呱坠地到一天天长大，胡亥没有过母爱，也没有过父爱，唯一可以算作亲人的，只有每个皇子都专有的一个乳母，与每个皇子都专有的一个老师。少年胡亥的一切衣食起居与行止，都是乳母照料的；后来，又加进了老师赵高。如同每个皇子公主一样，胡亥自幼就有一个小小的人际防护圈。除了极其罕见的父皇会见、考校学业等公事聚集，胡亥极少与皇子公主们共处，更无共享兄弟姊妹天伦之乐的机会，相互陌生得如同路人。在所有的皇子公主中，除了皇长子扶苏认识所有的兄弟姊妹外，其余皇子公主，都认不全自己的血肉同胞。因为母为胡女、师为内侍等胡亥无法选择的天定缘由，胡亥在诸皇子中更显落寞，更生疏于自己的皇家兄弟姊妹，除了大兄长扶苏，胡亥几乎没有一个可以相互说得几句话的兄弟姊妹。还在懵懂无知的孩童时期，胡亥便知道一个说法：自己的命相不好。那也是乳母悄悄说给他的。乳母说，小公主当年流着泪说，亥属猪相，少王子同占三亥，终将非命也！胡亥记得很清楚，乳母末了悄悄说："公主通巫术，不忍见少皇子非命，故此才早早去了。"后来，胡亥将乳母的话说给了老师赵高。赵高却大笑了好一阵子，拍案慨然道："胡人巫术何足论也！皇帝陛下从不言怪力乱神，却成就了千古大业，与命相何干！少公子只听老夫督导，来日必成为大秦能臣无疑，何言非命哉！"也就是从那一刻起，胡亥真正地依附了赵高。

只有对父皇，胡亥的敬畏是无以言说的。

固然，父皇没有皇子们期盼的亲情关爱的抛洒，然则，父皇的皇皇功业却是如雷贯耳连绵不断地填满了皇子们的岁月。每逢大捷大典，咸阳宫必大为庆贺，皇子公主们也必全数出动踏歌起舞。一次又一次，年年不知几多次。在少年皇子胡亥的心目中，上天源源不断地将人世功业塞给父皇，只能说父皇是神，父皇是最得上天眷顾的真正的天子！唯其如此，无论父皇如何记不得自己，也没与自己说过几次话，胡亥都对父皇有着无以言状的敬畏与感佩。大约只有在这一点上，胡亥与所有的兄弟姊妹一样，笃信父皇的威权，膜拜父皇的神异，崇敬唯恐不及，从来没有过想要冒犯父皇的丝毫闪念……开春之时，老师设谋使胡亥随父皇出巡，胡亥简直快乐得发晕了。那天，他在咸阳宫的胡杨林下咿咿呀呀地不知唱了多少支歌，虎虎生风地不知舞了多少次剑，煞有介事地不知背诵了多少遍秦法，而这一切的一切，都是他准备献给父皇，博得父皇一笑的。老师说，陛下劳累过甚，只有少皇子能给陛下欢悦，但使陛下一日大笑几次，少皇子天下功臣也！这番话，胡亥非但听进去了，而且牢牢刻在了心头。胡亥别无所长，然对取悦父皇却是乐此不疲，甚或，为此而模仿父皇的言谈举止，胡亥都是孜孜不倦的。能让父皇开怀大笑，胡亥甚事都愿意做。甚至，胡亥曾经想过，要拜那个滑稽名士优旃[1]为师，专门做一个既能取悦父皇又能谏言成名的能臣。可是，老师赵高却给胡亥当头浇了一盆冷水："公子才智于优旃远矣！若为滑稽之士，必早死无疑！"

老师赵高给胡亥讲了一则亲见的故事：昔年，还是秦王的陛下听一臣之言，欲将秦川东部全数划做王室苑囿，以驯养群兽野马；数名臣子谏阻，秦王皆大怒不听。此时，旁边身矮不过三尺的侏儒优旃，腆着肥肥的肚腹上前，昂昂高声道："秦王圣明！若是秦东皆为苑囿，秦国必多猛兽鹿马。若六国来攻，放出漫山遍野群兽鹿马冲将过去，敌必大败无疑！如此可省数十万大军，何乐而不为也！"秦王愣怔片刻，又哈哈大笑一阵，立即下令废除了这道王命。末了赵高冷冰冰一句道："若遇难题，公子可有如此才思？"

胡亥打消了做滑稽名家的念想，对父皇的崇敬奉献之心却丝毫未减。

沙丘宫的风雨之夜，胡亥是亲见父皇死去的唯一皇子。那日黎明，胡亥一觉醒来见父皇书房灯火依旧，睡眼惺忪地提着丝袍，兴冲冲跑进了父皇书房。便在那一刻，胡亥惊恐得几乎昏厥了过去——迎面一股鲜血喷出，父皇眼睁睁看着他，直挺挺地倒了下去！在老师赵高哭喊着扑上去时，胡亥也扑了上去……任风雨大作雷电交加，胡亥都没有放开父皇的身躯。后来，父皇被安置在寝帐卧榻，胡亥又扑上去紧紧抱住了父

[1] 优旃，先秦幽默名臣之一，有两优旃：一优旃为春秋滑稽名家优孟之后，一优旃为战国末期因慕优旃之名而同名的秦国滑稽名臣。

皇身躯，任谁也拆解不开。三日三夜，胡亥不吃不喝地抱着父皇，任父皇的身躯在自己怀中渐渐变冷渐渐发出了异常气味，胡亥依旧死死抱着父皇不放。若非老师赵高对胡亥施放了迷药，胡亥被内侍们生拉硬扯地掰开了臂膊，胡亥很可能便随着父皇去了……后来，胡亥守护着父皇的身躯上路了，任驷马王车中腥臭扑鼻，胡亥的面色如同死人般苍白，却依旧是寸步不离地守护着父皇。那时，胡亥获得了生平最大的尊严，老师看着他哭了，丞相看着他哭了，所有知情大臣看见他，都哭了。在九原直道的阳周段，老师在暮色之中唤醒了他，要他假扮父皇声音支走王离特使，他想也没想便照着做了。那时候，胡亥只有一个心思，为了父皇安心，他甚事都可以做，假若需要，他会毫不犹豫地为父皇去死。

胡亥的改变，源于老师赵高的开导与威逼。

在进入甘泉宫的当夜，老师又施放了迷药，将胡亥从安置父皇的冰冷的东胡宫背了出来。胡亥醒来时，山月已经残在天边了，曙色已经隐隐可见了。榻边没有侍女，只有老师赵高守着。赵高关切地问他清醒没有，他没有说话，却点了点头。老师说有件大事要对他说，让他饮下了一壶冰凉的山泉水，又让他服下了一盏太医煎好的汤药。胡亥精神了，站起来了，老师这才说话。那一夜的对话，如同天边那一抹怪异的云霞，至今清晰犹在眼前耳边。

“皇帝陛下走了！”老师先自长长一叹，眼眶中溢满了泪水。刹那之间胡亥的一颗心怦然大动，几乎又要放声恸哭了。老师赵高沉着脸道：“危难在即，公子如此儿女态，何堪大事！”胡亥对这个老师，素来敬畏有加。老师赵高教他学问才具，对他的督导极为严厉。自从父皇为他定了这位老师，老师便奏明父皇，将他与乳母及两名侍女一起搬进了老师在皇城里的官署庭院。老师与乳母侍女事先约定：他对少皇子的教习，任谁也不能干预，否则不做胡亥老师。乳母侍女个个都知道赵高是追随皇帝数十年的功臣，功劳才具声望，至少在皇城这片天地里显赫得无人可以比肩，自然是诺诺连声。从此，胡亥告别了在乳母侍女照抚下的孤独而自在的懵懂岁月，开始了令他倍感吃力的少年修习。他清晨贪睡不起，老师会用那支金丝马鞭抽打卧榻四周，直到他爬起来梳洗。他一捧起法令典籍便大感头疼，不是打瞌睡，便是找出种种理由逃脱一日学业。老师在父皇身边忙得昼夜连轴转，却总是有机会在他无法预料的时刻出现，只要他没有写完当日秦篆，或没背诵过当日律令条文，老师便一定会将他关进府邸密室，直到他在老师再次出现时连连哭喊饿了渴了，老师才放他出来。他练剑常常偷懒喊累，老师便派一只凶猛灵异的獒犬看守着他，他只要在不该累的时候停了下来，那只猛犬便会冲过来将他扑翻在地呜呜怒吼，吓得胡亥毛骨悚然一身冷汗，爬起来泥土不掸便呼呼挥剑。如此反复无数，胡亥终于不再折腾自己了，老师说学甚便学甚，老师说如何学便如何学，再苦再累也咬着牙关强忍了。虽则如此，胡亥也明白一点，老师百般呵护着自己。没有老师，他不会走进父皇的视界。没有老师，他在深广的皇城便是一片飘荡的树叶，随时可能被人踩在脚下。一次，一个老内侍不许他踏进那片他最喜欢的胡杨林去练剑，还冷着脸咕哝了一句甚话。这时，老师出现了，一马鞭便将那名老内侍抽得滚出了丈余远。胡亥清楚地记得，老师显出了从未见过的粗莽凶悍，用金丝马鞭刮着老内侍的鼻梁狠狠地说，给我悉数知会皇城宫人，但有欺侮蔑视少皇子者，老夫活撕了他人皮！从此以后，只要胡亥在皇城游荡，所有的内侍侍女对他都礼敬有加。第一次，胡亥有了皇子的尊严。也是从此之后，胡亥对老师有了一种难以言说的依赖敬畏之情，心头每每闪出“假父”两个字。胡亥知道，那是父皇当年对长信侯嫪毐的叫法，早已经在皇城被列为第一禁忌了，否则他真的会对老师喊出那两个字来。胡亥总觉得，老师真该做他的假父，老师虽是内侍之身，却是天下罕见的雄杰……

“老师但说，我听便是。”胡亥忍住了欲哭的酸楚。

“陛下发病猝然，少公子已经濒临危境也！”见胡亥圆睁着两眼发愣，赵高忧心忡忡道，“陛下只给长公子留下了一道诏书，对其余皇子公主没有只言片语，没有封王封侯。届时，长公子回咸阳做了二世皇帝，而少皇子没有尺寸立足之地，为之奈何？”胡亥有些惊讶，也有些释然，摇着头道：“秦政不封建，原本如此。父皇依法行事，不封诸子，老师何可私说者！”赵高缓缓摇头道：“老臣所言本意，此等情势可变也，非私说陛下之过也。少皇子且想：皇帝突兀病逝而尚未发丧，方今天下权力与社稷存亡，皆在少皇子、老臣及丞相三人耳。老夫本心，愿少皇子起而图之也。少皇子，做君抑或做臣，制人抑或制于人，岂可同日道哉！”胡亥大感意外，愣怔良久摇头道：“废兄立弟，不义也。不奉父诏而畏死，不孝也。因人之功，无能也。三者逆德，只怕天下不服，身败名裂，社稷不血食……”胡亥不敢直面斥责过甚，只是沉重地诉说着那样做的后果。赵高却连连摇头，慷慨激昂的话语叫胡亥心惊肉跳：“少皇子差矣！汤武革命，天下称义，不为不忠。卫君杀父，史载其德，不为不孝。大行不小谨，盛德不辞让。做事顾小而忘大，后必有害。狐疑犹豫，后必有悔。断而敢行，鬼神避之，后有成功！愿皇子听老臣谋划，以成大事！”那时，胡亥眼见老师第一次如此目光炯炯奋然激烈，心头一时怦怦大跳，既觉无法拒绝老师，又觉此事太过不可思议，长长一声叹息道：“今日巡狩行营尚在半道，父皇尚未发丧，岂能以此等事体扰乱丞相哉！”老师却倏地起身，断然拍案道：“时乎时乎，间不及谋！赢粮跃马，唯恐后时！”显然，老师要他当机立断先发制人，其急迫之心令胡亥心头一阵酸热——老师身为一介老仕宦，若非虑及学生身后，所图何来也！

那一刻，情非得已，胡亥只有答应了。

然则，胡亥无论如何都没有想到，老师居然真的说服了丞相！

老师带来的这个大大出乎意料的消息，使胡亥顿时眩晕了懵懂了，一时竟不知是喜是忧。方才为几名侍女活活饿死而生出的郁闷，早已飘散到九天之外去了。此刻塞满心头的，有惊愕有惶恐有喜悦有担忧有疑虑有奋然，种种思绪纷至沓来，胡亥总算第一次知道了甚叫做打翻了五味罐不知酸甜苦辣涩，一路念叨着晃悠着不知所以了。噫！丞相居然能赞同拥立我胡亥做皇太子，怪矣哉！先前，丞相连小女儿嫁我胡亥都不屑说起，今日如何能这般转向？丞相究竟是先认了我胡亥这个女婿而拥立我这个皇子，还是先认了我这个皇太子而后再认我做女婿？胡亥啊胡亥，你知道么？你准定不知道。是也是也，丞相的心思你却如何知道？不可思议，不可思议。胡亥漫无边际地转悠着，兀自念叨着，念叨得最多的便是这四个字——不可思议。对于丞相李斯，胡亥原本是奉若天神的。父皇是神圣，丞相也是神圣。王翦蒙恬功劳固大，丞相则功劳更大，毕竟丞相领政，是与父皇一起执掌庙堂一起运筹决断的，任何臣子都无法与丞相相提并论。唯其如此，当初丞相对将女儿嫁给胡亥的冷漠，胡亥也自甘卑下地接受了。在胡亥看来，天神一般的丞相不愿将女儿嫁给他这个一无所长的落寞皇子，实在是太正常了；果真丞相愿意了，胡亥倒是要大大惊愕了。唯其如此，李斯这个丞相竟能赞同拥立他为皇帝，不是不可思议么？如此不可思议的事体，如何不让胡亥百思不得其解？更有甚者，如此一个天神丞相，如何能被老师这个还未进入大臣之列的中车府令说服了？老师也是神圣么？或者，老师比神圣还更是神圣……

以胡亥的阅历与心智，这件事实在太费解，实在太深奥了。

酒醉般晃悠进东胡宫，疲惫眩晕的胡亥抱着幽暗大厅里的灵牌瘫倒了。胡亥再也没有力气向父皇禀报了，烂泥般倒在石板地面呵呵笑着呼呼大睡了。直到掌灯时分，一名进来换牺牲祭品的老内侍才发现了蜷伏在灵堂帷幕下的胡亥，连忙飞一般禀报了赵高。赵高丢下公事大步赶来，亲自将胡亥背走了。临走时，赵高对东胡宫总事厉声下令，谁敢私泄少皇子今日之事，杀无赦！

五　李斯开始了别出心裁的才具施展

秋风乍起，车马穿梭，甘泉宫醒来了。

第一个醒来的，是丞相李斯。自与赵高在符玺事所一夜相谋，李斯的心绪很快地明亮了起来。赵高有拥立胡亥的目下算计，李斯便没有再度推进大秦文明新政的远图么？仔细盘算起来，老夫便是拥立胡亥为帝，胡亥又能如何？能阻挡老夫实施新政？显然不能。胡亥没有通晓大政的肱股大臣。非但不能，且必将授予老夫更大的权力。因为，没有任何人可以掌控庞大复杂的文明新政，没有任何人可以掌控汪洋恣肆的天下大局；只有李斯坐镇的丞相府，能通盘运筹天下政令使之畅通；若没有李斯撑持，十个赵高也稳定不了天下大局。果真如此，届时老夫放开手脚盘整天下民生[1]，再创文明新政，何负陛下遗愿，何负天下苍生哉！思虑透彻，李斯顿觉郁闷全消，心头不期然渗出一丝冷笑，赵高也赵高，你自以为算计了老夫，安知给了老夫一架功业天梯耶？

心意一定，李斯第一个与姚贾会商。

开始，李斯并不想将全部真情对姚贾托出，不是疑虑姚贾，而是实在没有必要。大政重臣之间，只需主轴协同便了，无须追求琐细真实。如此庙堂法则，姚贾焉能理会不得？李斯说给姚贾的情势是：陛下

---

[1]　民生，先秦语，见《左传·宣公十二年》："民生在勤，勤则不匮。"

临终之时，将遗诏交付与少皇子胡亥；赵高坚持说，陛下要将帝位传承给胡亥，因此请求李斯奉诏拥立胡亥；李斯没有亲见遗诏，只能据赵高所言，临机赞同了拥立胡亥；最终究竟如何，李斯欲与姚贾商议后再行定夺。末了，李斯特意坦然说明："廷尉为九卿之首，贾兄与斯多年交谊，兄若不为，斯何为哉！"

"不见遗诏，此事终难服人也！"沉吟良久，姚贾只说了一句话。

李斯心下明白，姚贾已经认准了皇帝遗诏是要害，且显然没有相信李斯所说的未见遗诏之言。思忖之间，李斯岔开了话题，拍案慨然道："自灭六国，我等竭尽心力创制文明新政，毕生心血尽在此矣！然则，终因种种纠缠，有所为，亦有所不能为也。譬如，秉持法治而以铁腕应对复辟暗潮事，若没有一班人无端干预，岂能使焚书令有名无实哉！岂能使坑儒铁案搅成暴政之嫌哉！而今陛下已去，若无强力衡平，那一班人定然会以《吕氏春秋》为本，大行宽政缓法之王道。其时也，山东复辟暗潮汹汹大起，天下臣民皆以先帝与你我为暴虐君臣，大秦文明新政安在哉！你我毕生心血安在哉！"

"如此说，丞相是要真心拥立胡亥了？"姚贾很有些惊讶，"至于遗诏究竟如何，丞相已经不想问了？"面对见事极快的一代能臣姚贾，李斯情知不能深瞒，否则便将失去这位最重要大臣的支持。片刻沉吟，李斯喟然一叹："贾兄何其敏锐也！李斯两难，敢请贾兄教我。"李斯站了起来，向姚贾深深一躬。

"奉诏行事，天经地义，丞相何难？"姚贾连忙扶住了李斯。

"拥立胡亥，未见遗诏；拥立扶苏，秦政消散。不亦难哉！"

"如此说，陛下有遗诏？"姚贾仍然咬着轴心。

"有。残诏。"

"丞相亲见？"

“正是。”

“残诏？以陛下之才？”

“兵属蒙恬，与丧会咸阳而葬……”李斯一字一顿地念着，停顿了。

“就此两句？”姚贾惊愕地期待着。

“此，天命也！”李斯喟然长叹泪光莹然。

“可是说，此诏有三残？”良久默然，姚贾断定李斯所言无虚，遂判案一般掰着指头道，“其一，给何人下诏，不明；其二，全部遗愿，未完；其三，未用印玺，不成正式。如此残诏，当真是千古未见也……”

“廷尉明断。”李斯拍案，“依据法度，此等诏书素来不发。”

“若依此诏，朝局将有三大变。”姚贾目光烁烁发亮，依旧惯常性地掰着指头，“其一，扶苏继位皇帝；其二，蒙恬掌天下兵权；其三，蒙毅执掌皇城政务……然则，丞相还是丞相，丞相倒是无须忧心也。”

“贾兄至明，何周旋于老夫哉！”李斯淡淡一笑，“蒙恬掌兵，一时计也，贾兄焉能不知？九原大军之中，尚有个武成侯王离。将兵大权交于王氏之后，领政相权交于蒙恬之手，廷尉重任交于蒙毅之手，如此转换，这残诏布局方算成矣！贾兄大才，可曾见过如此神异手笔：淡淡两句，厘定乾坤？”

“蒙毅？任廷尉？”姚贾脸色有些难堪。

“当年，蒙毅勘审赵高之时，陛下已经有此意了。”

“如此说，陛下善后，将我等老臣排除在外？”姚贾脸色更难堪了。

“此中玄机，各人体察也……”李斯淡淡一句，言犹未了却不说话了。

两人对坐，默然良久，谁也没有再说话。在李斯看来，对于颇具洞察之能的姚贾，到此为止足矣，至于本人如何抉择，用不着多说，更不宜说透。在姚贾看来，李斯已经将最轴心的情形真实，更将另一种庙堂架构清晰点出，到此为止足矣，用不着究诘背后细节。月上中天的时分，李斯站起来，一拱手默默地走了。姚贾没有留，也没有送，愣怔枯坐直到东方发白。

次日午后，姚贾刚刚醒来，便接到丞相府庶务舍人送来的一卷官书，敦请姚贾搬到廷尉别署。姚贾立即注意到，官书是以“丞相兼领皇帝大巡狩总事李斯”的名义正式送达的书令。也就是说，这是一件公事，姚贾将从李斯的私行隐秘安置中走出来，正式入住甘泉宫特设的九卿别署庭院。显然，此举含意很是清楚，姚贾只要住进廷尉别署，处置皇帝丧葬的大政公事便要开始了。依着当时的浩浩战国遗风，姚贾有两个显然的选择：一则是以未奉正令而来为由，立即返回咸阳待命，并不会开罪于李斯；一则是将密行化作公务，立即入住廷尉别署而开始公事，亦属正常。也就是说，姚贾愿否与李斯携手，这是第一个实际而又不着痕迹的轻微试探。姚贾立即意会了，李斯这个试探很是大度，也很是老到，既给了姚贾充分的抉择自由，又向姚贾透露出一种隐隐的意图——后续大业，李斯并不强求于任何人，志同则留，志不同则去。

“好。搬过去再用饭。”散发未冠的姚贾淡淡应了一句。

搬入幽静宽敞的山泉庭院，姚贾从隐秘行径的些许郁闷中摆脱出来，心绪大见好转。用过午膳，姚贾在山泉林下漫步良久，暮色降临方才回到庭院。姚贾预料，夜来李斯必有大事会商，晚汤后便正式着了冠带，在庭院中漫步等候。孰料月上中天，门外动静全无，姚贾陡然生出了一种莫名烦躁，便索性大睡了。次日清晨梳洗之后，姚贾正欲径自游山，丞相府的侍中仆射却到了。

侍中，原本是西周官号，职司为侍奉于天子殿中也，故名。秦帝国之侍中，亦称丞相史，则是开府丞相的属官，无定员，几类后世的秘书处。侍中职司，主要是往来于丞相府与皇帝政务书房以及各种朝会之间，代丞相府禀报各种政务于各方，同时主理丞相府一应书令公文。侍中署的长官，是侍中仆射。今日侍中仆射亲自前来，自然是正式公事无疑。姚贾虽然不耐李斯如此一紧一松颇具玄虚的方式，却依旧正了衣冠迎到了厅堂。

丞相府的书令只有两行："着廷尉姚贾入丞相行辕，会商大巡狩善后诸事。"姚贾瞄得一眼，不禁皱起了眉头，看了看侍中仆射。孰料那个侍中仆射恭敬地捧过了一卷竹简之后，便低头垂首站在旁边不说话了。一时间，姚贾觉得李斯颇有些诡异。以常心论之，此前试探尚属正道，此次试探，则有些不可思议了。当此之时，最急迫的大事莫过于皇帝发丧，而发丧第一关，便是廷尉府主持勘验皇帝正身而确定皇帝已经死亡。为此，所谓的大巡狩善后诸事，分明便是这件实际大事，岂有他哉！更何况，李斯已经在第一次会见时明白对姚贾告知了皇帝病逝消息，何以丞相府书令不做一道公文下达，而要隐藏在会商之中或会商之后？如此闪烁行事，真叫人哭笑不得也。

然则，一番推究之后，姚贾的心渐渐沉下去了。李斯如此做法，只能说是再次做最实际的试探——姚贾究竟愿否与李斯同道？若姚贾"奉命"赶赴丞相行辕，则李斯必然正式出具书令，进入发丧事宜；若姚贾不入丞相行辕，不为李斯同道，则李斯与姚贾间的一切密谈均成为无可举发的孤证。也就是说，只要李斯不愿意承认，姚贾便无法以阴谋罪牵涉李斯，更无法传播密谈内容而引火烧身，姚贾只能永远将那两次密谈闷在心里。如此看去，后续之延伸路径便很是清楚了：姚贾若不欲与李斯同道，则李斯肯定要推迟皇帝发丧，直到找出能够替代姚贾的廷尉人选。因为，没有廷尉主持，皇帝发丧无法成立；除非先行立帝，更换廷尉，再行发丧。而李斯果然敢于如此作为，便只有一种可能，此前已经达成了必要的根基——李斯已经与赵高胡亥合谋，做好了先行立帝的准备！果真如此，姚贾面前的路便只有一条了，若不与李斯赵高胡亥同道，则很可能出不了这甘泉宫了……心念及此，姚贾有些愤然了。他本来已经要与李斯同道了，李斯当真看不出来么？不会，以李斯之能，不可能没有此等辨识；否则，李斯何以密书独召姚贾入甘泉宫？李斯如此行事，更大的可能则在于：此事太过重大，李斯不敢掉以轻心，不敢轻信于任何人……

“走。”姚贾不愿意多想了。

偌大的丞相庭院空空荡荡，不见任何会商景象。得知姚贾前来，李斯快步迎出了廊下，遥遥深深一躬：“贾兄见谅，老夫失礼也。”姚贾淡淡一笑一拱手，却没有说话。走进正厅，李斯屏退左右，又是深深一躬：“贾兄，此事太过重大，老夫无奈矣！”姚贾这才一拱手笑道：“斯兄鱼龙之变，贾万万不及也，焉敢有他哉！”李斯第一次红了脸，连说惭愧惭愧，一时竟有些唏嘘了。姚贾见李斯不再有周旋之意，心下踏实，遂一拱手道：“丞相欲如何行事，愿闻其详。”李斯不再顾忌，低声吩咐了侍中仆射几句，便将姚贾请进了密室。直到夕阳衔山，两人才匆匆出了密室。

旬日之间，甘泉宫车马如流了。

先是御史大夫冯劫亲率太医令与相关重臣，飞车赶赴甘泉宫，会同廷尉姚贾，立定了国丧勘验署，而后正式拜会丞相行辕。李斯召集了大巡狩随行大臣及相关人等，在丞相行辕与国丧署大臣正式举行了朝会。李斯先以大巡狩总事大臣身份，对皇帝于大巡狩途中猝然病逝事宜做了详尽禀报。赵高以皇帝临终时刻唯一的近侍臣子身份，禀报了皇帝发病的诸般细节，同时禀报了皇帝临终三诏。赵高禀报说，皇帝临终之时，留下了两道事先拟好的遗诏，交赵高封存于符玺事所；赵高收好诏书，皇帝业已吐血，留下的最后一道口诏是："山东动荡不定，取道九原直道返，秘不发丧，遗诏交丞相，会同诸大臣朝会施行。"赵高涕泪唏嘘地说，皇帝陛下话未说完，便抵案归天了。那日，胡亥作为唯一的随行皇子，两太医作为最后的施救者，都一一做了眼见实情的禀报。最后，典客顿弱与卫尉杨端和禀报了当时由丞相李斯主持的对策议决。全部朝会，除郑国与胡毋敬因病留邯郸未到，所有的情形都有清楚的禀报，也都被史官完整地录写下来。

朝会完毕，勘验署三方大员进入了供奉皇帝尸身的东胡宫。经两个时辰的繁复勘验究诘，姚贾主持的大员合署终于确证：皇帝因暗疾突发而身亡，并无他因。之后，御史大夫冯劫会同三方大员连夜会商，对朝会禀报与勘验文书做出了正式论定，由廷尉姚贾拟就官文呈报丞相。次日清晨，两件三方连署的官书便报到了丞相行辕。

李斯恢复了领政丞相身份，立即开始了连续作为。

李斯先行郑重拜会了冯劫、姚贾与太医令三大员，提出了"立即下书咸阳并邯郸，召三公九卿同来甘泉宫议决国丧事宜"的主张。冯劫很是不以为然道："丞相多此一举也！以大秦法度，先君薨去太子未立，丞相便是暂摄国政之决策大臣。目下法定勘验已毕，官文已报丞相，丞相有权批定是否发丧，何需惊天动地将一班大臣弄来甘泉宫？再说，冯去疾、蒙毅、李信三大员镇守咸阳，能轻易离开么？"李斯肃然正色道："冯公差矣！陛下乃超迈古今之帝王，今猝然病逝，又有两道遗诏未发，此所谓国疑之时也。三公九卿同来甘泉宫，一则会商，二则启诏，其间若有疑义，正当一并议决之。主少国疑之时，该当坦荡理政，此当国之要也，何能以鞍马劳顿避之？以镇守咸阳免之？"姚贾在旁点头道："在下倒是赞同丞相之策。冯公啊，善我始皇帝之后，非同寻常也！"冯劫皱眉道："如此说，扶苏是九原监军大臣，蒙恬是列侯大将军，也该召来同议了。”姚贾忧心忡忡道：“此两大员须当慎之。九原，那可是北边国门也！”李斯面色凝重地思忖了一阵，终于拍案道：“陛下在世时尝言，‘九原国门，不可一日无将也。’目下，万里长城正在合龙之际，匈奴诸胡正在秋掠当口，九原大军压力甚大，大将确实不宜轻动。冯公但想，当年灭六国大战何等酷烈，陛下尚从未调蒙公南下，况乎今日？匈奴但闻陛下离去，势必全力犯我，其时两统帅不在其位，预后何堪设想哉！”冯劫一挥手道：“也是一说！不召便不召，不需说叨了。”李斯却是少见的耐心，手指叩着书案缓缓道：“不召两将，并非不知会两将。老夫当同时发出官文，备细知会甘泉宫诸事，之后再度知会三公九卿议决诸事；蒙公与长公子若有异议，必有快马回书……”

“行行行，不需叨叨了。”冯劫不耐地打断了李斯。

“冯公总是将庙堂当做军营。”姚贾淡淡地揶揄了一句。

“当此危难之际，老夫如履薄冰，诸公见谅也！”李斯沉重地叹息一声。

“丞相真是！”冯劫倏地站起慨然高声道，“陛下纵然去了，还有我等老臣，莫非撑不起这片天不成！老夫今日一句话撂在此地：谁敢不从始皇帝遗诏，谁敢不从丞相调遣，老夫第一个找他头来！鸟！大秦有国法，危难个甚，谁敢反了不成！”

“慎言慎言，冯公慎言。”李斯连忙过来摁住冯劫坐了下去，转身走到厅中对三人深深一躬道，“李斯蒙诸公同心定国，不胜心感也！大事既定，老夫便去打理，告辞。”

“这个老李斯！官越大胆子越小。”冯劫看着李斯背影嘟哝一句。

“举国重担尽在丞相，难矣哉！”姚贾喟然一叹。

“也是，难为老丞相也！”冯劫的一双老眼溢满了泪水。

李斯回到行辕，立即拟就书令发往咸阳邯郸。三日之后，咸阳的冯去疾、蒙毅、章邯等与邯郸的郑国、胡毋敬都陆续飞车赶到了。次日清晨，甘泉宫正殿举行了三公九卿朝会，由丞相李斯主持；中车府令赵高、少皇子胡亥、皇帝大巡狩随行太医及太医令等相关散官，旁列与闻。参与朝会的三公是：左丞相李斯、右丞相冯去疾，御史大夫冯劫；此时王贲已逝，太尉未补，故缺一公；朝会九卿是：廷尉姚贾、郎中令蒙毅、治粟内史郑国、典客顿弱、奉常胡毋敬、卫尉杨端和、太仆马兴、宗正嬴腾、少府章邯。全部三公九卿，除去病逝的王贲，全数与会。从法度说，正式大朝会还当包括所有侯爵大臣将军与重要郡守县令，以及诸如博士仆射等中央散官。然则，作为日常决事定制，三公九卿与皇帝组成的朝会便是轴心决策的最高规格。且天下大事多发，三公九卿能如今日这般全部到齐，已经是很不容易了。因此，大臣们都明白，今日朝会乃皇帝缺席的非常朝会，在新皇帝即位之前，今日朝会所作的一切决断都将是有效国策，都将决定帝国的未来命运。

"诸位大人，"李斯站在帝座阶下的中央地带，一拱手沉痛地开口了，"今日朝会，行之于甘泉宫而非咸阳，皆因非常之期也。非常者何？皇帝陛下于大巡狩途中，业已弃我等臣民而去也！……"一言未毕，大殿中哭声暴起，李斯老泪纵横摇摇欲倒。三公前座的冯劫一步抢来扶住了李斯，沉声道："丞相如此情态，何以决大事！"又转身连声大喝，"哭个鸟！要不要朝会了！都给老夫坐好！听丞相说话！"这御史大夫的职司便是总监百官，更兼冯劫忠直公正秉性火暴，一阵吼喝，大殿中顿时肃然一片。李斯勉力站定，声音嘶哑颤抖道："当此之时，我等三公九卿，当协力同心，依据法度，安定大秦。唯其如此，今日朝会第一件大事，便是御史大夫禀报皇帝正身勘验事，之后议决是否发丧。"说罢，李斯对冯劫一拱手，站到了一边。

“诸位，”冯劫从案头捧起了一卷竹简，声音凄楚，“业经老夫官署会同廷尉府、太医署三府勘验认定：始皇帝陛下，确因暗疾骤发，薨于沙丘……这，三府勘定的官书……廷尉，还是你来……”冯劫老泪纵横语不成声，将竹简交给了姚贾。

姚贾离座，接过竹简展开，一字一字沉重地读着：“御史大夫府、廷尉府、太医署三府合勘书：三府得皇帝行营总事大臣李斯书令，知皇帝异常而薨，遂赶赴甘泉宫合署勘验。业经三府依法反复勘验正身，一致判定：皇帝积年多劳，暗疾深植，大巡狩至琅邪发病，曾遣郎中令蒙毅还祷山川，祈福于上天；其后，皇帝巡狩西来，途中发病三次；七月二十二日，行营驻跸沙丘宫，皇帝夜来不眠，书罢遗诏，口诏未完，吐血而薨……其时，两随行太医多方施救，未果……大巡狩行营总事大臣李斯，会同随行大臣，遵奉皇帝口诏，议决，秘不发丧而还……三府合署论定：皇帝薨因明确，行营善后无误；国丧如何发布，由摄政丞相决断。大秦始皇帝十二年，秋八月。”

“诸位大人，可有异议？”李斯抹着泪水问了一句。

“我等，无异议……”殿中一片哽咽。

“在下一问。”蒙毅突兀站起，高声一句引得举殿惊愕，“敢问三府合勘署：始皇帝陛下口诏，何人受之？随行太医可在当场？行营取九原直道而还，显然是舍近求远，何能言善后无误？”

“姚贾作答。”冯劫对姚贾挥了挥手。

“在下遵命。”姚贾对冯劫一拱手，转身面对群臣道，“郎中令所言，亦是三府勘验时所疑。业经查证：陛下伏案劳作完毕，已是寅时初刻四更将罢，随行太医煎好汤药之后正在小憩，中车府令赵高侍奉汤药；陛下正欲服药，猝然吐血，赵高欲唤太医，被陛下制止；陛下随即口诏，口诏未完，陛下已薨……以法度而论，赵高一人所述口诏，确为孤证；然陛下夤夜公务已成惯例，赵高一人侍奉陛下也是惯例。故，合署勘验取赵高之言。郎中令，此其一也。其二，取道九原而不走河内大道，一则有陛下遗命，二则有山东动荡之实际情形。如此情势，不知姚贾可算说清？”

“姑且存疑。”蒙毅沉着脸坐了回去。

“甚话！”冯劫不悦拍案，“山东复辟暗潮汹汹，疑个甚来！”

“冯公，还是教郎中令直接询问赵高的好。”李斯一脸忧色。

“不用！”冯劫拍案高声，“都说！还有无异议？”

“无异议。”其余大臣人人同声。

“好！孤议不问。丞相继续大事！”冯劫慨然拍案。

李斯无奈地摇了摇头，对蒙毅一拱手道：“公有异议，待后也可质疑于老夫。当此非常之时，冯公秉持大义，老夫勉力为之了，尚望足下见谅。”见蒙毅目光直愣愣没有说话，李斯拱手一周高声道，“诸位，三府勘验完毕，定论明白无误。朝会议决，亦无异议。老夫依法宣示：大秦始皇帝，业已薨去……然则，此时国无储君，尚不能发丧。立储发丧之前，诸位大臣亦不能离开甘泉宫。此，万般无奈之举也。诸位大人，可有异议？”

“丞相是说，国丧之密绝不可外泄么？”冯劫高声问。

“正是。主少国疑，李斯不能不分外谨慎。”

“非常之期，在下以为妥当！”姚贾第一个附和了。

“在下，无异议。”大臣们纷纷哽咽点头。

“好。”李斯含泪点头，转身对殿口的甘泉宫总事一点头，“进午膳。”

“如何如何，在这里咥饭？”冯劫第一个嚷嚷起来。

“国难之际，大事刻不容缓，老夫得罪诸位大人了。”李斯深深一躬。

“好了好了，何处吃喝不都一样？”冯去疾瞪了冯劫一眼。

“也是，不早立储君，万事不宁也！”寡言的郑国叹息了一句。

甘泉宫总事带着一班内侍侍女，抬进了一案又一案的锅盔肥羊炖。李斯游走食案之间高声道：“国丧未发，哪位若欲饮酒，得在三爵之内，以免误了饭后朝会。”冯劫顿时红了脸高声道：“你这丞相甚话！国丧未发，便是皇帝没薨么？老夫不饮酒，谁敢饮酒！”一脸沉郁的大臣们纷纷点头。李斯连忙一拱手道：“冯公息怒。老夫也是情非得已，恐诸位老军旅耐不得有肉无酒也，见谅见谅。”大臣们遂不再说话，人各一案默默地吃喝起来，全然没有了秦人会食的呼喝豪气。一时饭罢，片刻啜茶间大殿已经收拾整肃，司礼的侍中仆射便高声宣示朝会重开。

“诸位，国不可一日无主。立储朝会，至为重大。”

李斯肃然一句，举殿静如幽谷。李斯从自己的案头捧起了一只铜匣，语气万分沉重地开口了：“大巡狩行营至于平原津时，皇帝陛下给了老夫一道诏书，书匣封口写就‘朕后朝会开启。’老夫手捧之物，便是皇帝诏书。此时诏书未开，老夫先行对天明誓：无论皇帝遗诏如何，李斯皆不避斧钺，不畏生死，决意力行！老夫敢请，两位冯公监诏。”

骤然之间，举殿大是惊愕。三公九卿大臣们都知道的是，皇帝留有两道遗诏，皆在赵高掌管的符玺事所封存；可没有一个人知道，皇帝给丞相李斯还有一道遗诏！李斯本是帝国领政首相，皇帝有遗诏于李斯毫不足怪，假若没有遗诏于李斯，反倒是奇怪了。大臣们惊愕的是，皇帝遗诏于李斯，自当李斯本人亲启，为何要李斯当着朝会开启？是皇帝怀疑李斯可能谋私么？一时惊愕之下，竟良久无人说话，连李斯亲请监诏的冯劫、冯去疾也默然不语了。

“老丞相既已明誓，还是自家开了。”直率的冯劫终不忍李斯被冷落。

“两公监诏，秉公护国，何难之有哉！”李斯有些不悦了。

“如何？监诏了？”冯劫对邻座的右丞相冯去疾低声一句，见冯去疾已经点头站起，遂霍然离座一拱手高声道，“好！老夫与右丞相监诏。”两人走到李斯面前，对着铜匣深深一躬。冯去疾肃然站定。冯劫上前接过了诏书铜匣，放置在了今日特设在帝座阶下的中央位置的丞相公案上，对旁边肃立的冯去疾点了点头。冯去疾面对大臣们高声一句道：“诏书外制无误。”显然，这是报给所有大臣听的，是说该诏书的存放铜匣与封匣白帛以及印鉴等皆为真实。之后，冯劫拿起了案头备好的文书刀，割开了带有朱红印玺的白帛封条，原先被封条固定的一支细长的铜钥匙赫然呈现眼前。冯劫拿起钥匙，打开了铜匣。旁边冯去疾又是一声通报：“匣制封存如常，启诏。”冯劫拿去了最上层的一张小铜板，又拿去了一层白绢，这才捧起了一个带有三道铜箍的筒状物事。旁边冯去疾高声道：“尚坊特制之羊皮诏书，开诏。”冯劫大手一顺，两道薄片铜箍便滑落在了匣中。冯劫展开了黄白色的细薄羊皮，一眼未看便肃然举在了冯去疾眼前。冯去疾仔细打量片刻，高声通报道：“始皇帝手书，印玺如常，宣示诏书——！”冯劫遂将诏书翻过，一点头，高声念诵道：“朕若不测，李斯顾命善后，朝会，启朕遗诏安国。诏书完毕。”

殿中依然是静如幽谷。大臣们对皇帝以李斯为顾命大臣，丝毫没有任何意外，若皇帝没有以丞相李斯为顾命大臣，反倒是大臣们不可思议的。李斯执意以监诏之法开启诏书，显然是在国疑之期秉持公心，虽显异常，大臣们也全然体察其苦心。大臣们多少有些意外的是，顾命大臣如何只有李斯一个人？依照常理与朝局实情，至少应该是李斯与大将军蒙恬、御史大夫冯劫三人顾命安国，而今只有李斯一人，似乎总有些不合始皇帝陛下的大事赖众力的政风秉性。然无论如何，诏书既是真实的，谁又能轻易提出如此重大的疑虑？毕竟，始皇帝信托丞相李斯，谁都认定是该当的，能说此等信托是过分了？

“遗诏已明，敢请丞相继续朝会。”二冯一拱手归座。

“先帝将此重任独托李斯，老夫愧哉！”李斯眼中闪烁着泪光喟然一叹，“老夫解陛下之心，无非念及，李斯尚能居中协调众臣之力而已。立储、立帝两件大事一过，天下安定，老夫自当隐退，以享暮年治学之乐也……”

“国难之际，丞相老是念叨自家作甚！”冯劫不耐烦了。

李斯悚然一个激灵，当即一拱手正色道：“御史大夫监察得当，朝会立即回归正题。”说罢转身一挥手，“中车府令、兼领大巡狩行营皇帝书房事赵高，出封存遗诏于朝会。”李斯着意宣示了赵高的正职与行营兼职，显得分外郑重。毕竟，仍有并不知晓皇帝大巡狩后期随行臣工职事更迭的大臣，如此申明，则人人立即明白了皇帝遗诏由赵高封存而不是由郎中令蒙毅封存的缘由，心下便不再疑惑了。

随着李斯话音，赵高带着两名各推一辆小车的内侍，走出了帝座后的黑玉大屏，走到了帝座阶下的李斯中央大案前，停了下来。赵高上前，先对李斯深深一躬，再对殿中大臣们深深一躬，这才转过身去对两名内侍挥手示意。两名内侍轻轻扯去了覆盖车身的白绢，两辆特制的皇室文书车立即闪烁出精工古铜的幽幽之光。两内侍各自从文书车后退几步，肃立不动了。

赵高一拱手道：“符玺事所封存之皇帝遗诏到，敢请丞相启诏！”

“老夫之意：此遗诏，由御史大夫与郎中令会同监诏。”

“臣等无异议。”大臣们立即赞同了李斯的主张。

“如此，御史大夫请，郎中令请。”李斯对冯劫蒙毅分别遥遥一拱。

“又是老夫。”冯劫嘟哝一句离座挥手，“老夫只看，蒙毅动手。”

蒙毅没有推辞，离座起身对李斯冯劫一拱手，走到了文书铜车前。蒙毅与三公九卿中的所有大臣都不同，出身名将之家而未入军旅为将，自入庙堂便任机密要职，先做秦王嬴政的专事特使，再做长史李斯的副手长史丞，再做始皇帝时期的郎中令兼领皇帝书房事务，长期与闻署理最高机密，对宫廷事务洞悉备至。而三公九卿中其余大臣却不同，王贲冯劫冯去疾杨端和章邯嬴腾马兴七人，出自军旅大将，素来不谙宫廷机密事宜；郑国胡毋敬两人，一个太史令出身，一个水工出身，职业名士气息浓厚，更对种种庙堂奥秘不甚了了；姚贾与顿弱两人倒是颇具秘事才具，却因长期职司邦交，也对皇城内务不甚精通。也就是说，全部三公九卿之中，只有李斯、蒙毅具有长期职司庙章政事的阅历，对最高机密形成的种种细节了如指掌。目下，李斯已经是顾命大臣主持朝会，自然不会亲自监诏。只有蒙毅监诏启诏，才是最服人心的决断。李斯主动提出由蒙毅冯劫监诏，大臣们自然是立即赞同了，并实实在在地对李斯生出了一种敬佩。就实而论，蒙毅也是三公九卿中对此次朝会疑虑最重的大臣，此刻既有李斯举议，蒙毅自然不会推辞。蒙毅自信，任何疑点都逃不过他久经锤炼的目光。

一眼望去，两辆文书车是甘泉宫的特有物事，大巡狩行营的符玺事所以轻便为要，自不会有此等重物。当然，蒙毅是不会纠缠此等枝节的。毕竟，皇帝遗诏从小铜匣装上文书车，只是一种行止转换而生出的礼仪之别，远非其中要害。蒙毅所要关注的，是遗诏本身的真实性。

“启盖。”蒙毅对大臣座区外的两名书吏一招手。

这两名书吏是郎中令属下的皇帝书房文吏，是蒙毅的属官，也是每次朝会必临大殿以备事务咨询的常吏，本身便对一应皇城文书具有敏锐的辨识力。两人上前一搭眼文书车，相互一点头，便各自打开了铜板车盖，显出了车厢中的铜匣。蒙毅对冯劫一拱手，两人同时上前打量，不禁同时一惊。

“有何异常？”圈外李斯的声音淡淡传来。

“诏书封帛有字！”冯劫高声道。

“冯劫糊涂！封帛岂能没字！”座中冯去疾有些不耐。

“有字？念了。”廷尉姚贾淡淡一句。

“好！老夫念了。”冯劫拍着文书车高声道，“第一匣封帛：朝会诸臣启诏。第二匣封帛：储君启诏。蒙毅，可是如此两则？”

“是。”蒙毅认真地点了点头。

“敢问郎中令，如此封帛何意耶？”座中胡毋敬远远问了一句。

“列位大人，”蒙毅对坐席区一拱手道，“这是说，两道遗诏授予不同。第一道遗诏，授予丞相领事之三公九卿朝会，目下当立即启诏。第二道遗诏，授予所立储君，当由新太子启诏行之。”

“诸位对郎中令所言，可有异议？”李斯高声问。

“无异议！”大臣们异口同声。

“如此，敢请两位开启第一道遗诏。”李斯向冯劫蒙毅一拱手。

冯劫大步上前，在文书车前站定，做了动口不动手的监诏大臣。蒙毅走到车前深深一躬，俯身文书车一阵打量，见一切都是皇室存诏的既定样式，细节没有任何疑点。蒙毅双手伸进了车厢，小心翼翼地将铜匣捧了出来。一捧出车，蒙毅将铜匣举过了头顶，着意向铜匣底部审视了一番。此刻，蒙毅有了第一个评判：这只铜匣是大巡狩之前他亲自挑选出的存诏密匣之一，铜匣底部的“天壹”两字是老秦史籀文，谁也做不得假。蒙毅对冯劫一点头，冯劫的粗重嗓音立即荡了出去：“密匣无误——！”

然则，蒙毅并没有放松绷紧的心弦。他将密匣放置到文书车顶部拉开的铜板上，仔细地审视了封帛印玺。封匣的白帛没错，略显发黄，是他特意选定的当年王室书房的存帛，而不是目下皇帝书房玉白色的新帛。印玺也没错，是皇帝大巡狩之前亲自选定的三颗印玺之一的和氏璧玺，印文是朱红的阳文“秦始皇帝之玺”。蒙毅记得很清楚，这颗和氏璧大印是皇帝的正印，所谓皇帝之玺，便是此印。大秦建制之时，是蒙毅征询皇帝之意，将原先的和氏璧秦王印改刻，做了皇帝的玉玺。因材质天下第一，此印盖于丝帛或特制皮张之上，其印文非但没有残缺，且文字隐隐有温润光泽，比书写文字更具一种无以言传的神秘之感。然则，这颗皇帝之玺却有一个常人根本无从发现的残缺密记，那是制印之前皇帝与蒙毅密商的结果。蒙毅犀利的目光扫视过旧帛上的印面，立即从玉玺左下方的最后一笔的末端看到了一只展翅飞翔的鹰；即或颇具书写功力之人，也会将这一笔看成印文书写者的岔笔或制印工师的异刀技艺，即或将它当做意象图形，谁也说不准它究竟应该是何物，只有皇帝与蒙毅，知道它应该是何物。目下既是正玺，蒙毅心头方稍有轻松。

“封帛印玺无误——！”冯劫的声音又一次荡开。

蒙毅终于拿起了文书刀，轻重适度地剥开了封帛。在小刀插进帛下的第一时刻，蒙毅心中怦然一动！不对，如何有隐隐异味，且刀感颇有黏滞？蒙毅很清楚，皇室封存文书皆用鱼胶，也便是鱼鳔制成的粘胶。惯常之时，鱼胶主要用于制弓，《周礼·考工记》云：“弓人为弓……鱼胶耳。”此之谓也。然封存文书为求平整坚固，不能用面汁糨糊，故也用鱼胶。寻常鱼胶封帛，既有坚固平整之效，又有开启利落之便。蒙毅不知多少次地开启过密封文卷，历来都是刀具贴铜面一插，封帛便嚓地开缝；再平刀顺势一刮，密匣平面的封帛便全部开启；再轻刮轻拉，密匣锁鼻的封帛便嚓啦拉起；两道交叉封帛的开启，几乎只在片刻之间。可目下这刀具插进封帛，显然有滞涩之感，且其异味令人很是不适，足证其不是正常鱼胶。大巡狩之前，皇帝书房的一应物事都是蒙毅亲自料理的，三桶鱼胶也是蒙毅亲自过目的，如何要以他物替代？

“敢请御史大夫。”蒙毅向冯劫拱手示意。

冯劫已经从眉头深锁的蒙毅脸上看出了端倪，一步过来俯身匣盖端详，鼻头一耸皱眉挥手：“甚味儿？怪也！”蒙毅心思极是警觉，对大臣座区一拱手道：“敢请卫尉，敢请老奉常。”大臣们见冯劫蒙毅有疑，顿时紧张得一齐站了起来——这遗诏若是有假，可真是天大事端也！原本若无其事的李斯也顿时脸色沉郁，额头不自觉渗出了涔涔汗水。卫尉杨端和已经扶着步履蹒跚的胡毋敬走了过来，两人随着冯劫手势凑上了封帛。一闻之下，壮硕的杨端和茫然地摇着头：“甚味，嗅不出甚来。”胡毋敬颤动着雪白头颅仔细闻了片刻，却一拱手道：“冯公明察，此味，好似鲍鱼腥臭……”

“如何如何？鲍鱼腥臭？一路闻来，我如何嗅不出？”杨端和急了。

“老夫尝闻，行营将士大臣曾悉数鼻塞，足下可能失味了。”

“那便是说，封帛是用鲍鱼胶了。”蒙毅冷峻得有些异常。

“敢问丞相，此事如何处置？”冯劫高声问李斯。

李斯拭着额头汗水勉力平静道：“遗诏封存符玺事所，中车府令赵高说话。”

“赵高，当殿禀报。”冯劫大手一挥虎虎生威。

原本站在圈外的赵高大步过来，一拱手高声道：“禀报列位大人：沙丘宫先帝薨去之夜，暴风暴雨，几若天崩地裂，其时沙丘宫水过三尺，漂走物事不计其数。在下封存诏书之时，原本鱼胶业已没有了踪迹，无奈之下，在下以宫中庖厨所遗之鲍鱼，下令随行两太医赶制些许鱼胶封诏。在下所言，行营内侍侍女人人可证，两名太医可证，少皇子胡亥亦曾亲见，在下所言非虚！”

“也是。”胡毋敬思忖道，“那夜风雨惊人，老夫大帐物事悉数没了。”

“且慢。”蒙毅正色道，“此前三府勘定发丧之时，论定云：沙丘宫之夜，皇帝先书遗诏，后有口诏。敢问中车府令，皇帝书定遗诏，其时风雨未作，如何不依法度立即封存遗诏？”蒙毅语气肃杀，大臣们骤然紧张起来。

“禀报郎中令。”赵高平静非常，“皇帝素来夤夜劳作，书完遗诏已觉不支，在下不敢离开。其时，在下只将诏书装进了铜管，皇帝便开始了口诏，没说几句骤然喷血了，便薨去了，便风雨大作了……在下非神灵，何能有分身之术？”

蒙毅默然了。赵高所言，不是决然没有疑点。然则，要查清此间细节，便须得有种种物证人证；至少，皇帝书诏的时刻要有铜壶刻漏的确切时辰为证，否则无以举疑。然则，当时不可能有史官在皇帝身旁，纵有也不会做如此详细的记录，若非廷尉府当做重大案件全力勘察，何能一时清楚种种确切细节？

“郎中令，还有勘问处否？”李斯在旁边平静地问。

“目下没有了。”蒙毅淡淡一句作答。

“冯公意下如何？”李斯又对冯劫一问。

“启诏！”冯劫大手一挥。

蒙毅再不说话，文书刀割开了黏滞的鲍鱼胶，钥匙打开了铜匣，掀开了匣中覆盖的第一层白绫，又熟练地拉开了第二层铜板，这才捧出了一支铜管。对这等铜管，大臣们人人都不止一次地接受过，可谓人人熟悉其制式，一看便确定无疑是皇室尚坊特制的密件管。冯劫一声无误宣示，蒙毅便剥开了封泥，掀开了管盖，倾倒出一卷筒状的特制羊皮。蒙毅将黄白色的羊皮双手捧起，捧给了冯劫。

“好。老夫宣诏。”冯劫对诏书深深一躬，双手接过。

举殿寂然无声，大臣们没有一个人回归本座，环绕一圈站定，目光一齐聚向了中间冯劫手中的那方羊皮。眼见冯劫抖开了羊皮，大臣们骤然屏息，等待着那似可预料而又不能确知的决定大秦命运的宣示。不料，冯劫白眉一抖，嘴唇抽搐着却没有声息。

“冯公，宣诏。”李斯平静而又威严。

“好……”冯劫白头微微颤抖着，双手也微微颤抖着，苍老的声音如同秋风中的簌簌落叶，“朕之皇子，唯少皇子胡亥秉持秦政，笃行秦法，敬士重贤，诸子未有及者也，可以为嗣……朕后，李斯诸臣朝会，拥立胡亥为太子，发丧之期着即继位，为二世皇帝……诏，诏书没了。”

大臣们骤然惊愕，大殿中死一般沉寂，李斯也是面色灰白地紧紧咬着牙关。蒙毅倏地变色，一步抢到冯劫身边，拿过了诏书端详。没错！皇帝手书是那般熟悉，连那个“帝”字老是写不成威严冠带状的缺陷也依然如故！[1]印玺也没错，尚坊羊皮纸也没错。怪也！皇帝陛下失心疯了？何能将帝位传给胡亥？何能不是扶苏？一时之间，蒙毅捧着诏书思绪如乱麻纠结，全然蒙了。举殿良久默然，所有的大臣也都蒙了。

“陛下——！”李斯突然一声恸哭，扑拜在蒙毅举着的遗诏前。

大臣们一齐拜倒，一齐恸哭，一齐哭喊着先帝与陛下。然则，在哭喊之中谁都说不出主张来。丞相李斯是奉诏立帝的顾命大臣，大臣们能跟着李斯拜倒哭喊，实际是将李斯的悲痛看做了与自家一样地对皇帝的遗诏大出意料，甚或可说是大为失望地痛心；然则，毕竟李斯只是恸哭而没有说甚，谁又能明白喊将出来？以始皇帝无与伦比的巨大威望与权力，纵其身死，大臣们依然奉若天神，谁能轻易疑虑皇帝决断？就实而

[1] 秦篆之“帝”字，上部若天平冠，下部若张开之袍服，字像颇具威严肃杀之气。

论，此时的大秦功臣元勋们毕竟有着浓烈的战国之风，绝非盲从愚忠之辈，若果然李斯敢于发端，断然提出重议拥立，并非没有可能。李斯不言，则意味着李斯虽则痛心，却也决意奉诏。而无论发生哪一种情形，对此时的帝国大臣们都是极其严峻的。此时李斯未发，情形未明，哀哀恸哭的大臣们谁也不能轻易动议。

“诸位，老夫认命矣！”

李斯颤巍巍站了起来，嘶声悲叹一句，拱着双手老泪纵横道，“惜乎老夫明誓在先，无论陛下遗诏如何，老夫都将不避斧钺，不畏生死，决意力行……而今，陛下以少皇子胡亥为嗣，老夫焉能不从遗诏哉！焉能背叛陛下哉！焉能背叛大秦哉……”一言未了，李斯跌倒在地，额头不意撞上铜案，顿时鲜血满面……大臣们惊呼一声拥来，甘泉宫大殿顿时乱成了一片。

李斯醒来时，已经是暮色时分了。大臣们依然肃立在幽暗的大殿围着丞相李斯，没有一个人说话，也没有一个人就座。李斯开眼，终于看清了情形，示意身边两名太医扶起了自己。李斯艰难地站定，一字一顿道：“帝命若此，天意也，夫复何言？目下，大秦无君无储，大是险难矣！愿诸公襄助老夫，拥立少皇子胡亥……敢请诸公说话。”

大殿中一片沉重的喘息，依然没有人应答。

“诸公，当真要违背遗诏？……”李斯的目光骤然一闪。

“遗诏合乎法度。廷尉姚贾赞同丞相！”突兀一声，打破了沉寂。

“老臣赞同。”胡毋敬一应。

“老臣赞同。”与李斯交谊深厚的郑国一应。

“老臣亦赞同。”章邯一应，这是第一个将军说话。

眼见冯劫等一班将军出身的大臣与蒙毅、顿弱都不说话，李斯一摆手道：“何人不欲奉诏？实在说话！”将军出身的一班大臣们还是不说话，蒙毅顿弱也依旧铁一般沉默着。李斯思忖片刻，断然挥手道："如此，老夫以顾命大臣之身宣示：朝会议决，拥立少皇子胡亥为大秦太子，返咸阳后即位为帝！返归咸阳发丧之前，由廷尉姚贾监宫：悉数大臣不得离开甘泉宫一步，违者依法拘拿！朝会，散。"一语落点，李斯径自转身走了。

"老丞相！……"冯劫猛然一声，震荡大殿。

李斯没有回身，步履蹒跚地摇出了幽暗的殿口。

难堪的沉默中，姚贾走了，郑国走了，胡毋敬走了，章邯思忖一阵也走了。透窗的夕阳将幽幽大殿割成了明暗交织的碎片，离奇的光影中镶嵌着一座座石雕般的身形。冯劫、冯去疾、马兴、嬴腾、蒙毅、顿弱六人静静地伫立着，相对无言。不知何时，夕阳落山了，光影没有了，大殿中一片沉沉夜色……

第二章　栋梁摧折

一　三头合谋　李斯笔下流出了始皇帝诏书

在令人难堪的冷落中，胡亥坐上了太子大位。

尽管在拥立大典上，李斯将“奉诏”两字重重地反复念诵，大臣们的冷淡还是显然的。没有整齐的奉诏声，没有奋然的拥戴辞，甚至，连最必须的对太子政见方略的询问也没有人提出。整个大殿除了奉常胡毋敬作为司礼大臣的宣诵声，一切都是在一片沉寂中完成的，没有任何隆重大典都会具有的喧喧祥和。胡亥加冠之后，机变的李斯特意忧心忡忡地申明：“今日奉诏拥立太子，适逢非常之期，诸位大臣伤于情而痛于国，哀哀不言拥戴太子，此等忠心，上天可鉴也！之后若有长策，诸位必当如常上奏，太子必当尽速会商决断。如此君臣聚心，天下必将大安矣！”依照拥立太子大典的素常礼仪，最后一道程式必是太子宣示国策政见。然则，李斯却在自己说完之后宣布了散朝，并未请胡亥宣示。司礼大臣胡毋敬也没有异议，大臣们更是一片默然。如此这般，隆重的大典幽幽散了。

李斯刚刚回到丞相行辕，门吏报赵高请见。李斯心绪很是灰暗，点了点头坐着没动。赵高匆匆进来深深一躬道：“太子有请丞相，会商大事。”李斯沉着脸道：“今日大典境况，中车府令知安国之难乎？”赵高恭敬道：“唯其艰难，方见丞相雄才大略。在下景仰丞相。”李斯心下略觉舒坦，矜持道：“足下颇具才情，以为老夫今日处置如何？”赵高一拱手道：“大局而论，丞相处置极是得体。”“如此说尚有不足？”李斯颇具揶揄地一笑。赵高道：“细处之不足，在于丞相底气不足。最大错失，没有请太子宣示国策政见。”李斯脸色一沉道：“足下平心而论，太子有国策，有政见么？老夫也想请他宣示，只怕他自取其辱。”对行将即位的储君如此傲慢，这在李斯当真是生平第一次。赵高目光冷冷一闪道：“时至今日，丞相依然将太子作庸才待之，何能一心谋国？赵高纵然不才，然可担保：太子今日备好了国策政见宣示，轴心八个字，‘上承先帝，秉持秦法’。丞相以为如何？”李斯淡淡笑道：“既有此番准备，何不预告老夫？”赵高一拱手道：“此乃大典必经，在下何能想到丞相绕开程式？”李斯目光一闪道：“足下当知，太子素常声望欠佳。大典绕开这道程式，乃老奉常建言，非老夫主见也……乾坤之变，老夫勉为其难也！”赵高道：“丞相半道犹疑……”

“莫聒噪也。走。”李斯打断了赵高，霍然起身了。

胡亥的居所在一处山坳宫殿，幽静冷落不下于东胡宫。赵高亲自为李斯驾车赶来的时候，天色堪堪过午，正在林下漫步的胡亥在辚辚车声中快步迎来，遥遥便是深深一躬。刹那之间，李斯不禁大是感奋，心头蓦然掠过了当年第一次面见秦王政时礼遇情形——李斯布衣入秦，生当两帝尊崇，何其大幸哉！感奋之际，李斯没有如同第一次晋见秦王政那般恭敬奋然地行礼，而是安坐轺车坦然受了胡亥一礼。与此同时，车前的赵高与车下的胡亥却浑然不觉，一个飞身下车殷殷扶住了李斯两臂，一个快步前来再度肃然一躬，从另一边扶住了李斯。

“太子如此大礼，老夫何敢当之也。”李斯淡淡一笑并没有脱身。

“丞相如周公安国，亥焉敢不以圣贤待之？”胡亥谦恭温润。

“中车府令尝言，太子慈仁笃厚，不虚此言也！”李斯坦然地奖掖后进了。

“长策大略，尚请丞相多多教诲。”

“太子尽礼敬士，何愁天下不安也！”终于，李斯舒畅地大笑了。

进入正厅，胡亥恭敬地将李斯扶进了左手（东）坐案，自己却不坐北面的主案，而是坐进李斯侧旁的一张小坐案前，俨然要谦恭地聆听圣贤教诲。仅此一举，李斯大有“帝师”尊严之快慰，一时觉得胡亥大有贤君风范，如此一个后生帝王，自己的小女儿果真嫁了他做皇后倒也是好事。心念之间，侍女捧来了刚刚煮好的鲜茶。胡亥当即离座，从侍女手中接过铜盘，躬身放置到李斯案头，又小心翼翼地掀开白玉茶盅的盖子，一躬身做请，这才坐回了小案。李斯心下奋然，一拱手道：“太子欲商何事？老臣知无不言也！”

“胡亥骤为太子，诚惶诚恐，丞相教我。”胡亥的大眼闪烁着泪光。

“太子欲问，何策安国乎？”李斯气度很是沉稳。

“庙堂鄙我，天下疏我，胡亥计将安出……”胡亥哽咽了。

“天降大任于斯人也，太子何忧哉！”李斯慨然拍案，“若言长策远图，只在十六个字：秉持秦政，力行秦法，根除复辟，肃边安民。简而言之，太子只需凛遵先帝治道，天下无有不安也！若言近策，则只在四字：整肃庙堂。”

“丞相圣明！”胡亥额头汗水涔涔，急迫道，“尝闻鲁仲连少时有言，白刃加胸，不计流矢。胡亥寝食难安者，非长策远图也，卧榻之侧也！”

“太子尚知鲁仲连之说，学有成矣！”李斯气定神闲地嘉许了一句。

“愿闻丞相整肃庙堂之大谋。”一直默然的赵高开口了。

“老夫倒想先听听中车府令高见。”李斯淡淡地笑了。

“如此，在下且作砖石引玉之言。”赵高明知李斯蔑视自己，却似浑然不觉道，“以在下之见，太子已立，大局之要便在使太子顺利登上帝位。唯其如此，目下急务，便是清除另一个潜在太子及其朋党！否则，乾坤仍有可能反转。”

“愿闻其后。”李斯惊诧于赵高的敏锐，神色却是一如平常。

“其后，便是整肃国中三明两暗五大势力。”赵高显然是成算在胸。

“三明两暗？五大势力？”李斯掩饰不住地惊愕了。

“丞相乃庙堂运筹之大才，自不在乎人事琐细也。”赵高先着意颂扬李斯一句，而后叩着书案一脸肃杀道，“首要一大势力，乃扶苏、蒙氏及九原大将朋党。再次，冯去疾、冯劫、李信，再加王翦王贲父子之后的王离及其军中亲信。此两大势力，皆以统兵大将为羽翼，以蒙氏、王氏两大将门为根基，人多知晓，是谓两明。第三大势力，便是丞相、姚贾、郑国、胡毋敬，以及出自军旅的章邯、杨端和、马兴等三公九卿重臣；这方势力以丞相为首，也是朝野皆知，自然明势力也。”

“中车府令之论未尝闻也！暗处两大势力？”李斯听得惊心动魄。

“所谓暗处势力，朝野无视也，非事阴谋也。”赵高侃侃道，“暗处第一势力，乃典客顿弱之黑冰台及全部邦交人马，外加遍布各郡尚未遣散的秘密商社。彼等唯皇命是从，不依附任何朋党。暗处第二势力么，便是皇城、皇室、皇族及内侍政事各署，在下这个中车府也忝居其中……敢问丞相，国中格局，可否大体作如是观？”

惊愕之余，李斯静静地看着啜茶的赵高，良久默然了。赵高的说法，使李斯脊梁骨一阵阵发凉。李斯第一次感到了面前这个雄武内侍的深不可测，一个在国事朝会决策中从来没有说话权力的车马内侍令，竟能对国中政局洞若观火，连他这个丞相也未必想得如此透彻，诚不可思议也！不，自己从来便没有想过人事势力格局，自己的心思只在谋事，从来不知谋人。赵高心有山川之险，令人可畏，令人可厌。蓦然之间，百味杂陈，李斯对当初的抉择生出了一种梦幻般的失落与恍惚……倏地一个激灵，李斯心头电光石火般一闪——待老夫站稳脚跟，定然得除掉这个人妖……

“敢问丞相，整肃五大势力，以何为先？”

见李斯赵高都不说话了，胡亥惶急地打破了沉寂。李斯惊醒过来，打量着这个冠带袍服气象端正的太子，嘴角抽搐着哭笑不得了。这是胡亥自感急迫主动说话，一开口便显出了可笑的荒谬。显然，赵高的事先教导没有预料到如此变局。此前，李斯也隐隐觉察到赵高事事教导胡亥，胡亥的言行举止很可能是赵高这个老师雕琢出来的。纵然如此，李斯也无论如何想不到，胡亥在自家说话时会是如此懵懂。片刻之间，胡亥连方才赵高说的目下急务也忘记了，竟以为要一齐整肃五大势力，更不可思议者，还要问从何方着手。如此懵懂，何以决断大事哉！一时间，李斯苦笑摇头，不知该从何说起了。

“太子悲伤过度，心智恍惚，丞相体察也。”赵高的泪水涌出了眼眶。

赵高言未落点，胡亥哽咽起来：“丞相见谅……”

“老夫愿闻中车府令第一长策。”李斯没有理睬哭泣的胡亥。

“丞相乾坤巨匠，在下何能窥其堂奥？”赵高分外谦恭了。

“中车府令也是大书家，如何将此事独推老夫？”李斯淡淡一笑。

“在下能书，胸中却无文墨，何能与丞相书圣比肩哉！”赵高很是坦荡。

“也好。先出第一策，安定北边，太子即位。”思忖片刻，李斯点头了。

“丞相安国立帝，诚万世之功也！”赵高扑地拜倒在李斯面前。

“丞相护持秦政，父皇九泉之下心安矣！”胡亥肃然长跪，深深一躬。

蓦然之间，李斯的尊严感油然重生，拍案喟然长叹道：“老夫受先帝陛下知遇大恩，位极人臣，敢不效商君护法哉！”说罢，李斯扶案欲起。胡亥立即倏地站起，恭敬地扶着李斯站了起来。“中车府令，明晨来老夫书房。”李斯对赵高一句叮嘱，任由胡亥扶着臂膊出了大厅，登车去了。

明月在天，山影萧疏，甘泉宫的秋夜已经略带寒意了。

丞相庭院最深处的书房彻夜亮着灯火，徘徊的身影直到四更才坐入案前。大才磐磐的李斯，第一次为一件文书犯难了。李斯之难，不在笔端，在心田沟壑之中。就制作而言，这件文书纵然非同寻常，但对于起草过无数秦王书令与皇帝诏书的李斯而言，实在不足以犯难；更兼赵高也是老于此道，两相补正，做成一件无可挑剔的真正的诏书，当是有成算的。李斯之难，在于心海深处总是不能平息的巨大波澜。

以目下时势论，他的这道“皇帝亲诏”的目标，必须使扶苏与蒙恬结束生命。以天道良心论，李斯久久不能提起案头那支曾经运筹天下文明架构的铜管大笔。从心底说，对扶苏，对蒙恬，李斯都曾经是激赏有加的。以扶苏的资质与历练，以扶苏的秉性与人品，以扶苏的声望与才具，都堪称历史罕见的雄主储君；以扶苏为二世皇帝，堪比周成王之继周武王，秦惠王之继秦孝公，帝国无疑将具有更为坚实而波澜壮阔的后续业绩。

蒙恬更不待言，自少年时期与李斯韩非结识于苍山学馆，同窗于荀子大师门下，便一直是李斯的金石之交。当年，李斯能以吕不韦门客之身而被秦王重用，蒙恬起了举足轻重的作用。在大秦元勋中，蒙恬是与少年秦王最早结交的。自与秦王结成少年相知，蒙恬以他独具的天赋与坦荡的胸襟，为秦王引进了王翦，引进了李斯，举荐了王贲，担保了郑国。可以说，没有蒙恬，秦国的朝堂便没有如此勃勃生机人才济济，便没有如此甘苦共尝和衷共济的强大运转力。此间之要，在于蒙恬最容易被人忽视的最大的长处——不争功，不居功，不揽权，不越权，根基最深而操守极正，功劳极大而毫无骄矜，与满朝名将能臣和谐共生如一天璀璨的星辰。在李斯被驱逐出秦国的时候，是蒙恬甘冒风险，将李斯的《谏逐客书》呈到了秦王案头。在李斯遭遇入秦韩非的最大挑战时，李斯因同门之谊而颇为顾忌与韩非争持，其时，是蒙恬在秦王面前一力支持了李斯，批驳了同是学兄的韩非；若无蒙恬支持，李斯没有勇气接受姚贾谋划，径自在云阳国狱处死韩非。在李斯用事的时期，蒙恬身在九原统兵，其胞弟蒙毅却在秦王身边操持机密，做李斯的长史丞；副手蒙毅能始终与李斯协力同心，不能说没有蒙恬的作用。灭六国之后，在创制帝国文明新政的每一长策谋划中，蒙恬也都义无反顾地支持了李斯。而对于功业，蒙恬也素来以大局为重。秦国名将如云，灭六国大战人人争先，而蒙恬身为名将之后，本身又是名将，却一直防守着北边重镇，没有一次力主自己统兵灭国。当最后统兵南下灭齐时，适逢王贲南下更有利，蒙恬立即接受了秦王主张，从巨野泽回兵九原，将灭齐之功留给了王贲。在满朝军旅大将之中，包括军功最为显赫的王氏父子，无论是否与蒙氏一门有渊源关系，都对蒙恬敬重有加。将兵九原十余年，蒙恬对边地军政处置得当，爱民之声遍及朝野，为稳定秦政起到了基石作用。凡此等等，才有了天下皆呼蒙公的巨大声望……

蒙恬有功于大秦新政，有功于天下臣民。

蒙恬无愧于李斯，实实在在地有恩于李斯。

教如此蒙恬去死，教如此扶苏去死，李斯何能下笔哉！

然则，庙堂逐鹿业已展开，李斯又岂能坐失千古良机？李斯所以愿意起而逐鹿，根基在于自己对自己的评判：李斯功劳虽大，然若李斯就此止步，在秦国重臣眼中，在身后国史之中，李斯便始终是个颇具声名的谋臣而已。所以如此，全部根基只在一处：秦始皇帝的万丈光焰，掩盖了李斯的身影；有嬴政这般秦王这般皇帝，任何功臣的功业足迹都将是浅淡的。李斯不满足。李斯要做商鞅那样的功业名臣——虽有秦孝公在前，青史却只视为商鞅变法！李斯要做周公旦那样的摄政名臣——虽有周成王在前，青史却只视为周公礼治！对目下李斯而言，达此圣贤伟业之境地，一步之遥也。而若退得一步，依据秦法秦政之道，秉承皇帝素来意志拥立扶苏即位，则李斯很可能成为惨遭罢黜甚或惨遭灭族之祸的祭坛牺牲品。赵高固然可恶，然赵高对皇帝身后的变局剖析却没有错：扶苏为帝，蒙恬为相，则必然要宽缓秦政，要寻找替罪羊为始皇帝开脱；其时，这只替罪羊当真是非李斯莫属也。也就是说，要依据皇帝素常意志行事，李斯也相信天下可以大定，但却一定要牺牲李斯！那么，李斯做牺牲的道理何在？公平么？若李斯是庸臣庸才，自是微不足道，作牺牲甚或可以成就名节。然则，李斯恰恰不是庸才。由是，另外一个追问便强烈地在心海爆发出来：若李斯继续当政，继续创造前所未有的功业而使天下大治，便果然不如扶苏蒙恬之治道么？李斯的回答是：不会不如扶苏蒙恬，而是一定大大超越扶苏蒙恬！对为政治国，李斯深具信心。扶苏固然良材美质，然其刚强过度而柔韧不足，则未必善始善终。蒙恬固然近乎完人，然其大争之心远非王贲那般浓烈，则未必能抗得天下风浪。李斯固然有不如扶苏蒙恬处，然论治国领政长策伟略，则一定是强过两人多矣！

唯其如此，一个必然的问题是：李斯为何要听任宰割？

李斯的老师是荀子。当年，李斯对老师的亦儒亦法的学派立场是心存困惑的。直到入秦而为吕不韦门客，为吕不韦秉笔编纂《吕氏春秋》，李斯才第一次将老师的儒家一面派上了用场，体察到丰厚学理带来的好处。后来得秦王知遇，李斯又将老师的法家一面淋漓尽致地挥洒出来，从而连自己也坚执地相信，自己从一开始便是法家名士。李斯不讳言，对于老师荀子的渊深学问与为政主张，他是先辨识大局而后抉择用之的。也就是说，李斯并不像韩非那般固守一端，那般决然摒弃儒家，而是以时势所许可的进身前景为要，恰如其分地抉择立场，给自己的人生奋争带来巨大的命运转机。在李斯的心海深处，对老师的学问大系中唯一不变的尊奉，便是笃信老师的“性恶论”。

与孟子的性善论相反，老师的理念是人性本恶。李斯记得很清楚，老师第一次讲“性恶论”时，他被深深地震撼了。自幼经历的人生丑恶与小吏争夺生涯，使李斯立即将老师的“人性本恶”之说牢牢地钉在了心头。入秦为政，李斯机变不守一端，大事必先认真揣摩秦王本心而后出言，正是深埋李斯心中的“人性本恶”说起到了根基作用。李斯相信，人性中的善是虚伪的，只有恶欲是真实的。是故，李斯料人料事，无不先料其恶欲，而后决断对策。多少年来，李斯能一步步走向人生巅峰，不能不说，深植心田的警觉防范意识是他最为强固的盾牌。

至今，老师的《性恶》篇李斯还能一字一句地背诵出来：

人之性恶。其善者，伪也。

今人之性，生而有好利焉，顺是，故争夺生而辞让亡焉！生而有疾恶焉，顺是，故残贼生而忠信亡焉！生而有耳目声色之欲，顺是，故淫乱生而礼义文理亡焉！然则从人之性，顺人之情，必出于争夺，合于犯分乱理，而归于暴。故，必将有师法之化礼义之道，然后出于辞让，合于文理，而归于治。由此观之，然则人之性恶明矣！其善者，伪也！

今人之性恶，必将待师法然后正，得礼义然后治。今人无师法，则偏险而不正；无礼义，则悖乱而不治……孟子曰："人之学者，其性善。"曰：是不然！是不及知人之性，而不察人之性、伪之分者也。凡性者，天之就也，不可学，不可事之在天者，谓之性。可学而能，可事而成之在人者，谓之伪。……今人之性，饥而欲饱，寒而欲暖，劳而欲休，此人之情性也。今人若饥，见尊长而不敢先食者，有所让也；劳而不敢求息者，有所代也。子之让父，弟之让兄，子之代父，弟之代兄此二行者，皆反于性而悖于情也。……

凡礼义者，生于圣人之伪，非故生于人之性也。……凡人之欲为善者，为性恶也。夫薄愿厚，恶愿美，狭愿广，贫愿富，贱愿贵，苟无之中者，必求于外。故富而不愿财，贵而不愿艺，苟有之中者，必不求于外。由此观之，人之欲为善者，为性恶也。……凡人之性者，尧舜之与（夏）桀（盗）跖，其性一也；君子其与小人，其性一也。……礼义积伪，岂人之本性也哉！……所以贱于桀（盗）跖小人者，从其性，顺其情，安恣睢，以出乎贪利争夺。故，人之性恶明矣！其善者，伪也！……

尧问于舜曰："人情何如？"舜对曰："人情甚不美，又何问焉！妻子具，而孝衰于亲；嗜欲得，而信衰于友；爵禄盈，而忠衰于君。人之情乎！人之情乎！"……

李斯自然知道，老师荀子作《性恶》篇的本意，是为法治创立根基理论——人性之恶，必待师法而后正！乃老师性恶论之灵魂也。即或对人际交往之利害，老师也在《性恶》篇最末明白提出了“交贤师良友”之说，告诫世人：“……与不善人处，则所闻者欺诬、诈伪也，所见者污漫、贪利之行也，身且加于刑戮而不自知者，靡使然也！传曰：‘不知其子，视其友；不知其君，视其左右。’靡而已矣！靡而已矣！”也就是说，荀子的性恶论，本意不在激发人之恶欲，而在寻觅遏制人性恶的有效途径。

虽然如此，对于李斯，《性恶》篇之振聋发聩，却在于老师揭示的人世种种丑恶，在于老师所揭示的恶欲的无处不在的强大根基，在于性恶论给自己的惕厉之心。老师在《性恶篇》中反复论证的六则立论，一开始便深深嵌进了李斯的心扉：一则，人性本恶，无可变更；二则，善者虚伪，不可相信；三则，利益争夺，人之天性；四则，人有恶欲，天经地义；五则，圣人小人，皆有恶欲；六则，圣贤礼义，积伪欺世，效法必败。总归言之，老师的《性恶篇》在李斯心中锤炼出的人生理念便是：人为功业利益而争夺，是符合战国大争潮流的，是真实的人生奋争；笃信礼义之道，则是伪善的欺骗，结果只能身败名裂。李斯深信，师弟韩非若不是深刻揣摩了老师的性恶论，便锤炼不出种种触目惊心的权术防奸法则。李斯也一样，若不是以老师的性恶论作为立身之道，也不会有人生皇皇功业。在灵魂深处，李斯从来都坚定如一地奉行着自己的人生铁则。今日，有必要改变么？

……

鸡鸣之声随着山风掠过的时刻，李斯终于提起了那管大笔。

这是蒙恬为他特意制作的一支铜管狼毫大笔。那是蒙恬在阴山大草原的狼群中特意捕猎搜求的珍贵狼毫，只够做两支铜管大笔。蒙恬回归咸阳，一支大笔送给了秦王嬴政，一支大笔送给了长史李斯。当年，李斯曾为这支铜管狼毫大笔感动得泪光莹然。因为，李斯知道蒙恬只做了两支，曾劝蒙恬将这支大笔留给自己。蒙恬却是一阵豪爽的大笑：“斯兄纵横笔墨战场，勾画天下大政，焉能没有一支神异大笔也！蒙恬刀剑生涯，何敢暴殄天物哉！”自那时起，这支铜管狼毫大笔再也没有离开过李斯的案头。每当他提起已经被摩挲得熠熠生光且已经变细的铜管，手指恰如其分地嵌进那几道温润熟悉的微微凹凸，才思源源喷涌而出，眼前便会油然浮现出蒙恬那永远带有三分少年情怀的大笑，心头便会泛起一阵坚实的暖流，是的，蒙恬的笑意是为他祝福的……

此刻，当李斯提起这支狼毫铜管大笔时，心头却一片冰冷，手也不由自主地瑟瑟颤抖起来。蒙恬的影像时隐时现，那道疑惑的目光森森然隐隐在暗中闪烁，李斯浑身不自在，心头止不住一阵怦怦大跳……李斯屏息闭目片刻，心海蓦然潮涌了。

宁为恶欲，不信伪善！

人性本恶，李斯岂能以迂阔待之哉！

功业在前，李斯岂能视而不见也！

扶苏蒙恬当国，必以李斯为牺牲，李斯岂能束手待毙乎！

……

终于，那支大笔落下了，黄白色的羊皮纸上艰难地凸现出一个一个只有始皇帝嬴政才能写出的独特的秦篆——

朕巡天下，制六国复辟，惩不法兼并，劳国事以安秦政。今扶苏与将军蒙恬，将师数十万以屯边，十有余年矣！不能进而前，士卒多耗，无尺寸之功，乃反数上书直言，诽谤朕之所为。扶苏以不得罢归为太子，日夜怨望。扶苏为人子，不孝，其赐剑以自

裁！将军蒙恬与扶苏居外，不匡正，安知其谋？为人臣不忠，其赐死！兵，属裨将王离。始皇帝三十七年秋

当最后一个字落下羊皮纸时，李斯的大笔脱手了，噗的一声砸在了脚面上。疲惫已极的李斯颓然坐地，蓦然抬眼，幽暗的窗口分明镶嵌着蒙恬那双森森然的目光！李斯心头轰轰然翻涌，一口鲜血随着山风中的鸡鸣喷了出来……

二　长城魂魄去矣　何堪君道之国殇

大草原的秋色无以描画，无以诉说。那苍黄起伏的茫茫草浪，那霜白傲立的凛凛白桦，那火红燃烧的苍苍胡杨，那横亘天边的巍巍青山，那恬静流淌的滔滔清流，那苍穹无垠的蓝蓝天宇，那无边散落的点点牛羊，那纵使圣手也无由调制的色调，那即或贤哲也无由包容的器局，那醉人的牧歌，那飞驰的骑士，那柔爽的马奶子，那香脆的炒黄米，那只有力士气魄才敢于一搏的篝火烤羊大碗酒……广袤的大草原囊括了天地沧桑，雄奇沉郁而又迤逦妖冶，任你慷慨，任你狂放，任你感动，任你忧伤。

两千二百一十七年前的这一日[1]，草原秋色是一团激越的火焰。

万里长城终于要在九原郊野合龙，整个阴山草原都沸腾了。

巍巍起伏的阴山山脊上各式旌旗招展，沉重悠扬的牛角号夹着大鼓大锣的轰鸣连天而去。阴山南麓的草原上，黑色铁骑列成了两个距离遥远的大方阵。方阵之间的草地上，是赶着牛群马群羊群从阴山南北汇

[1]　公元前 209 年。（编者注）

聚来的万千牧民，牛羊嘶鸣人声喧嚣，或火坑踏舞，或聚酒长歌，或互换货色，或摔跤较力，忙碌喜庆第一次弥漫了经年征战的大草原。更有修筑长城已经休工的万千黔首，头包黑巾身着粗衣，背负行囊手拄铁耒，奋然拥挤在雄峻的长城内侧的山头山坡上指点品评，漫山遍野人声如潮。草原的中心空旷地带，正是东西长城的合龙口：自陇西临洮而来的西长城，自辽东海滨而来的东长城，就要在九原北部的阴山草原的边缘地带合龙了。目下，秦砖筑起的长城大墙与垛口已全部完工，唯余中央垛口一方大石没有砌上。这方大石，便是今日竣工大典所要完成的九原烽火台龙口的填充物。此刻，中央龙口与烽火台已经悉数披红，台上台下旌旗如林；烽火台上垂下了两幅巨大的红布，分别贴着硕大的白帛大字，东幅为“千秋大秦，北驱胡虏”，西幅为“万里长城，南屏华夏”。

“蒙公，长城万里，终合龙矣！”

“长公子，逾百万民力，终可荷耒归田也！”

烽火台上，蒙恬与扶苏并肩伫立在垛口，都有着难以言传的万般感喟。短短一个月里，蒙恬已经是须发皆白。扶苏虽未见老相，也是精瘦黝黑一脸疲惫沧桑。自皇帝行营经九原直道南下，王离请见未见虚实，蒙恬扶苏两人便陷入了无以言状的不安。其间，蒙恬接到郎中令府丞的公文一件，说郎中令已经奉诏赶赴甘泉宫，九原请遣返民力事的上书，业已派员送往甘泉宫呈报皇帝。蒙恬由是得知皇帝驻跸甘泉宫，心头疑云愈加浓厚，几次提出要南下甘泉宫晋见陛下，却都被扶苏坚执劝阻了。扶苏的理由很扎实：父皇既到甘泉宫驻跸，病势必有所缓，国事必将纳入常道，不需未奉诏书请见，徒然使父皇烦躁。蒙恬虽感扶苏过分谨慎拘泥，却还是没有一力坚持。毕竟，蒙恬是将扶苏做储君待的，没有扶苏的明白意愿，任何举动都可能适得其反。然则，蒙恬还是没有放松警觉，立即提出了另一则谋划：加快长城合龙，竣工大典后立即遣返百万民力；之后以此为重大国事边事，两人一起还都晋见皇帝。这次，扶苏赞同了蒙恬主张。因为，蒙恬提出了一个扶苏无法回答的巨大疑点："皇帝勤政之风千古未见，何能有统边大将军与监军皇子多方求见而不许之理？何能有遣返百万民力而不予作答之理？纵然皇帝患病不能理事，何能有领政丞相也不予作答之理？凡此等等，其间有没有重大缘由？你我可等一时，不可等永远也。"那日会商之后，两人分头督导东西长城，终于在不到一个月的时日里完成了最后的收尾工程，迎来了今日的长城大合龙。

"万里长城合龙大典，起乐——！"

司礼大将的长呼伴随着齐鸣的金鼓悠扬的长号，伴随着万千民众欢呼，淹没了群山草原，也惊醒了沉浸在茫然思绪中的蒙恬与扶苏。两人肃然正色之际，司礼大将的长呼又一波波随风响彻了山塬："监军皇长子，代皇帝陛下祭天——！"片刻之间，牧民们停止了歌舞，黔首们停止了欢呼，牛羊们停止了快乐的嘶鸣，大草原静如幽谷了。扶苏从烽火台的大纛旗下大步走到了垛口前的祭案，向天一拜，展开竹简宣读祭文："昊天在上，嬴扶苏代皇帝陛下伏惟告之：大秦东出，一统华夏，创制文明，力行新政，安定天下。北边胡患，历数百年，匈奴泛滥，屡侵中国！为佑生民，筑我长城。西起临洮，东至辽东，绵延万里，以为国塞！祈上天佑护，赖长城永存，保我国人，太平久远——！"扶苏悠长的话音尚在回荡，山地草原便连绵腾起了皇帝万岁长城万岁的山呼海啸般的呐喊。

"大将军合龙长城——"良久，司礼大将的传呼又随风掠过了草原。

号角金鼓中，白发苍髯的蒙恬凝重举步，从烽火台大纛旗下走到了待合的龙口前。两名身披红帛的老工师，引领着两名赤膊壮汉，抬来了一方红布包裹的四方大石，端端正正地搁置在龙口旁的大案上。蒙恬向老工师深深一躬，向两赤膊后生深深一躬，向红布大石深深一躬，遂双手抱起大石，奋然举过头顶，长喊了一声：“陛下！万里长城合龙也——！”吼声回荡间，红布大石轰然夯进了万里长城最后的缺口……骤然之间，满山黔首举起了铁耒欢呼雀跃如森林起舞，人人泪流满面地呼喊着：“长城合龙了！黔首归田了！”随着黔首们的欢呼，合龙烽火台上一柱试放的狼烟冲天而起，烽火台下的大群牧民踏歌起舞，引来了茫茫草原无边无际的和声——

阴山巍巍　边城长长
南国稻粱　北国牛羊
黔首万千　汗血他乡
牧人水草　太平华章
穹庐苍苍　巨龙泱泱
华夏一统　共我大邦

那一日，蒙恬下令将军中存储的所有老酒都搬了出来，送酒的牛车络绎不绝。大军的酒，牧人的酒，黔首的酒，都堆放在烽火台下积成了一座座小山。万千将士万千牧人万千黔首，人海汪洋地聚在酒山前的草原上，痛饮着各式各样的酒，吟唱着各式各样的歌，大跳着各式各样的舞，天南海北的种种语言汇集成了奇异的喧嚣声浪，天南海北的种种服饰汇集成奇异的色彩海洋，金发碧眼的匈奴人壮硕劲健的林胡人黝黑精瘦的东胡人与黑发黑眼黄皮肤的各式中原人交融得汪洋恣肆，酒肉不分你我，地域不分南北，人群不分男女老幼，一切都在大草原自由地流淌着快乐地歌唱着百无禁忌地狂欢着……

扶苏生平第一次大醉了。在烽火台下喧嚣的人海边际，扶苏不知不觉地离开了蒙恬，不知不觉地汇进了狂欢的人流。几大碗不知名目的酒汩汩饮下，扶苏的豪侠之气骤然爆发了，长久的阴郁骤然间无踪无影了。走过了一座又一座帐篷篝火，走过了一片又一片欢乐流动的人群，扶苏吼唱着或有词或无词的歌，大跳着或生疏或熟悉的舞，痛饮着或见过或没见过的酒，脸红得像燃烧的火焰，汗流得像涔涔的小河，心醉得像草地上一片片酥软的少女；笑着唱着舞着跑着跳着吼着躺着，不知道身在何方，不知道身为何人，不知道是梦是醒，不知道天地之伊于胡底！那一日的扶苏，只确切地知道，如此这般的快乐舒坦，如此这般的无忧无虑，在他的生命中是绝无仅有的。朦朦胧胧，扶苏的灵魂从一种深深的根基中飞升起来，一片鸿毛般悠悠然飘将起来，飘向蓝天，飘向大海，飘向无垠的草原深处……

蒙恬亲自带着一支精悍的马队，搜寻了一日一夜，才在阴山南麓的无名海子边发现了呼呼大睡的扶苏。那是镶嵌在一片火红的胡杨林中的隐秘湖泊，扶苏蜷卧在湖畔，身上覆盖着一层微染秋霜的红叶，两手伸在清亮的水中，脸上荡漾着无比惬意的笑容……当蒙恬默默抱起扶苏时，马队骑士们的眼睛都湿润了。随行医士仔细诊视了一阵，惊愕地说长公子是极其罕见的醉死症，唯有静养脱酒，旬日余方能痊愈。

蒙恬第一次勃然变色，对监军行辕的护卫司马大发雷霆，当即下令夺其军爵戴罪履职，若长公子再有此等失踪事端，护卫军兵一体斩首！那一刻，监军行辕的所有吏员将士都哭了，谁也没有抗辩说大将军无权处置监军大臣之部属。反倒是二话不说，监军帐下的所有吏员将士都摘去了胸前的军爵徽记，不约而同地吼了一句："甘愿受罚！戴罪履职！"

立即南下的谋划延期了。

忧心忡忡的蒙恬只有预作铺垫，等待扶苏恢复。此间，蒙恬连续下达了五道大将军令，将长城竣工的后续事宜轰轰然推开，务求朝野皆知。第一道将令，所有黔首营立即开始分批遣返民力，各营只留十分之一精壮，在大军接防长城之前看守各座烽火台；第二道将令，三十万大军重新布防，九原大营驻扎主力铁骑十万，新建辽东大营驻扎主力铁骑十万，其余十万余步骑将士以烽火台为基数，立即分编为数十个驻长城守军营；第三道将令，所有重型连弩立即开上长城各咽喉要塞段，粮草辎重衣甲立即开始向各烽火台运送囤积，以为驻军根基；第四道将令，修筑长城的黔首民力，若有适合并愿意编入军旅之精壮，立即计数呈报，分纳各营；第五道将令，以九原、云中、雁门、陇西、北地、上郡、上谷、渔阳、辽西、辽东十郡为长城关涉郡，以九原郡守领衔会同其余九郡守，妥善安置并抚恤在修筑长城中死伤的黔首民力及其家园。

五道将令之外，蒙恬又预拟了两道奏章，一道是在北方诸郡征发十万守边军兵，以为长城后备根基；一道是请皇帝下诏天下郡县，中止劳役征发并妥善安置归乡黔首。依据常例，这两道奏章蒙恬该当派出快马特使呈报咸阳，以使皇帝尽早决断。多少年来，这都是奋发快捷的秦国政风，无论君臣，谁也不会积压政事。然则，这次蒙恬却反其道而行之，非但没有立即发送奏章，而且将大将军令发得山摇地动，且有些不尽合乎法度的将令。蒙恬只有一个目的：九原大动静使朝野皆知，迫使咸阳下书召见扶苏蒙恬。若如此动静咸阳依旧无动于衷，那便一定是国中有变皇帝异常，蒙恬便得强行入国了……

恰在此时，皇帝特使到了九原。

“何人特使？”一闻斥候飞报，蒙恬开口便问特使姓名。

“特使阎乐，仪仗无差！”

“阎乐？何许人也？”

“在下不知！”

蒙恬默然了。依据惯例，派来九原的特使历来都是重臣大员，除了皇帝亲临，更多的则是李斯蒙毅冯劫等，这个阎乐却是何人？以蒙恬对朝中群臣的熟悉，竟无论如何想不出如此一个足为特使的大臣究竟官居何职，岂非咄咄怪事？一时之间，蒙恬大感疑惑，带着一个五百人马队风驰电掣般迎到了关外山口。眼见一队旌旗仪仗辚辚逶迤而来，蒙恬既没有下马，也没有开口，五百马队列成一个森森然方阵横在道口。

“公车司马令特领皇命特使阎乐，见过九原侯大将军蒙公——！”

前方轺车上站起一人，长长地报完了自家名号，长长地念诵了蒙恬的爵位军职及天下尊称，不可谓不敬重，不可谓不合礼。熟悉皇城礼仪与皇室仪仗的蒙恬，一眼瞄过便知仪仗军马绝非虚假。然则，蒙恬还是没有下马，对方报号见礼过后也还是没有说话。几乎有顿饭时光，双方都冰冷地僵持着，对方有些不知所措，九原马队却一片森然默然。

“在下阎乐敢问大将军，如此何意也？”

“阎乐，何时职任公车司马令[1]？”蒙恬终于肃然开口。

“旬日前任职。大将军莫非要勘验印鉴？”对方不卑不亢。

“特使请入城。”蒙恬冷冷一句。

马队列开一条甬道，仪仗车马辚辚通过了。蒙恬马队既没有前导，也没有后拥，却从另一条山道风驰电掣般入城了。蒙恬入城刚刚在幕府坐定，军务司马便禀报说特使求见。蒙恬淡淡吩咐道：“先教他在驿馆住下，说待公子酒醒后老夫与公子会同奉诏。”军务司马一走，蒙恬立即召来王离密商，而后一起赶到了监军行辕。

扶苏虽然已经醒过来三五日了，然其眩晕感似乎并未消散，恍惚朦胧的眼神，飘悠不定的举止，时常突兀地开怀大笑，都令蒙恬大皱眉

---

[1] 公车司马令，秦卫尉之属官，职能有四：执掌皇城车马进出，夜巡皇城，夜传奏章，征召公车。虽属卫尉，实为皇城事务的要职之一。

头。蒙恬每日都来探视两三次，可每次开口一说正事，扶苏便是一阵毫无来由的哈哈大笑："蒙公啊蒙公，甚都不好，草原最好！老酒最好！陶陶在心，醉酒长歌——！"明朗纯真的大笑夹着两眶莹莹闪烁的泪光，蒙恬实在不忍卒睹，每次都长叹一声默然不言了。今日不同，蒙恬带来了王离，务必要使扶苏从迷幻中彻底摆脱出来醒悟过来振作起来。

"长公子！皇帝特使到了！"一进正厅，王离便高声禀报了消息。

"特使……特使……"扶苏凝望着窗外草原，木然念叨着似乎熟悉的字眼。

"皇帝，派人来了！父皇，派人来了！"王离重重地一字一顿。

"父皇！父皇来了？"扶苏骤然转身，一脸惊喜。

"父皇派人来了！特使！诏书！"王离手舞足蹈地比划着叫嚷着。

"知道了。聒噪甚。"

扶苏显然被唤醒了熟悉的记忆，心田深深陶醉其中的快乐神色倏忽消散了，脸上重现出蒙恬所熟悉的那种疲惫与郁闷，颓然坐在案前不说话了。蒙恬走过来肃然一躬："长公子，国之吉凶祸福决于眼前，务请公子清醒振作说话。"扶苏蓦然一个激灵，倏地站起道："蒙公稍待。"便大步走到后厅去了。大约顿饭辰光，扶苏匆匆出来了，一头湿漉漉的长发散披在肩头，一领宽大洁净的丝袍替代了酒气弥漫的汗衣，冷水沐浴之后的扶苏清新冷峻，全然没有了此前的飘忽眩晕朦胧木然。

"敢请蒙公赐教。"扶苏对蒙恬深深一躬，肃然坐在了对案。

"长公子，这位特使来路蹊跷，老夫深以为忧。"

"敢问蒙公，何谓特使来路蹊跷？"

"公子须知：这公车司马令，乃卫尉属下要职，更是皇城枢要之职，素由功勋军吏间拔任之。卫尉杨端和乃秦军大将改任，其属下要职，悉数为军旅大吏改任。皇帝大巡狩之前，公车司马令尚是当年王贲幕府之军令司马。其人正在年富力强之时，如何能在大巡狩之后骤然罢黜？皇帝陛下用人，若无大罪，断无突兀罢黜之理，而若此等要职触法获罪，我等焉能不知？今日这个阎乐，人皆闻所未闻，岂非蹊跷哉！”

“以蒙公所见，如此特使有何关联？”扶苏的额头渗出了一片细汗。

“人事关联，一时难查。”蒙恬神色很是沉重，“目下之要，乃是这道诏书。老臣揣测，皇城人事既有如此大变，皇帝必有异常……老臣今日坦言：雄主尝有不测之危，齐桓公姜小白雄武一世，安知暮年垂危有易牙、竖刁之患矣！……”

“岂有此理！父皇不是齐桓公！不是！”扶苏突兀地拍案大吼起来。

“老臣但愿不是。”蒙恬的目光冷峻得可怕。

“蒙公之见，该当如何？”扶苏平静下来，歉意地一拱手。

“老臣与王离谋划得一策，唯须公子定夺。”

“王离，你且说。”扶苏疲惫地靠上了身后书架。

“公子且看，”王离将一方羊皮地图铺开在扶苏面前，“各方探知：皇帝行营目下依然在甘泉宫，且三公九卿俱已召去甘泉宫，整个甘泉山戒备森严，车马行人许进不许出。由此观之，朝局必有异常之变！蒙公与末将之策：立即秘密拘押特使，由末将率兵五万，秘密插入泾水河谷，进入中山要道，截断甘泉宫南下之路；而后蒙公统率五万飞骑南下，包围甘泉宫，请见皇帝陛下面陈国事；若有异常，蒙公靖国理乱，拥立公子即位！……”

“若，无异常，又当如何？”扶苏的脸色阴沉了。

“若无异常，”王离沉吟片刻，终于说了，“蒙公与末将自请罪责……”

“岂有此理！为我即位，王氏蒙氏俱各灭门么！”扶苏连连拍案怒形于色。

“公子，此间之要，在于朝局必有异常，已经异常。”蒙恬叩着书案。

“请罪之说，原是万一……”王离小心翼翼地补充着。

“万一？十万一也不可行！”扶苏的怒火是罕见的。

“若诏书有异，公子宁束手待毙乎！”蒙恬老泪纵横了。

“蒙公……”扶苏也哽咽了，“扶苏与父皇政见有异，业已使秦政秦法见疑于天下，业已使父皇倍感煎熬……当此之时，父皇带病巡狩天下，震慑复辟，纵然一时屈我忘我，扶苏焉能举兵相向哉！……蒙公与父皇少年相知，栉风沐雨数十年，焉能因扶苏而与父皇兵戎相见哉！……王氏一门，两代名将，戎马一生，未享尊荣劳顿而去，唯留王离袭爵入军，安能以扶苏进退，灭功臣之后哉！……蒙公蒙公，王离王离，勿复言矣！勿复言矣！……”扶苏痛彻心脾，伏案放声恸哭了。年轻的王离手足无措，抱着扶苏哭成了一团。

蒙恬长叹一声，踽踽去了。

次日清晨，扶苏衣冠整肃地走进了大将军幕府。疲惫郁闷的蒙恬第一次没有鸡鸣离榻，依然在沉沉大睡。护卫司马说，大将军夜来独自饮酒，醉得不省人事，被扶上卧榻时还微微有些发热。扶苏深感不安，立即唤来九原幕府中唯一的一个太医为蒙恬诊视。然则，就在太医走进幕府寝室时，蒙恬却醒来了。蒙恬没有问扶苏来意，草草梳洗之后，便提着马鞭出来了，对扶苏一点头便径自出了幕府。扶苏有些难堪，却又无话可说，只对护卫司马眼神示意，便跟着蒙恬出了幕府。可是，当护卫司马带着军榻与几名士兵赶来要抬蒙恬时，素来善待士卒如兄弟的蒙恬却突然暴怒了，一脚踢翻了军榻，一鞭抽倒了司马，大吼一声：“老夫生不畏死！何畏一酒！”丢下唏嘘一片的士卒们，腾腾大步走了出去。

当驿馆令迎进扶苏蒙恬时，特使阎乐很是愣怔了一阵。

昨日蒙恬的蔑视冷落，已经使阎乐大觉不妙。在这虎狼之师中，蒙恬杀了他当真跟捻死一只蚂蚁一般。阎乐不敢轻举妄动，既不敢理直气壮地赶赴监军行辕或大将军幕府宣读诏书，又不敢将此间情形密报甘泉宫。毕竟，九原并无明显反象，自己也还没有宣示诏书，蒙恬扶苏的确切应对尚不明白，密报回去只能显示自己无能。而这次重大差事，恰恰是自己立功晋身的最好阶梯，绝不能轻易坏事。反复思忖，阎乐决意不动声色，先看看再说，扶苏蒙恬都是威望素著的天下正臣，谅也不至于轻易反叛诛杀特使。

多年之前，阎乐原本是赵国邯郸的一个市井少年，其父开得一家酒肆，与几个常来饮酒的秦国商贾相熟。秦军灭赵大战之前，阎乐父亲得秦商劝告，举家秘密逃往秦国，在咸阳重开了一家赵酒坊。后来，得入秦老赵人关联介绍，阎父结识了原本也是赵人的赵高。从此，机敏精悍的阎乐进入了赵高的视线。三五年后，赵高将阎乐举荐到皇城卫尉署做了一名巡夜侍卫。赵高成为少皇子胡亥的老师后，阎乐又幸运地成了少皇子舍人。除了打理一应杂务，赵高给阎乐的秘密职司只有一个：探查所有皇子公主种种动静，尤其是与皇帝的可能来往。阎乐将这件事做得无可挑剔，将胡亥侍奉得不亦乐乎，赵高很是中意。皇帝大巡狩胡亥随行，阎乐却留在了咸阳，守着少皇子府邸，打理着种种杂务，也探查着种种消息。皇帝行营尚在直道南下时，阎乐便被赵高的内侍系统秘密送进了甘泉宫等候。唯其有阎乐的消息根基，赵高对咸阳大势很是清楚，对胡亥说："咸阳公卿无大事，蒙毅李信无异常，不碍我谋。"甘泉宫之变后，阎乐一夜之间成了太子舍人，惊喜得连自己都不敢相信了。阎乐万万没有料到，更大的惊喜还在后面。

那夜，赵高与胡亥一起召来了阎乐。一入座，赵高沉着脸当头一问："阎乐，可想建功立业？"阎乐立即拱手高声道："愿为太子、恩公效犬马之劳！”赵高又是一问：“若有身死之危，子将如何？”阎乐赳赳高声：“虽万死不辞！”赵高点头，遂将以皇帝特使之身出使九原的使命说了一番。阎乐做梦也没想过，自己这般市井之徒竟能做皇帝特使，竟能跻身大臣之列，没有丝毫犹豫便慨然应允了。于是，胡亥立即以监国太子之名，宣示了奉诏擢升阎乐为公车司马令之职，并以皇帝特使之身出使九原宣示皇帝诏书。阎乐始终不知道皇帝死活，却很清楚地知道自己该问甚不该问甚，涕泪唏嘘地接受了诏书，却始终没问一句皇帝的意思，而只向赵高请教能想到的一切细节。赵高细致耐心地讲述了种种关节，最要紧的一句话牢牢烙在了阎乐心头：“发诏催诏之要，务求扶苏蒙恬必死！”最后，赵高显出了难得的笑意：“子若不负使命，老夫便将胡娃嫁你了。”阎乐一阵狂喜，当即连连叩首拜见岳父，额头渗出了血迹也没有停止。赵高没有制止他，却倏地沉了脸又是一句：“子若不成事，老夫也会叫你九族陪你到地下风光。”

阎乐没有丝毫惊讶，只是连连点头。阎乐对赵高揣摩得极透——阴狠之极却又护持同党，只要不背叛不坏事，赵高都会给追随者意想不到的大利市；假若不是这般阴狠，大约也不是赵高了。那个胡娃，原本是一个匈奴部族头领的小公主，金发碧眼别有情致，可自被以战俘之身送进皇城，一直只是个无所事事的游荡少女。日理万机的皇帝极少进入后宫女子群，这个胡娃也从来没有遇见过皇帝。后来，熟悉胡人也喜欢胡人的赵高，便私下将这个孤魂般游荡的少女认作了义女；一个适当的时机，赵高又请准了皇帝，将这个胡女正式赐给他做了女儿。自从认识了这个胡娃，阎乐大大地动心了，几次欲向赵高请求婚嫁，都没敢开口，以致魂牵梦萦不能安宁。特使事若做成，既成大臣，又得美女，何乐而不为也！若自己不成事而死，活该命当如此；上天如此机遇，你阎乐都不能到手，不该死么？这便是熟悉市井博戏的阎乐——下赌注不惜身家性命，天杀我自认此生也值。

战国疲（瘠）民者，大抵如是也。

……

依着对皇子与高位大臣宣诏的礼仪，阎乐捧着铜匣恭敬地迎出了正厅。扶苏与蒙恬一走进庭院，阎乐立即深深一躬："监军皇长子与大将军劳苦功高，在下阎乐，深为景仰矣！"阎乐牢牢记得赵高的话：依据法度，特使不知诏书内容，宣诏前礼敬宜恭谨。扶苏一拱手淡淡道："特使宣诏了。"阎乐一拱手，恭敬地诺了一声，便在随从安置好的书案上开启了铜匣，捧出了诏书，高声念诵起来：

> 朕巡天下，制六国复辟，惩不法兼并，劳国事以安秦政。今扶苏与将军蒙恬，将师数十万以屯边，十有余年矣！不能进而前，士卒多耗，无尺寸之功，乃反数上书直言，诽谤朕之所为。扶苏以不能罢归为太子，日夜怨望。扶苏为人子，不孝，其赐剑以自裁！将军蒙恬与扶苏居外，不匡正，安知其谋？蒙恬为人臣不忠，其赐死！兵，属裨将王离。始皇帝三十七年秋

阎乐虽然始终没有抬眼，声音颤抖如风中落叶，却显然地觉察到了庭院气息的异常。几名随行的司马与护卫都惊愕得无声无息，公子扶苏的脸色急剧地变化着，始而困惑木然，继而惶恐不安，终至悲怆莫名地扑倒在地放声恸哭……白发苍髯的蒙恬则一直惊讶地沉思着，面色铁青双目生光，炯炯直视着阎乐。

"蒙公，此乃陛下亲封诏书……"阎乐一时大见心虚。

"特使大人，老夫耳聋重听，要眼看诏书。"蒙恬冷冰冰一句。

"诺。敢请蒙公过目。"阎乐双手恭敬地递上了诏书。

蒙恬接过诏书，目光一瞄面色骤然苍白了。诏书不会是假的，皇帝陛下的亲笔字迹更不会是假的。毕竟，蒙恬是太熟悉皇帝的写字习惯了。虽然如此，蒙恬还是无论如何不能相信这道诏书是皇帝的本心，除非皇帝疯了，否则决然不会让自己的长子与自己的根基重臣一起去死，不会，决然不会！如此诏书，绝不能轻易受之，一定要南下咸阳面见皇帝……

“敢问蒙公，有何见教？”阎乐不卑不亢。

“老夫要与特使一起还国，面见陛下！”“依据法度，蒙公此请，在下不敢从命。”“阎乐，要在九原乱命，汝自觉行么？”蒙恬冷冷一笑。“在下奉诏行事，绝非乱命。”

“好个奉诏。”蒙恬面色肃杀，“唯其无妄，足下何急耶？”

“蒙公业已亲自验诏，此说似有不妥。”阎乐见扶苏仍在哀哀哭泣，实在吃不准这位最是当紧的人物作何应对，一时不敢对蒙恬过分相逼；毕竟这是九原重兵之地，扶苏更是声望卓著的皇长子，若扶苏也强硬如蒙恬，要挟持他南下面见皇帝陈情，阎乐便想脱身都不能了；那时，阎乐是注定地要自认晦气了，一切美梦都注定地要破灭了……

“蒙公，不需争了。”此时，扶苏终于站起来说话了。

“长公子……”阎乐捧起诏书，却没有再说下去。

“扶苏奉诏……”扶苏木然地伸过了双手。

“且慢！”蒙恬大喝一声，一步过来挡住了扶苏。

“蒙公……我心死矣！……”扶苏一声哽咽。

“公子万莫悲伤迷乱。”蒙恬扶住了扶苏，肃然正色道，“公子且听老臣一言，莫要自乱方寸。公子思忖：皇帝陛下乃超迈古今之雄主，洞察深彻，知人善任，生平未出一则乱国之命。陛下使你我率三十万大军北击匈奴、修筑长城，此乃当今天下第一重任也！陛下若心存疑虑，你我岂能手握重兵十余年耶！诏书说你我无尺寸之功，能是陛下之言么？更有一则，天下一统以来，大秦未曾罢黜一个功臣，陛下又岂能以些须之错，诛杀本当作为储君锤炼的皇长子？岂能诛杀如老臣一般之功勋重臣？今日一道诏书，一个使臣，并未面见陛下，安知其中没有异常之变哉！……公子当清醒振作，你我当面见陛下！若陛下当面明白赐死，老夫何惧哉！公子何惧哉！若陛下万一……你我之死，岂非陷陛下于昏君之境哉！”

“父皇罪我，非一日矣……”扶苏哽咽着，犹疑着。

“蒙恬！你敢违抗皇命么！”阎乐眼见转机，当即厉声一喝。

蒙恬一阵大笑，戟指高声道：“特使大人，老夫之功，至少抵得三五回死罪，请见陛下岂容你来阻挡？来人！扶监军皇长子回归行辕！”司马卫士们一声雷鸣般吼喝，立即风一般簇拥着扶苏出了驿馆庭院。蒙恬转身冷笑道：“老夫正告特使大人，近日匈奴常有骚扰劫掠之举，特使若派信使出城，被胡人掳去泄我国事机密，休怪老夫军法无情！”一言落点，蒙恬腾腾大步去了。阎乐擦了擦额头冷汗，长吁一声，颓然跌坐在了石阶上。

蒙恬扶苏回到幕府，扶苏只一味地木然流泪，对蒙恬的任何说辞都不置可否。蒙恬无奈，只有亲自带着司马护卫将扶苏送回了监军行辕。蒙恬做了缜密的安置：在行辕留下了唯一的太医，又对护卫司马低声叮嘱了诸多事项，严令长公子身边不能离人，若长公子发生意外，行辕护卫将士一体军法是问。诸般安置完毕，蒙恬才踽踽去了。

当夜，蒙恬踟蹰林下，不能成眠。

反复思忖，扶苏似乎是很难振作了，要扶苏与他一起南下也似乎是很难付诸实施了。而若扶苏一味悲怆迷乱，蒙恬一人则孤掌难鸣。蒙毅没有只字消息，国中一班甘苦共尝的将军大臣们也没有只字消息，交谊笃厚的丞相李斯也没有只字消息；一国大政，似乎突然将九原重镇屏蔽在坚壁之外，这正常么？绝不正常！如此情势只能说明，咸阳国政确实有变，且不是小变。而变之根基，只在一处，这便是皇帝果真如齐桓公那般陷入了病危困境，已经没有出令能力了，否则，任何人不能如此乖戾地颠倒乾坤。当此情势，蒙恬反复思谋，自己手握重兵，决意不能任这班奸佞乱国乱政。蒙恬将国中大臣们一个一个想去，人人都是奋发热血的功勋元老，没有一个可能乱国；毕竟，乱国者必有所图，这些重臣果然乱国，其结局只能是身败名裂，重臣们岂能没有如此思量？尽管，蒙恬一时无法断定谁是目下变局的轴心，然有一点似乎是明白无误的：至少，皇帝陛下在某种势力的某种聒噪之下，一时暴怒失心了。当年的秦王嬴政，不就是因了疲惫过甚烦躁过甚之时，被嬴秦元老们鼓噪得发出了荒诞的逐客令么？因太后事连杀七十余人，以致谏者尸身横满大殿三十六级白玉阶，不也是秦王抑郁过甚暴怒过甚么？再想起当年扑杀太后与嫪毐的两个私生子，攻灭赵国后的邯郸大杀戮，每次都是皇帝在暴怒失常下的失常决断。也就是说，皇帝不可能没有失心之时，虽然极少，然毕竟不是永远不可能。几年来，皇帝暗疾频发，暴怒失常也曾有过几次，包括突然掌掴扶苏那一次；据蒙毅说，尤其在方士逃匿之后，皇帝病况愈加反复无常，时常强忍无名怒火郁闷在心；当此情形之下，皇帝也确实可能一时失心而做出连自己也无法控制的荒诞决断。是的，此等可能也是必须想到的……

“目下情势，以先行复请为急务，后策另行谋划。”

终于，蒙恬在纷乱的思绪中理出了头绪。扶苏业已悲怆迷乱，不能指望他做主心骨了；相反，倒是要立即着手保下扶苏性命；只要扶苏不死，便一定能清醒过来，而只要扶苏清醒，则大局便一定能够扭转过来。对此，蒙恬深信不疑。毕竟，扶苏的品格才具声望，无一不是天赋大秦的雄杰储君。唯其如此，便得立即复请，在复请之中等待转机。复请者，就原本诏书再度上书申辩，以请求另行处置也。复请之可行，在于特使无法阻拦，纵然特使阻拦，蒙恬也可以强行为之；譬如大臣在法场高呼刀下留人，而后立即上奏请求重新勘审，而行刑官难以强行杀人一般。如此谋划之要害，在于震慑特使阎乐，使其不能相催于扶苏。而这一点，蒙恬更是放心。不需蒙恬自己出面，只要一个愿意出去，有着拼死护卫统帅传统的老秦热血骑士，是决然不会给阎乐好看的。倒是蒙恬要再三叮嘱这些骑士，不能越矩过分。在复请之间，既可等待扶苏清醒，又可与王离秘密谋划后续重大对策。也就是说，先复请保住扶苏，再谋划后续应对，不失为目下妥善对策。

四更时分，蒙恬踏着秋霜落叶回到了书房。

提起大笔，思绪翻涌，蒙恬止不住的热泪洒满了羊皮纸——

复请诏命书

老臣蒙恬启奏陛下：长城合龙大典之日，突逢特使捧诏九原，赐老臣与监军皇长子扶苏以死罪自裁。皇长子悲怆迷乱，老臣莫知所以，故冒死复请：臣自少年追随陛下，三十余年致力国事效命疆场，深蒙陛下知遇之恩，委臣三十万重兵驱除匈奴之患，筑万里长城以安定北边。陛下尝使皇长子少时入军九原，以老臣为督导重任，辄委老臣以身后之事。臣每思之，无时不奋然感怀。何时不数年，皇长子正在奋发锤炼才德俱佳之际，老臣正在整肃边地之时，陛下却责老臣与皇长子无尺寸之功、无匡正之力，赐老臣与皇长子以死哉！老臣死不足惜，皇长子更欲奉诏自裁。然，老臣为大秦新政远图计，强阻皇长子不死，并复请陛下：扶苏皇长子深孚天下人望，正堪国之大统，今卒然赐死，陛下宁不思文明大业之传承乎！宁不思天下边患之泛滥乎！老臣直言，陛下素常明察烛照，然亦有万一暴怒之误，当年逐客令之误陛下宁忘哉？陛下明察：老臣可死，秦之将军若一天星斗；扶苏不可死，秦之后来雄主唯此一人耳！老臣唯恐陛下受奸人惑乱，一时失察而致千古之恨，故强固复请，敢求免扶苏之死，并明立扶苏为太子，以安定大局。陛下果然明察照准，老臣可当即自裁，死而无憾矣！陛下若心存疑虑，愿陛下召老臣咸阳面陈，或复明诏，老臣当坦陈无讳。

草原长风送来阵阵鸡鸣时，蒙恬搁下了大笔。

原本，蒙恬尚打算给李斯一信，请李斯设法匡正皇帝陛下之误断，然终于没有提笔。在满朝大臣中，蒙恬与王翦、李斯渊源最深。王氏、蒙氏、李氏，既是最早追随秦王的三大栋梁人物，也是帝国时期最为显赫的三大功勋家族。虽说李斯因吕不韦原因多有跌宕，入庙堂用事的时间稍晚，但若以秦王问对为开端，则无疑是秦王早已谋定的庙堂之才。而无论是王翦还是李斯，都是少年蒙恬为少年秦王发掘引荐的。蒙恬的竭诚举才，大大改变了蒙氏家族素不斡旋人事的中立君子之风，使蒙氏家族不期成为秦王新政集团的“制弓鱼胶”。然则，蒙氏声望日隆的同时，也有着常人难以体察的难堪。

这种难堪，恰恰来自于李斯方面。

在帝国三大功勋家族中，蒙氏兄弟与王氏父子坦诚和谐，其笃厚的交谊与不自觉的默契，几乎是水乳交融的。王翦年长，对君对臣对国事，都有进退斡旋之思虑，故在以年轻奋发之士为主的秦国庙堂重臣中，颇显世故之风。然则，蒙恬与王翦交，却始终是心底踏实的。因为，王翦秉性有一种无法改变的根基——对大事绝不让步。也就是说，王翦对非关大局的小事不乏虚与周旋，然对关乎邦国命运的大事，身为大臣的王翦却是最为强硬的。这一点，王贲犹过其父。当年的灭赵灭燕大战，王翦都曾与以秦王为轴心的秦国庙堂决策有过关键问题上的不同决断，每次王翦都坚执不变；灭楚大战更是如此，秦王可以不用老臣，唯用老臣，便得以老臣决事。王翦可以等待，但王翦绝不会退让。这便是蒙恬与王氏父子相交之所以心底踏实的根本原因。蒙恬确信，若王翦王贲父子任何一人在世，甘泉宫之谜都会迅速揭开，甚或根本不会发生。王翦大哥，或许迂回一些，或许平稳一些，但终归不会听任奸佞误国。若是王贲兄弟，则会毫不犹豫地强行进见，谁敢拦挡，王贲的长剑会确定无疑地洞穿他的胸膛。天赋王氏父子于大秦，一大奇观也。灭六国之中，王翦打了所有的大仗长仗，提举国之兵与敌国经年相持，几乎是非王翦莫属。而王贲则打了所有的奇仗硬仗疑难仗，飞骑一旅驰驱万里，数万之众摧枯拉朽，每战皆令人目眩神摇，雷电之战几无一人可与王贲匹敌。战风迥异，政风也迥异。王翦对于国事，可谓大谋善虑，极少关注非关总体之政务。王贲则恰恰相反，从不过问大局，也不谋划大略，只醉心于将一件件交给自己的政事快捷利落地办好。王贲以将军之身而能居三公太尉之职，非独功勋也，亦见才具也。当然，论根基才具甚或功劳，蒙恬做太尉，似比王贲更适合。然则，蒙恬对王贲没有丝毫的嫉妒，反倒是深以此为皇帝用人之明。若为太尉，蒙恬岂有北却匈奴之大业绩哉！……此刻，蒙恬念及王氏父子．心头便是一阵阵悸动，国难在前，无人可与并肩，殊为痛心也！上天早丧王氏父子于大秦，莫非果真意味着天下将有无可挽回之劫难么？

蒙恬与李斯的来往，却有着一种难以言说的隐隐隔膜。

与王翦相比，李斯的斡旋缺乏一种深层的力度。在蒙恬的记忆中，李斯从来没有坚持过什么。无论是长策大谋，无论是庙堂事务，李斯即或明确地申述了主张，只要有大臣一力反对，李斯都是可以改变的。当然，若是秦王皇帝持异议，那李斯则一定会另行谋划，直到君臣朝会一致认同为止。与李斯交，谈话论事从来都很和谐顺当，可在蒙恬心头，却总有一种不能探底的隐隐虚空感。蒙恬是同时结识李斯与韩非的。蒙恬更喜欢孤傲冷峻而又不通事理的韩非，无论与韩非如何争吵得面红耳赤，蒙恬还是会兴冲冲地捧着一坛酒再次去纠缠韩非。根本原因只在一处，韩非胸无城府，结结巴巴的言辞是一团团透明的火焰！后来，当蒙恬看到《韩非子》中解析防奸术的几篇权谋论说时，几乎惊愕得无以言说了——能将权术阴谋剖析得如此透彻，却又在事实上对权术阴谋一窍不通，人之神异岂能言说哉！虽然如此，蒙恬还是喜欢韩非，尽管他后来也赞同了杀韩非……韩非与李斯，是两类人。在蒙恬看来，李斯生涯中最耀眼的爆发便是《谏逐客书》，孤身而去，义无反顾地痛陈秦政错失，一举扭转了刚刚起步的秦国新政濒于毁灭的危境，可谓乾坤之功也。也是从那时开始，李斯奠定了朝野声望，尤其奠定了在入秦山东人士中的巨大声望。应该说，这是李斯人生中唯一的一次坚持。可是，蒙恬从李斯后来的作为中，却总是嗅出一种隐隐的异味：《谏逐客书》并非李斯之本性强毅的体现，而是绝望之时的最后一声呐喊。在帝国文明新政的创制中，李斯确实淋漓尽致地挥洒了大政之才，堪称长策伟略之大手笔。李斯领政，所有大谋长策之功皆归皇帝，所有错失之误皆归丞相府承担，极大维护了皇帝陛下神圣般的威权声望，你能说李斯没有担待？然则，蒙恬却分明地体察到，他对李斯的那种隐隐感觉，王贲也有。那是一次军事会商，蒙恬说到了李斯的主张与秦王一致，王贲的嘴唇只撇了一下而已。王贲一句话也没说，此后也从来没有在蒙恬面前说起过李斯。虽然如此，仅仅是这一撇嘴，蒙恬却明白地感受了王贲的心声。越到后来，蒙恬对李斯的这种不安的感觉便越是鲜明起来。震慑山东复辟的大政论战中，皇帝对六国贵族的怒火显而易见，李斯便立即提出了“以法为教，以吏为师”的焚书令，后来又坚执主张坑杀儒生；其时，李斯对回到咸阳襄助政事而反对震慑复辟过于严苛的扶苏很是冷落；李斯明知一直沉默的蒙恬也是扶苏之见，却从未与蒙恬做过任何磋商……凡此等等，蒙恬都深觉不可思议。以他对李斯秉性才具的熟悉，李斯为政不当有如此铁血严酷之风。然则，李斯一时间如此强硬，强硬得连皇帝陛下都得在焚书令上只批下了“制曰可”三个字的宽缓决断，而不是以“诏曰行”的必行法令批下。李斯如此强硬，实在是一个匪夷所思的突兀变化，蒙恬难以揣测其中缘由，又因不欲牵涉扶苏过深而不能找李斯坦诚会商，这道阴影便始终隐隐地积在了心头……不知从何时开始，蒙恬与李斯的来往越来越少了。甚或，在朝的蒙毅与李斯的来往也颇见生疏了。事实上，蒙恬从军，李斯从政，相互交织的大事又有太尉府，大政会商之实际需要也确实不多。然则，这绝非生疏的根本原因。生疏淡漠的根本，在于李斯对扶苏与蒙氏兄弟的着意回避，也在于蒙氏兄弟对这种着意回避的或多或少的蔑视。蒙恬为此很感不是滋味，可一时找不到合适的时机与李斯叙说。

在这难堪仍在继续的时日，蒙恬从蒙毅的只言片语中得知：皇帝大巡狩之前，李斯的心绪似乎很是沉重。蒙毅揣测，一定是王贲临终时对皇帝说出了自己对李斯的评判，而皇帝一定是对李斯有了些许流露。蒙恬相信蒙毅所说的李斯的郁闷沉重，但却严厉斥责了蒙毅对皇帝的揣测。蒙恬坚信：皇帝绝不会疑忌李斯，纵然有所不快，也不会流露出足以使李斯突感压力的言辞来。这不是皇帝有城府，而是皇帝有人所不及的大胸襟。果然如此，李斯郁闷沉重又能来自何方……

蒙恬没有为此花费更多的心思，纵然百般思虑，依然一团乱麻。这便是蒙恬，料人多料其善，料事多料其难，凡事举轻若重，筹划尽求稳妥第一。唯其如此，蒙恬不善防奸，又很容易将简单之事趋向繁难复杂。此刻，蒙恬的思忖便是各方兼顾：首先，是不能拉扶苏与自己共同复请，而要自己单独复请，以使皇帝对扶苏的怒气不致继续；其次，是自己的复请书又必须主要为扶苏说话，而不是为自己辩护；再次，自己复请期间，必得设法保护扶苏不出意外事端；再再次，当在此危难之际，既不能牵涉蒙毅，也不能牵涉李斯，不能与两人互通消息，更不能请两人襄助；毕竟，自己有可能触犯皇帝，也有可能触犯秦法，牵涉蒙毅李斯于国不利，于蒙毅李斯本人也不利。

……

霜雾弥漫的黎明时分，九原幕府的飞骑特使马队南下了。

清晨卯时，蒙恬将《复请书》副本送到了驿馆特使庭院。阎乐看罢复请书，沉吟了好一阵方沉着脸道："蒙公欲我转呈皇帝，须得有正印文书。"蒙恬淡淡道："上书复请，不劳足下。老夫是要特使知道，九原之行，足下要多住些许时日了。"阎乐突然惶急道："蒙恬，你敢拘押本使么！"蒙恬冷冷道："老夫目下无此兴致。只是足下要自家斟酌言行。"说罢大踏步径自去了。

阎乐望着蒙恬背影，一时心头怦怦大跳。阎乐此刻已经很明白，这件事已经变得难办起来，难办的要害是蒙恬。这老蒙恬久掌重兵，他不受诏你还当真无可奈何。然则，此事也有做成的可能。此种可能在于两个根本：一则是蒙恬依然相信皇帝陛下在世，此点最为要害，否则一切都将面目全非；二则是扶苏远不如蒙恬这般强硬，若扶苏与蒙恬一样强硬，只怕事态也是面目全非。有此两个根基点，大事尚可为之，阎乐还值得再往前走走。

"禀报特使，监军行辕无异常，扶苏昏睡未醒。"

正在此时，阎乐派出的随监吏回来禀报消息了。随监吏者，随同

“罪臣”督导诏书实施之官吏也。秦国法政传统：举凡国君派特使下诏，特使有督导诏书当即实施之权；若是治罪诏书，则特使必得亲自监察以诏刑处置，事后将全部情形上书禀报。依此法政传统，阎乐此来为特使，自有督刑之权。然则情势有变，“罪臣”不奉诏而要复请等待重下诏书，特使便有亲自或派员跟随进入“罪臣”官署监察其行迹之权，此谓随监。蒙恬扶苏何许人也，威势赫赫甲士重重，阎乐深恐自保不能，当然不会亲自随监两家；故，只各派出两名随行文吏随监两府。如此依法正常之随监，蒙恬扶苏自然不当拒绝。清晨来向阎乐禀报者，便是随监监军行辕的一名随监吏。

吏员说，监军行辕戒备森严，两名随监吏只能一外一内；外边一人在辕门庭院，只能在两层甲士间转悠；进入内室的他，只能镶嵌在四名甲士之间守候在扶苏寝室之外；寝室之内，只有两名便装剑士与一名贴身军仆、一位老太医。吏员说，直到四更，扶苏寝室尚有隐隐哭泣之声，天将拂晓之时哭声便没了；之后老太医匆匆出来片刻，又匆匆进去了，出来时两手空空，进去时捧了一包草药；至于清晨，扶苏寝室仍无动静。

“清晨时分，蒙恬未去监军行辕？”阎乐目光闪烁着。

“没有。在下揣测：行辕动静，司马会向蒙恬及时禀报。”

“扶苏有无早膳？”

“没有。在下揣测：一日一夜，扶苏水米未沾。”

“好！你随我来。”阎乐一招手，将那个随监吏领进了特使密室。

片时之后，随监吏带着一个须发灰白的老吏匆匆出了驿馆，到监军行辕去了。阎乐的谋划是：对蒙恬无可奈何，索性示弱放手，以示对功勋大臣的敬重，如此或可麻痹蒙恬不找特使纠缠；对扶苏，则要攻其迷乱之时，绝不能放松。

监军行辕的随监吏刚走，大将军幕府的随监吏便回来禀报了。幕府随监吏说，大将军幕府尚算礼遇，他们两人只能在正厅坐待，蒙恬或在庭院转悠，或在书房操持，他两人一律不能跟随不能近前，一夜无事。如此情形阎乐早已料到，听罢只问了一句，方才蒙恬回府没有？随监吏说没有。阎乐立即吩咐随监吏回幕府探查，蒙恬究竟到何处去了？午膳时分，幕府随监吏回报，说裨将王离于大约一个时辰之前进入幕府，与蒙恬书房密会片刻，两人已经带一支马队出幕府去了。片刻之后，阎乐着意撒在城外的吏员禀报说，蒙恬马队向阴山大营去了，王离没有一起出城。阎乐一阵欣喜，心头立即浮现出一个新的谋划。

秋日苦短，倏忽暮色降临。

初更时分，阎乐打出全副特使仪仗，车马辚辚开抵监军行辕。护卫司马拦阻在辕门之外，一拱手赳赳高声道：“末将未奉大将军令，特使大人不得进入！”阎乐一脸平和一脸正色道：“本使许大将军复请，已是特例。本使依法督诏，大将军也要阻拦么？”护卫司马道：“特使督诏，业已有随监吏在，特使大人不必多此一举！”阎乐一亮特使的皇帝亲赐黑玉牌道：“本使只在庭院督诏片刻，纵使大将军在，亦不能抗法！若足下执意抗法，则本使立即上书陛下！”护卫司马道：“现武成侯正在行辕，容在下禀报。”说罢匆匆走进了行辕。片刻之后，护卫司马大步出来一拱手道：“特使请。”

朦胧月色之下，大庭院甲士层层。阎乐扶着特使节杖，矜持地走进了石门。年轻的王离提着长剑沉着脸伫立在石阶下，对走进来的阎乐丝毫没有理睬。阎乐上前一拱手道：“陛下以兵属武成侯，武成侯宁负陛下乎！”王离沉声道：“足下时辰不多，还是做自家事要紧。”阎乐不敢再硬碰这个从未打过交道的霹雳大将王贲的儿子，一挥手吩咐随行吏员摆好了诏案，从案头铜匣中捧出了那卷诏书，一字一字地拉长声调念诵起来，念到“扶苏为人子不孝，其赐剑以自裁”时，阎乐几乎是声嘶力竭了。诏书念诵完毕，阎乐又高声对内喊道：“扶苏果为忠臣孝子，焉得抗诏以乱国法乎！扶苏不复请，自当为天下奉法表率，焉得延宕诏书之实施乎！……”

“够了！足下再喊，本侯一剑杀你！”王离突然暴怒大喝。

“好好好，本使不喊了。赐剑。”阎乐连连拱手，又一挥手。

依着法度，诏书云赐剑自裁，自然是特使将带来的皇帝御剑赐予罪臣，而后罪臣以皇帝所赐之剑自裁。那日因蒙恬阻挠，未曾履行“赐剑”程式，扶苏便被蒙恬等护送走了。以行诏程式，阎乐此举合乎法度，谁也无法阻挠。虽则如此，阎乐将皇帝御剑捧到阶下时，还是被王离黑着脸截了过去，递给了身后的监军司马。阎乐还欲开口，王离却大手一挥，四周甲士立即逼了过来，阎乐只得悻悻去了。

次日清晨，当蒙恬飞马赶回时，九原已经在将士哭声中天地翻覆了。

在城外霜雾弥漫的胡杨林，王离马队截住了蒙恬。王离泪流满面，哭得声音都嘶哑了。王离说，阎乐的赐剑一直在司马手里，他也一直守护在扶苏的寝室之外；夜半之时，阎乐的随监老吏在寝室外只喊了一声“扶苏奉诏”，便被他一剑杀了；分明寝室中没有动静，军仆与太医一直守在榻侧，两名便装剑士一直守在寝室门口，可就在五更鸡鸣太医诊脉的时候，长公子已经没有气息了；王离闻讯飞步抢进，亲自揭开了扶苏的丝绵大被，看见了那柄深深插进腹中的匕首……王离说，惊慌失措的太医在扶苏全身施救，人没救过来，却意外地在扶苏的贴身短衣中发现了一幅字迹已经干紫的血书——

抗命乱法，国之大患。扶苏纵死，不负秦法，不抗君命。

蒙恬捧着那幅白帛血书，空洞的老眼没有一丝泪水。

直到血红的阳光刺进火红的胡杨林，蒙恬依旧木然地靠着一棵枯树瘫坐着，比古老的枯木还要呆滞。无论王离如何诉说如何劝慰如何愤激如何悲伤，蒙恬都没有丝毫声息。人算乎，天算乎，蒙恬痛悔得心头滴血，却不知差错出在何处。阎乐相逼固然有因，然看这干紫的血书，扶苏显然是早早便已经有了死心，或者说，扶苏对自己的命运有着一种他人无法体察的预感。扶苏这幅血书，虽只寥寥几句，其意却大有含义，甚至不乏对蒙恬的告诫。血书留下了扶苏领死的最真实的心意：宁以己身之死，维护秦法皇命之神圣；也不愿强行即位，以开乱法乱政之先河。身为皇帝长子，事实上的国家储君，赤心若此，夫复何言哉！蒙恬实在不忍责难扶苏缺少了更为高远的大业正道胸襟，人已死矣，事已至此矣，夫复何言哉！

蒙恬所痛悔者，是自己高估了扶苏的强韧，低估了扶苏的忠孝，更忽视了扶苏在长城合龙大典那日近乎疯狂的醉态，忽视了覆盖扶苏心田的那片累积了近三十年的阴影。那阴影是何物？是对庙堂权力斡旋的厌倦，是对大政方略与纷繁人事反复纠缠的迷茫，是对父皇的忠诚遵奉与对自己政见的笃信所萌生的巨大冲突，是植根于少年心灵的那种伤感与脆弱……而这一切，都被扶苏的信人奋士的勃勃豪气掩盖了，也被蒙恬忽视了。蒙恬也蒙恬，你素称虑事缜密，却不能觉察扶苏之灵魂的迷茫与苦难，若非天算大秦，岂能如此哉！

直到昨日，蒙恬还在为扶苏寻觅着最后的出路。他飞骑深入了阴山草原，找到了那个素来与秦军交好的匈奴部族，与那个白发苍苍却又壮健得胜过年轻骑士的老头人商定：将一个目下有劫难的后生送到草原部族来，这个后生是他的生死之交，他不来接，老头人不能放他走，当然更不能使他有任何意外。老头人慷慨地应诺了，举着大酒碗胸脯拍得当当响："蒙公何须多言！蒙公生死之交，也是老夫生死之交！只要后生来，老夫便将小女儿嫁他！老夫女婿是这草原的雄鹰，飞遍阴山，谁也不敢伤他！”……蒙恬星夜赶回，便要将迷乱悲怆的扶苏立即秘密送进草原，而后他便与王离率五万飞骑南下甘泉宫了……一切都安置好了，最要紧的扶苏却没有了，人算乎，天算乎！

“蒙公，三十万大军嗷嗷待命，你不说话我便做了！”

在王离的愤激悲怆中，蒙恬终于疲惫地站了起来，疲惫地摇了摇手，暗哑颤抖的声音字斟句酌：“王离，不能乱国，不能乱法。唯陛下尚在，事终有救。”王离跌脚愤然道：“蒙公何其不明也！长公子已死，阎乐更要逼蒙公死！栋梁摧折，护国护法岂非空话！”蒙恬冷冰冰道：“老夫不会死。老夫宁可下狱。老夫不信，皇帝陛下能不容老夫当面陈述而杀老夫。”王离大惊道：“蒙公！万万不可！皇帝业已乱命在先，岂能没有昏乱在后……”“王离大胆！”蒙恬被王离的公然指斥皇帝激怒了，满面通红声嘶力竭地喊着，“陛下洞察深彻，岂能有连番昏乱！不能！决然不能！”

王离不说话了。

蒙恬也不说话了。

……

三日之后，阴山大草原见证了一场亘古未见的盛大葬礼。

扶苏身死的消息，不知是如何传开的。昼夜之间，沉重呜咽的号角响彻了广阔的山川，整个大草原震惊了，整个长城内外震惊了。正在寻觅窝冬水草地的牧民们中止了迁徙流动，万千马队风驰电掣般从阴山南北的草原深处向一个方向云集；预备归乡的长城民力纷纷中止了南下，万千黔首不约而同地改变了归乡路径，潮水般流向了九原郊野……第三日清晨，当九原大军将士护送着灵车出城时，山峦河谷的情境令所有人都莫名震撼了。霜雾弥漫之下，茫茫人浪连天而去，群峰是人山，草原是人海，多姿多彩的苍黄大草原，第一次变成了黑压压黔首巾与白茫茫羊皮袄交相涌动的神异天地。无边人海，缓缓流淌在天宇穹庐之下的广袤原野，森森然默默然地随着灵车漂移，除了萧瑟寒凉的秋风长啸，几乎没有人的声息。渐渐地，两幅高若云车的巨大挽幛无声地飘近了灵车。一幅，是草原牧民的白布黑字挽幛——阴山之鹰，折翅亦雄。一幅，是长城黔首们的黑布白字挽幛——长城魂魄，万古国殇。蒙恬与王离麻衣徒步，左右护卫着扶苏的灵车。九原大军的三十万将士史无前例地全数出动了，人俱麻衣，马尽黑披。十万器械弓弩营的将士在营造墓地，十万步卒甲士的方阵前行引导着灵车，十万主力铁骑方阵压后三面护卫着灵车。大草原上矛戈如林旌旗如云，辚辚车声萧萧马鸣，在血色霜雾中镌刻出了虽千古无可磨灭的宏大画卷……

巍巍阴山融入了血红的霞光霜雾，茫茫草原化作了血色的海潮激荡。[1]

三 连番惊雷震撼 汹汹天下之口失语了

虽是秋高气爽，甘泉宫却沉闷得令人窒息。

三公九卿尽被分割在各个山坳的庭院，既不能会商议事，更不能进出宫城。丞相李斯下达各署的理由是完全合乎法度的：先帝未曾发丧，正当主少国疑之时，约束消息为不得已也，各署大臣宜敦静自慎。

---

[1] 陕西绥德县城内疏属山巅，有扶苏墓。史家王学理先生之《咸阳帝都记》第九章注释条对其记载是：扶苏墓状作长方形，长 30 米，宽 6 米，高 8 米，墓前石刻“秦长子扶苏墓”六字。城北一公里处，当无定河与大理河交汇处，传为扶苏月下忧国忧民处，名“凉月台”；县南一公里卢家湾山崖壁立，有水从空中落地成泉，传为扶苏自裁处，故名“呜咽泉”。唐诗人胡曾有《杀子谷》诗云：“举国贤良尽泪垂，扶苏屈死戍边时。至今谷口呜咽泉，犹似当年恨李斯。”另，《大清一统志》云，绥德城内有扶苏祠。《关中胜迹图志》卷三十又云：扶苏墓有陕西临潼县滋水村、甘肃平凉东宁县西两处。王学理先生认为，当属纪念性假墓。

每日只有一事：大臣们于清晨卯时，在卫尉署甲士的分别护送下，聚集于东胡宫秘密祭奠先帝。在低沉微弱的丧礼乐声中，祭奠时一片默然唏嘘，祭奠完毕一片唏嘘默然，谁也不想与人说话，即或对视一眼都是极其罕见的事。祭奠完毕，人各踽踽散去，甘泉山便又恢复了死一般的沉寂。在整个甘泉宫，只有李斯、赵高、胡亥三人每日必聚，每夜必会，惴惴不安却又讳莫如深，每每不言不语地相对静坐到四更五更，明知无事，却又谁都不敢离去。九原没有消息，对三人的折磨太大了。

三人密谋已经走出了第一步，胡亥已经被推上了太子地位。大谋能否最终成功，取决于能否消除最大的两方阻力：一是事实上的储君并领监军大权的扶苏，二是以大将军之职拥兵三十万的蒙恬。若如此两人拒不受命，执意提兵南下复请皇帝，那便一切都罢休了。因为，目下国政格局，即或是素来不知政事为何物的二十一岁的胡亥也看得明白：政事人事有李斯赵高，谋划应对堪称游刃有余，不足虑也；而对掌控国中雄兵数十万，则恰恰是李斯赵高胡亥三人之短；若蒙恬提兵三十万南下，则李信驻扎于咸阳北阪的十万陇西军也必起而呼应；其时，三人毫无回天之力，注定的，一切都将成为泡影。

“中车府令，可能失算了。”这日五更，最明白的李斯终于忍不住了。

“丞相纵然后悔，晚矣！”赵高的脸色麻木而冷漠。

“若不行，我不做这太子也罢……”胡亥嗫嚅着说不利落。

赵高嘴一撇，李斯嘴角一抽搐，两人不约而同地都没搭理胡亥。

“久不发丧，必有事端。”李斯灰白的眉毛锁成了一团。

“此时发丧，事端更大。”赵高冰冷如铁。

“势成骑虎，如之奈何？”

“成王败寇，夫复何言！”

“功业沦丧，老夫何堪？”

“得失皆患，执意不坚，丞相欲成何事哉！”

对于赵高的冷冰冰的指责，李斯实在不想辩驳了。曾几何时，李斯没有了既往谋国时每每激荡心海的那番为天下立制为万民立命的正道奋发，徘徊在心头的，总是挥之不去的权谋算计，总是不足与外人道的人事纠葛，昔日之雄风何去也，昔日之坦荡何存焉！李斯找不到自己，陷入了无穷尽的忧思痛苦。李斯每日议论者，不再是关乎天下兴亡的长策大谋，而是一人数人之进退得失；李斯每日相处者，不再是昂扬奋发的将士群臣，而是当年最是不屑的庸才皇子与宦官内侍，心头苦楚堪与何人道哉！若蒙恬扶苏看穿了他的那道杀人诏书，李斯岂不注定要陷入万劫不复之境地了？……

李斯没有料到，在自己行将崩溃的时刻，出使九原的阎乐归来了。

扶苏自裁的消息，使这次夜聚弥漫出浓烈的喜庆之情。谁也顾不上此时尚是国丧之时，便人人痛饮起来。不知饮了几爵，胡亥已经是手舞足蹈了。久在皇帝左右的赵高历来不饮酒，今夜开戒，酒量竟大得惊人，一桶老秦酒饮干尚意犹未尽，只敲着铜案大呼酒酒酒。李斯也破天荒饮下十数大爵，白发红颜长笑不已。骤然之间，李斯歆慕的一切又都回来了。功业大道又在足下，只待举步而已。权力巨大的丞相府，倏忽在眼前化作了皇皇摄政王府邸，周公摄政千古不朽，李公摄政岂能不是青史大碑哉！痛饮大喜之余，大谋长策重回身心，李斯立即询问起阎乐，九原善后情形究竟如何，须得立即决断定策。

阎乐禀报说，诸事虽不尽如人意，然也算大体顺当。

当阎乐兴冲冲赶去勘验扶苏尸身时，却被黑压压的甲士吓得缩了回去。无奈，阎乐又来到大将军幕府，想试探蒙恬意欲如何。蒙恬出奇地淡漠，对阎乐也没有任何颜色，只平静地说出了心愿：老夫须得为长公子送葬，葬礼之后老夫可下国狱，请廷尉府依法勘审老夫事。阎乐怒火攻心，然见王离一班大将要活剥了他一般凶狠，阎乐只有无奈地点头了。阎乐轻描淡写地以极其不屑一顾的口吻，大体说了扶苏的葬礼经过，以及自己不能干涉的种种情形。李斯赵高胡亥，都对阎乐的机变大加了褒奖。阎乐说，扶苏葬礼之后，他凛然催促蒙恬自裁，可蒙恬根本不理睬他的催促。那日清晨，蒙恬大聚各营将军于九原幕府，也邀了阎乐与闻，向王离正式移交兵权。王离接受了兵符印信，第一件事便是对阎乐发难。王离与全部三十多位大将，异口同声地要特使明誓，必须善待自请下狱的大将军，若有加害之心或虐待之举，九原大军必举兵南下除奸定国；最叫阎乐难堪的是，王离派出了自己的族弟王黑率一个百人剑士队护卫蒙恬南下，即或蒙恬入狱，这个百人队也得驻扎在狱外等候。阎乐说，他当时若是不从，九原事无法了结，他只有答应了。

在李斯的仔细询问下，阎乐拿出了蒙恬的最后言行录。

在兵权交接之后，蒙恬对将士们说了两次话，一次在幕府，一次在临行的郊亭道口。在幕府，蒙恬说的是："诸位将军，九原大军是大秦的铁军，不是老夫的私家大军。蒙恬获罪，自有辨明之日，不能因此乱了大军阵脚。万里长城，万里防区，九原是中枢要害也。九原一乱，阴山大门洞开，匈奴铁骑立即会卷土重来！身为大将，诸位该当清楚这一大局。诸位切记：只要陛下神志尚在，老夫之冤终将大白！只要九原大军不乱，华夏国门坚如磐石！因老夫一己恩怨而乱国者，大秦臣民之败类也！"

在九原大道南下的十里郊亭，蒙恬接受了王离与将军们的饯行酒。临上刑车之时，蒙恬对一脸仇恨茫然的将士们说了一番话："将士兄弟们，我等皆是老秦子弟，是秦国本土所生所养，身上流淌着老秦人的热血。数千年来，秦人从东方迁徙到西方，从农耕渔猎部族到草原农牧部族，再到诸侯秦国，再到天下战国，又到一统华夏之九州大邦，如此赫赫功业，乃老秦子弟的热血生命所浇灌，乃天下有为之士的热血生命所浇灌……蒙恬走了，不打紧。然则，你等要守在这里，钉在这里，不能离开一步。不管国中变局如何，只要万里长城在，只要九原大军在，大秦新政泰山不倒！”

听着阎乐禀报，看着书吏卷录，李斯良久无言。赵高一脸的轻蔑冷漠，全然一副意料之中的神色。胡亥则惊愕万分，连连打起了酒嗝，想说想问却又吐不出一个字来。直到五更鸡鸣，还是李斯断然拍案，明白确定了后续方略，这场庆贺小宴才告完结。赵高对李斯谋划连连点头却又漫不经心，反倒是对阎乐着意抚慰褒奖了一番，临出门时拍着阎乐肩膀明白道：“后生可畏。回到咸阳，便是老夫女婿也！”阎乐顿时涕泪交流，扑拜在赵高脚下了。

次日，李斯与太子胡亥合署的返国书令颁下了。

三日之后，皇帝大巡狩行营仪仗轰隆隆开出了幽静萧疏的甘泉山，在宽阔的林荫驰道上浩荡铺开南下秦川了。沿途庶民相望风传，争睹皇帝大巡狩还国的人群络绎不绝地从泾水河谷向关中伸展着。关中老秦人皆知，皇帝大巡狩都是从函谷关归秦，这次却从九原直道经甘泉宫南下入咸阳，是第一次从老秦腹地归来。在老秦人的心目中，皇帝的行止都是有特定含义的，这次从北边直下关中腹地，也一定是基于谋国安民而选定的路径。多方揣测众说纷纭，最后的大众认定是：皇帝从甘泉宫沿泾水河谷再入郑国渠大道南下，定然是要巡视关中民生了；毕竟，自灭六国而定天下，皇帝马不停蹄车不歇道地奔波于天下，关照的都是山东臣民，对秦人，尤其对关中所剩无几的老秦人，却一次也没有亲临关照过，也该走这条道了！五月之后，关中老秦人风闻郎中令蒙毅“还祷山川”，便一直纷纷扰扰地议论着皇帝的病情，加之山东商旅带来的种种传闻，关中民心一直是阴晴无定。进入八月，关中秦人得闻皇帝行营已经从直道进入甘泉宫，心下顿时舒坦了许多——能在甘泉宫驻跸避暑，显然是天下无大事也！否则，以皇帝的勤政劳作之风，断不会安居养息。唯其如此，一闻皇帝行营南归，关中老秦人厚望于国忠君守法的古道热肠便骤然迸发了。从泾水郑国渠的渠首开始，家家扶老携幼而来，三百里人潮汪洋不息，皇帝万岁的呐喊声震动山川。最终，虽没有一个人见到皇帝，关中老秦人还是自觉心安了许多。皇帝老了，皇帝病了，只要老秦臣民能为老皇帝祈福祷告踏歌起舞也就心满意足了，皇帝当真出来，人山人海的谁又能看见了？

老秦人没有料到，喜滋滋心情犹在，连番惊雷便当头炸开——

国府发丧，皇帝薨了！

皇帝曾下诏，皇长子扶苏自裁了！

皇帝曾下诏，大将军蒙恬死罪下狱了！

皇帝有遗诏，少皇子胡亥立为太子了！

少皇子胡亥即位，做秦二世皇帝了！

天下征发刑徒七十余万，要大修始皇帝陵墓了！

二世说先帝嫌咸阳宫狭小，要大大扩建阿房宫给先帝看了！

上卿兼领郎中令蒙毅被贬黜陇西领军，功勋望族蒙氏岌岌可危了！

中车府令赵高骤然擢升郎中令，并执“申明法令”之大权，侍中用事了！

陇西侯李信的十万大军不再屯卫咸阳，被调回陇西了！

三公之一的御史大夫冯劫被莫名罢黜，形同囚居！

谁也不知其为何人何功的皇族大臣嬴德，骤然擢升为御史大夫了！

武成侯王翦的孙子王离由一个裨将，骤然擢升为三十万大军的九原统帅了！

丞相李斯开府令权大增，可以不经皇帝“制可”而直颁政令了！

二世胡亥要巡狩天下，示强立威了！

……

快马飞驰使者如梭，连番惊雷在九月深秋一阵阵炸开，关中老秦人蒙了，天下臣民都蒙了。无论是郡县官吏，无论是士子商旅，无论是市井乡野，无论是边陲腹地，无论是生机勃勃的秦政拥戴者还是隐没于山海的六国复辟者，举凡天下臣民，都在这接踵而来的巨大变异面前心惊肉跳，震惊莫名。人们不可思议，人们难测隐秘，人们惊骇莫名，人们感喟不及，人们无由评说，人们茫然无措。广袤九州，无垠四海，以郡县制第一次将诸侯分割的古老华夏连为一个有机整体的帝国天下，第一次出现了弥天漫地的大心盲。事实狰狞如斯，任何智慧都苍白得无以辨析了，任何洞察都闭塞得无以烛照了。始皇帝何其雄健，竟五十岁盛年而亡！始皇帝何其伟略矣，竟下得如此一连串匪夷所思的诏书！长公子扶苏何其大才矣，竟莫名其妙地自裁了！大将军蒙恬何其雄武矣，竟能自甘下狱待死！少皇子胡亥何其平庸矣，竟能骤然登上皇帝大位！御史大夫冯劫何其忠直勋臣矣，竟能在二世即位大典上被骤然罢黜！嬴德何其老迈昏聩矣，竟能骤然位列三公而监政！赵高一个阉宦中车府令，竟能做统领皇帝政务的郎中令！还要执申明法令之权而侍中用事！关中宫殿台阁连绵不断，二世竟然嫌咸阳宫狭小！七十万刑徒云集骊山，丞相府不以为隐患，反以为消除复辟隐患！……

黑变白，白变黑。

天地大混沌了，人心大混沌了。

九州四海臣民在战国末世的一统潮流中锤炼出的所有铁则，所有常识，都惊天动地地大逆转了！天下口碑巍巍然的雄武勋臣，如山般一座座轰然崩塌了。天下皆为不齿的庸才饭袋，如突发之弩箭令人炫目地飞升了！显然大谬的政略决断，一道道皇皇颁行了！除了庶民们久久盼望的宽法缓征没有颁行新政令，一切都在九月这个沉甸甸谷穗入仓的时节神奇地飞旋着眼花缭乱地颠倒了。一时间，人们连“阴阳失序，乾坤错乱”这般话也不敢说了。因为，所有的人都在怀疑，世间还有没有阴阳乾坤这样的天地秩序与治世之道。笃信帝国法治的天下臣民困惑了，松动了。人们分明地看见了一种可能：一种微小而卑劣的渺渺物事，诡异且轻而易举地撬动了巍巍山岳般的新政帝国，庙堂构架已经倾斜得摇摇欲倒，帝国山河正在隐隐然滑向深渊。而这一切，竟然都是在短短的夏秋之交发生的，迅雷不及掩耳，飓风不及举步，整个天下都陷入了巨大无边的梦魇……

汹汹天下之口，寂然失语了。

第一次，天下臣民对功业亘古未闻的始皇帝的国丧，麻木得没有了动静。最是遵奉国政的咸阳市井，连当年吕不韦死去时遍搭灵棚的哀伤祭奠都没有了。乡野没有了送别圣贤帝君的由衷野哭，都会没有了失却雄武天子的失魂悲怆。九州四海，官民一体，都被一种对未知的无形而狰狞的天命的莫名恐惧劫掠了……

这便是公元前210年的深秋时节，天下失语，帝国失魂。一代旷古大帝骤然留下的巨大权力真空，被一场发端于私欲的荒诞政变所填充，轰轰然前行的帝国新政倏忽大变异，华夏大地陷入了前所未有的大迷茫之中。

四　李赵胡各谋　帝国法政离奇地变异

只有李斯赵高胡亥三人的心思，仍在亢奋地旋转着。

三人都不约而同地开始了雄心勃勃的谋划。李斯的信念在做摄政周公，自然谋划的是安定天下的大政长策。也就是说，二世新政如何发端，李斯得真正按照自家的主张拿出整体方略来。没有了目光如炬的始皇帝盯着自己，李斯轻松了许多，大展才具的雄心勃勃燃烧起来。然则，当李斯大笔落下时，笔端却再也没有了那种坚实酣畅的流淌喷发，自以为成算在胸的种种方略倏忽间缥缈起来了。骤然之间，李斯想不出在秉持秦法遵奉始皇帝之外，还能有如何创制新政的长策伟略。而若仅仅如此，自己岂非只能亦步亦趋地效法始皇帝？果真如此，这孜孜以求的如同“商鞅变法”一般的“李斯新政”的名号如何矗立得起？第一次，李斯有了一种独步天下而一筹莫展的空落落之感。再没有皇帝可以事先指点要害了，再没有群才济济一堂的会商激发了；执帝国大政而英才独断，这个念兹在兹的权力境界一朝在手，李斯才具反而不知流散到何处去了。走扶苏蒙恬的宽法缓征之路么？新倒是新，可李斯信誓旦旦地维护秦法秦政，又明白无误地反对扶苏政见，而今，李斯能掌掴自己么？冥思苦想竟日，李斯终归还是无可奈何地长叹了一声，天宽地阔，自己面前的路却只有一条也！

虽则如此，李斯还是将这件别人无法品咂个中滋味的大事，做得虎虎生气。二世胡亥的即位大典上，李斯当殿呈上了一卷《安国新政书》。亢奋得面色通红的胡亥稍事浏览一番，立即依赵高密嘱，当殿批下了三个字：“制曰：可。”李斯要的便是这般形同摄政的尊严与权力，而不是始皇帝时期的当真审阅当真会商。大感欣慰之余，李斯捧书回到丞相府，立即开始了大肆铺排。

李斯的新政方略是十六个字：大尊皇帝，秉持秦法，整肃朝局，示强天下。

这十六个字，在李斯上书中化成了十件具体大事：

其一，以旷古大格局修建始皇帝陵墓，以彰显大秦法政之不朽功业。

其二，集天下刑徒七十万于骊山建墓，以消除刑徒被复辟势力利用之隐患。

其三，独尊始皇帝寝庙为帝者祖庙，大秦天子世代正祭。

其四，关中宫殿未尽者，以阿房宫为要，可扩建重起以宣秦之富强。

其五，外抚四夷，尽征胡人材士，成五万之旅屯卫咸阳，李信军重回陇西。

其六，改蒙恬以北地民力屯卫长城之策，征发中原民力，屯卫渔阳等边郡。

其七，申明法令，以明法大臣赵高为监法用事之臣，查究奸宄不法之徒。

其八，整肃朝政，罢黜冯劫，以皇族大臣嬴德为御史大夫监政。

其九，增丞相府属官，许丞相政令直颁郡县。

其十，二世皇帝当秉承始皇帝政风，巡狩天下，示强政以威服海内。

举凡上述诸事，李斯虽深感器局太小，然落到实处毕竟皆有深意，也就只好罢了。李斯十事之要害，在于整肃人事，以达成李斯掌控国政之实际所求。精明的李斯在备细揣摩了赵高之后，第一次大悟了“结人可成势位”的奥秘。试想，赵高若不将少皇子胡亥这个要害人物掌控手中，纵然欲图宫变，小小中车府令焉能为之？反之，李斯当年若诚心结交扶苏，又岂能因患失权位而拥戴庸才胡亥？又岂能处处受制于一个小小中车府令？人事至要哉！势位至要哉！基于此，李斯的政事举要皆含人事之议。也就是说，每事之议，必给二世胡亥明白举荐担纲此事的人物，说是举荐，实则是要胡亥照本批下，而不能像始皇帝时期那样由皇帝遴选决断任事之人。对此，此时的李斯尚深具信心。

始皇帝陵墓与宫殿重起事，李斯举荐皆由少府章邯统领。公然理由是人人皆知的，章邯将军出身，既能威服刑徒，且精于统辖器用制作之百工，又掌皇室财赋苑囿，便于梳理各方以和衷共济；真实心思李斯却不必说出，章邯是秦军能才大将中唯一拜服李斯者，如九卿文臣之中的姚贾，堪称李斯之左右臂膀。征发胡人材士，则意在将李信的十万陇西军调离咸阳，又使贬黜蒙毅领军陇西有了一个最妥当的说辞，此举乃安定关中之一大要害也。改蒙恬之策，从中原征发民力戍边，则意在向新任九原大将王离施压：你若一切秉承蒙恬之策，则丞相府与皇帝必不能放任！王离乃两世名将之后，又与李斯素来疏远，定要多加制约也。明法举荐赵高，则是李斯与赵高之人事交易耳。赵高与二世一体，其“势位”难以动摇，若不使其得益，势必事事掣肘。为此，李斯非但欣然赞同了二世胡亥在即位大典上唯一的一道封黜诏书：罢黜蒙毅，擢升赵高为郎中令；且又以举荐之法，送给赵高一项更大的权力——申明法令之监法大臣。对李斯而言，此一举两得也：一则换取赵高支持自己统政，二则搬去冯劫这方硬石头。若非如此，则赵高不会支持罢黜冯劫。自然，并非赵高与冯劫同心，而是李斯与赵高都很清楚，冯劫的监政之权对李斯的威胁远远大于对赵高的制约，再以那个对李斯几乎是唯命是从的皇族大臣嬴德代替冯劫，则朝政格局有利于李斯甚矣！

至于丞相政令直达郡县，则是李斯的摄政根基所图。依照大秦法政，开府丞相的领政权依旧有一层制约，这便是任何以丞相府名义颁布的政令，都得有皇帝的制书批示，便是那“制曰：可。”三个字。而李斯所请之直达郡县，便是要不再经过皇帝制书之程式，由丞相府直接号令天下郡县。果能如此，则李斯便能在很短时日内，将自己的长子李由做郡守的三川郡变成李氏部族的根基所在，使李氏之实际威势形同旧时诸侯。小吏出身的李斯，很是看重拥有一方土地而根基极深的旧时世族贵胄，甚或很是看重赫赫仪仗所生发的权力尊严。然则，自从当年那次声威赫赫的车骑仪仗被始皇帝无意发现而露出不悦，李斯立即知趣地收敛了。虽则如此，李斯欲使李氏后世子孙摆脱布衣身份而变成贵胄世家公子的远图，一直深深植根于心海深处。今日大权在握，宁不乘机而为哉！

赵高之思谋所图，则与李斯大相径庭。

不需思谋天下大政，赵高所虑者，尽在扩张权力也。自沙丘宫风雨之夜李斯未开遗诏，一种突发的权力欲望便在赵高心头迅猛地滋生起来，到甘泉宫李斯进入符玺事所，赵高的宫变谋划已经清晰起来了。诸般事端不可思议地顺利，法治铁壁上的那道缝隙已经被赵高完全看清楚了——秦法虽然整肃森严，然则在作为律法源头的庙堂，却有着很大的回旋余地。也就是说，法治风暴的旋转轴心里，有一方法度无法制约的天地，这便是“成法立制，终决于人”的最高程式。也就是说，以皇帝为轴心的庙堂，是天下律法的源头；皇帝的意志，更是庙堂权力分配的源头。常人难以明白的奥秘，在久处幽冥心境的赵高眼里却越来越清晰：无论秦法多么森严整肃，可决定庙堂格局的权力却始终掌控在皇帝位阶，只要不急于改变诸如郡县制之类的涉及天下根基的大法，而只求庙堂权力转移到自己手中，其斡旋余地是极大的。此间根基，便是夺取皇帝之位。

列位看官留意，赵高并没有将皇帝看做任何一个个人，而是看做一种势位。也就是说，在赵高心目中，任何人登上皇帝宝座而拥有势位，都可以改变权力格局，纵然森严整肃如秦法也是无法制约的。如此法治缝隙之下，自己手中恰恰拥有胡亥这个少皇子，宁非天意哉！此间要害，便是确保运筹权力期间天下大政不乱。否则，帝国一朝倾覆，赵高纵然做了皇帝还不是乱军乱民之阶下囚一个？要确保天下服从自己的驾驭，便得有能臣确保最初的大局稳定。成此要害使命，李斯再合适不过也。天赐李斯以大才丞相之位，天赐李斯私欲处世之心，宁非天意哉！前有胡亥开道，后有李斯护卫，赵高之居中图谋岂能不大放异彩？及至扶苏死而蒙恬入狱，赵高已经确信自己的谋划大获成功了，下一步方略只有一个，便是尽可能地拓展权力，尽早地将整个天下装进赵氏行囊！赵高记得，那夜聚酒庆贺扶苏死去时，醉眼蒙眬的自己忽然生出了一丝喜极而泣的悲哀——惜乎赵高无子，只能一世一人穷尽权力，子孙富贵不复见矣！

及至咸阳发丧胡亥即位，赵高的权力运筹已经自觉游刃有余了。

亢奋的胡亥大显憨痴，即位前夜在太子府召见赵高，辞色殷殷，一心要赵高做丞相取代李斯，至少取代冯去疾做右丞相。赵高哭笑不得，很是费了一番唇舌，才说得胡亥点头了：即位大典只擢升赵高做郎中令，其余人事皆听李斯所奏。胡亥好容易明白了赵高反复申明的大势：此时李斯无人可以取代，必须放权任事；此时右丞相形同虚设，老师不能做既招人恨又没有实权的空头丞相；郎中令统领皇帝政事系统，不能仍然被蒙氏把持，要罢黜蒙毅，老师做郎中令名正言顺。赵高很清楚，在扶苏身死蒙恬下狱之后，胡亥对蒙毅已经不惧怕了，不想再整治蒙氏了。然则，赵高不能松心。蒙氏，尤其是几乎曾经要杀掉赵高的蒙毅，是赵高自来的心病，不根除蒙氏，赵高寝食难安。赵高一力坚持，立即罢黜蒙毅，且不能教蒙毅留在关中。胡亥原本想给蒙毅换一个九卿大臣位作罢，可赵高反复申述种种道理，绕得胡亥云山雾罩，又只好点头了。如此不疾不徐，赵高在二世皇帝即位大典上，一举做了郎中令，位列九卿。

回到府邸，族弟赵成与刚刚成为赵高女婿的阎乐，设宴为赵高庆贺，称颂喜庆之情溢于言表。赵高却板着脸道："九卿之位何足论也！老夫少年为宦，追随先帝四十余年死不旋踵，救难先帝不知几多，与闻机密不可胜数；修习法令，力行文字，教习皇子，安定皇城；老夫之功，几同列侯矣！先帝不封赵高，赵高自甘犬马。然先帝已去，天下无人可使老夫服膺也。今日老夫出山，九卿之位小试牛刀耳，何贺之有哉！”一番训诫，赵成阎乐等无不万分景仰，纷纷拜倒受教，赵高这才高兴得呵呵笑了。

目下，赵高谋划的要害是应对李斯，而不是胡亥。

对于李斯，赵高看得越来越透了。在秦王时期，赵高是敬佩布衣李斯的。尤其是李斯奋然向秦王呈上《谏逐客书》时，亲历《逐客令》险象的赵高对李斯简直视若天神了。赵高奉命驾驭王车追赶李斯于函谷关外，奋不顾身地将李斯背着下山，赵高是心甘情愿的。李斯重回泾水工地日夜劳作谋划，朝野有口皆碑，赵高也是景仰唯恐不及的。李斯为长史用事，统领王城政务，孜孜勤政夙夜不息地与秦王并肩操劳，赵高更是日日亲见的。那时候，赵高一心一意地操持侍奉包括李斯在内的秦王书房事务，不仅是尽职尽责，也实实在在地融会着他对秦王对李斯的十二万分的景仰与敬畏。这便是赵高，敬你服你，可为你甘效犬马之劳，不敬你不服你，便会将你踩在脚下。赵高终生甘为秦王嬴政与始皇帝嬴政之悍奴，虽嬴政身后不敢出轻慢之辞，根基在慑服于嬴政皇帝之品性才具也，非独恪尽职守也。而对于李斯，赵高是日复一日地渐渐浸润出另一种感觉的。

虽非大臣，赵高却几乎“参与”了数十年中所有的大大小小的朝会。在繁忙的进进出出的事务操持之中，赵高星星点点地积累起对每个大臣的独有体察。王翦的持重寡言，蒙恬的勃勃生气，王贲的简约直率，尉缭的隐隐玄机，顿弱的滔滔机变，姚贾的精明思虑，郑国的就事论事，胡毋敬的略显迂阔……无论这些大臣们朝会之风如何，都有一个相同处：惊人的坚韧，惊人的固执己见，非反复论争而不能达成同一。渐渐地，赵高不经意地有了一个反复累积反复加固的记忆：李斯是朝会会商中的一个特异人物，极少与人争持，极少固执己见。而李斯每次提出的方略对策，大多总是与皇帝不谋而合，是故，因李斯主张而引发的论争也极少。在赵高的记忆里，似乎除了诸如郡县制与封建制等皇帝特诏下议的几次重大国策，几乎没有过因李斯对策而引发的轴心朝会的论争……当时，赵高心下只有一个评判：李斯机变处世，晓得与皇帝事先会商，确实聪敏也！

后来，李斯的长子李由出任三川郡守，李斯并未力拒；李斯的一个个儿子与皇帝的一个个公主互嫁互婚，李斯也大有欣慰之情，毫无王翦那种越是功高越是自谦的谨慎。后来，李斯彰显威势赫赫的车骑仪仗，被皇帝不经意发现而不悦，李斯因公主儿媳之关系，立即得到宫廷内侍秘密消息，立即收敛了车骑仪仗。皇帝因此大为恼怒，认定此等口舌是非搅扰君臣相处，但却追查不出何人传播消息，遂全数杀了那日跟随的侍从。如此重大事端，李斯却一无承担，听任十余名内侍侍女被杀。巧合的是，那次被杀者大多是赵高委派的亲信内侍侍女。赵高无从发作，便对李斯大为恼恨，第一次对李斯生发出一种异样的警觉：此人以利己为本，善变无情，得小心躲避为是。

那时，赵高对权势赫赫的李斯是无可奈何的。

王翦王贲父子相继离世后，操持完王贲葬礼的皇帝与李斯有一次夜半长谈。那次之后，警觉的赵高第一次从李斯离开皇城的背影步态中，觉察到了李斯的落寞失意。大巡狩中，每日都与李斯相见的赵高，更觉察到李斯的沉重心绪。皇帝与郑国秘密会商，与顿弱秘密会商，李斯都没有与闻；皇帝中途发病，秘密派遣蒙毅返回咸阳预为安置，李斯也不曾与闻；赵高接手皇帝书房事务，李斯也不曾与闻。也就是说，大巡狩途中的李斯，除了挂一个行营总事大臣的头衔，似乎已经隐隐被排除在轴心决策之外了。那时候，赵高是幸灾乐祸的。为了那不明不白死去的几个亲信，赵高等待着李斯这座大山的崩塌……

然则，皇帝突兀地死了，一切都骤然地改变了。

从沙丘宫的风雨之夜开始，赵高不得不重新审视自己对李斯的仇恨了。皇帝没有了，李斯便是巍巍泰山了。无论皇帝临终时李斯如何隐隐失势，毕竟没有成为事实。皇帝驾崩之后，天下厚望依然在李斯。为此，赵高对胡亥说了真话，此事没有丞相合谋，事不可成。那时，赵高对李斯可说只有三四成胜算，毕竟，李斯位极人臣大权在握，很难有使其动心的诱惑物事。赵高反复思虑，选择了未来的危险与可能的功业。说动李斯的方式，赵高很是斟酌了一番。说动李斯，不能从大政功业入手。一则，论大政功业，自己远没有李斯雄辩滔滔；二则，赵高需要李斯认为自己不通国事，也不求功业，而只求保身。然则，赵高又必须将李斯的思绪引向功业。赵高确信，若仅仅是保权保位，而没有未来的皇皇功业诱惑，李斯未必动心。毕竟，扶苏蒙恬以李斯为牺牲替皇帝开脱，只是一种可能，而且是极小的可能，赵高可以夸大这种可能，但不能保证李斯相信这种可能。所以，赵高必须以开启遗诏为由，营造深谋深谈的情境，再以扶苏即位后有可能对李斯形成的威胁入手，做出一心为李斯设谋，同时也为自己后路设谋的两利格局，使李斯最大可能地相信这一结局之成功得利最大者是李斯，从而最终使李斯成为同谋。一心只为李斯而不为自己，必然显得虚假，李斯未必相信；只为自己而不及李斯，看似直奔立帝大格局，然李斯必然会断然拒绝。此间之微妙尺度，尽在赵高心中。赵高按照谋划，在甘泉宫的符玺事所与李斯做了彻谈，合谋成功了。

及至李斯在扶苏自杀前后忧喜无定，赵高几乎是完全把握了李斯。

当阎乐携带李斯制作的假诏书前往九原后，旬日不见消息，李斯忧心忡忡，几次颇见痛悔；而得扶苏自杀消息后，李斯又大喜痛饮，其执意不坚体现得淋漓尽致矣！面对如此李斯，赵高残存的些许景仰与敬畏也都烟消云散了，并油然生发出另一种心境，这便是蔑视与不齿。至此，赵高深信，从庙堂剔除李斯，只剩下最后一段路了。

这段路，便是支持增大李斯权力，使李斯在大展雄才的施政作为中陷进无边的泥沼。赵高之所以确信李斯会陷进泥沼，之所以确信增大李斯权力不会使李斯真正成势而危及自己，其根本之点，在于赵高对李斯两则弱点的深彻把握。其一，李斯为政好大喜功，极善铺排，极重功业口碑。山东士人亦尝言，始皇帝好大喜功。赵高却以为大大不然。始皇帝为政，非但确实有亘古未闻的大器局，且精于聚天下之众力以成事，更有铁志雄心，善激发，善用人，善决断等等常人难以企及的天赋秉性与才具聚于一身，所以谋大事无一不成。且看始皇帝毕生作为，事事石破天惊而无一不恪尽全功，铁铮铮明证矣，何谈好大喜功哉！李斯不然，有皇帝谋划大政之才，而无皇帝实施大政之种种实力。仅仅执意不坚这一点，便使赵高确信：李斯成不得任何真正的功业。善谋者未必成事，此之谓也。更何况，一班元勋零落之后，李斯几乎是独木一柱了，成就功业岂非痴人说梦？然则，李斯早已经自负得忘记了这一切。唯李斯好大喜功，急于在天下臣民中树起"李公安国，功莫大焉"的口碑，便必然地要生发出诸多事端。其时，李斯安能不陷入泥沼，焉能不成为砧板鱼肉矣！

其二，李斯弄权颇显迂阔，私欲既深却又看重名士气度，于权谋之道显得大而无当。赵高认定，欲弄权谋私，便要心黑术厉而不能有名士顾忌，且要舍弃功业之心。李斯不然，心有私欲而半遮半掩，权术谋划则欲做还羞，既欲谋私，又欲谋功，既做小人，又做君子，事事图谋兼得之利，必然事事迂阔不实。假造诏书逼扶苏蒙恬自裁，李斯大大地心有不安，却也依旧做了。罢黜冯劫蒙毅，李斯也老大不忍，还是终究做了。只要李斯依然看重大秦创制功臣的天下名分，依然力图秉承秦政护持秦法，李斯的谋功之志便必将与谋私之实南辕北辙，最终活生生撕裂李斯。一个既矛又盾的李斯，在庙堂权谋运筹中必将左支右绌，既威胁不到赵高，又将层出不穷的漏洞彰显于天下，如此李斯者，不倒不灭岂有天理哉！

种种思虑之下，赵高谋划了两则对策。一则，遵奉李斯，以骄其心。也就是说，赵高要支持李斯的力行新政，要胡亥这个皇帝听任李斯铺排国事，要使李斯实实在在地觉得他的功业之路已经踏上了正途。二则，静观时日，雕琢胡亥。那个刚刚做了皇帝的胡亥，是赵高的根基。没有胡亥，赵高甚也不是。可这个胡亥也二十一岁了，说长不大也长大了，常有匪夷所思之心，常有匪夷所思之说，赵高不得不小心应对了……

三人之中，胡亥图谋者全然不同。

胡亥做梦也没想到，自己竟能做了皇帝！尽管从沙丘宫开始，皇帝梦已经开始了两个月余，胡亥还是云里雾里不知所以。始皇帝方死之日，胡亥被赵高描摹的险境笼罩了心神，终日心惊肉跳，祈求的最好前景，也就是安居一方自保而已。扶苏自裁前，胡亥虽然已经被拥立为太子，然整日眼见赵高与李斯心事重重，更恐惧于赵高描摹的扶苏称帝后的杀身之祸，胡亥夜来常常被无端梦魇吓得失声尖叫，根本没有做太子的丝毫乐趣。直至回到咸阳，在举国发丧的悲怆惊愕中登上了皇帝大位，胡亥还是如芒刺在背不得舒坦，即位大典上大臣们的冰冷目光总是让胡亥心头发毛。如此心境姑且不说，言行举止还得处处受制。朝会散了，不能如同既往那般优哉游哉地与侍女内侍们博戏玩闹，得坐进书房，一卷一卷翻阅那一座座小山般的文书，活活将人镶嵌在文山书海里，憋闷得透不过气息，当真岂有此理！第一夜坐到三更，胡亥无论如何受不住煎熬，鼻涕眼泪纵横流淌，哭兮兮歪倒在硕大的书案上呼呼大睡了。闻讯赶来的赵高大皱眉头，连忙吩咐两名侍女将胡亥背进了寝宫。

不料，次日五更鸡鸣，胡亥正在沉沉大梦中兀自呵呵痴笑，却被督宫御史唤醒了，说有要紧奏章呈进，皇帝得立即批下。尚在懵懂大梦的胡亥顿时怒不可遏，一脚踹翻了御史，自己也坐地号啕大哭，连声哭喊不做皇帝了。已经是郎中令的赵高匆匆赶来，屏退了左右内侍侍女，沉着脸亲自给胡亥穿戴好衣冠，又亲自扶着胡亥走进了东偏殿书房，翻开那卷紧急奏章放置在案头，将铜管大笔塞进胡亥手里，示意胡亥批写诏语。

胡亥懵懂摇头道："写甚？不是有丞相么？"赵高哭笑不得道："陛下，丞相是丞相，皇帝是皇帝，皇帝比丞相大。便是丞相做事，也要皇帝批下准许方可。"胡亥满面愁苦地瞄了一眼奏章，大有不耐道："他说要在陈郡征发民力，戍边渔阳，我能说不行么？"赵高道："陛下是皇帝，自然能说不行。然则，这件事不同，皇帝得说行。""为甚？"胡亥倏地一笑，"不是说能说不行么？"赵高目光一闪道："皇帝要说不行，便没人守护国门了。没人守护国门，匈奴便打来了。匈奴打来，皇帝就没有了。"胡亥惊讶道："皇帝没有了？皇帝做甚去了？""咔嚓！"赵高做了个剑抹脖颈的架势，"皇帝被人杀了。""噢！被谁杀了？"胡亥大是好奇。赵高一脸认真道："被匈奴杀了。"胡亥顿时恍然大悟："噢——，明白了！我是皇帝，他是郡守；郡守接丞相令要征发民力戍边，皇帝要说不行，匈奴便要打过来；匈奴打过来，皇帝便被匈奴杀了。可是？"赵高连连点头："陛下天资过人，大是大是！"胡亥不耐道："如此简便事，奏章却说得这一大片繁杂，真愚人也！"赵高一拱手道："陛下天赋异禀，方能贵为天子，与愚人何计？批下奏章便是了。”胡亥方一提笔，两只大眼一扑闪道：“能行两字好写得紧，不难不难。”赵高连忙一拱手高声道：“陛下不可！不能写能行！”胡亥很觉聪明地一笑：“怪也！说能行又不写能行，写甚？写不行么？”赵高一步过来道：“陛下得写‘制曰：可。’三个字。此乃皇室公文典则，‘能行’不作数。”“典则？典则是甚？”胡亥又茫然了。赵高一脸苦笑道：“典则，就是法度，就是程式，就是规矩。从皇帝到百官，都得照着来。”胡亥又顿时恍然大悟：“噢——！与博戏一般，你走一步，我走一步，走到何处，得有规矩。可是？”赵高连忙点头：“大是大是，陛下天赋过人也！”胡亥呵呵一笑又突然大皱眉头道：“皇帝规矩，便是天天写‘制曰可’三个字。可是？”赵高一拱手道：“陛下明察，大体不差，此乃出诏发令之权也。”胡亥连连摇头道：“不好不好，甚规矩？谁不能写这三个字，非得皇帝写么？”赵高脸色一阵青一阵白，终归勉力平静道：“这三个字，任何人都写不得，只能皇帝自己写。不能写这三个字者，不是皇帝。”胡亥蓦地惊喜道：“老师是说，能写这三个字者，便是皇帝了！”赵高被纠缠得终于有些不耐了，脸色一沉道：“陛下若不喜欢写这三个字，那自然是能写这三个字者便是皇帝了。”胡亥蓦然愣怔一阵，费力地品咂着兀自念叨着，大有揣测哑谜一般的童心稚趣：“皇帝若不写制曰可，便有人要写制曰可，凡能写制曰可三字者，便是皇帝。可是？”赵高嘴角一阵抽搐，突然一脸恐惧道：“陛下若再不写，匈奴马队要来了！”胡亥倏地一惊，连忙道：“写写写……写在何处？”赵高过来，指着盖有郡守阳文方印的卷末空阔处道：“写。这里。”胡亥不再说话，竭力认真地写下了“制曰可”三个字，像极了赵高的笔法……

胡亥没有料到，随之而来的国葬使他大大地品咂到了做皇帝的快乐。

五　礼极致隆　大象其生　始皇帝葬礼冠绝古今

自九月以至入冬，李斯一直在全力操持始皇帝葬礼。

对于始皇帝国葬，李斯是尽心竭力的。胡亥接纳赵高举荐，发丧之后恭敬地拜李斯为主葬大臣，且颁行了一道诏书：丞相李斯得全权处置始皇帝葬礼事宜，举凡国府郡县官署得一体从命，否则以法论罪。李斯倍感奋然，当即拟就了一卷《致隆国葬书》呈上，胡亥立即批下了“制曰可”三个朱红大字。在春秋战国诸子百家中，将葬礼论说得最透彻的，当属李斯的老师荀子。荀子的《礼论》，其轴心便是论说葬礼。李斯之所以要郑重上书，便是要以老师立论为根基，将始皇帝葬礼操持成有大师学说为根据的亘古未见的盛大葬礼。李斯由衷地以为，这既合始皇帝超迈古今的大器局，也很合目下安国之要义。李斯在上书开首，先大篇引述了老师荀子的葬礼论：

> 礼者，谨于治生死者也。生，人之始也。死，人之终也。终始俱善，人道毕矣！……故死之为道也，一而不可再得其复也。臣之所以致重其君，子之所以致重其亲，于是尽矣！故，事生不忠厚，不敬文，谓之野；送死不忠厚，不敬文，谓之瘠（刻薄）。君子贱野而羞瘠，故天子诸侯棺椁七重……，使生死终始若一。一足以为人愿，是先王之道，忠臣孝子之极也。天子之丧动四海，属诸侯……若无丧者而止，夫是之谓至辱。
>
> 丧礼者，以生者饰死者也，大象其生，以送其死也。故如生如死，如亡如存，终始一也……是皆所以重哀也。故生器文而不功，明器貌而不用。凡礼，事生，饰欢也；送死，饰哀也；祭祀，饰敬也；师旅，饰威也。是百王之所同，古今之所一也，未有知

其所由来者也。故，圹垄（陵墓），其貌象室屋也；棺椁，其貌象版盖斯象拂也……上取象于天，下取象于地，中取则于人，人所以群居和一之理尽矣！故三年之丧，人道之至也。复是谓之至隆，是百王之所同，古今之所一也！……三月之殡，何也？曰：大之也，重之也，所致隆也！

列位看官留意，荀子的葬礼说，给后世解读始皇帝陵墓奥秘提供了必须的路径，然却极少为人注意。至少，荀子关于葬礼的四个基本立论，已经被史书记载的始皇帝葬礼与后来的历史发掘与一定程度的科学探测所证实。其一，“大象其生，以送其死”——人之葬礼应当与生前身份相合。这一葬礼法则，决定了始皇帝葬礼与陵墓格局的空前绝后。其二，葬礼以“致隆”为要，不能失之刻薄（瘠）——人之葬礼以死者生前享有的礼遇为本，进而最大限度地隆重化。这一葬礼法则，是始皇帝葬礼与陵墓之所以穷极工程财富之能，而又为当时天下所接受的传统礼治根基，非胡亥李斯赵高的任何权力意志所能一意孤行也。其三，“圹垄其貌象室屋”——死者陵墓及地下寝宫之形制铺排近似于生前行为环境。这一葬礼法则，决定了始皇帝葬礼陵墓的诸如兵马俑军阵等种种盛大气象的现世所本，并非凭空臆想。其四，“上取象于天，下取象于地，中取则于人”——死者地下寝宫应当取诸天地人三象，以尽“人所以群居和一之理”。这一葬礼法则，见诸不同身份之人，可谓天差地别。然，即或庶民葬礼，至少也是当有者都有，庶民墓室上方的砖石上刻画星月以象天也是完全可能的。也就是说，荀子只提供了一种原则，实施之规模大小则取决于死者生前地位。

始皇帝葬礼陵墓依此法则展开，自然是宏大无比。《史记·秦始皇本纪》云：“……以水银为百川江河大海，机相灌输，上具天文，下具地理。以人鱼膏为烛，度不灭者久之……葬既已下，……树草木以象山。”此等地下宏大景象，已经被发掘出的兵马俑军阵，以及尚未发掘而进行的科学探测所大体证实：广袤苍穹星斗罗列，取象于天也；水银为江海河川，取象于地也；兵马俑军阵与庙堂朝会罗列陵城，中取于人也。

后人每每惊叹于始皇帝陵墓气象之瑰丽庞大，多将此等营造谋划之奇迹，本能地归结于秦始皇帝本人的超绝创制之才。其实不然，始皇帝一生劳碌繁忙于国事，五十岁之时骤然死去，无论其心志、其时日，都不可能从容地去铺排身后如此盛大的葬礼。这里只有一种可能：谋划力与想象力几乎与始皇帝匹敌的李斯，以荀子关于葬礼的法则为根基，最极致地营造出了格局惊人的隆盛葬礼，最极致地营造出了冠绝历史的宏大陵墓。合理的历史逻辑是：始皇帝葬礼与陵墓，几乎与始皇帝没有必然关联；人们忽视了后来变得灰蒙蒙的李斯，于是也将人类奇迹之一的始皇帝陵墓，变成了无法破解的奥秘。此乃后话也。

引述荀子之论后，李斯提出了始皇帝葬礼与陵墓的总方略：

> 先帝伟业，冠绝华夏而超迈古今，葬礼陵寝亦当如是也。老臣总司国葬，拟议方略：以荀子葬礼之说为本，大象其生，礼极致隆，陵极宏壮，室极深邃，工极机巧，材极精丽，藏极丰厚。非此，不足以大象先帝之生也！

胡亥批下上书后，李斯立即星夜聚集老奉常胡毋敬属下各署及博士宫全部博士，会商决断国丧与陵墓建造的总体格局。胡毋敬与一班博士对二世批下的李斯上书激赏不止，儒生叔孙通一言以蔽之：“丞相既通法家之精要，亦通儒家之礼教，此葬礼方略深合荀儒之厚葬精义，大哉大哉！”于是，三日三夜会商之后，确定了葬礼与后续陵墓建造的总体格局。其中最大的创制，是一致认可了李斯提出的建造地面陵园的方略。

列位看官留意，盖古之中原葬礼者，有墓无园也，有墓无祭也。此所谓“古不墓祭”之说也[1]。也就是说，中原文明的古人，祭祖在宗庙（庶民谓家庙），而不到墓地祭祀；唯其不祭墓地，春秋战国及其之前的中原墓地，都是孤零零墓地而已，没有地面建筑而任其自然湮灭；这也是先秦墓地几乎没有地面痕迹的原因之一。墓地祭祀，原本是戎狄游牧部族之礼仪。因其居无定所，再加财力有限，没有建造固定宗庙家庙之可能，故有年年赶赴墓地祭祀之风习也。秦人自殷商时期进入西部，在戎狄部族海洋中半农半牧奋争数百千年，生存之艰难与戎狄部族无异，自然秉承了墓祭之风。今始皇帝必然有陵墓，秦人也必然要到墓地祭祀，既然如此，孤绝矗立之墓地，则有无以“大象其生”之缺憾。此，李斯创设园寝制之起因也，却非实质目标也。李斯之实质目标，是以可见的宏大的地面城堡式的陵园建造，大张始皇帝之万世不朽——始皇帝不朽，始皇帝庙堂运筹之李斯焉能朽哉！

何谓园寝？寝园也，安寝之园也。也就是说，使死者安寝于地下之地上园囿，便是园寝。李斯谋划的园寝制是：以始皇帝陵墓（山坟）为轴心，建造一座分为内城外城的壮丽城邑，内城周围五里，外城周围十二里，内外城俱有四座城门；其形制规模，远远大于春秋战国“三里之城，七里之郭”的寻常现世城堡；陵园城邑之内，除地下尽行铺排庞大军阵朝会等等宏大格局外，地面山坟一侧同时建造祭祀之宗庙，供皇室与天下臣民入庙祭祀。这一宗庙的正式名称是“寝庙”，也就是

[1]　古不墓祭之说，见《续汉书·祭祀志》。

建造在陵寝的宗庙。

时当战国末世，在墓地建造宗庙（寝庙），堪称一件改变天下葬礼习俗的全新事物。李斯既创设园寝宗庙，本意自非仅仅供天下臣民自发地流水祭祀，而是要成为一种祭祀定制，成为皇家正宗祭祀礼仪。为此，建造陵墓城邑一开始，李斯便特意与老奉常胡毋敬联名上书，请尊始皇帝寝庙，以始皇帝陵寝之宗庙为祭祀正宗所在。二世胡亥自然是立即写了“制曰可”三个大字，并破例将李斯胡毋敬上书发下让群臣议决。这大约是二世胡亥唯一的一次“下群臣议事”了。此时的大臣们已经是人心惶惶了，自然是无一异议。于是，主持议决的李斯与胡毋敬归总上书，明确定制为：“今始皇为极庙，四海之内皆献贡职，增牺牲，礼咸备，毋以加。天子仪当独奉始皇庙，以尊始皇庙为帝者祖庙。”自此，皇帝陵寝宗庙制正式确立。也就是说，自始皇帝陵墓开始，庙祭与墓祭合二为一了。相沿后世，华夏民族的墓祭风习日渐弥漫，终将清明节约定俗成为一年最为隆重的祭祀日。

自始皇帝园寝制创立，历代皇室相沿承袭渐成定制。后世史家对园寝制演变的解释是：“汉氏诸陵皆有园寝者，承秦所为也。前庙后寝，以象人君前有朝后有寝也。庙以藏主，四时祭祀。寝有衣冠，象生之具以荐新。”[1] 此乃后话。

自九月以至大雪飘飘的冬日，李斯一直深陷在连绵不断的盛大葬礼中。

要做的事情太多了，要颁行的政令太多了。若非李斯极善理事，任谁在这人心惶惶的时日也料理不清这头绪极其庞杂的种种事务。曾经总理过百万民力大决泾水的李斯，将一切礼仪细务俱交老奉常胡毋敬

---

[1] 见《宋书 · 礼志》。

处置。李斯自己则只盯住两处要害不放：一则是葬礼总铺排与陵墓总格局，一则是须得即时解决的陵墓工程难点。第一则要害，关乎“礼极致隆”能否做到“大象其生”，自然得李斯亲决亲断。第二则要害，关乎庞大的园寝工程之成败，诸多难点虽是最为实际的细节，却恰恰得李斯亲自过问。

为决陵墓工程之难，李斯请出了交谊笃厚的郑国。

郑国已经耳背了，眼花了，苍老得步履维艰了，已经对国事不闻不问了。李斯高声大嗓，费力地比画着喊话一番。郑国好不容易听清了李斯来意：一则，这是大工师用武之地，非郑国莫属；二则，只要郑国坐镇指点要害，余皆不问。思忖良久，这个酷好治水且一生醉心于揣摩工程的老水工，终于应了：“不涉国事，老夫走走看看。”当日，李斯立即将郑国秘密而隆重地护送到骊山工地，护送进章邯幕府，这才长长地出了一口粗气，心下稍见轻松了。李斯力邀郑国出山，自然非郑国通晓葬礼，而是郑国极擅解决工程之难。李斯确信，没有郑国这个千古奇才，这个亘古未见的地下大工程无法令人放心。

果然，有郑国坐镇，陵墓工程的诸多难点逐次一一解决了。

第一则，郑国立即改变了章邯平均使用工匠的做法，指点章邯法则：将八成皇城尚坊的能工巧匠集中编为大工营，率三万精壮刑徒，专一致力各种地下工程；其余两成尚坊工匠，率全部郡县工匠与数万民力，专一致力地面寝庙与制陶工程；剩余全部数十万刑徒，皆以施工官吏分部统领，分别致力于排水、取土、运土及石料砖料木料等各种原材料的采集输送。章邯依法施为，工效大见增长，一时连连大呼：“老水工运筹营造，神也！”

第二则，石料采集地的确定。始皇帝陵墓工程浩大，地下石料用量之巨犹过地面，从何方采石是一个很大的难题。郑国也不踏勘，探水铁尺远远伸出，敲打着章邯坐案后的地图，声音苍老高拔，生怕别人听不见："玉料，取蓝田玉！材质粗韧，坚实耐磨。其余石料，泾水甘泉口山岩！石白，石坚，万世不足毁也！"章邯立即实施，分出二十万刑徒专一采石运石。至此，整个关中腹地渭水两岸日夜火把烛照天地，黑压压人群车马川流不息；未出旬日，沉重的拖拉巨石的号子声，遂变成了撼人肺腑的号子歌——运石甘泉口，渭水为不流，千人一唱，万人相钩！……据《关中胜迹图志》并《长安志》记载：始皇陵东南二里处（在当时园寝之内），尚有形似巨龟的佷石矗立，石高一丈八尺，周长十八步（秦步六尺，大体当今二十余米）；此佷石"置之骊山，至此不复动"。佷者，音同狠，意同狠；佷石者，狠石也，足见其庞大无伦。此等巨石开凿运输令人惊叹无由也！唐人皇甫湜题有《佷石铭》云："佷石苍苍，骊山之傍。镵朴砻瘢，巋然四方。……发石北山，言礎于墓。故老相传，以佷名之。自昔太古，不封不树。有葛于沟，有薪于野。后圣有作，缘情不忍。为之棺椁，其在唐虞……视兹佷石，炯戒千春！"

第三则，取土之地的确定。骊山本身为山坟，其土不可取。然园寝为土木工程，用土量极大，焉能无取土之地？老郑国这次倒是坐着高车在骊山周遭转悠了几日，回来用探水铁尺敲打着地图道："骊山东去，园寝外十余里，新丰水北岸有一土山，土色上佳。"章邯立即分出三万刑徒，赶赴新丰水土山昼夜取土。后世《水经注·渭水注》云：造陵取土，这座土山被挖成了一片巨大的深坑，其地淤深，水积成池与新丰水通，鱼虾生出。故此，后人将大坑呼之为鱼池，将新丰水呼之为鱼池水。

第四则，地下开凿之两难终归解决。始皇帝陵地下寝宫气象宏大，开凿尤为艰难。难点之一，骊山地下泉水丰沛，且多有温泉，凿地数丈便有泉水横流喷涌，要开凿数十丈之深简直无从着手。郑国乃天赋绝世水工，精于水事更精于水性，踏勘揣摩旬日，便谋划出一个施工方略：塞以文石，致以丹漆，锢水泉绝之而后开凿。

由于史料行文的简约，后世已经无法具体地知道这一方略究竟是如何具体实施的了。我们仅能大体描述为：用花纹巨石累积筑墙，并辅以铁条锢之，堵水墙外涂抹某种类似丹漆（红漆）的涂料，以堵塞缝隙渗漏，而后继续开掘。在此施工方略之下，连续凿过三层地下泉流（穿三泉），也成功堵塞了三层地下泉流（下锢三泉）。

此时，地下开凿突然遇到了一种奇异的境况。

《汉旧仪》描述这种状况为："已深已极，凿之不入，烧之不燃，叩之空空，如天下状！"这便是第二个最大的难点：地下岩石层。举步维艰的郑国，被章邯亲自带领护卫甲士用军榻抬下了地下工地。火把之下，郑国全部踏勘了叩之空空的地下石层，最终长叹了一声："天工造物，老夫无奈矣！目下之势，只能旁行开凿。欲图再深，无望也。"回到地面，章邯立即将郑国决断上书禀报了丞相府。李斯立即上书二世胡亥，请以郑国之法行事：可广不可深。二世胡亥请教赵高之后，批下了似乎颇有主见的两行文字："制曰：凿之不入，烧之不燃，其旁行三百丈乃止。"

至此，始皇陵的庞大地下工程终止了深掘，不再求穷极于地了。

工程诸难决断之后，李斯最后的忙碌，是统筹谋划始皇陵地下寝宫的格局并全部藏物。李斯原定的葬礼总方略中，有"藏极丰厚"一则。在李斯看来，地下寝宫之藏物也必得做到"大象其生"，既满足始皇帝对天下珍奇的赞赏喜好，又彰显一统帝国拥有九州四海的惊人财富。因陵寝藏物须直接取之于皇室府库，李斯为此专门上书胡亥，请以皇室府库之三成财富藏入先帝陵寝。胡亥这次没有就教赵高，立即独断批下，其语大是惊人："制曰：先帝国葬宜厚宜丰，举凡先帝生前所涉器用珍奇财货，一体从葬！先帝后宫非有子者，出焉不宜，皆从死！"

李斯接到诏书，心下大是不安了。

财富珍奇，厚藏可也。这人殉，可是早在战国初期便已经废除的骇人旧制，如何能再现于大秦新政？更有一端，战国废除人殉者，秦献公发端也，今复人殉，既有倒行逆施之嫌，更有亵渎先祖之嫌，岂非荒诞绝伦之举哉！尽管，胡亥诏书的实际所指李斯也清楚：是让曾经侍奉先帝寝室而没有生子的嫔妃侍女一体从死，而不是教后宫所有女子一体殉葬。纵然如此，大约也是百数上下甚或数百人等，何其酷烈矣！李斯本想谏阻，如同当年之《谏逐客书》一样奋然发声。可李斯思谋良久，还是打消了谏阻之心。毕竟，自己是主葬大臣，极尽隆盛而大象其生，是自己一力主张的；况且，胡亥的理由是侍奉先帝的女子放还民间是不宜的，毕竟不能说完全没有道理；而放还后宫之六国女子，恰恰又是李斯的后续新政之一，此时为后宫女子而谏阻，后续整肃后宫事势必胡亥不悦。当然，更为根本的是，李斯想要最大限度地减少自己走向摄政的阻力，便必须在某些不关涉大政的小事上容让胡亥；今恢复人殉固然骇人听闻，然毕竟不关涉后续大政，认真计较起来，刚刚达成默契的君臣际遇便很可能就此夭折……终于，李斯没有上书谏阻。在天下最需要李斯胆略的时候，历史却没有留下如同《谏逐客书》一般的雄文。李斯不置可否，对人殉保持了沉默，只全力以赴地操持地下寝宫格局与物藏种类了。

始皇帝陵之格局与丰厚物藏，历代多有记载，几则具有代表性的描述是：

《史记·秦始皇本纪》云："（始皇陵）穿治骊山……穿三泉，下铜而致椁，宫观、百官、奇器珍怪，徙藏满之。令匠作机弩矢，有所穿近者辄射之。以水银为百川江河大海，机相灌输，上具天文，下具地理。以人鱼膏为烛，度不灭者久之。”这则记载中，值得注意者是“人鱼”一物。《史记正义》引《广志》云：“鲵鱼声如小儿啼，有四足，形如鳢，可以治牛，出伊水。”可知，这人鱼便是今日陕南犹有的娃娃鱼。又引《异物志》云：“人鱼似人形，长尺余，不堪食。皮利于鲛鱼，锯材木入。项上有小穿，气从中出。秦始皇冢中以人鱼膏为烛，即此鱼也。出东海中，今台州有之。”由此可知，当时此等人鱼尚有多处产地，捕捞虽难，然终不若后世那般珍奇。

《汉书·刘向传》云：“始皇葬于骊山之阿，下锢三泉……石椁为游馆，人膏为灯烛，水银为江海，黄金为凫雁。珍宝之藏，机械之变，棺椁之丽，宫馆之盛，不可胜原。”

《汉书·贾山传》云：“始皇死，葬乎骊山……下彻三泉，合采金石，冶铜锢其内，漆涂其外，被以珠玉，饰以翡翠，中成观游，上成山林。”

《水经注·渭水注》云：“秦始皇大兴厚葬……斩山凿石，下锢三泉，以铜为椁。旁行周回三十余里。上画天文星宿之象，下以水银为四渎百川五岳九州，具地理之势。宫观、百官、奇器、珍宝充其中。令匠作机弩，有所穿近，辄射之。以人鱼为灯烛，取其不灭者久之……项羽入关，发之，以三十万人三十日运物不能穷！关东盗贼，销椁取铜。牧人寻羊烧之，火延九十日不得灭。”

此外，尚有《太平御览》引述多种史料之描述，也还有《晋书·载记七》对石季龙盗掘始皇陵而取铜柱铸器的描述等。举凡后世所记述，大体皆以《史记》为根本衍生，其中诸多条则，后世皆不敢相信，每每多有质疑。譬如藏物极厚到何种程度，史家每每质疑项羽盗墓时“三十万人三十日运物不能穷”的财富规模。直至当代，始皇陵之地面城邑早已荡然无存，而地下发掘多有成果，科学探测亦部分证实史料记载之后，人们依然不敢相信，如此庞大辉煌的奇迹能在两千多年之前创造出来。而历史必将证实：去秦帝国百年的司马迁的记述是大体无误的，后人今人之种种质疑，大多是丧失历史想象力的结果而已。

六　天下孜孜以求的二世新政泡沫般飘散了

因国葬而颇显冷落的年关一过，疲惫已极的李斯重新燃起了一片心火。

还在去冬第一场大雪落下的时节，李斯已经开始筹划来年开春后的皇帝大巡狩了。二世胡亥与始皇帝不可同日而语，李斯自不会对其巡狩天下抱有何等奢望。李斯只存一个心思：使二世胡亥的大巡狩，成为宣示新一代大政的开端，使自己重新整肃天下的政令能借势铺开。唯其如此，李斯谋划的大巡狩路径很简单：沿始皇帝东巡的主要路径东进，主要部署三个驻跸宣政点，一则滨海碣石，一则越地会稽，一则辽东长城；如此三点所经地域，大体已将事端多发的要害郡县包揽无余了。

其所以主张二世开春立即东巡，是李斯已经从纷至沓来的郡县文书中敏锐地嗅出了一丝异常气息——天下已经开始生发流播种种神秘流言了！有一则托名楚南公的流言，看得李斯心惊肉跳："楚虽三户，亡秦必楚！"显然，天下人心已经如隐隐大潮四面动荡了。虽然，李斯不能确切地预知此等大潮将酿成何等风暴，也不能确切地预知自己的新政能否平息这隐藏在广袤华夏的暗潮动荡。然则，李斯确切地直觉到：得立即实施新政，得立即整肃郡县民治，将长城、始皇陵、直道驰道等大型工程尽快了结，将二世欲图再度修建的庞大的阿房宫设法中止，使民力尽快回归乡里，使农耕渔猎商旅等诸般民生大计，尽早地正常流转起来；诸多重大弊端若不尽快矫正，天下汹汹之势便将很难收拾！

整肃此番大局，李斯倍感艰难。

最根本处，在于天下大势已经发生了一种极其危险的两大潮流融合，时移也，势易也。秦灭六国前后，天下始终激荡着四大潮流：期盼天下一统的潮流，拥戴大秦文明新政的潮流，天下庶民渴求结束战乱而安居乐业的潮流，山东六国老世族的反秦复辟潮流。在一统六国的连绵大战时期，在帝国大政创制初期，始终是前三大潮流始终紧密地融合一体，结成了浩浩荡荡的天下主流大势。那时候，秦军作战如摧枯拉朽，秦政实施如江河行地，天下臣民"欢欣奉教，尽知法式"；其时所谓复辟暗潮，星星点点而已，几乎被呼啸而来的统一新政大潮淹没得无影无踪了。然则，随着帝国大政全力以赴地倾注于盘整华夏河山消弭南北边患，天下庶民的生计被忽视了。万千黔首有了土地，有了家园，却不能安居乐业；南海北国屯卫戍边，种种工程连绵不断，土地荒耕了，家园萧疏了，商旅凋敝了，人民的怨声也渐渐地生发了，天下民心对帝国大政的热切向往也不期生发出一种冷漠。当此之时，山东老世族的复辟暗潮乘机涌动了，刺杀皇帝、散布流言、兼并土地、鼓荡分封，搅乱天下而后从中渔利之图谋昭然若揭。

至此，埋首于大力盘整华夏的始皇帝终于警觉了，终于看到了离散的民心被复辟暗潮裹挟的危险。依始皇帝后期的谋划：几次大巡狩严厉镇抚山东复辟暗潮之后，土地兼并的恶流已经大体被遏制；紧接的大政方略，便该是长城、直道竣工，两大工程之民力返乡归田；与此同时，惩治兼并世族与缓征缓工的法令紧随其后。以始皇帝之才具威权勤奋坚韧，以大秦庙堂之人才济济上下合力，果能以如此方略施政，天下大势完全可一举告定，从此进入大秦新政的稳定远图期。

然则，不合始皇帝骤然病逝，一切都因庙堂之变而突兀地扭曲变形了！原本已经根基溃决而陷于山海流窜的六国世族，骤然没有了强大的威慑，又悄悄地重新聚拢了，死灰复燃了。原本已经精疲力竭的民众，将最后的一丝希望寄托在了新皇帝身上，或者说，也隐隐约约地寄托在了老丞相李斯身上。孰料大大不然，渴盼归乡的百余万长城直道徭役，被李斯下令暂缓归乡，转至直道未完路段抢工并同时屯卫北边长城；已经归乡的部分民力，又被各郡县重新征发，匆忙应对庞大的骊山陵工程，还要启动更大型的阿房宫工程。大秦庙堂陷入了湍流飞转的权变漩涡，顾不得民生大计了。倏忽大半年，惩治兼并、缓征缓工等于民有利的政令，竟一样都没有颁行。……凡此等等，天下庶民岂能不大失所望，岂能不与复辟暗潮愤然合流？李斯很清楚，民心之势一旦向反秦倒秦的复辟暗潮靠拢，天下大格局便行将翻转了，大秦便危机四伏了，再不认真整饬，只怕是始皇帝在世也来不及了。

应该说，大半年来每一项政令的为害后果，李斯都是清楚的。然则，每一道政令，李斯都不得不颁行郡县。李斯认定，当此情势，只能如此，遗留之后患，只有转过身来弥补了。国丧期间，长城不加固屯卫行么？直道不尽快完工行么？始皇帝陵减小铺排行么？不行，都不行。更根本的是，李斯若不秉承始皇帝强力为政的传统，李斯便自觉会陷入被自己攻讦的扶苏蒙恬一党之于民休息泥沼。为此，李斯必须彰显自己是秦政秦法之正宗，否则，李斯便不能在与赵高胡亥的较量中占据上风！也就是说，此时的李斯，已经无暇将天下民生作第一位谋划了。李斯目下能做的，只是说动了二世胡亥稍缓阿房宫工程。若此工程不缓，当真是要雪上加霜了。

艰难之次，举国重臣零落。目下的李斯，已经没有一个可与之并肩携手的干才操持大政了。姚贾自是才具之士，可大半年来骤然猛增的刑徒逃亡、民众逃田、兼并田土，以及咸阳庙堂接踵而来的罢黜大臣，罪案接踵不断，廷尉府上下焦头烂额连轴转，姚贾根本不可能与李斯会商任何大谋。右丞相冯去疾，承揽着各方大工程的善后事宜，一样地连轴转；更兼冯去疾节操过于才具，厚重过于灵动，一介好人而已，很难与之同心默契共谋大事。除去姚贾，除去冯去疾，三公九卿之中，已经没有人可以默契共事了。三公之中，最具威慑力的王贲早死了，最具胆魄的冯劫下狱了，新擢升的御史大夫嬴德虚位庸才不堪与谋；李斯一公独大，却无人可与会商。九卿重臣同样零落：胡毋敬、郑国、嬴腾三人太老了，几乎不能动了；杨端和、章邯、马兴三人大将出身，奉命施为可也，谋国谋政不足道也；顿弱心有怏怏，称病不出；最能事的蒙毅又是政敌，下狱了；新擢升的郎中令赵高，能指望他与李斯同心谋政么？……当此之时，临渴掘井简拔大员，李斯纵然有权，人选却谈何容易！为此，李斯对大巡狩尚有着另一个期望：在郡守县令中物色干员，以为日后新政臂膀。

……

“大巡狩事，朕悉听丞相谋划。”

当李斯将奏疏捧到熟悉的东偏殿书房时，二世胡亥很是直率，未看奏疏便欣然认可了。及至李斯说罢诸般事宜谋划，胡亥一脸诚恳谦恭道：“朕在年少之时，又初即大位，天下黔首之心尚未集附于朕也。先帝巡行郡县，示天下以强势，方能威服海内。今日，我若晏然不巡行，实则形同示弱。朕意，不得以臣下畜天下，朕得亲为方可。丞相以为如何？”

“陛下欲亲为天下，老臣年迈，求之不得也。”

李斯不得不如此对答，心下却大感异常。李斯全权领政，这原本是三人合谋时不言自明的权力分割，如何大政尚未开始，二世胡亥便有了“不得以臣下畜天下”之说？若无赵高之谋，如此说辞胡亥想得出来么？尽管赵高这番说辞已经是老旧的“天子秉鞭作牧以畜臣民”的夏商周说法，然其中蕴含的君王亲政法则，却是难以撼动的。胡亥既为二世皇帝，他要亲自治理天下，李斯纵然身为丞相，能公然谏阻么？原先三人合谋，也并未有李斯摄政的明确约定，一切的一切，都在默契之中而已。如今的胡亥，眼看已经开始抹煞曾经的默契了，已经从大巡狩的名义开始做文章了，李斯当如何应对？一时间，李斯脊梁骨发凉，大有屈辱受骗之感。然则，李斯还是忍耐了。李斯明白，这等涉及为政根本法则的大道说辞，无论你如何辩驳都是无济于事的，只能暂时隐忍，以观其后续施为。若胡亥赵高果欲实际掌控丞相府出令之权，李斯便得设法反制了；若仅是胡亥说说而已，则李斯全然可以视若无闻，且又有了一个“曾还政于天子”的美名，何乐而不为哉！

就实而论，李斯直到此时，对于赵高的权力野心还处于朦胧而未曾警觉的状态。李斯固然厌恶赵高，然却从来没有想到一个素未参政的宦官有攫取天下大政权力的野心；至于这种权力野心实现的可能，李斯则更没有想过。李斯对权力大局的评判依旧是常态的：胡亥是年轻皇帝，即位年岁恰恰同于始皇帝加冠亲政之时，胡亥的亲政想法是天经地义的，也是该当防范的。因为，胡亥不知天下政道为何物，听任其亲为，天下必将大乱。而身为宦官的赵高，做到郎中令位列九卿，已经是史无前例的奇闻了，要做领政天下的丞相，纵鬼神不能信也，况乎人哉！李斯毕竟正才大器，纵陷私欲泥坑，亦不能摆脱其主流根基所形成的种种特质。非独李斯，一切先明后暗半明半暗的雄杰人物，都永远无法逃脱这一悲剧性归宿。洞察阴暗之能，李斯远远逊色于师弟韩非。然则韩非如何？同样深陷于韩国的阴暗庙堂，同样无可奈何地做了韩国王族的牺牲……正是这种正才陷于泥污而必然不能摆脱的致命的迂阔懵懂，使李斯在人生暮年的权谋生涯中一次又一次地失却了补救机会，最终彻底地身败名裂了。

举国惶惶之中，春日来临了，大巡狩行营上路了。

这是公元前209年，史称二世元年的春二月。

除了没有以往皇帝出巡的人海观瞻，大气象似乎一切都没有改变。只有李斯明白，大巡狩行营已经远非昨日了。郎中令赵高成了总司皇帝行营的主事大臣，赵高的女婿阎乐与族弟赵成，做了统领五千铁骑护军的主将；李斯仍然是大巡狩总事大臣，事实上却只有督导郡县官员晋见皇帝之权了；随行的其余重臣只有两位：右丞相冯去疾，御史大夫嬴德；留镇咸阳的重臣，竟只有卫尉杨端和、老奉常胡毋敬与少府章邯领衔了。

对于镇国重任，李斯原本举荐了九卿首席大臣之廷尉姚贾。可二世胡亥却在李斯奏疏上批了一句："制曰：廷尉国事繁剧，免其劳顿，加俸千石。"李斯哭笑不得，带着诏书去见姚贾，叮嘱其多多留心咸阳政事。姚贾却一脸阴沉，良久无言。李斯颇觉不解，再三询问。姚贾方才长叹了一声："大秦庙堂劫难将临，丞相何其迂阔，竟至依旧如此谋国谋政哉！"李斯大惊，连连问其缘由。姚贾却良久默然了。李斯反复地劝慰了姚贾一番，叮嘱其不必多心，说他定然会在大巡狩途中力行新政安抚郡县。至于庙堂人事，李斯只慨然说了一句话："二世疑忌之臣尽去，纵然擢升几个亲信，何撼我等根基乎！"姚贾蓦然淡淡一笑，打量怪物一般静静审视了李斯好一阵，最终离席站起，深深一躬，喟然叹道："姚贾本大梁监门子也，布衣入秦，得秦王知遇简拔，得丞相协力举荐，终为大秦九卿之首，姚贾足矣！自去韩非起，姚贾追随丞相多年，交谊可谓深厚。姚贾能于甘泉宫与丞相深谋，唯信丞相乾坤大才也！……然屡经事端，姚贾终归明白：大道之行，非唯才具可也，人心也，秉性也，天数也！……国政之变尽于此，丞相尚在梦中，姚贾夫复何言哉！”

说罢，姚贾一拱手径自去了。

姚贾的感叹，在李斯心头画下了重重一笔，却也没能动摇李斯。

出得咸阳，每过一县，李斯必召来县令向二世胡亥备细禀报民治情形。胡亥听过内史郡几县，便经赵高之手下了一道诏书：“朕不会郡县，民治悉交丞相。”李斯喜忧参半颇多困惑，遂问：“陛下曾云要亲为天下，不会郡县，焉得决断大政？”赵高摇头喟叹道：“丞相明察，陛下已将国事重任悉交丞相，丞相正当大展政才矣，何疑之有乎！”李斯心中大石顿时落地，慨然一拱手道：“如此，敢请郎中令禀报陛下：老臣自当尽心竭力安定郡县，陛下可毋忧天下也！”赵高一脸殷殷地将李斯称颂了一番，便告辞去了。

自此，李斯分外上心，每遇易生事端之郡县，必带新任御史大夫嬴德与一班精干吏员赶赴官署，查勘督导政务，一一矫正错失。即或皇帝行营已径自前行，李斯人马已经拖后一两日路程，李斯依旧不放过一个多事之地。如此一出函谷关，李斯便忙得不可开交了。

第一个三川郡，李斯滞留忙碌了三日三夜。

对于李斯而言，三川郡之特异，在于郡守李由恰恰是自己的长子。这三川郡，原本是周室洛阳的王畿之地。自吕不韦主政灭周，三川郡便是秦灭六国精心经营的东出根基之地。直到始皇帝最后一次大巡狩，三川郡都是力行秦法最有效、民治最整肃的老秦本土的门户大郡。而三川郡郡守李由，也一直是被始皇帝多次褒奖的大治郡之楷模郡守。然则，短短大半年之间，这三川郡竟不可思议地乱象丛生了。自山东刑徒数十万与各式徭役数十万大批大批地进入关中造陵，毗邻关中的三川郡便成了积难积险的“善后”之地。难以计数的无法劳作的伤病残刑徒，都被清理出来，滞留关外三川郡；追随探望刑徒与徭役民力的妇孺老少们，络绎不绝地从东北南三方而来，多以三川郡为歇脚探听之地，同样大量滞留在三川郡；洛阳郊野的道道河谷，都聚集着游荡的人群，乞讨、抢劫、杀戮罪案层出不穷；洛阳城内城外动荡一片，三川郡守李由叫苦不迭，连番上书丞相府，却是泥牛入海般没有消息。

“如此乱象，如何不紧急禀报？”一进官署，李斯便沉下了脸。

“父亲！由曾九次上书丞相府……”李由愤愤然。

“呈给右丞相了？”李斯大皱眉头。

“这是父亲立定的法度，三川郡事报右丞相府，不能呈报父亲……”

“好，不说此事。只说三川郡如何靖乱！”李斯很是严厉。

“父亲，只要派来万余甲士，三川郡平乱不难！”

“如何不难？你能杀光了伤残刑徒与妇孺老幼？”

“至少，将滞留人等驱赶出三川郡。”

“岂有此理！别郡不是大秦天下么？一派胡言！”

“如此，听父亲示下。”

“妥善安置，就地化民。八个字，明白么！”

“父亲是说，出郡县之财力安置滞留人口？”李由大为惊讶。

“当此之时，唯有此法，不能再行激荡民乱！”

“父亲，秦法不救灾……”

“此非救灾，是救乱，是定大局！”

“父亲，李由明白！”

之后，李斯巡视了三川郡府库，给三川郡守李由写下了一道丞相手令：“特许三川郡以府库财货粮秣并官府占地安置民力，迅即平盗。”精明的李由从与父亲的断续交谈中，已经觉察出父亲处境的艰难，自感稳定三川郡对于父亲的重要，接令之后立即全力实施。李斯临走之时，李由的郡守官文已经到处张挂，四野流民已经有了欣喜之色。李斯料定，大巡狩回程之时，三川郡必将有大的改观。毕竟，李由是自己的儿子，不会轻慢大事。届时，三川郡民治将成为天下平定的楷模，李由也可擢升于庙堂，成为李斯的左右臂膀。

三川郡之后，李斯马不停蹄地进入了陈郡。

这陈郡正当旧楚要地，北与旧韩之颍川郡毗邻，正是当年扶苏秘密查勘土地兼并黑潮的重点地域之一，也是历来的事端多发地，李斯不得不分外留心。当日住进陈城，李斯立即快马出令，召来了颍川郡守，将两郡政事一并处置。两郡守禀报说：目下土地兼并黑潮确有回流，然尚在掌控之中；原因是徭役民力未归乡里，秘密游荡的老世族想买土地也很难找到当家男人。目下两郡之难，是无法落实李斯早已经发出的征发令，征不齐闾左之民的千人徭役之数。李斯下令随行书吏认真查阅了两郡民籍，逐县逐乡做了统计，倒也是明明白白地呈现着各县各乡出动的徭役民力，闾左可征发者至多数百人而已。

“敢问丞相，渔阳戍边……非，非这千人之数么？”陈郡郡守虽小心翼翼，然心中愤懑却也是显然的，“长城竣工之后，本说民力归乡……今非但不归，还要再行征发……”

“田无男丁，家无精壮，亘古未闻也！”颍川郡守却是不遮不掩。

“目下非常之时，郡守何能如此颓丧？”李斯板着脸，“新君即位，主少国疑，屯戍北边正当急务。若匈奴趁机南下，天下重陷战乱之中，孰轻孰重？”

“但有蒙公在，何有此忧也！”颍川郡守叹息一声。

“大胆！”李斯厉声一喝，“先帝诏书，岂是私议之事！”

两郡守一齐默然了。若依秦法，李斯身为丞相，是完全可以立即问罪两位郡守的，更兼御史大夫嬴德在场，缉拿两郡守下狱是顺理成章的。但李斯没有问罪，更没有下令缉拿，而是忧心忡忡地长叹了一声：“国家艰危之时，政事难免左右支绌也！老夫体察郡县之难，纵有权力亦不愿任意施为……然则，身为大臣，足下等宁坐观成败而不思尽力乎？”

“愿奉丞相令！”两郡守终归不再执拗了。

“老夫之见，”李斯第一次将政令变成了商榷口吻，“先行确认两名屯长，郡尉县尉护持，逐县逐乡物色闾左民力，能成得八九百之数便可发出。两位以为如何？”

“闾左屯长最难选，得后定。”颍川郡守面色难堪。

“也好，先定人数。”

“颍川郡，至多四五百人。”

“陈郡如何？”李斯黑着脸。

“陈郡虽大，从军人口多，闾左丁壮至多也是三五百。”

“便是说，两郡差强凑够千人之数？”

“难……”两人同声，欲言又止。

“再难也得千人之数。至少，不能少于九百人！”

“丞相，闾左之民最好不……”

“违令者国法从事！”李斯无奈，疾言厉色了。

“谨遵丞相令！”两位郡守终究领命了。

陈城一过，李斯立即南下项县。这项县乃陈郡南部大城，原本是楚国名将项燕的根基封地，项燕战死之后，项氏部族后裔虽大部转往江东隐匿，然在此地亦多有出没，历来是始皇帝东巡的镇抚地之一。二世不知此间根底，径自观赏山水而去，李斯却不能不留心。李斯没有要陈郡郡守随行，亲自率领护卫马队查勘了项城，并备细询问了县令，得知项氏部族很长时期没有在项城出没，项氏族人几乎已经在陈郡南部销声匿迹，李斯这才放心东去北上了。

进入泗水郡，李斯着重查勘了沛县。

年余之前，泗水郡守曾急书禀报丞相府，李斯又立即禀报了始皇帝：当时的泗水亭长刘邦率数百民力西赴徭役，途经芒砀山，民力多有逃亡，那个刘邦索性放走了其余民力，自己也畏罪隐匿不出，郡县查无音讯。当时李斯本欲彻查，然始皇帝却将其纳入次年大巡狩一体解决而没有单独查处。然则，次年大巡狩，也未查出这个山海流窜的刘邦的隐匿地点。今次东来，李斯想要清楚地知道，这个小小亭长究竟如何了？

到得泗水郡城，李斯同时召来砀郡郡守与追捕盗寇的郡尉，会同备细查问。两郡尉禀报说，两郡郡卒在芒山砀山之间搜寻多次，均未察觉刘邦踪迹。只闻当地民人传闻，说芒砀山深处常有怪异云气，五色具而不雨，必有奇人隐之。泗水郡郡守又禀报说，砀山下有一吕姓民户，其小女名吕雉，尝与人入山，但往云气聚集处走去，便能遇见山野怪人，疑为刘邦等流窜者，然追捕之时，又一无所见。李斯听罢禀报，一时默然不语了。两郡守郡尉则是异口同声，要追捕刘邦不难，但发两万甲士入山，必得刘邦死活之身！

“此等山野传闻，不足为凭据也。”

李斯终究没有大举操持。一则聚兵发兵皆难，秦军主力三大块，一在九原，一在陇西，一在南海，除此之外便是屯卫咸阳的五万新征发的北胡材士；郡县捕盗军兵，郡不过千县不过百，聚集十数郡郡兵搜捕一个逃亡亭长，显然是小题大做，动静太大了。只要大局安定，一个亭长逃亡，除了老死山林又能如何？于是，李斯马队离开了泗水郡东来，兼程追赶行营，终于在抵达吴越之前与皇帝行营会合了。

二世胡亥没有询问李斯后行巡视郡县之意，李斯也便打消了禀报的念头。好在除了警戒与提醒，也确实没有必须通过皇帝诏书的大事。

行营进入江东，李斯又率亲信吏员离开皇帝行营，紧急查勘吴中治情。这吴中乃是会稽郡治所城邑，濒临震泽（今太湖），是楚国项氏后裔的活跃之地。上年春始皇帝最后一次大巡狩，对秘密聚集在江水下游各城邑的六国老世族大肆搜捕，复辟世族们遭受重创，一时都作鸟兽散了。那时李斯也在行营坐镇总事，清楚地知道顿弱与杨端和始终没有觅得项氏踪迹。当时，连同始皇帝在内的巡狩君臣，人人大觉惊诧。

然则，就在去冬今春的大雪时节，李斯却接到了关中栎阳令一份紧急密报：查得项燕之子项梁携侄子项羽秘密进入关中，以商旅之身住栎阳的渭风古寓，私行勾连迁入咸阳的山东旧世族。一月之后，二人被栎阳县尉缉拿下狱，因咸阳廷尉府公事滞留太多，故未立即押解咸阳。不料关押未及旬日，项梁叔侄突兀失踪。经查，乃栎阳狱吏司马欣受泗水郡蕲县狱吏曹咎之托，私放罪犯潜逃。目下司马欣已经被下狱，请丞相府会同廷尉府下书泗水郡，立即缉拿曹咎。东出巡狩之前，李斯查询了廷尉府，得知逮捕[1]令已发下，泗水郡与蕲县等地尚无回报。李斯进入吴中，便是要查勘此事。

“禀报丞相，自逮捕令发下，项氏早，早已在吴中遁形了。”

见丞相亲临，会稽郡守很是紧张，说话都有些不利落了。李斯下令召来郡尉县尉一起禀报，各方也都众口一词，说项氏开春以来再也没有出现在江东各地。李斯颇为疑惑，备细查问了项氏后裔原先在江东的作为。几个县尉禀报说，项梁在江东各地流窜，多化名乔装商旅之士与民众多方结交。但凡吴中有大举征发徭役事，抑或丧事，项梁等常为乡里亲自操持，事事办得井井有条。人皆云项梁暗中以兵法行事，民众很

---

[1] 逮捕，秦汉语。《史记·项羽本纪》云：“项梁尝有栎阳逮……”《索隐》云：“逮训及，谓有罪相连及，为栎阳县所逮录。汉世每治狱，皆有逮捕也。”《集解》韦昭云：“谓项梁被栎阳县逮捕。”

是拥戴。江东有童谣云:“国不国,民不民,旧人来,得我心。”这“旧人”二字,便是经年流窜江东之项氏也。因得人心,各县都是在项氏离开后才察觉踪迹的。再加郡县征发不断,郡卒县卒根本无力追踪此等四海流窜的人物,是故终无所获。

“项氏如此招摇作为,郡县如何不早早禀报?”李斯颇见严厉。

“丞相可查公文,在下禀报不下五七次!”郡守顿时急了。

“书呈何处?”

“右丞相府,御史大夫府。”

“何时呈报?”

“去冬今春,三个月内!”

“好。老夫尽知也。”

李斯不能再追问下去了,国政之乱,他能归咎何人哉!无奈之下,李斯只有殷殷叮嘱郡守县令郡尉县尉们留心查勘随时禀报,如此而已。追赶行营的一路上,那首江东童谣始终轰鸣在李斯耳畔,“国不国,民不民,旧人来,得我心”,这是何等令人心悸的歌声也!曾几何时,一统山河的帝国竟是“国不国”了,万千黔首竟是“民不民”了,备受天下唾弃的六国贵族,竟至于“得我心”了;天下大势如江海洪流,其湍流巨漩竟如斯飞转,可叹乎,可畏乎!如此匪夷所思的人心大逆转,究在何人乎!……

赶到会稽山的皇帝行营时,李斯疲惫极了,郁闷极了。如此重大警讯,本当立即奏明皇帝会商对策。然则,对眼前这个醉心山水忽痴忽精的二世胡亥,说得明白么?赵高若在旁问得一句:“施政之权在丞相,如此乱象岂非丞相之罪乎!”李斯又当如何对答?只怕辩解都要大费心神了,君臣同心岂非痴人说梦?思忖良久,李斯还是打消了与胡亥会商政事的想头,只思谋如何在大巡狩之后尽快扭转天下民治了。

在会稽山，二世胡亥兴致勃勃地登临了大禹陵，也依着始皇帝巡狩格局，祭祀了禹帝，遥祭了舜帝，也遥望南海祈祷上天护佑南海秦军。诸事皆同，李斯却看得心头滴血。这个二世胡亥处处都轻薄得像个声色犬马的贵胄公子，祭文念得阴阳怪气突兀起伏，像极了赵高的宦官嗓音；上山只问奇花异草，祭祀只问牺牲薄厚，举凡国政民生绝难进入问答应对。李斯亦步亦趋于后，只觉自己变成了一个贵胄公子的侍奉门客，心头堵得慌。

好容易离开会稽山北上，李斯病了。

一路恍惚北进，胡亥始终没来探视李斯。只有赵高来了两次，说是奉皇帝之命抚慰丞相病体，也是寥寥数语便走了。李斯第一次深深体察到了暮年落寞境况，第一次体察到孤立无援的绝望心境，每每在帷幕之外的辚辚车声中老泪纵横不能自已……到了旧齐滨海，李斯眼见曾经与始皇帝并肩登临的之罘岛，心绪稍见好转，终于被仆人扶着走出了高车。

抵达始皇帝曾经刻石宣政的碣石，二世胡亥忽然兴致大发，也要在父皇刻石旁留一方刻石，也要李斯题写，要原石工雕刻。赵高大是赞同，一口声赞颂此乃皇帝新政盛举，实在该当。一脸病容的李斯大觉腻烦，不知胡亥有何新政可以宣示，然若拒绝，也实在难以出口。思忖一番，李斯遂于当晚写下了两三行文字，次日清晨呈进了行营。胡亥看也没看，便兴冲冲道："好好好！正午刻石大典，大字刻上去，我便站在父皇身旁了！"倒是赵高拿过来看了一番笑道："丞相文辞简约，也好！只是缺了些许后缀言语，可否补上？"李斯勉力笑道："郎中令也是书家，不妨补上，也算合力了。"胡亥立即兴冲冲点头，赵高没有推辞，就势提笔，以李斯嬴德名义补上了两行。李斯也是看也没看，便点头认可了。

于是，碣石的始皇帝刻石旁，立起了如此一方石刻：

皇帝曰：金石刻尽始皇帝所为也。今，袭号而金石刻辞不称始皇帝，其于久远也！如后世为之者，不称成功盛德。丞相臣斯、御史大夫臣德昧死言：臣请具刻诏书刻石，因明白矣。臣昧死请。制曰：可。

李斯以胡亥口吻所拟的刻石文辞之意是：既往金石已经宣示尽了始皇帝大政，今我承袭了皇帝之位，又来刻石，其作为比始皇帝差得太远了；如后世皇帝再来刻石，没有大功大德便更称不上了。后段缀语的意思是：臣李斯嬴德请刻诏书立石，皇帝不允；臣等明白了皇帝谦恭之心，再三固请，皇帝才答应了。前一半刻辞，说的全然事实，李斯之难堪愤懑已经明白无遗地显现出来。后缀辞，则是赵高为二世胡亥遮羞而已。胡亥白痴久矣，自顾玩乐不及其余，任你刻甚也不屑过问。赵高则很明白李斯的心思，且深感威胁，陷害李斯之心由是紧迫。

三月中，行营北上辽东，途经九原大军驻地，胡亥君臣竟无一人提出进入九原犒赏激励守边三十万大军。令李斯不解的是，九原统兵大将王离也没有派特使迎接，除了非召见不可的几个粮秣输送县令，其余各郡县竟没有任何动静，既往争相目睹皇帝出巡的盛况竟成了昨日梦境一般。胡亥赵高似乎不以为然，又似乎对九原大军有着一种隐隐的畏惧。胡亥扑闪着眼白极多的一双大眼，对李斯说的是："赶赴辽东，是要巡视长城龙尾也！父皇巡视陇西，胡亥巡视辽东，头尾相续，何其盛况壮举哉！"竟只字未提九原犒军。

回程途中，李斯深感此事重大，郑重提出进入九原犒军。不料，胡亥吭哧半日还是不能决断。最后，还是赵高居中主张：单独召见王离，免去九原犒军。胡亥立即来神，红着脸一阵嚷嚷：“是也是也！朕日理万机，还要尽速赶回咸阳处置政事，有事对王离下诏便是，闹哄哄犒军，拿甚犒来？”李斯隐忍良久，也只有点头了。

年轻的王离来了，没有带马队，也没有带军吏，真正的单人独马来了。胡亥又惊又喜地小宴了王离，却一句也没问为何如此。旁边的赵高也只闪烁着警觉的目光，也是一句话没问。倒是李斯分外坦然，问了军事，也问了民治，还特意叮嘱了王离：颍川郡与陈郡的屯卫戍卒将于夏秋之交抵达渔阳，要王离留意部署。素来刚烈爽直的王离，除了诺诺连声，一个字也没有多说。临行之时，李斯将这位年轻的重兵统帅亲自送出了老远，王离依旧是一句话没说，直到李斯颇显难堪地站住了脚步，王离也一拱手上马去了。李斯第一次深切地感知了，赵高与胡亥所畏惧者，正是此等举足轻重的大军力量。李斯也第一次隐隐后悔了，也许，留下蒙恬大将军的性命，自己的庙堂处境会远远好于目下之危局。甚或，自己若能早日联结王离与九原将士，善待他们，抚慰他们，处境也不至于如此孤立无援……

四月初，大巡狩行营回到了咸阳。

李斯没有料到，一则突兀离奇的决策，眼睁睁粉碎了他的尽速缓征之策。

胡亥兴冲冲提出，要重新大起阿房宫。朝会之上，胡亥的说辞令李斯惊愕万分：“先帝在世时多次说起，咸阳朝廷小！故此，才有营造阿房宫事。结局如何？宫室未就，父皇便突兀薨了！朕依丞相之意，阿房宫作罢，民力都聚集骊山了。目下，骊山陵墓业已大毕，朕要大起阿房宫，以遂先帝之宏愿！诸位大臣且想，朕若不复阿房宫，不是明白告知天下臣民，先帝举事太过么？不！先帝圣明，朕要秉承先帝大业，筑起宏大朝廷！有人谏阻朕要起，无人谏阻，朕也要起！”这是胡亥第一次显出狰狞面目说话，面色通红额头渗汗声色俱厉，活似市井之徒输了博戏闹事。所有的大臣都惊愕默然，不知所措了。无奈之下，李斯只有开口了：“老臣启奏陛下，方今骊山陵尚未全然竣工，千里直道亦未竣工，两处所占民力已是百余万之巨，非但民力维艰，府库粮秣财货也告紧缩……”

“李斯住口！”胡亥怒喝一声，将帝案拍得山响。

举殿惊愕之际，李斯更是大见难堪。入秦数十年来，这是备受朝野敬重的李斯第一次在朝廷朝会之上被公然指名道姓地呵斥，实在是不可思议的荒诞。李斯一时愤然羞恼面色血红，浑身颤抖着却不知该如何说话……终于，在大臣们的睽睽众目之下，李斯颓然跌倒在身后坐案上昏厥了。

三日后醒来，李斯恍惚得如在梦里，看着守护在榻边的长子李由，竟莫名其妙地问了一句，你是谁也？一脸风尘疲惫的李由骤然大恸，俯身榻前号啕大哭了。在这个年过三十且已经做了郡守的儿子的恸哭中，李斯才渐渐地真正地醒了，两行冷泪悄悄地爬上脸颊，拍了拍儿子的肩头，良久没有一句话。

夜来书房密谈，李由说了朝会之后的情形：重起阿房宫的诏书已经颁行了，还是章邯统领，限期两年完工；内史郡守督导粮秣，赵高统领营造布局谋划；诏书说，要在先帝的阿房宫旧图上大加出新，要将阿房宫建造得远远超过北阪的六国宫殿群。李斯不点头，不摇头，不说话，目光只盯着铜人灯痴痴发怔。李由见父亲如此悲情，再也说不下去了。良久愣怔，李斯蓦然醒悟，方问李由如何能搁置郡政回来？李由说，家老快马传讯，他是星夜兼程赶回来的；自父亲上次在三川郡督政，他便觉察到父亲处境不妙了。李斯问，三川郡情形如何？李由说，若按父亲方略，三川郡乱象自可平息，然目下要建阿房宫，只怕三川郡又要乱了。李斯惊问为何？李由说，昨日又颁新诏书，责关外六郡全力向关中输送粮草，以确保阿房宫民力与新征发的五万材士用度；三川郡距离关中最近，承担数额最大，原本用于救乱的粮秣财货只怕是要全数转送咸阳了。李斯听得心头发紧喉头发哽冷汗涔涔欲哭无泪瑟瑟发抖，直觉一股冰凉的寒气爬上脊梁，一声先帝嘶喊未曾落点，喷出一口鲜血颓然倒地了。

……

整个夏天，卧病的李斯都被一种莫名的恐惧笼罩着。

丞相府侍中仆射每日都来李斯榻前禀报政务，右丞相冯去疾也隔三差五地来转述国政处置情形，听得越多，李斯的心便越发冰凉。阿房宫工程大肆上马，给关中带来了极大的民生恐慌。将近百万的徭役民力与刑徒，每日耗费粮秣之巨惊人，再加所需种种工程材料之采制输送，函谷关内外车马人力黑压压如巨流弥漫，大河渭水航道大小船只满当当帆樯如林。冯去疾说，工程人力加输送人力，无论如何不下三百万，比长平大战倾举国之力输送粮秣还要惊人。当此之时，赵高给二世皇帝的谋划对策是：举凡三百里内所有输送粮秣的徭役民力，都得自带口粮，不得食用输送粮秣，违者立斩不赦！如此诏书一下，输送粮秣的徭役大量逃亡。关外各郡县大感恐慌，郡守县令上书禀报，又立遭严厉处罚，不是罢黜便是下狱，郡县官员们都不敢说话了。更有甚者，专司督责粮草的郡吏县吏们，也开始了史无前例的秘密逃亡，乱象已经开始了……更令李斯冰凉彻骨的是，原本经他征发的用于屯卫咸阳的五万材士，被胡亥下令驻进了皇室苑囿，专一地以射马射狗为训练狩猎之才艺，专一地护卫自己浩浩荡荡地在南山射猎，铺排奢靡令人咋舌。

进入六月时，九原王离飞书禀报朝廷：匈奴人新崛起的头领冒顿，诛杀了自己的父亲头曼单于，自立为新单于，发誓要南下血战为匈奴雪耻！胡亥赵高看了王离上书，都是哈哈哈大笑一通了事。然则，当冯去疾将这件密书念给李斯听时，李斯却实实在在地震惊了。此前，无论蒙恬扶苏如何申说匈奴势力未尽，甚或始皇帝都始终高度警觉，李斯都没有太在意。在李斯看来，秦军两次大反击之后，匈奴再度死灰复燃简直就是痴人说梦。然则，一年来变局迭生，无论何等不可思议的事情都飞快地发生了，李斯再也不敢相信自己的洞察力了。本能地，李斯第一次相信了王离的边报，也庆幸自己征发戍卒屯卫渔阳的对策或许有些许用处。在整个夏天，这是李斯唯一稍许欣慰的一次。李斯不可能预知的是，正是大秦朝廷与政局的突然滑坡转向，促成了匈奴族群内部强悍势力的崛起，促成了原本已经开始向华夏文明靠拢的匈奴和平势力的突然崩溃。在之后近十年的华夏大战乱中，匈奴势力野火般燃烧了大草原，百年之内屡屡大肆进攻中原，对整个华夏文明的生存形成了巨大的威胁。直到百余年后的汉武帝时代，这一威胁才初步消除。

……

在这个乖戾的夏季，天下臣民孜孜以求的二世新政泡沫般飘散了。

李斯的摄政梦想也泡沫般飘散了。

李斯苦思着扭转危局的对策，浑不知一场更大的血腥风暴将立即淹没自己。

第三章 杀戮风暴

一　灭大臣而远骨肉　亘古未闻的政变方略

帝国朝廷的杀戮风暴，源于胡亥对赵高的一次秘密诉说。

自从在那个霜雾弥漫的黎明，写完“制曰可”三个字，胡亥后悔做皇帝了。

虽贵为皇子，胡亥的身心却从来都被自由地放牧着。慈善宽厚的乳母是懵懂的牧人，不涉养育管教的皇室太子傅官署，是这片牧野的竹篱。除了不能随意闯进法度森严的皇城政殿区，胡亥的童稚少年生涯，是没有琐细约束的。胡亥是最小的皇子，不若大哥扶苏，他没有受过太子傅官署的严格教习，没有进入过任何处置政事的场所，没有入过军旅锤炼，也没有襄助过政务。如同大部分皇子公主一样，没有了母亲的教习，没有了始皇帝亲自督令的少年锤炼，胡亥的心一直空旷而荒芜。及至做赵高的学生之时，胡亥心中的欲望之树已经在空旷荒芜的土地上深深扎根了。胡亥的欲望很实在，便是无穷无尽的享乐游玩。胡亥的欲望理由很简单：皇子命当如此，天予不取，反受其咎。修习法令也好，锤炼书法也好，旁观政务也好，应对父皇也好，对于心如蔓草的胡亥，只是使父皇与老师高兴的戏法而已，已经无由在心田植根了。在胡亥的欲望之树上，只蓬勃出了一方色彩妖异的冠盖：游乐以穷所欲，奢靡以穷所愿，此生足矣！不知功业为何物，不知国政为何物，不知权力为何物，更不知宵衣旰食以勤政为何物，要胡亥做皇帝日日理政，无异于下狱之苦难也。

当然，对于做皇帝的苦难，胡亥也有一个认识过程。

胡亥原本以为，那么多人争做皇帝，老师又那么费尽心机地为他谋划那个九级白玉阶上的大座，做皇帝定然是远远强过声色犬马之快乐的天下第一美事了。谁知大大不然，皇帝事事板正，处处受制，言行不能恣意，清晨不能懒睡；夜来还得枯坐书房，翻弄那一座座小山也似的文书，读罢奏章随意写画也不行，非得写“制曰可”不行。夜来想自由自在地折腾皇城女子阅尽人间春色，也还是不行，父皇的规矩在：文书公事不完，不得走出书房。要找几个可意嫔妃陪在书房偷偷享乐，更不行，皇帝书房的监政御史比猎犬的鼻子还灵，一闻到女子的特异气息便抬出先帝法度，总教胡亥大是难堪，不得不教御史从幽暗的书架峡谷中将诱人的美色领走。想来想去，做皇帝想享乐真如登天一般艰难，比做皇子还不如！做皇子时，胡亥尚能时不时觅得一番声色犬马之乐，这做了皇帝几个月，除了原先蔑视自己的兄弟姊妹变为人人怕自己而使胡亥大大得意之外，竟然连一次游乐也没有，博戏没有了，射猎没有了，渔色也没有了，连随意饮酒都不许了，当真岂有此理！

凡此等等，在胡亥看来件件都是天下最苦的差事，如此做皇帝，究竟图个甚来？也就是在如此愁苦之时，胡亥心智大开了，恍然大悟了：天下皆曰父皇积劳而去，原来父皇便是这般苦死的，积劳积劳，诚哉斯言！如此做皇帝，胡亥也注定地要积劳早死了……

反复思谋，忍无可忍的胡亥终于一脸正色地召见了赵高。

“敢问郎中令：皇帝做法，能否依我心思？”胡亥愤愤然了。

“老臣……不明陛下之意。”赵高有些茫然，更多的则是吃惊。

“若不能依我心志，胡亥宁不做皇帝！”胡亥第一次显出了果决。

“陛下心志，究竟若何？”赵高心头顿时怦怦大跳，小心翼翼地问着。

“夫人生居世间，白驹过隙也！”胡亥开始了直抒胸臆的侃侃大论，前所未有地彰显出一种深思熟虑，“胡亥已临天下，何堪如此之劳苦？父皇积劳而薨，胡亥若步后尘，宁非自戕其身乎，宁非自寻死路乎！胡亥自戕，胡亥寻死，宁非毁我大秦宗庙乎！郎中令且说，可是？”胡亥见赵高连连点头，遂更见精神，“唯其如此，胡亥不能不顾死活！胡亥心志：穷耳目之所好也，穷心志之所欲也！如此，既安宗庙，又乐万民，长有天下，且终我年寿。敢问郎中令，其道可乎？”

“可也！不可也！”赵高长吁一声，全力憋住笑意，又憋出一脸愁苦。

“甚话？何难之有哉！”

“老臣之意，长远可也，目下不可也。”

“目下何以不可？”期望又失望，胡亥眼中又弥漫出特有的懵懂。

“陛下所图，贤君明主之志也，昏乱之君不能为也！”赵高先着实地赞颂了胡亥一句。他知道，胡亥只要他的认同，绝不会品咂出其中的揶揄。见胡亥果然一脸欣喜，赵高更加一脸谦恭诚恳，“然则，为陛下享乐心志得以长远施行，老臣不敢避斧钺之诛，敢请陛下留意险难处境，稍稍克制些许时日。”

“我是皇帝了，还有险难？”胡亥更见茫然了。

“皇帝固然天命，然亦非无所不能也。”赵高忧心忡忡地诱导着，

“目下朝局险难多生，要害在于两处：一则，沙丘之变，诸皇子公主并一班重臣皆有疑心；皇子公主，皆陛下兄姊也；一班重臣，皆先帝勋臣也。陛下初立，其意怏怏不服，一朝有变岂非大险？”

“也是‘咔嚓’！”胡亥大惊之下，模仿天赋骤然显现。

“咔嚓！对！陛下明察。”赵高手掌在脖颈一抹，脸上却依旧弥漫着谋国谋君的忡忡忧心，“二则，蒙恬下狱未死，蒙毅将兵居外，蒙氏军旅根基尚在，更有冯劫冯去疾等相互为援，彼等岂能不谋宫变乎？老臣战战栗栗，唯恐不终，陛下安得为乐乎！”

“咔嚓之险，该当如何？”胡亥一脸惶急。

“陛下欲老臣直言乎？”

“老师夫子气也！不直言，我何须就教？”胡亥第一次对赵高黑了脸。

“如此，老臣死心为陛下一谋。”赵高辞色肃穆，一字一顿地吐出了内心长久酝酿的谋划，“老臣三谋，可安保陛下尽早穷极人生至乐也！其一，灭大臣而远骨肉，决除享乐之后患。其二，贫者富之，贱者贵之，简拔甘为陛下犬马之人以代大臣。其三，置忠于陛下之亲信者，近之为左右护持，以防肘腋之变。三谋之下，定然长保享乐无极。”见胡亥惊喜愣怔，赵高又慨然抚慰了几句，“如此，则阴德功业归于陛下，劳碌任事归于犬马，害臣除而奸谋塞，长远图之，陛下则可高枕肆志，安乐无穷矣！陛下享乐大计，莫出于此焉！”

“此后，胡亥便可恣意享乐？”

“然也！”

“好！我胡亥便做了这个皇帝！”胡亥惊喜得跳了起来。

“然则，陛下还得忍耐些许时日。”

“些许时日？些许时日究是几多？”胡亥又黑了脸。

“国葬巡狩之后，陛下但任老臣举刀，陛下之乐伊始也。”

“好好好，等便等，左右几个月罢了。”无奈，胡亥点头了。

由胡亥奇异荒诞的享乐诉说引发的赵高密谋，是中国历史上最为狠毒凶险的政变杀戮策略，也是秦帝国灭亡最值得重视的直接原因。在五千年华夏文明史上，没有任何一个时期的政变势力敢于赤裸裸立起“灭大臣而远骨肉”的杀戮法则，只有恶欲无垠的赵高立起了，只有天生白痴的胡亥接纳了。接踵而来的杀戮风暴，比赵高的预先谋划更为酷烈。非但开创大秦帝国的功勋重臣，几乎无一幸免地被杀害被贬黜，连原本只要“疏远”的皇族骨肉，嬴政皇帝的男女子孙，也几乎无一幸免地被杀戮被囚居。在帝国臣民还远远没有从遵奉秦法遵奉诏令的根基中摆脱出来的短短一两年间，酷烈荒诞的全面杀戮，阴狠地掘断了皇皇帝国的政治根基。三公九卿星散泯灭，嬴氏皇族血肉横飞，郡县官吏茫然失措，权力框架轰然崩塌，奸佞宵小充斥庙堂。赵高黑潮彻底淹没了强大的帝国权力体系，以致在接踵而来的仅仅九百人发端的起义浪潮中，举国震荡轰然崩塌……在五千年华夏文明史上，最强大的统一帝国在最短暂的时间里灰飞烟灭，唯此一例也！其荒诞离奇，使人瞠目结舌，其种种根由，虽青史悠悠而无以恢复其本来面目，诚千古之叹也！

二　蒙恬蒙毅血溅两狱　蒙氏勋族大离散

僻处孤寂的阳周与代谷，骤然变成了隐隐动荡之地。

阳周要塞先囚蒙恬，代郡峡谷再囚蒙毅，两事接踵，天下瞠目。

自大将军蒙恬上年八月被关进阳周狱，位于老秦土长城以北的这座小城堡顿时激荡了起来。九原幕府的信使往来如梭，驻守边郡而骤闻消息的将尉们风驰电掣云集阳周探视，阴山大草原的牧民们索性赶着牛群羊群马群轰隆隆而至，已经被禁止归乡而改由长城南下开凿直道的万千徭役们背着包袱提着铁耒，淙淙流水般从各个长城驻屯点汇集奔来了。小小阳周城外，日夜涌动着川流不息的人群。人们自知见不到已经成为囚徒的蒙恬大将军，可还是日夜游荡在阳周城外，燃着熊熊篝火饮着各色老酒，念叨着扶苏念叨着蒙恬咒骂着喧嚷着不肯离去。九月初旬的一日，上郡郡守也带着马队飞驰来了。郡守在城外勒马，召来阳周县令县尉，黑着脸当场下令：阳周城商贾民众一律出城，或卖酒饭或造酒饭，总归是不许一个迢迢赶来的民人军士衣食无着。安置好郊野万千人众，上郡郡守立即入城赶赴那座羁押北疆各郡人犯的牢狱。老狱令分明奉有不许私探要犯的密诏，可还是一句话不说便将郡守带进了幽暗的石门。

“大将军，朝廷发丧！陛下薨了！”郡守进门一喊，颓然倒地。

“岂有此理！何时发丧？”旁边一个戴着褐色皮面具的将军愤然惊愕了。

“今，今晨……”郡守颤巍巍从腰间皮盒中摸出一团白帛。

“我看！”面具将军一把抢过白帛抖开，一眼瞄过也软倒在地了。

“老狱令，将老夫的救心药给将军服下。”

散发布衣的蒙恬坐在幽暗角落的草席上，面对着后山窗洒进来的一片阳光，一座石雕般动也不动，似乎对这惊天动地的消息浑然不觉，只一句话说罢又枯坐不动了。老狱令与郡守一起，手忙脚乱地撬开了这位面具将军的牙关，给其喂下了一颗掰碎了的硕大的黑色药丸。未过片刻，面具将军骤然睁开双眼，一个挺身跃起，赳赳拱手道：“大将军再不决断，便将失去最后良机！”

“正是！大将军再不决断，上郡要出大事！”郡守立即奋然跟上。

“王离将军，老郡守，但容老夫一言，可乎？”一阵长长的沉默后，蒙恬低缓沙哑的声音回荡起来。老郡守大是惊讶，这才知道那位面具将军便是九原新统帅王离，愣怔间连忙跟着王离道：“在下愿受教！”

“国府发丧，疑云尽去，此事明矣！”蒙恬始终没有回身，一头散乱的白发随着落叶沙沙的苍老声音簌簌抖动着，“这分明是说，朝廷大局业已颠倒，赐死长公子与老夫者，非先帝心志也，乃太子新君所为也。太子者，新君者，必少皇子胡亥无疑……”

“对！上郡受诏，正是少皇子胡亥。”

“陛下，你信人太过，何其失算矣……”蒙恬痛楚地抱着白头，佝偻的腰身抖动着缩成了一团，没有了愤激悲怆，只有绝望而平静的叹息，令人不忍卒睹。良久，蒙恬渐渐坐直了身躯，凝望着窗外那片蓝幽幽的天空，沙沙落叶般的声音又回荡起来，“非老夫不能决断也，定国大势使然也。九原拥兵三十余万，老夫身虽囚系，若欲举兵定国，其势足矣！然则，老夫终不能为者，四则缘由也。其一，陛下已去，陛下无害功臣之心已明，老夫心安矣！其二，长公子已去，纵然倒得胡亥，何人可为二世帝哉！其三，天下安危屏障，尽在九原大军。我等若举兵南下，则北边门户洞开，长城形同虚设，若匈奴趁机大举南下，先帝与我等何颜面对天下矣！其四，蒙氏入秦三世，自我先人及至子孙，积功积信于秦，至今三世矣！老夫若举兵叛秦，必辱及蒙氏三世，罪莫大焉！……”

“大将军……莫非尚寄望于秦二世？”王离困惑又愤懑。

“少皇子胡亥，那是个料么？”老郡守很有些不屑。

“若能兼听共议，或可有望……”

“谁与谁共议？丞相都不说话了！”王离愤然。

“王离将军，身为九原统帅了，何能如此轻躁言事？”蒙恬终于转过身来，一双老眼汪着两眶泪水，“将军袭大父武成侯功臣爵位，今又手执重兵。老夫之后，将军肩负安国大任，须得以大局为重，大义为要，毋以老夫一人蒙冤而动兴兵之念。将军安国，首要处，须得与丞相合力。老夫深信，李斯纵然一时陷于泥污，然终有大政之志，终不忍国乱民乱。只要李斯在丞相位上，必有悔悟之日，其时，将军便是其后援也……若将军与老夫同陷泥沼，九泉之下，老夫何颜面见王翦老哥哥，何颜面见王贲老兄弟哉！”

“大将军！……”王离骤然扑拜在地恸哭失声了。

暮色降临之时，王离与郡守终于沉重地走出了那座狭小的石门狱。依着蒙恬部署，两人会同阳周县令，分别率领属下人马分头劝诫聚集于城外的万千人众。一连三日费尽口舌，黑压压人海才渐渐散了。

王离飞马回了九原，立即修成急书一卷，星夜飞呈咸阳并同时密报丞相李斯，力谏二世赦免并重新起用蒙恬。王离的上书直言不讳：“臣乃少年入军，未经战阵磨炼，虽掌重兵于国门，实不堪大任也！蒙氏三世功臣，三世忠信，于军于民深具资望，实乃大秦北疆之擎天大柱也，朝廷安可自摧栋梁乎！安可自毁长城乎！目下匈奴已渐行重聚于北海草原，南犯中原之心不死，若朝廷不重行起用蒙恬大将军，则天下危难势在必然！臣不能保阴山无虞，不能保九原无虞，恳望陛下再四思之！”

王离的上书自然泥牛入海了。其时李斯正在骊山陵忙得连轴转，况且，置扶苏蒙恬于死地的诏书乃出李斯笔下，李斯如何能对刚刚即位的二世去说赦免并重新起用蒙恬？然王氏势大，王离又年轻刚烈，不能置之不理。于是，李斯对王离虚与周旋，只派一舍人北上告知王离：丞相定会相援将军，谏阻二世，望将军安于军务。王离李斯都没有料到的是，二世胡亥却心有所动了。一则是扶苏已经死了，赵高所说的那种最大威胁已经没有了；二则是王离上书太强硬，胡亥有了新的畏惧。胡亥虽则是个政道白痴，然终究知道，王离大军要咔嚓头颅比匈奴大军咔嚓头颅还要来得快。

赵高知道了王离上书，立即在咸阳以东十余里的兰池宫找到了胡亥。赵高一脸正色，说得很是直接："老臣禀报陛下，扶苏与蒙氏互为根基，扶苏死而蒙氏存，斩草不除根，必有后患也！当年先帝几次要立陛下为太子，都是蒙毅坚执谏阻，屡次说不可。蒙毅是谁？是扶苏，是蒙恬，岂有他哉！今扶苏已死而蒙恬下狱，原本已经得罪了蒙氏，蒙氏安能不记恨？若陛下再开赦蒙恬，纵虎归山，陛下之头颅安在哉！"

"也是咔嚓？"胡亥蓦然惊愕了。

"必是咔嚓！"

"计将安出？"

"非但不能赦免蒙恬，还要蒙毅下狱。"

"哪，王离又要咔嚓，如何处置？"

"王离后生，若有咔嚓之力，靠住蒙氏做甚？"

"噢——，王离救蒙恬，是因他没有实力咔嚓！可是？"

"陛下明察！"

"好！朕知道了。"胡亥为自己的过人天赋很是矜持地拍案了。

便是如此一番古怪荒诞的对答，二世胡亥的特使马队飞赴陇西。特使是赵高的族弟赵成。赵成以任蒙毅为北边巡军使的诏书，将蒙毅骗到了遥远的代郡，秘密囚禁在代地大峡谷（代谷）关押军中人犯的小小牢狱里。虽则隐秘，消息还是飞快地传遍了边郡，传入了咸阳。始皇帝葬礼尚未结束，二世胡亥便又一次惊愕了。这次，是一个皇族老公子上书，语气竟大有责难。这个皇族公子叫做子婴，是始皇帝一个近支皇族弟，虽是先皇族弟，年岁却比胡亥大了只十多岁。据太子傅官署禀报说，这子婴是先辈皇子中最有正道才具的一个，读书苦，习武也苦，最得先辈皇子们推崇拥戴。胡亥最腻烦人说谁正道有才，一听太子傅丞禀报便黑了脸，仔细一看上书，更是脸色阴沉了。

子婴的上书是帝国暮色的一抹绚烂晚霞，录之如下：

> 臣闻：故赵王迁杀其良臣李牧而用颜聚，燕王喜阴用荆轲之谋而背秦之约，齐王建杀其故世忠臣而用后胜之议。此三君者，皆各以变古者失其国，亦殃及其身。今蒙氏，秦之大臣谋士也！主欲一旦去之，臣窃以为不可！臣闻：轻虑者不可以治国，独智者不可以存君。诛杀忠臣而立无节行之人，是内使群臣不相信，而外使斗士之意离也！臣窃以为不可！

“岂有此理！”胡亥连连拍案大嚷，“我是轻虑！我是独智！我是诛杀功臣！都是都是，又能如何？偏你小子忘了，我是皇帝！杀蒙氏如何？偏要杀！总有一日，连你小子一伙也杀了！你能如何？咔嚓了胡亥？我先咔嚓了你！……”

在胡亥的连番嚷叫中，一个叫做曲宫的新擢升的御史带着胡亥的密诏与赵高的秘密叮嘱，星夜赶赴代地了。守在代谷的赵成接到密诏密嘱，立即与曲宫一起赶到了代谷牢狱。幽暗的洞窟之中，赵成对蒙毅说了如此一番话：“蒙毅大人，陛下有诏，说丞相李斯举发大人不忠，罪及其宗。凭据嘛，是先帝欲立太子，大人屡屡难之。如今，二世皇帝也不忍公然治罪于大人，赐大人自裁。照实说，较之腰斩于市，这也算大人幸甚了。大人以为如何？”

“赵成，一派胡言骗得老夫？”

蒙毅的目光闪射着宫廷生涯锤炼出的洞察一切奥秘的冰冷肃杀：“老夫少年入宫，追随先帝数十年。知先帝之心者，老夫无愧也！先帝数十年锤炼皇子，然几曾有过立太子之意，更几曾有过立少皇子为太子之意？储君之事，蒙毅何言之敢谏，何虑之敢谋！足下之言羞累先帝之明，大谬也！老夫纵然一死，亦不容假先帝之名，开杀戮之风。昔秦穆公人殉杀三良，罪黜百里奚，被天下呼为‘缪’。秦昭王杀白起，楚平王杀伍奢，吴王夫差杀伍子胥，此四者，皆天下大失也！政谚云：‘用道治者不杀无罪，而罚不加于无辜。’足下若有寸心之良，敢请将蒙毅之说禀明二世皇帝。如此，老夫足矣！”

“只是，大人今日必得一死。”赵成狰狞地笑了。

“蒙毅无罪有功，绝不会自裁承罪。”

“如此，在下只有亲自动手了。”

“好。”蒙毅霍然站起，淡淡一笑道，“老夫身为上卿重臣，纵无从报国，亦当使天下明白：非蒙毅认罪伏法也，蒙毅的头颅，是被昏政之君砍下的。九泉之下，老夫也能挺着腰身去见先帝……”

“好！老夫送你！”

“先帝陛下！你可知错——”

蒙毅呼喊未落，一道邪恶的剑光闪过。

一颗须发灰白的头颅随着激溅的鲜血滚落地面……

蒙毅之死，是帝国暮色巨变中第一次血淋淋人头落地。

在扶苏与蒙氏集团的悲剧命运中，唯独蒙毅没有接受‘赐死’诏书而拒绝自裁。蒙毅，是被公然杀害的。这个少年时期便进入帝国中枢执掌机密的英才，曾对帝国创建立下了许许多多不为人知的功劳，其风骨之刚烈，其奉法之凛然，都使其成为李赵胡阴谋势力最为畏惧的要害人物。蒙毅的意义，在于他是中国历史上具有假设转折点性质的少数人物之一。几乎可以肯定地说，假若蒙毅在最后的大巡狩中不离开始皇帝，便绝不会有李赵胡三人密谋的可能；因为，蒙毅是总领皇帝书房政务的大臣，是皇帝秘密公文的直接掌握者，又是拥戴扶苏的根基重臣，绝不会滞留始皇帝诏书而不发；更有一点，蒙毅还是赵高最仇恨而又最无可奈何的上司，从政治生态的意义上说，蒙毅是赵高的天敌，是此类宫廷阴谋的天敌……当一切都成为遥远的过去时，后人不能不感喟万端，必然乎，偶然乎，人算乎，天算乎！

带着蒙毅的人头，赵成曲宫的马队南下阳周了。

当赵成走进囚室洞窟的时候，蒙恬正在山窗前那片秋日的阳光下呼呼大睡。老狱令轻轻唤醒了蒙恬。蒙恬坐起来看了看酷似赵高的赵成，冷冷一笑道："老夫明白，鸡犬入庙了。"饶是赵成厚黑成性，也被蒙恬这不屑之词说得面色通红，恼羞厉声道："蒙恬！你有大罪！你弟蒙毅有大罪！你之死期，便在今日！"蒙恬淡淡笑道："若是老夫不想死，不说你一个赵某，便是二世皇帝也奈何不得老夫。谓予不信，足下且试试可也。"赵成早已听闻阳周城被游民军士围困多日的消息，心下确实不敢小觑蒙恬，思忖片刻，缓和了神色一拱手道："在下奉诏行法而已，若将军不嘲讽在下，在下何敢冲撞大将军？方才得罪，尚乞大将军见谅。"蒙恬淡淡道："足下有话但说。"赵成道："将军之弟，已发至内史郡羁押勘审。今日在下前来，乃奉陛下诏书，赐死将军，诚得罪也。"

"老夫或可一死，然有一事得足下一诺。"

"将军但说。"

"老夫上书于二世皇帝，足下须得代呈。"

"将军若是复请，在下不敢从命。"

"老夫复请于先帝可也，复请于二世，岂非有眼无珠哉！"

"将军若死，赵成自当代呈上书。"

蒙恬走到幽暗角落的木案前，捧过了一只木匣打开，一方折叠得四棱四正的黄白色羊皮赫然在目。赵成看得一眼，蒙恬推上了匣盖，递给了赵成。蒙恬转身从案上拿过那支铜管狼毫大笔，走到老狱令面前道："老狱令，这是老夫近年亲手制作的最后一支蒙恬笔，敢请亲交王离将军。"老狱令老泪纵横地接过了大笔，连连点头泣不成声了。蒙恬转身走到木案对面的另一角落，掀起了一方粗布，抱起了那张毕生未曾离身的秦筝，轰然一拨筝弦，长叹一声道："秦筝秦筝，你便随老夫去也！"双手一举正要摔下，老狱令大喊一声扑过来托住了蒙恬臂膊道："大将军，秦筝入狱未曾发声，大将军何忍也！"蒙恬蓦然愣怔片刻，慨然笑道："好！老夫奏得一曲，使秦筝铮铮去也！""哎。"老狱令哽咽答应一声，转身对外嘶声高喊："摆香案——！"

洞外庭院一阵急匆匆脚步响过，片刻间一张香案已经摆好。老狱令与一名老狱吏恭敬地抬起了秦筝，走出了囚室，摆好了秦筝。蒙恬肃然更衣，束发，带冠，一身洁净的本色麻布长袍，缓缓地走出囚室，走到了摆在小小庭院当中的秦筝前。午后的秋阳一片明亮，碧蓝的天空分外高远，蒙恬踩着沙沙落叶，举头望了望碧蓝天空中飘过的那片轻柔的白云，平静地坐到了案前。倏地，筝声悲怆地轰鸣起来，蒙恬的苍迈歌声也激荡起来——

秦人兴邦　烨烨雷电
求变图存　克难克险
步步尸骨　寸寸河山
六世雄烈　一法巍然
大矣哉！
追先帝兮挟长剑
陷敌阵兮凯歌还

扫六合兮成一统
创新政兮何粲然
长城如铁兮胡马遁
锐士纵横兮息狼烟
呜呼！
庙堂权变兮良人去
念我苍生兮何处有桑园……

随着激越轰鸣的秦筝，随着苍迈高亢的秦音，狱吏狱卒挤满了小小庭院，哭声与筝声歌声融成了一团，在萧疏的秋风中飘荡到无垠的蓝天无垠的草原……不知何时，蒙恬从容起身，走进了囚室，捧起了案头的一只陶盅。咕的一声响过，蒙恬淡淡地笑了，喃喃自语地笑了："我何罪于天，无罪而死乎！"一阵秋风掠过，沙沙落叶飞旋，蒙恬又笑了："是也，蒙恬当死矣！从临洮至辽东，开万里长城，使万千黔首至今不得归家，蒙恬不当死乎？"淡淡的笑意中，喃喃的自语中，伟岸的身躯一个踉跄，终于轰然倒地了。

……

蒙氏兄弟之死，是秦帝国最大的悲剧之一。

在秦帝国历史上，以王翦王贲父子为轴心的王氏部族，与以蒙恬蒙毅兄弟为轴心的蒙氏部族，是公认的帝国两大功勋部族。若论根基，蒙氏尚强于王氏。蒙氏部族原本齐人，自蒙骜之前的一代（其时蒙骜尚在少年）入秦，历经蒙骜、蒙武而到蒙氏兄弟，三代均为秦国名将重臣，蒙氏子弟遍及军旅官署，且忠正厚重之族风未曾稍减。应该说，正是许许多多如蒙氏如王氏一般的正才望族的稳定蓬勃的延续，才成就了帝国时代的强大实力。而今蒙氏兄弟骤然被一齐赐死，其震荡之烈，其后患之深，是难以想象的。所谓震荡，所谓后患，集中到一点，便是对秦国军心的极大溃散，对秦国军风的迅速瓦解。自王翦王贲父子相继病逝，秦军的传统轴心便聚结在了以统帅蒙恬为旗帜的蒙氏军旅部族之上。蒙恬以天下公认的军旅大功臣而能被赐死，秦军的统帅大旗被无端砍倒，秦军将士之心何能不剧烈浮动？后人常常不解：何以战无不胜的秦军锐士，面对后来暴乱的“揭竿而起”的农民军反而倍感吃力，到了对项羽军作战之时更是一朝溃败，连最精锐的九原大军统帅王离都一战被俘？这里的根本原因，便是自蒙氏被杀后的军心溃散。蒙恬死后，胡亥赵高更是杀戮成风，国家重臣几乎悉数毁灭，军中将士不说多有连坐，便是眼见耳闻接踵连绵的权力杀戮，也必然是战心全失，虎狼之风安在哉！也就是说，作为历史上最为精锐强大的雄师，秦军是被自己朝廷的内乱风暴击溃的；其后期战败原因，并非后来贾谊说得“攻守之势异也”，或者说，攻守之势异也绝不是主要原因。灭秦者，秦也，非六国也。

蒙恬蒙毅之死的直接后果，是整个蒙氏部族的溃散。因蒙氏太过显赫，胡亥赵高李斯均有很大顾忌，故此未能像后来诛杀其余功臣与皇族那样大肆连坐。纵然如此，蒙氏部族还是立即警觉到了巨大的劫难即将降临。蒙氏部族素来缜密智慧之才士辈出，一旦察觉如此巨大的冤情绝无可能洗刷，立即便有了一个秘密动议：举族秘密逃亡。遍及军旅的蒙氏精壮纷纷以各种理由离开防地出走，咸阳的蒙氏两座府邸也迅速地人去府空了。合理的推断，蒙氏逃亡不可能重返海疆，而是南下逃入南海郡的秦军，投奔岭南大军的蒙氏族人。唯其如此，后来的赵佗大军不再北上挽救昏乱暴虐的二世政权，方得有合理的解释。当然，始皇帝当年的秘密预谋也是理由。然在此时，更合乎军心的理由，只能是对二世政权的深恶痛绝……

蒙恬的意义，在于他是中国文明史上的一个突出标志。只有秦帝国的蒙恬大军，在长达千余年的对匈奴作战中真正做到了摧枯拉朽，真正做到了秋风扫落叶，真正做到了苍鹰扑群雀。西汉盐铁会议之文献《盐铁论·伐功》篇云："蒙公为秦击走匈奴，若鸷鸟之追群雀。匈奴势慑，不敢南面而望十余年。"

历史地看，华夏外患自西周末年申侯联结西部戎狄攻入镐京，迫使周室东迁洛阳开始。自此，魔闸被打开，西北胡患在此后整个春秋战国秦的五百余年历史上，一直严重威胁着华夏文明的生存。秦赵燕西北三国因此而一直是两条战线作战：对内争霸，对外御胡。这一基本外患，直到秦始皇以蒙恬重兵痛击匈奴，并修筑万里长城，才取得重大的阶段性胜利，使华夏文明获得了稳定的强势生存屏障。显然，蒙恬长期经营北边而最终大驱匈奴，对于华夏文明的稳定发展具有极其深远的历史意义。可以肯定地说，若不是蒙恬大军夺取阴山南北的大战胜与万里长城的矗立，其后接踵而来的"楚汉"大乱时期，匈奴族群必将大举南下，华夏文明的生存将陷入无可预料的危境，其后有没有汉王朝有没有汉人，实在都是未知之数。蒙恬作为一代名将，文明屏障之功不可没也！

蒙恬自有其弱点，不若王翦王贲父子那般厚韧坚刚，未能扛鼎救难，诚为憾事也。然则，仅此而已，蒙恬依然不失为华夏文明之功臣。但是，蒙恬的功勋节操在后世的评判却是矛盾而混乱的，甚至可说是离奇的。西汉初中期的国家主流评价，对于蒙恬尚是高度肯定的，紧随汉武帝之后的盐铁会议对蒙恬的评价可谓典型。但是，《盐铁论》之前成书的《史记》作者司马迁，却对蒙恬提出了不可思议的指责。《史记·蒙恬列传》之后的"太史公曰"，对蒙恬的说法是其最长的评论之一，也是最离奇的评论之一，其全文为：

太史公曰：吾适北边，自直道归，行观蒙恬所为秦筑长城亭障，堑山堙谷，通直道，固轻百姓力矣！夫秦之初灭诸侯，天下之心未定，痍伤者未瘳；而恬为名将，不以此时强谏，振百姓之急，养老存孤，务修众庶之和；而阿意兴功，此其兄弟遇诛，不亦宜乎？何乃罪地脉哉！

司马迁的评论有四层意思：其一，凡蒙恬所筑北边工程，都是挥霍民力（轻百姓力）的不当作为工程；其二，秦灭诸侯之后，蒙恬该做的事是强谏始皇帝实行与民休息，而蒙恬没有做该做的事；其三，蒙恬做的事相反，奉承上意而大兴一己之功（阿意兴功）；其四，所以，蒙恬兄弟被杀实在是该当的。最后，司马迁还意犹未尽地感喟了一句，死当其宜，蒙恬如何能怪罪地脉哉！

顺便言及，司马迁所记述的“地脉”之论，很不合简单的事实逻辑。战国与帝国时代，阴阳家学说相当盛行，地脉说作为理论，当然是存在的。我们要说的是这件事的乖谬矛盾处。显然，始皇帝君臣决断修长城，若信地脉之说，则必召堪舆家踏勘，若万里长城果然切断地脉，则必然会改道，最终以保持地脉完整为要。此等情形下，长城是否切断地脉以及如何应对等等，蒙恬作为主持工程的统帅，比任何人都早早地清楚了，何能等到死时才猛然想起？若始皇帝君臣不信地脉之说，则根本不会召堪舆家踏勘。此等情形下，天下便不会有长城断地脉之说出现，蒙恬则更不会空穴来风。毕竟，华夏民族的强势生存传统中自古便有“兴亡大事不问卜”的理念，武王伐纣而姜太公踩碎占卜龟甲，乃典型例证也。始皇帝君臣锐意创制，若事事堪舆问卜，大约也就一事无成了。蒙恬作为最与始皇帝同心的重臣之一，无论哪一种情形，都会清楚地知道该不该有长城切断地脉一说，都不会在临死之时突兀地冒出一种想法，觉得自己切断了地脉所以该死。更有一则，阴阳学说流传至今，秦之后的阴阳家却没有一人提出长城断地脉以及断在何处之说，可见，即或就阴阳家理论本身而言，此说也是子虚乌有。太史公所以记载此事，完全可能是六国贵族因人成罪而编造的流言，传之西汉太史公轻信并大发感慨。此说乖谬过甚，不足凭也。

尝读《蒙恬列传》，每每对太史公如此评判史实大觉不可思议。作为历史家，亲临踏勘直道长城之千古工程，竟能毫不思其文明屏障之伟大功效，偏偏一言以蔽之而斥责其"固轻百姓力矣！"其目光之浅，胸襟之狭，令人咋舌。尤令人不可思议者，最终竟能评判蒙恬之死"遇诛不亦宜乎"，无异于说蒙恬该杀。

其用词冰冷离奇，使人毛骨悚然。

不能说司马迁是十足的儒家。然则，司马迁对蒙恬的评论却确实是十足的春秋笔法：维护一家之私道，无视天下之兴亡。当历史需要一个民族为创建并保卫伟大的文明而做出一定牺牲时，司马迁看到的，不是这种牺牲对民族文明的强势生存意义，而是仅仅站在哀怜牺牲的角度，轻飘飘挥洒自己的慈悲，冷冰冰颠倒文明的功罪。虽然，没有必要指责司马迁之论有拥戴秦二世杀戮之嫌疑。但是，司马迁这种心无民族生存大义而仅仅关注残酷牺牲的史论，却实在给中国人的历史观留下了阴暗的种子。这种苍白的仁慈，绝不等同于以承认壮烈牺牲为基础的人道主义情怀。设若我们果真如司马迁之仁慈史论，将一切必要的牺牲都看做挥霍民力，都看做阿意兴功，而终止一切族群自强的追求，猝遇强敌整个民族安能不陷入灭顶之灾？在后来的中国历史上，尤其在近现代百余年的历史上，我们这个民族卖国汉奸辈出，其规模之大令世界瞠目，而其说辞则无不是体恤生命减少牺牲等等共荣论。此等人永远看不见，或有意看不见强敌破国时种族灭绝式的杀戮与无辜牺牲，而只愿意看见自己的民族在自强自立中所付出的正当牺牲，专一地以否定这种正当牺牲为能事，专一地以斥责这种正当牺牲的决策者为能事。此等人的最终结局，则无一不是在大伪悲悯之下，或逃遁自安，或卖国求荣。这是被数千年历史反复证实了的一则古老的真理，近乎教条，然却放之四海而皆准，古今中外，概莫能外。

察其根源，无疑深植于历史之中。

谚云：站着说话不腰疼。信哉斯言！

战国与秦帝国时代的强势生存大仁不仁，司马迁等去之何远矣！

三　杀戮骨肉　根基雄强的嬴氏皇族开始了秘密逃亡

巡狩归来，胡亥要尝试“牧人”之乐了。

在东巡的两个月里，赵高形影不离地跟着胡亥，除了种种必需做出的政事应对，两人经常说起的话题只有一个，如何能使一切怏怏不服者销声匿迹，如何可使胡亥能尽早地恣意享乐。胡亥这次显然是认真动了心思，竟归结出了三则隐忧：大臣不服，官吏尚强，诸公子必与我争。以此三忧，胡亥认真问计于灯下：“蒙氏虽去，三忧尚在，朕安得恣意为乐？郎中令且说，为之奈何？”赵高最知道胡亥，遂诚惶诚恐又万分忠诚道：“如此大局，老臣早早便想说了，只是不敢说。”胡亥惊讶，连问何故？赵高小心翼翼道：“国中大臣，皆累世贵胄，积功劳世以相传久矣！赵高素来卑贱，蒙陛下简拔高职重爵以用事，大臣其实不服，不过貌似听臣用事罢了。如此情形，老臣安能轻言？”胡亥大为慨然，连连摆手高声道：“大臣诸公子对朕尚且不服，对老卿自不服也！老卿不必顾忌，只说如何处置。朕便学学你说的秦昭王，为那个甚？对，范雎！为范雎了结仇怨！”“陛下果能效法秦昭王，老臣甘效犬马之劳也！”赵高涕泪唏嘘，遂再次将“灭大臣而远骨肉”的三谋方略细细作了解说，以为目下正是实施三谋的最佳时机。胡亥又问为何。赵高认真地说出了两则理由：其一，当今之生灭兴亡，不师文而取决于武力，陛下有材士五万，只要敢杀人，不愁大臣不灭诸公子不除；其二，秦人奉公奉法已久，大臣与诸公子素无过从联结，来不及聚相与谋对抗诏令，只能听任宰割。末了，赵高又给胡亥以撩拨抚慰：“除去此等人之后，陛下只要收举其余臣子，贱者贵之，贫者富之，远者近之，则上下皆集为陛下犬马。此秉鞭牧人之术也，陛下安能不品其中之乐乎！”“牧人之术？好好好！”胡亥乐得哈哈大笑，“大臣公子是牲畜，我提着鞭子做牧主，想杀谁杀谁，真乃人间乐事也！早知皇帝有如此之乐，胡亥何愁皇帝难为也！”

那一夜，胡亥是真正地快乐了，赵高是真正地快乐了。

回到咸阳，赵高开始了杀戮谋划。赵高给胡亥提出的铺排是先内后外——先诛杀皇族诸公子以巩固帝位，再灭大臣以整肃朝局。胡亥对赵高既放心又佩服，立即欣然赞同。熟悉国政法令的赵高，之后立即开始了实施。

第一步是“更为法律”。简言之，便是更法，也就是更改法律[1]。对于赵高的更法，《史记》有两种说法：其一，《秦始皇本纪》云：“于是二世乃遵用赵高，申法令。”其二，《李斯列传》云：“二世然赵高之言，乃更为法律。”就事情本身而言，其意相同：为了达成灭大臣而诛骨肉的杀戮，以赵高变更法律为开端。这不是赵高奉法，而是精通秦政秦法的赵高很清楚不更法的后果：秦政奉法已成传统，若无法律依据而杀人，各种势力便会顺理成章地聚合反抗，反倒是引火烧身。同时赵高

[1] 法律，秦汉语。《史记·李斯列传》：“二世然赵高之言，乃更为法律。”

也很清楚，更法不是更改秦法本身，而是更改执法权力。用当代话说，不是更改实体法，而是更改类似程序法的阶段执法权。因为，实体法更改工程庞大，且极易引起争议与反抗，而阶段执法权的转移，则要容易得多。只要执法权在手，能够将对手打成罪犯，则秦法对罪犯刑罚处置之严厉已足够诛灭威胁者了。赵高的做法是：正式以郎中令府名义上书皇帝，一连举发了三位皇子的罪行，请皇帝下诏宗正府依法处置；胡亥则依照预谋，在赵高奏章上批了一行字："制曰：可。诸公子罪案特异且牵涉连坐，为免宗正府违法袒护皇族，着郎中令府依法勘审治狱。"此诏颁下，赵高的生杀大权便告成立。

帝国创制，秦帝国之中央执法系统为五大机构：其一，廷尉府职司勘审定罪，几类后世法院；其二，御史大夫职司举发监察弹劾等，几类后世检察院；其三，法官署职司宣法，几类后世司法局；其四，内史府职司京师治安捕盗并缉拿罪犯，几类后世公安机构；其五，宗正府执掌对皇族之执法权，是执法机构中最为特异的一个。

据《初学记》引《宋百官春秋》云：所谓宗正，乃周王朝王族执法官，本意为"封建宗盟，始选宗中之长而董正之，谓之宗正。"秦帝国承袭周王朝王族独治之官制，将原本的驷车庶长改名宗正，执掌皇族司法。也就是说，皇族的两大事务分开：宗庙事务归奉常，管理、监察、执法事务归宗正。是故，宗正地位很高，位列九卿重臣。始皇帝之所以如此将皇族司法独立，其基本方面并非基于维护皇族特权传统，恰恰相反，始皇帝是要抑制嬴氏皇族而深恐其余官署执行不力。所谓抑制，当然主要是防止特权泛滥，而不是惧怕或有意贬黜皇族。秦人崛起，有一个很特殊也很实际的因素，这便是嬴氏部族的根基与轴心作用极为强大，远远超过山东六国的王族实力。事实上，嬴氏部族是秦人族群中人口最多实力最强的部族，是凝聚老秦族群的轴心力量。秦之雄强，泰半来自嬴氏部族的雄强血统。要抑制如此一个皇族，确实是一件很难着手的事情。

自秦孝公商鞅变法开始，秦法明确采取了取缔宗室特权的对策，主要有四策：一则，王族子弟不得承袭或自动拥有爵位，同样得与臣民一般从军任官挣自己的功劳；二则，王族园林土地以王室统领，各家族土地不能如同臣民私有；三则，王族功臣由王族土地封赏，不得拥有如同国府功臣那样的独立虚领的郡县封地；四则，王族触法与臣民同罪，由王族执法机构处置。在此法度稳定执行六代之后，嬴氏皇族已经成功融入了与臣民国人一体的奋争潮流之中，英杰功臣辈出而无一动乱政变，也在整个秦人与天下臣民中享有极高的威望。始皇帝建立帝国之时，嬴氏皇族的主体已经早早迁入并散居关中，其男性精壮则已经十之八九进入了军旅；关中皇族除了皇帝嫡系居于皇城，一两代近支旁系居于关中腹地，几乎已经没有了成规模聚居的皇族了。也就是说，嬴氏皇族如同整个老秦人一样，已经随着大军洪流分散到天南海北去了。此时，唯独陇西郡保留了一支为数不多的皇族在驻守根基之地，反倒成了最为集中的实力最强的一支皇族。

胡亥诏书批下的那一日，赵高亢奋得彻夜未眠。

召来赵成阎乐并几位亲信密商之后，赵高本欲小宴犒赏几位犬马大员，可心头躁热得无以安宁，遂吩咐犬马大员们分头行事，而后独自转悠到皇城胡杨林的池畔来了。对于阴狠冷静的赵高而言，血气如此奔涌心头如此躁动，实在是生平第一遭。胡亥的这道诏书，无异于打开了束缚赵高手脚的一切羁绊，也填平了横亘在赵高面前的巨大的权力鸿沟，使他拥有了对皇族与功臣的生杀大权。这是一架巨大的高耸的权力云车，登上这座权力云车将到何处，赵高心下非常清楚。被始皇帝遏制数十年的那颗连赵高自己也以为泯灭了的权力野心，此刻在赵高的心田轰然燃烧起来！杀尽了皇族公子，灭尽了三公九卿，大秦庙堂无疑便是赵高一人之天下！其时，纵然胡亥这个皇帝想匍匐在赵高脚下做一只温顺的猫狗，还得看赵高给不给他做猫狗的资格，毕竟，不杀胡亥这个空头皇帝，赵高便不会登上权力云车的最顶端，头顶上便会始终飘浮着一片乌云。赵高要撕碎这最后一片乌云，要飞上权力的苍穹，追上始皇帝向他大笑大喊："陛下！你的嬴氏皇族没有了！你的大秦朝廷没有了！老夫赵高做皇帝了！"

初夏的月光下，赵高兀自绕着一棵棵粗大的胡杨树嘿嘿笑着，心头怦怦大跳着，梦游般地蹿着跳着。月亮渐渐升高了，赵高汗淋淋地靠上一棵大树，老泪第一次毫无节制地流淌出来，心头雷霆轰轰然作响。陛下啊陛下，当年的太后赵姬选中小高子做阉奴，割了小高子的人根，小高子认命了，小高子老老实实做了陛下数十年犬马，做得须发都白了。然则陛下可曾知道，小高子没了人根，也便没了人性。小高子终生没有了人性的乐趣，善念也便没有踪迹了。老荀子说，人性本恶。至少，小高子是这样的。冰冷的阉宦天地，浸泡出了小高子的恶欲。谁是好人，谁有浑全日月，谁是浑全男人，小高子都嫉妒得心痛。小高子只有一个心愿，祈盼天下人尽行灭绝，都做了小高子这个阉人的殉葬！今日，上天给了小高子如此良机，小高子岂能无动于衷？陛下啊陛下，小高子要断了你嬴氏人根，不要怪小高子，实在是你自家纰漏太多了。陛下跌宕多年不立太子，分明大病了几次，却又不及早安置身后之事；大巡狩中途发病，陛下还是不早早写好诏书。陛下啊陛下，你以为上天会永远给你机会？你错了！上天的机会都无休止地给陛下一个人，天下还有世事么？陛下啊陛下，这便是老荀子说的，'天行有常，不为尧存，不为桀亡'啊！陛下再如何圣帝皇皇，老天也不能为陛下一个人存在，陛下你说是么？更有错处，陛下还给小高子留下了一个皇子，一个憨实无能的胡亥，让小高子做了胡亥的老师。陛下，小高子只能说，你知人于明，不知人于暗啊！你只知道明处的赵高，明处的李斯，明处的胡亥；你不知道暗处的小高子，不知道暗处的李斯，不知道暗处的胡亥啊！这个暗处，便是小高子的心头荒草，便是李斯的心头荒草，便是胡亥的心头荒草啊！陛下啊陛下，身为至高无上的皇帝，你长于拓功而短于察奸啊。天生陛下事功至伟，拓文明荒漠成亘古绿洲，陛下之功业，小高子是顶礼膜拜的啊！然则，陛下不察奸，这皇皇功业便要如流水般去了。应该说，陛下最蔑视胡亥了。然则，陛下这个无能的儿子，在小高子这里却是稀世珍宝啊！陛下啊陛下，是你给小高子留下了机会，留下了空隙啊！你大巡狩发病时，非但不召蒙恬回咸阳坐镇，反而又派走了蒙毅，你是再三失误啊！最后时刻，陛下身边偏偏只有最靠不住的李斯了，只有没了人根没有了人性的小高子了。陛下信小高子不假，然小高子若因陛下信用小高子而不做恶事，小高子还是小高子么？陛下业已死了，小高子若不紧紧抓住这个时机，上天是会惩罚小高子的。小高子对陛下那个傻痴的儿子说了，'时乎时乎，间不及谋！赢粮跃马，唯恐后时！'你那个傻痴的儿子不知其中意味，陛下你却一定能体察小高子苦心的。天予不取，反受其咎啊！陛下啊陛下，等你明白你要殁了，明白你那口气再也挺不过来了，一切都晚了。陛下，你若够狠，像小高子摔死太后嫪毐那两个私生子一样，早早杀了小高子，或临死时叫小高子殉葬了，甚事也便没了。可你尊奉法度，护持功臣，非但没叫小高子死，还在蒙毅要处死小高子时救下了小高子。陛下啊陛下，你将上天给你的杀死小高子的机会，至少白白错失了两次啊！天欲绝赵高，你却留下了赵高。然则，小高子纵然蒙陛下之恩不死，也不能向善啊，果真向善了，小高子还是小高子么……

几日之后，皇子公主及皇族子弟们人人接到了一件宗正府书令。

宗正书令云："阿房宫开工之后，南山北麓之猎场将一体封围，只供材士营驻屯。为此，今岁秋狩改夏猎，凡我皇族子孙，俱各携本部人马，于四月二十卯时聚集南山北猎场较武行猎，论功行赏，以为二世皇帝大巡狩归来之庆典。"此时的宗正大臣，是灭韩的大将内史腾。内史腾者，内史郡郡守嬴腾也。皇族乃国姓，举凡诏书公文抑或国史，皆呼名不呼姓，是以但凡官职与名直接相连者，大体皆皇族也。此时的嬴腾，已经成为皇族最老迈的一个在国功臣，资望深重，实际上却已经几乎不能理事了。虽则如此，皇子公主们接到宗正府书令，还是纷纷亲往嬴腾府邸询问究竟。二世胡亥即位之后的蹊跷事情太多了，尤其是深孚众望的皇长子扶苏自裁，蒙恬蒙毅又先后被赐死，皇子公主们对这个原本丝毫没有继位迹象的少弟的突兀继位及其作为，一时大惑不解，然拘于国法，又不能无凭据地聚相猜测议论，更不能与大臣们私自会商探询，只有心下怏怏而已了。今逢此令，谁都觉得是一个探询解惑的好时机，于是不约而同地赶赴宗正府，要老宗正当面赐教。

"教府丞来，给后生们说个明白。"须发雪白的嬴腾只有一句话。

宗正丞是一个年逾四十的皇族干员，文武皆通，是老嬴腾特意为自己选定的副手。府丞匆匆走进正厅，瞄一眼满当当皇族子孙，要言不烦地说了夏猎令的由来：郎中令府得少府章邯公文知会，阿房宫至南山间的皇室猎场行将封围，遂请命于皇帝，询问要否另选猎场或中止今岁秋狩；皇帝批曰，今岁秋狩改夏猎，此后另选猎场；故此，郎中令行文宗正府，并一体转来皇帝诏书；宗正府据皇帝诏书而发夏猎令，并无他故。

"以往狩猎，只许十岁以上皇子入围，如何这次连公主都得去？"

"对也，还要携带本部护卫人马，岂非公然违制么？"

“南山猎物早被材士营射杀尽了，何来猎物，狩个甚猎？”

“建造甚个阿房宫！咸阳宫殿连绵，北阪六国宫还空空如也，不够住么？”

“对也！甚都乱改，改得大秦都没个头绪了！”

“只改还好说，还杀人……”

“都给老夫住口！”

眼见皇子公主们的议论疑问由夏猎而及国政，分明是怒气冲冲要收不住口了，老嬴腾不得不厉声喝止了。扶着竹杖站起，老嬴腾气喘吁吁道：“非朝会而私议国政，不知道是触法么？后生小子好懵懂！你等怏怏，老夫心下舒畅么？都给我闭嘴！老夫说话都听着：满朝大臣还在，大秦铁军还在，嬴氏老皇族还在，谁也翻不到阴沟去！不就是秋狩改夏猎么？去便去！狩猎之后论功行赏，便有老夫宗正府大宴，皇帝便得亲临论功；其时皇帝来了，你等当着皇帝面说话，那叫谏阻！谁敢不听正言，老夫启动陇西老皇族来！”

“老宗正万岁！……”

皇子公主们挨了骂，却一齐扑倒在地哭了。倏忽不到一年，国政骤然大变，扶苏与蒙氏勋族竟能一朝赐死，李斯丞相竟能若无其事，满朝重臣竟无一人铮铮强谏，这些虽无权力爵位然却最是关注国政朝局的始皇帝子孙们，确实察觉到了一种隐隐迫近的劫难，感知到一种森森然的恐惧。而今老宗正如此慷慨直言，非但鼓动皇子们直言强谏，且要启动陇西老皇族廓清朝局，孰能不奋然涕零？

“哭个鸟！像嬴氏子孙么？都给我回去！”老嬴腾奋力跺着竹杖。

皇子公主们哭着笑着纷纷爬了起来。老嬴腾却眯着老眼突兀喊道：“子婴，你不去狩猎，老夫有事。”年已四十余岁的子婴点点头，从一大群先辈皇子中走了出来，兀自拭着一脸泪水。老嬴腾将子婴领进书房，眯缝着一双老眼将子婴上上下下打量了许久，突然黑着脸道："你给皇帝上过书，谏阻杀蒙氏？"子婴淡淡一点头："嬴氏子孙，理当尽心而已。""你不怕大祸临头？"老嬴腾面无表情。子婴依旧淡淡然："赳赳老秦，共赴国难。惜乎我嬴氏子孙忘记这句老誓了。"老嬴腾一跺竹杖："好！小子有骨气，老夫没看错。给我听着：当下收拾，连夜去陇西！"子婴大是惊愕："老宗正，咸阳味道不对，我去陇西做甚？"老嬴腾低声呵斥道："不对才教你走，对了教你去做甚？记住，老夫没密件，不许回来！"子婴急迫道："老叔也！到底要我去做甚？"老嬴腾板着脸道："没甚，替老夫巡视陇西皇族，督导那群兄弟子孙们甭变成了一群懒鹰懒虎！如何，不能派你去么？"子婴略一思忖一拱手道："也好，子婴奉命！"老嬴腾一点头，竹杖向旁边石墙上咚咚咚三点。那面石墙的角落立即启开了一道小门，府丞捧着一支铜管快步走了出来，将铜管交到了子婴手里。

老嬴腾道："愣怔甚？这是给陇西大庶长的密件，收拾好了。你的巡视官文在府丞书房，稍待另拿。先说好，老夫只给你六名护卫骑士，你怕么？"子婴一脸肃穆："老宗正勿忧，子婴不怕。""你剑术如何？"老嬴腾突兀皱起了眉头。子婴一拱手道："子婴不敢荒疏，剑术尚可，抵得寻常三两个剑士。"老嬴腾一阵思忖，轻轻摇了摇头，说声你且稍等，转身走进了旁边内室。片刻出来，老嬴腾将一只棕色的牛皮袋递给了子婴道："打开。"

子婴打开了牛皮袋，却是一件长不过尺的极为精巧的铜板，不禁迷惑道："如此轻巧物事，能派何用场？""轻巧？你掂掂看。"随着老嬴腾话音，子婴一手去拿铜板，方一抬手大为惊讶道："重！长不盈尺，至少四五斤！"老嬴腾指点道："这是先帝当年赐给老夫的一件密器，名为公输般袖弩。老夫执掌内史，多涉山东间人刺客，先帝故而有此一赐。这件袖弩的用法是，两端固定绑缚在右手小臂之上，甩手出箭，或手臂不动而触动机关发箭，可连发十箭。不难练，却要先熟悉了绑缚在手臂分量举止。来，老夫先给你演练一番。”

“不需老宗正演练，子婴业已明白！”

“噢？”老嬴腾大是惊讶，“试试手看。”

子婴也不说话，先将铜板拿起端详片刻，从棕色皮袋里抽出一撮五六寸长的铜箭镞一支支装进铜板小孔；而后利落地撸起右臂衣袖，左手将铜板固定在右手小臂的内侧，扯出铜板两端带皮扣的皮带迅速绑缚固定；站起身右臂猛然一甩，顿时听得对面剑架方向嘭嘭噗噗连声，细小的箭镞纷纷在剑架书架上飞落。

“好！小子神也！除了准头，甚都好！”老嬴腾由衷嘉许。

“子婴喜好器械，各式弩机尚算通达。”

“好好好，嬴氏有你后生，老夫也算闭得上眼了。”

老嬴腾显出了疲惫而舒心的笑，坐进案中又对子婴殷殷叮嘱了诸多陇西细节，这才叫子婴准备去了。暮色时分，老嬴腾亲自驾车将子婴送出了咸阳西门，眼看着六骑护卫着子婴风驰电掣般西去，这才回到了府邸。

子婴离开咸阳后的第三日，一场巨大的劫难降临了。

这场劫难是以不可思议的荒诞方式进行的。清晨，当皇子公主们各自带着自己的护卫仆从汇集到南山北麓时，谷风习习空山幽静，实在没有郎中令使者所说的那种百兽出没的景象。正在有公主动议中止行猎时，山林峡谷中却传来一阵阵虎啸狼嚎，皇帝材士营派出的围猎尉也立即发出了行猎号角。行猎号令如同军法，一闻号角长鸣，皇子公主们立即依照事先划定的路径分头飞进了丛林山谷。大约小半个时辰后，各个山头纷纷晃动的旗帜，表示没有发现任何大猎物，连狐兔之类的小猎物都很少见，纷纷旗帜请命要中止行猎。皇子公主们此刻才清楚了此前传闻：这片猎场驻扎着皇帝新征发的五万材士，这些材士奉皇帝之命，专一在南山猎场以射杀行猎为军旅演练并护卫皇帝行猎，大半年间，南山猎场的鸟兽几乎绝迹。今日亲临，果真如此，皇子公主们大为不满，当即纷纷请命中止行猎。

便在此际，突闻山林间虎啸狼嚎又起，各个山头山谷山坡的惊呼声此起彼伏，接踵而来的便是一片片沉闷的喊杀声。堪堪小半个时辰，山谷中杀声正酣，突闻四面山头鼓角齐鸣，最高山头云车上的材士将军随着大纛旗的摆动高声喝令："诸公子假借行猎叛乱！一体拿下！"随着号令，四支马队冲入山谷，片刻间将猎场团团围定。皇子公主们的马队已经拼杀得人人一身血迹，突兀被围，人人怒不可遏地飞马过来找将军论理。

"这不是真虎狼！是人披兽皮假扮的虎狼！"

"这些假虎狼人人藏兵！扑过来杀人！"

"皇子公主已经死伤十几个，究竟谁叛逆！"

"有人陷害皇族！无法无天！"

正在皇子公主们愤激纷扰之际，谷口一阵沉雷般的马蹄声，郎中令丞与郎中令府的五官中郎将[1]阎乐飞马赶到。材士将军指着山谷中一片尸体高声禀报："诸公子作乱，已杀我材士百余人！"阎乐厉声下令："一体拿下！勘审定罪！"皇子公主们看着不知何时已经没有了虎狼皮张的尸体，顿时明白此间罪恶图谋，不禁愤激万分，一声怒喝纷纷喊杀扑来。阎乐高声大喝："只准伤！不准杀！弩箭射腿！"随着阎乐号令，四面马队弩箭齐发，片刻间所有的皇子公主与护卫仆从便齐刷刷被钉在

[1] 五官中郎将，秦帝国设官，隶属郎中令府，职司皇帝政务并朝会护卫。

了膝盖深的草丛中。

“拿下皇子公主！护卫仆从就地斩决！”

在阎乐恶狠狠地号令下，所有的皇子公主们的护卫与仆从都被当场杀死，并当即割下了头颅作为平乱报功之凭据。皇子公主们则被硬生生拔出长箭，浑身血人般一个个塞进了囚车。暮色降临时，马队押解着这队囚车抵达了咸阳城外的材士营，在一道山谷里停了下来，而没有解入北去咸阳五十余里的云阳国狱。

赵高接报，立即实施了另外一个连接行动：以“诸公子联结皇城内官，欲图里应外合作乱”为由，连夜对皇城内的郎中令府属官实施了大逮捕。列位看官留意，这郎中令府原本是皇帝政务系统，由蒙毅执掌，属官大多是久经锤炼的文武功臣。赵高虽突然做了郎中令，对其属官却没有机会大清理，只能擢升阎乐等几个犬马效力而已。今日突然实施逮捕，原本是谋划好的连续对策。于是，一夜之间，郎中令府最为轴心的“三郎官”官署的吏员，与其余各署的精干大员，连续下狱多达数百人。所谓三郎，指的是郎中（亦谓中郎）、侍郎（亦谓外郎）、散郎三署；郎中署职司皇帝全部政务活动之护卫，以中郎将为长官；侍郎署职司朝廷政务活动之礼仪文书等，以大夫为长官；散郎署职司临机政务活动，多为沟通联结皇帝与地方郡县之事。由于郎中令府的属官皆为实际事务，所以没有定员，多至千人少则数百人不等；帝国新创时期始皇帝政务繁剧，郎中令府属官已远超千人。赵高一夜“连逮三郎”，其后果非但是清除了异己，且使蒙毅长期苦心建立起来的有效政务系统宣告崩溃。至此，皇帝的政务系统几近瘫痪，二世胡亥要涉足任何国事，离开赵高都寸步难行了。

肃清了郎中令府，赵高不再担心内官作梗，这才着手了结皇族。

赵高的方法直截了当，清晨带着中郎将阎乐与几个腹心老吏，亲自赶赴材士营关押皇族的谷地，将全部皇子公主皇族子弟押解出秘密洞窟，在谷地开始论刑定罪。及至人犯押到，赵高一个也不问，勘审一关悉数略过，直接下令宣示勘审定罪书。当阎乐念诵着那篇长长的荒诞文告时，气息尚存的皇子公主们无不愤激万分破口大骂，赵高却坐在一方石案前冷冰冰笑着一句话不说。阎乐念诵完毕，赵高又眼睁睁看着一群血乎乎的皇子公主们叫骂怒吼了整整一个时辰。直到皇子公主们怒骂得人人失声，连跳脚的力气都没有了，赵高才从石案前站了起来，嘴角抽搐出一丝狰狞的笑意道："谋逆大罪，先将诸公子押入南市处刑，公主们观刑可也。"

赵高的"决刑"是：皇族子弟不问，皇子公主一体处死！

短短一年，咸阳商市已经大见萧条了。依旧保持着浓烈的战国遗风的商旅们，眼见"秦国"朝政骤变乱象迭起，纷纷遵从着危邦不可居的古老传统，或明或暗地连绵不绝地东出关中了。更为根本的是，灭六国之前的那种万商云集的咸阳不复存在了。在山东商旅的眼中，秦政秦人是不可思议的：一统华夏坐了天下，国都的老秦人却越来越少了；充斥街市的，倒大多是迁徙到咸阳的六国贵族与连绵不断的工程刑徒，无论原先穷富如何，此刻的贵族与刑徒大体上都变成了生计艰难者，谁也买不起好东西了。盐铁兵器战马等大宗物事，更是禁止交易，如此，市易越来越少，规模越来越小，二世即位大修骊山陵大举国葬，连酒也不能买卖，于是，市场便不可思议地急剧地萎缩了，山东商人们只有悄悄一走了事。如此情势之下，原本便是平民街市的南市，几乎又恢复到初建时的粗朴，只有零落的老秦人与破衣烂衫的歇工刑徒们游荡着，偶有几个衣着稍整者，也是因离家而败落的山东老贵族子弟。

大队囚车进入南市，正在午后落市的时刻。一看偌大阵势，已经零落的游荡人群又乱纷纷聚了过来，渐渐地，商铺主人们也纷纷站在门口张望了。囚车队咣当轰隆地停在了原本用于牲畜交易的空阔场地中央，层层马队立即围成了森森刑场。阎乐站在一辆发令战车上高喊："诸公子谋逆作乱！奉诏处死南市！国人观刑以戒——！"接着又是几名吏员反复宣呼。终于，人群在热辣辣的午后聚集成了一片，高高低低地站在不同的位置上惊讶地注视着从未见过的公然诛杀皇族。

"谋逆大罪，僇死。"轺车上的赵高显出了一丝冰冷的笑意。

"十二皇子僇死——！"

随着阎乐的狰狞号令，中国历史上最为惨无人道的僇杀之刑开始了。僇者，侮辱也。僇杀者，尽辱其身而后杀死也。这是一种起源于远古战争，且长期保留在游牧部族中的虐杀战俘的恶刑。秦人变法之前，此等僇杀事实上已经大体消失了。秦国变法之后，私斗之风绝迹，各种刑罚俱有法律明载，刑归刑，连带的人身侮辱已经如同人殉一样被严厉禁止。马非百先生的史料辑录著作《秦始皇帝传》，辑录了史书中所有关于秦法死刑的刑名，总共二十六种杀人之刑，唯独没有"僇死"之刑名。僇死，仅仅见于《史记·李斯列传》："公子十二人僇死咸阳市，十公主矺死于杜。"这，仅仅是对残酷事实的记载而已，并非刑名。赵高熟悉秦法，也熟悉秦人历史，此时将这等久已消失的恶杀之法搬出，无疑是早早密谋好的，要给大秦皇族一个最要命的辱没，要寻觅最为变态的杀人快乐。

这场令人发指的辱杀，整整延续了一个多时辰。这些皇族公子们不堪辱身，人人都企图以最快捷残酷的方式了结自己的生命，咬舌者有之，撞剑者有之，撞地者有之，扑击刑桩者有之……然则，已经失去挣扎能力的皇子们最终一个也没能自己了结自己，个个都被扒光了血乎乎的衣裳，一大群事先纠集好的无赖疲民们，尽情地戏弄侮辱着这些曾经是最高贵的而目下已经失去了知觉的躯体……最终，赵高眼见十二个皇子人人被割下了男子人根，这才狞笑着点头了……

僇杀未尽，被押解观刑的十公主人人吐血昏厥了。

次日，赵高又在咸阳东南的杜地[1]，残酷地以矺刑杀戮了十位公主。矺者，裂其肢体而杀也。矺刑乃秦法正刑，见之于《云梦秦简释文三》："甲谋遣乙盗杀人，受分十钱。问：乙高未盈六尺，甲何论？当矺。"显然，这是帝国法官的答问记录，说的是对于教唆身高未过六尺的未成年人杀人者，该当处最严厉的矺刑。赵高以这种对于女性尤为惨烈的刑罚，处死了十位皇族公主，其残忍阴狠亘古罕见！依据史料的不确定记载，始皇帝有二十余子，十余公主，大体三十余名子女。以胡亥年岁评判，此时应该还有十八岁以下的未嫁公主。赵高所杀者，全部包括了未嫁公主无疑，除此之外有无已经出嫁的公主，譬如嫁给李斯几个儿子的公主，已经难以确证。然则，依据这场杀戮的后续牵连，完全有可能涉及了包括出嫁公主在内的绝大部分皇族子女。赵高借着这场杀戮风暴，几乎席卷了整个皇族的财富与生命。《史记·李斯列传》云："（其后）财物入于县官，相连坐者不可胜数。"

在不可胜数的连坐者中，留下了两则惨烈的故事。

公子将闾有兄弟三人，因同出一母，皇城内呼为昆弟三人。将闾昆弟很可能有所警觉，或因未在咸阳，总归是没有参与南山行猎，故未被当场缉拿同时僇死，而在事后被连坐缉拿下狱，直接囚于皇城内宫。赵高派人以二世皇帝使者之名，往赴内宫，指斥将闾昆弟三人有"不臣"之罪，要立地处死。将闾愤愤然质问何谓不臣之罪？赵高心腹冷冰冰回答，我等只奉诏行事。将闾昆弟绝望，仰天大呼天者三："天乎！天乎！天乎——！皇族无罪而死，天道何在乎！"昆弟三人遂一起拔剑自

---

[1]　杜，秦时城邑，原为古诸侯国，春秋为秦宁公灭，大体在今西安市东南。

杀了。

另一个连坐者是公子高。公子高本欲逃亡，又恐累及举族被杀。绝望之下，公子高欲谋以一己之死掩护族人逃亡。公子高的方式是：上书胡亥，请求为先帝殉葬；在人殉葬礼期间，族人趁乱秘密逃亡。胡亥接书大为高兴，觉得准许皇子殉葬，将是自己这个新皇帝尊奉先帝的惊人之举。然则，胡亥又怕公子高有甚机谋，遂立即宣来赵高会商。胡亥拿出了公子高的上书，很是得意地问："殉葬先帝，会不会是公子高的急变之策？"赵高笑吟吟道："目下尔等人人忧死，自顾不暇，如何还有谋变心思，陛下但放宽心也！"胡亥大喜过望，立即批下了"制曰可"三字，并赐钱十万大肆操持殉葬礼，将公子高活葬在了骊山陵一侧。胡亥与赵高未曾预料到的是，在公子高筹划活葬的短短时日里，公子高的族人已经怀着深仇大恨秘密逃亡了。

皇族遭此大肆屠戮，宗正府上下大为震恐。

老嬴腾怒不可遏，立率百余名宗正府护卫甲士冲入皇城，直奔二世寝宫，要逼二世立即退位并诛灭赵高。可是，老嬴腾部伍刚刚进入皇城，便被阎乐的马队包围了。没有任何呼喝喊问，双方立即厮杀起来。历经无数辉煌的咸阳皇城正殿前的车马广场，变成了血腥战场。拼杀半个时辰，护卫甲士们全部战死，老嬴腾绝望愤怒地叫骂着胡亥的名字，一头撞死在了正殿前的蓝田玉雕栏上。赵高阎乐恶狠狠上前，亲自将老嬴腾的尸体剁成了肉酱……之后，宗正府所有官员无论是否皇族，一律被惨烈处死。嬴腾这支较大的皇族，更遭连坐灭族之罪，被全部杀戮。

嬴腾之死，是帝国九卿重臣中第一个被公然诛杀者。

消息传入陇西，守在根基之地的嬴氏部族愤怒了，男女老幼立即聚集起来要杀向咸阳。子婴苦苦阻挡了这次无望的复仇，与陇西族长连夜进入李信的大军营地秘密会商。惜乎李信已经病得奄奄一息了。这位始终煎熬在第一次灭楚之战失败的痛苦中的秦军悍将，早早已经心力交瘁了。李信只挣扎着说了几句话："陇西皇族，人马不过万余了，万勿自投陷阱，存得人口，或可再起……先帝遗祸过甚，抗争晚矣！晚矣！……"言犹未了，这位曾经做过秦军统帅的最后一个在世大将便溘然长逝了。子婴与族长悲恸欲绝，匆匆安葬了李信，便星夜赶回了陇西皇族城邑。历经三日会商争议，最终，子婴与族长族老们作出了最不得已的决断：目下情势险难，嬴氏部族当务之急是保留根基力量，各家族、部族立即分路逃亡，使二世与赵高鞭长莫及。族长要子婴一起北上阴山草原，子婴拒绝了。子婴说，他要回咸阳保住两个儿子，要秘密聚结残存的皇族后裔设法逃亡……

诛杀始皇帝子孙的血腥风暴，毁灭了嬴氏皇族最轴心的嫡系精英。

在最为看重血统传承的时代，皇族嫡系的几近灭绝是毁灭性的灾难。从此，失却了灵魂与精神支柱的嬴氏皇族的整体力量，开始了悲剧性的溃散。最先逃亡的，是此前的扶苏家族及其追随部族。他们对帝国命运已经绝望，秘密聚结于海滨，远远地遁入了茫茫大海，最终漂泊到了今世称为日本的海岛上。此后，陇西嬴氏消失在茫茫草原。再其后，胡亥被杀，胡亥的残余后裔也遁入大海，逃向了日本。更其后，在帝国烽火中究竟有多少嬴氏皇族后裔逃出了咸阳，抑或有多少嬴氏皇族被杀害，实在是难以得知了。然则，结局是很清楚的，从这时的大溃散开始，在其后的两年之内，这个中国历史上最为伟大的第一皇族在暴乱的飓风中陡然灭绝，连嬴这个姓氏也几乎永久地消失在了华夏大地……

两场灭绝人性的连续杀戮，揭开了帝国最后岁月的血腥大幕。

四 三公九卿尽零落 李斯想哭都没有眼泪了

公然杀戮皇族，极大地震撼了廷尉府。

姚贾冲进丞相府连连怒吼着：“禽兽不如！辱秦法过甚！辱廷尉府过甚！天理不容！国法不容！”病情稍见好转的李斯，第一次在自己的政事厅失态了，坐也不是，站也不是，说也不是，不说也不是，只难堪地看着暴怒的姚贾连连吼喝，老脸通红得无地自容。姚贾见李斯在如此情形下还是不出声，突然中止了吼喝，大袖一甩转身便走。李斯连忙抢步上前拦住，急忙一拱手道：“贾兄不能走！究竟有何想法，未必不可会商。”姚贾目光闪烁冷冷道：“我去九原，你敢去么？”李斯大急道：“贾兄慎言！岂能出此下策？”姚贾一脸愤激冷笑道：“慎言？慎言只能纵容非法，只能继续杀戮！你这个丞相的职司只是慎言么？姚贾从甘泉宫慎言至今，处处依着你这个丞相的心思做事，结局如何？而今，不经廷尉府勘审而连杀连坐数百皇族，先帝骨血几乎灭绝！还要慎言，大秦便整个殁了！垮了！”

李斯一手捂着胸口一手拉着姚贾衣袖，艰难地跌脚喘息道：“此事委实可恶，老夫一个儿媳也，也被连坐杀了，其余三个，也，也自杀了。合府上下，如丧考妣也……贾兄，老夫何尝不痛心哉！”姚贾心下顿时一沉，这才蓦然想起李斯的儿媳们几乎都是公主，也为这刚刚得知的消息大为惊愕——果真如此，李斯岂非已经岌岌可危了！当此情形，李斯再不设谋还能有何等退路？思忖片刻，姚贾正色拱手道：“丞相危境若此，敢问对策。朝廷重臣尚在，边地重兵尚在，扭转朝局未必不能！”

“贾兄且入座，容老夫一言可否？”

“愿丞相聚合人心，挽狂澜于既倒。”姚贾怒气稍减，终于入座了。

“贾兄啊，老夫难矣哉！”李斯坐进了对案，长长地叹息了一声，“此等朝局，确得改变。然则，委实不能操之过急。非老夫不欲强为也，情势难以强为也。老夫今日坦言：甘泉宫变，你我已涉足其中；扶苏与蒙氏兄弟之死，你我亦有关涉；新朝之贬黜简拔，你我都曾赞同；赵高更法，你我亦无异议……凡此等等，老夫与贾兄，俱已难以洗刷矣！纵然老夫随贾兄前赴九原，王离果能信服你我乎！纵然老夫联结二冯与杨端和章邯，四人可发之兵充其量不过万余，抵得二世皇帝的五万精锐材士乎！一旦王离犹疑而消息泄露，二冯杨章又无大军可发，你我岂非立见险境？你我一旦身首异处，大秦朝廷便当真无救矣！老夫之难，恳望贾兄体察之……”

“丞相之意，还是长眠窝冬？”姚贾愤愤然插断了。

“不。老夫要弹劾赵高。”

“弹劾？丞相何其可笑也！”

“秦政尚在，为祸者唯赵高一人耳，你我联结重臣一体弹劾……”

“丞相，不觉异想天开么？”

“贾兄何出此言，弹劾者，国法正道也。”

“根基已邪，正道安在哉！”

“贾兄若不欲联署弹劾，老夫只好独自为之了。”

“自寻死路，姚贾不为也。告辞。”

素来尊崇李斯的姚贾黑着脸拂袖而去了。姚贾不同于李斯之处在于根基，在于志向。姚贾出身卑贱的监门老卒之家，入秦为吏得始皇帝力排众议而一力简拔，从邦交大臣而官至九卿之首，维护帝国法治之志由来已久。姚贾之所以长期追随李斯，根本点也正在于认定李斯是法家名士，是始皇帝之外帝国新政法治最重要的创制者，坚信李斯不会使自己亲手创制的千古大政付之流水。李斯排除扶苏排除蒙恬蒙毅，姚贾虽不以为然，但最终还是赞同了，根本原因，也在于姚贾与李斯政见同一，认定扶苏蒙恬的宽政缓征将从根本上瓦解帝国法治。然则，姚贾与李斯交，大政知无不言，却从来不涉及人事人生等额外话题。也就是说，李斯在姚贾面前，始终是一个端严持重的帝国首相，仅此而已。李斯能告知姚贾的，都是姚贾知道了也不足以反目的。李斯不告知姚贾的，则姚贾不可能知晓。姚贾不知道沙丘宫之后深藏于李斯心中的那一片阴暗机密，不知道李斯在始皇帝骤然死去的风雨之夜的作为，不知道李斯与赵高的合谋，不知道李斯伪造了始皇帝赐死扶苏蒙恬的诏书，不知道李斯盛大铺排始皇帝陵墓与葬礼的真实图谋……今日李斯对姚贾所说的不能强为的种种理由，都将姚贾牵涉了进去，似乎姚贾一开始便是李斯的同道合谋；姚贾分明觉察到了李斯说辞的微妙，然也不屑于辩解了。

姚贾的想法很简单：身为国家大臣，一只脚下水，两只脚下水，无甚根本不同；目下危难，需要痛改前非扭转乾坤的胆魄，而不是诿过于人洗刷自己。姚贾久为邦交，对山东六国的官场阴暗的了解比李斯更为透彻。姚贾清醒地知道，此等无视法治的杀戮风暴一旦席卷大秦，刚刚一统天下的帝国便必然地要陷入当年赵国末期的连绵杀戮，其迅速溃灭将势不可免！若此时还对这个胡亥与赵高心存期待，无异于痴人说梦。素来行事果敢的姚贾，以为自己的愤怒果敢也将必然激起李斯同样的愤怒与果敢，甚至，姚贾在心中没有排除李斯早已经有挽回局势的图谋……姚贾没有料到，李斯竟会变得如此萎缩软弱，竟能提出以弹劾之法除去赵高的童稚之说。对于政治，对于人性，姚贾从来是清醒透彻的。当年李斯犹豫于韩非之囚，正是姚贾激发李斯而杀了韩非。姚贾始终认为，认准的事就要果敢去做，果真铸成大错，便须断然悔悟重新再来。在姚贾的人生信念中，没有圣贤之说，没有完人之说，做事不怕沾污带泥不怕错断错处，然必须知错立改。姚贾以为，始皇帝便是此等境界之极致帝王，错失时可以颁下荒诞的逐客令，醒悟时则立即霹雳飓风般回头；身为追随始皇帝一生的重臣，连始皇帝如此可见的长处都未能领悟，才如李斯者岂非不可思议哉！……然则，姚贾终于失望了。李斯终究不是姚贾。姚贾终究不是李斯。强为同道之谋，难矣哉！

当晚，姚贾秘密拜会了已经很是生疏的典客府。

顿弱布衣散发，正在后园石亭下望月纳凉，亭外一个女仆操持煎药，一股浓浓的草药气息弥漫了庭院。见姚贾匆匆而来，顿弱既没起迎也没说话，风灯下苍老的脸上写满了轻蔑与冷漠。姚贾已经无暇顾及，大步走到亭廊下扑拜在地，一开口便哽咽了："顿兄，姚贾来迟也！……"顿弱冷冷一笑道："老夫又没死，足下来迟来早何干？"姚贾一时悲从中来，不禁放声恸哭了："顿兄也，姚贾一步歪斜，铸成大错，悔之晚矣！……公纵然不念姚贾宵小之辈，焉能不念大秦法治乎！焉能不念先帝知遇之恩乎！……"顿弱手中的大扇拍打着亭栏，淡淡揶揄道："爬不上去了，想起法治了，想起先帝了？廷尉大人，果然智慧之士也。"姚贾终于忍不住了，一步爬起愤然戟指骂道："顿弱！姚贾错便错了，认了！可姚贾不敢负法治！不敢负先帝！此心此意何错之有，得你老匹夫如此肆意揉搓！大政剧变，姚贾是脚陷污泥了。可你顿弱如何？你抗争过么？你说过一句话还是做过一件事？姚贾该杀！你老匹夫便该赏么！姚贾认错，姚贾求你，可姚贾也不怕连根烂！左右都死了，怕个鸟来！你老匹夫便抱着药罐子，还是得死！死得并不比姚贾好看！姚贾再求谁，也不会求你这个坐井观天的老蛤蟆了！"姚贾原本邦交利口几追当年张仪，此时愤激难耐肆无忌惮，酣畅淋漓骂得一阵转身便走。

"且慢！"顿弱从幽暗的亭下颤巍巍站了起来。

"名家软骨头，何足与谋哉！"姚贾头也不回硬邦邦甩过来一句。

“姚贾！人鬼难辨，不许老夫试试火候么！”顿弱愤然一喊。

姚贾的身影终于站住了，终于回身了。姚贾步履沉重地向亭下走。顿弱扶着竹杖颤巍巍地向亭外走。月光朦胧的庭院，两个须发一般灰白的老人在相距咫尺处站定了，相互打量着对方，目光交融在一起，良久没有一句话。终于，顿弱轻轻点了点竹杖，转身向那片茂密的柳林走去。姚贾问也没问，便跟着走了。

柳林深处一座石墙石门的小庭院前，顿弱的竹杖点上门侧一方并无异常的石板，石门隆隆开了。朦胧月光被柳林遮挡，小庭院一片漆黑。顿弱却轻松自如地走过了小径，走到了正中大屋的廊下，又点开了一道铁门，进入了同样漆黑的正厅。姚贾自觉又绕过了一道铁石屏风，又过了一道轧轧开启的石门，又下了长长一段阶梯，前面的顿弱才停住了脚步。不知顿弱如何动作，蓦然间灯火亮了，亮光镶嵌在墙壁里，空荡荡的厅堂一片奇特的昏黄，微微清风穿堂而过，清凉空旷得一片萧疏。

“姚兄所求老夫者，此处也。自己看了。”顿弱终于说话了。

“这是黑冰台出令堂么？空空如也！”姚贾惊愕得脸色都白了。

顿弱默默穿过厅堂，来到正面墙下又点开了一处机关，进入了一间宽大的密室。室中一无长物，正面中间石案上一只硕大的香炉，两支粗大的香炷尚未燃尽，青烟袅袅缠绕着供奉在正中的巨大灵牌。一看便知，顿弱是天天来此祭拜始皇帝的。姚贾心下酸热，在灵牌前一拜扑倒，一句话没说便放声恸哭了。顿弱默默地跪坐案侧，手中竹杖向香案一侧一点，香案正中便滑出了一道长函。姚贾骤然止住了哭声，目光紧紧盯住了赫然铺展面前的那方羊皮文书——

大秦始皇帝特诏：黑冰台劲旅，本为七国邦交争雄之发端也，留存于天下一统之后，将有乱政乱国之患。着典客顿弱，立即遣散黑冰台剑士，或入军，或入官，或重金还乡；遣散之后，典客府将去向册籍立交皇室府库密存，任何人不得擅自开启。朕后若黑冰台依附权臣作乱，典客顿弱当处灭族之罪！始皇帝三十七年六月

“顿兄，这，这是陛下生前月余之诏书？”

“正是。陛下生前一个月零六天。”

“陛下啊陛下，你有正道之虑，何无固本之谋哉！……”

“姚贾！不得斥责陛下！”顿弱黑着脸呵斥一句。

“陛下，姚贾万分景仰于陛下……”姚贾对着灵牌诏书深深一躬，肃然长跪如面对皇帝直言国策，“然姚贾还是要说，陛下执法家正道过甚，轻法家察奸之术亦过甚也！法家法家，法术势三位一体也！法治天下，术察奸宄，势立君权，三者缺一不可啊！陛下笃信商君法治大道，固然无差。然则，陛下轻韩非察奸之术，却是不该。若非如此，陛下何能在生前一月之时，连遣散黑冰台都部署了，却没有立定太子，却没有立定顾命大臣！陛下，你明彻一世却暗于一时，你在身后留下了何其险恶之一片天地也！……黑冰台固有乱政之患，然安能不是震慑奸宄之利器！陛下恕老臣直言：陛下若将黑冰台留给顿弱姚贾，老臣等若不能为大秦肃清庙堂，甘愿举族领死！然则，陛下却将神兵利器束之高阁，将奸宄不法之徒置于中枢，使邪恶势力无克星之制约，大局终至崩溃矣！……陛下啊陛下，你万千英明，唯有一错，这便是你既没有察觉身边奸宄，更没有留下身后防奸之利器啊！……”

“姚贾，陛下不是神，陛下是人。”顿弱笃笃点着竹杖。

“是，陛下是人，陛下不是神……”姚贾颓然坐倒了。

“贾兄啊，莫再费心了。大秦要殁了，任谁没有回天之力了。”

“不！大秦不会殁了！不会！不会！！”姚贾声嘶力竭地捶着地面。

“贾兄，你我同为邦交大臣几二十年，生灭兴亡，见得还少么？”顿弱扶着竹杖站了起来，颤巍巍地在香案前走动着，苍老的声音弥散出一种哲人的平静冷漠，“六国何以能亡？你我知道得比谁都清楚。都是奸人当道，毁灭栋梁。举凡人间功业，件件都是人才做成也。一个国家，一旦杀戮人才灭绝功臣而走上邪恶之路，还能有救么？从头数数：魏国逼走了吴起、商鞅、张仪、范雎、尉缭，以及诸如贾兄这般不可胜数之布衣大才，这个国家也便像太阳下的冰块一般融化了；韩国正才邪用，将郑国一个绝世水工做了间人，将韩非一个大法家做了废物，最后连个统兵大将都没有了；赵国迁逼走廉颇，杀死李牧，郭开当道而一战灭亡；燕国逼走乐毅，杀死太子丹，虽走辽东亦不免灭亡；楚国杀屈原，杀春申君，困项氏名将，一朝轰然崩溃；齐国废孟尝君，废田单，后胜当道，一仗没打举国降了……只有秦国，聚集了淙淙奔流寻找出路的天下人才，方才灭了六国，一统了华夏……如今，大秦也开始杀戮人才了，也开始灭绝功臣了，这条邪路若能长久，天道安在哉！”

“顿弱！不许你诅咒秦国！！”姚贾疯狂了，须发戟张如雄狮怒吼。

“六国殁了，秦国殁了，七大战国都殁了……”顿弱兀自喃喃着。

“不——”一声怒吼未了一股鲜血激喷而出，姚贾重重地砸在了石板地上。

“姚贾——！”顿弱惊呼一声扑过来要揽起姚贾，却不防自己苍老的病体也跌在了姚贾身上。顿弱久历险境，喘息挣扎着伸出竹杖，用尽力气击向香案一侧的机关……片刻之间，四名精壮仆人匆匆赶来，抬走了昏厥的两位老人。

丞相府接到廷尉府急报时，李斯惊愕得话都说不出来了。

李斯无论如何想不到，精明强韧的姚贾竟能自杀在府邸正堂。当李斯脚步踉跄地走进廷尉府正厅时，眼前的景象如当头雷击，李斯顿时不省人事了……良久被救醒，李斯犹自如同梦魇，愣怔端详着熟悉的廷尉正堂，心如沉浸在三九寒冰之中。

姚贾的自杀，可谓亘古未闻之惨烈。正案上一方羊皮纸血书八个大字：合议奸谋，罪当断舌！羊皮纸血书上，是一副生生用利刃割下来已经淤血凝固的紫酱色舌头。正厅左手大柱上也是血淋淋八个大字：无能赎罪，合当自戕！大柱旁的正梁上，白帛吊着姚贾血糊糊的尸体。最为骇人者，是正厅右手大柱上钉着一张血淋淋的人脸，旁边血书八个大字：无颜先帝，罪当剐面！那幅悬空荡悠的尸体面孔，是一副令人毛骨悚然的森森白骨……

廷尉正[1]断断续续地禀报说，廷尉大人于昨夜五更回府，一直坐在书房，任谁也不能进去；整整一日半夜，廷尉大人没吃没喝没说话。大约四更时分，廷尉大人进了平日勘审人犯的正厅，说要处置罪案，教一班值夜吏员悉数退出。吏员一出，廷尉大人便从里面关死了正厅大门。廷尉正察觉有些异常，下令一名得力干员在外厅守候，自己便去处置几件紧急公文。大约鸡鸣时分，干员隐隐听见正厅内有异常动静，打门不开，立即飞报了府正。及至廷尉正率护卫甲士赶来，强行打开正厅厚重的大门，一切都晚了……

“廷尉家人，如何了？”李斯终于从惊愕悲怆中清醒过来。

“在下不知，府中已经空无一人。”

“廷尉昨夜，从，从何处回来？”李斯避开话头另外一问。

“禀报丞相：廷尉昨夜造访，典客府……”

梦魇般的李斯踉跄地登车，恍惚地进了典客府。偌大的府邸庭院，

[1]　秦之廷尉府设置三个主要副手：廷尉正、廷尉左监、廷尉右监；廷尉正总揽日常事务。

已经空荡荡没有一个人了。李斯梦游般走进正厅，走进书房，终于在书房正案上看见了一卷铺开的羊皮纸，几行大字晃悠在眼前——

国无正道，顿弱去矣！国之奸宄，李斯祸首也，赵高主凶也，胡亥附逆也，他日若有利器，必取三贼首级以谢天下！

“岂有此理！”李斯一个激灵，梦魇惊醒般大叫一声。

生平第一次，李斯被抬回了丞相府。大病未愈的李斯，又一次病倒了。

姚贾对自己进行了无情的勘审，以最为酷烈的刑罚处置了自己。姚贾断舌、剐面、自缢，三桩酷刑桩桩如利刃刺进李斯心田，活生生是对李斯的勘审刑罚。姚贾追随李斯，尚且自判如此酷刑，李斯该当如何还用说么？身为九卿之首的廷尉，姚贾自然知道大臣意外暴死该如何处置，不可能想不到李斯亲临廷尉府查勘；姚贾留下的血书，不是明明白白地要告知李斯所犯罪行的不可饶恕么？举朝皆知姚贾与李斯同道如一，姚贾如此酷烈地死去，对李斯意味若何，实在是无论怎么估价也不过分的。李斯唯一稍许松心者，姚贾家人族人全部逃遁了。廷尉府的吏员们决然不会去追究此事，御史大夫与其余官署也一定是佯作不知了。短短一年不到，秦法已是形同虚设，有二世皇帝率先坏法杀戮，能指望臣民忠实奉法么？自认法家大才的李斯，能去依法追究姚贾家族逃亡么，能去追究顿弱擅自逃官么？一丝天良未泯，断不能为也。

可以说，姚贾的酷烈自戕已经摧毁了李斯的人事根基，李斯从此失去了最能体察自己、也最有干才最为得力的同道。然则，李斯毕竟还残存着一丝自信与一份尊严：李斯所作所为，毕竟为了维护秦政法治大道不变形，至于奸宄罪孽，毕竟不是李斯亲为，奈何姚贾责李斯过甚哉！但是，顿弱的逃官与留书，则将李斯残存的一丝自信与一份尊严，也冷酷地撕碎了。依据秦法，大臣擅自逃官去职，是要立即严厉追究的。李斯身为丞相，第一个发觉顿弱逃官，却既没有禀报皇帝，也没有部署缉拿；其间根本，除了最后的一丝天良，便是顿弱留下的这件羊皮书。这件留书，李斯是不能交给任何人的：交于胡亥赵高，无异于自套绞索；交于御史大夫府，则无异于公然将“李斯乃天下祸首”这个惊人论断昭示于朝野！

无论哪一种结局，李斯都是不能也无法承受的……

在李斯的心目中，从来没有将朝廷剧变与自己的作为联系起来。也就是说，李斯从来认为，自己的一切作为都是基于维护大政法治不变形而作为的；对胡亥赵高的杀戮罪行，李斯从来没有赞同过，更没有预谋过；至于对扶苏蒙恬之死，李斯虽则有愧，但毕竟是基于政见不同而不得不为也。李斯无论如何没有想到，自己竟会被人认定为奸宄祸首！而且，认定者还是顿弱这般极具声望的重臣。顿弱既有此等评判，安知其余朝臣没有此等评判？安知天下没有此等评判？而果真天下如此看李斯，李斯的万古功业之志岂非付之流水，到头来反成了奸宄不法之亡国祸首？

岂有此理哉！岂有此理哉！

李斯为自己反反复复地辩护着，可无论如何开脱自己，还是不能从顿弱的一击中摆脱出来。人人都知君权决断一切，然顿弱却将胡亥看做附庸；人人都说赵高残忍阴狠，然顿弱却将赵高只看做政变主凶；人人都该知丞相李斯不得已而为之，然顿弱却将李斯看做元凶祸首。顿弱之说不对么？当然不对！一个自信的李斯汹汹然反驳。为何不对？另一个李斯从最幽暗的角落跳了出来，冷冰冰地说，若非你李斯之力，赵高拥立胡亥之阴谋岂能成立？你李斯固非杀戮元凶，然你李斯却是政变成立之关键条件！身为帝国首相，其时你李斯又身在中枢，本是一道不可逾越之正道关口，不越过你这一关，谁能将胡亥这个无能痴儿抬上皇帝宝座？然则，然则，李斯毕竟不是设谋者也，不是动议者也。自信的李斯声嘶力竭，却微弱得连自己也委顿了，也不想再说了……李斯啊李斯，你若不能洗刷自己，便将永远地要被钉在历史的耻辱柱上了……不能，不能！李斯不能是祸首，李斯必须成为原本的正道功臣！李斯要做自己该做的事，不能再听任赵高摆布了……

浑浑噩噩的梦魇里，李斯为自己谋定了最后的对策。

梦魇未消，又一个惊人的消息传进了丞相府。

当府丞一脸惶恐而又嗫嚅难言地走进草药气息弥漫的寝室时，李斯便有了一种不祥的预感。李斯不想问，却也没有摆手让府丞走，灰白的脸色平静而呆滞，似乎已经没有知觉了。府丞犹疑一阵，终于低声道："禀报丞相，治粟内史郑国，奉常胡毋敬，两人一起，一起死了……"李斯猛然浑身一抖，连坚固的卧榻也咔嚓响动了，脱口而出的问话几乎是本能的："死在了何处？何人勘验？"语速之快捷，连李斯自己都惊讶了。"在奉常府，廷尉府大员正在勘验尸身……"府丞话音未落，李斯已经翻身坐起，说声备车，人已神奇地从病榻站到了地上。

车马辚辚开进郑国府邸时，廷尉府吏员们正在紧张忙碌地登录着勘验着。李斯的轺车直接驶进了府邸，停在了出事的后园茅亭外的池畔。李斯没有用卫士搀扶，径自扶着竹杖下车了。走进茅亭，李斯还没察看尸身，先匆忙问了一句："两老有无遗书？"廷尉正答说尚未发现。李斯略微松了口气，一跺竹杖低声道："教廷尉府人等退下，只你一人与老夫勘验。"廷尉正拱手领命，转身便下令，教廷尉府吏员们到远处池畔待命了。

茅亭里外清静下来，李斯这才仔细地打量起来。这座茅亭下，李斯与胡毋敬不知几多次聚酒慨然议论学问治道。李斯熟悉这片庭院，更熟悉这座茅亭。在一统天下后的大秦朝廷中，只有胡毋敬这个太史令出身的重臣，还能与李斯敞开心扉论学论政，与其余大臣聚议则只有国政事务了。唯其如此，这座奉常府，是李斯被千头万绪之琐细事务浸泡得烦腻时必然的光顾之地。但在这座茅亭下，李斯便能直抒胸臆，慷慨激昂地倾泻自己的政学理念，纵横评点天下学派，坦诚臧否诸子百家人物，会商解答胡毋敬统领帝国文事中的种种疑点，举凡天文地理阴阳史籍博士方士无不涉及。在李斯的心目中，胡毋敬是战国名士群中一个特异的老人，既可治史治学，又可领事为政，堪称兼才人物。因为，胡毋敬的迂阔气息很少，从来没有以被诸多学子奉为圭臬的先王大道谏阻过帝国文明创制。也就是说，在文明创制的诸多争论中，最有可能与博士们一起反对始皇帝与李斯的奉常府，在胡毋敬的统领下，倒实实在在地成了帝国文明创制的根基力量之一。如此一个胡毋敬，老了固然老了，二世即位一年多也多告病卧，几乎是深居简出了。然则，胡毋敬毕竟无甚大病，如何饮一次酒便死了？

两位老臣死得很奇异。两人在亭下石案相对而坐，人各一张草席。石案中间是两鼎两盘，鼎中是炖胡羊，盘中是凉苦菜，两鼎炖羊几乎未动，两盘苦菜却几乎都没有了。胡毋敬面前的铜爵还有七八成犹在，郑国面前的铜爵却空荡荡滴酒皆无。胡毋敬靠着身后亭柱，面前摆着一支尺余匕首，平静的脸上荡漾着一丝神秘莫测的笑意；郑国手扶探水铁尺身体前倾，老眼愤愤然盯着胡毋敬，似乎在争辩何事，似乎在指斥何人。旁边的两只酒桶很是特异，一桶是罕见的韩国酒，一桶却是更为罕见的东胡酒，韩国酒已经空了，东胡酒则刚刚打开……

家老禀报说：郑国大人是昨夜二更初刻来造访的，与奉常大人在书房说话直到四更，一直关闭着书房大门，谁也没能进去，谁也不知道两位大人说了些甚。四更末刻，两位大人出了书房，在月光下游荡到了茅亭。奉常大人吩咐摆酒，并指定了酒菜。家老部署停当，留下一个侍酒老仆，自己便去忙碌了。侍酒老仆禀报说，酒菜摆置完毕，奉常大人吩咐他下去歇息，不要再来了。老仆放心不下，远远隐身在池畔石亭下预备着照料诸事。茅亭下的说话声时起时伏，老仆年老耳背，一句话也没听得清楚。直到五更鸡鸣，茅亭下骤然一阵异常笑声，之后便久久没了动静。直至晨曦初现，老仆终于瞅准了亭下两个身影如石雕般久久不动，这才赶了过来，两位大人已经殁了……

“丞相，似是老来聚酒，无疾而终。”廷尉正谨慎地试探着。

“传唤医官，勘验两爵残酒。”李斯没有理睬廷尉正。

片刻之间，廷尉府的执法医官来到。医官先拿起两爵残酒细嗅片刻，又拿出一枚细亮的银针伸进胡毋敬酒爵，银针立即变成了令人心悸的紫黑色。医官低声道：“奉常所饮，有辽东钩吻草毒。”一片寂然之中，医官又拿出一枚银针刺入郑国青紫的下唇，银针渐渐变成了怪异的酱红色。医官低声道：“禀报大人，此毒在下不知名称。”默然良久，廷尉正踌躇道：“丞相既已查明死因，在下只有……”李斯一跺竹杖道：“自然是明白呈报。老夫岂能屈了烈士本心？”一言落点，李斯扶着竹杖径自去了。方出亭外丈许，李斯又蓦然站定转身道：“郑国丧事，老夫亲自料理，无须廷尉府官制处置。胡毋敬丧事，亦望廷尉府网开一面，交胡氏族人处置。若能得平民之葬，老夫便代两老谢过廷尉府了。”廷尉正慨然拱手道：“丞相但有此心，在下拼得一死，安敢不护勋臣忠正之身哉！”骤闻久违了的慷慨正气之言，李斯心下猛然一阵酸热悸动，浑身凝聚的心力轰然消散，喉头猛然一哽便软倒在地了……

旬日之后，病体支离的李斯，为郑国操持了最为隆重的平民葬礼。

秦法有定：官员无端自杀，一律视为有罪，非但不得享受生前爵位礼遇厚葬，且得追究罪责而后论定。唯其如此，李斯请求廷尉府折冲斡旋，能使胡毋敬与郑国不再被追究罪责，而以平民之身了结丧事。若在帝国常政之下，李斯身为奉法首相，自不会有此等请求；廷尉府身为执法官署，也不会接纳此等违法之说。然则，此时之帝国大政业已面目全非，一切皆狰狞变形，故“违法”之举反倒具有了不同寻常的大义。廷尉正之所以不想追究死因，而以“老来聚酒，无疾而终”呈报处置，是想在乱政之中为功臣争得个最后的厚葬。而已经开始痛悔的李斯，则所想不同：郑国胡毋敬双双同时服毒自杀，无疑是对秦政变形的最大不满，是最深的无奈，其间自然也包括了对李斯的失望与不满。从天下评判与身后声誉而言，郑国胡毋敬自杀，无疑为不堪邪政的正道殉国之举；若仍以功臣厚葬两人，则无异于为胡亥赵高贴金，使其至少落得个“尚能善待功臣之名”，而郑国胡毋敬之以自杀抗争，则可能大大地蒙受曲解。是以，李斯宁可使两人不获厚葬，也要维护两位老功臣的声望。李斯深信，一个太史令出身的胡毋敬，一个绝世水工郑国，谁都不会在乎死后如何处置，而更看重一世的节操，更看重大义的评判。如此处置，至少，李斯那颗破碎的心尚能有些许的慰藉。

李斯所痛心者，自己竟在暮年之期失却了这位最敦厚的老友的信任。

自当年的大决泾水开始，李斯便与郑国结下了深厚的情谊。在长长的岁月里，郑国几乎怀疑包括秦王在内的任何人，而只相信李斯，只敬重李斯。寡言的郑国，只对李斯说心里话。素来少和人交心的李斯，也只对郑国毫无隐瞒。郑国不通政事，李斯不通水务，两人共事却和谐得血汗交融……自甘泉宫之后，郑国与李斯的来往越来越少了。然则，当李斯主持始皇帝葬礼焦头烂额的时候，年迈的郑国依然在垂暮多病之时接受了李斯的恳请，带病出来为始皇陵工程奔波……之后，郑国显然对李斯绝望了。因为，不善交谊的郑国在最后的时刻，没有找李斯饮酒，也没有找李斯说话，而是不可思议地找到了同样不善交谊的胡毋敬了结一生。李斯深信，只要郑国来找自己，便是指着自己的鼻子痛骂，李斯也会一如既往地敬重这位老友，甚或，李斯能改弦更张亦未可知。是的是的，郑国固然没有找自己，可李斯自己也没找过郑国。自认绝无迂阔气息的李斯，自认是郑国保护者的李斯，你为何没有体察到郑国在目下艰难之期的绝望？平心而论，你李斯仅仅是忙碌么？仅仅是没有闲暇么？仅仅是内心深处有愧而畏惧面对老友么？不！你李斯在内心深处，是有一丝蔑视郑国之心的。郑国不通政事，不求权力，不善交人。于是，你李斯便将郑国看做了一个大政无主见之人，自觉不自觉地，你以为郑国任何时候都会是李斯的人马，都会跟定李斯，而绝不会疏远李斯，绝不会对李斯生出贰心……事实果真如此么？非也，非也。郑国已经以不告而永别的方式，宣布了与你李斯的最终分道。李斯啊李斯，你自以为精明得计，实则何其浅陋，何其不通人心也！……

郑国的墓地，李斯选在了泾水瓠口峡谷的一片山坳里。

老秦人没有忘记郑国。尽管葬礼未曾知会任何局外人，泾水两岸的民众还是络绎不绝地赶来了，瓠口峡谷的山坳里摆满了香案牺牲，已经是男丁罕见的老秦人扶老携幼妇孺相搀，黑压压布满了山头。下葬那日，漫山遍野哭声震天，悲怆愤激之情虽始皇帝国丧而未尝得见。李斯眼睁睁看见，两个老石工跌足捶胸恸哭不已，两三个时辰竟哭死了过去，最后与郑国一起合葬了……

那一日，李斯想放声恸哭，老眼中却干涩得没有一滴泪水。当年，李斯是河渠总署，对泾水两岸的老秦人比郑国稔熟许多。可是，整整一日葬礼，竟没有一个老秦人与他说话，连同县乡三老在内的男女老幼，都远远绕开了他这个当年总司民力的河渠总署，避之唯恐不及。送葬之前，李斯为郑国亲自书写了墓石刻文，那是两行揪扯肝肠的文字：“天赋神工兮终殉大道，清清泾水兮如许魂灵，故人长逝兮知音安在，刎颈不能兮长太息我伤！”那两行秦篆文字苍老颤抖，力透丝帛，实在是李斯书法中最难得的神品。然则，那个最负盛名的老石工接过李斯的刻文时，脸却冷若冰霜。

最令李斯痛心者，是回到咸阳堪堪三日，便得到了县令禀报：那方石刻上的大字莫名其妙地没有了，被人铲平了。李斯难堪了，李斯恼怒了，愤然带着马队护卫亲自赶到了瓠口，要重新立起碑石，要诛杀敢于擅自铲平丞相手书的不法之徒。然则，当李斯看到墓石上新镌刻的五个大字，不禁倒吸了一口凉气，颓然跌坐在地了。那五个大字是：郑国是郑国！——老秦人民心昭昭，不许李斯与郑国相连，宁非视李斯如国贼哉！暮色之中，李斯独自站在郑国墓前，欲诉无语，欲哭无泪，直觉自己已经堕入了沉沉万丈深渊……

踽踽回到咸阳，李斯连续接到九原王离的三件急书：其一，卫尉杨端和奉诏赶赴阴山，为皇帝五万材士遴选战马，夜来与牧民饮酒大醉，归程中马失前蹄跌入山谷，尸身难觅！其二，辽东大将辛胜巡视长城至渔阳，自投峡谷而死，尸身难觅！其三，太仆马兴奉诏赴雁门郡督导材士营战车打造，于幕府失踪逃亡，大印留在令案，没有任何留书！如上三事，王离称业已上书皇帝，可泥牛入海未见任何批回诏书，请命丞相府处置。

捧着三份急书，李斯双手簌簌颤抖，一句话也说不出来……

李斯再也没有心绪过问国政了，确切地说，是不知如何过问了。当年，李斯的丞相府一旦对政事有断，知会三公九卿府之任何官署，便能立即推行。曾几何时，济济一堂的三公九卿一个一个地没有了，举目朝廷一片萧疏寒凉，任何政令都难以有效推行，更不说雷厉风行了。即或晋见胡亥造访赵高，得到的也只是一件诏书而已，能否落到实处，实在也是难以预料。如此国政，纵然丞相又能奈何？……李斯木然地掰着指头，心中掠过一个熟悉的身影，心头猛然一颤。除了太尉王贲善终之外，虽非三公实同三公的蒙恬首先死了，其后，老冯劫也被罢黜了；老三公之中，唯余李斯冯去疾两个有名无实的丞相了。九卿重臣，几乎悉数覆没：郎中令蒙毅死了，廷尉姚贾死了，宗正老嬴腾死了，奉常胡毋敬死了，治粟内史郑国死了，卫尉杨端和死了，典客顿弱逃隐了，太仆马兴也逃隐了，皇皇九卿，只留下一个少府章邯了……

一种无以言说的孤独淹没了李斯。

一种比绝望更为刺心的冰冷淹没了李斯。

孰能预料，倏忽一年之间，承继始皇帝而再度开拓大秦新政的宏愿已告灰飞烟灭？李斯百思不得其解的是，毁灭皇皇大秦的这个黑洞，为何竟能是自己这个丞相开启的？分明是要再开拓再创制，如何便能变成了沦陷与毁灭？不可思议哉！不可思议哉！闷热的夏日，李斯第一次感到了自己的渺小与苍白，感到了自己才力的匮乏，终日踽踽独行在池畔柳林的小径中思谋着如何了结自己的一生……踽踽之中，流火七月倏忽到了，李斯终于谋定：七月二十二日乃始皇帝周年忌日，在这一日，李斯要在始皇陵前大祭，要在始皇陵前自杀谢罪！想透了，李斯也轻松了。李斯很为自己最终能从无休止的谋身私欲中摆脱出来，而有了一种欣慰之感。只有李斯想定了要自杀以谢天下的时候，李斯才真切地感受到自己内心的真正的渴求：只要能融入那一片灿烂的星云，纵然一死，何其荣幸也！苟活人世而陷入泥沼，李斯的灵魂将永远无以自拔。

然则，李斯又一次没有料到，一场突如其来的弥天风暴不期来临了。

大泽乡的惊雷炸开之时，连同李斯在内的一切人的命运都剧烈地改变了。

第四章 暴乱潮水

一 大泽乡惊雷撼动天下

二世元年五月，河淮大地出现了亘古未闻的天象征候。

灰蒙蒙云团时聚时散，红彤彤太阳时隐时现。似乎是九州四海的云气都向大平原上空汇拢聚集，穹庐寥廓的天际如万马奔腾，却没有一团黑云能遮住苍黄的太阳，一天灰云在出没无定的阳光底色下显出漫无边际的苍白。分明是雷声阵发，却没有一滴雨。分明是乱云疾飞，却没有一丝风。天地间既明亮又幽暗，活生生一个大蒸笼，将整个大平原捂在其中闷热得透不过气来。无垠的麦田黄灿灿弥漫在苍翠的山原河谷之间，有序的村落镶嵌在整肃的驰道林木边际，一切皆如旧日壮美，唯独没有了农忙时令所当有的喧闹沸腾。田间没有农夫，道中没有商旅，村落间没有鸡鸣狗吠，闷热难当中浸出一片清冷萧疏。

两匹快马从驰道飞下，打破了大平原的无尽清冷。在刻有“陈里”两个大字的村口，一个身着黑色官衣的骑士飞身下马，将马缰随意一撇便大步走进了村落西面的小巷。那匹青灰色鬃毛的牝马向身后空鞍的黄马嘶鸣几声，两马便悠闲自在地向村口的小河草地去了。骑士在小巷中走过一座座门户紧闭的庭院，打量着门户前的姓氏刻字，径自来到了小巷尽头。这道干砖堆砌的院墙很是低矮，同样是干砖堆砌的门墙上刻着一个不起眼的“陈”字。骑士目光一亮，叩响了木门。

“敲甚敲甚！门又没关，自家进来！”院内传来愤愤然的声音。

“一个大男子尚能在家，陈胜何其天佑也！”骑士推开了木门。

“周文？”院内精瘦男子停住了手中活计，“你如何能找到这里？”

“穷人都住闾右，门上都刻姓氏，有甚难了？”

“你是县吏官身，俺与你没瓜葛。”陈胜冷冰冰盯着来人。

“陈胜兄，周文为你谋事，你倒与我没瓜葛了？”

“鸟！谋俺谋到渔阳！谋俺去做屯丁！”

“是屯长！陈胜兄当真懵懂，渔阳戍边是我能做得主的事么？”

“有事便说，没事快走。”陈胜依旧冷着黝黑的瘦骨棱棱的脸。

“我只一件事，听不听在你。”叫做周文的县吏也冷冷道，“此次征发尽是闾左贵户子弟，又是两郡徭役合并，我怕你这个屯长难做，想撮合你与吴广结成兄弟之谊。你陈胜若不在乎，周文抬脚便走。”

“你？你与那个吴广相熟？”陈胜惊讶了。

“岂止相熟？你只说，要不要我介绍？”

“要！”陈胜一字吐出，立即一拱手笑道，“周兄见谅，坐了坐了。”

“你老鳏夫一个，没吃没喝坐个甚？要见立马走。”

“走也得带些吃喝，两三百里路哩！”

“不用。知道你会骑马，我多借了一匹马来，只管走。”

“有马？好！好好好，走！”

陈胜一边说话一边进了破旧的正屋，匆匆出来已经换上了一件稍见干净的粗布衣，一手提一只破旧的皮袋笑道：“昨夜俺烙了几张大麦锅盔，来！一人一袋。”周文道：“青黄不接一春了，你老兄还有余粮，能人也！”陈胜呵呵笑道：“你也不闻闻，这是新麦！甚余粮？俺是正经自家割麦自家磨面，一人吃饱全家不饿！”周文惊讶道：“你家地都卖了，你割谁家麦去？盗割可不行，我这县吏要吃连坐哩！”陈胜摇手道：“你老兄放心，俺能盗割么？家家没了丁壮，我给谁家抢割点早熟大麦，谁家不给我两捆麦子？走走走！”两人一边说一边收拾院落关门闭户，片刻间便匆匆出了小巷来到村口。周文一个唿哨，两马从村外小河旁飞来。两人飞身上马飞出了陈里，飞上了驰道，直向东南而去了。

一路奔来，陈胜一句话没有，内心却是翻翻滚滚没个安宁。

这个陈胜，不是寻常农夫。多年前，陈胜因与暗查土地兼并的皇长子扶苏不期而遇，陈家耕田被黑恶世族强行兼并的冤情得以查清，耕田得以原数归还，陈胜也因此与颍川郡及阳城县的官吏们熟识了。少时便有朦胧大志而不甘佣耕的陈胜，在与吏员们的来往中逐渐见识了官府气派，歆慕之余，也逐渐摸索到了自己脚下有可能摆脱世代耕田命运的些许路径。陈胜谋划的这条路径是：先为官府做些催征催粮之类的跑腿杂务，凭着手脚勤快利落肯吃苦，慢慢积得些许劳绩，使县吏们举荐自己做个里正亭长抑或县吏之类的官身人物。在陈胜心目里，这便是自己光宗耀祖的功业之路。陈胜相信，自己一定能够做到。因为，大秦官府比颍川郡曾经的韩国楚国官府强多了，既清明，又公正，只要你辛勤劳作又有干才，官府一定不会埋没你。

陈胜最早认识的这个周文，原本是楚国项燕军中的一个军吏，名号颇怪，谁都记不住。楚国灭亡后，周文流回了陈郡老家。因识文断字，两三年后，周文便被乡老以“贤者”之名，举荐到陈城县府做了田吏。周文勤于政事，颇有劳绩，很快又被升迁到颍川郡的阳城县做了县丞。后来，周文在与陈胜的一次聚酒中颇有醉意，陈胜问周文做过甚官。周文高声大气地说，视日！陈胜问视日是甚官？周文满脸通红地嚷嚷说，知道么！楚军巫术之风甚盛，视日是楚军专设的军吏，职同司马，专一地观望天候云气，为大军行止决断吉凶哩！陈胜大是景仰，纠缠着周文要学这视日之术。周文万般感慨地拍着陈胜肩膀道："大秦官府公道哩！你学这虚叨叨本事顶个鸟用！兄弟只要实做苦做，何愁没个正经官身也！"也就是从那时起，陈胜看到了脚下的实在路径，将懵懂少壮之时的空言壮语早已经看做痴人说梦了。

然则，便在陈胜勤苦奔波县乡派下的种种事务时，情势却越来越不妙了。官府原本说好的，长城即将竣工，直道也即将竣工，之后便是民力还乡，男乐其畴女修其业。陈胜也将县令这些话风快地传给了各亭各里，满心期盼着即将到来的官身荣耀。因为，县丞周文已经悄悄地告知了陈胜，民力归乡之后县政便要繁杂许多，他可能擢升县令；其时，周文将举荐陈胜出任亭长或县府田吏，合力将阳城治理成大秦法政之楷模！可不到一年，天神一般的始皇帝骤然殁了，天地乾坤眼看着飞快地变得没鼻子没眼一团漆黑了。非但原本说要返乡的民力不能返乡了，还要继续徭役大征发。骊山陵、阿房宫、长城屯卫、北地戍边等等等等一拨接一拨的征发令来了。不到半年，整个阳城的闾右男丁都被征发尽了，贫贱民户再也无丁可征了。陈胜走到哪里催征，都被父老妇孺们骂得不能开口，说陈胜是半个骗子半个官，专一糊弄穷人。周文也大为沮丧，非但擢升县令无望，反倒因征发不力的罪名被贬黜成了最不起眼的县啬夫，由县丞变成了最寻常的县吏，举荐陈胜更是无望了。处处挨骂的陈胜大觉难堪，愤然之下决意不吃这碗跑腿饭了，索性溜回村里混日子了。不料便在此时，阳城县接到郡守最严厉的一道书令：闾右若无男丁，续征闾左男丁，徭役征发不能停止！

历来史家对闾左闾右之说多有错解，认定"闾右"是村中富贵户居住区，“闾左”是村中贫贱户居住区，由此将《史记·陈涉世家》中的“发闾左……九百人”解释为征发贫贱男丁九百人。《史记索隐》，首开此解也。其实不然，秦政秦风崇左，以左为上，以右为下，闾左恰恰是富贵户居住区，闾右恰恰是贫贱户居住区。此间要害，不在“贫富”两字，而在“贵贱”两字。秦政尚功，官民皆同。尚功激发之要，恰恰在于以能够体现的种种外在形式，划分出有功之人与无功之人的种种差别。对于民户，有功获爵获赏者，谓之贵；无功白身无赏者，谓之贱。有爵有赏之民户，庄院可大，房屋可高，出行可乘车马；无爵无赏之民户，则庭院虽可大，然却不得高产（门房高大），上路也只能徒步。如此种种差别，自然也不能混同居住，于是，便有了闾左闾右之分：贵者居住于闾（村）之左方，一般而言便是村东；贱者居住于闾之右方，一般而言便是村西。这里，贱与贵皆是一种官方认定的身份，未必与生计之穷与富必然相连。也就是说，居住闾右的贱户未必家家生计贫困，居住闾左的贵户也未必家家生计富裕。就征发而言，若是从军征发，尤其是骑士征发，则闾左子弟先行征发，因为从军是建功立业之阶梯，是荣耀之途。徭役征发则不同，徭役之劳不计功，甚或带有某种惩罚性质，譬如轻度犯法便要以自带口粮的劳役为惩罚，是故，徭役必先征闾右贱户。当然，不先征闾左徭役，不等于绝不征发闾左一个徭役。通常情况下，是总能给闾左之民户保留一定数量的劳力人力，而不像征发闾右那般有可能将成年男丁征发净尽。

二世胡亥在始皇帝葬礼工程之后，又开阿房宫又开屯卫戍边，业已征尽了天下闾右之民力犹不自觉，竟迫使李斯的丞相府继续征发闾左之民力，实为丧心病狂之举也。这一荒诞政策的真正危险性在于：征发闾左之民，意味着胡亥政权掘断了大秦新政最后的一片庶民根基，将剑锋搭上了自家脖颈。

征发闾左之民，使阳城县令与吏员们陷入了极大的难堪困境。

闾左之征，主要在两难：一则，是叫做屯长的徭役头目难选。闾左子弟几乎家家都是或高或低的爵位门庭，或积功受赏之家，谁也不屑做苦役头目，即或有个屯长名号，也是人人拼命推辞。二则，是闾左子弟难征，凑不够官府所定之数。闾左难征又有三个原因：一是闾左之家多从军，所留耕耘丁壮也已经是少到了不能再少；二是闾左之家皆有爵位，县府吏员不能如同对待闾右贱户那般强征强拉，偶有逃役之家，县府也不能轻易治罪，须得至少上报郡守方能处置；三是闾左之家消息多，早对朝局剧变有了愤懑怨声，为国效力之心几乎是荡然无存了。

如此情势之下，征发闾左之民成了颍川郡最棘手的政事。恰在此时，随二世胡亥大巡狩的丞相李斯来了。李斯定下了两则对策：一是闾左徭役不能空，至少要够千人之数；二是颍川郡与陈郡合并为一屯之征，原本的一郡各千人减为两郡凑千人。李斯走后，两郡守各自召齐了本郡的县令县吏会商举荐，两郡竟没能在闾左可征子弟中定下一个人。最后还是遭贬的周文憋出了一个办法，叫在县府做过帮事的陈胜做屯长。郡守与县令们都听说过这个陈胜，一思谋竟无不欣然赞同。于是，屯长之位终归落到了陈胜头上。

当周文奉县令之命前来宣示书令时，陈胜黑着脸连连大吼："看老子没饭吃么！鸟屯长！俺不做！"周文思忖了一阵，拍着陈胜肩膀低声而又颇显神秘地说："兄弟，我倒看你该去。""如何我该去？你才该去！"陈胜没好气地嚷嚷着。"你莫上火，听我说。"周文低声道，"说实话，我看这天下要出大事！兄弟有贵相，没准这个屯长，正好是你出头之日！"陈胜一时大为惊愕："如何如何，俺有贵相么？咋贵了？"周文道："说你也不明白，你只去。左右在家也是一个人，屯长好赖吃得官粮，没准到边地挣个将军当当，也未可知。至少，这是看得见摸得着的出路。”陈胜不禁大笑：“好你个周啬夫！徭役不能入军，俺不知道么？骗俺！不中！俺偏不去！”周文忍不住骂道：“你个陈胜有鸟本事！不就有点胆气么？不出门还想找出路，做梦！去不去在你，干我鸟事！我只说明白：目下不去，到头来被县令派人绑了去，连屯长官粮也没了！你自想去！”陈胜嘿嘿干笑着，挠头思谋了半日，终归万般无奈地应允了。

没几日，周文又来知会陈胜：陈郡选定的屯长是阳夏人吴广，两郡守已经议定，陈胜吴广并称屯长，共同主事。陈胜一听来了火气：“鸟！两马驾辕有个好么？不中！俺不做这鸟屯长！”这次周文没再劝说陈胜，而是立即赶回县府如实禀报了陈胜发怒拒绝。县令听得又气又笑道：“这个陈胜！还说不做屯长，一个徭役头目也要争个正副，倒是会当官！”周文说了陈胜一大片好话，又说了贱户子弟统率贵户子弟的种种难处，县令这才重新禀报了郡守，请求复议屯长事。没过几日便有了消息：两郡守重新会商议定，以陈胜为主事屯长，居正，吴广副之。周文来知会，陈胜又嚷嚷说要县府给屯长配备官衣甲胄，最好能带剑。周文气得大骂陈胜疲（痞）民得寸进尺。陈胜想想将官府也折腾得够受了，便嘿嘿笑着不说话了。周文终究义气，虽则气狠狠走了，却没撂开陈胜不管。今日还来给陈胜引荐吴广做兄弟交，陈胜如何能拒绝？须知，这两郡闾左子弟千人上下，陈胜吴广两个闾右丁壮做屯长，难处本来便多如牛毛，若两人再不同心，如何能有个好？陈胜原本精明过人，又在县府跑腿多年，深知其中利害，故而周文一说立马便走……

陈郡的阳夏地面，多少还有星星点点的妇孺老幼蠕动着。

驰道边的无边麦田一片金黄，灰白色天空下，麦浪中隐隐起伏着一点点黑色包头。当陈胜周文拐下驰道，进入田头小道时，麦浪中飘来一阵嘶哑如泣的女人歌声：

黔首割大麦
田薄不成穗
男儿葬他乡
安得不憔悴
……

游丝般的饮泣呻吟中，麦海中骤然站起一个光膀子黑瘦男丁，一边扯下头上黑布擦拭着汗水，一边遥遥喊道："老嫂子莫唱了，听着伤心！过得片刻我来帮你！"远远地一个黑布衣女子直起了腰身，斑白的两鬓又是汗又是泪地一招手："兄弟不用了……谁家人手都紧……"女人一语未了，抹抹泪水又埋到麦海中去了。黑瘦男子一阵打量，向身后麦田低声道："草姑子，你先拢拢麦捆子，我过去看看石九娘。"一个头不及麦高的女孩子疲惫地应了一声，黑瘦男子便提着一张铁镰刀大步向远处的麦田去了。那个隐没在麦海的女人直起了腰身，手里一撮拔起的大麦还带着湿乎乎的泥土。女人看见男子走来，勉力地笑了笑："大兄弟，回去，老嫂子慢慢拔了。"黑瘦男子摇头道："老嫂子，石大哥修长城殁了，你儿子石九又在咸阳徭役，帮帮你该当的。你手拔麦子咋行？来！这把镰刀你用，我来拔！"说着话黑瘦男子将镰刀往女人手中一塞，自己便弯腰拔起麦来。两鬓斑白的女人掂了掂手中镰刀，抹了抹一脸汗泪哽咽道："家有个男人多好……大兄弟啊，男人死的死了，没死的都被官府征走了，这日子可咋过也……"黑瘦男子一边拔麦子一边高声道："老嫂子，我也要走了。官府疯了，黔首只有陪着跳火坑，老天爷也没办法！"女子惊讶道："你不是刚修完长城回来么！又要走？"黑瘦男子道："那是大将军蒙恬还在，我走得早！没来得及走的，都被弄到直道去了！一样，回到家的还得去！这不，连闾左户都要尽征了，间右户还能逃脱了？”女人听得一阵愣怔，跌坐在麦田中不能动了……

“老嫂子！镰刀给俺！”一个粗重的声音突然响起。

“你？你是何人？”黑瘦男子惊讶地抬起头来。

“吴广兄弟，俺叫陈胜。不说话，先割麦！”

精干利落的陈胜二话不说，从女子手中拿过长柄镰刀嚓嚓嚓挥舞起来，腰身步态俨然一个娴熟的农家好手。黑瘦汉子蓦然醒悟道：“陈胜？你是这次的屯长陈胜！”陈胜没有回头也没有说话，只奋力舞动着长柄镰刀一步一步结结实实地向麦海深入着。黑瘦汉子稍一打量又蓦然高喊：“周文大哥！拔麦子的是你么？”麦海另一头站起一人，遥遥向黑瘦汉子摆摆手，又隐没到麦海去了。黑瘦汉子重重地咳了一声，也不再说话，猛然弯腰奋力拔麦了……眼看天色渐渐暗了下来，三人终于在麦海中碰头了。呼哧呼哧的粗重喘息中，三人对望一眼，没说一句话一齐撒手跌坐在麦堆上了。

“三个兄弟，手都出血了……”女人过来一脸泪水，“起来，回去，歇着……老嫂子给兄弟们蒸新麦饼！走……”陈胜摆摆手道：“不饿不饿，麦子收了不搬运，天一下雨就白忙活了。吴广兄弟，有车么？没车便背！连你家的一起收拾了！”两手起满血泡的周文也气喘吁吁道：“也是，吴广兄弟要走了，麦田得收拾干净了。”吴广高声道：“不能不能！周文大哥从来没做过粗活，如何能再劳累？回去回去！要做也明日！”陈胜一指灰蒙蒙云天道：“麦田争晌！你看老天成啥样了？随时都会下雨！你去找把镰刀来，你我两人杀麦！周文大哥帮老嫂子做饭送饭，小侄女与大妹子找车找牛拉麦，夜来便叫这片地净净光！”周文大笑道：“陈胜倒会铺排！吴广兄弟，我看就如此了。”吴广奋然站起一拱手道：“好！多谢两位大哥！我去借镰刀叫老婆！”

“周文兄弟，跟老嫂子走！”女人一抹泪水也走了。

蒙蒙夜色下，这片辽阔清冷的麦海中破天荒地有了夜间劳作。两镰杀麦声嚓嚓不断，田头送饭的火把时时摇曳，牛车咣当嘎吱地响动着，给这久无人气的空旷田野平添了一丝鲜活的慰藉。及至天色麻麻亮，灰白的云层团团翻卷在头顶时，两家麦田都是一片干净了。三人并肩踉跄着走出地头时，周文指着灰白翻卷的云团低声说了两句话，教陈胜吴广一起猛然打了个激灵。周文说的是："云气灰白不散，天下死丧之象！两位兄弟，同心患难最是要紧！"

"陈胜大哥！吴广听你！"

"吴广兄弟！血肉同心！"

四手相握，血水汗水吧嗒吧嗒地滴进了脚下的泥土。

将及六月底，两郡只凑够了九百人的闾左徭役。

虽不足千人，两郡还是接到了太尉府的徭役进发令："发颍川郡陈郡闾左之民九百人，以陈胜吴广为屯长，谪戍渔阳，限期一月抵达，失期皆斩！"谪(音 zhé)者，问责也。谪戍者，惩罚性戍边也。也就是说，这九百人虽是戍边屯卫，却不是从军的士兵，而是从事徭役劳作的入军苦力。唯其如此，两郡守经过会商，议定从颍川郡的阳城县与陈郡的阳夏县各出一名县尉并五名县卒，押解九百闾左徭役赶赴渔阳郡；期限是一个月，若逾期抵达则全部斩首。

依据今日地理位置，渔阳郡治所在今北京市密云与怀柔之间，颍川郡在今河南省郑州市地带，陈郡在今河南省淮阳周口地带。若以稍北的阳城县为出发点北上至渔阳，地图直线距离大体一千公里上下，计以种种实际曲折路程，则大体在三千余里上下。若以稍南的陈城为出发点，则距离无疑超越三千里了。也就是说，这支徒步赶路的徭役队伍，每日至少要走八十余里到百余里，才能在期限内到达渔阳郡。以常人步行速度，每小时大体十里上下，每日至少得走八小时到十余小时，若再加上歇息造饭扎营劳作，以及翻山越岭涉水过险等艰难路段，几乎每日至少得奔波十五六个小时。对于长达两三千里的远途跋涉，这是紧张又紧张的。战国兵法《尉缭子》云："故凡集兵，千里者旬日，百里者一日，必集敌境，卒聚将至。"一日百里，这是久经训练的军旅行军速度，而且仅限于千里之内才能如此兼程行军；若距离超过千里，则在古代历来视为长途异常行军，通常不会硬性限定时日。秦法之根基是商鞅变法时所创立的法律，其时秦国领土路程至多不过千里上下，以兵法行军要求徭役，民力尚能支撑。而二世胡亥即位后以赵高申法令，"用法益刻深"，竟至对长途跋涉三千里的徭役民力，也以每日百里之速度限期抵达，显然是太过苛刻而不合常理了。

此前，由于陈郡地广路远，闾左徭役集中较慢。颍川郡的陈胜接到郡守书令，于五月中便领着颍川郡的四百余名闾左民力南下，赶赴陈郡的陈城先行等候。临行之时，陈胜找到周文辞行，对官府的这种不就近而就远的做法大为不解，又骂骂咧咧不想做屯长了。周文说，这也是郡守没办法的办法，让四百余人在颍川郡空等十来天，空耗颍川郡府库粮食不说，万一跑了几个人或出了甚意外，岂不是郡署的大麻烦？周文也是沮丧得牢骚满腹，说如今这官府谁还担事，谁担事谁死得快，是我也赶紧将你推出去了事。陈胜只有借着酒意大骂了一通院中老树，万般无奈地走了。

三五日间赶到了陈城，陈郡民力尚在聚集。陈胜吴广密商一阵，每日便拉着两个因押解重任而被称为"将尉"的县尉去小酒肆盘桓，饮些淡酒，嚼些自家随身带来的山果面饼，没话找话地说着，左右要结交得两个将尉热络起来。这是陈胜的主意。陈胜说，几千里路限期赶到，牛马都能累得半道趴下，何况是人？闾左子弟素来轻蔑我等闾右民户，再不交好这两个将尉，你我就是老鼠钻进风囊两头受气。诚实厚重的吴广赞同了，且立即拿出了自家的五六十枚半两钱，与陈胜一起凑了百钱之数。几日下来，两个将尉觉得陈胜吴广很是对路，竟轮流提着一袋子半两钱，邀两个屯长到陈城的大酒肆吃喝了两次，痛饮了一番。及至进发令颁下时，四个人已经是相互称兄道弟了。自然，两个将尉都是大哥，陈胜吴广只能是小兄弟。

不料，进发令一宣，九百多人立时嚷嚷得鼎沸。

一个月期限太紧，根本赶不到，不是分明杀人么？全部愤愤然地嚷叫，都脱不开这几句话。陈胜还没开口，阳城将尉吼喝起来："嚷嚷甚！都给我闭嘴！听我说！"待人群渐渐安静下来，阳城将尉高声道："郡守已经请准了太尉府：期限不能改！路径自家选！到渔阳有两条路：一条渡河北上，经河内北上，过邯郸郡、巨鹿郡、广阳郡，最后抵达渔阳郡！一条路向东南下去，经泗水郡，再北上过薛郡、济北郡，从齐燕大道进入渔阳郡！选哪条？自家说！"将尉话音落点，林下营地立即乱纷纷嚷叫起来，各说各理纷纭难辨。吴广见状，跳上土台高声道："都莫嚷嚷！听屯长说话！"闾左徭役们这才想起还有两个闾右屯长，一时闹哄哄嘲笑起来："还屯长哩！屯长知道渔阳郡在南边还是北边？泗水郡在东面还是西面？啊！"陈胜不禁腾地蹿起一股心火，却压住了火气跳上土台高声道："诸位！陈胜既是屯长，便得为众人做主！路要自家走。俺说得对，大家便听！俺说得不对，大家便不听！如此鸡飞狗跳，能选定路径么！"几句话喊罢，营地中竟出奇地安静了下来。显然，闾左徭役们都没有料到，一个闾右贱户还能说出如此理直气壮的一番话来。

"俺说！"陈胜的声音昂昂回荡，"北上路近，然却没有直通大道。一路山高水险，走得艰难，还免不了跌打损伤死人。看似近，实则远！走东南再北上，看似远得许多，却有中原驰道、楚齐驰道、齐燕驰道三条大路！运气要好，中间还可趁便坐坐船歇歇脚，其实是近！最大的好处是，免得死伤性命！诸位说，哪条道好？”

“东南道好——！”林下齐声一吼，没有一个人异议。

“两将尉如何？”陈胜一拱手请命。

“娘的！这乱口汹汹竟教兄弟一席话摆平了，中！”阳夏将尉大是赞赏。

“都说好，我还说甚？明日上路！”阳城将尉大手一挥定点了。

后世看来，这支徭役部伍的行进路线，是一个很少为人觉察的历史奥秘。奥秘所在者，出事之前的行进路线与原本所去之目标，全然南辕北辙也。《史记·陈涉世家》是直然连接：“二世元年七月，发闾左谪戍渔阳，九百人屯大泽乡。”此后便是叙述起事经过，根本没有说明何以北上渔阳却到了东南泗水郡的蕲县大泽乡，何以如此南辕北辙？于是，后世有了诸多的猜想、剖析与解密。最富于想象力的一种说法是：这是一支秦军的叛逆部伍，根本不是徭役民力，是着意背离目标而远走东南发动叛乱的。就实而论，《史记》没有交代原因，应该是没有将此当做一个问题。因为，秦代交通干道的分布，在百余年之后的司马迁时期还是很清楚的。最大的实际可能是：除非大军作战需要，徭役商旅等民力北上都走这条很成熟的平坦大道；民众很熟悉，官方也很熟悉，无须特意说明。

六月底，这支九百人的屯卒部伍踏上了东南大道。

上路之日天低云暗，灰白色的云莫名其妙地渐渐变黑了。吴广与周文相熟，知道些许云气征候迹象，悄悄对陈胜说：“黑云为哀色，老天不妙，很可能有大雨。”陈胜昂昂道：“就是下刀子也得走，想它弄啥来，走！走一步说一步！”说罢便前后忙碌照应去了。也是刚刚上路，屯卒人众体力尚在，一连五日，日日准定百里稍有超出。依如此走法，一个月抵达渔阳该当不是大事。

孰料，第六日正午刚刚进入泗水郡的蕲县地面，一天黑云便刷啦啦下起了小雨。陈胜一算计，六日已经走了六百余里，依着路道规矩，也该露营一半日让大家挑挑血泡缓缓神气吃吃热乎饭了。陈胜拉着吴广对两将尉一说，两将尉也说能行。于是陈胜下令，在蕲县城东北三十余里的一座大村庄外的一片树林里扎营，埋锅造饭，歇息半日一夜，明早赶紧上路。疲惫的屯卒们大是欢欣，一口声夸赞陈胜是个好屯长，会带兵。绵绵密密的细雨中，九百屯卒一片忙碌，在避风避雨的土坡下扎了营地，捡拾枯枝干柴埋锅造饭烧热水，人人忙得汗水淋漓。及至暮色降临，屯卒们人人都用分得的一瓢热水搓洗过了腿脚，菜饭也已经煮熟了。屯卒们每人分得一大碗热乎乎的菜饭团，呼噜噜吃光喝净，整个营地便扯起了雷鸣般的鼾声……

“快起来！大闷雨！还死猪睡！”

当屯卒们在一脸汗水雨水的陈胜的吼叫中醒来时，人人都惊愕得脸色变白了。大雨瓢泼般激打着树林，那声音叫人头皮发麻，林中一片亮汪汪的哗哗流水，地势稍低的帐篷都泡进了水里。大雨可劲下着，天上却没有一声雷鸣。显然是老天郁积多日，下起了令人生畏的大闷雨。

“愣怔个鸟！快！拔营！转到林外山头去！”

在陈胜吴广的一连串吼叫中，将尉与十名县卒也从唯一的一顶牛皮军帐中钻出来了。一看情势，两将尉二话没说便喊了声对，下令县卒们立即转营。屯卒们见将尉也是如此主张，再不怀疑陈胜，立即一片乱纷纷喊声手忙脚乱地拆帐收拾随带衣物熟食，蹚泥蹚水地跑向树林外的一座山头。吴广站在山头向天上打量片刻，对陈胜高声道：“天雨不会住！这里还不行！要靠近村里，找没人住的空房落脚！”陈胜立即点头，一手抹着脸上雨水一手指着山下远处嘶声大喊道：“吴广说得对！

跟俺来！到乡亭去！”屯卒们已经信服了这个屯长，陈胜一拔脚，屯卒们便呼啦啦一片跟着去了。两名将尉打量了一阵地势，也带着县卒们跟来了。

“果然！大泽乡亭！”吴广指着一柱石刻大喊着。

“进去！”陈胜大喊，“不许乱来！听号令！”

雨幕之中的这片庭院，显然是这个名叫大泽乡的乡亭了。杂沓蜂拥而来的人群塞满了廊下，空荡荡的大庭院顿时喧嚣起来。一个白发苍苍腰身佝偻的老人，从庭院角落的一间小屋走了出来，惊讶地打量着这黑压压冒出来的人群。吴广看见了老人，连忙上前拱手说明了情由。老人喃喃道：“怪道也，我说目下都没男子了，哪里来这一大群精壮？”吴广问：“这庭院可否住下？”老人说：“这是大泽乡亭的官署，都空了一年了，想住几日住几日。”吴广问：“这乡署为何比寻常乡署大？”老人说：“大泽乡是蕲县大乡，大泽乡与大泽亭合署，故而叫做大泽乡亭，比寻常乡署大许多了。”吴广问：“亭长在么？”老人说：“亭长乡长，都领着乡卒们带徭役工程去了。亭长一拨在咸阳阿房宫，乡长一拨在九原直道哩。只剩我这个老卒看守乡亭了。”吴广将老人领到陈胜面前时，将尉县卒们也恰恰赶到，吴广将老人所说的诸般情形一说，陈胜与将尉连声说好，一致决断便住在这里等候放晴上路。

陈胜吴广立即察看了所有房屋，立即派定了住所：将尉与十名县卒，住了三间最好的房子；其余屯卒打乱县制，以年岁与是否有病分派住处：年长体弱者住正房大屋，年轻力壮者住牛棚马圈仓储房等；陈胜吴广两人，住进了一间与看守老卒一样的低矮石屋。如此分派，众人无一人不满，欣然服从之余，立即忙乱地收拾随身物事，纷纷走进了指定所在。大约过午时分，一切都在茫茫雨幕中安定了下来。

不料，大雨连绵不停了。一连旬日，黑云翻卷的天空都是沉沉雨幕，无边无际地笼罩大地，似乎要淹没了可恶的人间。日日大雨滂沱，山原迷茫。乡亭内外皆水深及膝。雨水积成了无数大河小河，遍野白茫茫一片。大庭院的屯卒们，最初因劳碌奔波暂歇而带来的轻松笑语早没有了，每日都聚集在廊下阴郁地望着天空，渐渐地一句话都没有了。年轻的后生们则纷纷赤脚蹚进水中，望着雨雾弥漫的天空，木呆呆不知所以。两名将尉与县卒们也没辙了，每日只唉声叹气地阴沉着脸不说话。两将尉随带的酒囊早空了，只好每日摇晃着空空的酒囊骂天骂地。谁都不敢说破的一个事实是：一个月的路程已经耽搁了十日，便是天气立即放晴上路，只怕插翅也飞不到渔阳了！若到不了渔阳，八月初无论走到哪里，都会被全部就地斩首！

陈胜的脸越来越黑了。这一日，陈胜将吴广拉到了乡亭外一座空旷的不知祭祀何人的祠堂。幽暗的祠堂中，陈胜良久没说话，吴广也良久没说话。最后，还是陈胜开口了："吴广兄弟，你我终是要死了！"吴广闷闷地答了一句："大哥是屯长，没个主张？"陈胜嘶声道："俺不说，说了也白说。"吴广道："你不说，咋知道白说？"陈胜气狠狠道："狗日的老天！分明教人死！逃亡是死，到渔阳也是死！左右非死不可，只有等死！"吴广目光一闪道："若不想等死，咋办？"陈胜一拳砸上了空荡荡的香案："死便死！怕他啥来！等死不如撞死！弄件大事出来！"

"大事，甚大事？"

"死国！"

"死国……为国去死？"

"鸟！反了，立国！死于立国大计，强于伸头等死！"

"大哥真是敢想，赤手空拳便想立国。"吴广丝毫没有惊讶。

"王侯将相，宁有种乎！"

"倒也是。"吴广思谋道，"反得有个由头，否则谁跟你反？"

"天下苦秦久矣！"陈胜显然有所思谋，望着屋外茫茫雨幕，话语罕见的利落，"人心苦秦，想反者绝非你我。俺听说二世胡亥本来便不该做皇帝，他是少子！该做皇帝的，是公子扶苏！扶苏与蒙公守边，大驱匈奴，又主张宽政，大有人望。二世杀扶苏，百姓很少有人知道，许多人还以为扶苏依然在世。俺等就以拥扶苏称帝为名，反了它！"

"拥立扶苏，好！只是……我等目下身处楚地，似得有个楚人旗号。"

"这个俺也想了！"陈胜奋然搓着双手，"楚国便是项燕！项燕是楚国名将，曾大胜秦军。楚人多念项燕，有说项燕死了，有说项燕跑了。俺等便打他旗号！"

"好！这两面大旗好！"吴广奋然拍掌，又谨慎低声道，"不过，一定要细。教这九百人齐心反国，要一步步来。"

"那是！你我得仔细盘算！"

雨幕潇潇，两人直到天黑方回到乡亭。

次日天刚亮，陈胜来到将尉房，要将尉领他去蕲县城办粮。两个将尉睡得昏沉沉未醒，好容易被陈胜高声唤醒，一听说大雨出门立即黑了脸。陈胜说炊卒营已经没米谷下锅了，再不办粮便得一齐挨饿。阳城将尉便从腰间摸出太尉府的令牌扔了过来道："你是屯长，令牌上刻着名字，自个儿去了。"说罢倒头便睡。陈胜高声说，那俺与吴广一起去了。阳城将尉哼了一声。陈胜便大步匆匆出门了。

这屯卒徭役上路，不若军旅之行有辎重营随带粮草。徭役征发是一拨一拨数百上千人不等，若各带牛马车辆运粮上路，显然是于官于民皆不堪重负的。帝国徭役多发，法令严厉，遂在天下通令施行徭役官粮法以方便征发民力。所谓徭役官粮，专指出郡的远途徭役由所过县府从官仓拨粮，其后由郡县官署间相互统一结算，再落实到徭役者本人来年补交粮赋。因屯卒是戍边劳役，是故比寻常的工程徭役稍有宽待，官府全部负担路途粮谷，每人每日斤两堪堪能吃得八成饱罢了。连日大雨，屯卒营在城父县背的粮食，只吃菜煮饭也已经吃光了，只得冒着大雨办粮了。所谓办粮，便是或将尉或屯长持太尉府的屯卒征发令牌，在县城官府划拨粮谷，而后自家随身背走；一县所供粮谷，以徭役在本县内路程长短而定，中原之县大体是一至三日的口粮。今日冒雨办粮，陈胜吴广召齐了所有精壮四百余人上路，必得在明日天亮前背回粮谷，否则难保没有人逃亡。

大泽乡距蕲县城三十里上下，虽是乡亭大道，奈何也已经泥水汪洋。屯卒们拖泥带水整整走了半日，这才抵达县城。及至办完粮谷，每人背起半麻袋数十斤粮谷往回赶，已经是天色暮黑了。陈胜情急，要去县府请得百十支火把上路。吴广摇头道，大雨天火把有用么？不行，还是天亮再走。万般无奈，陈胜便带着几百人在城门洞内的小街屋檐下窝了一夜，天亮连忙匆匆回程。走走歇歇，好容易在午后时分看见了那片乡亭庭院。

此时乱云浮游，天光稍见亮色，刷刷大雨也转雨丝蒙蒙。押后的吴广正到大泽里村边，却见一个红衣人头戴竹皮冠，身背黑包袱，赤脚从村中趟水走出，长声吟唱着：“云游九州四海，预卜足下人生——”吴广忍不住骂道：“吃撑了你个混子！还卜人生，死人能卜活么！走开走开！”红衣人却站在当道悠然一笑：“死活死活，死本可活，活本可死，非我卜也，足下命也。”吴广心中一动停住了脚步，待最后几个屯卒从身边走过，正色低声道：“先生果能卜命？”红衣人道：“占卜者，窥视天机也。能不能，在天意。”吴广道：“好。你且随我到那座祠堂去。哎，我没钱了。”红衣人笑道：“世间行卜，有为钱者，有为人者，有为事者，有为变者。人皆为钱，岂有生生不息之人世？你纵有钱，我也没处用去，说它何来也。”吴广知此人不是混世之人，便先行蹚着泥水进了祠堂，反身来接时，红衣人也已经趟着泥水到了廊下。

“足下是卜事？”

“你如何知道？”

“命悬一线，何须道哉！”

幽暗的祠堂中一个对答，吴广更觉出此人不同寻常，遂不再说话，只静静看着红衣人铺排物事。红衣人跪坐于香案前，打开包袱铺到青砖地面，从一黄布小包中拿出一把细长发亮的茎秆往中间一摆，拱手道：“请壮士起卦。”吴广神色肃然地走到祠门，向上天深深一躬，回身跪坐于红衣人对面，将一支茎秆郑重地拨到了一边。红衣人悠然道：“太极已定，当开天地之分。”说着，随手将剩下的四十九根蓍草分做两堆，分握于左右手；一摇左手说声天，一摇右手说声地，左手又从右手中抽出一支草茎，夹在左手小指与无名指之间，悠然道：“此乃人也。”然后，方士放下右手中的草茎，用右手数左手中的草茎，每四根一数，口中悠然念道，“此乃四季。”最后余下四根草茎，夹在无名指与中指之间，悠然道，“此乃闰月也。”手中草茎一阵组合，红衣人喃喃念道，“此乃第一变。”遂在大青砖上用一支木炭粗粗地画了一道中间断裂的纹线。吴广大体知道，那叫爻线，六爻画出，便是一卦了。果然，红衣人喃喃念完六次之后，青砖面上画出了一排粗大的断裂纹线。

“这是……”吴广专注地看看卦象，又看看卜者。

“壮士，此乃震卦之象。”

“敢请先生拆解。”

红衣人一根草茎指着卦象道：“震卦之总卦象，乃天地反复，雷电交合，人间震荡之象也。此象之意，预兆壮士将与人携手，欲图一件超凡大事。”

“果然如此，吉凶如何？”吴广心头骤然翻滚起来。

“卦辞彖曰：震往来厉，危行也。其事在中，大无丧也。壮士所图，大险之事也，然最终必能成功。此谓，虽凶无咎，震行无眚。”

“又险，又能成？……”

“震卦深不可测，卦象有借鬼神之力而后成之意，请壮士留心。”

“先生器局不凡，能否留下姓名，日后在下或可于先生张目。”

“我乃旧韩人，姓张。足下知我姓氏足矣，告辞了。”

红衣人走进了霏霏细雨，蹚进了没膝泥水。吴广愣怔地站在廊下凝望红衣背影片刻，又猛然大步蹚进了泥水。红衣人回身悠然一笑：“壮士还有事么？”吴广一拱手道：“敢问先生，若有人想成天下大事，何等名号可用？”此话原本问得唐突，内中玄机只有吴广明白。吴广难忍一问，原没指望红衣人回答，只朦胧觉得该有如此一问，否则心下不安。不料红衣人却站住了，似乎丝毫没觉得意外，只仰面望天，任雨水浇到脸上。良久，红衣人吐出了两个字一句话：“张，楚。楚地楚人，张大楚国也。”吴广愣怔间，红衣人已经哗啦哗啦去了。

回到乡亭营地，吴广与陈胜就着昏黄的烛光，喁喁低语直到四更。吴广说了红衣人的占卜话语，陈胜也是惊喜莫名。两人依着各自所知道的全部消息与听来的全部知识，精心竭力地谋划着有可能最见功效的法式，决意要以鬼神之力撬动这九百人了。

次日天色如故，乱雨冷风使人浑然不觉是七月流火之季。虽说昨夜吃了一顿热和饱饭，屯卒们还是纷纷挤到了屋檐下望天叹气，渐渐地，有人开始哭泣了。正在此时，庭院外有人突然惊叫起来：“快来看！天上下鱼了！天上下鱼，快来看也！”廊下吴广一边大喊着胡说，一边冲出了大庭院。吴广素与屯卒们交好，这一跑一带，百无聊赖又郁闷之极的屯卒们一哄而出，纷纷攘攘地一齐冲到了乡亭大门外。门外一人头戴斗笠身披蓑衣，显见是当地大泽乡人。此人身旁的车道沟已经积成了一片雨水池塘，水中游动着一条大鱼，金红色鳞光闪动，似乎在惊惶地挣扎。斗笠人操着楚语高声比画着："晓得无？怪也！我正趟路，大鱼嗖！啪！从天上掉进了水里！大泽乡水面，没有过此等金红怪鱼！"一屯卒大喊："分明天鱼也！开个水道，放它游到河里去！"众人立即纷纷呼应："对对对！天鱼！放了天鱼！"有人正要跳下水刨开池塘，吴广大喊一声不对，又连连喊道："天降大鱼，定有天意！我等月余不见荤腥，上天赐我等炖鱼汤！拿回去炖了！"屯卒们立即又是一片呼应："屯右说得对！天予不取，反受其咎！炖鱼汤！"更有人大喊着："对也！没准这天鱼肉永世吃不完！我等不用挨饿了！"在屯卒们的哄笑中，吴广对斗笠人道："兄弟见得天鱼，给你两个半两钱如何？"斗笠人连连摇手道："莫莫莫！你等外乡客，天鱼降在你等营地，便是你等之天意！我是地主，如何能要钱了？"说罢一拱手，蹚着泥水去了。于是，那个要刨池塘的屯卒连忙捞起了天鱼抱在了怀里，被众人哄笑着簇拥着回到了庭院。

"庄贾杀鱼！"一进庭院，吴广喊了一嗓子。

"来也——！"一个系着粗布围腰的年轻炊卒提着一把菜刀跑了来，兴冲冲看着已经在陶盆中游动的红鳞大鱼，抓耳挠腮道，"只是这鱼，咋个杀法耶？"众人一片哄笑中，一个屯卒过来高声道，"来来来，我杀！我家住水边，常杀鱼哩！"叫做庄贾的炊卒连连摇头大嚷："不行不行！全营就两把菜刀，炊兵不能交人用。""闷种你！"那个屯卒笑骂着伸手夺过菜刀，"都快死的人了，还记着律令，蠢不蠢！"边说边从陶盆中抓起大鱼，"看好了，鱼从这里杀……"切开鱼腹，那个屯卒突然一怔，"哎！不对也！"

“看！鱼腹有红线！”

眼见鱼腹软肉中一丝红线，屯卒们惊讶了，没人说话了。杀鱼屯卒一咬牙，菜刀一用力便将鱼腹剖开，却见一团红色在鱼腹中蠕动着大是怪异。杀鱼屯卒小心翼翼地伸手一挖，不禁一声惊诧：“怪也！鱼腹红绫！”屯卒们大是惊愕，有人便大喊：“屯右快来看，鱼腹红绫！”吴广从廊下大步过来挤入人圈，惊讶道：“愣怔啥！快扯开！”杀鱼屯卒抓住红绫一角啪的一抖，三方黑块蓦然一闪。

“曲里拐弯！天书也！”

“不！是字！”

“对！三个官字！小篆！”识字者连连大喊。

“认得么？啥字？”吴广满脸惊疑。

“陈，胜，王……这，这是……”识字屯卒一脸狐疑。

“陈胜王？陈胜，不是屯长么？”有人低声嘟囔了。

“没错！陈胜王！”有人惊讶失声。

“陈胜王？陈胜王！陈胜王？陈胜王……”惊疑迅速在人群荡开了。

“兄弟们慎言！”吴广正色道，“虽说天鱼天意，也不能害了屯长！”

“对！谁也不许乱说！”炊卒庄贾恍然惊醒。

“不乱说，不乱说。”屯卒们纷纷点头。

“好。一切如常。庄贾炖鱼汤。”吴广做了最后叮嘱，屯卒们兴奋莫名地散了。

这天鱼天书之事原本并非人人知晓，可随着午饭的人人一碗看不见鱼的藿菜鱼汤，便迅速弥漫了每一间大大小小的石屋砖屋。屯卒们坐在密匝匝的地铺上，相互讲述着刚刚发生在清晨的神异，越传越神了。及至天色将黑，“陈胜王”三个字已经成了屯卒们认定的天启，一种骚动不安的气氛开始蔓延了。除了两名将尉与十名县卒，“陈胜王”已经成了屯卒们公开的秘密。黑幽幽的初夜，又下起了弥漫天地的大雨。雨声中，每间石屋的屯卒们都头碰头地聚相议论着，没有一个人睡觉了。天鱼天书的出现，意外地在屯卒们绝望的心田抛下了一个火星，原本死心一片的悲怆绝望，变成了聚相议论种种出路的纷纷密谋。三更时分，激烈的窃窃私议依然在无边的雨幕中延续着。距离将尉住房最远的马圈里，五十多个年轻屯卒尤其激烈，吵吵声与刷刷雨声融会成一片。突然，一个阳城口音惊呼道："都莫说话！快听！弄啥声！"

"大楚兴！陈胜王！大楚兴！陈胜王……"

黑幽幽夜幕雨幕中，传来尖厉的鸣叫，似人非人，一遍又一遍地响着，令人毛骨悚然。一个屯卒大着胆子蹑手蹑脚走到马圈门口，刚刚向外一张望便是一个屁股蹲儿跌倒在地："我的娘也！亭，亭门外啥光？蓝幽幽！……"几个人立即一起拥到马圈口，立即纷纷惊呼起来："狐眼！狐子精！""对！狐鸣！""狐作人语！天下要变！""对对对！没错！狐精在破祠堂门口！"纷纷攘攘中，屯卒们几乎一窝蜂拥出了马圈。立即，其余石屋砖房的屯卒们也纷纷拥了出来，雨幕中的大庭院挤满了赤脚光脊梁的沉寂人群。无边雨声之中，那尖利怪异的声音又随着蓝幽幽的闪烁飘了过来，一声又一声在人们心头悸动着："大楚兴！陈胜王！大楚兴！陈胜王！"

"天也！"不知谁惊呼了一声，满庭院屯卒们忽然不约而同地呼啦啦跪倒了。

"弟兄们，跟陈胜走，没错！"吴广在人群中低声喊着。

"对！跟陈胜走！"

"跟陈胜走！争个活路！"众人的低声呼应迅速蔓延开来。

一阵低沉的骚乱之中，陈胜光膀子赤脚跑来了，刚进人群问了声弄啥来，已被屯卒们轰然包围了……自这一夜起，这座大泽乡亭始终没有安宁，黑幽幽的一间间房屋中酝酿着一种越来越浓烈的躁动。三日之后，眼看已经到了七月二十，陈胜吴广又带着四百余屯丁去蕲县办粮了。夜半蹚着泥泞雨水归来，绝望的消息立即传遍了乡亭屯卒：蕲县官府已经奉命不再供粮，教九百屯卒听候官府处置！吴广私下传开的消息是：因了天雨，泗水郡官兵凑不够数不能决刑，天一放晴，官府便要调集官兵来斩首我等了！屯卒们连日密议密谋，人人都有了拼死之心，夜来消息一传开，业已断粮的乡亭营立即炸开了。陈胜吴广四处劝说，才死死压住了骚乱。天色将明之时，陈胜吴广与各县屯卒头目秘密聚议，终于商定出一个秘密对策并立即悄悄传了开去。屯卒们终于压住了满心愤激，忐忑不安地开始在等待中收拾自家的随身物事了……

天方放亮，庭院传来了吴广与将尉的争吵声。

“鸟个吴广！再乱说老子打死你！”阳城将尉举着酒囊醉醺醺大叫。

“我等凑钱给你买酒！你只会骂人么！”

“你天天说逃亡！老子不杀了你！”

“又冷又饿！不逃耗着等死么！我等今日要个说法！”

“反了你！来人！拿起吴广！”阳城将尉大喝了一声。

县卒们还没出来，屯卒们呼啦啦拥了过来一片喊声：“对！不放人就逃！”闻声赶来的阳夏将尉举着酒囊大喊：“陈胜！教他们回去！犯法么！”远处站着的陈胜冷冷道：“你放人，俺便教兄弟们回去。”吴广愤然大叫：“回屋等死么！不饿死也要斩首！你等官人还有人心么！”阳夏将尉大怒，吼喝一声大胆，猛然一马鞭抽来。吴广不躲不闪，一鞭抽得脸上鲜血激溅滚倒在地。吴广愤激跳起大叫：“我偏要逃！要逃！”阳夏将尉连抽数鞭，红眼珠暴凸连连吼叫：“你是阳夏人！你他娘跑了教老子死么！我先教你死！”说话间将尉扔掉皮鞭，长剑锵然拔出！屯卒们惊呼之际，吴广一跃而起，飞身抓住了阳夏将尉手腕。将尉空腹饮酒本来晕乎乏力，手臂一软，长剑已到了吴广手中。旁边陈胜大吼一声杀，立即扑向了旁边的阳城将尉。吴广一剑将阳夏将尉刺倒，又向阳城将尉扑来。阳城将尉正在惊愕失色呼喝县卒之际，猛然被陈胜凌空扑倒，又被赶来的吴广一剑洞穿了胸口。陈胜跃起大吼一声："杀县卒！"立即操起一把门边铁耒冲进了县卒屋。县卒们日久大意，方才出门没带长矛，此刻在将尉方才号令下刚刚冲进屋来取兵；不防陈胜与屯卒们已经蜂拥而入，各色木棍铁耒菜刀一齐打砸，县卒们当即乱纷纷闷哼着倒地了。一阵混打吼喝，县卒全被杀死在小屋中。吴广带血的长剑一举，高呼："祠前聚集！陈胜王举事了！"屯卒们呼啸一声，纷纷捡起县卒的长矛冲出了石屋……

片刻之间，破旧的祠堂前拥满了黑压压人群。屯卒们愤激惶恐，人人身背包袱，有人手握着木棍竹竿铁耒菜刀等种种可手之物，绝大多数则是赤手空拳地张望着。十支长矛与陈胜吴广的两口长剑，在茫茫人群中分外夺目。人群堪堪聚集，廊下吴广举起血剑一声高呼："弟兄们！陈胜王说话！"

"陈胜王说话——！"屯卒们一口声高呼。

陈胜一步跳上门前台阶，举起长剑高声道："弟兄们！俺等大雨误期，已经全部是死人了！即或这次各自逃亡不死，还是要服徭役！还是苦死边地！但凡戍边，有几个活着回来！原本说大秦一统，俺等有好日子！谁料苦役不休，俺等庶民还是受苦送死！弄啥来！壮士不死则已，死则举大名！叫天下都知道俺等！王侯将相，宁有种乎！"

"不死！举事——！"雨幕中一片怒吼。

吴广举剑大吼："天命陈胜王！拼死反暴秦！"

"天命陈胜王！拼死反暴秦！"

"陈胜王万岁——！"雨幕中震天撼地。

“今日斩木制兵！明日举事！”陈胜全力吼出了第一道号令。

立即，屯卒们在茫茫雨幕中忙碌了起来，从乡亭仓储中搜集出仅存的些许工具奔向了空荡荡杳无人迹的原野，扳倒了大树，折断了树干，削光了树皮，削尖了杆头，做成一支支木矛。也有屯卒拥向一片片竹林，折断了竹竿，削尖了杆头，做成了一支支竹矛。炊卒庄贾的两口菜刀忙得不亦乐乎，大汗淋漓手掌流血，仍在削着一支又一支竹竿。更有一群屯卒砸碎大石，磨制出石刀石斧绑上木棍，呼喝着胡乱砍杀。住在马圈的年轻屯卒们，则闹哄哄拆掉了马厩，将马厩的木椽一根根砍开，打磨成了各色棍棒。陈胜吴广与各县头目则聚在一起，秘密筹划着举事方式……

次日清晨，大雨骤然住了，天色渐渐亮了。

当屯卒们又一次聚集在祠前时，所有的人都袒露着右臂，弥漫出一片绝望的悲壮。祠前一根高高木杆上绑缚着一面黄布拼成的血字大旗，“张楚”两个字粗大笨拙地舒卷着。廊下的陈胜吴广穿着从两名将尉身上剥下来的带血甲胄，显得狞厉而森然。看看要冲破云层的太阳，陈胜大喊了一声：“今日举兵！祭旗立誓！”旁边吴广大吼一声：“斩两将尉首级！祭我张楚大旗！”立即有四名屯卒将两具将尉尸体抬来，陈胜吴广一齐上前，各自一剑将二人头颅割下，大步摆到了旗下的石案上。二人向石案跪倒，一拱手同声高诵：“苍天在上！陈胜吴广等九百戍卒举事大泽乡！倒秦暴政，张大楚国！若有二心，天诛地灭！”两人念一句，屯卒们吼一句，轰轰然震天撼地。祭旗一毕，吴广站起身向陈胜一拱手昂昂然高声：“举事首战！天命陈胜王发令！”

“追随陈胜王！”屯卒们一片吼声。

“好！”陈胜举剑指天高声道，“天光已出，天助我也！目下俺等还是腹中空空，要吃饱才能打仗！要吃饱，第一仗打大泽乡，搜尽各里仓房存粮兵器！只要先拿下乡亭十几个仓储，俺等人人吃饱，日后死了也是饱死鬼，不是饿死鬼！走——！”

“攻大泽乡！做饱死鬼——！”人众一声呐喊，光着膀子拥向了四周村庄。

后世史书所谓“攻大泽乡”，实际是拥入各“里”（行政村）抢掠里库的少量存粮与器物，以为初步武装而已，并非真实打仗。其时淮北泗水郡相对富庶，人口稠密，大泽乡之类的大乡，大体当有十个上下的“里”。在徭役多发的秦末，村中精壮十之八九不在，九百人席卷十数个村庄是非常容易的。天尚未黑，最初的攻杀劫掠已全部完成了，掠得的粮谷米酒器物衣物等乱糟糟堆成了一座小山。当夜，九百人在大泽乡亭外大举篝火造饭，大吃大喝一顿又呼呼大睡了一夜。次日天明，陈胜吴广立即率领着这支因绝望而轻松起来的乱军，奋力卷向了蕲县城。

屯卒们乱纷纷吼叫着，蹚着泥水遍野拥向蕲县。当日午后时分，当大片黑压压屯卒漫卷到城下时，不明所以的蕲县城门的十几个县卒们连城门也没来得及关闭，棍棒人群已冲进了城里。片时之后，县署被占了，县令被杀了，小小县城大乱了。暮色时分，一杆无比粗糙的“张楚”大黄旗插上了蕲县箭楼，陈胜王的欢呼淹没了这座小小城邑。

三日之后，这支已经尽数劫掠了蕲县财货府库与屯集旧兵器老库的徭役农民，有了十几辆破旧战车，有了几百支铜戈，人马已经壮大到千余人。陈胜吴广会商决断：立即沿着通向中原的驰道攻占沿途县城，攻到哪里算哪里，左右得有个立足之地。于是，徭役军立即乱哄哄开拔，先攻与蕲县最近的铚县。其时暴乱初发，天下郡县全无戒心，县令县卒多为征发奔忙，根本想不到会有如此一股猛烈的飓风卷来，几乎每一座县城都是听任乱军潮水般漫卷进城。几乎不到十天，农民军便先后“攻”下了淮北的铚县、酂县、苦县、柘县、谯县五座县城，雪球迅速滚大到了六七百辆老旧战车，千余骑战马及数千士卒。陈胜吴广大为振奋，立即向淮北最大的陈城进发。

如同曾经的几座城池一样，乱军迅速攻占了陈郡首府陈城。陈郡既是吴广的故里，又与陈胜故里颍川郡相邻，更是当年楚国的末期都城之一。为此，陈胜吴广一番会商，遂在陈城驻扎下来，并接纳了纷纷赶来投奔的一群文吏儒生的谋划，在陈城正式称王，公开打出了“张楚”的国号。

陈胜立国称王，是七月暴乱之后又一声撼天动地的惊雷。

以当时情势，短短月余之间，这支九百人的徭役屯卒，在面临斩首的绝望时刻揭竿而起斩木为兵，以必死之心谋求活路，走上了为盗暴乱之途。如此不可想象的大叛乱，在执法严厉的帝国竟没有受到任何惩罚，且乱军如入无人之境，竟能在数十日内立国称王。这在笃信秦法与帝国强大威势的臣民心目中，已经荒诞得不可思议了。正是惊愕于这种荒诞与不可思议，始皇帝时代奠定的强盛帝国的威权，第一次显出了巨大的缺陷与脆弱。这一事实，既摧毁了恪守着最后职责的臣民的信念，又激发出六国复辟势力与潜在的野心家以及种种绝望民众的强烈效法欲望。尤其是陈胜不可思议地飞速地立国称王，其对天下的震撼，远远大于最初的暴乱。首开暴乱之路，未必具有激发诱惑之力，毕竟，暴乱极有可能被加倍地惩罚。然则，暴乱而不受惩罚，且立即取得了巨大的成功。一个佣耕匹夫一举成为诸侯王，这种激发与诱惑之力是不可想象的。后世史家云“旬日之间，天下响应”，虽是显然地夸大，然在消息传递缓慢的农耕时代，其后两月之间各种暴乱弥漫天下，却也实在是史无前例的。正是在陈胜称王之后的九月十月，几乎所有的潜在反秦势力都举事了，后来的种种旗号都在两个月之内全部打出。其间直接原因，无疑是陈胜称王立国的激发诱惑之力。

这次被后人称为“第一次农民大起义”的事变，在中国历史上有着极为深远的意义。这看似偶然的一点火星，像一道惊雷闪电掠过华夏大地，像一个火星打上浇满猛火油的柴山，轰然引发了各种潜在势力的大爆发，生成了亘古未见的秦末大混战风暴。在这场历史性的大混战中，陈胜吴广的农民军既是发端者，又是最初的主流；虽然迅速被后来出动的帝国官军与六国复辟势力的外攻内蚀夹击吞没，然却具有不可磨灭的历史价值。这一历史价值在于：中国农民第一次以暴力的方式表达生存要求，第一次以破坏性力量推动了政权更迭的改朝换代，从而在本质上成为华夏文明重构的一种隐蔽的建设性与破坏性兼具的力量。

二　芒砀山逃亡者在刘邦率领下起事了

陈胜暴乱的消息迅速传开，所在地泗水郡最为震荡不安。

第一个闻声而起的，是早已逃亡隐匿在芒砀山的一群流窜罪犯。

这是泗水郡沛县[1]的一支徭役，一年前赶赴咸阳为骊山陵服役，路经芒砀山而多有逃亡，大约二三十人随着领役头目留了下来，在山中狩猎流窜。这个头目是沛县泗水亭的亭长，名叫刘邦，后来大名赫赫的汉高祖。刘邦的亭长生涯与逃亡生涯，被后来的太史公抹上了许许多多的神秘印记，左股七十二黑子、老父田头相贵、芒砀山斩蛇、赤帝白帝之争、东南天子气、吕氏女云气说等等等等不一而足。此等说法大多都是后来的必要的附会，姑妄听之而已。究其实，刘邦的这段亡命生涯是很苦的，是惶惶不可终日的。百余人赶赴徭役而中途逃散大部，身为亭长的刘邦非但不报官府，且放任逃亡，又纠结余者流窜山林；依据秦法，

[1]　沛县，今山东省微山湖以西地带。

这是比陈胜吴广等的“失期”更为严重的罪行，灭族几乎是无疑的。应该说，刘邦的绝路比陈胜吴广等更甚。然则，在大约一年的时日里，刘邦却没有选择发难起事，自甘悄悄做了事实上的流盗，并未公然对抗官府。此间真实原因大体有三：一是刘邦官身重罪，深恐公然举事累及整个族人；二是刘邦有小吏阅历，看不准的事，没成算的事，都不会第一个去做；三是芒砀山临近乡土，流窜狩猎的同时，再结好当地富户，尚有活路。凡此等等原因，刘邦一伙在芒砀山流窜了至少大半年，虽说也聚结了百人上下的山民，还算活得下去，然毕竟是流盗生涯，个个变得黝黑精瘦竹竿一般，整日为谋得肚皮一饱而过着野人一般的日月。

大约在八月末最艰难的时分，刘邦们正在为刚刚过去的雨灾山洪忙碌，更为即将到来的冬日雪天煎熬时，县城赶来了一个屠户要见刘邦。这个屠户叫做樊哙，也是刘邦小吏生涯的结交之一。樊哙是受刘邦两个老友县吏萧何曹参的委托，特意来找寻刘邦。樊哙告知刘邦一个惊人的消息：滞留在蕲县大泽乡的徭役举事了，已经攻占了五座县城，目下已经攻占陈郡立国称王！

“陈胜称王了？立国了？”刘邦惊愕得一双眼睛都立直了。

“千真万确！假话猪挨一刀！”屠户樊哙急色了。

“娘的！这大秦真成了豆渣饭？”刘邦搓着倏忽变得汗淋淋的双手。

“刘大哥，还有好事！”

“快说！”

樊哙带来了一则更实际的秘密消息：萧何曹参两个县吏说动了县令，也想举事反秦；萧曹二人劝说县令，沛县子弟官府不熟，难以激发，最好将逃亡在外的刘邦一群人召回一起举事；届时人多势众，沛县民众便不敢不跟着反秦。县令欣然赞同，萧曹两人便派了樊哙来召刘邦回去共图大举。

“好！举旗称王，大丈夫当如是也！”刘邦哈哈大笑。

当日，刘邦立即召集起百数十个流亡者，慷慨激昂而又嬉笑怒骂地说了一通：“诸位兄弟！这是樊哙兄弟！他从县城带来消息，说目下已经有人反秦了，陈胜九百人连下五座县城，还占了陈郡，称王了！立国了！人家吃得饱，穿得暖，有得马骑，有得战车！我等兄弟如何？黑不溜秋干瘦，饿得人干屎打着胯骨响！再不反，人家把稠的捞干了，我等兄弟连稀汤也没的喝了！刘季没有多的话，反了好吃好喝！不反忍饥挨饿！都说反不反？我刘季只等兄弟们一句话！”

“反！反！反！”山石上一片乱纷纷叫嚷。

“好！连夜上路，回沛县！”

如此这般，刘邦率领着这百十号流盗急匆匆出山了。次日暮色时分，这群流盗赶到了沛县城外。然则，分明说好的事却生出了意外。沛县城楼上见刘邦人群黑压压赶来，一阵牛角号响起，城门竟隆隆关闭了。刘邦见状情知有变，不禁气得跳脚大骂，思忖一阵又怕是县令诱他出山捕拿的诡计，不禁便想立即返回芒砀山。樊哙却嚷嚷说不怕不怕，城里也就几十个县卒，想拿人也没力气，不妨我先进城问问萧曹出了何事？刘大哥尽可在城外起火吃喝，等到明日再说！刘邦一想也是，便吩咐樊哙小心，而后便下令架起篝火烧烤随带的囤积猎物，吃着喝着骂着等了起来。不想夜半时分，萧何曹参樊哙三人竟买通门吏逃出了县城，找到了刘邦。萧曹二人一阵诉说，刘邦才知道了事情原委。

原来，樊哙走后沛县令又后悔了，说刘邦一身痞气不像正人，又有一帮流盗相助，不能共事反秦。萧曹两人都说县令出尔反尔，恐生民变。县令大为不悦，阴沉着脸半日无话。今日萧何从交好的县尉口中得知，县令有秘密诛杀萧曹两人的谋划。两人正在设法逃城出走投奔芒砀山，不想刘邦便回来了。萧曹之意，城内人心浮动，只要施以胁迫，沛县城很可能不攻自破。三人密商一阵，萧何立即用随身白帛写就了一篇文字。

“城上听了！刘邦有书给沛县父老！”

四更时分，刘邦在城下大喊一声，将绑着白帛的长箭射上了城头。

城头县尉接到箭书，却没有禀报县令，而是立即传给了惶惶不安的几名族老。这白帛上写的是：“沛县父老留意，天下苦秦久矣！今诸侯并起，泗水郡即将大乱！沛县令不欲举事，必召乱军屠沛之大祸！沛县父老若能同心诛杀县令响应诸侯，而后选子弟贤者而立，则家室完好！否则，父子族人俱遭屠戮，万事无为也！”族老们一看之下大是惊慌不安，立即召各族人众秘密会商，片刻间便议定了自保举事对策。天色蒙蒙亮时，城内民众与十几名县卒各持棍棒菜刀一齐蜂拥攻入县府，拿住县令立即杀了。天色大亮时，沛县城门便隆隆打开了。

刘邦人群堂而皇之地进入了沛县城。当日，刘邦立即郑重召来城内族老们议事。族老们一致推举刘邦为沛县令，护持沛县生计。刘邦笑道：“目下这县令，是杀头的差使也！我看萧曹两位选一个出来做了。”萧何当即说自己胆识俱无，成不得大事。曹参也说自己只知杀人断狱，没领县大才。樊哙不耐嚷嚷道：“让个鸟！刘大哥来劲！刘大哥县令！”一白发族老也再度拱手道：“老夫素闻刘季命相大贵。君为县令，沛县亦能托君之福以保平安，莫辞让也！”萧何众人一齐拱手齐声：“敢请刘亭长就任县令！”刘邦一阵大笑道：“好好好！刘邦就做了这个鸟县令！官府大军来了，刘邦第一个挨刀！”众人不禁一阵笑声，齐喊了一声：“见过刘县令！”于是，大秦郡县便有了第一个未经官府任命的流盗县令。

三日后，县城车马场举行了粗朴隆重的起兵大典。

依萧曹谋划，县令名号尽管对刘邦与民众而言，已经是大官了，然要举事天下，县令名号却显太小，故此，刘邦当称沛公以对天下。公者，春秋战国大诸侯之君号也。刘邦称沛公，便有了会同诸侯之意。尽管此时尚未真正地诸侯并起，然作为张势之名，尽快将自己列为一路诸侯，不失为刘邦一群大局见识也。这个起兵大典，实际便是拥立沛公杀出沛县的大典。大典祭祀两个人神，其一是百战百胜而一统华夏的黄帝，其二是称为“五兵战神”的蚩尤。其意在昭示沛公既有黄帝之威德，又有蚩尤战神之战力。县城车马场遍插五色旗帜，中央高杆上垂挂一面大纛旗，红底黑字大书一个“沛”字。大旗下一面牛皮大鼓，广场四周拥满了棍棒兵刃混杂的布衣民众。

清晨卯时，几支牛角号向天吹动，呜呜声悠长沉重地弥漫开来。萧何手举长剑，宣诵了沛公名号。刘邦头戴自家制作的竹皮冠，在黄帝蚩尤两祭案前憋着劲正色高声念完了几句简短的祭祀文告：“黄帝天帝，蚩尤战神，昊天有灵，伏惟告之：刘邦起兵，诛灭暴秦，与民康乐！祈黄帝蚩尤诸神，护佑刘邦终成大势，护佑我沛县子弟战无不克！”在全场民众的呐喊中，萧何举剑宣布了最后一道天启仪式——兽血溅鼓。

与陈胜吴广一样，萧何曹参与刘邦也密谋出了天意激发之道。萧何有心，依据刘邦芒砀山斩杀白蛇的传闻，附会了一则刘邦为赤帝子的说法，要在此次大典中名正言顺地抬将出来激发追随者。司礼的萧何宣完程式，便有十几名兵卒抬来了狗鹿猪三头活牲，站在了那面牛皮大鼓下。屠户樊哙赤膊持刀大步上前，左臂挟起活狗右手一刀捅向狗颈，狗血便直喷皮鼓；掷掉狗尸挟起活鹿又一刀，一股鹿血又激溅大鼓。此时活猪尖叫不已，樊哙左手拎起猪耳，猪身凌空嚎叫中右手猛捅一刀，猪血顿时飞溅鼓面。顷刻之间，牛皮鼓面鲜血横流，红亮异常。

“沛公赤帝子也！血红正色！”萧何举剑高呼。

“沛公万岁！赤帝子万岁！”全场乱纷纷呐喊起来。

大典之后，刘邦萧曹樊哙等率领着在沛县纠集的两三千民众，向北攻占了胡陵、方与两座县城，攻杀丰县县城时却意外地遇到了抵抗，一时攻占不能。于是刘邦觉得还当再看看时势，暂时滞留在丰县不动了。刘邦们不知道的是，此时的暴乱潮水已经铺天盖地翻涌起来了。

三 江东老世族打出了真正的复辟旗号

陈胜举事而王的消息风传开来，所有的逃亡者都躁动了。

第一支起而响应的独立力量，是连窜九江郡的一群逃亡刑徒，首领叫做黥布。两三年前，在骊山激发刑徒暴乱的黥布，在暴乱惨败后率残余追随者逃入深山，又继续向南流窜，最后在九江郡的大江湖泊水域中滞留下来，以渔猎隐身为盗了。当陈胜举事称王的消息传入九江郡，秉性暴烈机敏的黥布立即看到了切实的出路。黥布觉得自己的力量太小，立即请见当地号为“番君”的土人头领，力劝其举事反秦。番君正为二世胡亥的种种征发烦恼不堪，立即赞同了黥布之说，举族追随黥布反秦自立，并当即将自己的女儿嫁给了黥布。于是，黥布的刑徒山民军很快聚集到了数千人，立即开出水域向北攻占了一座叫做清波的县城，而后继续北上，加入了秋冬季的天下大混战。就实而论，黥布军是反秦势力中第一支以刑徒与山民为轴心的穷苦阶层力量。

前期举事的另一支独立力量，是巨野泽的一群流盗，首领叫做彭越。

这个彭越虽是水域流盗，人却颇有机变，屡次逃过了始皇帝时期的官府捕拿。及至各方势力蜂起，巨野泽周边的另一群流盗后生纷纷前来鼓动彭越举事效之。彭越却说：“此时两龙方斗，且等候时日再说。”看了几个月，到得次年春季，天下大乱之势已成，流盗后生们又来鼓动彭越，并说愿意推举彭越为巨野泽头领举事。彭越很是轻蔑地笑道：“我纵举事，也不会与你等为伍也。”流盗后生却连番纠缠，非要拥立彭越举事不可。彭越假作无奈，终究答应了，与流盗后生们约定明日太阳升起时在一个中间地会合举事，迟到者斩。次日天亮，彭越率自家群盗准时赶到，那群流盗后生却有十几个人来迟半个时辰，最后一个迟到者竟一直到正午方来。彭越发怒了，正色道：“老夫被你等强立举事，你等竟不重然诺，多人迟到！今日不说如约皆杀，至少杀最后一个！”说罢下令立即杀了最后来也是最骄横的那个流盗，将其首级摆上了祭坛，以为举事祭旗之牺牲。流盗后生们大为惊恐，立即纷纷跪倒，说要死心追随彭越。于是，彭越当日举事，立即向巨野泽群盗发出了聚结反秦号令，旬日之间便聚集了千余名流散盗寇。之后，彭越立即南下泗水郡，加入了天下混战。就实而论，彭越军是反秦势力中第一支真正的流散聚结的盗寇军，不同于任何一支反秦势力。

反秦最为激切的，是隐藏山海之间的六国老世族。

始皇帝后期，历经几次大规模的严厉震慑，六国世族的老一代已经遭到了毁灭性重创。六国王族望族之主要支系，几乎被悉数迁入关中，死伤者有之，老病者有之，劳役者有之，总归是已经丧失了反秦举事的能力与号召力。然则，六国世族的后裔们与少数望族子弟，却逃亡江海弥散山林，一直在隐忍密谋，一直在寻求出路。及至大泽乡暴乱的消息传开，弥散的六国世族后裔们立即不约而同地秘密赶到了江东地面。这是因为，在六国世族们的圈子里，一直流传着一个秘密消息：楚国名将项燕的嫡系后裔一直藏匿在江东，且从来没有中止过秘密联结各方！

八月中的一个暗夜，六国世族后裔们终于聚结了。

震泽[1]东山岛的一个山洞里，燃着各式火把，大石与空地间或坐或立，满当当尽是风尘仆仆的精瘦人干。中间一方大石上静坐着一个神色冷峻的中年人，身边挺立着一个身形威猛的后生，其余人则三三两两地低声议论着，神秘又惶恐。突然，洞口传来一声通报："张良先生到——！"如同一声令下，洞中人纷纷起立向前迎来。火把光亮中，一个身形瘦长身着方士红袍面有微微细须的中年人大步走进，向冷峻的中年人与众人一拱手："韩国张良，见过项公，见过诸位！"众人纷纷拱手做礼，人人惊喜不已。被称作项公的冷峻中年人一拱手道："先生，此乃项梁隐居吴中的最后隐秘所在，不到万不得已，绝不启用。今日大事，项梁做东聚结诸位。先生安抵，人物大体齐备，便可议事了。""项公所言大是。"张良道，"只是诸位各自隐身多年，面目生疏，宜先自报来路，项公好多方照应也。"项梁笑道："先生大才，果然缜密。好！诸位，敢请先自报来路。"

"在下乃韩国张良，随行三人。"后到者第一个开口。

"魏国张耳等六人！"

"魏国陈余等六人！"

"魏国魏豹等三人！"

"赵国武臣等八人！"

"齐国田儋等五人！"

"齐国田荣等六人！"

"齐国田横等五人！"

"燕国韩广等三人！"

"楚国项羽等十三人！"那名威猛青年声如洪钟。

---

[1] 震泽，今日太湖，其时水域面积远远大于后世。

项梁向众人一拱手道："此乃我侄也，诸公见笑。我意，还当先听先生消息高论。"众人一拱手齐声道："项公明断，愿闻先生高论！"随即各人纷纷坐在了大石上。张良站在中间空地上，向场中环拱一周高声道："诸位，复兴六国之大时机到也！张良此来，便是向诸位报知喜讯，敢请六国世族后裔一体出山！……"张良话音未落，在一片喊好声中便有人喜极昏厥了，立即便有人掐着人中施救，山洞中一片惊喜骚乱。项梁摆了摆手道："诸位少安毋躁，请先生细说了。"山洞中便渐渐安静了下来。

"目下大势，秦政酷暴，民不聊生，天下已是乱象丛生！"张良慷慨激昂道，"二世胡亥即位，非但不与民休息，反而大兴征发，用法益深刻，天下臣民怨声载道！陈胜吴广大泽乡举事月余，咸阳竟无大军可派。此间意味何在？大秦国府空虚了，军力耗尽了，没有反击平盗之力了！当此之时，我等群起响应，必成大事！张良念及六国复兴大计，故星夜匆匆而来。敢请诸位在故地反秦自立，灭其暴秦，复辟六国！"

"诛灭暴秦，复辟六国！"山洞里一片激切吼声。

项梁冷静地摆摆手："如何着手？谁有成算？"

田横霍然站起："陈胜贱民，只能给我等开路！复辟六国，要靠自己！"

"不尽然！"张耳高声道，"目下可借贱民之力，先走第一步。"

"无论如何得赶快动手！不能教秦二世缓过劲来！"陈余喊着。

"杀光秦人！六国复仇！"项羽大声吼着。

"还是要有实在对策，目下我等力量毕竟不足。"韩广平静地插了一句。

项梁向张良一拱手："敢问先生有何谋划？"

"张良尚无大计，愿闻项公谋划。"

众人齐声道："对！敢请项公定夺！"

"好。老夫说说。"项梁颇显平静地一拱手道，"目下大势，必得举事反秦，不举事，不足以道复辟大计，此乃铁定也！然则，如何举事？如何复辟？乃事之要害也。项梁之策有三，诸位可因人因国而异，思忖实施之。其一，故国有人众根基者，可潜回故国，直然聚众举事。其二，钱财广博者，可招兵买马，举事复国。其三，无根无财者，可直然投奔陈胜军中，借力得国！"

"借力得国？如何借力？"武臣高声问了一句。

"项公良谋也！"张良大笑一阵道，"诸位，陈胜军目下正在乌合之际，急需人才领军打仗！诸位都是文武全才，一旦投奔陈胜，顿成拥兵数千数万之大将也。其时请命发兵拓地，必能顺势打回故国！一回故土，陈胜能管得诸位么？"

"万岁项公——！"

"好对策！吃这陈胜去！"

山洞中真正地狂热了。人人都陡然看到了复辟故国的实在出路，更看到了自己趁势崛起的可能，每个人的勃勃野心都被激发点燃了。毕竟，这些六国世族后裔大多不是旧时六国王族，连王族支系都极少；复辟六国的大业对他们而言，完全可以不是旧时王族的复辟，而只是国号的恢复；更大的可能，则是他们自己自立为王裂一方土地做一方诸侯。如此皇皇复辟之路，简直比原样复辟六国还要诱人，谁能不心头怦然大动？……

夜色朦胧中，串串人影从山洞闪出，消失于小岛，消失于水面。六国旧贵族借农民暴乱的大潮，从僵死中复苏了。他们以深刻的仇恨心理，以阴暗的投机意识，纷纷加入了布衣农军的反秦行列，使寻求生计的反秦农军成为鱼龙混杂的乌合之众，徭役苦难者反抗大旗很快被复辟的恶潮所淹没了，历史的车轮在变形扭曲中步履维艰地咣当嘎吱地行进着，沉重得不忍卒睹。

六国世族震泽大会后，项氏立即开始了各种秘密部署。

几年前，项梁还是一个被始皇帝官府缉拿的逃犯。然自从重新逃回江东故地，项梁已经完全改变了方略，不再试图谋划暗杀复仇之类的惹眼事体，而是隐姓埋名置买田产在吴中住了下来，扎扎实实地暗结人力。项氏作为楚国后期大族，有两处封地，正封在淮北项地，次封在江东吴中。淮北故地过于靠近中原，不利隐身，为此，项梁将隐身之地选择在了会稽郡的吴中老封地。项梁曾是楚军的年轻大将，流窜天下数年，对天下大势已经清醒了许多：只要始皇帝这一代君臣在，任谁也莫想颠倒乾坤做复辟梦。身为亡国世族后裔，只能等待时机。当然，说项梁的等待忍耐有一种预料，毋宁说这种等待忍耐全然是无奈之举绝望之举。在项梁逃亡的岁月里，始皇帝的反复辟法令排山倒海强势异常，信人奋士的皇长子扶苏又是天下公认的储君，谁也看不到秦政崩溃的迹象。从事复辟密谋的六国世族及其后裔，惶惶不可终日地忙于流窜逃命，唯一能做的便是散布几则流言或时而策动一次暗杀，如此而已。当此之时，项梁算是六国世族中罕见的清醒者，眼见此等行径无异于飞蛾扑火，便立即收敛坐待。项梁不若韩国张良，一味地痴心于暗杀始皇帝，一味地四海流窜散布流言。项梁曾身为统兵大将，对兵家机变与天下大局有一定的见识，一旦碰壁立即明白了其中根本：杀几个仇人杀一个皇帝，非但于事无补，反而逼得自己四海流窜随时都有丧生可能，结果只能是适得其反；而坐待时机积蓄力量，则是一种更为长远的方略，一旦时机来临，便能立即大举起事。果然终生没有时机，天亡我也，也只能认了。这便是始皇帝后期历经逃亡之后的项梁，忍得下，坐得住。

项梁没有料到，这个梦寐以求的时机来得如此之快。

上年九月，骤然传来始皇帝暴死于沙丘而少皇子胡亥即位的消息，项梁亢奋得几乎要跳了起来。上天非但教始皇帝暴死了，还教少皇子胡亥做了二世皇帝，这不是上天分明教大秦灭亡么？项梁曾在关中秘密流窜过两三年，既知道扶苏，也知道胡亥，一闻二世是那个胡亥，立即奋然拍案："天意亡秦也！此时不出，更待何时！"紧接着，扶苏死了，蒙恬蒙毅死了，皇子公主也被杀光了，凡此等等消息传来，项梁每每都是心头大动。

几乎没有任何犹豫，项梁立即开始了一连串启动部署。

首先，项梁立即部署亲信族人将自己的真实身份在老封地的民众中散布出去，使那些至今仍在怀念项燕父子的江东人士知道：项燕的后人还在，而且就在吴中！其次，项梁部署自己的侄子项羽立即开始秘密聚结江东子弟，结成缓急可用的一支实际力量。同时，项梁自己也开始与官府来往，没过三两个月，便与县令郡守成了无话不说的官民交谊。在会稽郡徭役征发最烈的时候，郡守县令叫苦不迭，苦于无法对上。项梁给会稽郡守与吴中县令说出了一个对策：每遇征发，在期限最后一日，向上禀报如数完成；再过旬日，立即向上禀报徭役于途中逃亡；如此应对，必可免祸。郡守县令试了一次，果然如是，除了被严词申饬一通，竟没有罢黜问罪。郡守县令惊喜莫名，立即宴请了项梁，连连问何能如此？项梁答说："徭役逃亡为盗，举凡郡县皆有。此，天下人人皆知之秘密也。秦法纵然严苛，安能尽罢天下秦官哉！"由此，郡守县令食髓知味接连效法，不想竟有了神奇之效，既保住了官爵，又赢得了民心。郡守县令由是对这个吴中布衣大是敬佩，几次要举荐项梁做郡丞，项梁都婉拒了。很快地，郡守县令也从民众流言中知道了这个布衣之士就是楚国名将的儿子项梁。奇怪的是，郡守非但没有缉拿项梁，反而愈发地将项梁当做了座上宾，几乎是每有大事必先问项梁而后断。至此，项梁已经明白：郡县离心，天下乱象已成，时机已经到了。

此时，项羽在项氏老封地聚结江东子弟事，也已经大见眉目了。

项梁的侄儿项羽，一个大大的怪异人物。自少时起，这个项羽便显出一种常人不能体察的才具断裂：厌恶读书，酷好兵事。项羽之厌恶读书，并非寻常的压根拒绝，而是浅尝之后立即罢手。项梁督其认字学书，项羽说："学书，只要能记住名姓便行了，再学没用。"项梁督其学剑，项羽则说："剑器一人敌，没劲道，不足学。"项梁沉着脸问："你这小子，究竟想学何等本事？"项羽说："学万人敌！"项梁大是惊诧，开始教项羽修习兵法典籍。不料项羽还是浅尝辄止，大略念了几本便丢开了，留下的一句话是："兵法诡计，胜敌不武，何如长兵大戟！"

项梁尚算知人，明白此等秉性之人教任何学问也学不进去，注定一个赳赳雄武的将军而已。无奈之下，通晓兵器的项梁秘密寻觅到一个神奇铁工，可着项羽力道，打造了一件当时极为罕见的兵器，索性号为"万人敌"。那是一支长约两丈的连体精铁大矛，矛头宽约一尺长约三尺，顶端锋锐如箭镞，几若后世之枪，却又比枪长大许多，几若一柄特大铁铲，又比铁铲锋锐许多；矛身不是战国重甲步卒长矛的木杆，而是与矛头铸成一体的胳膊粗细的一根精铁；矛尾也是一支短矛，长约一尺，酷似异形短剑。这件罕见的兵器，以当时秦制度量衡，大体当在二百斤左右，寻常人莫说舞动，扛起来走路也大觉碍手吃力。唯独项羽一见这件兵器大为惊喜，一边将神铁异矛舞动得风声呼啸，一边奋然大吼："神兵神兵！真万人敌也！"

就实说，项羽之兵器，《史记》并无明载。然"万人敌"之说，有一个明确逻辑，项羽所持非长兵器莫属，且此等"力拔山兮气盖世"之神异人物，又绝非寻常长兵器所能遂心。须得说明的是，长兵器存在于春秋车战，战车将士通常是一长戈一弓箭两种兵器。及至战国，随着车战的隐迹，骑兵方兴未艾，骑士几乎一律采用了短兵即各种剑器。即或骑兵将领，也未见使用长兵器者。其实两丈余的长矛长戈等，只在步兵阵战中使用，骑士不可能使用。也就是说，项羽作为骑士将军，以异常的长兵器作战，在秦末时代可以说是独一无二的创制。此后马上将军之长兵器纷纷涌现，应当是效法项羽不差。

项羽聚结吴中子弟的方式很奇特，真正的以力服人。

其时天下乱象日见深刻，逃亡徭役为流盗已不鲜见，各地民众无不生出自保之心。江东民众素知项氏大名，遂纷纷接纳项氏族人联结，后生们投奔项氏习武以防不测。项梁自是欣然接纳，立即辟出了一座庄园，专一供项羽等人操练武事。一次，一大群江东子弟在庄园林下习武，项羽指着水池畔一只半截埋在地下的大鼎高声问：“诸位兄弟们说，这只古鼎几多重？”众后生凑到池畔打量，一人高声道：“龙且说，此鼎当有千数百斤！”项羽大步走到鼎前正色道：“拔起此鼎，要多少力气？”一个人高声道：“钟离昧说，此鼎久埋地下，拔鼎至少要万斤之力！”“好！谁能拔鼎，立赏百金！”项羽高声一问，后生子弟们顿时亢奋起来，一片喧嚷声中，十余人上前围住鼎身，或抓鼎耳或抱鼎身一起用力摇动，古鼎却纹丝不动。项羽大喊一声全上，百数人立即相互抱腰接力，连成了一个大大的人花。项羽挥手大喊：“一二三！”全体大吼一声：“起——！”半截埋在地下的大鼎还是纹丝不动，后生们一鼓而泄松手散劲，不禁齐刷刷瘫坐在地上了。“兄弟们起来，看我拔鼎！”项羽大笑了。“天！一人能拔鼎？”后生们纷纷起身一片惊呼。“拔鼎难么？”项羽一笑，随即蹲下马步两手抓紧鼎耳，闭目运气间大吼一声起，刹那间地皮飞裂，一阵烟尘笼罩中轰然一声，三五尺高的大鼎拔地而出，巍巍然高高举起在头顶。“万岁！公子天神也！”后生们顿时慑服了，高呼着跪倒了一大片。

从这次拔鼎开始，项羽的威名风一般传遍了江东，秘密投奔项氏的老封地后生越来越多了。项梁思忖一番，遂在人迹罕至的震泽荒岛上搭建了一片秘密营地，又用小船秘密运去了一些粮米衣物，便让项羽等人专门在岛上操练，不奉召不许出岛。六国世族震泽大会后，项梁召回了项羽。项梁觉得，必须立即举事了。

恰在此时，会稽郡守密邀项梁会商大事。

项梁心下清楚何谓大事，立即带着项羽去了。一路之上，项梁对项羽做了种种叮嘱，将种种可能的变化应对都谋划好了。次日赶到郡守府，守候在正厅廊下的家老却说，只能项梁一个人进去。项羽脸色顿时黑了。项梁却淡淡一笑："此乃老夫之子，让他在廊下等候便是。"项梁随即将自己的长剑递给了赤手空拳的项羽，随家老进了厅堂。

在隐秘的书房里，郡守低声说出了密邀项梁的本意："老夫明告项公，天下已经大乱矣！江西皆反，此乃天意亡秦之时也。当此大乱，先举制人，后举则为人所制。为此，老夫欲举兵反秦，欲请项公与桓楚为将，项公必能共襄大举也！"项梁点头道："桓楚素称江东名士，实可为公之左膀右臂也。只是，桓楚因杀人逃亡震泽之中，公可有其踪迹消息？"郡守连连摇头。项梁思忖片刻，似乎刚刚想起来一般道："我侄项羽与桓楚素来交好，他或知桓楚去处。"郡守惊喜道："项羽来了么？快问问了。"项梁道："后生未曾到过会稽城，我便带他来长长阅历。他在外面等候。我去问问。"项梁出门，片刻间回来道："项羽知道。我未向藏匿之地。公可亲自问明。"郡守一点头，当即高声吩咐门外家老唤进项羽。

"项羽参见郡守大人！"

"好！如此威猛，战将之才也！"郡守褒奖一句便问道，"项羽啊，你与桓楚交好，说明白他在何处，老夫派人将他找回，有大事……"项梁突然冷冷插断："可行了！"瞬息之间，拱手低头的项羽突兀大喝一声，手中长剑一捅，郡守来不及出声便被项羽一剑挑在了空中，长剑穿胸而过，立时没了气息。项羽将尸身摔落地面，长剑一挥便将郡守的人头提在了手中。项梁霍然起身，从郡守腰间解下印盒绶带利落地挂在身上，对项羽高声道："人头给我，你来开路，若有阻挡，务必杀怕官兵！"两人方出书房，便闻庭院呼喝喧嚷，显然是家老召来了府中郡卒与吏员。

项羽酷好搏杀而一直无由一试身手，今日得叔父果决号令分外亢奋，大吼一声若雷鸣，两手抄起厅中青铜书案飓风般卷了出来。这青铜书案不比任何兵器，三大块厚铜板连铸一体，既长大又沉重，寻常间总得三两人抬搬，可在项羽手里却如同木板一般轻捷。冲到廊下骤遇一群长矛郡卒蜂拥而来，项羽奋然怒喝，舞动青铜大案迎面打下又接连一个横扫，声势直如排山倒海，郡卒的短剑长矛与尸体顿时一片翻飞，青铜大案呼啸打砸，顷刻间郡卒百数十人便黑压压红乎乎铺满了庭院。随后跟来的吏员仆役们大是惊骇，乱纷纷跪倒一片竟没有一个人说得出一句话来。项梁方到廊下，事先联结好的几个郡吏与几个县令已经带着一群人赶了进来，立即齐刷刷一呼："拥戴项公举事！"

项梁左手官印右手人头，奋然大呼："复辟楚国！杀官反秦！"

"复辟楚国！杀官反秦！"庭院一片吼喝。

当夜，震泽岛江东子弟已经如约赶来，大片火把各式兵器涌动在郡守府前的车马场。项梁宣布了起事反秦，并当场做出了成军部署：以江东子弟兵为轴心，以吴中豪杰若干人各为校尉斥候司马将吏，以项羽为副将军，项梁自任将军，编成了一支楚军。项梁明白乱军初成须得人心服之，部署罢了激昂高声道："凡我反秦人众，有一人自感才具未得任用者，均可直找项梁说话！一样，若有一人办事不力才不堪任，项梁必依法度说话！前日一家举丧，老夫曾派一人前去主理，丧事办得很乱。此后，这个人不能再用了！”项梁这一番部署与申明，使随同起事的官吏士卒大是景仰，一口声拥戴项梁先做会稽郡守，先明占江东这个大郡。项梁欣然接纳，立即打出了会稽郡守的旗号。如此未出旬日，项梁旗下已经聚集了八千人马，号为八千江东子弟兵。

项梁颇具机谋，深知草草成军之众不堪一击，是故严厉斥责了项羽等急于西进渡江攻占郡县的主张，一边下令项羽认真操练军马，一边派精干能才逐个“徇县”。徇者，不动干戈而收服也，几类后世招安收编之说。项梁之所以徇县，是料定人心惶惶各县官府均举棋不定，只要给各县官吏一定好处，收服会稽郡不难，果能如此，目下这支草成军马便有了坚实的根基。两三个月下来，果然各县十之八九皆服，均或多或少带来了当地精壮入军，项梁军的实力大大地充实了起来。与此同时，项梁也亲自开始训练军马，以当年战胜秦军的精锐楚军为楷模，一个冬天大体练成了一支拉得出去且颇具战力的反秦军旅。在当时的反秦势力中，唯有这支“楚军”具有真正一战的相对实力，远远强于其余各路草创军马。

次年春天，陈胜军在秦军反击下大败几次，天下反秦势力大有退潮之势。当此之时，陈胜军的谋士，广陵人召平正在广陵为陈胜游说，力图“徇”了广陵。不料事情未成，便传来了陈胜再次大败与秦军东来的消息。召平颇是机敏，立即渡江找到了项梁，假称奉陈胜王之命结盟而来，说陈胜王拜项梁为“楚王上柱国”，请项梁军立即向西渡江引兵击秦。项梁无暇审度其中虚实，只真切体察到时机已到，否则秦军灭了陈胜军则天下反秦势力顿时没有了呼应。于是，项梁军于正月末立即渡江西进，杀向了中原战场。

这是公元前209年秋天与次年春天的江东故事。

至此，各种反秦势力悉数登场，在中原大地展开了酷烈的连绵大战。在所有的反秦势力中，项氏的江东力量具有最鲜明的根基与特色。这个根基，是楚国老世族，是明白无二的复辟目标与复仇之心。这个特色，是军政实力最为强大，统帅、将才、士兵，皆从六国根基中生出，具有令行禁止的真正军旅之风。唯其如此，这支大军一开进广袤的战场，立即便成了反秦主力军，并在中期阶段完全取得了反秦最终政治目标的主导权。这是后话。

四　背叛迭起　六国老世族鼓起了复辟恶潮

楚地大乱之时，最先暴起的陈胜军已经乱得没了头绪。

短短两个月之间，陈胜军洪水一般淹没了淮北地带，在陈郡称王立国了。这种令人瞠目的速度与气势，极大激发了不堪征发的天下民众。一个八月，中原民众大股大股地流入陈郡汇入农军，陈胜军的总兵力不可思议地急速膨胀到了数十万之众，连统兵的吴广也说不准究竟有多少人马了。不独人力猛增，各方隐身的能士也纷纷来投。军旅出身者有周文、周市、秦嘉、田臧、吕臣、邓宗、蔡赐、李归、董绁、朱鸡石、郑布、丁疾、陈畔、伍徐、邓说、宋留、张贺等，文吏出身者有召平、公孙庆、朱房、胡武、房君、秦博士叔孙通、孔子八世孙孔鲋等大拨六国旧吏与流窜儒生。另外一批投奔者则是六国望族后裔，有张耳、陈余、魏豹、魏咎、韩广、武臣、赵歇等。一时间，陈胜军大有军力壮盛人才济济的蓬勃气象。

当此之时，包括陈胜吴广在内的所有张楚君臣，都是急不可待地高喊立即灭秦，几乎没有一个人能像江东项梁那样沉住气谋划根基。当然，同是躁动，各个圈子的初衷与归宿皆大不相同。陈胜吴广等举事头领，是在两个月的巨大战果面前眩晕了，料定帝国已经是不堪一击的泥雕而已，迅速占领咸阳而由陈胜做张楚皇帝，全然是唾手可得的。一班六国旧将则自感憋屈太久，急于建功立业，急于率兵占领一方至少做个郡守县令，耐不得在草创的张楚朝廷做个大呼隆的将士吏员。一群六国旧吏与儒生博士，则急于在灭秦之后恢复封建诸侯，自家好在天子庙堂或各个诸侯国做丞相大臣。投奔张楚的六国世族后裔则更明确，力图尽快求得一将之职，率领一部人马杀向故国复辟旧政。如此等等人同此心，心不同理，立即酿成了一片轰轰然的灭秦声浪。

于是，陈胜称王之后，张楚政权立即做出了大举灭秦的总决断。

由谋士将吏们大呼隆酿出的总方略是：兵分多路，一举平定天下！陈胜立即拍案决断了，也立即做出了具体部署：第一路，以吴广为假王，代陈胜总督各军，并亲率五万人马进兵荥阳占据中原；第二路，以武臣张耳陈余为将，率军五万北向赵燕之地进兵，一举平定北方；第三路，以周市为将，率兵三万进兵旧魏之地，一举占据陈郡北面所有郡县，使张楚朝廷安如泰山；第四路，以周文为将，率主力大军正面进兵函谷关灭秦。

张楚的部署，只遗漏了齐楚两地。此非疏忽遗忘，而是对大势的不同评判。陈胜军发端于旧楚之地，且已占领了当时旧楚最富庶的淮北地带，立即向荒僻的岭南江东伸展，一者是鞭长莫及，二者是得不偿失，三者不是灭秦急务。是以，陈胜等不再将楚地作为重心，而将楚国旧地看做已经占据了的既定胜利。旧齐国则是另一番情形：八月震泽的六国世族聚会后，齐国王族远支的田儋、田横已经抢先举事，拥立田儋为齐王。这是六国老世族打出的第一个复辟王号，实力声势虽远不如此时陈胜的“张楚王”，然对六国老世族却是极大的激发诱惑。此时，张楚君臣们各图着灭秦、扩张、复辟三件事，没有一方主张立即处置王号并立这种权力乱象，几乎可说是无暇理会田儋称王。

进入九月，四路大军浩荡进兵。中原大地烟尘蔽天，各色旗帜各式战车各式兵器各式甲胄与各式牛马布衣交相混杂，铺陈出亘古未见的草创大军的怪异气象。谁也没有料到的是，进兵一月之间，各战场情势便发生了急转直下的逆转，草创的张楚朝廷立即开始了大崩溃。

第一个遭受痛击的，是进兵灭秦的周文大军。周文军向西进发之时，兵力已达数十万之众，潮水般涌来，函谷关几乎是不攻自破。一路进兵秦东，经重镇下邽、旧都栎阳，竟都没有秦军主力应战。周文大为得意，决意先在骊山东面的戏地驻扎下来，歇兵旬日同时烧毁始皇陵以震撼天下，而后再进兵咸阳一举灭秦。在此时的周文看来，关中素来是秦人根本，关中无兵可发，灭秦显然是指日可待了。周文也知道，二世胡亥有屯卫咸阳的五万材士，然则区区五万人马此时已经根本不在周文眼里了。周文所专注谋划者，便是要在攻占咸阳之前做一件快意天下的壮举——焚烧掘毁始皇陵！在楚人的记忆里，秦昭王时的白起攻楚而焚烧楚国夷陵，是一宗奇耻大辱。而今楚军灭秦，始皇陵皇皇在前，岂能不付之一炬哉！周文没有料到的是，在他尚未动手之际，一片死寂的大秦朝廷突发奇兵——由多年不打仗的九卿大臣少府章邯，将二十余万工程刑徒编成了一支大军前来应战了。

“刑徒成军，章邯岂非送死哉！”

周文哈哈大笑，似乎看到了自己一举成为灭秦名将的皇皇功业。

章邯大名，曾身为项燕军视日的周文自然是晓得的。在灭楚两战中章邯正在当年，其强兵器械弓弩营的巨大威力，曾使天下大军谈章色变。然则，章邯已老，秦政已乱，刑徒又远非九原秦军精锐之师，周文何惧哉！如此盘算之中，周文很具古风地给章邯送去了一封战书，约定三日后决战骊山之东。章邯在战书上只批了一句话：“可。卜吏等死而已。”周文一看这七个大字便红了脸，章邯公然呼他这个将兵数十万的统帅为“卜吏”，分明是蔑视他曾经的视日吏身份，更有甚者说他是等死而已，竟全然没将他周文认真待之。周文大怒之余，还是多少有些忐忑，便特意细心地察看了天际云气征候。是日，秦军营地上空盘旋着一团红云，状如丹蛇，蛇后大片昏红色云气弥漫。依据占候法则，这是“大战败将”之云气相。周文最终断定：秦军必败，章邯必为楚军俘获。此心一定，周文大喜过望，聚集众将部署道：“我军败秦，云气征候已有预兆，诸位只奋然杀敌便是！部伍行次：战车在前，步卒随后，飞骑两翼。但闻战鼓，一举杀出，我必大胜！”

如此部署，周文也是不得已耳。农军轰然聚合，既无严酷操练，又无精良兵器，只是将所占城池府库中的老旧战车老旧矛戈悉数整出，大体仿效春秋车战之法，一辆战车带百数十步卒。号为飞骑的将近八万骑兵，也是从未经过演练更未经过战阵搏杀，马匹多是农家马或所占官府的运输马，骑士多为农夫会骑马之人，根本不可能训练骑术与马上战法。如此部署，所能起到的全部作用，便是战车、步卒、骑兵都知道了自己的作战位置。至于打法，只能是一体冲杀，若要演变梯次，只怕连自己人都要相互纠缠了。周文虽自知楚军情形，但对秦之刑徒军情形更是低估。周文确信，一支由罪犯徭役与奴隶子弟编成的大军，无论如何不可能强于气势高涨的张楚农民军，楚军的胜局是必然的，天定的。

这一日，两方大军如约列阵会聚了。

关中大地阴云密布，秋禾收尽，平野苍茫。两支大军在渭水南岸摆开了战场。背靠骊山陵的是章邯的黑色兵团，两翼各五万铁甲骑兵，中央主力是十万重甲步卒摆成的整肃方阵。方阵中央“章”字大旗下，白发章邯怀抱着令旗金剑一脸冷漠。与秦军相距一箭之遥的东边原野上，是周文的难以确知数目的数十万大军。这支大军服色旗帜各异，战车、骑兵、步兵三大块汪洋无边人声喧嚷，人人都惊讶好奇地指着鸦雀无声的秦军大阵纷纷议论着。中央一排旧式战车上，“周”字大纛旗下是手持长戈身披斗篷的周文。列阵一毕，周文催动战车直驶阵前，遥遥戟指高声道：“章邯老将军！你若降了张楚，不失封侯之位！若执意一战，本帅将一举灭秦，其时玉石俱焚也！”章邯冷冷高声道：“周文，你一个占卜小吏也敢统兵战阵之间？作速回去告知陈胜，早早归乡耕田。否则，老夫今日教你知道，甚叫尸横遍野。”周文不禁大怒，长戈向后一招，大喊一声杀，骤然之间鼓声动地，张楚军呼喝喊杀漫无边际地淹没过来……

章邯手中令旗向下一劈，军前大鼓长号齐鸣。两翼骑兵在杀声中如两片乌云卷过原野，向张楚大军包抄砍杀过来。中央大阵则踏着战鼓节奏，前举黑色铁盾，恍若一片刷刷移动的黑森森树林，直向张楚大军中楔了进来。与此同时，秦军阵后万箭齐发，骤雨般扑向张楚军。两军相遇轰然相撞之时，张楚大军立即大显乱象。战车一辆辆跌翻，车后士卒蜂拥自相纠缠，大呼小叫相互践踏，面对肃杀压来的军阵惊慌得全然没了章法。两翼骑兵有自己落马者有中箭落马者有相互碰撞翻倒者，未进敌阵便倒下了一大半，冲杀不能四野弥漫的自家人潮堵住了退路，变成了一团肉墙任秦军步卒方阵砍杀推进。短短半个时辰，及至秦军黑色铁骑兵冲杀进张楚军漫无边际的汪洋人海，张楚军终于轰然崩溃了……辽阔的原野上，张楚军四处弥散奔逃着。周文的战车也跌翻了。周文夺了一匹战马，在一队骑士保护下拼命东逃了。

一口气逃出函谷关，周文收罗残军在曹阳[1]驻屯下来。喘息稍定，周文不敢大意了，立即飞书禀报陈城的张楚王陈胜与进兵荥阳的假王吴

[1] 曹阳，秦县，今河南三门峡地带，灵宝县东。

广请命定夺。孰料陈胜朝廷根本不相信如此大败是自家战力不济，反而号令周文余部驻屯河内，寻机再度灭秦。如此月余之后，章邯秦军大举出关追击，周文残军再次大败。逃至渑池，又遇秦军紧追不舍，这支张楚大军终于被彻底击溃。周文实在无颜再逃，遂在最后的战阵中自杀了……周文的主力大军惨遭灭顶之灾，是张楚军的第一次大败。然则，这次巨大的主力失败，并未使陈胜政权清醒，各地的混乱大战仍然在灭秦声浪中延续着。事实是，直至陈胜本人死于战场，张楚政权的攻势方略都没有丝毫改变。

张楚军的第二次致命损失，是吴广的遇害与吴广大军的溃灭。

吴广以“假王”名号进兵荥阳并总督各部，一开始便节节艰难。荥阳属三川郡，郡守是丞相李斯的长子李由。基于父亲在朝局中的艰危情势，李由不能再丢城失地而累及家族，遂亲率郡卒县卒编成的守军死守荥阳。吴广军久攻荥阳不下，又遇周文军迭次大败，面临章邯秦军与李由军的内外夹击，情势顿时陷入了进退两难的困境。无奈之下，吴广只有请命退兵。然则，此时的陈胜已经被张楚朝廷的一群无能宵小臣下哄弄得全然没了决断力，非但不赞同吴广退兵，反倒派出使臣督战，说是诸侯联军攻秦，战必胜之。吴广素爱士卒，实在不忍士兵们硬打这种分明无望的攻城战，便屯兵不动了。但是，吴广身处鱼龙混杂的草创政权，根本无法制约部下那群野心勃勃且各有“通天”路径的将军，其最后的灾难几乎是无可避免地发生了。

将军田臧与陈胜的特使朱房，密谋了这场杀害统帅的行径。

田臧对密谋者们昂昂说出的主张是：“周文军已破，章邯秦军旦暮必至。我部久围荥阳不能下，章邯秦军杀来，必遭大败！张楚军中，我部最为精锐。目下最好的方略是：以少部兵力围荥阳，以精兵迎击章邯，方可脱困。惜乎假王骄横，不听陈王军令，更不听我等谋划，若不诛杀假王，大事必败，谁也没有功业！”这群原本便各有勃勃野心的将军们，立即被说动了。便在当夜，田臧六名将军冲进幕府，声称奉陈王之命问罪吴广。吴广正与书吏会商对陈胜上书，方问得一句田臧何事么，便被田臧突兀一剑刺倒。吴广中剑倒地大骂，又被六人抢上前来一顿刺砍。吴广终于倒在血泊之中，圆睁着双目毙命了。田臧抓起案上之书狠狠撕碎，又从将案上捧起大印高声道：“诸位，田臧暂摄兵权！以待王命！”随从五将齐声应命。田臧立即割下吴广头颅，让朱房带回陈城。

吴广遇害，给张楚政权带来的真正损失，与其说是失去了这支相对最具战力的草创大军，毋宁说是使这个农民集团失去了唯一一个在此时尚能保持清醒的首领，使陈胜成为孤绝的农民之王，几乎是以最快的速度走向了最终的失败。

事实是，此时的陈胜已经昏昏不知所以了，尽管痛心于吴广被杀，却下了一道最为昏聩的王命：拜田臧为张楚令尹，行上将兵权进兵灭秦。田臧一群人顿时雄心勃勃，留下将军李归部围困荥阳，田臧亲率主力大军赶赴敖仓迎击秦军。孰料章邯秦军威势不减，一战击杀田臧，击溃了颇具战力的吴广旧部。章邯军再进荥阳，再度击杀李归，一举击溃围困荥阳的吴广旧部。至此，由吴广统率的这支最具战力的张楚主力军宣告溃散。此后，章邯军横扫中原，接连击溃张楚的邓说军、伍徐军，大举进逼张楚都城所在的陈郡。

陈胜惶急，立即下书各自领兵“徇地”的六国世族将军回援。

陈胜根本没有料到，派出去的六国将军旧吏们早已经争先恐后地自立了，谁也不认他这个张楚陈王了。头年三个月内，便有三方背叛了复辟了：第一个背叛张楚而自立旧王号的，是派向北方的武臣；该部一进入邯郸，武臣立即自立为赵王，打起了赵国独立反秦的旗号。第二个背叛张楚，又再叛赵王武臣而自立旧王号的，是武臣派往燕国徇地的韩广；该部一进入蓟城，韩广立即自立为燕王，打出了燕国独立反秦的旗号。第三个背叛张楚自立的，是将军周市；该部借周文大军与吴广大军进兵关中与河外之时，进入旧魏地面，尚未攻下一座城池，便先拥立了老世族魏咎为魏王，打出了魏国独立反秦的旗号。次年春季，又有第四个背叛张楚的复辟者，是南下楚地的秦嘉。该部原本奉陈胜王命徇地，也就是收服尚未正式反秦的城邑。不料秦嘉也是野心勃勃，立即背叛了张楚，拥立了一个楚国老世族景驹为楚王，正式打出了楚国旗号。之后，又发生了第五次乱局，这次是背叛者又遭背叛的换马复辟：赵王武臣被背叛的部将李良所杀，张耳陈余又杀了李良，重新拥立赵歇为赵王，张陈两人自任丞相。

也就是说，到了章邯大军逼近陈郡之时，几乎所有的六国世族都背叛了陈胜王，楚、齐、燕、赵、魏五国全部复辟了王号。此时，这些六国老世族的后裔们已经完全忘记了自家慷慨激昂宣示的反暴秦使命，没有施行一次任何形式的反秦作战，而只是全力以赴地以复辟旧王号为最大急务。他们抛弃了一切道义，既不惜背叛给了他们反秦军力的陈胜政权，又不惜背叛自己的进兵统帅，同样不惜背叛故国的传统王族，甚或不惜背叛同时进兵的故交同盟者，全然是以复辟旧国旗号为名目，全力图谋着自己的王侯大梦。当此之时，种种野心大泛滥，相互背叛，唯求称王，纷纭大乱汇聚恶变成了一股无可遏制的复辟狂潮。在这片弥漫天下的复辟狂潮中，除了陈胜的张楚力量仍然秉持着反秦作战的轴心使命，其余所有的举事者都陷入了争夺地盘争夺王号争夺权力的漩涡之中。这种亘古罕见的大乱象，激发了各种潜在势力以暴兵形式争夺利益。其中，楚国的势力旗号最多，有陈胜的张楚，有秦嘉景驹的景楚，有项梁的项楚，有刘邦的刘楚，有黥布的山楚，有彭越的盗楚。总归是，此时之天下，始皇帝平定六国之后的一统大文明气象已经荡然无存了。在烽烟四起的大乱大争中，没有任何一方势力再听从陈胜这个草创王的号令了。

五 陈胜死而张楚亡 农民反秦浪潮迅速溃散了

陈胜的眩晕，一进入陈郡便开始了。

轰轰然称王立国，陈胜立即被热辣辣的归附浪潮淹没了。秉性粗朴坦荡的陈胜纵然见过些许世面，也还是在终日不绝于耳的既表效忠又表大义的宏阔言辞包围中无所适从了。其时，包括吴广在内的所有初期举事者，都成了职司一方的忙碌得团团转的大小将军，人人陷入功业已成的亢奋之中，既不清楚自家管辖的事务政务该如何处置，更不明白该如何向陈胜王建言。以这些农夫子弟们的忖度，陈胜天命而王，自有上天护佑，一切听陈胜王便是，根本用不着自家想甚军国大事。实际情形是，除了那个炊卒庄贾执意留下给陈胜王驾车，陈胜身边没有一个造反老兄弟了，更没有一个堪称清醒的与谋者。一切骤然拥来的新奇人物新奇事端，事实上都要靠陈胜自己拿出决断。立国建政编成大军任命官吏等大事，尤其要靠陈胜一人决断。

凡此等等任何一件事，对于陈胜都是太过生疏的大政难题。坦荡粗朴的陈胜本能地使出了农夫听天由命的招数：诚以待人，听能人主张。朝政大事，陈胜任用了四个能人主事：朱房为中正，胡武为司过，并领政事，并主司群臣；孔子八世孙孔鲋为博士，主大政方略问对；逃秦博士叔孙通为典仪大臣，执掌礼仪邦交。朱房、胡武，是与周文一般的六国旧吏，能于细务，长于权谋，独无大政胸襟。但是，在粗识大字的陈胜眼里，能将一件件公事处理得快捷利落，已经是神乎其神的大才了，何求之有哉！叔孙通与孔鲋则大同小异，一般的儒家做派，不屑做事，不耐繁剧，终日只大言侃侃。朴实厚道的陈胜发自本心地以为，既然是王国大政，便必得要有这等辄出玄妙言辞的学问人物，否则便没有王者气象了。四人之下，号称“百官”的二三十名官员就位了。初次朝会，叔孙通导引百官实施了朝见君王的礼仪，陈胜眼看阶下一大群旧时贵胄对自己匍匐拜倒，高兴得又是一声感叹：“王侯将相，宁有种乎！”朱房胡武立即领着群臣高呼万岁，陈胜呵呵呵笑得不亦乐乎了。

其时，草创的张楚政权，上下皆呼立即实施灭秦大战。陈胜原本便是绝望反秦而举事，对立即灭秦自是义无反顾。然对于灭秦之后，该在天下如何建政，陈胜却一点主意也没有。此时，方任博士的孔鲋郑重请见陈胜，要陈胜早日明定大局方略。这是陈胜第一次以王者之身与大臣问对，很感新鲜，竭力做出很敬贤士的谦恭。

“博士对俺说说，除了反秦，还能有啥大局方略？”

“如何反秦？如何建政？此谓大局方略也。”孔鲋一如既往的矜持声调回荡在空阔的厅堂，“秦虽一天下而帝，然终因未行封建大道而乱亡。今我王若欲号令天下，必得推行封建，方得为三代天子也！不行封建，秦不能灭，我王亦无以王天下。”

“博士说说，啥叫封建大道？”

“封建大道者，分封诸侯以拱卫天子也。”

“哪，俺还没做天子，咋行封建大道？”

“我王虽无天子名号，已有天子之实也。”孔鲋侃侃道，“方今六国老世族纷纷来投，实则已公认我王为天下共主也。当此之时，我王方略当分两步：其一，灭秦之时借重六国世族，许其恢复六国诸侯王号，如此人人争先灭秦，大事可为也！其二，灭秦之后，于六国之外再行分封诸侯数十百个，则各方得其所哉，天下大安矣！”

“数十百个诸侯，天下还不被撕成了碎片？”陈胜惊讶了。

“非也。”孔鲋悠然摇头，“周室分封诸侯千又八百，社稷延续几八百年，何曾碎裂矣！秦一天下，废封建，十三年而大乱，于今已成真正碎裂。封建之悠长，一统之短命，由此可见矣，我王何疑之有哉！”

“照此说来，俺也得封博士一个诸侯了？”陈胜很狡黠地笑了。

“王言如丝，其出如纶。老臣拜谢了！”孔鲋立即拜倒在地叩头不止，“王若分封孔氏，鲁国之地足矣！老臣何敢他求也！”

“且慢且慢！你说那王言如丝，后边啥来？”

“王言如丝，其出如纶。”孔鲋满脸通红地解说着，“此乃《尚书》君道之训也，是说天子说话纵然细微，传之天下也高如山岳，不可更改。”

“博士是说，俺说的那句话不能收回？”陈胜又是一笑。

“理当如此也！”孔鲋理直气壮大是激昂。

“就是说，俺一句话，便给了你三两个郡？”

“老臣无敢他求。”

“若有他求，不是整个中原么？不是整个天下么？”

“我王何能如此诛心，老臣忠心来投……”

“啥叫儒家，俺陈胜今日是明白了！”陈胜大笑着径自去了。

虽然如此，陈胜还是照旧敬重这个老儒，只不过觉得这个终日王道仁政的正宗大儒远非原本所想象的那般正道罢了。孔鲋也照旧一脸肃穆地整日追随着陈胜，该说照样说，丝毫没有难堪之情，更无不臣之心。很快地，粗朴的陈胜便忙得忘记了这场方略应对，连孔鲋建言的准许六国老世族复辟王号的事也忘记了。倒非陈胜有远大目光而有意搁置封建诸侯，而是陈胜本能地觉得，暴秦未灭便各争地盘，未免太不顾脸面了，要学也得学始皇帝，先灭了六国再说建政，当下分封诸侯未免让天下人笑话。此后，陈胜便抱定了一个主意，政事只说兵马粮草，不着边际的大道方略一律不说。如此一来，朱房胡武两大臣便实际执掌了中枢决策，博士们很快便黯然失色了。没过三个月，叔孙通先借着徇地之机投奔了项梁势力，一去不复返了。叔孙通临行之前，对曾经一起在大秦庙堂共事的孔鲋说了一句话："竖子不足成事耳！文通君慎之。"孔鲋虽是儒家，却是秉性执一，很是轻蔑这个遇事便拔腿开溜的儒生博士，始终没有离开陈胜，直到最后死于章邯破陈的乱军之中。

陈胜的另一大滋扰，是来自故里的佣耕乡邻。

称王的第二个月，由郡守府草草改制的陈城王宫，便络绎不绝地天天有阳城乡人到来。乡人们破衣烂衫风尘仆仆地呼喝而来，遭宫门甲士拦阻，立即一片声愤愤喧嚷："咋咋咋！俺找陈胜！不中么？叫陈胜出来！俺穷兄弟到了！"门吏一呵斥，农人们便齐声大喊："苟富贵，毋相忘！陈胜忘记自家说的话了么！"一边又纷纷高声数落着陈胜当年与自家的交谊，听得护卫门吏大是惊愕，却依然不敢贸然通报。

第一拨老友们赶到的那一日，恰逢陈胜从军营巡视归来。王车刚到通向宫门的街口，几个茫然守候在路口的故交一口声呼喊着围了过来。陈胜很是高兴，立即下车叫两个老人上了王车，其余几个人坐了后面的战车，轰隆隆一起进宫了。随后的孔鲋很是不悦，独自乘车从另路走了。

陈胜车抵宫门，立即又是一阵欢呼喧闹，另一群喧嚷等候的故里乡邻又围了上来。陈胜同样兴冲冲地接纳了。毕竟，陈胜来不及衣锦荣归，乡邻老友们来了，也还是很觉荣耀的一件事。依着乡里习俗，陈胜一面派驾车的庄贾下令王厨预备酒宴，一面亲自带着乡邻老友们观看了自己的宫室。那沉沉庭院，那森森林木，那摇摇帐幔，那皇皇寝宫，那彩衣炫目的侍女，那声若怪枭的内侍，以及那种种生平未见的新奇物事，都让佣耕乡邻们瞠目结舌，啧啧赞叹欣羡不已，直觉自己恍然到了天宫。

“夥颐！涉之为王，沈沈者！”

这是《史记·陈涉世家》用当时语音记载下来的乡人感慨。这句话，《史记·索隐》解释为：“楚人谓多为夥，颐为助声辞……惊而伟之，故称夥颐也。”若以此说，这句话很有些不明所以。依中原地域语音之演变，颍川郡一度属于楚国北部，民众语言未必一定是楚音。即或以楚语待之，“夥”字在战国秦汉的楚音中，可能读作“伙”音，然其真意倒极可能是“火”字。果然如此，则这句感慨万端的口语，很可能是如此一种实际说法：“陈胜火啦！做了王，好日子像这大院子，深得长远哩！”此话被司马迁转换为书面语，便成了：“夥颐！涉之为王，沈沈者！”紧跟其后，司马迁还有一句说明：“楚人谓多为夥，故天下传之，夥涉为王，由陈涉始。”这句话值得注意的是，司马迁说了一个秦汉之世的流行语，“夥涉为王”。这个“夥”，显然是佣耕者之意，也就是口语的“夥计”。见诸口语，这句话的实际说法是“夥计为王”。司马迁说，这句话所以流行，是从陈涉乡邻的感慨发端的。果然如此，这个“夥”又是夥计之夥，而非“多”字之意。显然，太史公自家多有矛盾，后人闲来自可究诘。

那一日，陈胜与乡邻们一起大醉在自家的正殿里了。自此，乡邻故人越来越多，许多人陈胜连名字也叫不上了。乡邻故人们有求财者，有求官者，未曾满足前一律都在王宫后园专辟的庭院里成群住着，整日大呼小叫地嚷嚷着陈胜的种种往事，陈胜有脚臭啦，陈胜喜好葱蒜啦，陈胜只尝过一个女人啦，等等等等不一而足。宫门吏悄悄将此等话语报于司过胡武。胡武立即找到了陈胜，说：“这班人愚昧无知，妄言过甚。我王若不处罚，将轻我王之威也！”陈胜当时只笑了笑，倒也没上心。

孔鲋的一次专门求见，改变了陈胜的想法。

孔鲋说的是：“我王欲成大器，必得树威仪、行法度、推仁重礼。此等大道，必得自我王宫中开始。”陈胜惊问宫中何事，孔鲋正色道：“我王乡客愚昧无知，轻浮嬉闹，使我王大失尊严，徒引六国老世族笑耳！我王天纵之才，此等庶人贱民，不可与之为伍也。先祖孔子云：唯小人与女子为难养也，近之则不逊，远之则怨。此之谓也。今乡客故旧充斥王宫，大言我王当年种种不堪，实与小人无异。不除此等小人，四海贤士不敢来投也！”

孔鲋这番道理，使陈胜大吃了一惊，不得不硬着心肠接纳了。毕竟，弄得贤士能才不敢再来，陈胜是无论如何无法容忍的。于是，陈胜将所有住在王宫的乡邻故人，都交给了司过胡武处置。胡武没过两日，便杀了十多个平日嚷嚷最多的乡人，剩下的故交乡邻大为惊恐，悉数连夜逃跑了。从此，颍川郡的故里乡人再也没有人来找陈胜了，也再没有人投奔陈胜的张楚军了。

《史记索隐》还引了《孔丛子》中的一则故事：陈胜称王后，父兄妻儿赶来投奔，陈胜却将他们与众乡人一体对待，并没有如王族贵戚一般大富大贵地安置。于是，父兄妻子恼怒了，狠狠说了一句话：“怙强而傲长者，不能久焉！”之后不辞而别了。此事疑点太多，不足为信。然足以说明，陈胜苛待故交之绝情事迹，已经在当时传播得纷纷扬扬，儒生与六国复辟者趁势胡诌向陈胜大泼脏水，使陈胜的天下口碑不期然变成了一个苛刻绝情的小人，使追随者离心离德。

陈胜出身真正的佣耕农夫，没有丝毫的大政阅历，也不具天赋的判断力。杀戮驱赶乡邻故交之后，又将种种大事悉数交朱房胡武两人处置，以图张楚朝廷有整肃气象。朱胡两人大是得势，以领政大臣之身督察开往各方徇地的军马。举凡不厚待朱胡的将军官吏，朱胡立即缉拿问罪。厚重正直者若有不服，朱胡便效法当年六国权臣，立即当场刑杀或罢黜，根本不禀报陈胜，也不经任何官吏勘审。将军们有直接找陈胜诉冤者，陈胜则一律视为不敬王事，直愣愣为朱胡撑腰。如此几个月过去，再也没有人找陈胜诉说了，连假王吴广也无法与陈胜直言了。

兵困荥阳之时，吴广有过一次入国请命。

吴广风尘仆仆而来，却被甲士们挡在了宫门之外。吴广大怒，高喝一声："我要见陈胜！谁敢阻拦立杀不赦！"呼叫吵嚷之中，胡武出来长长地宣呼了一声："假王吴广，还都晋见——！"而后殿中隐隐一声："吴广进来。"甲士与宫门吏才放吴广进殿了。走上大殿，气呼呼的吴广尚未说话，朱房便冷冷问了一句："吴广未奉王命，何敢擅自还国？"跟进来的胡武立即道："吴广不呼张楚国号，而直呼陈王之名，此乃恃功傲上，当罢黜假王之号！"孔鲋也立即附和道："吴广非礼，大违王道，当有惩戒。"吴广大为惊讶，看看高高在上的陈胜一句话不说大有听任朱胡孔问罪之意，不禁愤然高声道："秦军有备，周文吃重，荥阳不下，还摆得甚个朝廷阵仗！再摆下去，我等这群乌合之军，必得被秦军吞灭！"朱房高声斥责道："吴广无礼！身为假王，一座荥阳不能攻克，做了第一个败军之将，还敢擅自还国搅闹，当依法论罪！"吴广看了看陈胜，陈胜还是没有说话。吴广顿时气愤得面色铁青，一转身便大步出殿了。朱房下令殿口甲士阻拦。吴广暴喝一声："谁敢！老子杀他血流成河！"陈胜这才摆了摆手，放吴广去了。此后，至吴广被杀害于荥阳，这两个起事首领终未能有一次真正的会面。就实而论，陈胜的变化，陈胜与吴广的疏远，是这支揭竿而起的暴乱农军走向灭亡的开始，也是农民力量在反秦势力中淡出的开始。

当各地称王的消息接踵传来时，陈胜愤怒了。

那一日，陈胜暴怒而起拍案大吼："王王王！都称王！不灭秦，称个鸟王！没有俺陈胜，称个鸟王！俺大军与秦军苦战，这班龟孙子却背地里捅刀子！投奔俺时，反秦喊得山响！俺给了他人马，却都他娘反了！不打秦军，都自顾称王，还是个人么！都是禽兽豺狼！都是猪狗不如！这些翻脸不认人的猪狗王，都给老子一个个杀了！"

这一次，所有的大臣都没有人说话了。陈胜固然骂得粗俗，可句句都是要害，大臣们都是当时力主起用六国世族者，谁都怕陈胜一怒而当场杀人，便没有一个人出头了。良久死寂，见陈胜并无暴怒杀人之意，迂阔执拗的孔鲋说话了。孔鲋说："我王明察。老臣以为，秦灭六国，与天下积怨极深。今六国诸侯后裔纷纷自立，复国王号，多路拥兵，对反秦大业只有利无害；再说，六国虽自立为王，却没有一家反我张楚，我王何怒之有哉！事已至此，我王若能承认六国王号，督其进兵灭秦，张楚依旧是天下反秦盟主，岂非大功耶？灭秦之后，我王王天下，六国王诸侯，无碍我王天子帝业，王何乐而不为也！老臣之说，王当三思而行，慎之慎之。"

憋闷了半日，陈胜还是接纳了孔鲋对策。

陈胜不知道，除了如此就坡下驴，他还能如何。

于是，张楚朝廷发出了一道道分封王书，一个个承认了诸侯王号，同时督促其发兵攻秦。然则，两月过去，诸侯王没有一家发兵攻秦，种种背叛与杀戮争夺的消息依旧连绵不断。陈胜的心冰凉了，一种比大泽乡时更为绝望的心绪终日弥漫在心头，使他有了一种最直接的预感：他这个坚持反秦作战的张楚王，最终将被六国世族像狗一样地抛弃，自己将注定要孤绝地死去，没有谁会来救他。陈胜只是没有料到，这一日比他预想的来得更为快捷。入冬第一场小雪之后，章邯秦军便排山倒海般压来了。

其时，拱卫陈城的只有张贺一军。张贺军连带民力辎重，全数人马不过十万。面对章邯的近三十万器械精良的刑徒军，实在有些单薄。然则，张贺这个出身六国旧吏的中年将军却没有丝毫的畏惧，铁定心肠要与秦军死战。陈胜原本已经绝望，全然没料到这个张贺尚能为张楚拼死一战，一时大为振作，立即亲率以吕臣为将军的王室万余护军开到了张贺营地，决意与张贺军一起与章邯秦军作最后决战。

腊月中的一日，这支张楚军与章邯秦军终于对阵了。

陈城郊野一片苍黄，衣甲杂乱兵器杂乱的张楚军蔓延得无边无际，声势气象比整肃无声的秦军黑森林还要壮阔许多。张贺军同样是战车带步卒，骑兵两翼展开。所不同者，今日战阵中央的"张楚"大纛旗下，排列着一个方阵，士卒全部头戴青帽且部伍大为整齐，这便是有"苍头军"名号的陈胜王护军。方阵中央的陈字大旗下，一辆驷马青铜战车粲然生光，战车上矗立着一身铜甲大红斗篷手持长戈的陈胜。王车驭手，便是四个月前举事时的那个精悍的菜刀炊卒庄贾。风吹马鸣之间，庄贾回头低声问："张楚王，若战事不利，回陈城不回？"陈胜低声怒喝道："死战在即！乱说杀你小子！"庄贾惶恐低头，一声不吭了。

未几，双方战阵列就。陈胜向战车旁一司马下令："给张贺说，先劝劝章邯老小子！他要死硬，俺便猛攻猛杀！"片刻之间，统兵大将张贺出马阵前，遥遥高声道："章邯老将军听了！秦政苛暴，必不长久。你若能归降张楚，我王封你诸侯王号！你若不识大局，叫你全军覆没！"对面章邯苍老的大笑声随风飘来："陈胜张贺何其蠢也！秦政近年固有错失，然也比你等盗寇大乱强出许多！老夫倒是劝尔等立即归降大秦，老夫拼着性命，也力保你两人免去灭族之罪，只一人伏法便了！"

"张楚兄弟们，杀光秦军！杀——！"

张贺大怒，举起长戈连连大吼，战车隆隆驱动，张楚军便潮水般漫向秦军大阵。与此同时，陈胜亲率的吕臣苍头军也是喊杀如潮，从正面中央直陷敌阵。对面秦军大阵前，章邯对副将司马欣与董翳一声间断叮嘱，令旗向下一劈，阵前战鼓长号齐鸣，秦军立即排山倒海般发动了。章邯对两位副将的叮嘱是：司马欣董翳率两翼飞骑冲杀陈胜苍头军，自己亲率主力迎击张贺军。如此部署之下，秦军两支铁骑立即飞出，从前方掠过自己的步卒重甲方阵，率先杀向陈胜苍头军。铁骑浪潮一过，重甲步兵方阵立即进发，整肃脚步如沉雷动地，铁甲闪亮长矛如林，黑森森压向遍野潮涌的张楚军。

两军相遇，张楚军未经片刻激战搏杀，立即被分割开来。张贺的中军护卫马队，也被冲得七零八落。张贺驾着战车左冲右突，力图向未被分割的后续主力靠拢。不意一阵箭雨飞来，张贺连中数箭，扑倒在了战车上。张贺挣扎挺身，四野遥望，大喊一声：“陈王！张贺不能事楚了！”遂拔出腰间长剑，猛然刺入了腹中……

陈胜亲率的苍头军骑兵居多，战马兵器也比张贺军精良，再加吕臣异常剽悍，又有陈胜王亲上战阵，士气战心极盛，快速勇猛的特点便大见挥洒，一时竟与铁骑纠缠起来。然则，未过半个时辰，相邻张贺军大肆溃退的败象便弥漫开来，苍头军眼看便要陷入四面合围之中。吕臣眼看张贺大旗已经倒下，立即率主力马队护卫着陈胜战车死命突围。陈胜高喊一声：“向南入楚！不回陈城！”吕臣马队便飓风般杀出战阵，向南飞驰逃亡了……章邯见陈胜苍头军战力尚在，立即下令司马欣率三万铁骑尾追直下，务必黏住陈胜等待主力一举歼灭。此时，章邯更为关注的是尽快占领陈城，便立即亲率主力进入了张楚的这座仅仅占据了四个多月的都城。毕竟，向天下宣告张楚灭亡的最实际战绩，便是占领陈城，章邯不能有稍许轻忽。暮色时分，秦军主力开进了陈城，城头的张楚旗帜悉数被拔除，“秦”字大旗又高高飞扬了。从陈胜丧失陈城开始，这座楚国旧都便失去了战国时期在政治经济与军事上的战略重镇意义，在岁月演变中渐渐变成了一座中原之地的寻常城邑。

陈胜在苍头军护卫下一路向南，逃到汝阴才驻屯了下来。

淮北之地陈胜熟悉得多。这汝阴城是淮北要塞之一，东北连接城父要塞，东面连接蕲县要塞，正是当年项燕楚军与李信王翦秦军两次血战的大战场。对于陈胜而言，四个多月前从蕲县大泽乡举事，一路向西向北杀来，三处要塞都是曾经一阵风掠过的地方，虽未久驻，地形却也熟悉。之所以南下汝阴，一则因为淮北有张楚的秦嘉部，二则因为江东有举事尚未出动的项梁军，至于靠向何方，只是一个抉择评判而已。然驻屯汝阴没几日，陈胜便莫名懊恼起来了。流散各部迟迟不见消息，吕臣残军力量单薄，章邯秦军又大举南下。无奈，陈胜只好向东北再退，在已经举事的城父驻屯下来，决意在此收拢残军及流散力量，与秦军展开周旋。

进城父三五日之后，中正大臣朱房在夜半时分匆匆赶来了。

朱房正在淮南督察徇地，是从当阳君黥布的驻地闻讯赶来的。陈胜见这个领政大臣星夜勤王，心下大是感奋，一见朱房便慷慨感喟道："中正大忠臣也！来了好！只要俺陈胜不死，你朱房永世都是俺的中正！"朱房唏嘘叹息了一番诸般艰难，草草吃了喝了，陈胜便说起了正事，向朱房讨教该向何处扎根。朱房一脸忧色地说起了楚地大局：项梁军最强，人家是独立举事，不从张楚号令，不能去；秦嘉已经拥立景驹为楚王，大有贰心，也不能去；黥布彭越两部是刑徒流盗军，自身尚在乱窜无定，更不是立足之地；刘邦的沛县军也遭遇阻力，有意投奔秦嘉落脚，也无法成为张楚立足地；至于周市、雍齿等部，更是忙于为魏王拓地，早已疏远了张楚，同样也不能为援。陈胜大皱眉头道："中正说到最后，一处都不能去，那便只有死抗秦军一条路了？"朱房道：

“秦军势大，若能抗住，我王何有今日？”陈胜不耐道：“你究竟要想如何？说话！总得有个出路也！”朱房思忖片刻，低声道：“臣闻，将士有人欲归降秦军。我王知否？”陈胜猛然一个激灵，目光冷森森道：“谁要归降秦军？谁？可是中正大人自己？”朱房起身深深一躬道：“陈王明察，英雄顺时而起也。目下张楚大势已去，今非昔比。若要保得富贵，只有归降秦军……”“呸！鸟！”陈胜怒骂一句打断朱房，一脚蹬翻了木案，一纵身站起厉声喝道，“朱房！陈胜今日才看清，你是个十足小人！要降秦，你自家去，俺不拦！可要俺陈胜降秦，永世不能！”

朱房原本以为陈胜粗莽农夫而已，素来对自己言听计从，说降是水到渠成，毕竟陈胜也是图谋王侯富贵的。不料未曾说完，陈胜便暴怒起来。朱房大是惶恐，生怕陈胜当下杀了自己，连忙拭着额头冷汗恭敬道：“臣之寸心，为我王谋也。王既不降，臣自当追随我王抗秦到底，何敢擅自降秦？臣之本心，大丈夫能屈能伸……”

“俺不会屈！只会伸！”陈胜又是一声怒吼，大踏步走了。

回到临时寝室，王车驭手庄贾给陈胜打来了一盆热热的洗脚水。陈胜泡着脚，犹自一脸怒色。庄贾禀报说，吕臣将军去筹划粮草了，又小心翼翼地问明日该向何处？陈胜冷冰冰道：“庄贾，莫非你也想降了秦军？”庄贾连忙跪地道：“启禀陈王！庄贾不降秦！庄贾追随陈王死战！”陈胜慨然一叹道：“庄贾啊，你为我驾车快半年了。你是闾左子弟，想降官府，就去好了。俺陈胜，不指望任何人了……”庄贾连连叩头：“不！庄贾一生富贵，都在大王一身，庄贾不走！”“小子真有如此骨气，也好！”陈胜猛力拍着旁边的木榻围栏，“张楚未必就此殁了，陈胜未必就此蹬腿！只要跟着俺，保你有得富贵。还是俺那句老话：王侯将相，宁有种乎！”

这一夜，陈胜不能成眠，提着口长剑一直在庭院转悠。直到此时，陈胜也没有想明白这半年究竟是咋个过来的，直觉做梦一般。大泽乡举事，分明是绝望之举，分明是不成之事，可非但成了，还轰隆隆撼天动地做了陈胜王；立国称王分明是大得人心的盛事，分明是已经成了的事，可非但败了，还哗啦啦败得一夜之间又成了流寇。世间事，当真不可思议也！想不明白，陈胜索性不想了，想也白费精神。陈胜只明白要把准一点：做一件事便要做到底，成也好败也好那是天意。既已反秦，当然要反到底，若反个半截不反了，那还叫人么？如此一想，陈胜倒是顿时轻松了许多，决意大睡一觉养好精神，明日立即着手收拾流散各部，亲自率兵上阵与秦军死战到底。

一声五更鸡鸣，陈胜疲惫地打了一个长长的哈欠，走向了林下那座隐秘的寝屋。虽是霜重雾浓寒风飕飕，庄贾还是一身甲胄挺着长戈，赳赳侍立在寝室门口。大步走来的陈胜蓦然两眼热泪，猛力拍了拍庄贾肩头，一句话没说便进了寝室，放倒了自己，打起了雷鸣般的鼾声……

霜雾弥漫的黎明，雷鸣般的鼾声永远地熄灭了。

那颗高傲的头颅，已经血淋淋地离开了英雄的躯体。

东方刚刚发白，一支马队急急驰出了汝阴东门，飞向了秦军大营。当秦军大将司马欣看见那颗血糊糊的头颅时，长剑直指朱房庄贾，冷冷道："你等说他是盗王陈胜，老夫如何信得？"朱房庄贾抢着说了许多凭据，也抢着说了杀陈胜的经过，更抢着说自家在其中的种种功劳，指天画地发誓这是陈胜首级无疑。司马欣终于冷冷点头，思忖着道："好。陈胜尸身头颅一体运到陈城幕府，报老将军派特使押回咸阳勘验。证实之后，再说赏功。目下，你两人得率归降人马，一道到陈城听候章老将军发落。"朱房庄贾原本满心以为能立即高车驷马进入咸阳享受富贵日月，不想还得留在这战场之地，不禁大失所望，欲待请求，一见司马欣那冷森森眼神，又无论如何不敢说话了，只得沮丧地随着秦军进了汝阴，又做了归降农军的头目，到陈城听候发落去了。

陈胜军破身亡，章邯大军立即转战淮南，将陈城交给了两校秦军与由朱房庄贾率领的归降军留守。大约旬日之后，张楚将军吕臣率苍头军与黥布的刑徒山民军联手，一起猛攻南来秦军，在一个叫做清波的地方第一次战败了秦军的两支孤立人马。之后，吕臣的苍头军猛扑陈城，竟日激战，一举攻破城池收复了陈城，俘获了朱房庄贾。

那一夜，所有残存的苍头军将士都汇集在了陈王车马场，火把人声如潮，万众齐声怒喝为陈胜王复仇。吕臣恶狠狠下令，每人咬下两贼一块肉，活活咬死叛贼！于是，在吕臣第一口咬下朱房半只耳朵后，苍头军将士们蜂拥上前，人人一口狠狠咬下。未过半个时辰，朱房庄贾的躯体便消失得干干净净了……

以《史记》之说，陈胜之死当在举事本年（公元前 209 年）的腊月，或曰次年正月。以后世史家考证，已经明确为次年春季，即公元前 208 年春。陈胜死后数年，西汉刘邦将陈胜埋葬在了砀山，谥号为隐王，并派定十户人家为陈胜守陵，至汉武帝之时依旧。

陈胜之死，实际上结束了农民军的反秦浪潮，带来了秦末总格局的又一次大变：无论是六国老世族的复辟势力，还是种种分散举事的流盗势力，都立即直接面临秦军的摧毁性连续追杀，不得不走向前台，不得不开始重新聚合。秦末全面战争，从此进入了一个复辟势力与秦帝国正面对抗的时期。尽管这个时期很是短暂，然却是整个华夏文明大转折的特定轴心，须得特别留意。

六　弥散的反秦势力聚合生成了新的复辟轴心

各种消息迭次传来，项梁立即感到了扑面而来的危难。

还在陈胜气势正盛之时，项梁便有一种预感：这支轰轰然的草头大军长不了。项梁根本不会去听那些流言天意，项梁看的是事实。一伙迫于生存绝望的农夫，要扳倒强盛一统的大秦，却又浑然不知战阵艰难大政奥秘，只知道轰隆隆铺天盖地大张势，连一方立足之地也没经营好便四面出动，能有个好么？曾与秦军血战数年的项梁深深地明白，以秦之将才军力，任何一个大将率领任何一支秦军，都将横扫天下乌合之众。陈胜即或有大军百万，同样是不堪一击，张楚之灭亡迟早而已。对于陈胜的粗朴童稚，项梁深为轻蔑。六国世族投奔张楚而同声主张分兵灭秦，这原本是项梁为了支开那班纠缠江东而又其心各异的世族后裔，不得已喊出来的一个粗浅方略，对于陈胜，这是个太过明显的陷阱圈套。是故，项梁心下根本没抱希望。不成想，陈胜非但看不透这个粗浅圈套，还喜滋滋给各个世族立即凑集军马，使老世族后裔们在短短两个月内纷纷杀回了故国，纷纷复辟了王号，又纷纷翻脸不认陈胜了。分明是人家出卖自己，自己还帮着人家数钱，如此一个陈胜能不败么？不败还有天理么？轻蔑归轻蔑，嘲笑归嘲笑，项梁却深知陈胜的用处。有陈胜这个草头农夫王皇皇然支撑在那里，秦军便不会对分散的反秦势力构成威胁，尤其不会对正在聚积力量的六国世族形成存亡重压。毕竟，秦军兵力有限，不可能同时多路四处作战。项梁预料，陈胜至不济也能撑持一年两年，其时无论陈胜军是生是灭，项梁的江东精锐都将杀向中原逐鹿天下。项梁没有料到，这个张楚败亡得如此快捷利落，数十万大军竟连败如山倒，夏日举事冬日便告轰然消散，其灭亡之神速连当年山东六国也望尘莫及。这座大山轰然一倒，章邯的秦军一定是立即杀奔淮南，江东之地立即便是大险！唯其如此，那个召平一说陈胜大败出逃，项梁立即发兵渡江向西，欲图阻截秦军，给陈胜残部一个喘息之机。可项梁万万没有料到，陈胜竟死在自己最亲信的大臣与车夫手里……

骤闻陈胜已死，项梁立即驻军东阳[1]郊野不动了。

这座东阳城，在东海郡的西南部，南距长江百余里，北距淮水数十里，也算得江淮之间的一处兵家要地。当然，项梁驻军东阳，也未必全然看重地理，毕竟不是在此地与秦军作战。项梁驻屯此地，一则是大势不能继续西进了，必须立定根基准备即将到来的真正苦战；二则这东阳县恰恰已经举兵起事，项梁很想联结甚或收服这股军马以共同抗击秦军，至少缓急可为相互援手。联结东阳，项梁派出了刚刚投奔自己的一个奇人范增。

范增，九江郡居巢人氏，此时年已七十，须发雪白矍铄健旺，一身布衣谈吐洒脱，恍若上古之太公望。项梁曾闻此人素来居家不出，专一揣摩兵略奇计，只是从来没有见过。向西渡江刚刚接到陈胜身死消息，这个范增风尘仆仆来了。项梁素来轻蔑迂阔儒生，然却很是敬重真正的奇才，立即停下军务，与这个范增整整畅谈了一夜。

此前，陈胜的博士大臣叔孙通曾来投奔项梁，说陈胜没有气象必不成事，要留在项梁处共举大事。项梁恭谨诚恳地宴请了叔孙通，说了目下江东的种种艰难，最后用一辆最好的青铜轺车再加百金，将叔孙通送到已经举事称王的齐国田氏那里去了。项羽对此很是不解，事后高声嚷嚷道：“叔父整日说江东尚缺谋划之才，何能将如此一个名士大才拱手送人？”项梁正色道：“你若以为，赫赫大名高谈阔论者便是名士大才，终得误了大事！真名士，真人才，不是此等终日出不了一个正经主意，却整天板着脸好为人师的老夫子。而是求真务实，言必决事之人。陈胜之败，滥尊儒生也是一恶。战国以来，哪一个奇谋智能之士是儒家儒生了？此等人目下江东养不起，莫如拱手送客。”

---

[1]　东阳，秦县，治所在今安徽天长西北地带。

那夜，范增对大局的评判是：陈胜之败，事属必然，无须再论。此后倒秦大局，必得六国世族同心支撑。六国之中，以楚国对秦仇恨最深，根源是楚国自楚怀王起一直结好于秦，而秦屡屡欺侮楚国，终至灭亡楚国。楚人至今犹念楚怀王，恨秦囚居楚怀王致死。故此，反秦必以楚人为主力。范增最大的礼物，是给项梁带来了一则最具激发诱惑力的流言。这是楚国大阴阳家楚南公的一则言辞："楚虽三户，亡秦必楚！"项梁向来注重实务，不大喜好此等流言，听罢只是淡淡一笑。范增正色道："将军不知，此言堪敌十万大军耳！"项梁惊讶不解。范增慷慨道："此言作预言，自是无可无不可，不必当真。然则，此言若作誓言，则激发之力无可限量！十万大军，只怕老夫少说也。"项梁恍然大悟，当即起身向范增肃然一躬，求教日后大计方略。

"倒秦大计，首在立起楚怀王之后，打出楚国王室嫡系旗号！"

"楚怀王之后，到何处寻觅？"项梁大是为难了。

"茫茫江海，何愁无一人之后哉！"范增拍案大笑。

项梁又一次恍然大悟了。这个老范增果然奇计，果能物色得一个无名少年做楚王而打出楚怀王名号，既好掌控，又能使各方流散势力纷纷聚合于正宗的楚国旗号之下，何乐而不为哉！相比于范增对策，其余五国老世族后裔那种纷纷自家称王的急色之举，便立即显得浅陋之极了。诚如范增所言，"将军世世楚将，而不自家称王，何等襟怀也！楚怀王旗号一出，天下蜂起之将，必得争附将军耳！"

项梁后来得知，范增收服东阳军也是以攻心战奏效的，由是更奇范增。

这东阳举事的首领，原本是东阳县县丞，名叫陈婴，为人诚信厚重，素来被人敬为长者。陈胜举事后江淮大乱，东阳县一个豪侠少年聚合一班人杀了县令，要找一个有人望者领头举事。接连找了几个人，都不能服众。于是经族老们举荐，一致公推陈婴为头领。陈婴大为惶恐，多次辞谢不能，竟被乱纷纷人众强拉出去拥上了头领坐案。消息传开，邻县与县中民众纷纷投奔，旬日间竟聚合了两万余人。

原先那班豪侠后生，立即拉起了一支数千人的苍头军，要拥立陈婴称王。盖苍头军者，战国多有，言其一律头戴皂巾也。当年魏国的信陵君练兵，便是士兵一律苍头皂巾。故《战国策》云："魏有苍头二十万。"因陈胜的护卫军吕臣部也是清一色苍头，也冠以"苍头军"名号，且在陈胜死后两次战胜秦军而威名大震，所以举事反秦者纷纷效法，只要自认精锐，便打出苍头军名号。后生们新起苍头军，自认精锐无比，立即急于拥戴陈婴称王，欲图早早给自家头上定个将军名号。

范增进入东阳，正逢陈婴举棋不定之际。范增已经一路察访了陈婴为人，没有找陈婴正面苦劝，却郑重拜谒了陈婴母亲，大礼相见并叙谈良久。当夜，陈母唤来了陈婴，感慨唏嘘地说出了一番话："儿啊，自我为你家妇人，未尝听说陈家出过一个贵人。目下，你暴得大名，还要称王，何其不祥也！为娘之意，不若归属大族名门，事成了，封侯拜将足矣！事不成，逃亡也方便多也！不要做世人都想的王，陈胜倒是做了王，还不是死得更快？我本庶民小吏之家，娘也没指望你这一世能有大名大贵也！"陈婴反复思忖，终觉老母说得在理，于是打消了称王念头，召集众人商议出路。陈婴说："目下，江东项梁部已经开到了东阳驻屯。项氏世世楚国名将，若要成得大事，非项氏为将不成。我等若能投奔项氏，必能亡秦也！"一班豪侠后生想想有理，便一口声赞同了。于是，范增尚未出面，陈婴便率军投奔了项梁。

没过月余，章邯大军南下风声日紧，已经举事的江淮之间的小股反秦势力纷纷投奔项梁部。最大的两股是黥布军与一个被呼为蒲将军的首领率领的流盗军。至此，项梁人马已经达到了六七万之众。项梁与范增商议，立即北渡淮水，进兵到下邳驻扎了下来。这是范增谋划的方略：章邯军既然南下，我当避其锋芒北上，相机与魏赵燕齐诸侯军联兵，不得已尚可一战，不能在淮南等秦军来攻。

项梁没有料到，北上的第一个大敌不是秦军，而是同举复辟王号的同路者。

项梁大军进驻下邳，立即引来了“景楚”势力的警觉。这个景楚，便是原本属于陈胜张楚国的秦嘉部势力。这个秦嘉，原本是一个东海郡小吏，广陵人。秦嘉上年投奔了张楚，九月末奉陈胜王命率一部军马南下徇地。然则不出一个月，秦嘉便找到了一个楚国老世族景氏的后裔景驹，立景驹做了楚王，自己则将相兼领执掌实权。秦嘉的根基之地便是泗水重镇彭城。下邳彭城，同为泗水名城。下邳在东，在泗水下游；彭城在西，在泗水上游，两城相距百里左右。项梁数万人马部伍整肃地进驻下邳，在陈胜大军溃散后可谓声势显赫。秦嘉立即亲率景楚全部六万余人马，驻屯于彭城东边三十余里的河谷地带，其意至为明显：预防项梁图谋吞并景楚。

“景楚军马出动，项公机会来矣！”

一得秦嘉军消息，范增立即向项梁道贺了。项梁问其故，范增道：“倒秦必得诸侯合力，合力必得盟主立威。项公若欲为天下反秦盟主，请以诛灭张楚叛军始也。”项梁思忖片刻，悟到了范增真意，立即在幕府聚集了各方大将，慷慨激昂地宣示了要讨伐秦嘉。项梁的愤然言辞是：“彭城秦嘉，天下负义之徒也！陈王首事反秦，为诸侯并起开道，也为秦嘉发端根本。然陈王战败，未闻秦嘉何在！秦嘉不救难陈王，是张楚叛逆！秦嘉自立景驹为楚王，又是楚国叛逆！如此叛逆不臣者，反秦诸侯之祸根也，必得除之而后快！”诸将一片咒骂轰然拥戴，项梁立即下令进兵彭城。

两军在彭城郊野接战。景楚军人数虽与项梁军不相上下，然秦嘉却徒有野心而一无战阵之才，立国数月未曾认真打过一仗。猝与这支以江东劲旅为轴心的大军接战，秦嘉全然不知如何部署，大呼隆漫山遍野杀来，不消半个时辰便告大败溃退。向北逃到薛郡的胡陵，秦嘉退无可退，率残军回身，拼死与随后追杀不歇的项梁大军再战。一日之间，景楚军全部溃散降项，秦嘉被项羽杀于乱军之中。那个楚王景驹落荒逃向大梁，也被项梁军追上杀了。此战之后，项梁收编了秦嘉军余部，实力又有壮大，便在胡陵驻屯下来整肃部伍粮草，准备与尾追而来的章邯秦军作战了。

一战而灭声势甚大的秦嘉景楚军，项梁部声威大震。各方流散势力纷纷来投，有陈胜张楚军的流散部将吕臣、朱鸡石、馀樊君等残军余部，有不堪复辟非正统王室的六国老世族子弟的星散人马，也有原本独立的流盗反秦势力。已经各称王号的赵、燕、齐、魏四国新诸侯也迫于秦军压力，纷纷派出特使与项梁联结，声称要结成反秦盟约。一时间，小小胡陵俨然成了天下反秦势力聚结的轴心，确如范增所言："楚地蜂起之将，皆争相附君耳！"其中为项梁所看重者，独有沛公刘邦。所以如此，并非刘邦兵强马壮，而是刘邦本人及其几个追随者所具有的器局见识大大不同于寻常流盗。

那日，司马禀报说沛公刘邦来拜，项梁原本并未在意。

刘邦只带了百余人的一支马队前来，并非投奔项梁，而是要向项梁借几千兵马攻克丰城。项梁与刘邦素来无交，却也听说了这个自号沛公的人物的种种传闻。若就出身而言，贵胄感很强的项梁，是很轻蔑这个小小亭长的。然就举事后不停顿作战拓地且能与秦军对阵而言，项梁又是很看重这个沛公的。洗尘军宴上，刘邦谈吐举止虽不自觉带有几分痞气，但却挥洒大度谈笑自若，全无拘谨猥琐之态。刘邦坦诚地叙说了自己的窘境：上年曾攻占了胡陵、方与两城，又被秦嘉夺了去；后来与秦军小战一场，攻下了砀县，收编了五六千人马，又拿下了小城下邑；今岁欲攻占丰城为根基，却连攻不下，故此来向项公借兵数千。刘邦说得明白，项公的兵马可由项公派出部将统领，只要与他联手攻克丰城，项公兵马立刻归还。

“沛公欲以丰城为根基，其后何图？”旁边范增笑问一句。

“其后，刘邦欲奉楚王正统，立起楚国旗号，与秦死力周旋！”

“何谓楚王正统？”

“楚怀王之后，堪为楚国王族正统也！”

“沛公何有此念？”项梁心下很有些惊讶。

“刘季以为，陈胜也好，秦嘉也好，虽则都打楚国旗号，然都是不足以聚结激发楚人。根本缘由，便是楚国旗号不正，没有聚结激发之力。‘楚虽三户，亡秦必楚！’楚南公这句话原本便是因楚怀王仇恨而出，若不尊楚怀王后裔为正宗楚王，只顾自家称王，舍弃正道自甘邪道，岂能成得大事！”

“敢问沛公几多人马？”范增突然插了一句。

“目下不到两万，大多步卒。”

“两万人马，便想拥立正宗楚王？”范增冷冷一笑。

“大事不在人马多少，只在能否想到。人马多者不想做，又能如何？”

“沛公，老夫原本亦有此意！”项梁突兀拍案，“我等联手拥立楚王如何？”

“项公偌大势力，不，不想自立为楚王？”刘邦惊讶了。

“有天下见识者，不独沛公也！”项梁大笑了。

“沛公似已有了楚王人选？”范增目光闪烁。

“楚怀王之孙芈心，刘邦访查到了。”

“目下何处？”范增立即追问一句。

“听说在一处山坳牧羊，尚不知详情也。”刘邦淡淡笑了。

“果真如此，天意也！”

项梁拍案一叹，当即拍案决断，拨给刘邦五千人马，派出十名五大夫爵位的将军统领，襄助刘邦夺取丰城。刘邦亦慨然允诺，攻占丰城后立即送来楚怀王之孙，两方共同拥立正宗楚王。刘邦走后，项梁立即派出一名司马领着几名精干斥候，乔装混入刘邦部探察实情。其后，消息接踵而来：刘邦的左膀右臂是萧何张良，萧何主政，张良主谋。韩国老世族子弟张良是去冬追随刘邦的，举楚怀王之后为楚王的方略，正是张良所谋划。这个张良，在上年八月的震泽聚会后回到了旧韩之地，聚结了百余名旧韩老世族的少年子弟，却不打任何旗号，只是寻觅可投奔的大势力。去冬时节，张良到了泗水郡，欲投已经拥立景驹的秦嘉部，不想在道中与刘邦人马相遇，两人攀谈半日，张良便追随了刘邦，名号是厩将。张良多次以《太公兵法》论说大势，刘邦每次都能恍然领悟，每每采纳其策。张良多次说与他人，他人皆混沌不解，张良感喟说：“沛公殆(近于)天授也！”为此，张良与这个刘邦交谊甚佳，不肯离去。

“这个张良，如何不来江东与老夫共图大业？”

项梁明白了刘邦的人才底细，一团疑云不期浮上心头。张良虽则年轻，在六国老世族圈子里却因博浪沙刺杀秦始皇帝而大大有名，很得各方看重，然此人却从来没有依附任何一方。在项梁眼里，张良是个有些神秘又颇为孤傲执拗的贵胄公子，更是个孜孜醉心于复辟韩国的狂悖人物。项梁料定，此等人其所以不依附任何一方，必定是图谋在韩国称王无疑，谁想拉他做自家势力都是白费心思。故此，项梁从来将张良看做田儋田横武臣韩广一类人物，从来没有想到过以张良为谋士。倏忽大半年过去，纷乱举事之中，唯独韩国张良没有大张旗鼓举事，也唯独韩国尚未有人称王。项梁原本以为，这是张良在等待最佳时机，不想与陈胜的农夫们一起虚张声势。项梁无论如何想不到，张良直到天下大乱三个月后，也才只聚结了百余名贵胄子弟游荡，还四处寻觅可投奔的主人，声势苍白得叫人不可思议。按说，以张良的刺秦声望，在中原三晋拉起数万人马当不是难事。何以张良只凑合了一帮贵胄少年瞎转悠？以张良对天下老世族的熟悉，要投主家也该是江东项梁才是，为何先欲秦嘉后随刘邦？秦嘉不说了，好赖还是个拥立了景楚王的一方诸侯。可这刘邦，一个小小亭长，一身痞子气息，区区万余人马，所赖者本人机变挥洒一些罢了，张良何能追随如此这般一个人物？

项梁百思不得其解，这日与范增叙谈，专一就教张良之事。

“此等事原不足奇也！”范增听罢项梁一番叙说，淡淡笑道，“项公所知昔年之张良，与今日觅主之张良，已非一人也。老夫尝闻：博浪沙行刺始皇帝后，张良躲避缉拿，曾隐匿形迹，隐游至下邳。其间，张良恭谨侍奉一个世外高人黄石公，遂得此公赠与《太公兵法》。此后，张良精心揣摩，常习诵读之，遂成善谋之士也。善谋者寡断。昔年勃勃于复辟称王之张良，世已无存矣！究其变化之由，张良不举事，不复辟，不称王，非无其心也，唯知其命也。譬如老夫，也可聚起千数百人举事反秦，然终不为者，知善谋者不成事也，岂有他哉！”

“善谋者不成事？未尝闻也！”项梁惊讶了。

“项公明察。”范增还是淡淡一笑，“天下虽乱，然秦依然有强势根基，非流散千沙所能灭之也。终须善谋之能士，遇合善决之雄才，方可周旋天下成得大事。人言，心无二用。善出奇谋者，多无实施之能也。善主实务者，多无奇谋才思也。故善谋之士，必得遇合善决之主，而后可成大业也。张良既言刘邦天授，此人必善决之主也。日后，此人必公之大敌也。”

“善谋之士，善决之主，孰难？”

“各有其难。善谋在才，善决在天。”

“善决在天，何谓也？”

“决断之能，既在洞察辨识，更在品性心志。性柔弱者无断，此之谓也。是故，善决之雄才，既须天赋悟性，否则不能迅捷辨识纷纭之说。更须天赋坚刚，否则必为俗人众议所动。故，善决在天。陈胜败如山倒，正在无断也，正在从众也。商鞅有言，大事不赖众谋。一语中的也。”

“先生与张良，孰有高下？”项梁忽然笑了。

“果真善谋之士，素无高下之别。”老范增一脸肃然，“世人所谓高下者，奇谋成败与否也。然谋之成败，在断不在谋。故，无谋小败，无断大败。譬如老夫谋立楚怀王之后，张良亦谋立楚怀王之后。刘邦听之当即实施，业已在月余之内访查出楚怀王之孙。项公听之，则直到日前刘邦来拜方有决断。此间之别，在老夫张良乎？在项公刘邦乎？”

第一次，项梁大大地脸红了。项梁素来桀骜不驯，轻蔑那些出身卑微的布衣小吏，更轻蔑那些粗俗不堪的农夫，若非大乱之时迫不得已，项梁是根本不屑与这些人坐在一起说话的。然则，老范增一个简单的事实，却使他与刘邦这个小小亭长立见高下之分，项梁很觉得有些难堪。但项梁毕竟是项梁，血战亡国流窜多年的血泪阅历使他至少明白一个简单的道理：奇才名士是没有阿谀逢迎的，不听其言只能招致惨败。是故，项梁虽然脸红得猪肝一般，还是起身离案，向老范增深深一躬：“项梁谨受教。”

当夜，项梁设置了隆重而又简朴的小宴，请来范增尊为座上大宾。项梁郑重其事地教侄儿项羽向老范增行了拜师礼，且向项羽明白言道：

“子事先生，非但以师礼也，更以子礼，以先生为亚父也。自今而后，先生为项楚之管仲，子必旦暮受其教诲也。子若懈怠，吾必重罚。”项羽恭谨地行了大礼，范增也坦然接受了项羽的大礼，三人饮酒会商诸事直到三更方散。从此，老范增融入了项氏势力轴心，成了项梁项羽两代主事者唯一的奇谋运筹之士。

三日后，章邯之秦军前部北来。依照前日与范增会商，项梁派出了新近投奔的陈胜军余部两员大将朱鸡石、馀樊君率部先行阻截秦军，而没有派出自己的江东主力。老范增说，这是“借力整肃”之策，既可试探秦之刑徒军战力，又可试探张楚余部战力。若张楚余部战事不力，更可借机整肃大军聚结战力。果然，两军开出百里外迎战秦军，当即大败：馀樊君当场战死，朱鸡石率残部逃到胡陵不敢回归复命。项梁大怒，当即率一军向北进入薛郡，围住胡陵依军法杀了朱鸡石，重新收编了张楚军的流散余部。

之后，项梁又纳范增的“别攻”奇谋：立即派出项羽亲率江东主力一万，轻兵飞骑长途奔袭章邯秦军的中原粮草基地襄城。此时，项梁军主力在东海郡的下邳屯驻，襄城[1]则远在颍川郡的南部，两地相距千余里，孤军深入无疑具有极大的冒险性。老范增的说法是：“方今诸侯战心弥散，唯一能鼓起士气之法，便在显示我军战力。若能以奇兵突袭秦军后援，则无论战果大小，必有奇效也！”项羽战心浓烈，立即请命以轻兵飞骑奔袭。项梁反复思忖，也只有项羽之威猛可保此战至少不败，便在一番叮嘱之后派出了项羽飞骑。

项羽飞骑没有走泗水郡陈郡之路西去，因为这是章邯军迎面而来的路径。项羽走了一条几乎没有秦军防守的路径：北上取道巨野泽畔

[1] 襄城，秦县，大体在今河南省许昌市西南地带。

的齐魏驰道，向西南直扑襄城。此时，章邯大军全力追杀楚地反秦义军，颍川郡的后援城邑只有数千人马防守，襄城全城军民也不过三万余人。猝遇流盗来攻，又闻楚人复仇，襄城军民拼死抵御，项羽军竟五七日不能下城。项羽暴跳雷吼，亲执万人敌与一硕大盾牌飞步登上一架特制云梯，硬生生在箭雨礌石中爬上城头，雷鸣般吼叫着跳进垛口，从城头直杀到城下再杀到城门打开城门，一路杀得血流成河尸横绊脚。飞骑入城，项羽想也没想便狠狠吼了一声："屠城！全城人众赶入护城河坑杀！一个不留！"于是，这支楚军飞骑四散驱赶全城剩余人口，两万余男女老幼全数被赶下护城河淹死，而后再填以砖石泥土彻底坑杀。

项羽之残暴酷烈，乃中国历史第一人。《史记》载，短短数年，项羽共有六次大屠杀并纵火大掠。这是项羽第一次屠城坑杀暴行，也是中国历史上第一次坑杀全城平民的暴行，其酷暴狠毒令人发指。大约仅仅两个月后，项羽与刘邦一起攻占城阳，再次"屠之"，这是史料明确记载的项羽第二次屠城。仅仅一年多后，项羽第三次大屠杀，活活坑杀秦军降卒二十余万。其后仅仅数月，项羽入关"引兵西屠咸阳，杀秦降王子婴，烧去秦宫室，火三月不灭，收其货宝妇女而东。"这是史有明载的项羽第四次大屠杀大劫掠大焚烧，也是中国历史上规模最大毁灭性最强的一次大屠杀，开后世暴乱焚烧都城之罪恶先例。即位霸王后，项羽又有第五次大屠杀齐地平民，坑杀齐王田荣之降卒，同时大烧大劫掠，逼反了已经战败投降的诸侯齐。最后一次外黄大屠杀，因一个少年挺身而出，说项羽此等作为不利于"下城下地"，竟使项羽放弃了已经开始动手的大屠杀。六次大规模屠杀劫掠之外，项羽还残忍地恢复了战国烹杀恶风，又杀楚怀王，杀已经投降的秦王子婴，宗宗暴行尽开旷古暴行之先例。

当时，不幸成为"楚怀王"的少年芈心对项羽的种种恶魔行径始终心有余悸，对大臣将军们忧心忡忡而又咬牙切齿地说："项羽为人，剽悍猾贼！项羽尝攻襄城，襄城无遗类，皆坑之！诸所过之处，无不残灭！"剽者，抢劫之强盗也；悍者，凶暴蛮横也；猾也，狡诈乱世也；贼者，虐害天下也，邪恶不走正道也。少年楚怀王的这四个字，最为简约深刻地勾出了项羽的恶品恶行。也许这个聪明的少年楚王当时根本没有料到，因了他这番评价，项羽对他恨之入骨。此后两三年，这个少年便被项羽以"义帝"名目架空，之后又被项羽毫不留情地杀害了。少年楚怀王能如此评判，足见项羽的酷烈杀戮已经恶名昭著于天下，内外皆不齿了。后来的关中秦人之所以拥戴刘邦，骂项羽"沐猴而冠"，正在于项羽这种"诸所过之处无不残灭"的暴行已经完全失去了民心。

太史公曾对项羽的种种凶暴大为不解，在《项羽本纪》后惊疑有人说项羽重瞳，乃舜帝之后裔，大是感慨云："羽岂舜帝苗裔邪？何兴之暴也！"《索隐述赞》最后亦定性云："嗟彼盖代，卒为凶竖！"很是嗟叹他这个力能盖世者，竟成了不可思议的凶恶之徒！也就是说，项羽之凶恶为患，在西汉之世尚有清醒认知。不料世事无定，如此一个恶欲横流冥顽不化的剽悍猾贼，宋明伊始竟有人殷殷崇拜其为英雄，惋惜者有之，赞颂者有之，以致颂扬其"英雄气概"的作品竟能广为流播，诚不知后世我族良知安在哉！是非安在哉！

项羽归来后，刘邦也送来了那个楚怀王的子孙。

项梁立即与刘邦共同拥立了这个少年芈心为楚王，名号索性称了楚怀王，以聚结激发楚人思楚仇秦之心。公然宣示的说法，自然是"从民所望也"。新楚定都在盱眙城[1]。之后，项梁与范增谋划出了人事铺排方略：拜陈婴为楚国上柱国，封五县之地，与楚怀王一起以盱眙为都

[1] 盱眙，秦县，大体在今江苏省盱眙县东北地带。

城，实则以陈婴为辅助楚怀王庙堂的主事大臣；项梁自号武信君，统率楚军灭秦；范增项羽等皆加不甚显赫之爵号，然执掌兵政实权。对于刘邦，项梁纳范增之谋，以两则理由冷落之，以免其扩张实力：一则理由是，项刘共同拥立楚王，刘邦非项梁部属，项梁无由任命刘邦事权政权；再则理由是，刘邦之沛公名号，原本已是诸侯名号，尚高于项梁的“君”号，故无以再高爵位。如此，刘邦还是原先那班人马，还是原先那般称号，没有丝毫变化。

庆贺大宴上，项梁借着酒意慷慨说了如前种种理由，深表了一番歉意。刘邦哈哈大笑道：“武信君何出此言也！刘季一个小小亭长，芒砀山没死足矣，要那高爵鸟用来！”项梁也大笑一阵，低声向刘邦提出了一个会商事项：他欲亲会张良，会商在韩国拥立韩王，以使山东六国全数复辟，大张反秦声势。项梁说：“此天下大局也，无张良无以立韩王，盼沛公许张良一会老夫。”刘邦还是那种浑然不觉的大笑：“武信君此言过也！连刘季都是武信君的部属，何况张良哉！”说罢立即转身一阵寻觅，不知从宴席哪个角落拉来了张良高声道，“武信君，先生交给你了，刘季没事了。”转身大笑着与人拼酒痛饮去了。

项梁也不问张良任何行踪之事，只恭谨求教韩国立何人为王妥当？张良说韩国王族公子横阳君韩成尚在，立韩王最为得宜。项梁正色道：“若立公子韩成为韩王，敢请先生任事韩国丞相，为六国诸侯立定中原根基。”张良一拱手笑道：“良助立韩王可也，助韩王徇地可也，唯不能做韩国丞相也。”项梁故作惊讶，问其因由何在？张良笑道：“我已追随沛公，甚是相得，再无图谋伸展之心也。”项梁默然片刻，喟然一叹道：“先生反秦之志，何其弥散如此之快矣！”张良淡淡道：“反秦大业，良不敢背离也。唯反秦之道，良非从前也。武信君见谅。”至此，项梁终于明白，老范增所言不差，今日张良已经不是当年张良了。

丢开心中一片狐疑，项梁反而轻松了，宴席间立即与刘邦范增张良项羽等会商，决意派出一部人马拥立公子韩成为韩王，张良以原任申徒之名，襄助韩王收服韩地。次日，楚怀王以盟主之名下了王书，张良带千余人马立即开赴韩国去了。旬日之后，韩王立于颍川郡，收服了几座小城，便在中原地带开始“游兵”了。

韩国立王，原本已经复辟王号的齐、燕、魏、赵四方大感奋然，立即派出特使纷纷赶赴盱眙来会项梁。此时所谓六国诸侯，除项梁部尚可一战外，其余五国王室军马尽皆乌合之众，根本不敢对秦军正面一战，一心图谋将这杆反秦大旗赶紧搁到楚国肩上，自己好有避战喘息之机。于是，用不着反复磋商，几乎是一口声地共同拥立楚怀王为天下反秦盟主，一口声宣示悉听楚王武信君号令。各方流盗军马也纷纷依附，拥戴之论众口一词。项梁与范增会商，则以为当此各方低迷之际，正是楚军大出的最佳时机。为此，项楚丝毫没有推辞，楚怀王坐上了天下反秦盟主的高座，项梁则坦然执掌了联军统帅的大旗，开始筹划以楚军为主力的反秦战事。至此，天下反秦势力在松散宽泛的陈胜张楚势力灭亡后重新聚合了，六国复辟势力成为新的反秦轴心。

七　项梁战死定陶　复辟恶潮骤然颓势

反秦盟约草草达成之际，章邯秦军已经开始攻势作战了。

第一个危机，是魏军紧急求援。项羽部攻占襄城并坑杀屠城，对中原郡县震骇极大。章邯的主力秦军立即回师河外，决意先行灭却中原三晋之复辟军。其时的三晋之中，魏军居于中原腹心地带，几次图谋攻占敖仓，非但对章邯秦军的粮草辎重是一个极大的威胁，更是对整个帝国生计的极大威胁。反秦盟约达成之后，诸侯自觉声威大震，魏军便开始筹划奇袭敖仓，欲图占据这座粮草枢纽。

始皇帝统一六国后，建造了十二座大型仓廪囤积天下粮草，并制定了专门法令——《仓律》实施治理，仓情分外整肃。这十二仓是：内史郡的霸上仓、内史郡的栎阳仓、内史郡的咸阳仓、三川郡的敖仓、砀郡的陈留仓、琅邪郡的琅邪仓、胶东郡的黄仓、临淄郡的腄仓、九原郡的北河仓、蜀郡的成都仓、南阳郡的宛仓、东郡的督道仓。十二仓中以敖仓规模最大，堪称秦帝国的国家粮食中心。敖仓建于敖山之上。北临大河，南临鸿沟，东西有驰道通过，堪称水陆便捷。敖仓城中人口以粮工粮吏为主，几乎没有寻常庶民。时当天下大乱，魏军果能夺得敖仓，形同掐断大秦血脉食道，显然将大壮反秦声势。章邯身为九卿之一的少府，深知敖仓得失关乎根本，自然重兵进逼魏军。

此时所谓魏国者，占据了几个中原小城池的数万军马而已。章邯大军刚刚开回三川郡，便接到郡守李由急报：魏军集结于临济城外[1]，图谋西进敖仓。章邯得报，立即率主力大军扑向临济。魏军主将周市一面部署迎击秦军，一面向项梁与临近的齐军紧急求救。项梁得报，当即派出了将军项它率五万军马驰援。齐王田儋亲自率将军田巴与数万人马，西来驰援临济。然则尚未抵达临济，章邯秦军已经大败周市魏军，并在战场击杀周市，包围了临济小城。魏王咎万般无奈，派出特使与章邯约降，提出只要秦军不效法项羽屠城坑杀魏人，魏王愿立即降秦。章邯慨然允诺了。约成之后，秦军进城之际，魏王咎却已经“自烧杀”了。所谓自烧杀，是将猛火油泼在自家身上，点火自焚了。

时已暮色。章邯留下一部善后临济，立即亲率一支铁骑衔枚裹蹄星夜东进，要一举灭却齐楚援军。齐楚两军完全没料到章邯秦军如此神

[1] 临济，秦县，大体在今河南省开封东北地带。

速秘密，营地被攻破之时尚在一片懵懂之中。齐军大肆溃散，章邯一举击杀了齐王田儋并部将田巴。楚军项它部骑兵稍多，死命冲杀，残部逃回了盱眙。中原之战，章邯秦军连续大破魏齐两军，并逼杀两位复辟诸侯王，中原大势立即缓和了下来。

如此惨痛败绩，使刚刚结成的诸侯反秦盟约面临急迫的存亡危机。

项梁立召范增项羽秘密会商。项梁一脸肃然道："当此之时，存亡迫在眉睫，我楚军若不能战胜秦军，则天下反秦之势必将瓦解！我等大业亦将烟消云散！为此，自今日起，江东精锐全部出战，老夫亲自统军，与章邯秦军决一死战！"项羽愤愤然大吼："江东八千子弟兵交我！不杀得秦军血流成河，项羽便不是万人敌！"范增却平静地说："战则必战，然不能急于求战而乱了阵脚。老夫预料，秦军大破魏齐之后，中原诸侯弥散，章邯必引兵东来平定齐地。其时，秦军分兵徇地，楚军则可聚合精锐专攻秦军一部。如此，可望连续战胜秦军，亦可大振诸侯士气也。"项梁欣然拍案接纳，三人当即商定了种种分兵聚合部署，而后紧急调集兵马预备大战。

在此方略之下，项梁楚军在此后三两个月里五次战胜秦军。《史记·项羽本纪》对这五战用了两个"大破"，一个"屠之"，一个"西破"，一个"再破"，可以视作两次大胜，两次小胜，一次屠城。这五战分别是：

第一战，东阿大破秦军。章邯秦军东来，果然如范增所料分兵徇地。此时的徇地，也就是秦军重新收服被暴乱军马攻占的城邑。章邯以为齐王田儋新死，齐地乱军必人心惶惶，故此兵分两路徇地下城，一路自己统军进兵巨野泽以南的亢父地带，一路由司马欣统军进兵济水西岸的济西地带。项梁得报，立即将楚军分为虚实两路：新近聚合的军马为虚路，向南作出救援亢父的声势，以蛊惑秦军；楚军主力为实路，由项羽与龙且两将统兵，联结齐军残余田荣部，直扑东阿秦军。是战，司马欣秦军大败溃散，死伤不详，楚军称为“大破秦军于东阿”。这一战的连带影响是，齐楚赵三大复辟势力大起龃龉。因由是：齐军田荣因攻秦有功，立即回师废黜了新立的齐王田假，拥立战死的齐王田儋的长子田市为齐王。田假逃亡到了项梁的楚地。田假的丞相田角，则逃亡到了赵地，投奔了原先已经逃赵的胞弟田间。楚军破东阿秦军之后，项梁几次催促齐军联兵追击，于是田荣提出条件：楚杀田假，赵杀田角田间，齐军再发兵。项梁大为恼怒，回书说：“田假原本与国（盟约）之王，穷途从我，不忍杀之！”田荣亦回书曰：“田儋战死之王，举国新丧，不忍出兵！”于是，三大复辟势力便僵持住了。

第二战，攻克城阳，再次屠城。司马欣秦军战败，溃散一部逃向巨野泽以西的城阳。项梁下令项羽军追杀城阳秦军，刘邦军为援手。项羽军攻克城阳，再次施行屠城，全部杀光了城内军民。这便是史料明载的项羽第二次大屠杀。若以军力计算，此战连小胜也说不上，唯一的声威便是恐怖的“屠之”。

第三战，西破濮阳东。楚军继续向西，进逼东郡郡署所在的濮阳，在濮阳以东猝遇司马欣秦军的另一流散部，当即包围聚歼，号为“西破秦军濮阳东”。之后，一部突围秦军进入濮阳，与东郡守军合力抵抗，楚军未能攻占濮阳。

第四战，项羽刘邦军大破秦军于雍丘，逼杀三川郡守李由。城阳屠城后，项羽刘邦军南下猛攻定陶。孰料定陶军民一闻项羽屠城兵到，人人恐惧失色，合力拼死守城。项羽猛攻旬日不能下，气得屡屡暴跳如雷。刘邦劝说几次，要项羽不要滞留一城之下，当以西进为要务。项羽这才不得已悻悻撤军。西进至雍丘，项羽军立即攻城。这雍丘乃砀郡与三川郡相邻处的要塞重镇，三川郡守李由得报，立即率领万余军马来救。项羽听得丞相李斯的长子郡守率兵前来，当即将攻城交给了刘邦军，亲率江东主力迎战李由。一场大战搏杀，李由的郡兵不敌大败，李由这个一心效忠帝国的郡守在战场自杀了。此战，楚军号为“大破”，主要战果便是杀了李由这个屡屡为中原救急的著名的郡守。之后，项羽回兵猛攻外黄[1]，又逢外黄军民死守，还是没有攻下。

第五战，项梁军再破秦军于定陶。项羽刘邦军西进之时，项梁亲率楚军主力后续推进。抵达定陶城下，项梁得知项羽刘邦攻定陶不下而去，对定陶秦军大为恼恨，当即屯兵城外开始猛攻。定陶军民经前次激战之后伤亡众多，当此大乱，郡县官署多有瘫痪，兵器粮草又无及时接济，旬日抵抗之后终告失守了。攻克定陶，便是楚军宣示的“再破秦军”。

当此之时，又有项羽刘邦军大破秦军杀李由的消息传来。项梁大为振奋，大宴将士，拍案大笑道：“人云秦军壮盛，不过如此耳耳！再有三月，老夫当进兵咸阳，为天下灭秦诛暴也！”谋士宋义小心翼翼劝阻说：“臣尝闻：战胜而将骄卒惰者败。今我军士卒已经些许怠惰，而秦军却正在谋划复仇。今日情势，臣为君担心也。”旁边范增听得明白，宋义虽未公然说明我军将骄，然却恰恰更显其本意在此。项梁一听宋义如此说法，大觉扫兴，黑着脸一拍酒案，径自转身去了。范增见如此情势，也就不说话了。

次日，宋义接到项梁军令：立即启程，赶赴齐国催促田荣发兵。宋义踽踽上路，半道却遇上了恰恰要去见项梁的齐国使者。这个使者是齐国的高陵君田显，素与宋义相熟。宋义遂问：“公欲见武信君乎？”田显老气横秋地答：“然也。”宋义摇头道：“要我说，武信君必败。公可

[1] 外黄，秦县，大体在今河南省兰考县以北地带。

徐徐行之，或可免得一死。公若走得快了，可能有大祸也。”田显听从了宋义之说，便一路走走停停了。

且不说楚军有识之士的清醒劝阻，只以当时的实际情形论，项梁的骄惰都是毫无道理的。楚军虽五败秦军，然除却东阿一战之外，始终未与章邯的主力秦军对阵，声势虽则由守转攻，战果却实实在在没有多少，若以两次屠城的恶果说，连民心也惶惶不敢归附，其实际优势尚有很大距离。以项梁的毕生血战阅历，此时的轻敌骄惰实在是一个难解的历史异数。若使项梁始终如前清醒，能够重用范增，能够遏制项羽，岂有后来之刘邦哉！历史很可能又当重写了。然则，异数归异数，实际的进程是无可更改的。项梁的骄兵轻敌，很快便招致了极大的恶果。

章邯得知项梁楚军情形，立即秘密调集九原王离大军的五万精锐铁骑南下，自己则亲率全部二十万刑徒主力大军向定陶进发。旬日不到，秦军已经云集于定陶郊野。项梁大为振奋，非但不退，且激昂宣示于众将：“秦军二十余万，楚军也是二十余万，两军相逢勇者胜！我大楚军要一战灭却秦军主力，长驱直入咸阳！”之后立即向章邯幕府下了战书，约定三日后决战。楚军将士嗷嗷吼叫一片，人人以为战胜秦军全然不是一件难事。章邯却不批战书，只对楚军来使冷冷丢下两句话：“六国复辟竖子，老夫不屑与之书文来往，如约会战便是。”范增得闻军使禀报，立即提醒项梁，一要防备秦军夜袭，二要立刻调驻屯外黄的项羽刘邦军回援。项梁大笑道：“秦军已成惶惶之势，安得有夜战之心哉！外黄军镇抚中原，不需回援。先生拭目以待，三日后我必大破秦军也！”

这次，范增失算了。章邯秦军根本没有夜袭偷营。两日如常过去，项梁与楚军将士们更以为秦军不过如此，战胜之心愈发见于形色。第三日清晨，两军在定陶郊野摆开了广阔的战场。项梁乘一辆战车亲自出阵劝降章邯，章邯马上冷冷笑道："项梁竖子，老夫当年在灭楚大战中没能杀你，今日也算不迟。项氏不是自恃江东主力么，老夫倒想见识一番。"项梁大怒，立下将令发动攻杀。

此时的楚军，除了项羽率领的八千江东子弟兵清一色飞骑外，其余依然是步卒居多。项梁的江东主力五万余，也是只有万余轻骑，余皆步卒战车。所以呼为主力，较之其余诸侯的乌合之众，兵器相对精良，战心战力较强而已，尚算不得久经战阵之师。楚军发动冲杀，也是老战法：所有骑兵两翼展开，中央战车统带步卒进逼秦军中央。章邯秦军的应敌战法却是异常：两翼步军方阵与弓弩大营抵住楚军两翼骑兵，中央战场飞出五万九原铁骑直捣楚军核心寻战项梁的江东主力。实际而论，便是秦军全部刑徒军二十万不动，只轻松应对楚军的三五万轻骑兵，只以五万九原铁骑对杀楚军十五六万主力步军。这是章邯震慑楚军的有意部署，是要教项梁明白知道：只要是真正的秦军主力，击杀三倍于我之敌也是游刃有余！

"秦军骑兵只有五万！一战灭杀——！"

项梁久经战阵，一看秦军旗帜便知兵力几多，立即从中央云车大吼下令。秦军铁骑飓风般卷来，堪堪一箭之地，立即分成了千骑一旅的数十支黑色洪流，从四面八方生生插入楚军大阵，飓风般分割绞杀，顿时与楚军搅成了大大小小数不清的战团漩涡。自恃五败秦军勇猛无敌的楚军，一经接战便大为惊骇。秦军铁骑的流动组合长剑砍杀如惊雷闪电如行云流水，楚军战车纷纷翻倒，步卒团团不知所以之时已经是尸横绊脚了。楚军这才真正见识了秦军铁骑锐士的凌厉攻杀，一时人人惊慌部伍大乱，顿饭之间便被冲击得七零八落……项梁大怒，从云车飞下亲驾一辆战车，统率五千中军精锐向中央漩涡杀来。以项梁战阵阅历，混战将溃之际，只要统帅亲率精锐奋勇冲杀，便能聚合败军扭转士气挽回颓势。毕竟，楚军人数远过秦军铁骑三倍余，不当是一触即溃。然则，项梁亲自冲杀之际，九原铁骑倏忽演变，立即从纷乱漩涡中神奇地聚合飞出了一支万人军团，排山倒海般迎面压来，竟硬生生从纷纭战团中独将项梁五千人马切割开来四面攻杀。平野冲杀之战，即或步骑两军战力相等，若无壁垒阵法辅助，步军也不能战胜骑兵。此刻项梁楚军一无凭借，唯拼搏杀，况乎又是人数劣势，何能当得搏杀匈奴如鹫走雀的秦军九原铁骑。未及片刻，项梁的五千军马便所剩无几了……

“天亡我也——！”

眼见苍茫原野中楚军战旗已无可寻觅，黑色洪流仍在翻卷奔腾，孤立战车一身鲜血的项梁悲怆地大吼一声，拔出长剑自刎了……

项梁战死而楚军大败溃散，是秦末混战的第二个转折点。其直接影响是，诸侯复辟势力士气大衰。素来自恃天下无敌的项羽，在外黄接到定陶大败的消息，震恐莫名不知所以了。刘邦则连武信君名号也不提了，只冷冷对项羽说了一句话：“今项梁军破，士卒都吓破胆了。”之后便闭嘴了。暴烈的项羽这次没有逞强复仇，而是显出了楚怀王所说的“猾贼”一面，悄悄地引兵东去了。当此之时，秦帝国面临着一个重新整肃河山的大好机会。

然则，这一扭转乾坤的巨大机遇，却被大咸阳最后的血色吞没了。

第五章 残政如血

一　赵高给胡亥谋划的圣君之道

大泽乡出事的时候，咸阳庙堂仍继续着噩梦般的荒诞日月。

大肆杀戮皇族同胞之后，胡亥亢奋得手足无措，立即丢开繁剧的政事开始了做梦都在谋划的享乐生涯。胡亥认定父皇很不会做皇帝，将数也数不清的只有皇帝才可以享受的乐事都白白荒废了，除却用了几个方士治病求仙，胡亥实在看不出父皇做皇帝有甚快乐。最大的憾事，是父皇将囤积四海九州数千过万的美女统统闲置，当真暴殄天物也。父皇安葬时，胡亥下令将所有与父皇有染的女子都殉葬了，可数来数去连书房照应笔墨的侍女算上，也只有三十多个。胡亥惊讶得连呼不可思议，最后对赵高说："父皇甚乐子也没有过，连享用女人都蜻蜓点水。大度些个，凑个整数给父皇显我孝心。"赵高问一千如何？胡亥立即连连摇头："多了多了，可惜了，一百足矣！"赵高大笑，会意地连连点头。

于是，除了殉葬的一百女子，除了父皇在世时派往南海郡的宫女，整个皇城女子少说也还有三五千之多。胡亥谋划的第一件大乐之事，是专一致力于享受这些如云的美女。阅遍人间春色之后，胡亥的第二件大乐事，是亲自出海求仙，将父皇期许于方士的求仙梦变成自家的真实长生乐事，长生不老活下去，永远地享受人间极乐。为此，胡亥生出了一个宏大谋划，阿房宫建成之后用五万材士守护，专一囤积天下美女，将美女们像放逐猎物一般放逐于宫室山林，供自己每日行猎取乐……谋划归谋划，目下的胡亥还只能在皇城深处另辟园林密室，一日几拨地先行品咂这些胭脂染红了渭水的数也数不清的如云丽人。可无论胡亥如何不出密室，每日总有大政急报送到榻前案头，也总有李斯、冯去疾等一班大臣嚷嚷着要皇帝主持朝会商讨大事。

胡亥不胜其烦，可又不能始终不理。毕竟，李斯等奏报说天下群盗大举起事，山东郡县官署连连叛离，大秦有存亡之危！果真如此，胡亥连头颅都要被咔嚓了，还谈何享乐？怏怏几日之后，胡亥终于亲自来到了连日不散却又无法决断一策的朝会大殿。胡亥要听听各方禀报，要切实地问问究竟有没有大举起事反秦，究竟有没有郡县叛离？

那日，山东郡县的快马特使至少有二十余个，都聚在咸阳宫正殿焦急万分地乱纷纷诉说着。李斯拄着竹杖黑着脸不说话，冯去疾也黑着脸不说话，只有一班丞相府侍中忙着依据特使们的焦急诉说，在大板地图上插拔着代表叛乱举事的各色小旗帜。胡亥一到正殿，前行的赵高未曾宣呼，大殿中便骤然幽谷般静了下来。李斯立即大见精神，向胡亥一躬便点着竹杖面对群臣高声道："陛下亲临！各郡县特使据实禀报！"胡亥本想威风凛凛地一个个查问，不防李斯一声号令，自己竟没了底气，于是沉着脸坐进了帝座，心烦意乱地开始听特使们惶急万分的禀报。

"如此说法，天下大乱了？"还没说得几个人，赵高冷冷插了一句。

"岂有此理！"胡亥顿时来气，拍打着帝座喊道，"一派胡言！父皇尸骨未寒，天下便告大乱！朕能信么？郎中令，将这几个谎报者立即缉拿问罪！”赵高一摆手，殿前帝座下的执戈郎中便押走了几个惊愕万分的特使。如此一来举殿死寂，没有一个人再说话了。

“老臣以为，仍当继续禀报。”李斯鼓着勇气说话了。

“是当继续禀报。报了。”赵高冷冷一笑。

“好！你等说，天下大乱了么！”胡亥终于威风凛凛了。

“没……”被点到的一个特使惶恐低头，“群盗而已，郡县正在逐捕……”

“业已，捕拿了一些。陛下，不，不足忧。”又一个特使吭哧着。

“如何！”胡亥拍案了，笑得很是开心，“谁说天下大举起事了？啊！”

“老臣闻，博士叔孙通等方从山东归来，可得实情。”赵高又说话了。

“好！博士们上殿禀报！”胡亥一旦坐殿，便对亲自下令大有兴致。

“博士叔孙通晋见——！”殿口郎中长宣了一声。

一个须发灰白长袍高冠的中年人，带着几个同样衣冠的博士摇摇而来。当先的博士叔孙通旁若无人，直上帝座前深深一躬：“臣，博士叔孙通晋见二世陛下！”胡亥当即拍案高声问：“叔孙通据实禀报！天下是否大乱了？山东郡县有无盗军大起？”叔孙通没有丝毫犹疑，一拱手高声道：“臣奉命巡视山东诸郡文治事，所见所闻，唯鼠窃狗盗之徒扰害乡民，已被郡县悉数捕拿归案耳。臣不曾得见盗军大起，更不见天下大乱。”

“李斯冯去疾，听见没有！”胡亥拍案大喝了一声。

“你，你，你，好个儒生博士……”李斯竹杖瑟瑟颤抖着。

“叔孙通！你敢公然谎报！”冯去疾愤然大喝。

“尔等大臣何其有眼无珠也！”叔孙通冷冷一笑，“大秦自先帝一统天下，自来太平盛世，万民安居乐业，几曾天下大乱盗军四起了？若有盗军大举，尔等安能高坐咸阳？二世陛下英明天纵，臣乞陛下明察：有人高喊盗军大起，无非想借平盗之机谋取权力，岂有他哉！”

“其余博士可曾得闻？”赵高冷冷一问。

“臣等，未曾见闻乱象。”几个博士众口一声。

“先生真大才也！”胡亥拍案高声道：“下诏：叔孙通晋升奉常之职。”

“臣谢过陛下——！”叔孙通深深一躬，长长一声念诵。

一场有无群盗大起的朝会决断，便如此这般在莫名其妙的滑稽荒诞中结束了。李斯不胜气愤，夜来不能成眠，遂愤然驱车博士学宫，要与这个叔孙通论个究竟。不料到得学宫的叔孙通学馆，厅堂书房却已经是空荡荡了无一人，唯有书案上赫然一张羊皮纸几行大字：

庙堂无道　天下有盗
盗亦有道　道亦有盗
有盗无道　有道无盗
道灭盗起　盗灭道生

“叔孙通也，你纵自保，何能以大秦安危做儿戏之言哉！”

李斯长长地叹息了一声，没有下令追捕缉拿叔孙通等，踽踽回府去了。

叔孙通说得不对么？庙堂没有大道了，天下便有盗军了。盗之骤发，为生计所迫，此生存大道也，你能苛责民众么？大政沦丧，为奸佞所误，岂非道中有盗也！最叫李斯心痛的，便是这句“道亦有盗”。顺孙通所指道中盗者何人耶？仅仅是赵高么？显然不是。以叔孙通对李斯的极大不敬，足以看出，即或柔弱力求自保的儒生博士们，对李斯也是大大地蔑视了，将李斯也看做“道中之盗”了。李斯素以法家名士自居，一生蔑视儒生。可这一次，李斯却被儒生博士狠狠地蔑视了一次，让他痛在心头却无可诉说，最是骄人的立身之本也被儒生们剥得干干净净了。第一次，李斯体察到了心田深处那方根基的崩溃，心灰意冷得又一次欲哭无泪了……

散去朝会之后，胡亥自觉很是圣明，从此是真皇帝了。

回到皇城深处的园林密室，胡亥对郎中令赵高下了一道诏书，说日后凡是山东盗事报来，都先交新奉常叔孙通认可，否则不许奏报。赵高跟随始皇帝多年，自然明白此等事该如何处置。然则，此时的赵高已经是野心勃发了，所期许的正是胡亥的这种自以为圣明的独断，胡亥的诏书愈荒诞滑稽，赵高心下便愈踏实。一接如此这般诏书，赵高淡淡一笑，便吩咐一名贴身内侍去博士学宫向叔孙通宣诏。赵高着意要这位长于诓骗的博士大感难堪，之后便在他向自己求援时再将这个博士裹胁成自己的犬马心腹。毕竟，天下乱象如何，赵高比谁都清楚。唯其如此，赵高已经预感到更大的机遇在等待着自己，从此之后，赵高的谋划不再是自保，不再是把持大政，而是帝国权力的最高点，是登上自己效忠大半生的始皇帝的至尊帝座。而要登上这个最高点，毕竟是需要一大拨人甘效犬马的，而叔孙通等迂阔之徒既求自保又无政才，恰恰是赵高所需要的最好犬马。

“禀报郎中令，叔孙通逃离咸阳！”

赵高接到内侍禀报，实在有些出乎意料。这个叔孙通被二世当殿擢升为九卿之一的奉常，竟能弃高官不就而秘密逃亡，看来预谋绝非一日，其人也绝非迂阔之徒。虽然，叔孙通逃亡对赵高并无甚直接关联，可赵高还是感到了一种难堪。毕竟，叔孙通的当殿诓骗是他与这个博士事先预谋好的，而在其余朝臣的心目中，则至少已经将叔孙通看成了他赵高的依附者。也就是说，叔孙通逃离咸阳，至少对赵高没甚好处。思谋一夜，赵高次日进了皇城。在胡亥一夜尽兴又酣睡大半日醒来，正百无聊赖地在林下看侍女煮茶时，赵高适时地来了。

“郎中令，朕昨日可算圣明？”胡亥立即得意地提起了朝会决断。

“陛下大是圣明，堪与先帝比肩矣！”赵高由衷地赞叹着。

“是么？是么！”胡亥一脸通红连手心都出汗了。

“老臣素无虚言。”赵高神色虔诚得无与伦比。

“朕能比肩先帝，郎中令居功至大也！”

骤闻胡亥破天荒的君临口吻，赵高几乎忍不住要笑出声来。然则，在胡亥看来，赵高仅仅是嘴角抽搐了一下而已，反倒更见真诚谦恭了。赵高一拱手道：“老臣之见，陛下再进一步，可达圣贤帝王之境也。”

“圣贤帝王？难么？”胡亥大感新奇。

“难。”赵高一脸肃然。

“啊呀！那不做也罢，朕太忙了。”胡亥立即退缩，宁可只要享乐了。

“陛下且先听听，究竟如何难法。天赋陛下为圣贤帝王，亦未可知也。”赵高分外认真，俨然一副胡亥久违了的老师苦心。不管胡亥如何皱眉，赵高都没有停止柔和而郑重其事的论说，“圣君之道，只在垂拱而治也。何为垂拱而治？只静坐深宫，不理政事也。陛下为帝，正当如此。何也？陛下不若先帝。先帝临制天下时日长久，群臣不敢为非，亦不敢进邪说。故此，先帝能临朝决事，纵有过错，也不怕臣下作乱。陛下则情势不同，一代老臣功臣尚在，陛下稍有错断，便有大险也。今陛下富于春秋，又堪堪即位年余，何须与公卿朝会决事？不临朝，不决事，臣下莫测陛下之高深，则人人不敢妄动。如此，庙堂无事，天下大安也。政谚云：天子所以贵者，固以闻声，群臣莫得见其面，故号为‘朕’。愿陛下三思。”

“天子称朕，固以闻声？天子称朕，固以闻声……”胡亥转悠着念叨着，猛然转身一脸恍然大悟的惊喜，“这是说，甚事不做，只要说说话，便是圣君了？”

“陛下圣明！”赵高深深一躬。

“不早说！朕早想做如此圣君也！”胡亥高兴得手舞足蹈。

“国事自有法度，陛下无须忧心矣！”

“好！国事有大臣，朕只想起来说说话，做圣贤帝王！”

“老臣为陛下贺。”赵高深深一躬。

于是，大喜过望的胡亥立即做起了圣贤帝王，不批奏章，不临朝会，不见大臣，不理政事，每日只浸泡在皇城的园林密室里胡天胡地。皇皇帝国的万千公文，山东战场雪片一般的暴乱急报，全部都如山一般堆积在了郎中令赵高的案头。赵高的处置之法是：每日派六名能事文吏遍阅书文奏报，而后轮流向他简约禀报，赵高择其“要者”相机处置。所谓要者，所谓相机处置，便是赵高只将涉及人事兵事的公文择出，由他拟好诏书再禀报胡亥加盖皇帝玉玺发出，其余“诸般琐事”一律交丞相府忙活。

其间，赵高唯一深感不便的是，每加皇帝印玺便要去找胡亥。从法度上说，此时的赵高是郎中令执掌实权，也仍然兼领着符玺令，符玺事所的吏员都是其部属。然则，皇帝印玺加盖的特异处在于：每向诏书或公文国书等加盖印玺，必得皇帝手书令方可。实际则更有一处特异：无论符玺令由何人担任，实际保管并实施盖印的印吏，从来都是皇族老人，没有皇帝手令，即或符玺令赵高本人前来也照样不行。如此法度之要义，便是确保皇帝印玺实际执掌在皇帝本人手中。对于赵高而言，虽说糊弄胡亥根本不是难事，然则也难保这个聪明的白痴冷不丁问起某人某事，总有诸多额外周旋，是以赵高每每为这加盖印玺深感不便。

这日，赵高接少府章邯紧急奏章，请以骊山刑徒与官府奴隶子弟编成大军平定暴乱。赵高立即拟定了皇帝诏书，可一想到要找胡亥书写手令便大大皱起了眉头。平定山东盗军自然要做，否则赵高也照样要被咔嚓了。可赵高不想让胡亥知道天下大乱，赵高要让胡亥沉湎于奇异享乐不能自拔，成为自己股掌之间的玩物。然则不找胡亥又不能加盖印玺，赵高一时当真感到棘手了。

“召阎乐。”思忖良久，赵高终于低声吩咐了一句。

早已经是赵高女婿且已做了咸阳令的阎乐来了，带着一队随时听候命令的驻屯咸阳的材士营剑士。两人密商片刻，立即带着剑士队向符玺事所来了。阎乐虽是犬马之徒，然赵高很明白此等大事必须亲临，印玺要直接拿到自己手中，不能在任何人手中过渡。符玺事所在皇城深处的一座独立石墙庭院，虽大显幽静，却也有一个十人队的执戈郎中守护着。赵高是郎中令，统辖皇城所有执戈郎中，到得符玺事所庭院外立即下令护卫郎中换防。十名郎中一离开，阎乐立即下令剑士队守护在大门不许任何人靠近，便大步跟着赵高走进了这个神秘幽静的所在。

“郎中令有何公事？”幽暗的正厅，一个白发老人迎了出来。“皇帝口谕：交皇帝印玺于郎中令。”赵高很是冷漠。“郎中令敢矫诏么？”老人冷冷一笑。

“足下该当明白：皇帝印玺必须交郎中令。”阎乐阴狠地一笑。

“大秦社稷依旧，大秦法统依旧……”

话音未落，阎乐长剑洞穿了老人胸腹。老人睁着惊愕愤怒的双眼，喉头咕咕大响着终于颓然倒地了。赵高冷冷一笑，一把揪下了老人胸前硕大的玉佩，大步走进了石屏后的密室，片刻之间便捧出了一方玉匣。见赵高点头，阎乐走到门外一挥手，剑士队立即冲进了庭院各间密室，几乎没有任何呼喝动静，片刻间便悉数杀死了符玺事所的全部皇族吏员。

当夜，赵高向章邯发出了加盖皇帝印玺的诏书。之后，赵高小宴女婿阎乐与族弟赵成贺功。阎乐赵成都没见过皇帝印玺，一口声请赵高说说其中奥秘。赵高也有了几分酒意，说声“索性教尔等开开眼界”，便搬出了那方玉匣打开，拿出了那方人人只闻其名而不见其实的天下第一印玺。那是一方在灯下发着熠熠柔润的光泽而说不出究竟何等色彩的美玉，其方大约三四寸许，天成古朴中弥漫出一种荧荧之光。

“一方石头，有何稀奇？”赵成很是失望。

“你知道甚来！”赵高训斥一句指点道，“夏商周三代，青铜九鼎乃是王权神器，于是有楚庄王中原问鼎之说也。自九鼎神奇消遁而战国一统，这皇帝印玺就成了皇权神器。为甚？秦之前，臣民皆以金玉为印。自始皇帝以来，天子独以印称玺，又独以玉为印材，臣民不能以玉成印。故此，玉玺便成皇帝独有之天授神器也！这印钮是何物？知道么？”

“这……”阎乐赵成一齐摇头。

“这叫螭兽钮。螭者，蛟龙之属也，神兽之属也，头上无角，若龙而黄。所以如此，秦为水德，蛟龙以彰水德也。”赵高对学问之事倒是分外认真，“这印面刻着八个秦篆文字，知道是甚？”

“受命于天，既寿永昌！”阎乐赵成异口同声。

“何人写的？”

“李斯！”

“对了。”赵高嘴角抽搐着，“李斯此人，老夫甚都不服他，就服他才艺。你说这个老儿，非但一手秦篆惊绝天下，还能制印！这皇帝玉玺，当初连尚坊玉工也不知如何打磨，这个李斯亲自磨玉，亲自写字，亲自刻字，硬是一手制成了皇帝玉玺！人也，难说……”赵高一时大为感喟了。

“听说，这块石头也大有说头。”赵成兴冲冲插话。

“再说石头，割了你舌头！”赵高生气了，“这叫和氏璧！天下第一宝玉！是楚人卞和耗尽一生心血踏勘得来，后来流落到赵国，幸得秦昭王从赵国手中夺来也。不说皇帝之玺，也不说印文，只这和氏璧，便是价值连城也！若是当年的魏惠王遇上和氏璧，你教他用都城大梁交换，只怕那个珠宝痴王也是乐得不得了也！”

这一夜，赵高醉了，李斯老是在眼前晃悠……

二　逢迎反击皆无处着力　李斯终归落入了低劣圈套

天下暴乱之初，李斯由难堪而绝望，几次想到了自杀。

自七月以来，丞相府每日都要接到山东郡县雪片般的告急文书。先是大泽乡，再是蕲县，之后便是一座座县城告破，一处处官署溃散；职司捕盗的郡县尉卒被暴乱的潮水迅速淹没，郡守县令背叛举事者不可胜数。盗军势力大涨，夺取郡县城邑连打仗都用不上，只派出一群群乱哄哄的人马鼓噪举事，且公然号为“徇地”。短短月余，暴乱飓风般席卷天下，除了岭南、陇西、阴山、辽东等边陲之地，整个帝国山河都不可思议地风雨飘摇了。长子李由为郡守的三川郡，也是好几个县接连出事，县令逃跑了，县吏举事了，官署溃散了。李由为抗御盗军四处履险疲于奔命，然始终无法挽回颓势，终究被吴广的数万盗军围困在荥阳。三川郡是关中的山东门户，消息传来，咸阳庙堂顿时骚动了。依附赵高的新贵大臣们纷纷攻讦丞相府，说李斯身为三公，竟令天下群盗蜂起，该严加治罪以谢天下。李斯大感难堪，几次对冯去疾示意，老臣们该出来说说公道话，天下盗民蜂起究竟罪在何方？然仅存的几个功勋元老素来对李斯在始皇帝病逝后的种种作为心有疑忌，包括冯去疾在内，始终没有一个人为李斯说话。

正当此时，赵高送来了一件胡亥批下的奏章，李斯顿时惶恐不安了。这是此前李斯给胡亥的上书，请皇帝大行朝会，议决为天下减轻徭役并中止阿房宫修建。胡亥在这件奏章后批下了一大篇话，先说了《韩非子》中对尧帝禹帝辛劳治民的记述，而后显然地宣示了对尧帝禹帝的不屑："然则，夫所贵于有天下者，岂欲苦行劳神，身处逆旅之宿，口食监门之养，手持臣虏之作哉！此不肖人之勉也，非贤者所务也。彼贤人之有天下也，专用天下适己而已矣！此所以贵于有天下也。"这等荒谬之极的强词夺理，李斯连对答的心思都没有，只有轻蔑了。因为，照胡亥这般说法，始皇帝一代君臣的奋发辛劳也就是"不肖人"了。但是，胡亥后面的责难却使李斯如芒刺在背了："夫所谓贤人者，必能安天下而治万民，今身且不能利，将恶能治天下哉！故，吾愿赐志广欲，长享天下而无害，为之奈何？"

李斯立即嗅到了这件问对诏书潜藏的杀机，此等辞章陷阱，绝非胡亥才具所能，必有赵高等人在背后作祟。然则，这是明明白白的皇帝诘问臣下的诏书，你能去追究赵高么？天下大乱之时，皇帝问如何能安天下而治万民，身为丞相，能说不知道么？以自古以来的政道法则，三公之天职便是治民以安，民治不安，责在三公。今天下群盗蜂起，丞相能说这是皇帝过失而自己没有过失么？况且，丞相儿子身为大郡郡守，也是丢土失城一片乱象，皇帝若从了一班新贵攻讦，将李氏灭族以谢天下，又有谁能出来反对？其时，李斯白白做了牺牲，也还是百口莫辩，又能如何？诚然，李斯可以痛快淋漓地批驳胡亥之说，可以留下一篇媲美于《谏逐客书》的雄辩篇章，全然可以做另外一个李斯。然则，必然的代价是李氏举族的身家性命，甚或三族六族的灭门之祸。一想到毕生奋争却要在最后惨遭灭族刑杀，李斯的心头便一阵猛烈地悸动……反复思忖，李斯终觉不能与这个绝非明君的胡亥皇帝认真论理，只有先顺着他说话，躲过这一举族劫难再说了。

当夜，李斯写下了一篇长长的奏对。

此文之奇，千古罕见，唯其如此，全文照录如下：

夫贤主者，必且能全道而行督责之术者也。督责之，则臣不敢不竭能以徇其主矣！此臣主之分定，上下之义明，则天下贤不肖莫敢不尽力竭任以徇其君矣。是故，主独制于天下而无所制也，能穷乐之极矣。贤明之主也，可不察焉！

故申子曰“有天下而不恣睢，命之曰以天下为桎梏”者，无他焉，不能督责，而顾以其身劳于天下之民，若尧、禹然，故谓之“桎梏”也。夫不能修申、韩之明术，行督责之道，专以天下自适也，而徒务苦行劳神，以身徇百姓，则是黔首之役，非畜天下者也，何足贵哉！夫以人徇己，则己贵而人贱；以己徇人，则己贱而人贵。故徇人者贱，而人所徇者贵。自古及今，未有不然者也。凡古之所以尊贤者，为其贵也；而所为恶不肖者，为其贱也。而尧、禹，以身徇天下者也，因随而尊之，则亦失所为尊贤之心矣夫，可谓大谬矣！谓之为“桎梏”，不亦宜乎？不能督责之过也。

故韩子曰“慈母有败子而严家无格虏”者，何也？则能罚之加焉必也。故商君之法，刑弃灰于道者。夫弃灰，薄罪也，而被刑，重罚也。彼唯明主，为能深督轻罪。夫罪轻且督深，而况有重罪乎？故民不敢犯也。是故韩子曰“布帛寻常，庸人不释；铄金百镒，盗跖不搏”者，非庸人之心重，寻常之利深，而盗跖之欲浅也；又不以盗跖之行，为轻百镒之重也。搏必随手刑，则盗跖不搏百镒；而罚不必行也，则庸人不释寻常。是故，城高五丈，而楼季不轻犯也；泰山之高百仞，而跛牂牧其上。夫楼季也而难五丈之限，岂跛牂也而易百仞之高哉？峭堑之势异也！明主圣王之所以能久处尊位，长执重势，而独擅天下之利者，非有异道也，能独断而审督责，必深罚，故天下不敢犯也。今不务所以不犯，而事慈母之所以败子也，则亦不察于圣人之论矣。夫不能行圣人之术，则舍为天下役何事哉？可不哀邪！

且夫俭节仁义之人立于朝，则荒肆之乐辍矣；谏说论理之臣间于侧，则流漫之志诎矣；烈士死节之行显于世，则淫康之虞废矣。故明主能外此三者，而独操主术以制听从之臣，而修其明法，故身尊而势重也。凡贤主者，必将能拂世磨俗，而废其所恶，立其所欲，故生则有尊重之势，死则有贤明之谥也。是以明君独断，故权不在臣也。然后能灭仁义之涂，掩驰说之口，困烈士之行，塞聪掩明，内独视听。故，外不可倾以仁义烈士之行，而内不可夺以谏说忿争之辩。故，能荦然独行恣睢之心而莫之敢逆。若此，然后可谓能明申、韩之术，而修商君之法。法修术明而天下乱者，未之闻也。故曰“王道约而易操”也，唯明主为能行之。若此，则谓督责之诚，则臣无邪。臣无邪则天下安，天下安则主严尊，主严尊则督责必，督责必则所求得，所求得则国家富，国家富则君乐丰。故，督责之术设，则所欲无不得矣！群臣百姓救过不给，何变之敢图？若此，则帝道备，而可谓能明君臣之术矣！虽申、韩复生，不能加也。

李斯这篇上书，被太史公斥为“阿意求容”之作，诚公允之论也。此文之奇异，在于极力曲解法家的权力监督学说，而为胡亥的纵欲享乐之道制作了一大篇保障理论，对法家学说做出了最为卑劣的阉割。二世胡亥说，我不要像尧帝禹帝那般辛苦，我要使天下为我所用，广欲而长享安乐，你李斯给我拿个办法出来！于是，李斯向二世胡亥屈服了，制作了这篇奇异的奏章，向胡亥献上了以“督责之术”保障享乐君道的邪恶方略。

在这篇奏章中，李斯是这样滑开舞步的：首先，明白逢迎了胡亥的享乐君道，赞颂胡亥的“穷乐之极”是贤明君道；其次，引证申不害的恣意天下而不以天下为桎梏之说，论说胡亥鄙薄尧禹劳苦治国的见识是圣明深刻的，最终得出尧帝禹帝的辛苦治理“大谬矣”，是荒诞治道，而其根本原因则是不懂得督责之术；再次，引证韩非的慈母败子说，论说以重刑督责臣民的好处，肯定这是最为神妙的“圣人之术”；最后，全面论说督责术能够给君主享乐腾挪出的巨大空间，能够使君主“荦然独行恣睢之心而莫之敢逆”，“督责之术设，则所欲无不得矣！”“群臣百姓救过不给，何变之敢图？”

李斯的这篇奏章，再一次将自己钉在了历史的耻辱柱上。

如果说，李斯此前的与政变阴谋合流，尚带有某种力行法治的功业追求，尚有其惧怕扶苏蒙恬改变始皇帝法治大道的难言之隐的话，这次上书阿意，则是李斯全然基于苟全爵位性命而迈出的背叛脚步。这篇卑劣奇文，意味着李斯已经远远背离了毕生信奉并为之奋争的法家学说，肆意地歪曲了法家，悲剧性地出卖了法家。盖法家之“法、术、势”者，缺一不可之整体也。术者，法治立定之后的权力监督手段也。

法家之术，固然有其权谋一面，然其原则立场很清楚：确保法治之有效执行，而最大限度地减少种种贪赃枉法，并主张对此等行为以严厉惩罚。也就是说，作为“法术势”之一的“术”，必须以行法为前提，而绝不是李斯所说，离开整体法治而单独施行的督责术。李斯不言法治，唯言督责术，事实上便将督责官员行法，变成了督责官员服从帝王个人之意志，其间分野，何其大哉！后世对法家的诸多误解，难免没有李斯此等以法家之名涂抹法家的卑劣文章所生发的卑劣功效。李斯之悲剧，至此令人不忍卒睹也。

“若此，则可谓能督责矣！”

这是李斯上书三日后，胡亥再次批下的“诏曰”。

赵高特意亲自上门，向李斯转述了皇帝的喜悦。赵高不无揶揄地说：“陛下读丞相宏文，深为欣然也！丞相能将享乐之道论说得如此宏大深刻，果然不世大才，高望尘莫及矣！”第一次，李斯难堪得满面通红，非但丝毫没有既往上书被皇帝认可之后的奋然振作，反而是恨不得找个地缝钻将进去。即或是面对赵高这个素来为正臣蔑视的内侍，李斯也前所未有地羞惭了。赵高还说，皇帝已经将丞相上书颁行朝野，将对天下臣民力行督责，举凡作乱者立即灭其三族，着丞相全力督导施行。李斯惭愧万分又惊愕万分，可还是不得不奉诏了。

果然，最教李斯难堪的局面来临了。

李斯上书一经传开，立即引发了庙堂大臣与天下士子的轻蔑愤然，更被山东老世族传为笑柄。人心惶惶的咸阳臣民，几乎无人不愤愤然指天骂地，说天道不顺，国必有大奸在朝。连三川郡的长子李由，也从孤城荥阳秘密送来家书询问：“如此劣文，究竟是奸人流言中伤父亲，抑或父亲果然不得已而为之？诚如后者，由无颜面对天下也！”面对天下臣民如此汹汹口碑，李斯真正地无地自容了。自来，李斯都深信自己的劳绩天下有目共睹，从来没有想到过自己会被天下人指斥为“奸佞”之徒。而今，非但天下汹汹指斥，连自己的长子都说自己的上书是“劣文”，且已无颜立于天下……如此千夫所指众口铄金，李斯有何面目苟活于人世哉！更有甚者，盗军乱象大肆蔓延，二世胡亥竟听信一班博士儒生诓骗之言，生生不信天下大乱。李斯身为丞相，既不能使皇帝改弦更张，又不能强力聚合庙堂合力灭盗，当真是无可奈何了。及至九月中，频遭朝局剧变又遭天下攻讦的李斯愤激悲怆痛悔羞愧，终于重病卧榻了，终于绝望了。病榻之上的李斯实在不敢想象，自己如何能亲眼看着渗透自己心血的皇皇超迈古今的大帝国轰然崩塌，且自己还落得个“阿主误国”的难堪罪名……

绝望羞愧之下，李斯想到了自杀。

那日深夜，昏睡的李斯蓦然醒来，清晰地听见了秋风掠过庭院黄叶沙沙过地的声音，只觉天地间一片萧疏悲凉，心海空虚得没有了任何着落。李斯支走了守候在寝室的夫人太医侍女人等，挣扎着起身，拄着竹杖到庭院转悠了许久。霜雾笼罩之时，李斯回到了寝室，走进了密室，找出了那只盈手一握的小小陶瓶。

这只陶瓶，伴随了李斯数十年岁月。自从进入秦国，它便成了李斯永远的秘密旅伴，无论身居何职，无论住在何等府邸，这只粗朴的小陶瓶都是李斯的最大秘密，一定存放在只有李斯一个人知道的最隐秘所在。

李斯清楚地记得，那是在离开兰陵苍山学馆之前的一个春日，自己与同舍的韩非踏青入山，一路论学论政，陶陶然走进了一道花草烂漫的山谷。走着走着，韩非突兀地惊叫了一声，打量着一丛色泽奇异的花草不动了。李斯惊讶于从来不涉风雅的韩非何能驻足于一蓬花草，立即过来询问究竟。口吃的韩非以独特的吟诵语调说，这是他在韩国王室见过的一种剧毒之物，名叫钩吻草！如此美景的兰陵苍山，如何也有如此毒物？一时间韩非大为感慨道：“良药毒草，共生于一方也！天地之奇，不可料矣！”李斯心头怦然一动，竟莫名其妙地想将这蓬草挖出来带回去。然则，李斯还是生生忍住了。过了几日，李斯进兰陵县城置办学馆日用，又进了那片山谷，又见了那蓬钩吻草。终于，李斯还是将它挖了出来带进县城，找到了一个老药工，将钩吻草制成了焙干的药草，装进了一只粗朴的小陶瓶。李斯再去兰陵拿药时，那个老药工说了一句话：“此物绝人生路，无可救也，先生慎之。”李斯欣然点头，高兴地走了。

李斯始终不明白，自己何以要如此做。李斯只觉得，不将那个物事带在身边，心下总是忐忑不安。后来的岁月里，李斯每有危境，总是要情不自禁地摸摸腰间皮盒里的那只小陶瓶，心头才能稍稍平静些许。被逐客令罢黜官职逐出秦国，走出函谷关的时刻，李斯摸过那只陶瓶；体察到始皇帝末期对自己疏远时，李斯摸过那只陶瓶；沙丘宫风雨之夜后进退维谷的日子，李斯也摸过那只陶瓶……然则，摸则摸矣想则想矣，李斯始终没有打开过陶瓶。毕竟，曾经的绝望时刻，都没有彻底泯灭过李斯的信念，总是有一丝光明隐隐闪现在前方。然则，时至今日，一切不复在矣！天下风雨飘摇，李斯始作俑也！叛法阿意之劣文，李斯始作俑也。如此李斯，何颜立于人世哉！

也就是在这个秋风萧疏的霜雾清晨，李斯蓦然明白了，自己之所以数十年不离这只陶瓶，根源便是自少年小吏萌生出的人生无定的漂泊感，也是自那时起便萌生出的人生必得冒险，而冒险则生死难料的信念。唯其如此，李斯不知道自己能走到哪里，李斯准备着随时倒下，随时结束自己的生命……

“大人！捷报！三川郡捷报！”

若非府丞那万般惊喜的声音骤然激荡了李斯，便没有后来的一切了。当李斯走出密室，听府丞念完那份既是公文更是家书的捷报时，木然的李斯没有一句话，便软倒在地上了……良久醒来，李斯仔细再读了战报，又听了李由派回的特使的正式禀报，白头瑟瑟颤抖，老泪纵横泉涌了。在万木摧折的暴乱飓风中，独有李斯的儿子巍巍然撑起了中原天地，独有三川郡守李由激发民众尉卒奋力抗敌，硬生生将盗军假王吴广的十余万大军抗在荥阳城外，何其难也！儿子挽狂澜于既倒的喜讯，使李斯心田弥漫出一种从来没有过的坚实的暖流。所有关于李斯的责难，都将因李由的孤绝反击而消散。李斯对帝国的忠诚，将因此而大大彰显。李斯因拥立胡亥而遭受的老臣们的抨击，将因此而大大淡化。李斯因无奈自保而写下的阿意上书，将因为李由的坚实风骨而变为周旋之举。李斯在事实上已经失去的权力，将因此而重新回归。李斯在帝国庙堂的轴心地位，将因此而重新确立……暖流复活了死寂荒疏的心田，善于权衡全局的李斯，立即洞察了三川郡抗敌的所有潜在意义。

李斯神奇地走下了病榻，重新开始了周旋。

深秋时节，周文盗军数十万进逼关中，图谋一战灭秦。李斯立即与冯去疾召太尉府并少府章邯秘密会商，迅速拟出了以骊山刑徒与官府奴隶子弟成军，以章邯为大将，大举反击盗军的方略。李斯明白剖析了大势：目下盗军初起战力不强，无须动用九原大军，只要章邯战法得当，后援不出纰漏，击败盗军并非难事。章邯素来景仰李斯，慨然拍案道："只要丞相后援不断，我二十余万刑徒军定然悉数扫灭盗军！"李斯倍感振奋道："当此关中危难之际，陛下必能尽快决断，扫灭盗军，重振大政，必指日可待也！"于是，三府合署连夜上书，各方都开始了紧急谋划。果然不出李斯所料，这次上书批下得很快，只隔了一个晚上。李斯自信地以为，这便是李由三川郡孤守的影响力，皇帝再也不能说盗军只是几群正在追捕的作乱流民了，只能倚重一班老臣平定天下了。李斯反复思忖，纵然这个皇帝远非自己当初预期，也不至于昏聩到连大秦河山都不要了的地步，而只要欲图守定天下，舍李斯其谁也！

其后，章邯连战皆捷，李由连战皆捷，朝局果如李斯所料有了明显转机。最显然的不同，便是那个寻常不出面的赵高又来拜谒丞相府了。赵高一脸恳切地诉苦说："关东群盗日见多也，皇帝却急于征发阿房宫徭役，聚狗马无用之物。在下多次想谏阻皇帝，奈何位卑人贱，言语太轻。此等大事，正是君侯高位者之事也，君何不出面谏阻皇帝？"受到久违了的敬重，李斯顿时被赵高的恳切言辞打动了，长叹一声道："当然如此也，老夫欲谏阻皇帝久矣！然皇帝不坐朝廷，只在深宫。老夫欲谏，无法见到皇帝也，奈何哉！"赵高恳切道："丞相诚能谏阻，在下自当为丞相留意陛下行踪，但有时机，在下立即知会丞相。"李斯很是感谢了赵高一番，此后便一边筹划进谏一边静候赵高消息。

为这次进谏，李斯做了最充分的筹划：联结冯去疾、冯劫一起联署奏章，而由自己出面晋见皇帝说话。二冯同为三公。冯去疾是右丞相，是李斯副手，素来在大政事项上以李斯决断为取向，一说向皇帝进谏减民赋税徭役，立即欣然赞同。冯劫情形不同，其御史大夫的三公职权已被免去，然爵位仍在言权犹在，却是赋闲在家终日郁闷，早已经对这个二世胡亥大是恼火，多次要李斯出头联结老臣强谏，都因李斯百般迟疑而作罢。这次李斯一说，冯劫虽指天骂地发作了一阵，最终还是欣然赞同了进谏。三人商定后，李斯主笔草拟了一道上书，言事很是简约直接：

臣李斯、冯去疾、冯劫顿首：关东群盗并起，秦发兵诛击，所杀甚众，然犹不止。盗多者，皆因戍漕转作事苦，赋税大也。

为天下计，老臣等三人请：中止阿房宫建造，减省四边之屯戍转作，以安天下民心也。非此，盗不足以平，国不足以安，陛下慎之慎之！

诸事就绪，赵高处却迟迟没有消息。这日冯劫冯去疾大是不耐，力主不能信赖赵高，该当立即上书。李斯不好与这两个老臣再度僵持，便决意进宫了。不料正在此时，赵高派了一个小内侍匆忙送来消息，说皇帝回到了东偏殿书房，请李斯即刻去觐见。

李斯没有丝毫犹豫，立即登车进了皇城。可走进东偏殿一看，二世胡亥正在一排裸体侍女身上练习大字，提着一管大笔忙碌得不亦乐乎！李斯大窘。胡亥则很是不悦，偏偏不理睬李斯，只径自提着朱砂大笔在一具具雪白的肉体上忙活。李斯在外室静待了片刻，终觉太过难堪，还是走了。又过几日，李斯又得赵高消息，立即匆忙赶到了兰池宫。不料又是胡亥与一大群妇女光溜溜鱼一般在水中嬉戏，半个时辰还不见出水迹象，李斯只得又踽踽去了。不过数日，李斯又得赵高消息，匆忙赶往章台宫，其所见无异，又是胡亥与一群裸身女子做犬马之交的嬉闹。李斯不堪入目，立即转身走了。

如是者三，李斯自然不会再相信赵高了，然欲见皇帝，又确实难以觅其行踪。万般无奈，李斯只有依着上书程式，将三公上书封好，交于每日在皇城与官署间传送公文的谒者传车呈送皇帝书房。如此一天天过去，上书却作了泥牛入海。李斯终日皱眉，冯劫骂树骂水骂天骂地痛骂不休，冯去疾则黑着脸不说一句话，三人一时都没辙了。

却说胡亥三次被李斯滋扰，不禁大为恼怒，召来赵高愤愤道："我平日闲暇也多，丞相都不来觐见。如何总是在我燕私之乐时，老来滋扰生事！"赵高的回答是："丞相所以如此，殆（托大）矣！当初沙丘之谋，丞相与焉。今陛下已立为帝，而丞相权贵未曾大增。丞相之心，欲图裂地而王也。陛下不问，臣不敢言，还有一件大事：丞相长子李由为三川郡守，楚地大盗陈胜等，都是与三川郡相邻之民，也都是与丞相故里相邻之民。楚地群盗公行，根由在此也！群盗流过三川郡，李由非但不击杀治罪，反与其文书往来……高早闻此事，只是未经勘审，不敢报陛下。再说，丞相居外事大政，权力之重犹过陛下，老臣为陛下忧心也！”

胡亥被赵高说得心惊肉跳，惶恐问道：“那，能否立即治罪李斯？”

赵高道：“若急治李斯，其子李由必作乱也。冯去疾、冯劫一班老臣，亦必趁势通联施救也。老臣之见，还当先治李由，削李斯羽翼为上。”

“那，三公上书，朕当如何处置？”

“先行搁置，待机而作。”

“好！先治李由，叫李斯外无援手。”胡亥思忖一番，大觉赵高说的有理，立即下令赵高派出了特使秘密案验三川郡守李由通盗事。

不料，李斯却意外地知道了这个消息。

在帝国功臣家族中，李氏与皇室关联最是紧密，虽蒙氏王氏两大首席功臣亦不及。李斯的儿子都娶了始皇帝的女儿为妻，李斯的女儿都嫁了始皇帝的皇子为妻。以秦法之公正严明，以始皇帝之赏功正道，不可能以此等联姻之法做额外赏赐。更重要的是，战国传统下的所谓皇亲国戚，还远远不是后来那般具有天然的权力身份，李斯的儿子没有一个因为是始皇帝女婿而出任高官显爵的，长子李由也不过是一个郡守而已。所以如此，最大的可能是李斯多子女，且个个都相对出色。而蒙恬蒙毅之蒙氏，王翦王贲之王氏，则可能因为毕生戎马征战居家者少，后裔人口繁衍便不如李氏旺盛。由于这一层原因，李氏家族与皇城各色人等多有关联，说千丝万缕亦不为过。除却李斯丞相身份所具有的种种关联，每个儿子女儿还都有各自的路径。寻常之时，这些路径也并不见如何举足轻重，危难来临，却往往立见功效。

“禀报大人，长公主求见。”

“长公主？噢，快教她进来。”

这夜枯坐书房的李斯，正在费心地揣摩着连续三次觐见皇帝遭遇尴尬的谜团，突然听说长媳求见，不禁大感意外。长公主者，长子李由之妻也。李由是李斯长子，其妻也是始皇帝的长女。胡亥杀戮诸皇子公主之时，因长公主出嫁已久且已有子女，故未遭牵连而幸存。此后年余，长公主闭门不出，与皇城事实上已经没有了往来。即或于丞相府，另府别居的长公主也极少前来，可以说，李斯这个公爹与这个长媳事实上也很是生疏。如此一个长媳能夤夜来见，李斯心头怦然一动，不自觉站了起来。

长公主匆匆进来，一做礼便惶急地说，赵高撺掇皇帝，要派密使“案验”李由通盗事！李斯惊问，长公主何以知晓？长公主说，是她的乳母进皇城探视女儿听到的消息。乳母的女儿不是寻常侍女，是皇帝书房职司文书典籍的一个女吏。这个女吏与一个侍女头目交谊甚厚，是侍女头目听到了赵高与皇帝的说话，不意说给了女吏。因与李由相关，女吏才着意告知了母亲。李斯问，此话在何处说的？长公主说，在甘泉宫。李斯问，大体说得几多时辰。长公主说，大约顿饭辰光。

骤然之间，李斯心头疑云豁然大明，一股怒火顿时腾起。

赵高能出如此恶毒主张，根源自然不在李由，而在李斯。皇帝能与赵高说起李斯，必是因自己三次连番晋见而起。皇帝必责李斯无端滋扰，赵高必诬李斯居心险恶。厚诬李斯之余，又诬李由通盗。案验李斯二冯心有顾忌，于是便拿李由开刀了。李斯毕竟久经沧桑熟悉宫廷，一听些许迹象，立即便推断出这则阴谋的来龙去脉，不禁对赵高恨得入骨三分。这个赵高，以如此低劣之圈套愚弄老夫陷害老夫，下作之极也！沙丘宫密谋以来，虽说李斯对赵高之阴狠时有察觉，然赵高毕竟没有直接以李斯为敌，故李斯始终对赵高只以“宦者秉性，卑贱自保”忖度其言其行，而没有将赵高往更恶更坏处想去，更没有估量到赵高的吞国野心。

李斯始终有着一种深厚的自信：以自己的功业声望，任何奸佞不足以毁之。唯其如此，即或三公九卿一个个倒下，李斯也始终没有想过竟会有人公然诬陷他这个赫赫元勋。如此心态之李斯，自然不会有洞察赵高野心阴谋之目光了。目下李斯对赵高的愤怒，与其说是洞察大奸巨恶之后的国恨，毋宁说是李斯深感赵高愚弄自己之后的报复之心。当然，若是赵高仅仅愚弄了李斯，而没有实际直接的加害作为，很可能李斯还能隐忍不发。毕竟，李斯也不愿在这艰难之后刚刚有所复苏的时刻，同赵高这个“用事”近臣闹翻。然则今日不同，赵高要一刀剜了李由，显然是要摧毁李斯方始艰难恢复的声望权力，要一举将李斯置于孤立无援之境，是可忍，孰不可忍也！

反复思忖，李斯决意先行搁置三公上书之事，而先使自己立于不败之地。欲待如此，只能设法晋见二世胡亥，痛切陈说赵高之险恶，即或不能逼二世皇帝除了赵高，也必得罢黜赵高，使其远离庙堂，否则后患无穷。然则，此时的皇帝已经很难见了，且此前三番难堪，已经使这个享乐皇帝大为不悦，要谋求一次痛切陈说之机，还当真不是易事。当然，再要清楚知道皇帝行踪，赵高是无论如何不能指望了。于是，李斯秘密叮嘱家老，派出了府中所有与皇城宫室有关联的吏员，各取路径秘密探查皇帝行踪，务必最快地清楚皇帝目下在何处。

如此三日之后，各路消息汇集一起，李斯却犯难了。二世胡亥已经离开咸阳，住到甘泉宫去了。这个胡亥近日正忙于一宗乐事，在材士营遴选了百余名壮士做“角抵优俳”，每日论功行赏不亦乐乎。赵高的族弟赵成率领三千甲士守护着甘泉宫，赵高则亲自在甘泉宫内照应，若不与赵氏兄弟沆瀣一气，根本不可能进得甘泉宫。

所谓角抵者，角力较量也，跌跤摔跤也。优俳者，滑稽戏谑也。战国秦时，将街市出卖技艺的“优”者分为两大类：歌舞者称“娼优”，滑稽戏谑者称“俳优”。优俳者，俳优之别说也，实则一事。用今人话语，角抵俳优便是滑稽摔跤比赛。胡亥整日寻求乐事，万千女子终日悠游其中犹不满足，又日日寻求新奇之乐。赵高便指点阎乐生发出这个滑稽摔跤戏，乐得胡亥大笑不止，日日与一大群妇女“燕私”之后，便要赏玩一番滑稽跌跤，只觉这是人间最快乐的时光，任谁说话也不见。

无奈，李斯只有上书了。

李斯一生写过无数对策上书，然弹劾人物却是唯此一次。其书云：

> 臣李斯顿首：臣闻之，臣疑其君，无不危国；妾疑其夫，无不危家。今有大臣于陛下擅利擅害，与陛下无异，此甚不便。昔者司城子罕相宋，身行刑罚，以威行之，期年遂劫其君。田常为简公臣，爵列无敌于国，私家之富与公家均，布惠施德，下得百姓，上得群臣，阴取齐国，杀宰予于庭，即弑简公于朝，遂有齐国。此，天下所明知也。今，高有邪佚之志，危反之行，如子罕相宋也；私家之富，若田氏之于齐也；兼行田常、子罕之逆道，而劫陛下之威信，其志若韩玘之为韩安相也。陛下不图，臣恐其为变也！

上书送达甘泉宫三日，没有任何消息。

李斯正在急不可待之时，一名侍中送来了二世胡亥在李斯上书之后批下的问对诏书，全然一副严词质询的口吻："丞相上书何意哉！朕不明也。夫赵高者，故宦人也，然不为安肆志，不以危易心，絜行修善，自使至此，以忠得进，以信守位；朕实贤之，而君疑之，何也？且朕少失先人，无所识知，不习治民，而君又老，恐与天下绝矣！朕非属赵君，当谁任哉？且赵君为人精廉强力，下知人情，上能适朕，君其毋疑也。"

李斯越看越觉心头发凉，愣怔半日回不过神来。二世皇帝的回答太出乎李斯的意料了，非但没有丝毫责备赵高之意，且将赵高大大褒奖了一番，将皇帝对赵高的倚重淋漓尽致地宣示了一番，太失常理了！以寻常君道，即或是平庸的君主，面临一个领政丞相对一个内侍臣子的怀疑追究，纵然君主倚重这个内侍，至少也得交御史大夫府案验之后说话，何能由皇帝立即做如此分明的判定？因为，任何一个大臣都有举发不法逆行的职责与权力，此所谓言权也。若以二世胡亥所言，李斯的上书完全可以看做诬告举发，全然可以反过来问罪于李斯。世间还有比这般行为更为荒谬的事体么？一心谋国，反倒落得个疑忌用事之臣，当真岂有此理！

李斯的这件上书与胡亥的这件批示诏书，是全然相互错位的历史滑稽戏也。以李斯而论，胡亥分明是个昏聩不知所以的下作皇帝，李斯却偏偏将其当做能接受直谏的明君或常君对待，每每以正道论说对之，无异于缘木求鱼也。以韩非《说难》，说君的轴心法则便是"非其人勿与语"——不是明君雄主，便不要与之谈论为政大道。李斯恰恰反其道而行之，"非其人而与语"，硬纠缠着一个下作昏君听自己的苦心谋国之言，结果招来一通全然文不对题的斥责之词，滑稽也，怪诞也。李斯是大法家，不能以范蠡式的全身而退的自保术为最高法则，要求李斯作出或退隐去官或不言国事的选择，那不是战国大争之风，更不是法家大师的风骨。历史要求于李斯的，是正道谋国该当具有的强硬抗争品格，与出色的斡旋能力。不求其如商君护法之壮烈殉身，亦不求其如王翦王贲那般可能的拥兵除奸。然则，至少求其如吕不韦的精妙斡旋与强硬秉持，以及最后敢于结束自己生命以全秦国大局的勇气。然则，李斯没有做到任何一种的铮铮硬骨，而只是絮絮叨叨地力求下作昏君接纳自己，力求下作昏君拒绝奸佞。此等要求苍蝇不要逐臭的作为，实在教人哭笑不得了。

以实情论之，其时，李斯面前至少有两条路可走。一则是正道：以三公上书为契机，联结冯去疾冯劫章邯等一班功臣老将，大张旗鼓地为天下请命，威逼二世胡亥诛杀赵高改弦更张。以当时天下之乱象，只要李斯敢于奋然呼吁，帝国庙堂很有可能就此改观。二则是权谋机变之道：将赵高比作齐桓公末期的易牙、竖刁两个内侍奸佞声讨之，给赵高设置一个谋逆罪案，公然举发，而后径自秘密拿人立即斩决！依据胡亥后来“恐李斯杀之（赵高）”的担心，可以判定：李斯密杀赵高并非没有能力，而在于敢不敢为。

不合李斯既不走正道，也不走旁道，偏偏一味地私欲为上迂阔到底，只用胡亥赵高最听不懂的语言说话，自家津津乐道，却遭下作君主无情地一掌掴来。以李斯上书而言，分明要除赵高，说词却全然不着边际：李斯上书所列举者，都是此前战国历史上著名的权臣之乱，而此等权臣之乱，至少也得有李斯一般的重臣地位才能发生。赵高无论多么奸佞，无论多么野心，此时也只是一个从老内侍擢升的郎中令，以此等权臣作乱比照赵高，实在不伦不类，正好使赵高反咬一口，说李斯才是田常。也就是说，遇到赵高这般精于权术又心黑手狠的千古奸徒，唯以强力，唯以正道，可成其天敌也！若李斯这般不具强硬风骨，唯图以才具说动下作昏君的童稚举措，注定地要一步步地更深地落入更为卑劣的圈套。

李斯没有想到这些。

李斯依然南辕北辙地走着自己的路。

次日，李斯赶赴甘泉宫求见胡亥，欲图为自己的上书再度陈述。可连山口城门都没进，李斯便被守在城头的赵成挡了回来。赵成只冷冰冰一句话："皇帝陛下有诏，大臣可上书言事，不可无召晋见。末将不能禀报。"李斯苦苦守候了两个时辰，赵成却铁石一般矗在城头毫不动摇。天及暮色，李斯终于愤然难耐，当时便在车中写下了几行字，装入上书铜匣，派一个侍中送进了甘泉宫。又过两个时辰，城头风灯摇曳，山谷秋风呼啸，城头还是没有任何消息。李斯冷饿疲惫已极，万般无奈只好登车回程了。李斯没有料到，正是这几行急就章，使他陷入了最后的泥沼。

忙碌一夜的胡亥，直睡到日色过午才醒了过来。

书房长史送来李斯昨日的上书。胡亥惬意地呷着刚刚煮好的新茶，说了一个念字。长史便打开铜匣拿出了一方白帛展开，高声地缓慢地念了起来："陛下诏书，老臣以为不然。夫赵高者，故贱人也，无识于理，贪欲无厌，求利不止，列势次主，求欲无穷。老臣故曰，赵高殆矣！"胡亥听得大皱眉头，破天荒拿过上书自家看了起来。

显然，李斯对自己这个皇帝褒奖赵高很是不满，竟再次对这个忠实于朕的老臣大肆攻讦了。这李斯也忒是狠也，将赵高连根骂倒，说赵高生来就是个贱人，贪欲求利不止，权势已经使皇帝无足轻重，还骂赵高恶欲无穷，骂赵高已经有了险象等等，李斯汹汹然想做甚？想杀赵高？对！一定是李斯想杀赵高！李斯若要杀赵高，可能么？可能！且不说李斯有长子李由的外势可借，李斯只要与冯去疾冯劫章邯等任何一个老臣联手，那些个个都有效力死士的老臣老将谁不敢将赵高剁成肉酱？蓦然之间，胡亥很为自己的这个机敏发现自得，觉得自己这个皇帝圣明已极——胡亥再也不是从前那个需要赵高呵护的少皇子了，胡亥可以保护老功臣了！惊喜欣然之下，胡亥立即吩咐召见赵高。

“郎中令且看，此乃何物耶？”胡亥指了指案头帛书。

“这……陛下，李斯上书……”

“李斯如此说法，其意如何啊？”见赵高惶恐模样，胡亥既得意又怜悯。

“老臣寸心，唯陛下知之也……”赵高涕泪唏嘘了。

“不怕不怕，有朕在也！”胡亥又是抚慰又是拍案担保，忙得不亦乐乎。

“老臣已衰迈之年，一命何惜？老臣，为陛下忧心也。”

“噢？朕有可忧处么？”胡亥惊讶疑惑。

“丞相势大，所患者唯赵高也。赵高一死，丞相即欲为田常之乱……”

“啊！”胡亥大惊，“是说，李斯要弑君夺位？”

“陛下圣明。自古作乱，唯有权臣，不见小臣……”

“对也！”胡亥恍然大悟，“李斯是丞相三公，只有他能作乱！”

“唯其如此，丞相之攻讦老臣，掩人耳目而已。”

“丞相丞相，别叫他丞相！听着烦人！”

“陛下……”

“对了，方才说甚？掩耳盗铃？对！李斯掩耳盗铃！”

“陛下圣明。李斯是盗，窃国之盗。”

“李斯！朕叫你窃国！”胡亥一脚踢翻了案旁正在煮茶的侍女，气咻咻一阵转悠，猛然回身高声道，“下狱！以李斯属郎中令！叫他窃国，窃个鸟！”气急败坏的胡亥脸色苍白，恶狠狠骂得一句，又狞厉地笑了。

“陛下圣明！”赵高立即匍匐在地高声赞颂一句，又恭敬地道，“然则，老臣之见，治李斯之先，必先治冯去疾、冯劫。此两人与李斯一道上书攻讦陛下君道，是为大逆，不可留作后患也。”

“好！郎中令操持便是，朕忙不过来。”

“陛下毋忧，老臣定然诸事妥当！”

一场帝国历史上最大的冤狱便这般荒诞地开始了，没有逻辑，没有罪行，没有法度，没有程序，没有廷尉，没有御史。有的只是一道诏书，一支马队，一个奉诏治狱的老内侍赵高。当阎乐的三千材士营马队轰隆隆开进咸阳三公府的时候，任谁也没有想到，帝国末期的浴血残政再度开始了连绵杀戮。

那一日，冯劫正到冯去疾的右丞相府，会商如何了结这件三公上书事。冯去疾之意，还当联结章邯、王离等一班大将联署强谏。冯劫却断然摇头，说任何上书都不会有用，要想扭转朝局，只有一个办法：举兵肃政，废黜了这个胡亥，杀了这个赵高！冯去疾大惊，思忖一番却也不得不点头，遂低声问：“还是要丞相发动么？”冯劫拍案道：“此人私欲过甚，不能再指望他举事。他若跟着来，再说。”冯去疾道：“胡亥之后，拥立何人为帝？”冯劫成算在胸道：“子婴！子婴临危不逃，身有正气，当得三世皇帝！”一番秘密会商，两人大是振奋，最后议定：冯劫秘密赶赴中原，之后再往九原，秘密联结章邯王离妥当之后，三人立即率军杀回咸阳……

“皇帝诏书！冯去疾冯劫接诏——！”

当阎乐的喊声与马队甲士的轰隆声回荡在庭院时，两位老臣相对愕然了。在秋风萧疏的庭院，阎乐板着脸念诵了胡亥的一篇长长的问罪诏书，最后的要害是："……今朕即位二年之间，群盗并起，三公不能禁盗，却要罢先帝之阿房宫！如此三公，上无以报先帝，次无以为朕尽忠，何以在位哉！着即下狱，属郎中令勘审问罪！此诏！秦二世二年春。"

"阎乐，竖子钻阉宦裤裆，女婿做得不错也！"冯劫哈哈大笑。

"拿下两个老匹夫！"阎乐脸色铁青一声怒喝。

"退下！"冯去疾霹雳怒喝一声，顿显大将威势。

"箭弩伺候！"阎乐声嘶力竭。

"竖子可知，将相不辱也！"冯去疾锵然拔出了长剑。

"老哥哥有骨头！将相不辱！"冯劫大呼长笑，拔出长剑与冯去疾并肩而立。

"走！去见始皇帝——！"

一声大呼，两人同时刎颈，同时倒地，鲜血顿时激溅了满院黄叶……

三　饱受蹂躏的李斯终于走完了晦暗的末路

三川郡一道快报传来，李斯顿时昏厥了。

谁也没有料到，李由骤然战死了，且死得那般惨烈，被那个江东屠夫项羽将头颅挂在了外黄城头……消息传来如晴天霹雳，合府上下顿时一片恸哭之声，几乎要窒息了。好容易被救醒过来的李斯，听得厅堂内外一片悲声，已没有一丝泪水。思忖良久，李斯正待挣扎起身，又见家老跌跌撞撞扑进厅堂哭喊："大人！长公主刎颈了！……"李斯喉头咕的一声，又颓然跌倒在榻，再度昏厥了过去……夜凉如水的三更，李斯终于又醒了过来。隐隐哭声随风呜咽，偌大厅堂死一般沉寂。守在榻前的两个儿子与几名老仆太医，都是一身麻衣一道白帛，人人面如死灰声息皆无。见李斯睁开了眼睛，次子李法、中子李拓[1]蓦然显出一丝惊喜，老太医也连忙过来察看。李斯艰难地摆了摆手，拒绝了太医诊视，也拒绝了家老捧过的汤药，没有一句话，只以目光示意中子李拓扶起了自己，艰难地走出了门厅。

聪慧的李拓素知父亲，顺着父亲的脚步意向，将父亲一步步扶到了匆忙搭起的灵堂。李斯走进麻衣一片的灵堂，隐隐哭泣立即爆发为痛楚无边的悲声。李斯走到两方灵牌下的祭案前，大破葬礼之仪，瑟瑟颤抖着深深三躬，向长子长媳表示了最高的敬意。之后，李斯走到了灵堂口的书案前，目光注视着登录祭奠宾客的羊皮大纸，光洁细密的羊皮上没有一个名字，空旷得如同萧疏的田野。李斯嘴角蓦然一丝抽搐，盯住了那管已经干涸了的大笔。李拓会意，示意身旁一个姐姐扶住了父亲，立即到书案铺开了一方白帛，又将大笔饱蘸浓墨，双手捧给了父亲。李斯左臂依旧被女儿搀扶着，只右手颤巍巍接过铜管大笔，笔端颤巍巍落向了白帛，一个个苍老遒劲的大字艰难地生发出来——乱世孤忠，报国双烈，大哉子媳，千古犹生！最后一字堪堪落笔，大汗淋漓泪如泉涌的李斯终于酸软难耐，大笔当啷落地……

旬日之间，李斯再度醒来，已经是形容枯槁满头白发了。

李拓禀报父亲说，皇城没有任何关于大哥战死的褒扬封赏消息，大哥与长公主的葬礼规格也没有诏书。章邯将军派来了一个密使，已经秘密运回了大哥的无头尸体。章邯将军说，那几个案验大哥通盗事的密使，还在三川郡折腾，看情势赵高一党还要纠缠下去。李斯思忖良久，

---

[1] 李斯多子女，长子李由之外无姓名记载，子女数目亦不详。“中子”为《史记》原词，当指排行居中的几个儿子之一。

嘶哑着长叹一声："勿望皇室也！既有尸身，以家礼安葬便了……"吩咐罢了，李斯抱病离榻，亲自坐镇书房，一件一件地决断着长子长媳这场特异的葬礼的每一个细节。想到长子李由孤忠奋烈于乱世危局，最终却落得如此一个不明不白的归宿，而自己这个通侯丞相竟至无能为力，李斯的愤激悲怆便翻江倒海般难以遏制，又一次绝望得想到了死。然则，李斯终究强忍了下来，没有他，偌大的李氏部族立见崩溃，李由的冤情也将永远无以昭雪。为了这个家族部族的千余人口，他必须挺下去，为了恢复自己暮年之期的名望权力，他更须撑持下去。死固易事，然身败名裂地死去，李斯不愿意，也不相信有这种可能。毕竟，三公仍在，章邯王离大军仍在，除却赵高并非丝毫没有机会……已经在巨大的无可名状的苦境中浸泡麻木的李斯，目下只有一个决断：安葬了长子长媳，立即与冯去疾冯劫秘密会商，不惜法外密行联结章邯王离，一定要除却赵高，逼二世胡亥改弦更张！

行将入夏之时，李氏家族隆重安葬了李由夫妇。

皇城无人参与葬礼，大臣也无一人参与葬礼，昔日赫赫丞相府的这场盛大葬礼，倒像是无人知道一般。然李斯断然行事，无论皇城官署如何充耳不闻，葬礼都要"礼极致隆，大象其生"。李斯第一次认真动用了领政丞相的残存权力，以侯爵规格铺排葬礼。李斯的丞相府葬礼官书知会了皇城与所有官署，题头都是"先帝长公主瑆并三川郡守李由葬礼如仪"，以皇族嫡系公主之名处置这场葬礼，李斯相信二世胡亥也无可阻拦。果然，一切都在皇城与各方官署的泥牛入海般的沉默中径自进行着。出丧之日，盛大的列侯仪仗引导着全数出动的李氏部族，数千人的大队连绵不断地开出了咸阳北门，开上了北阪，开向了北阪松林的预定墓地。使李斯稍觉欣慰的是，咸阳国人一路自发地设置了许许多多的路边祭奠，"国之干城""抗盗烈士"的祭幅不绝于目，哀哀哭声不绝于耳……

从北阪归来，疲惫不堪的李斯彻夜昏睡，次日正午醒来，觉得轻松了许多。

李斯没有料到，便在他用过午膳，预备去见冯去疾冯劫的时刻，府丞惊恐万状地跌撞进来，报说了两冯在阎乐军马缉拿时愤然自刎的消息。李斯大是惊愕，良久愣怔着说不出一句话来。中子李拓也得知了消息，匆匆前来劝父亲立即出关，奔章邯将军或王离将军处避祸。李斯却缓缓地摇了摇头，依旧没说一句话。便在父子默然相对之时，阎乐的材士营马队包围了丞相府。耳闻沉雷般的马蹄声，李斯没有惊慌，只对李拓低声重重一句："不许都搅进来！"便撑着李拓含泪捧过的竹杖，一步一步走出了门厅，来到了廊下……

虽是夏日，云阳国狱的石窟却阴冷潮湿得令人不堪。

李斯做过廷尉，云阳国狱的老狱令曾是其信赖的部属。对丞相李斯的突然入狱，云阳国狱的老狱令与狱吏狱卒们无不惊愕莫名。在大秦法界各署吏员中，李斯的行法正道是极负盛名的，即便后来的廷尉姚贾，也不如李斯这个老廷尉深得帝国法界这般认可。李斯入狱，国狱官吏们无不认定是冤案，是以各方对李斯的照拂都很周到，李斯的消息也并不闭塞。老狱令搬来了一案酒食为李斯驱寒。饮酒间，老狱令对李斯说，郎中令署的案由是"斯与子由谋反，案验问罪"，丞相府的宗族宾客已经被尽数缉拿，据说与冯去疾冯劫族人一起关押在南山材士营，只丞相一人被关在云阳国狱。

"嗟乎！悲夫！不道之君，何可为计哉！"

那日，李斯第一次在万般绝望下平静了，清醒了，无所事事地痛饮中感慨着唏嘘着，时而拍打着酒案，时而拍打着老狱令的肩头，说出了许许多多积压在心头的话语。老狱令也是老泪纵横，听得懂听不懂都只顾点头，只顾一碗又一碗地向李斯斟酒。

“老狱令啊，且想想古事。”李斯万般感喟唏嘘，“夏桀杀关龙逢，殷纣杀王子比干，吴王夫差杀伍子胥，不亦痛哉！此三臣者，岂不忠哉！然而不免于死，身死而所忠者非人，不亦悲乎！今日，我智不及三子，而二世之无道则过于桀纣夫差，我以忠死，宜矣！然则我死之后，二世之治岂不乱哉！老令不知，胡亥夷其兄弟而自立，杀忠臣而贵贱人赵高，作阿房宫，又赋敛天下，诚无道也！我非不谏，二世不听我哉！凡古圣王，饮食有节，车器有数，宫室有度。出令造事，加费而无益于民利者，禁止不做，故能长治久安也！今二世如何？行逆于昆弟不顾其咎，侵杀于忠臣不思其殃，大作宫室厚赋天下而不爱其费！三者并行，天下安能听哉！目下，反者已有天下之半矣！而二世之心，尚在懵懂也！二世以赵高为辅佐，我必要见寇盗进入咸阳，见麋鹿兽迹游于庙堂了！……”

终李斯末期全部言行，唯独在云阳国狱的这番感慨尚算清醒。清醒之根本点，在于李斯终于清楚了乱国乱天下的根基在胡亥这个皇帝，而不在赵高这个奸佞。然则，李斯对胡亥的斥责，却仅仅限于对传统昏君的杀忠臣、杀兄弟、侵民利的传统暴行的指斥。李斯在最后的时刻，依然没有痛切体察胡亥这个下作昏君败坏秦法的特异逆行。身为大法家的李斯，身为创立帝国法治的首席功臣，李斯在最后的悔悟中，依然囿于一己之忠奸甄别，而没有悔悟到自己对胡亥即位该当的罪责，更没有悔悟二世最大的破坏性在于以疯狂发作的兽行颠覆了帝国的法治文明……如此悔悟，诚可叹也。

李斯备受照拂的日子，很快便告结了。

对李斯的案验，赵高不假手任何人，事无巨细皆亲自过问。首先，赵高先行撤换了云阳国狱的全部官吏，一律由材士营将士替代。其次，赵高亲自遴选了几名对李斯有种种恩怨的能吏，又由这几名能吏遴选出十余名法堂尉卒，专一作李斯案验勘审，只听从于赵高一人号令。再次，赵高对勘审人马定下了必须达成的方略——以各式执法官署名义连续勘审，反复榜掠，不怕反供，直至李斯甘心自认谋逆大罪！诸事谋定，这班勘审人马便开始了对李斯的无休止的折磨。

开初几次勘审，李斯一直都是声嘶力竭地喊冤，坚执认定是赵高图谋陷害自己。可一班乔装吏员根本不听李斯辩冤之说，只要没听到认罪两字，便喝令行刑手榜掠，直打到李斯没有力气开口说话为止。榜通搒，捶击抽打之意。其时所谓榜掠，实则是非刑打人的一种通常说法。也就是说，榜掠不是一个法定刑种，更没有法定刑具，棍棒竹片手脚等等皆可施为，与市井群殴几无二致，只任意捶击抽打便是。赵高此等谋划极为恶毒，一则可辩之为没有用刑，二则极大地辱没李斯的尊严。于是，十数名壮汉轮流任意殴打李斯，拳脚棍棒竹条任意加身，除了不许打死之外没有任何顾忌。此等榜掠的侮辱意味，远远大于法定酷刑。冯去疾冯劫所言之将相不辱，尚且说的是狱吏酷刑之辱，而没有包括此等更为卑劣的辱没，故而宁愿一剑刎颈。而目下这种频频榜掠，对于李斯这个毕生受人景仰的国家勋臣，无异于最下作的痛苦羞辱。

然则，李斯终究有李斯的特异之处。这一特异，便是面临此等下作侮辱，反倒奇迹般地激发出李斯少年时期的市井本性——你打我么，我不怕！你想叫我不堪受辱而死么，我偏不死！非但不死，我还要辩冤！当然，终究很难说清其中缘由，总归是榜掠李斯“千余”次，而李斯竟奇迹般地活了下来，虽不胜苦痛，终究认了罪，然却以奇特的认罪方式坚执地为自己辩冤。

记不清几多次的榜掠之后，有一日的勘审官自称是谒者署巡视国狱，询问李斯可有认罪书上达皇帝？李斯身为丞相，自然清楚这谒者署是职司各种公文传递兼领巡视治情的官署，虽非九卿重臣，却可直达皇帝书房。于是，一闻问讯，李斯便点头道："足下稍待。笔墨白帛。"那个谒者很是欣然，立即吩咐随从拿来了笔墨白帛。李斯略一思忖，提笔写去，便留下了一件中国历史上最为奇特的认罪书：

> 臣为丞相，治民三十余年，素有大罪矣！先王之时，秦地不过千里，兵数十万而已。臣尽薄材，谨奉法令，阴行谋臣，资之金玉，使游说诸侯；又内修兵甲，饰政教，官斗士，尊功臣，盛其爵禄；故，终以胁韩弱魏，破燕赵，夷齐楚，卒兼六国，虏其王，立秦为天子。此，臣罪一矣！地非不广，又北逐胡貉，南定百越，以见秦之强。此，臣罪二矣！尊大臣，盛其爵位，以固其亲。此，臣罪三矣！立社稷，修宗庙，以明主之贤。此，臣罪四矣！更剋画，平斗斛度量，文章布之天下，以树秦之名。此，臣罪五矣！治驰道，兴游观，以见主之得意。此，臣罪六矣！缓刑罚，薄赋敛，以遂主得众之心，万民戴主，死而不忘。此，臣罪七矣！若斯之为臣者，罪足以死，固久矣！上幸尽其能力，乃得至今，愿陛下察之！

"这，这也算得认罪书？"

此番乔装谒者的勘审官秉性迂阔，对李斯此等认罪之法大为不解，可又不敢不原件带回呈给了赵高。赵高接过白帛抖开浏览了一遍，嘴角一抽冷冷道："此等小伎俩糊弄老夫，李斯也敢？"一伸手将白帛向书案的砚池中一摁，白帛字迹立即被墨汁淹没得一团墨黑，"狱中之囚，安得上书！"假谒者恍然大悟，连忙一拱手道："禀报郎中令，李斯认罪伏法，并无向皇帝上书！”赵高淡淡点头：“自然如此，用得说么？”

此后月余，又是御史、侍中、谒者诸般名目的不断勘审。李斯只要提起上次的认罪书，或据实辩冤，立即便招来一顿拳脚交加或竹片棍棒横飞的侮辱性殴打。只要李斯认罪，勘审官便立即下令停止榜掠。如是日久，遍体鳞伤的李斯再也没有了翻供的心思。赵高看看火候已经到了，便特意晋见胡亥，报说李斯案验已经初定，请陛下派出特使做最后查勘。胡亥对赵高的忠心大为赞赏，立即煞有介事地派出了御史大夫府的官员做最后勘定。

这一日是六月末，云阳国狱的大堂依旧是幽暗冰凉。

厅堂中央的大案上横架着一口尚方金剑，一位高冠中年官员正襟危坐案前。当李斯被新狱吏们强行摆弄着换上了一件干净的囚衣被押进来时，中央案侧的一名文吏高声宣呼了一句：“御史中丞奉诏查案，李斯据实辩说——！”李斯头也没抬，只木呆呆地默然站立着。中央大案后的官员一拍案道：“李斯，本御史奉皇帝尚方剑查案，但据实辩说无妨。大秦律法，你自熟知，不需本御史一一解说。”

李斯蓦然抬头，眼中星光一闪却又瞬间熄灭了。李斯分明看到了御史两侧的四名甲士后的那两排熟悉的榜掠打手，正冷冰冰盯着自己。李斯突觉天旋地转，直觉棍棒拳脚风雨呼啸劈头捶击四面而来，闷哼一声便昏厥在地了……片刻醒来，李斯眨了眨干涩的老眼，还是没有说话。

“人犯李斯，可有冤情陈说？”堂上又传来御史官员的问话。

“斯认罪伏法，无冤可陈。”李斯木然地重复着说过无数次的话。

“谋逆之罪，事皆属实？”

“斯认罪伏法，无冤可陈。”李斯依旧木然地重复着。

“如此，人犯署名供词。”

在书吏捧来的一方硕大的羊皮纸的空白角落，李斯艰难地写下了自己的名字。最后一笔摇摇欲下，大笔却噗地落地，李斯颓然昏厥了过去……

李斯不知道，这位御史中丞是唯一一个真正勘审案件的执法官员，于是便错过了这唯一的一次辩冤机会。然则，这样的偶然不具有历史转折之可能点的意义。即或李斯辩冤了，即或胡亥知道了，李斯的命运依然是无法改变的。其根本原因，既在于李斯的巨大的性格缺陷与人格缺陷，更在于赵高的顽韧阴谋，更在于胡亥的下作昏聩。唯其如此，李斯的这次遗憾并不具有错失历史机遇的意义。

当这个御史中丞将勘审结果禀报给胡亥，并呈上李斯的亲署供词后，胡亥大大地惊讶了，连连拍案道："啊呀！若是没有赵君，朕几乎被丞相所卖也！"御史中丞走了，胡亥还捧着李斯供词兀自絮叨着，"这个李斯，他还当真要谋逆，还当真要做皇帝？不可思议也。他也不想想，有赵高这般忠臣在，他能谋逆么？能做皇帝么？蠢也蠢也，李斯蠢也！"胡亥絮叨罢了，吩咐侍中将一应供词等与李斯谋逆案相关的文书全部交于赵高，要赵高量刑决断，自己又一头扎到淫靡的漩涡去了。

七月流火，咸阳南门外的渭水草滩上搭起了罕见的刑场。

自商鞅变法以来，渭水草滩是老秦国传统的老刑场。然则，寻常人犯的决刑不会在这里。渭水草滩的刑杀，都是国家大刑，用老秦人的话说："渭水大刑，非乱国奸佞不杀。"老秦人屈指可数的渭水大刑杀有三次：秦惠王刑杀复辟老世族千余人，秦昭王刑杀诸公子叛乱人犯数百人，秦王政刑杀嫪毐叛乱余党数百人。这次刑杀正当天下大乱之时，杀的又是谁也料想不到的丞相李斯三族，咸阳老秦人深深地震撼了。寻常国人对朝局虽非丝缕皆知，然对于大局大事大人物，还是有着一种相对明白的口碑的。此时的李斯，声望虽已远不如两年之前，然在民众心目之中，李斯依旧是个正臣，说李斯谋逆作乱，几乎没有一个老秦人相信。而此时的赵高，声名虽不显赫，却也是谁都知道的当今二世的老师。二世胡亥逼杀扶苏，逼杀蒙恬蒙毅，又杀戮皇子公主，不久前又杀三公大臣冯去疾冯劫，老三公九卿一个个全完，凡此等等劣迹，老秦人件件在心，如何能好评了胡亥赵高？民怨虽深，奈何此时关中咸阳的老秦人已经大为减少，又是老弱妇幼居多，民心议论无法聚结成为战国之世能够左右朝局的风潮，眼睁睁也是无可奈何，只有徒然怨恨而已。更有一点，此时的关中人口大多是一统天下之后迁徙进入的山东老世族。虽说已经是布衣之身，这些老世族及其后裔们却依然清晰地将关中视为异国，对秦政之乱抱有浓烈的幸灾乐祸之心。尤其在山东大乱之后，关中的山东人口虽因咸阳有五万材士而不敢轻易举事反秦，然其反秦之心却早早已经燃烧起来。当此之时，秦国要杀丞相李斯，老世族们立即高兴得人人奔走相告了。毕竟，在六国老世族眼里，李斯是剪灭六国的元凶之一，是祸及天下的秦臣首恶，被夷灭三族自是大快人心也。此等情势之下，官府文告一经张挂，关中大道上便络绎不绝地流淌出前来观刑的万千“黔首”。

夏日的清晨，天空阴沉得没有一丝风。

赵高的女婿阎乐率领着万余步卒，在草滩上围起了一个空阔的大场。场中正北是一座黄土高台，台上空着一张大案。场中立着一大片狰狞的木桩。木桩之外，有一张三五尺高的木台，台上立着两根大柱。甲士圈外的“黔首”人潮黑压压漫无边际，兴奋的嗡嗡议论声弥漫四周。

卯时时分，随着场中大鼓擂动，土台前的阎乐长声宣呼，身着高冠朝服的赵高带着一班新贵昂昂然上了刑台。之后，李氏三族的男女老幼被绑缚着一串串押进了刑场，嫡系家族队前便是李法李拓两位长发散乱的公子。李氏人口一进入刑场，立即被一个个绑上了木桩，恍若一片黑压压的树林。

“带人犯李斯——！”

随着阎乐尖利的呼喊，一辆囚车咣当轰隆地驶进了刑场。在距离高台三五丈处，囚车停稳，四名甲胄武士打开囚笼，将李斯架了出来。此时的李斯须发如霜枯瘦如柴，当年英风烈烈的名士气度已经荡然无存了。李斯艰难站地，木然抬眼四顾，忽然看见了远处木桩前的中子李拓，一时不禁悲从中来，苍老的声音游丝般遥遥飘荡：“拓也！多想与儿回归故里，牵着黄狗，出上蔡东门追逐狡兔，岂可得乎——！”

“父亲——！子不睹父刑！儿先死也！就此一别！……”

悲怆的哭喊中，李拓猛力挣起，跃身扑向木桩尖头，一股鲜血激溅草地。李斯眼见最心爱的儿子如此惨死，喉头猛然一紧，当即昏厥过去……一时间，次子李法与李斯的其余子女纷纷挣扎，都要效法李拓自杀，可被已有防备的甲士们紧紧拽住，没有一个得遂心志。台上赵高冷冷一笑：“一个不能死，都要先看李斯死。”说罢，赵高起身，走到了已经被救醒的李斯面前拱手淡淡一笑，“丞相，高为你送行了。”

“赵高！李斯死作山鬼，也要杀你！……”李斯拼尽全力吼了一声。

“便是做鬼，你也不是老夫对手。”赵高又是淡淡一笑，“李斯，你做过廷尉，老夫今日教你五刑具备的滋味。”

“赵高禽兽！非人类也！……”李斯已经没有声息了。

随着阎乐手中的令旗劈下，一场亘古未闻的五刑杀人开始了。所谓五刑，是以五种最具侮辱性的刑罚杀人。五刑之一是墨刑，亦即黥刑，也就是给人犯两颊烙出字印；五刑之二是劓刑，割掉鼻子；五刑之三是腓刑，砍断双足；五刑之四是宫刑，割去生殖器；五刑之末是腰斩，将人犯拦腰砍断为两截……五种侮辱性刑罚一一施行，连观刑的“黔首”老世族们都大为震骇，人人垂首默然，刑场静如死谷……正当李斯被腰斩之际，天空一声惊雷一道闪电，大雨滂沱而下，雨水带着李氏族人的鲜血哗啦啦流淌，茫茫渭水顿时血浪翻滚。惊雷闪电之中，赵高面前的大案咔嚓炸开烈焰飞腾，刑场顿时大乱了……

公元前208年酷热的伏暑天，李斯就这样走了。

李斯被昔日同谋者以匪夷所思的险恶手段所陷害，牢狱中备受蹂躏摧残，刑场中备受侮辱酷刑，其死之惨烈史所罕见，令人不忍卒说。察李斯一生，功业也皇皇，罪责也彰彰。李斯是缔造大秦帝国的首席功臣，也是毁灭大秦帝国的第一罪人。盖棺论定，李斯是中国历史长河中绝无仅有的一个功罪同样巨大的政治家。李斯的文明功业如泰山不朽，李斯的亡秦罪责负铁铸恶名。李斯是中国历史上最具悲剧性格的政治家。其悲剧根基，在于其天赋精神的两重性：既奉烈烈大争之信念，又埋幽幽性恶之私欲。遇始皇帝此等心志强毅雄才大略之君主，李斯的大争信念与法家才具，得以淋漓尽致之挥洒。失去始皇帝而猝遇历史剧烈转折之险关，须得李斯自家把握自家时，李斯的政治判断中便自觉不自觉地渗进了私欲。此等挥之不去且越来越重的私欲，使李斯一次又一次失去了自我校正的机会，也使李斯蒙受了一次又一次非人的侮辱。

真正的悲剧在于：寸心煎熬之下，李斯终未能恢复法家名士当有的烈烈雄风，而对下作昏聩的君主始终存有无尽的奢望，对奸险阴毒的凶徒始终没有清醒的决断，以致最终以最屈辱的非刑被杀戮。无论是以当时的潮流精神，还是以普世的历史价值观，李斯都没能做到冯去疾冯劫那般以生命的最后闪光维护了人生的尊严。作为大政治家的正义原则，作为奋争者的性恶底蕴，并存于李斯一身，最终淹没了李斯为之奋争的帝国大业，也留下了放行阴谋并与之同流合污的劣迹，更屈辱地毁灭了自己生命。此，李斯之悲剧所在也。

李斯是政治家的前车之鉴，也是所有奋争者的一面镜子。

在《史记·李斯列传》之后，太史公有一则独特的评判：“李斯以闾阎（平民）历诸侯，人事秦，因以瑕衅，以辅始皇，卒成帝业，斯为三公，可谓尊用矣！斯知六艺之归，不务明政以补主上之缺；持爵禄之重，阿顺苟合，严威酷刑；听高邪说，废嫡立庶。诸侯已畔，斯乃欲谏争，不亦末乎！人皆以斯极忠，而被五刑死。察其本，乃与俗议之异。不然，斯之功且与周、召列矣！”

太史公评判有三层意思，独特处在最后：其一，简说了李斯的功业人生；其二，指出了李斯所犯的诸般过失，以及最后的徒然作为："诸侯已畔，乃欲谏争，不亦末乎！"（天下大乱之时，李斯才想到强力谏争，不是晚了么！）最后，太史公指出了一个普遍误解，"人皆以斯极忠"。显然，太史公不赞同以李斯为"极忠"之臣的评判。经过对李斯的根本性考察，太史公表示自己与俗议是不同的，明白表示：如果说李斯没有末期罪责，那李斯的历史地位便可与周公、召公并列了。也就是说，至少在西汉之世，普遍的看法还是将李斯做忠臣对待，对李斯的五刑惨死是深为痛惜的。《汉书·邹阳传》记载邹阳评价云："李斯竭忠，胡亥极刑。"《史记·萧相国世家》记载汉高祖刘邦评价云："吾闻李斯相秦皇帝，有善归主，有恶自与。"《盐铁论·毁学篇》记载桑弘羊评价云："……李斯入秦，遂取三公，据万乘之权，以制海内；功侔伊望，名巨泰山。"司马迁首次认定，凡此等等单说一面之词的评判，都是"俗议"。这种认定，实际是将李斯做了两重人物对待，而不将其作为传统意义上的忠臣对待，但也没有否定李斯的前期功绩。可以说，在司马迁对帝国君臣的种种评判中，对李斯之评论最为客观公正。

四　赵高野心昭彰　胡亥做梦也没想到自己的结局

李斯死了，赵高骤然膨胀了。

在始皇帝之后的君臣中，赵高始终将李斯看做最大的对手，甚至是唯一的对手。根本原因在一点，只有李斯的丞相府具有掌控帝国权力的轴心作用。无论皇帝如何至高无上，然则只要皇帝是胡亥此等人物，都不可能真正左右李斯。无论赵高这个郎中令如何中枢用事，也不可能真正左右李斯手中的施政权力。即或是当年统兵一方的蒙恬，也不具有李斯这个功臣开府丞相的综合权力。列位看官须得留意的是，帝国权力架构直接由战国传统而来，开府丞相之权力远远大于后世任何时期的丞相。原因之一在于，其时权力系统之细分尚且不足，丞相府具有极大的综合权力系统的特质。譬如，帝国时期尚无吏部，后世最为看重的官吏管理权，尚未独立为九卿重臣之一。也就是说，其时李斯丞相府的施政权，事实上可以渗透到帝国每个角落，影响到包括屯守驻军在内的所有领域。以朝局人事而言，除了大臣职务须皇帝认定，寻常散官与种种实权大吏，事实上都是丞相府举荐，皇帝认可大多是程式而已。始皇帝在世之时，此等丞相权力并未见如何显赫，亦未如何使权力架构失重倾斜；根本点是始皇帝乃强势君主，雄才大略无出其右，君臣协同史所罕见，故能大政蓬勃和谐。而胡亥这等不知政事为何物的皇帝一即位，则立即显示出李斯丞相权力的赫赫然难以制约。

赵高很清楚，要指望胡亥如同始皇帝那样引领李斯施政，根本就是痴人说梦。即或是赵高自已，对于大政之道也说不出甚个正经主张，无以与李斯匹敌施政。皇帝既无引领大政之雄才伟略，丞相自然也不会甘做实施铺排之角色，而完全可能变成主动实施自家主张的皇帝式丞相。久而久之，大秦岂非李斯之天下哉！赵高如此警觉，当然不是担心大秦天下命运如何，而是担心自家的勃勃雄心落空。从沙丘宫的那个风雨之夜一路走来，赵高的心志越来越大，脚步越来越快，登上最高权力宝座的路径也越来越清晰了。可以说，自从扶苏与蒙氏兄弟一死，赵高的野心堤坝便轰然开决了。堪堪两年，赵高施展种种机谋，顺利清除了一个个权力障碍，使始皇帝在世时的三公九卿悉数败落，使始皇帝的皇族嫡系后裔几乎灭绝，直到今夏只剩下李斯、冯去疾、冯劫三人，赵高终于策动了最后一击。赵高没有想到，冯劫冯去疾死得那般利落，也同样没有想到李斯这个老匹夫死得这般艰难。但无论如何，李斯终究是死了，连三族都被夷灭了，赵高终于长长地松了一口气。尽管在刑场的暴雨雷电中大吃惊吓，当夜，赵高还是在皇城的官署中大排了庆贺酒宴。

“大人廓清朝局，二世该当重重封赏！”一个新贵借着酒意喊了起来。

“对！郎中令做丞相！”众人一片呼应。

赵高冷冷一笑：“丞相？左丞相右丞相，老夫听着烦。”

“大人除却谋逆，功过泰山，当另立官号！”立即有谋士想出了路子。

“小子说得甚好，都说，老夫当个甚官才好？”赵高打量着一呼百应比仆从还要温顺乖觉的追随新贵们，心头的得意直是无可言说了。侍奉始皇帝大半生的赵高，自看到自己出头之日的那一天起，便立下了一个很实在的心愿：但为天下之主，一定要天下臣民都成为狗一样的奴仆。尤其是左右臣工，更要比狗马还要忠诚，主人下令叫几声便叫几声，绝不能有自己的吠声。谁不愿做这般犬马，立马杀之，根本无须怜悯。对于自己的掌国官号，赵高早早已经谋划好，根本无须与这些奴仆新贵们会商。然则，赵高偏偏要问，要看看这些奴仆新贵中有没有才智犬马，能做到像他当年揣摩始皇帝诸般喜好那般丝毫无误。毕竟，日后还需要更多的犬马之才，仅仅阎乐赵成是远远不够的。更为重要的是，在赵高看来，做个好奴仆也是一种大大的学问，也需要过人的才具。一个好的奴仆，要如同坐在老虎背上的狐狸，老虎的权势便是狐狸的权势，老虎的威风便是自己的威风。赵高很为自己得意的是，自己身为一个最下贱的阉人内侍，非但成功侍奉了超迈古今的第一个皇帝，得到了接近列侯的高爵，更将第二个皇帝戏弄于股掌之间轻松自如，将满朝大臣罗织于阴谋之中游刃有余。自此开始，赵高已经分明嗅到了举步可及的至高权力的诱人气息……当然，赵高既要奴仆新贵们温驯如犬马，还要防范他们中不能涌现出如同自己一样的有“勃勃大志”的奴仆。凡此等等，皆须一件事一件事地辨别这些奴仆的资质，给自己网罗成一个牢不可破的犬马天地……

“我说！大人做天丞相！”一个亢奋的声音惊醒了赵高。

“天丞相？小子尚算有心也。”赵高淡淡笑了。

“不！大人做地丞相！地官厚实绵长！”

“不好！天地人三才，人居中！大人做人丞相！”

“以小人之见，大人该有王侯之位！”

赵高哈哈大笑：“你小子敢想也！好！赏小子任选一个侍女回去！”

“大人万岁！”奴仆们立即欢呼起来。目下赵高官号未定，谁也不想喊出郎中令这个目下已经显得太过寒酸的名号，故不约而同地只喊大人，赵高豢养的这群奴仆们倒是果然精于揣摩主人之心。一时间，众人纷纷各提名号各出方略，赵高第一次不亦乐乎了。

“小婿之见，目下情势，还是中丞相好。”

阎乐一句话，众人似觉太过平淡，一时竟没有人呼应。赵高却郑重其事地点了点头，竭力很有气度地训诫着这些犬马奴仆们道：“阎乐之见，审时度势，好。尔等都给老夫听着，要想好生计好日月，得一步一步来。老夫固然甚都能做，甚都可做，然皇帝尚在，老夫便得先做丞相，只在名号上改它一番，叫做中丞相便是。此乃实权进三步，名号进半步，既不叫皇帝与残存对手刺耳，又教人不能忘记。再过些许日子，再另当别论也。”赵高意味深长地突然打住了话头，在众奴仆们的惶恐寂静中，赵高又淡淡一笑，“如何操持成事，阎乐赵成总领了。”

“大人圣明！”奴仆新贵们齐诵了一句。

李斯一死，胡亥立即从甘泉宫搬回了咸阳皇城。

在胡亥心目中，甘泉宫再好也不如咸阳皇城富丽堂皇的享受来得惬意。论行止，甘泉宫只有山溪潺潺，而没有咸阳里外与渭水相通的大片水面，不能随时装几个女子乘一只快船到滔滔渭水上去折腾。论女人之乐，甘泉宫更比不上咸阳皇城锦绣如云，随时可抓一大把任意蹂躏。论市井游乐，甘泉宫更是鞭长莫及。胡亥若突然心动，要乔装到咸阳尚商坊的山东酒肆中去享受博戏之乐，与那些酒肆女侍们挤挤挨挨一团相拥嬉闹，还当真不便。凡此等等诸多不满，胡亥总是觉得不能恣意伸展手脚，每日窝在山坳里直骂李斯老儿扫兴，恨不得李斯立即没有了，自己好一无顾忌地做真皇帝真神仙行乐终生。在胡亥心中，李斯这个父皇时的老功臣总是多多少少使他有所顾忌。譬如大政之事，即或李斯禀报给自己，也是李斯说咋办就得咋办。胡亥偶然说得一两事，也被李斯随口几句说得一无是处。那次，李斯请准章邯率刑徒军灭盗，胡亥心下大动，说要让章邯学孙武子将咸阳皇城的两千侍女练成精兵，由他率领出关做天子亲征。李斯淡淡笑道：“孙子固然练过宫廷女兵，然却从未率女兵征战。兵者，存亡大计也。陛下毋以国事嬉乐。”胡亥不但闹了个大红脸，还得照准了李斯所请。有赵高用事，权力已经大大削减的李斯尚有如此威势，若他还活下去还做丞相，胡亥这个皇帝能安乐么？唯其如此，赵高说要胡亥躲避李斯滋扰，胡亥便立即躲进了甘泉宫，心想只要李斯不死他便不回咸阳，偏不见这个老絮叨李斯，他能奈何？于是李斯死讯报来的当日，胡亥立即急不可耐了，暮色闻讯，连夜便搬回了咸阳皇城。

“朕之大乐事，自此始也！”辚辚车中，胡亥如释重负了。

这日清晨，胡亥方在呼呼酣睡之中，却被一阵粗重响亮的呼喝声惊醒了。胡亥竟夜作乐，最是赖清晨大睡养息神气，骤闻搅闹顿时大怒，眼睛还没睁开便抓起大枕边一只玉佩狠狠摔了出去又狠狠骂了一句：“都拉出去扔进虎苑！”话方落点，只听一人拉长声吟诵般笑道：“皇帝大人该起来了，在下可有紧急国事也。”胡亥霍然坐起，光着膀子揉着糊满眼屎急切难以睁开的眼睛，连连吼叫：“好你个大胆狗才！母士队榜掠这狗才！先打得他满地找牙再说！”自从知道了李斯不堪榜掠而服罪的事，胡亥非但没有问罪赵高，反而对这种捶击打人之法大感新奇，亲自选出了二十余名肥硕胡女，专一“成军”了一支榜掠手。胡亥近来喜好将女字叫做“母”，故亲自定名胡女打手队为“母士队”，只是成立仓促，母士队尚未一试身手，胡亥深以为憾事。此刻胡亥气恼不已，立即便想起了这群威风凛凛的母士，竟猛然乐将起来，要亲眼看看一群女人如何撕扯痛殴一个大男人。

“皇帝眼屎太多了。去，给陛下扒开。”那个声音又不温不火地响了。

随着话音，两只粗糙的大手猛然搭上了胡亥面颊，胡亥还没来得及发作便听得噌的一声眼睫毛连根扯断，两眼裂开了一道缝隙。胡亥正待跳起吼叫，却猛然惊愕地大张着嘴巴不说话了——偌大的寝宫布满了层层甲士，一身甲胄一口长剑一道黑柱正正地矗在面前！

“你？你不是咸阳令阎乐么？”胡亥惊愕万分，顾不得双眼生疼了。

“陛下眼力不差。”阎乐淡淡一笑，“陛下正衣，该办事了。”

“你？你有何事？”胡亥很觉不是味道，可又蒙得想不来何以竟能如此。

“赵公有定国之功，陛下不觉得该行封赏么？”

“赵公？你说赵高么？”胡亥脱口问了一句。

“陛下切记：从此后得叫赵公，不许直呼赵公名讳。”

“啊，行行行。赵公便赵公。”蓦然之间胡亥又是一副乖觉少年模样了。

“在下来知会陛下一声，赵公要做中丞相了。”

“中丞相？”胡亥蓦然惊疑又恍然笑语，“早该早该！朕立即下诏！”

“这便好。陛下该登殿拜相了。”

胡亥匆忙裹着一身侍女们还没整好的朝衣，在阎乐甲士队的“护卫”下，一脸懵懂笑意来到了已经变得很生疏的咸阳宫正殿。胡亥高兴的是，不管阎乐如何无礼，赵高总是没有要做皇帝，总是只做了个中丞相。只要胡亥还是皇帝还能享乐，赵高想做甚都行，计较甚来？没有赵高，自己能做皇帝么？无论如何，赵高总不至于还要做皇帝了。只要赵高不做皇帝，再说还都是自己的臣子，计较甚来？如此这般懵懂地想着走着，胡亥竟莫名其妙地轻松起来。走进幽幽大殿，走上巍巍帝座，胡亥看着阶下一大片皇皇冠带灿灿面孔，竟找不出一个自己能叫上名字的人，不禁大是茫然了。

“哎？忒多老臣，都到何处去了？”胡亥梦幻般问了一句。

“禀报陛下，一班老臣怠惰，都晨睡未起。”相位上的赵高答了一句。

“是么是么？老臣们也晨睡么？”胡亥惊讶了。

“赵公所言属实。老臣们都在晨睡。”大殿中轰然一声齐应。

胡亥真正地茫然了，好像自己在做梦。那么多老臣都在清晨睡觉了？可能么？然则没睡觉又能到何处去了，何以一个人都不来朝会？胡亥一时想不明白，索性也就不想了，恍惚中一阵瞌睡，头上的天平冠流苏便唰啦扫上了青铜大案，只差自己的鼻尖要撞上了案棱……猛然醒来，迷迷糊糊的胡亥便跟着一个司礼官转悠起来，直转悠到胡亥软绵绵倒在地上鼾声大起……日落西山时分，胡亥才睡醒过来，思忖半日，只觉自己做了一个怪异的梦，好像拜了赵高，还念了一篇给赵高封官晋爵的诏书，还做了甚，胡亥一时想不起来了。胡亥大疑，唤来左右内侍侍女询问，内侍侍女们都说陛下一直在榻上睡觉，哪里都没去。胡亥一时大觉恍惚，不期然一身冷汗……

夏天过去了，秋天也快要过去了。

有了赵高做中丞相，胡亥比原先过得更快活了。原先胡亥还得时不时听赵高禀报国事，更得时不时会商如何应对一班老臣滋扰。可自从李斯一死赵高领政，胡亥便甚事也没了。然则，快活是快活，胡亥心头却渐渐地发虚起来。一则是赵高对他这个皇帝再也不若从前恭敬了，偶尔遇见的大臣新贵也对他大大地怠慢起来了；二则是他只能在皇城游乐，再也不能出咸阳城了。赵高叫总管皇城内侍的给事中对他说，天下盗军益盛，陛下只能在皇城享乐，明年再说外出了。整整一个夏天，赵高只见了胡亥一次，说是要派胡亥身边的长史，去申饬章邯平盗不力。胡亥大感新奇，很想问问究竟。赵高却冷着脸没有多说，只说要用这个章邯认识的皇帝近臣，好叫章邯知道这是皇帝的申饬，只来知会陛下一声，陛下无须多问。胡亥自幼便畏惧赵高，见赵高板着脸不说话，也不敢再问了。

后来，胡亥听申饬章邯回来的长史悄悄说，章邯与盗军作战连败几次，皆因粮草兵器不能如原先那般顺畅接济。此前，章邯曾派副将司马欣求见中丞相督运粮草，还带来了将军们为李斯鸣冤的联名上书。赵高大怒，既不见司马欣，又不信司马欣所说军情，还要派材士营缉拿司马欣问罪。司马欣不知如何知道了消息，连夜逃离咸阳了。赵高这次派长史前去，一则是以皇帝诏书申饬章邯平盗不力，再则是要章邯治罪司马欣。章邯很是冷漠，只说司马欣正在军前作战，治罪司马欣便要大乱军心，不敢奉命。从始到终，章邯没有说一句再要朝廷督运粮草的话，也没有问及任何国事。长史眼看军中将士一片汹汹然，也不敢多说便告辞了。回来禀报中丞相，赵高阴沉着脸甚也没说，似乎对章邯也没甚办法只有不了了之。

“这章邯也是，给李斯老儿鸣冤，中丞相能高兴么？”

胡亥很是为章邯的愚蠢惋惜，也很是为自己的精明得意。

八月己亥日，胡亥在正午时分刚刚离榻，接到一个内侍禀报，说中丞相要进献给皇帝一匹良马。胡亥高兴得手舞足蹈，立即下令预备行猎，中丞相良马一到便出城。午后时分，赵高果然带着一大群新贵臣子们进了皇城池畔的胡杨林，向欣然等候在石亭下的胡亥献马来了。然则，当赵高吩咐牵马上来的时候，胡亥不禁呵呵笑了：“中丞相错也，这是鹿，如何说是马耶？”赵高一脸正色道：“此乃老臣所献名马，陛下何能指为鹿哉！”胡亥大为惊讶，反复地揉了揉眼睛，走到那只物事前仔细打量，头上有角，耳上有斑，世间有此等模样的马么？分明是鹿了。终于，胡亥摇了摇头高声道：“中丞相，这是鹿，不是马。”赵高淡淡笑道：“陛下，这是马，不是鹿。”胡亥一阵大笑，指着环侍群臣高声道：“你等都说，这是鹿么？”群臣们一拱手齐声道：“陛下，此乃马也。”胡亥大惊，又指着内侍侍女们高声问：“都说！这是甚？是鹿么？”内侍侍女们纷纷高声道：“不是鹿。”“陛下，这是马。”“对，是马。”乱纷纷应答中胡亥一身冷汗，想起上月大殿的梦境，不禁头皮一阵发麻，猛力摇摇头又揉揉眼：“噫！出鬼也！如何我看还是鹿？”赵高笑道："都说，这是甚？"四周人等一齐拱手高声道："马！""是鹿么？""不是！"

"快！去太卜署。"胡亥慌了，转身便走。

胡亥匆匆赶赴太卜署，要太卜立即占卜缘由吉凶。白发苍苍的老太卜肃然起卦占卜，末了端详着卦象云："陛下春秋郊祀之时，奉宗庙鬼神不恭，斋戒不明，故止于此也。可依盛德而明斋戒，或能禳之。"二世胡亥追问究竟原因何在，老太卜却缄口不言了。无奈，胡亥只好依照神示，住进了上林苑认真斋戒了。

斋戒方始，不堪清淡孤寂的胡亥便连连叫苦。三日之后，胡亥便白日在林间游猎，只将夜来睡觉当做斋戒了。这日游猎之时，不期有行人进入上林，胡亥竟当做鹿射杀了。内侍将此事禀报给赵高，赵高一面下令已经是咸阳令的女婿阎乐了结此事，一面亲自来见胡亥。赵高这次对胡亥说："天子无故杀人，天将降祸也。老臣以为，陛下当远避皇城而居，或能禳之。"胡亥惶恐不安，问要否给那个死者家人赏赐安抚？赵高说，咸阳令阎乐已经为陛下妥当处置此事，"查勘出"流盗杀人而移入上林，与陛下无涉了。胡亥很是感谢赵高对自己声名的保护，连忙出了皇城，搬到咸阳北阪的望夷宫去了。

住进松柏森森的望夷宫，胡亥直觉心惊肉跳不止。第一夜，胡亥做了一个奇异的梦，梦见一只白虎生生咬死了自己王车的左骖马。胡亥醒来很是不悦，找来卜师占梦。卜师说，这是泾水之神在作祟，意在警讯不测之危。胡亥大是不安，次日立即郊祀了泾水，向泾水沉进了四匹白马作为牺牲。祭祀完毕，胡亥还是惶惶不安，又派长史去见赵高。胡亥对长史交代的话语是："叫中丞相赶紧平盗！李斯平不了盗，他也平不了盗么？再不平盗，朕要被盗军咔嚓了头去，他也一样！"

胡亥做梦也没有料到，自己这几句看似申斥实则撒娇的牢骚话，立即召来了一场突如其来的兵变杀身之祸。赵高原本便已经有些不耐烦胡亥了，见胡亥还要催促自己赶紧平盗，不禁立即动了杀心。赵高很清楚，山东叛乱势如潮水，眼见章邯已经难以抵御，连王离的九原大军都出动了，情势依然不妙，只怕盗不能平还要与盗平分天下了。正当此时，山东盗军刘邦部已经攻占了武关，将曾经试图抵抗的武关军民全部屠城了。刘邦屠武关之后，派出密使联结赵高，要赵高内应反秦，允诺给赵高以秦王之位。虽然赵高之野心不在秦王而在秦帝，然盗军之允诺，至少可保赵高做关中秦王无疑，何乐而不为哉！大局如此，赵高立即决意除却胡亥，给自己的帝王之路扫除最后一道障碍。赵高立即与女婿咸阳令阎乐、族弟郎中令赵成做了秘密会商，议出了一个突然兵变的阴谋部署。

三日之后，阎乐统率材士营千余精锐甲士汹汹然直扑望夷宫。护卫宫门的卫令正欲问话，已经被阎乐喝令绑缚起来。阎乐高声喝问："有流盗入关，劫我母逃入望夷宫！宫门守军为何不截杀！"卫令大叫："周庐护卫森严！安得有贼人入宫！"阎乐大怒，立即喝令斩了这个卫令，马队轰隆隆开进了宫中，见人便弓箭射杀。护卫郎中与内侍侍女们一片惊慌，乱纷纷遮挡箭雨，顷刻间便死了数十百人。已经是郎中令的赵成"闻讯"赶来大声喝令，不许郎中内侍护卫抵抗，护卫们有的听有的不听，依旧乱纷纷四处逃窜。赵成也不理睬，对阎乐一招手，便领着阎乐马队轰隆隆拥进了胡亥寝宫。

"赵成阎乐大胆！"

正在榻上与几个女子戏耍的胡亥，光身子跳起来大喊了一声。喊声未落，阎乐一箭射向榻上帷帐顶盖，帷帐扑地落下，正正罩住了一堆如雪的肉体一片惊慌的呼叫。胡亥大惊失色，连连吼叫护卫赶走叛逆，可几个郎中内侍谁都不敢上前。捂在帷帐中的胡亥嘶声大喊："不行！总得叫人穿上衣服说话！”阎乐哈哈大笑：“这个昏君，还知道羞耻也！好！挑起帷帐，叫他进去正衣！”几支矛戈挑起了帷帐，一个个白光光肉体便飞一般蹿了出去，阎乐赵成与甲士们一片哄然大笑。

一个老内侍紧紧跟进了内室。胡亥一边接受着老内侍整衣一边气急败坏问：“你为何不早早告我反贼情形，以至于此！”老内侍低声道：“臣不敢说，才能活到今日。若臣早说，早已死了，哪能等到今日？”胡亥也呼哧呼哧喘息着不说话了。这时，赵成在外一声大喝，好了出来！胡亥便连忙走出了内室。阎乐过来剑指胡亥斥责道：“足下骄恣诛杀，无道之君也！今日天下共叛，你个昏君只说，你要如何了结？”

“丞相，能见么？”胡亥小心翼翼。

“不行。”阎乐冰冷如铁。

“那，我想做一郡之王……”

“不行。足下不配。”

“那，我做个万户侯。”

“不行。足下不配。”

“那，我带一个女人为妻，做个黔首，与诸公子一般，总可以也。”

“还是不行。”阎乐冷冰冰道，“我受命于中丞相，要为天下除却你这个昏君！你说的话再多，我也不会报。你说，自己动手，抑或我等动手？”

“动手？做甚？”胡亥瞪着一双大眼，恍如梦中一般。

“做甚？杀你也。”阎乐一挥手，“来！了结他……”

“且慢。”胡亥摇了摇头，“还是我自家来，他等不知轻重。”

“好。便在这里。”阎乐当啷抛过了一支短剑。

胡亥拿起短剑，在丝衣上仔细地抹拭了片刻，又摸了摸自己光滑的脖颈，似痴似傻地一笑，猛然一剑抹了过去，鲜血尚未溅出，头颅便滚将在地了……

这是公元前207年秋，胡亥二十一岁即位，时年二十四岁。

关于胡亥年岁，《史记·秦始皇本纪》之后的传承年表又云："二世皇帝享国三年。葬宜春……二世生十二年而立。"依据胡亥之言行，当以《秦本纪》之二十一岁即位为可信。关于胡亥资质，西汉贾谊的《过秦论》有"向使二世有庸主之行"的论断，评判胡亥连"庸主"也不够资格，直是个不入流的低能者。东汉班固答汉明帝时，则直接用了"胡亥极愚"四个字[1]。归总说，二世胡亥是中国历史上罕见的一个具有严重神经质且智能低下的皇帝，其对于政治的反应能力，几类先天智障儿，实不堪道也。胡亥死后，其残存后裔立即开始了亡命生涯，一说逃亡东海，东去（日本）岛国，与扶苏后裔会合了。

胡亥死时，天下反秦势力已经度过了低谷，正如漫天狂潮涌向西来。

[1] 见《史记·秦始皇本纪》后附记。

第六章 秦军悲歌

一　以快制变　老将章邯迫不得已的方略

定陶大战之后，山东复辟势力陷入了进退维谷的困境。

依大势说，这一转折是中国历史的又一个堪为十字路口而可供假想的选择点。若章邯具有一流名将的大局洞察力，认准了楚乱乃天下乱源之根，一鼓作气继续追杀项羽刘邦余部并擒获楚怀王复辟王室，彻底根除楚乱根基，则秦政依然有再度中兴可能。毕竟，胡亥赵高的倒行逆施在最混乱最危急的情势下尚被秦政余脉所清除，若章邯大军能稳住山东战场大局，帝国庙堂在震荡中恢复活力并非没有可能。

然则，秦军大胜项楚军主力后，章邯秉持了古老的"穷寇毋追"兵训，放弃了追杀楚军，立即举兵北上对赵作战了。这一方略，是章邯在平乱大战场最根本的战略失策，其后患之深，不久便被接踵而来的酷烈演化所证实。然则以实情论之，也有迫不得已的缘由：其一，当时天下烽烟四起，章邯身负平乱重责，急于首先扑灭已经复辟的六国主力军，使天下大体先安定下来；其二，章邯职任九卿之一的少府，对皇室府库与国家府库的粮草财货存储很知底细，更知四海大乱之时的输送艰辛，若立即追杀残余楚军则必然要深入南楚山川，粮草接济实在无法确保；其三，其时项梁为名将，而项羽刘邦等尚是无名之辈，击杀项梁后则楚军已不足为虑，是章邯与秦军将领的一致评判；其四，当章邯秦军与项楚军在中原大战时，复辟的赵国势力大涨，号为“河北之军”的赵军已经成为北方最大的动乱力量。须当留意的是，此时天下兵家对各方军力的评判，依旧是战国之世的传统眼光：除秦之外，赵楚两大国的军力最强，战力最持久。身为老秦军主力大将之一的章邯，亲历灭六国之战，自然有着秦军将士最强烈的直觉，认定楚军赵军是秦军大敌，击溃楚军之后必得立即转战赵军，绝不能使复辟的河北赵军继续扩张。

“击溃楚赵，先解当胸之危，余皆可从容而为也！”

幕府聚将，章邯的这一大局方略人人由衷赞同。将士同心，章邯立即乘着战胜之威开始铺排大军北上事宜。此前，尚未入狱的李斯已经请准了胡亥诏书，授章邯以“总司天下平盗战事”的大权，统辖山东战事。定陶之战时，帝国庙堂格局已经倏忽大变：李斯骤然下狱，冯去疾冯劫骤然自杀，赵高忙于坑害李斯，胡亥忙于昼夜享乐，天下大政处于无人统辖的瘫痪状态。定陶之战后的章邯，面临极大的两难抉择：停止平乱而过问朝局，则山东乱军立即卷土重来，大秦便是灭顶之灾；不问朝局而一心平乱，则李斯无以复出，庙堂无法凝聚国力撑持战场，大秦立即可能自毁。

为解危局，章邯亲率一支精锐马队星夜北上九原，要与王离会商出路。

此时的王离，是九原三十万大军的统帅。依照秦军法度传统，九原抗胡大军历来直接受命于皇帝，不属任何人统辖。更有一点，王离乃两世名将之后，又承袭了大父王翦的武成侯爵位，且手握秦军最后一支精锐大军，可谓拥有动则倾覆乾坤的绝大力量。章邯则除了老将声望、九卿重职与年余平乱的赫赫战绩之外，爵位不如王离高，刑徒军的实力分量更不能与九原大军比肩。更有一点，章邯素来敬重靠拢李斯，与王翦王贲父子并无深厚交谊，一统天下后章邯又做了朝官脱离了军旅，与九原将士也远不如原先那般熟悉了。大秦固然法度森严，素无私交坏公之风，然则，章邯此来并非奉诏，而是要以自己对大局的评判说动王离合力，当此之时，私交之深浅几乎是举足轻重了。这一切，章邯都顾不得了，章邯必须尽最后一分心力，若王离公事公办地说话，章邯也只有孤身奋战了。

"前辈远来，王离不胜心感也！"

"穷途末路，老夫惭愧矣！"

洗尘军宴上，一老一少两统帅饮得两三大碗马奶酒，相对无言了。已经蓄起了连鬓胡须的王离显然成熟了，如乃父乃祖一般厚重寡言，炯炯目光中不期然两汪泪光。不用说，一年多的连番剧变，王离都在默默咀嚼中淤积着难以言状的愁苦。看着正在英年的王离无可掩饰的悲凉，章邯心头怦然大动了。一进九原幕府之地，远远飞马迎来的王离高喊了一声前辈，章邯便情不自禁地热泪盈眶了。弥漫九原军营的肃杀悲凉，使久历军旅的章邯立即找到了久违的老秦主力大军的气息，一种莫名的壮烈悲怆无可遏制地在心中激荡开来。

"长公子去矣！蒙公去矣！九原大军，今非昔比也……"

王离一句低沉的感喟，两眼热泪骤然涌出，一拳砸得案上的酒碗也飞了起来。章邯起身，亲自拿来一只大陶碗，又拿起酒袋为王离咕嘟嘟倾满了一大碗马奶子酒，慨然举起自己的大酒碗道："少将军，饮下此碗，容老夫一言也！"王离肃然起身，双手举起酒碗对章邯一照，二话不说便汩汩痛饮而下。饮罢，王离庄重地深深一躬道："敢请前辈教我。”章邯扶住了王离道：“少将军且入座，此事至大，容老夫从头细说。”王离就座。章邯从扶苏蒙恬被杀后的朝局说起，说了陈胜吴广的暴乱举事，说了楚地乱局引发的天下大乱，说了丞相李斯如何力主平乱并力主由他来组建刑徒军平乱，又说了刑徒军平乱以来的每一场战事，一直说到定陶大战，一直说到李斯入狱两冯自杀与目下困局。

“少将军，目下大秦，真正存亡关头也！”末了，章邯拍着大案，老眼中闪烁着泪光慨然道，“你我处境大同小异：勒兵西进问政，则山东兵祸与北地胡患弥天而来，秦有灭顶之灾也！全力东向平乱，则庙堂奸佞作乱，秦政有倾覆之危也！西亦难，东亦难，老夫奈何哉！少将军奈何哉！”

“前辈所言大是！愿闻长策。”王离显然深有同感。

“目下之策，唯有一途：以快制变。尽快安定山东，而后回兵问政！”

“何以尽快安定山东？”

“老夫北上，少将军南下，合力夹击赵军，一战平定河北！”

“前辈是说，出动九原大军平乱？……”一时间，王离沉吟了。

身为秦军老将后裔中唯一一位后起统帅，王离很是敬佩这位老将章邯。在秦军老将中，章邯是一位特异人物：知兵，善工，又通政，是难得的兼才。章邯长期执掌秦军大型器械营，是当时名副其实的特种兵司令。由于章邯的有效治理，秦军以大型连弩为轴心的器械兵每每大展神威，震慑天下。一统六国之后，章邯与杨端和，是秦军非统帅主将中进入九卿的两个重臣。然则章杨职司不同，杨端和职司卫尉，实际执掌还是军事，无非更换了一种方式而已。章邯不同，执掌的是直属于皇室的山海园林府库工商，是经济大臣，与战场军事全然不同。军旅大将而能成为经济大臣，当时可谓一奇也。更有奇者，这个章邯越老越见光彩。在一班秦军老将纷纷零落之时，天下暴乱骤发，陈胜的周文大军以数十万之众攻破函谷关，关中立见危机。其时，秦军两大主力一在南海，一在九原，真正鞭长莫及。当此之时，老将章邯得李斯一力支持，共谋平盗紧急对策。会商之日，章邯提出了一则堪称空前绝后的奇谋：以骊山刑徒与官府奴隶子弟成军，迎击山东乱军！这一主张可谓不可思议之极：刑徒原本便是最仇恨官府的洪水猛兽，而奴隶子弟则也是素来最受官府遏制的人口，一旦两者联合成军，谁能保得不出战场倒戈的大事？李斯等重臣沉吟不能决断之际，章邯慷慨激昂地拍案说："刑徒，人也！奴产子，人也！只要赦免刑徒之罪，除却人奴产子隶籍，以大秦军功法同等激赏之，使其杀敌立功光大门庭，何人不为也？丞相何疑之有哉！"时势十万火急，李斯两冯三位重臣半信半疑地赞同了，胡亥赵高也迫不得已地首肯了。谁也没有料到的是，一个月后，这支刑徒军一开上战场，竟然立即显示出挥洒亡命者本色的巨大战力，非但一战击溃了周文数十万大军，且径出山东横扫乱军所向披靡。自此，人们看到了老将章邯在危难之时独特的将兵才能，一时将章邯视为帝国栋梁了……对如此一个章邯，王离没有理由不敬重，也没有理由不认真思虑其提出的"以快制变"方略。

然则，这位尚未在大政风浪与严酷战场反复磨砺的年轻统帅，也确实有着难以权衡的诸多制约。一则，目下匈奴新单于冒顿的举兵复仇之心大为昭彰，若救援大军卷入平乱，匈奴飞骑趁机南下而致阴山失守，王离的罪责便无可饶恕了。二则，九原大军素来不为任何中原战事所动，始皇帝在灭六国大战的最艰难时期，也没有调九原大军南下。蒙恬一生将才，死死守定九原而无灭国之功。凡此等等，皆见九原大军之特异。此时，章邯军平乱正在势如破竹之际，果真需要九原大军南下么？三则，王离秉性远非其父王贲那般天赋明锐果决，对大局能立判轻重，用兵敢铤而走险。王离思虑权衡的轴心，一面确实觉得章邯说得有理，一面又为匈奴军情与九原大军之传统所困扰，实在难以断然决策。

“少将军若有难处，老夫亦能体察也！”章邯长长一叹。

“敢问前辈，九原军南下，大体须兵力几多？”王离目光闪烁着。

“步骑各半，十万足矣！”

“十万？河北赵军号称数十万众也……”

“就张耳陈余两个贵公子，百万之众也没用！”章邯轻蔑地笑了。

“好！我便南下，以快制变！”王离拍案高声。

“少将军如何部署？”

“十万南下，二十万留守，两边不误。咸阳问罪任他去！”

“老夫一法，最是稳妥。”章邯早有谋划，稳健地叩着大案道，“少将军只出十万老秦精锐，归老夫统辖，万事足矣！少将军仍可坐镇九原，如此咸阳无可指责。”

“不！王离这次要亲自将兵南下！”

“少将军……”

“王离统帅九原两年尚未有战，今日大战在前，前辈宁弃我哉！”

“少将军坐镇九原，实乃上策……”

“赳赳老秦，共赴国难！王离安敢苟且哉！”

章邯突闻久违了的老秦人口誓，心头顿时大热，肃然离席深深一躬：“少将军忠勇若此，老夫唯有一拜，夫复何言哉！……”王离一声前辈，过来扶住章邯时也已经是泪水盈眶了。两人执手相望，章邯喟然叹息了一声道：“少将军与老夫同上战场，忘年同心，老夫此生足矣！平定河北之日，老夫当奉少将军为统帅，入国问政，廓清朝局……”王离连忙道：“前辈何出此言！蒙公已去，无论朝局，无论战场，王离皆以前辈马首是瞻！”章邯一时老泪纵横，拍着王离肩头道：“章邯老矣！大秦，得有后来人也！……"

这一夜，老少两统帅畅叙痛饮，直说到霜雾弥漫的清晨。

三日后，九原诸般事宜就绪，章邯马队又风驰电掣般南下了。章邯与王离商定的步骤是：一个月内解决所有粮草辎重后援事宜，而后两军同时北上南下，赶在入冬之前结束河北战事。之后略事休整，或冬或春举兵咸阳廓清国政，请李斯复出主持大局。以秦政秦军之雷厉风行，章邯王离无不以为如此部署不会有任何迟滞。然则，章邯一回到河内大营处置军务，立即非同寻常地惊愕。大营报给丞相府的各种紧急文书，堪堪一个月竟无一件回复，即使最为紧急的军器修葺所急需的铜铁木料也无法落实，开敖仓以解决粮草输送等事更无消息。

万般无奈，章邯只有派出熟悉政事的副将司马欣星夜赶赴咸阳，一则探查究竟，二则相机决事。不料，旬日之后的一个深夜，司马欣风尘仆仆归来，惶急悲愤之情如丧考妣。司马欣禀报说，丞相三族俱被缉拿，李斯已在几日前被五刑杀戮。丞相府已经乱成了一团，各署大吏已经全部被赵高囚禁起来。据传赵高要做中丞相，正在"梳理"丞相府上下官吏，只怕要杀戮一大批昔年老吏。皇帝、赵高，司马欣谁也见不上，只躲在太尉府王贲当年一个老吏府下，乔装混入人群，看了杀李斯的刑场便连夜逃回了……

"老将军，丞相惨也！秦政殁了……"

那一夜，章邯的震惊是无法叙说的，章邯的冰冷与愤怒是无法叙说的。以李斯的盖世功勋，以李斯对胡亥赵高的扶持容忍，任谁都以为李斯绝不至于被杀，更不会如此快速地被杀。章邯等认定的最大可能是，李斯在狱中受得一场磨难，终将在朝野各方压力下复出。唯其如此评判，章邯才有北上寻求与王离结盟之举，其本意只在尽快结束平乱战事尽快营救李斯尽快扭转朝局。而今，李斯竟能在几乎不告知朝野的隐秘状态下被五刑惨杀，且三族俱灭，胡亥赵高之阴狠冷酷可见矣！如此朝廷，何堪效命哉！如此下作君主奸佞权臣，不杀之何以谢天下哉！一想到李斯如此结局，章邯不禁怒火中烧了。

“老将军，我等身陷泥沼……”

“泥沼怕个鸟！刀山雷池老夫也要杀人！”

章邯连连怒吼着，连将案都踢翻了。司马欣顾不得疲惫悲伤，立即吩咐中军司马召来了副将董翳。两人一起劝说着，章邯才渐渐平静了下来。三人秘密会商良久，终于议决了一个续行总方略：兵锋不变，平定赵地后无论王离赞同与否，立即西进咸阳诛灭赵高废黜胡亥重新拥立始皇帝后裔！为求慎重同心，章邯修就一件密书，连夜派亲信司马飞送九原。章邯在书中坦诚备细地叙说了咸阳陡变，也说了自己本部的议决方略，要王离慎重斟酌：要否继续两军同心做最后一搏？几日后司马归来，带来了王离的回书。铜管一开，章邯三人便是一惊。这件回书是一方白帛，上面几排已经变成酱紫色的血书大字——

赳赳老秦，共赴国难

九原军矢志不改，但听老将军号令

“好！少将军同心，大事堪成也！”

章邯三人得王离血书回应，一时精神大振，当即平静心神，开始了全力运筹。章邯搜罗出军中所有熟悉咸阳官署的军吏司马，派司马欣秘密统领，立即开赴咸阳开始了独特的实际军务筹划。章邯给司马欣的方略是：凡事皆找各署实权大吏实在解决，不管有没有皇帝诏书或大臣认可，先做了再说。遇有对朝政愤然的老吏，立即着意结交为举事内应。如此月余之后，居然办成了许多原本以为不可能的难事。及至赵高接任中丞相，指鹿为马的丑闻传遍朝野，章邯军的实际筹划已经只剩下了最后一件大事：如何向王离的九原军接济粮草？

此时，天下大乱已经一年有余，复辟乱军割据称王已有相对根基，秦政之实施与秦军之后援已经远不如当年顺畅。依据秦政现实，九原大军的粮草辎重此时由九原直道输送，也就是以关中北部为起点直达九原。二世胡亥即位后工程大作，关中粮草屡屡告急，向九原的输送也便有了种种名义的削减，远不如当年丰厚及时。若非始皇帝时期的相对囤积，只怕九原大军早已粮草告急了。再则，九原军南下邯郸巨鹿战场，仅驰道距离也在千里之上。以“千里不运粮”的古谚，若王离大军由九原携带粮草南下，或由九原大营征发民力输送，事实上都很难做到。一则是浪费太大，九原粮草经不起如此折腾；二则是在赵军截杀危险之下王离军行进掣肘，大大影响战力。而章邯军则不同，由于是人人不敢阻挡的平盗急务，中原各大国仓几乎是全力就近输送，是故粮草之便远过九原军。此时，章邯所要解决的难题，便是如何确保中原粮草输送王离军？所谓难题，难点在两处：一则要粮源充足，二则要确保不被山东乱军截杀。

对于天下粮源，职任少府的章邯很清楚：当时能一举承担四十万大军粮草者，非敖仓莫属。其余国仓不是过远便是太小，不足以如此巨额输送。而敖仓之开仓权，历来在丞相府。章邯固可以非常之法胁迫开仓，然引起赵高一班奸佞警觉则于后不利。反复思虑之后，章邯向赵高的中丞相府呈送了一件紧急军书，禀报说河北赵军正在筹划大举攻秦，若欲灭赵，请开敖仓以为粮草后援。赵高虽则阴险奸狡，虽则对章邯心有疑忌，然却也明白天下大势：盗军不灭，自己再大的野心也是泡影。无奈之下，也只有批下公文：许开一月之军粮，平赵后即行他仓改输。官文归官文，章邯要的只是个由头好为仓吏们开脱，只要口子一开，赵高岂能奈何数十万大军之力？

粮源一定，章邯三人立即谋划输送之法。司马欣与董翳之见相同，都是主张自己率精锐一部亲自护粮。章邯却摇头道："时当乱世，河内之地乱军如潮，谁护粮都难保不失。老夫思忖，必得以非常之法确保粮道。"两人忙问，何谓非常之法？章邯拍案道："修筑甬道，道内运粮！"司马欣董翳一时惊愕相顾，思忖一番却又不约而同地拍掌赞叹："老将军此计之奇，不下以刑徒成军！"三人一阵大笑，遂立即开始实施。

这甬道输粮，堪称匪夷所思之举也。在大河北岸修筑一道长达数百里的街巷式砖石甬道，以少量飞骑在甬道外的原野上巡查防守，则甬道内可以大量民力专一输送粮草辎重，在盗军弥漫的当时，实在是最为可靠的方式了。在其后中国历代战乱历史上，修筑如此长度的街巷式甬道输送粮草，这是绝无仅有的一例。章邯之奇，惜乎生不逢时矣！此举生发于天下大乱之时，秦军尚有如此征发之力，帝国之整体潜能可见一斑也。两月之后，甬道筑成，敖仓之粮源源输送河北。其时，王离大军已经如约南下邯郸巨鹿战场，章邯大军亦同时大举北上，一场对河北赵军的大战，也是对天下复辟势力的总决战自此开始了。

章邯王离没有料到的是，河北的决战态势猛烈地牵动了天下反秦势力，尤其强烈地震撼了正处于弥散状态的江淮旧楚势力，由此引发的竟是一场真正决定帝国命运的最后大战。

二 多头并立的楚军楚政

定陶大败，项梁战死而项楚军溃散，山东反秦势力堕入了低谷。

没有了项楚主力军的支撑，复辟诸侯们立即一片涣散之象。大张旧日六国旗号的复辟之王，几乎家家萧疏飘零。新韩不足论，张良所拥立的韩王韩成只有区区数千人马，惶惶然流窜于中原山林。新魏则自从魏王魏咎自焚于战场，魏豹等残存势力只有亡命江淮，投奔到楚势力中，此时连再度复辟的可能也很渺茫了。新齐大见疲软，齐王田儋战死，随后自立的田假又在内讧中被驱逐，田假势力分别逃入楚赵两诸侯。稍有兵势的田荣虽再度拥立新王，然却因追索田假残余，而与楚赵两方大起龃龉，互相冷漠，以致齐军既不对秦军独立作战，也不援手任何一方，始终游离在以项楚为盟主的反秦势力之外。项梁一死，田荣的齐军再不顾忌楚军，开始独自孜孜经营自家根基了。北方的新燕更是乏力，燕王韩广在相邻的九原秦军威慑下自保尚且不暇，困缩在几座小城池中，根本不敢开出对秦军作战。当此之时，山东诸侯军不成军，势不成势，唯有河北新赵呈现出一片蓬勃气象，以号称数十万之众的军力多次与郡县地方秦卒小战，并攻占了几座小城邑，一时大张声势。项梁战死后，河北赵军俨然成了山东反秦势力的新旗帜，成了潜在的山东盟主。唯其如此，秦军南北合击新赵，各方诸侯立即觉察到了巨大的危险。

对一体覆灭的危局警觉，楚地势力最为激切深彻。

项梁兵败之后，楚之格局迅速发生了军政两方面的变化。

在军而言，中原转战的项羽、刘邦、吕臣三部，因不在定陶战场而侥幸逃脱劫难。之后，三部立即东逃，退避到了东部的彭城地带[1]：吕臣部驻扎在彭城以东，项羽部驻扎在彭城以西；刘邦部没有进泗水郡，而是退回了与泗水郡相邻的砀郡的砀山城，也就是回到了原本逃亡为盗的根基之地，距离彭城大约百余里，也算得在新楚传统的势力圈内。此时，楚军的总体情势是：项楚主力大军及其依附力量，已经在定

[1] 彭城，秦泗水郡治所，在今江苏徐州市地带。

陶战场溃散，突围残部四散流窜，项羽军的数万人马成为项楚江东势力的唯一根基。刘邦军始终只有数万人，在此前的新楚各军中几乎无足轻重，此时却突然地显赫起来。吕臣军亦有数万人，原本是收拢陈胜的张楚残部聚成，在此前的新楚各军中同样无足轻重，是故刘邦吕臣与项羽合军转战中原，始终是年轻的项羽主事，而吕刘两军一直是相对松散的项羽部属。此时，吕臣部也突兀地显赫起来，一时形成了项、刘、吕三军并立的新格局。

此时的山东乱军，没有任何一支力量有确定的兵马人数。史料中动辄以数千数万数十万计之，大略言之而已。从实际情形说，此时正当秦军大举反攻之期，新诸侯们流动作战，兵力聚散无定，也实在难以有确切之数。某方大体有一支军马几座城池，便算是一方势力了。是故，其时各方的实际结局与影响力，常常不以实力为根据，而具有极大的戏剧性：往往是声名满天下的“大国诸侯”，结果却一战呜呼哀哉，如齐王田儋、魏王魏咎等。往往是声势原本不很大，却在战场中大见实力，江东项楚如此也。另一种情形则是，声势名望与实力皆很平常，却能在战场周旋中始终不溃散，渐渐地壮大，渐渐地为人所知，沛县之刘邦部是也。凡此等等说明，对秦末混战初期的山东诸侯，实不能以声势与表面军力而确论实力强弱，而只能大体看做正在沉浮演化的一方山头势力而已。

在政而言，定陶战败后的直接后果是迁都改政。

虽说此时的诸侯都城远非老六国时期的都城可比，然毕竟是一方势力的出令所在，依然是各方势力的瞩目焦点。当初，项梁刘邦等拥立楚王芈心，将都城暂定在了淮水南岸的盱台[1]，其谋划根基是：楚军

[1]　盱台，秦东海郡县城，大体在今洪泽湖南部的盱眙县东北地带。

主力要北上中原对秦作战，没有大军守护后方都城，在淮水南岸“定都”，则风险相对小许多。楚怀王芈心在盱台，虽只有上柱国陈婴的数千人马守护，然只要主战场不败，盱台自然不会有事。然则，定陶大败的消息一传入盱台，陈婴立即恐慌了，连番晋见楚怀王，一力主张迁都。陈婴的说法是，秦人恨楚入骨，章邯秦军必乘胜南下灭楚，我王须得立即与楚军各部合为一体，方可保全，否则孤城必破！这个芈心虽则年轻，然却在多年的牧羊生涯中浸染出领头老山羊一般的固执秉性，遇事颇具主见，又常常在庙堂如在山野一般率真说话。如此，常常在无关根本的事务上，芈心俨然一个像模像样的王了。今闻陈婴说法，芈心大觉有理，立即派出陈婴为特使秘密赶赴淮北会商迁都事宜。芈心原本顾忌项羽的剽悍猾贼秉性，此时项梁战败自杀，更是对这个生冷猛狠的项羽心生忌惮。为此，陈婴临行前，芈心特意秘密叮嘱道：“迁都事大，定要与吕臣及沛公先行会议，而后告知项羽可矣！晓得无？项羽不善，万不能乱了日后朝局。”陈婴原本小吏出身，为人宽厚，对楚王的密嘱自然是诺诺连声。

旬日之后，陈婴匆匆归来，吕臣亦亲自率领万余苍头军同时南来。年轻楚王的恐慌之心烟消云散，立即为吕臣设置了洗尘酒宴。席间，吕臣禀报了彭城会商的相关部署：吕臣刘邦都主张立即迁都彭城，项羽先是默然，后来也赞同了。沛公刘邦留在彭城预为料理宫室，刘邦特意征发了百余名工匠，亲自操持楚王宫室事，很是上心。吕臣与刘邦会商之后，亲自率领本部军马前来迎接楚王北上。吕臣还说，项羽正忙于收拢项梁部的流散人马，无暇分心迁都事宜，他与沛公将全力以赴。芈心听得很是满意，慨然拍案道：“足下才士也！沛公真长者也！”宴席之间，芈心便下令立即善后盱台诸事，尽快北上彭城。如此一番忙碌折腾，三日之后，新楚王室浩浩荡荡北上了。

在彭城驻定，楚王芈心立即开始整肃朝局了。以实际情势论，在“有兵者王”的大乱之期，芈心这个羊倌楚王根本没有摆布各方实力的可能。项梁若在，芈心只能做个虚位之王，整肃朝局云云是想也不敢想的。然则，此时项梁已经战死，项楚军主力已经不复存在，若仅以人马数量说，项羽部的兵马还未必比吕臣部刘邦部多。三方军力正在弱势均衡之期，楚王这面大旗与原本无足轻重的“朝臣”便显得分外要紧了。无论军事政事，若没有这面大旗的认可，各方便无以协同，谁也无以成事。也就是说，这时的“楚国”总体格局，第一次呈现出了楚王与大臣的运筹之力，原本虚位的“庙堂权力”变得实在了起来，生成了一番军马实力与庙堂权力松散并立又松散制约的多头情势。

楚王芈心很是聪颖，体察到这是增强王权的最好时机，立即开始着手铺排人事了。这次人事铺排，楚怀王定名为“改政”。最先与闻改政秘密会商的，是两个最无兵众实力然却颇具声望的大臣，一个上柱国陈婴，一个上大夫宋义。陈婴独立举事，后归附项梁，又辅佐楚王，素有“信谨长者”之名望。宋义虽是文士，却因谏阻项梁并预言项梁必败，而一时“知兵”声望甚隆。君臣三人几经秘密会商，终于谋划出了一套方略。是年八月末，楚王芈心在彭城大行朝会，颁布了首次官爵封赏书：

吕青（吕臣之父）为令尹，总领国政。

陈婴为上柱国，辅佐令尹领政。

宋义为上大夫，兼领兵政诸事。

吕臣为司徒，兼领本部军马。

刘邦为武安侯，号沛公，兼领砀郡长并本部军马。

项羽为长安侯，号鲁公，兼领本部军马。

重臣官爵已定，楚王芈心同时颁行了一道王命：项羽军与吕臣军直属楚王“自将”，不听命于任何官署任何大臣。刘邦军驻守砀郡，以法度听命调遣。这般封官定爵与将兵部署，与会朝臣皆一片颂声，唯独项羽阴沉着脸色不说一句话。项羽心下直骂芈心，这个楚王忘恩负义，鸟王一个！自己虽非叔父项梁那般功业赫赫，也没指望要居首爵之位，然则与吕臣刘邦相比，项羽如何竟在其后！更有甚者，那个诅咒叔父的狗才宋义，竟做了几类秦之太尉的兵政大臣，当真小人得志！如此还则罢了，明知项羽粗不知书，却硬给老子安个“鲁公”名号，不是羞辱老子么！鸟个鲁公！刘邦军忒大回旋余地，这个楚王偏偏却要“自将”项氏军马，鸟！你“自将”得了么？……就在项羽黑着脸几乎要骂出声的时刻，身后的范增轻轻扯了扯项羽后襟，项羽才好容易憋回了一口恶气。

“鸟王！鸟封赏！”回到郊野幕府，项羽怒不可遏地拍案大骂。

“少将军如此心浮气躁，何堪成事哉！”范增冷冰冰一句。

“亚父……”项羽猛然哽咽了，“大仇未报，又逢辱没，项羽不堪！”

“人不自辱，何人能辱。”范增淡漠得泥俑木雕一般。

“亚父教我。”终于，暴烈的项羽平静了下来。

“少将军之盲，在一时名目也。”老范增肃然道，“自陈胜揭竿举事，天下雷电烨烨，陵谷交错，诸侯名号沉浮如过江之鲫，而真正立定根基者，至今尚无一家。其间根由何在？便在只重虚名，轻忽实力。少将军试想，陈胜若不急于称王，而是大力整肃军马，与吴广等呼吁天下合力伐秦，届时纵然不能立即灭秦，又安得速亡而死无葬身之地乎！六国复辟称王，固有张大反秦声势之利。然则，诸侯称王之后，无一家致力于锤炼精兵，尽皆致力于争夺权力名号。以致秦军大举进兵之日，山东诸侯纷纷如鸟兽散，不亦悲乎！事已至此，各家仍不改弦更张，依旧只着力于鼓噪声势。此，蠢之极也，安得不败哉！即以武信君定陶之败论，与其说败于骄兵，毋宁说败于散军。若武信君部属大军皆如江东八千子弟兵，安得有此一败乎？凡此等等，足证战国存亡之道不朽：天下大争，务虚者败，务实者兴；舍此之外，岂有他哉！”

“亚父是说，项羽没有务实？”

“项氏起于大乱之时，所谓声势名望，原本便是虚多实少。今，又逢项楚军大败之后，昔日虚势尽去，实力匮乏尽显，项氏跌落吕刘之后，少将军遂觉难堪屈辱。此，老夫体察少将军之心也。然则，当此之时，一味沉溺官爵权力之分割是否公道，而图谋一争，大谬也！当此之时，洞察要害，聚结流散，锤炼实力，以待时机，正道也！此道之要，唯刘邦略知一二，少将军须得留意学之。”

“我？学刘邦那个龟孙子模样？”项羽惊讶又不屑。

“尺有所短，寸有所长。”范增深知项羽肩负项楚兴亡重任，也深知只有自己能说服这个天赋雄武而秉性暴烈的年轻贵胄，遂意味深长道，“少将军试想，刘邦以亭长之身举事，所聚者县吏、屠户、吹鼓手多也。其所谓军马，也多以芒砀山流盗与沛县豪强子弟为轴心，可谓既无声势，又无战绩。然则，刘邦却能在群雄蜂起中渐居一席之地，沛公名号亦日渐彰显，目下竟能居楚之侯而独成一方势力，不亦奇乎？”

“无他！老小子奸狡巨猾而已！”

“少将军差矣！”老范增喟然一叹，“根本处，在于刘邦始终着意搜求实力扩充，而不争目下虚名。刘邦军力固然不强，然却能在大大小小数十仗中撑持下来，非但没有溃散，且军马还日见增多。如此情势，仅仅一个奸狡巨猾之徒，岂能为之哉！”

“亚父是说，刘邦早就悄悄着手聚结兵力了？”

“然也！”范增拍案，“若争虚名，立功于迁都声望最大。然则，刘邦却将吕臣部推到了首席，自家缩在其后，名曰整治宫室，实则加紧聚结流散军马。刘邦东退，为何不与我军并驻彭城，而要自家驻扎于砀山城？其间根本，无疑是在悄然聚结军马，不为各方觉察。刘邦之心，不可量也！”

“如此沛公，楚王还当他是长者人物。”项羽恍然冷笑了。

“大争之世，只言雄杰，何言长者哉！”

“亚父！项羽立即加紧聚结流散人马，最快增大实力！”

“少将军有此悟性，项氏大幸也！”范增欣然点头，“然则，我等亦须仿效刘邦之道，只做不说。老夫之见：少将军白日只守在幕府，应对楚王各方。老夫与项伯、龙且等一力秘密聚结武信君流散旧部，在泗水河谷秘密结成营地。每晚，少将军赶赴营地亲自练兵！能在三两个月内练成一支精兵，万事可成！”

“但依亚父谋划，项羽全力练兵！”

谋划一定，项楚大营立即开始了夜以继日的紧张忙碌。此时项梁部的溃围人马已经有小股流入泗水郡，范增与项伯、龙且等一班将军分头搜寻全力聚拢，不到一月便收拢了数万流散人马，连同项羽未曾折损的江东旧部，聚成了堪堪十万人马。每每暮色降临，彭城郊野的项楚幕府便封闭了进出，对外则宣称项羽战场旧伤逢夜发作，夜来不办军务。实则是，每逢暮色项羽便赶赴泗水河谷的秘密营地，开始扎实地训练军马。

项羽天赋雄武之才，对何谓精兵有着惊人的直觉。巡视了一遍大营，项羽做出的第一项决断，便是裁汰老弱游民。盖其时仓促举事，各方都在搜罗人马，流散游民几乎凡是男子者皆可找到一方吃粮。项氏人马虽较其余诸侯稍精，然此等老少游民亦不在少数。旬日裁汰整肃，项羽所得精壮士卒仅余五万上下。其余老弱游民士卒，项羽也没有遣散。毕竟，当此兵源匮乏之时，这些人马流向任何一方都是张大他人声势。项羽将这些裁汰士卒另编一军，号为“后援军”，交季父项伯率领，专一职司兵器打造修葺并粮草辎重输送。五万余精壮则与项羽的江东旧部混编，以龙且、桓楚、钟离眜、黥布四人为将军，各率万余精兵。项羽则除总司兵马外亲自统率一军，以八千江东子弟兵为轴心，外加幕府护卫与司马军吏四千余人，共万余精兵，号为中军。新项楚军编成，项羽夜夜亲临苦练，日间则由四将督导演练。与此同时，项伯后援军打造的新兵器与范增等搜罗求购的战马也源源入军，五万余项楚军人各四件兵器：一短剑、一长矛、一盾牌、一臂张弩机。两万余骑士，人人外加一匹良马。凡此等等，可谓诸军皆无。未及两月，项楚军战力大增，迅速成为一支真正的精锐之师。

三　河北危局　天下复辟者面临绝境

秦军大举夹击河北赵军的消息传来，彭城大为震撼。

赵王派来的求救特使说，赵军数十万被压缩在邯郸巨鹿之间的几座城池，北有王离十万九原铁骑，南有章邯近三十万亡命刑徒军，赵军岌岌可危。赵王已经派出特使向齐燕韩三方求救，亟盼楚军立即出动救赵。楚怀王[1]与陈婴吕青宋义等在朝大臣一番商议，皆觉事关重大，立即大行朝会，召来刘邦、项羽、吕臣、范增等各军统领，也特意召来了逃亡在楚的魏国残部头领魏豹、出使来楚的齐国高陵君田显，一并会商救赵事宜。

[1] 此“楚怀王”者，乃项梁拥立芈心为新楚王时着意打出的名号，意在怀楚聚人而反秦，并非芈心谥号，故可为公然称谓。

朝会开始，赵国特使先惶恐万分地叙说了赵国危情。而后，楚怀王正色道："诸位大臣将军，河北赵室存亡，关乎天下反秦大计之生灭。当此之时，齐燕韩三国诸侯兵马寥寥，魏国余部逃亡在楚，各方皆无救赵之力。唯余我楚，尚有三支军马。以天下大局论之，赵国可救得救，不可救亦得救，此根本大局也！料诸位无人非议。"话方落点，大殿中便是异口同声一句："楚王明断！"楚怀王得诸臣同声拥戴，顿时精神大振，叩着王案又道，"唯其如此，今日朝会不议是否救赵，唯议如何救赵，诸位以为如何？"

"我王明断！"殿中又是轰然一声。

"如何铺排，诸位尽可言之。"

"臣有谋划。"主掌兵事的宋义慨然离案道，"赵国当救，自不待言。然则如何救，却有诸般路径，当从容谋划而后为之。巨鹿者，河北险要也，秦军断不会骤然攻破。以臣之见：救赵当有虚实两法：虚救者，以六国诸侯之名，一齐发兵救赵，以彰显天下诸侯同心反秦而唇亡齿寒之正道也！六国之中，唯缺魏国，臣请楚王以反秦盟主之名，封将军魏豹为魏王，赐其一支军马而成魏国救赵之举。如此，则六国齐备，五国救赵。此，大局之举也！"

"刘季赞同上大夫之说。"刘邦第一次说话了。

"臣亦赞同。"吕臣也说话了。

"我少将军自然赞同。"范增见项羽黑着脸不说话，连忙补上一句。

"好！"楚怀王当即拍案，"封将军魏豹为魏王，我楚国三军各拨两千人马，于魏成军；魏王可当即着手筹划北上救赵。"

"魏豹领命！……"寄人篱下的魏豹一时唏嘘涕零了。

"尽是虚路，羽愿闻实策！"项羽终于不耐了。

"实救之法，以楚军为主力。"宋义侃侃道，"楚国三路军马，外加王室精兵，当有三十万之众。合兵北上，只要运筹得当，败秦救赵势在必得也！”

“何谓运筹得当？刘季愿闻高论。”刘邦高声问了一句。

“兵家之密，何能轻泄哉！”宋义颇见轻蔑地笑了。

项羽急切道：“臣启楚王，秦军杀我叔父项梁，此仇不共戴天！项羽愿率本部人马全力北上救赵，击破秦军，斩杀章邯！而后西破秦中，活擒二世皇帝！”

“鲁公之言有理。”刘邦拱手高声道，“臣以为，我军可效当年孙膑的围魏救赵战法，一军北上巨鹿救赵，一军向西进击三川郡并威胁函谷关，迫使秦军回兵。如此，则是三路救赵，秦军必出差错！我军必胜无疑！”

“老臣以为，沛公所言甚当。”范增苍老的声音回荡着，“一路北上击秦主力，一路西向扰秦根基，四路诸侯惑秦耳目，三方齐出，破秦指日可待也！”

“好！先定救赵主帅。”楚怀王拍案了。

楚怀王此言一出，殿中片刻默然，之后立即便是纷纷嚷嚷，有举荐吕臣者，有举荐刘邦者，甚或有举荐魏豹者，三路楚军头领之中，唯项羽无人举荐。老范增微微冷笑，却目光示意项羽不要说话。一时纷攘之际，文臣座案中站起一个紫衣高冠之人，一拱手高声道：“外臣高陵君田显启禀楚王，楚国目下正有不世将才，堪为救赵统帅。”举殿大臣将军目光俱皆一亮，项羽尤其陡然一振，以为高陵君必指自己无疑。

“高陵君所指何人？”楚怀王倒是颇显平静。

“知兵而堪为将才者，宋义也！”田显高声回答。

此语一出，举座惊讶，一片轰轰嗡嗡的议论之声。项羽顿时面若冰霜。唯刘邦笑容如常，不动声色。以战国传统，文士知兵者多有，然多为军师，譬如孙膑。或为执掌兵政的国尉，譬如尉缭。文士而直接统兵者，不是不能，毕竟极少。宋义虽然已经有知兵之名，然终究是当年一个谋士，今日一个大夫，更不属于三支楚军的任何一方，能否在只认宗主的大乱之时将兵大战，确实没有成算。唯其如此，大臣将军们一时错愕议论了。然楚怀王却有着自己的主见，叩着大案，待殿中安静下来方道："宋义大夫虽主兵政，终究一介文臣，高陵君何以认定其为大将之才？"田显高声道："楚王明鉴：为统帅者，贵在通晓兵机之妙，而不在战阵冲杀。臣举宋义，根由在三：其一，宋义曾力谏武信君骄兵必败，可知宋义洞察之能！其二，宋义赴齐途中，曾对外臣预言：项梁数日内必有大败，急行则送死，缓行则活命。外臣缓车慢行，方能逃脱劫难。由此可知宋义料敌料己之明！其三，宋义既统楚国兵政，统率三军必能统筹后援，以免各方协同不力。如此三者，宋义堪为统帅也！"

殿中一时默然。宋义谏阻项梁并预言项梁之死，原本是人人知晓之事。然则，楚方君臣将士碍于项羽及其部属的忌讳，寻常极少有人公然说起。今日这个高陵君不遮不掩当殿通说，项羽的脸色早已经阴沉得要杀人一般，连素来悠然的老范增都肃杀起来，大臣将军们顿时觉得不好再说话了。

"老臣以为，高陵君言之有理。"素来寡言的令尹吕青打破了沉默。

"沛公、司徒以为如何？"楚怀王目光瞄向了刘邦吕臣。

"刘季无异议。"刘邦淡淡一句。

"臣拥戴宋义为将！"吕臣率直激昂。

"既然如此，本王决断。"楚怀王拍案道，"宋义为楚国上将军，赐号卿子冠军，统辖楚军各部救赵。项羽为救赵大军次将，范增为末将。卿等三人即行筹划，各军就绪后，听上将军号令北上。"

"楚王明断。"殿中不甚整齐地纷纷呼应。

“臣奉王命！”宋义离案慨然一拱，“臣纵一死，必全力运筹救赵！”

范增又扯了扯项羽后襟，一直脸色阴沉的项羽猛然回过神来，忙与范增一起作礼，领受了楚王任命的次将末将之职。楚怀王似乎有些不悦，却也只淡淡道：“大事已定，未尽事宜另作会商。”轰轰然朝会便散了。

彭城各方势力的实际斡旋，在朝会之后立即开始了。

朝会议定举兵救赵，没有涉及刘邦所主张的一路西进袭扰三川郡。任命统军诸将时，也没有涉及刘邦吕臣两人，只明白确认了宋义为上将军，项羽为次将，范增为末将。显然，刘邦军与吕臣军，既没有被明白纳入宋义的救赵军，也没有明白究竟作何用场。使项羽大为不解的是，如此混沌的未尽部署，竟没有一个人异议便散了朝会。一出宫室庭院，项羽便愤愤然道：“如此不明不白也能救赵？亚父为何不许我说话？”范增见左右无人，这才悠然一笑道：“如何不明不白，明白得很。楚王不再续议，是心思未定。刘邦不说话，是另有自家谋划。吕臣父子不说话，是踌躇不定。”项羽道：“人心各异能合力作战么？儿戏！”范增低声道：“少将军少安毋躁，只要有精兵在手，任他各方谋划。大军一旦上道，且看这个宋义如何铺排再说。”

直到两人上马飞回幕府，项羽还是不解地问：“亚父，为何我军不先攻关中？却要窝在这个宋义帐下？若攻关中，我军一战灭秦无疑！”范增思忖了片刻正色道：“少将军，目下我军不宜直然进兵关中，其理有三。其一，武信君猝然战死，少将军威望未立，楚王宋义等无论如何不会让我军独建灭秦之功。此时，我等若执意孤军西进，新楚各方必多掣肘而粮草必难以接济，彭城根基亦可能丢失。目下，项氏军马还得有楚怀王这面大旗，此乃大局也。其二，秦军主力犹在，函谷关武关乃险要关塞，若一时受阻，后果难料矣！其三，目下大势要害，在河北而不在秦中。战胜章邯王离大军，则秦国自溃。不胜章邯王离大军，即或占得关中亦可能遭遇秦军回师吞灭。周文大军进过关中，结局如何，一战覆灭而已。少将军切记，谁能战胜章邯王离大军，谁就是天下盟主！即或别家攻下关中，也得拱手让出。此，战国实力大争之铁则也！少将军蓄意训练精锐，所为何来？莫非只为避实捣虚占一方地盘终了，而无天下之志哉！”

“亚父，我明白了：与秦军主力决战才是天下大计！”

项羽在范增一番剖析下恍然清醒，自此定下心神，也不去任何一方周旋，只埋头河谷营地整顿军马，为北上大战做诸般准备。因项楚军收拢流散训练精锐，都是在秘密营地秘密进行，加之时间不长，是故驻扎在泗水河谷的这支新精锐无人知晓。楚王与宋义等大臣虽然也听闻项羽在着力收拢项梁溃散旧部，然其时王权过虚，远远不足以掌控此等粮草兵器自筹的自立军马的确切人数。即或对刘邦军吕臣军，楚王君臣也同样知之不详。楚王君臣所知的项楚军，只有彭城郊野大营的万余人马。为此，范增谋划了一则秘密部署：这支精锐大军不在彭城出现于项羽麾下，以免楚王宋义吕臣刘邦等心生疑忌。新精锐由龙且统率，先行秘密进发，在大河北岸的安阳河谷秘密驻扎下来，届时再与项羽部会合。项羽思忖一番，越想越觉此计高明，届时足令宋义这个上将军卿子冠军瞠目结舌，不禁精神大振，立即依计秘密部署实施。三日后，这支项楚精锐便悄然北上了。

与项楚军不同，刘邦部谋划的是另一条路径。

一年多来，刘邦很是郁闷。仗总是在打，人马老是飘飘忽忽三五万，虽说没有溃散，可始终也只是个不死不活。若非萧何筹集粮草有方，曹参周勃樊哙夏侯婴灌婴等一班草根将军稳住士卒阵脚不散，刘邦当真不知这条路如何走将下去了。项梁战死，刘邦与项羽匆忙东逃，退到砀山刘邦便不走了。刘邦不想与项羽走得太近，一则是不想被项羽吞灭为部属，二则是秉性与项羽格格不入。项羽是名门贵胄之后，暴烈骄横刚愎自用，除了令人胆寒的战场威风，这个贵公子几乎没有一样入得刘邦之眼。打仗便打仗，刘邦看重的是打仗之余收拢流民入军。可项羽动辄便是屠城，杀得所过之处民众闻风而逃。如此，刘邦部跟着背负恶名不说，还收拢不到一个精壮入军，气得一班草根将军直骂项羽是头野狼吃人不吐骨头。刘邦劝不下项羽，离开项羽又扛不住秦军，只有跟着项羽的江东军心惊肉跳风火流窜，既积攒不了粮草，又扩张不了军马，直觉憋闷得要死了一般。定陶之战项梁一死，刘邦顿时觉得大喘了一口长气。刘邦明白大局，项梁一死项楚主力军一散，狠恶的项羽狗屁也不是，楚国各方没谁待见，离这小子远点最好。为此，刘邦托词说要在砀山筹粮，便驻下不走了。项羽无力供给刘邦粮草，也对这个打仗上不得阵整日只知道嘻嘻哈哈的痞子亭长蔑视之极，刘邦一说不走了，项羽连头也没抬便径自东去了。

驻扎砀山月余，军马好容易喘息过来，刘邦才开始认真揣摩前路了。此时，陈婴来拉刘邦，要其与吕臣协力谋划楚怀王迁都事。刘邦心下直骂牧羊小子蹭老子穷饭，可依然是万分豪爽又万般真诚地盛待了陈婴，一力举荐吕臣南下护驾迁都，说自家不通礼仪又箭伤未愈，愿在彭城效犬马之劳，为楚王修葺宫室。陈婴一走，刘邦吩咐周勃在沛县子弟中拨出一批做过泥瓦匠徭役的老弱，只说是着意搜罗的营造高手，由周勃领着开进彭城去折腾，自己又开始与萧何终日揣摩起来。便在百思无计的时候，一个意想不到的人物突兀地冒了出来。

“沛公！且看何人到也！”萧何兴冲冲的喊声，惊醒了灯下入神的刘邦。

“哎呀！先生？想得我好苦也！……”刘邦霍然跳起眼角湿润了。

“韩王已立，心愿已了，张良来也。”清秀若女子的张良笑着来了。

那一夜，刘邦与张良萧何直说到天光大亮。刘邦感慨唏嘘地叙说了自与张良分手后的诸般难堪，骂项羽横骂砀山穷骂楚王昏骂范增老狐狸，左右是嬉笑怒骂不亦乐乎。张良笑着听着，一直没有说话。骂得一阵，刘邦又开始骂自己猪头太笨，困在穷砀山要做一辈子流盗。骂得自家几句，刘邦给张良斟了一碗特意搜寻来的醇和的兰陵酒，起身深深一躬，一脸嬉笑怒骂之色倏忽退去，肃然正色道：“刘季危矣！敢请先生教我。”张良起身扶住了刘邦，又饮下了刘邦斟的兰陵酒，这才慨然道：“方今天下，正当歧路亡羊之际也！虽说山东诸侯蜂起，王号尽立，然却无一家洞察大势。沛公乃天授之才，若能顺时应势，走自家新路，则大事可成矣！”

“何谓新路？”刘邦目光炯炯。

“新路者，不同于秦、项之路也。”张良入座从容道，“二世秦政暴虐，天下皆知。诸侯举事之暴虐，却无人留意。诸侯军屠城，绝非一家事也，而以项氏军为甚。即或沛公之军，抢掠烧杀亦是常事。大势未张之时，此等暴虐尚可看做反秦复仇之举，不足为患根本。然若图大业，则必将自毁也。山东诸侯以项楚军最具实力，反秦之战必成轴心。然则，项羽酷暴成性，屡次屠城，恶名已经彰显。其后，项羽酷暴必不会收敛，而可能更以屠城烧杀劫掠等诸般暴行为乐事。当此两暴横行天下，何策能取人心，沛公当慎思也。”

“先生说得好！军行宽政，方可立于不败之地。”

“与沛公言，省力多矣！”张良由衷地笑了。

“先生过奖。先生放心，刘季有办法做好这件事。”

“项羽有范增，先生安知其不会改弦更张？”萧何有些不解。

“项梁之力，尚不能变项羽厌恶读书之恶习，况乎范增？”

“以先生话说：项羽酷暴，天授也。”刘邦揶揄一句。

张良萧何不约而同地大笑起来。饮得两碗，三人又说到了目下大势。萧何说，斥候军报说章邯军已经在筹划北上击赵，很可能王离军还要南下夹击，河北情势必然有变。张良点头道：“河北战事但起，天下诸侯必然救赵，不救赵则一体溃散。其时楚军必为救赵主力，沛公当早早谋划自家方略。”刘邦道：“我跟项羽风火流窜几个月，人都蒙了。何去何从，还得听先生。”萧何皱着眉头道：“沛公犯难者，正在此也。楚军救赵，沛公军能不前往么？若前往，则必得受项羽节制，此公横暴，沛公焉得伸展？”张良从容道：“唯其如此，便得另生新路，未必随楚军救赵。”刘邦目光骤然一亮：“愿闻先生奇策。”张良请刘邦拿来一幅羊皮地图，顺手拿起一支竹筷指点地图道：“河北激战之时，沛公若能自领本部军马西进，经三川郡之崤山，沿丹水河谷北上，攻占武关而进兵关中，此灭秦之功，可一举成势也！”萧何惊讶道：“沛公分兵西进，减弱救赵兵力，楚王能允准么？孤军西进，沛公军战力能支撑得了么？难。”张良侃侃道：“足下所言两难，实则皆不难。第一难，沛公可说动楚王及用事之吕青陈婴宋义，效法围魏救赵，主力北上救赵，偏师奔袭关中。如此方略，乃兵法奇计也。楚王君臣若不昏聩，必能允准。第二难，秦军大败项梁后，章邯以为楚地已不足为虑，主力大军悉数北上。当此之时，河外空虚，沛公一军并无强敌在前，不足虑也。”

“先生妙算，可行！”刘邦奋然拍案。

“也是。”萧何恍然，“既可免受项羽节制，又可途径富庶之地足我粮秣。”

“以先生所言兵法，这叫批亢捣虚。可是？”刘邦若有所思。

“当日泛论兵法，沛公竟能了然于胸，幸何如之！”张良喟然感叹。

“说了白说，刘季岂非废物也！”刘邦一阵大笑。

这次彻夜会商之后，刘邦大为振奋，立即开始了种种预先周旋。刘邦派定行事缜密的曹参专一职司探查河北军情，自己则寻找种种空隙与楚怀王身边的几个重臣盘桓，点点滴滴地将自己的想法渗透了出去。刘邦的说辞根基是：彭城乃项氏根基，吕臣军与刘邦军在此地筹集粮草都不如项羽军顺当，目下刘邦军粮草最为匮乏。若楚王与诸位大臣能下令项羽部供给粮草，刘邦军自当随诸军而前。若粮草不能保障，则不妨先叫刘军西进，筹集到充足粮草再回军不迟。刘邦很是谨慎精明，此时绝不涉及河北军情及未来救赵事。吕青陈婴宋义三大臣，原本对项羽的生冷骄横皆有顾忌，自然乐于结交刘邦。今见刘邦所说确是实情，而楚王庙堂要做到叫项羽为刘邦供给粮草，则无异于与虎谋皮，准定得惹翻了那个霸道将军。于是，三人都答应刘邦，在楚王面前陈说利害，力争刘邦部自行西进先行筹集粮草。此番西进之风吹得顺畅之际，恰逢河北赵军特使告急，在会商救赵的朝会上，刘邦便将效法围魏救赵的方略提出来了。然楚王与几个重臣都瞩目于统帅人选之争，没有再行会商刘邦所提方略便散朝了。所以如此，一则是楚王与几位重臣不想因再议刘邦军去向而使项羽范增横生枝节，是故项羽范增一接受次将末将职位便立即散朝。二则也是刘邦军实力较小，偏师西进又不是主要进兵方向，不足以成为救赵军的主导议题，朝会后再议不碍大局。

“今日是否自请过急，适得其反？”朝会之后刘邦却有了狐疑。

“非也。”张良笑道，“沛公今日所请，恰在火候。一则，沛公此前已经提出西进筹粮，此次再提顺理成章，无非名目增加救赵罢了。二则，两路救赵，虚实并进，确属正当方略。宋义尚算知兵，不会不明白此点。三则，目下楚军诸将，西入关中者，唯沛公最宜，无人以为反常。”

“我看也是。”萧何在旁道，“其余诸将皆以为西进乃大险之局，定然无人图谋西略秦地。不定，楚王还要悬赏诸将，激励入秦也。”

“两位是说，我当晋见楚王面商？”

“然也。只要沛公晋见，必有佳音。”张良淡淡一笑。

“好！刘季去也。”刘邦风风火火走了。

楚怀王芈心正在书房小朝会，与相关重臣密商后续方略。

除了吕青、陈婴、宋义三人，小朝会还破例召来了流亡魏王魏豹、齐国特使高陵君田显、赵国特使以及独自将兵的吕臣。君臣几人会商的第一件大事，是救赵的兵力统属。以目下楚军构成，项羽部、吕臣部、刘邦部最大，再加王室直属的护卫军力以及陈婴的旧部兵马，对外宣称是数十万大军。然究竟有多少兵力，却是谁也说不清楚。救赵大举进兵，涉及种种后援，绝非仅仅粮草了事，是故各方后援主事官吏都要兵马数目，老是混沌终究不行。此事宋义最是焦灼，这次后续朝会也正是宋义一力促成。项羽刘邦未曾与会，公然理由是两部皆为“老军”，兵力人人可见，无须再报，实则是宋义顾忌项羽暴烈霸道，而刘邦是否北上尚未定论，故先不召两人与闻。

小朝会一开始，宋义便禀报了自己所知的各家兵力：项羽部三万余，刘邦部五万余，吕臣部六万余，王室护军万余，陈婴部万余，诸军粗略计，差强二十万上下。王室护军与陈婴部不能北上，刘邦部未定，如此则救赵军力唯余项羽部与吕臣部堪堪十万人。如此大数一明，大臣们立即纷纷摇头，都说兵力不足。楚怀王断然拍案，陈婴部与王室护军都交宋义上将军，彭城只留三千兵马足矣！此言一出，大臣特使们尽皆振奋，老令尹吕青当即申明：吕臣部六万余军马尽交上将军亲统，吕臣在彭城护卫楚王。大臣们既惊讶又疑惑，一时只看着吕臣没了话说。不料，吕臣也点头了，且还慨然唏嘘地说了一番话：“臣之将士，素为张楚陈王旧部，素无根基之地，粮草筹集之难不堪言说也！今逢国难，臣若自领军马，非但粮草依旧艰难，且必与项羽军有种种纠葛。大战在即，臣愿交出军马归王室统属。臣无他图，唯效命王室而已！”此番话一落点，大臣们人人点头，始明白吕臣长期以来着意靠拢楚王君臣的苦衷。吕臣军归属一定，宋义大为振作，奋然道：“如此军力，臣亲统八万余兵马为主力，节制项羽部三万余人马，当游刃有余也！届时，其余四路诸侯加河北赵军，总体当有五十余万人马，大战秦军，胜算必有定也！”

正当楚怀王几人振作之际，刘邦来了。

刘邦素有“长者”人望，一进楚王书房，立即受到楚王与大臣们的殷殷善待。刘邦连连作礼周旋之后，这才坐到了已经上好新茶的武安侯坐案前。堪堪坐定，宋义笑着问了一句：“沛公此来，莫非依然要自请西进？”刘邦一拱手道：“上将军乃当世兵家，敢请教我，西进可有不妥处？”宋义第一次被人公然赞颂为当世兵家，心下大为舒畅，不禁慨然拍案，对楚王一拱手道：“臣启我王，以兵家之道，虚实并进两路救赵，实为上策也！臣请我王明断大局方略。”楚王芈心点头道：“沛公西进，可有胜算？”刘邦一拱手道：“臣之西进，一为自家粮草，二为救赵大局。成算与否臣不敢言，唯知尽心任事，不负我王厚望而已。”楚王不禁感喟道：“沛公话语实在，真长者也！”楚王话语落点，大臣们纷纷开口，都说沛公西进堪为奇兵，不定还当真灭秦，楚王该当有断。只有陈婴说了一番不同的斟酌：“老臣以为，项羽野性难制，不妨以项氏一军西进。沛公长者也，素有大局之念，不妨与上将军同心救赵。如此可保完全。”陈婴此言一出，意味着西进已经为楚国君臣接纳，剩下的只是派谁西进更妥当。若不言及项羽，也许还无甚话说，一涉及项羽，君臣话语立即四面喷发出来。

“外臣以为，沛公西进最为妥当。”

齐方的高陵君田显先按捺不住了，座中一拱手道，“楚王明鉴：项羽杀戮太重，攻城屠城三番五次，烧杀劫掠无所不为。此人若入咸阳，必为洪水猛兽，天下财富将毁于一旦也！外臣以为，项羽若一军西进，则无人可以驾驭！”

“高陵君，项羽虽则横暴蛮勇，终究可制也。”宋义自信地笑着，“沛公西进，我无异议。然高陵君说项羽无人驾驭，则过矣！统军临战，首在治军有方。宋义但为上将军，任它猛如虎贪如狼者，自有洞察节制，自有军法在前。此，楚王毋忧也，诸位毋忧也。”

“好！上将军能节制项羽，大楚之幸也！”陈婴很是激赏宋义。

“项羽横暴，然终究有战力。”吕臣颇有感触地道，“沛公军西进，以实际战力，只能袭扰秦军后援，西入关中灭秦谈何容易。项羽部战力远过沛公，亦远过吕臣军。救赵大战，必以项羽部为主力，不能使其西进。能西进者，唯沛公最妥也。”

“老臣一谋，我王明察。”老令尹吕青慨然道，“方今楚军两路并举，诸侯亦多路救赵。灭秦，以咸阳为终。灭军，以巨鹿为终。老臣以为，我王可与诸将并诸侯立约：无论何军，先入关中者王。以此激励天下灭秦，复我大仇！”

“老令尹言之有理。”宋义慨然道，“如此立约，我王盟主之位依旧也！”

“敢请楚王明断！”偌大的书房轰然一声。

“诸位所言甚当。”楚怀王思忖拍案，忧心忡忡道，“与诸将诸侯立约，激励灭秦，正道也。然则，西进之将，不可不慎也。项羽为人剽悍猾贼，尝攻襄城，坑杀屠城，几无遗类。其所过城池，无不残灭也。楚人多次举事不成，陈王项梁皆败，多与杀戮无度相关也。今次不若改弦更张，遣长者扶义而西，告谕秦中父兄：楚之下秦，必为宽政也。秦中父兄，苦其主久矣！今诚得长者以往，禁止侵暴，或可下秦也。项羽剽悍凶暴，不可西进也。诸将之中，独沛公素为宽大长者，可将兵西进也。”

“我王明断！”大臣异口同声。

“刘季谢过我王！”刘邦伏地拜倒了。

小朝会之后三日，楚怀王王命颁下，明定了各军统属与进兵路径，大局便再无争议了。一番忙碌筹划，旬日之后，楚怀王芈心率悉数大臣出城，在郊野大道口为两路楚军举行了简朴盛大的饯行礼。举酒之间，楚怀王面对诸将大臣肃然道：“天下诸侯并起，终为灭秦而复诸侯国制。今日，大楚两军分路，四方诸侯亦联兵救赵，更为灭秦大军而下秦腹地也！为此，本王欲与诸将立约：先入关中者王。诸将以为如何？”

“我王明断！臣等如约：先入关中者王！”将军们一片呼应。

“诸将无异议，自誓——！”司礼大臣高宣了一声。

将军们一齐举起了大陶碗，轰然一声：“我等王前立约：先入关中者王！人若违约，天下诸侯鸣鼓而攻之！”一声自誓罢了，人人汩汩饮干碗中老酒，啪啪摔碎陶碗，遂告誓约成立。其间唯项羽面色涨红怒火中烧，几欲发作而被范增一力扯住，才勉力平静下来，也跟着吼叫一通立了誓约。之后，两路大军浩浩北上西进，秦末乱局的最大战端遂告开始。

这个楚怀王芈心，堪称秦末乱世的一个彗星式人物。

芈心由牧羊后生不意跨入王座，原本在复辟诸王中最没有根基，真正的一个空负楚怀王名义的虚位之王。然则，这个年轻人却以他独特的见识与固执的秉性，在项梁战死后的短暂的弱势平衡中敢于主事，敢于拍案决断，敢于提出所有复辟者不曾洞察的“义政下秦”主张，且对楚国的山头人物有独特的评判。凡此等等作为，竟使一介羊倌的芈心，能在各种纷乱势力的纠葛中成为真正被各方认可的盟主，以致连项羽这样的霸道者，也一时不敢公然反目，实在是一个乱世奇迹。芈心对项羽与刘邦的评判，堪称历史罕见的人物评价。芈心认定项羽是“剽悍猾贼”，认定刘邦是“宽大长者”，皆是当时的惊世之论。就实说，刘邦是否宽大长者大可商榷，然说项羽是剽悍猾贼，却实在是入骨三分，比后世的“项羽英雄”论不知高明了多少！后来，这个芈心终被项羽先废黜后杀戮，以“义帝”之名流光一闪而去。

楚怀王芈心之历史意义，在于他是秦末复辟诸王中最具政治洞察力的一个虚位之王，其“扶义而西”的下秦方略可谓远见卓识也。其后刘邦集团进入关中后的作为，虽也是刘邦集团的自觉理念，也应当说在很大程度上受到了楚怀王的启迪。刘邦集团的成功，在实践上证明了楚怀王政治眼光的深远。太史公为魏豹张耳陈余田儋等碌碌之徒列传记述，却没有为这个楚怀王芈心列传，诚憾事也！依据西汉之世的正统史观：项羽、刘邦同为楚国部属，项羽弑君逆臣，刘邦则直接秉承了楚怀王（义帝）灭秦大业。如此，太史公该当增《义帝本纪》，项羽至多列入《世家》而已，强如刘邦秉承项羽所封之汉王名号而出哉！后世有史家将太史公为失败的项羽作《本纪》，看做一种独立与公正，以文明史之视野度量，未必矣！

四 秦赵楚大势各异 项羽军杀将暴起

得闻秦军南北压来，河北赵军汹汹故我。

自陈胜举事，天下大乱以来，章邯的平乱大军一直在中原江淮作战，秦军主力一直未曾涉足赵燕齐三地。故此，堪堪一年赵燕齐三地乱象日深，而以旧赵之地为最甚。其时，作乱诸侯之中，唯有河北赵军占据了旧时都城邯郸，并以赵国旧都为都。如此一来，赵地复辟以占据旧都为正宗乱势，楚地复辟则以拥立旧王族为正宗乱势，遂成天下复辟势力最大的两处乱源。

赵地先后曾有武臣、赵歇两个复辟之王，皆平庸虚位，原本不足以成势。赵势大张，根基在丞相张耳、大将军陈余两人。此两人都是旧魏大梁人，少时皆具才名，俱习儒家之学，结为刎颈之交。六国灭亡后的岁月里，两人相与游历中原，秘密卷入了山东老世族的复辟势力，曾被帝国官府分别以千金、五百金悬赏缉拿。陈胜军攻占陈城后，张耳陈余已自震泽六国老世族后裔聚会后西来，立即投奔了陈胜。时逢陈城豪杰劝陈胜称王，陈胜闻张陈才具，遂问两人对策。张耳陈余献上了一则居心叵测的方略，劝陈胜不要急于称王，称王便是“示天下私”，而应该做两件大事：一件事是迅速西进攻秦，一件事是派出兵马立起六国王号。两人信誓旦旦地说：“如此两途，一可为将军树党，二可为秦政树敌。敌多则力分，与众则兵强。目下之秦，野无交兵，县无守城，将军诛灭暴秦，据咸阳以令诸侯，非难事耳。届时，六国诸侯于灭亡后复立，必拥戴将军也！将军只要以德服之，则帝业成矣！今若独自在陈城称王，天下将大不解也！”张耳陈余原本以为，一番宏论必能使陈胜昏昏然先立六王，而陈胜军则去为六国老世族打仗。孰料，粗豪的陈胜这次偏偏听出了张耳陈余的话外之心，没有理睬两位儒家才子的宏阔陷阱，竟径自称王了。

张耳陈余悻悻然，想一走了之，却又两手空空。商议一番，张耳便教了喜好兵事的陈余一番话，让陈余又来劝说陈胜。这番说辞是：“大王举兵而西，务在进入关中，却未曾虑及收复河北也。臣尝游赵地，知其豪杰及地形，愿请奇兵，为大王北略赵地。”这次，陈胜半信半疑，于是便派自己旧时认识的陈郡人武臣做了略赵主将，率兵三千北上。陈胜犹有戒备，又派出另一个旧日小吏邵骚做了“护军”，职司监军，只任张耳陈余做了左右校尉。以军职说，小小校尉实不足以决大事也。然则，陈胜却没有料到，校尉虽小，却是领兵实权，北上三千军马恰恰分掌在这两个校尉手里。张耳陈余忌恨陈胜蔑视，却也得其所哉，二话不说便其心勃勃地北上了。

武臣军北上，张耳陈余一路奋力鼓噪，见豪杰之士便慷慨激昂滔滔一番说辞，倒是说动了不少老世族纷纷入军，一两个月便迅速膨胀为数万人马，占得了赵地十座城池。《史记·张耳陈余列传》所记载的这番沿途说辞备极夸张渲染，很具煽惑性，多被后世史家引作秦政暴虐之史料，原文如下：

> 秦为乱政虐刑以残贼天下，数十年矣！北有长城之役，南有五岭之戍，外内骚动，百姓罢敝，头会箕敛以供军费，财匮力尽，民不聊生。重之以苛法峻刑，使天下父子不相安。陈王奋臂为天下倡始，王楚之地方二千里。(天下)莫不响应，家自为怒，人自为斗，各报其怨而攻其仇，县杀其令丞，郡杀其守尉。今已张大楚，王陈，使吴广、周文将卒百万西击秦。于此时而不成封侯之业者，非人豪也！诸君试相与计之。夫天下同心而苦秦久矣！因天下之力而攻无道之君，报父兄之怨而成割地有土之业，此士之一时也！

此文为乱世政治诈言之最也。这篇很可能也是文告的说辞，显然的夸大处至少有三处：“将卒百万西击秦”，周文军何来百万？“王楚之地，方二千里”，陈胜军连一个陈郡也不能完全控制，何来方二千里？“头会箕敛以供军费”秦政军费来源颇多，至少有钱谷两途。说辞却夸张地说成家家按人头出谷，官府以箧箕收敛充作军费。认真论之，这篇说辞几乎每句话都有浓郁的鼓噪渲染特质，与业经确证的史料有着很大出入，不能做严肃史料论之。譬如“家自为怒，人自为斗，各报其怨而攻其仇，县杀其令丞，郡杀其尉卒”，实乃着意鼓噪刻意渲染。就实而论，举事之地初期肯定有仇杀，也会有杀官，然若天下皆如此，何以解释章邯军大半年之内的秋风扫落叶之势？此外，还有一则更见恐吓夸张的说辞，亦常被人引为秦政暴虐之史料。这便是同一篇《列传》中的范阳人蒯通说范阳令的故事与说辞。其云：

> 武臣引兵东北击范阳。范阳人蒯通说范阳令曰：“窃闻公之将死，故吊。虽然，贺公得通而生。”范阳令曰：“何以吊之？”对曰：“秦法重。足下为范阳令十年矣！杀人之父，孤人之子，断人之足，黥人之首，不可胜数。然而，慈父孝子莫敢剚刃公之腹中者，畏秦法耳！今天下大乱，秦法不施，然则慈父孝子可剚刃公之腹中以成其名。此，臣之所以吊公也！今诸侯畔（叛）秦矣，武信君兵且至，而君坚守范阳，少年皆争杀君，下武信君。君急遣臣见武信君，可转祸为福在今矣！”

显然，这是一篇活生生的虚声恐吓之辞，其对秦法秦官的执法酷烈之夸张，对民众仇恨之夸张。恐吓与劝说之自相矛盾，都到了令人忍俊不能的地步。果然如此酷吏，果然如此为民所仇恨，号称“人豪”的策士，号称诛暴的反秦势力何以不杀之为民除害，反要将如此暴虐之官吏拉入自家山头，还要委以重任？更为啼笑皆非者，这个蒯通接受了范阳令委派，有了身价，转过身便是另一番说辞。蒯通对武臣说的是：范阳令欲降，只是怕武信君杀他。而范阳少年要杀范阳令，则为的是抗拒武信君自立。所以，武信君应当作速“拜范阳令”，使其献城，并赐其“朱轮华毂”即高车驷马，使其为武信君收服城池，也使“少年亦不敢杀其令”。武臣不但听了蒯通之言，还赐范阳令以侯爵印，借以吸引归附者。此等秦末“策士”卷入复辟黑潮，其节操已经大失战国策士之水准，变成了真正的摇唇鼓舌唯以一己之利害为能事的钻营者。即或大有“贤名”的张耳陈余，后来也因权力争夺大起龃龉，终究由刎颈之交变成了势不两立。凡此等等，总体说，秦末及楚汉相争期间的游说策士，胸怀天下而谋正道信念者极其罕见，实在使人提不起兴致说道他们。

如此这般鼓噪之下，赵军在无秦军主力的河北之地势力大张。张耳陈余当即说动武臣自号为武信君（后来的项梁也自号武信君），两人则实际执掌兵马。及至周文兵败之时。张耳陈余在河北已经成势，“不战以城下者三十余城”。

此时，张耳陈余立即劝武臣称王，其说辞同样夸张荒诞：“陈王起蕲，至陈而王，未必立六国之后！将军今以三千人下赵数十城，独介居河北，不王无以填之也！且陈王听信谗言，得知消息，我等恐难脱祸灾。或陈王要立其兄弟为赵王，不然便要立赵王后裔为王。将军不能错失时机，时者，间不容息也！”武臣怦然心动了，那个奉陈胜之命监军的邵骚也心动了。于是，武臣做了赵王，陈余做了大将军，张耳做了右丞相，邵骚做了左丞相。一个复辟山头的权力框架，就此草草告成了。

陈城的张楚朝廷接到武臣部复辟称王的消息，陈胜大为震怒，立即要杀武臣家族，还要发兵攻赵。当时的相国房君劝阻了陈胜，认为杀了武臣家族是树了新敌，不如承认其王号，借以催促武臣赵军尽快发兵西进合力灭秦。陈胜的张楚也是乱象丛生鞭长莫及，只好如此这般，将武臣家族迁入王宫厚待，还封了张耳的长子张敖一个“成都君”名号。同时派出特使，催促赵军立即西进。

“赵军不能西进也！”

张耳陈余终究显露了背叛陈胜军的真面目。两人对赵王武臣的应对说辞是：“陈王认赵王，非本意也，计也。果真陈王灭秦，后必加兵于赵。赵王不能进兵灭秦，只能在燕赵旧地收服城池以自广。届时，即或陈王果真胜秦，也必不敢制赵也！”武臣自然立即听从，对陈胜王命不理不睬，却派出三路兵马扩地：韩广率部北上旧燕地带，李良率部扩张河北地带，张黡率部扩张上党地带。

立即，复辟者们之间便开始了相互背叛。韩广北上燕地，立即联结被复辟作乱者们通号为“人豪”的旧燕老世族，自立为燕王，拒绝服从赵王武臣的任何指令。武臣大怒，张耳陈余亦极为难堪，君臣三人遂率军北上问罪。然则三人谁也没真打过仗，心下无底，大军进到燕地边界便驻扎了下来。武臣郁闷，大军驻定后便带了随从护卫去山间游猎，却被早有戒备的韩广军马俘获了。这个韩广倒是青出于蓝而胜于蓝，坦然行奸公然背叛，效法武臣而过于武臣，一拿到武臣立即向张耳陈余开出了天价：分赵地一半，方可归还赵王！张耳陈余大觉羞恼，可又对打仗没谱，只好派出特使“议和”。可韩广黑狠，只要使者不说割地，立即便杀，一连杀了十多个使者。张耳陈余一筹莫展之际，一个当时叫做“厮养卒”的家兵，对张耳的舍人说，他能救出赵王。舍人是张耳的亲信门客，遂将此事当做笑谈说给了张耳。张耳陈余也是情急无奈，死马权作活马医，也不问厮养卒究竟何法，便立即派这个厮养卒以私说名义，去了燕军营垒。厮养卒很是机敏，跟着张耳家风早早学会了一套大言游说本领，说了一番大出韩广意料的话，事竟成了。这番对答颇具讽喻，诸公且看：

“将军可知，臣来欲做何事么？”厮养卒煞有介事。

“当然是想我放了赵王。”燕将一副洞察奸谋的神态。

“将军可知，张耳陈余何等人也？”断养卒诡秘地一笑。

“贤人了。”燕将板着脸。

“将军可知，张耳陈余之心？”断养卒又是诡秘地一笑。

“当然是想讨回赵王了。”燕将很是不屑。

“将军错也！”断养卒一脸揭穿真相的笑容，“武臣、张耳、陈余三人同兵北上，下赵地数十城之后，张陈早早便想自家称王了，如何能甘居卿相终生？将军知道，臣与主，不可同日而语也。当初张耳陈余没有称王，那是赵地初下，不敢妄动罢了。今日赵地已服，两人正欲分赵称王，正欲设法除却赵王之际，燕军恰恰囚了赵王，岂不是正使张耳陈余得其所哉！更有甚者，张耳陈余早想攻燕，赵王不首肯罢了。不放赵王，张陈称王，后必灭燕；放了赵王，则张陈灭燕不能成行。此间轻重，燕王不知道么？”

这番诈说禀报给韩广，这个黑狠粗疏的武夫竟信以为真，当即放了武臣，教断养卒用一辆破旧的牛车拉走了。于是，这个武臣又到邯郸做了赵王，张耳陈余也不再说问罪于韩广了。然则，背叛闹剧并未就此完结。武臣刚刚回来，那个派往常山扩地的李良又叛赵了。李良乃旧赵一个老世族将军的后裔，见武臣此等昔年小吏也能在乱世称王，心下早早便有异志了。扩地常山后，李良部又图谋收服了太原，北进之时却被井陉关的秦军阻拦住了。章邯得知消息，立即下令井陉关守将策反李良。于是，秦将将章邯特使送来的二世诏书不作泥封，送给了李良。这件假诏书允诺，若李良反赵投官，可免李良之罪，并封侯爵。李良很是疑惑，迟迟不敢举动。正当此时，一次偶然的事件诱发了李良的突然叛赵。

一日，李良回邯郸请求增兵扩地。行至邯郸城外，路遇赵王武臣的姐姐的车马大队经过，李良见声势煊赫，以为是赵王车驾，便匍匐道边拜谒。不料这个老公主正在酒后醉态之中，只吩咐护卫骑将打发了李良，便扬尘而去了。李良素以贵胄大臣自居，当时大为难堪。身边一个侍从愤然说："天下叛秦，能者先立！赵王武臣原本卑贱，素来在将军之下，今日一个女人竟敢不为将军下车！追上杀了她，将军称王！"李良怒火中烧，立即派侍从率部追杀了那个赵王姐姐，并立即调来本部军马袭击邯郸。攻入邯郸后乱军大作，赵王武臣与左丞相邵骚一起被杀了。

当时，张耳陈余侥幸逃脱出城，收拢流散赵军，终于聚集了数万人之众。此时，张耳陈余本想自家称王，然又疑虑不安。不安之根本，是赵风武勇好乱，怕自己难以立足。一个颇具见识的门客提出了一则谋划，说："两君乃羁旅，外邦人也，若欲在赵地立足，难也！只有拥立真正的赵王之后，而两君握之实权，可成大功也！"两人一番密商，终于认可了门客谋划。于是，一番寻觅，搜罗出了旧赵王的一个后裔赵歇，立做了赵王。其时邯郸被李良占据，张耳陈余遂将赵歇赵王暂时安置在了邯郸北部百余里的信都城。立足方定，李良率军来攻。顶着大将军名号的陈余，只有硬着头皮迎击。不知如何一场混战，左右是陈余胜了，李良部败逃了，李良投奔章邯秦军了。

自此，陈余声名大振，被赵歇赐号为儒士名将。陈余自家也陡然亢奋起来，自视为攻必克战必胜的大将军，立马傲视天下了。随即，张耳陈余其心勃勃，将赵王重新迁回了邯郸，又大肆聚集赵地流散之民多方成军，几个月间势力迅速膨胀，号称河北赵军数十万，声威动于天下。

秦军的河北战事，开初直是摧枯拉朽。

深秋时节，章邯军向北渡过漳水直逼邯郸，王离军南下越过信都[1]，进驻曲梁[2]，对邯郸形成了南北夹击之势。其时陈余之名大为鼓噪，

---

[1] 信都，大秦邯郸郡城邑，旧赵国陪都，大体在今河北省邢台市以南地带。
[2] 曲梁，邯郸郡要塞，大体在今河北省邯郸市东北郊地带。

王离特来章邯幕府请教战法。章邯万般感喟道："世无名将乎？竖子妄得虚名哉！若我始皇帝在，秦政根基在，不说一个陈余，便是项氏楚军百个项梁复生，便是百个狠恶项羽，能在我大秦锐士马前走得几个回合也！战之根基，在军，更在政。此等流盗散军，最经不起周旋。不说乃父乃祖与蒙恬在世了，便是老夫与将军，只要粮草充裕，国政整肃，如此乌合之众何足道哉！奈何，今非昔比也！"王离虽无章邯切肤之痛，却也对目下大局忧心忡忡，向章邯叙说了咸阳族人送来的密报消息，痛骂了赵高的专权妄为，对秦政险难与秦军艰危处境很感郁闷。章邯毕竟老辣，气定神闲地抚慰了王离，末了道："将军毋忧，我等仍以前谋，以快制变。尽速了结河北战事，方可转身问政。河北之战，无甚战法可言，只六个字：放开手脚大打！立冬之前，回军南下。"

旬日之后，两军在邯郸郊野摆开了大战场。

陈余正在气盛之时，更兼从未与秦军主力对过阵，更没有见识过灭六国时的老秦军，陈余等以往所知之秦军，只是年来所遇到的"纷纷望风归附"的郡县尉卒，故对章邯王离大军全然没放在心上。日前会商战事，陈余昂昂然道："来日一战，河北可定也！其后臣自南下灭秦，赵王只等称帝便是！"张耳亦大为振奋，自请亲督粮草后援，决与陈余共建灭秦主力之大功。唯其如此评判，赵军才全然忘记了项梁楚军的前车之鉴，才有了陈胜举事以来的山东复辟诸侯军第一次与秦军主力对阵而战。

时当深秋，大河之北的山川原野一片枯黄。邯郸郊野的山原上，两军大阵各自排列，久违了的壮阔气象再次展现。背靠邯郸的大阵火红一片，赵字大旗与陈字大旗下的战车上，是赵国大将军陈余，战车后一排骑将一色的赵国传统弯刀，其后的主力是红色为主而颇见驳杂的步卒大阵，两翼是两个骑兵方阵。陈余大军号称数十万，满山遍野铺开，连背后的邯郸城都显得渺小起来了。赵军之南一两里之遥，是黑沉沉的以步卒为主的秦军大阵，军旗帅旗之间是白发苍然的老将章邯，身后是司马欣、董翳两员大将。正面大战，章邯没有出动王离的九原铁骑，而只以本部刑徒军对阵赵军。章邯坚执不要王离亲自出战，只要王离派出大将涉间率三万铁骑布阵于刑徒军之后做最后追杀。是故，正面大阵并无九原铁骑身影。

“攻杀秦军！俘获章邯——！”陈余长剑直指奋力大吼。

“全军推进，攻克邯郸。”章邯冷冰冰劈下了令旗。

双方数十百面大鼓齐鸣，无以计数的牛角号呜呜吹动。弥天杀声中，赵军三阵齐发，漫天红潮般压了过来。章邯大阵的两侧弓弩阵立即发动，长大的箭镞呼啸着疾风骤雨般扑向赵军。与此同时，刑徒步军大阵踩着鼓点踏着整肃的步伐，沉雷般向前隆隆推进，铁盾短剑亮闪闪如丛林移动，不管对面赵军如何汹涌而来，只山岳般推向红色的汪洋。

黑色的山岳与红色的汪洋，在枯黄的原野轰然相撞了。秦军已非昔日秦军，赵军亦非昔日赵军。一经接战，搏杀情形也迥然有别。赵军汪洋几乎是一触即溃，立即弥散为无数的红潮乱团，战车战马步卒交互纠缠，大多未与秦军交手便相互拥挤践踏成一团乱麻……无须细说此等战场，结局是大半个时辰后红色汪洋整个地溃散了。章邯下令步卒停止追杀，只教涉间的三万铁骑去收拾逃敌。这三万九原飞骑一经发动，实在是声势惊人，马蹄如雷剑光耀日，立即化作了无数支利剑疾射而出。篡昔日赵军之名的伪赵军，惊骇得连逃都没了力气，索性纷纷缩进了能藏身的各种沟沟坎坎之中。大将军陈余早已经跌翻了战车，心惊肉跳地被护卫马队簇拥着卷走了。赵军骑兵眼见主帅大旗没了踪迹，当即哄然四散。然则，面对疾如闪电的秦军主力飞骑，骑马逃跑反倒死得更快更利落，惊恐之下，赵军骑卒索性纷纷滚下战马，躲进了随处可见的沟坎树林。一时间，战场之上空鞍战马四野乱窜，惶惶嘶鸣着打圈子寻觅主人，反倒大大妨碍了秦军铁骑的追杀。九原骑兵主将涉间见此等战场功效甚微，立即下令停止了追杀。

仅仅一战，赵军便丢弃了邯郸，逃奔到巨鹿去了。

赵王赵歇与丞相张耳，早早在赵军溃散之初便仓皇地逃出了邯郸，一路直奔进巨鹿城才惊恐万状地驻扎下来。后从战场逃亡的陈余却没有敢进巨鹿城，而是在大陆泽畔的一片隐秘谷地草草扎了营地。数日后聚集得几万流散人马，陈余这才将营垒稍稍向巨鹿城靠近，并派军使知会了城内的赵王和张耳，说是赵军主力屯驻郊野可内外呼应，乃最佳守城之法。张耳很是不悦，却也无可奈何，只好以赵王之名下令陈余立即迎击秦军，确保巨鹿根基。

正当此时，章邯挥军北上，王离挥军南下，三面围定了巨鹿城。章邯军堵在巨鹿之南广阔的棘原高地，王离军多快速飞骑，则堵在巨鹿东北两面的高地要隘。两军遥遥相望，将未及再度逃窜的陈余大军也一并裹进了包围圈。阴差阳错之间，陈余军真正成了巨鹿城的外围壁垒。城内张耳始觉心下稍定。城外陈余却懊悔得骂天骂地不迭。至此，巨鹿被三面包围，唯余西面一道滚滚滔滔的漳水，只怕突围出城也难以渡河。章邯王离会商，要尽快攻克巨鹿这座坚城，根除河北之地的复辟势力。因章邯军在南，故章邯仍效前法，再筑甬道，将经由河内甬道输送到棘原的粮草，再由巨鹿之外的甬道输送到王离军前。

孰料，正在秦军忙碌构筑甬道，预备粮草器械之时，河北地却下起了冷飕飕秋雨。连绵十数日，秋雨中竟有了隐隐飘飞的雪花，地面一片雨雪泥泞，天气眼看着一天天冷了。好容易天色舒缓雨雪终止，秦军正在焦灼等待原野变干之际，突然传来了一道惊人的军报：河内甬道被项羽楚军强行捣毁切断，粮草输送断绝了！

谁也没有料到，北上楚军能在安阳滞留四十六日。

楚军从彭城两路进发，宋义率主力大军北上，刘邦率本部人马西进。一上路，宋义便对前军大将当阳君下了一道秘密军令：徐徐进军，日行三十里为限。对其余诸将，宋义则着意申明：北进中原粮草输送艰难，须大体与粮草辎重同步，各部须以前军里程为行军法度，不得擅自逾越。如此一路行来，走了将近一月，才渡过大河抵达安阳之南的郊野。一过大河，宋义立即在幕府聚将，申明了自己的方略：大军北进连续跋涉，全军疲累，粮草尚无囤积，不能仓促救赵，须在安阳驻屯休整，待粮草充裕之时再行救赵。项羽怒不可遏，当时便要发作。范增硬生生扯住了项羽，项羽憋闷得一转身大步走了。宋义分明看见了项羽的种种颜色，却不闻不问地散帐了。

“亚父如何阻我？宋义分明误事！”回到军帐，项羽怒气勃发了。

“宋义固然误事，然众怒未成，不能轻举也。”

“要甚众怒！一手掐死那个匹夫！”

“少将军差矣！”老范增一叹，“大战赖众力。不聚人心，万事无成也。”

“如此说来，只能死等？”

“未必也。”老范增平静道，“目下，我等至少有两件事可做：一则，老夫与诸将分别周旋，设法使诸将明白宋义错失，以聚人心；二则，少将军可秘密联结已经先期抵达的精锐新军，妥善安置其继续秘密驻扎。这支大军乃救赵奇兵，目下，尚不能公然与我合军。说到底，在宋义心志叵测之时，这支奇兵不能显身。”

“狗宋义！老子终有一日杀了他！”

项羽愤愤地骂着，还是依老范增的方略忙碌去了。

大军驻屯到一个月时，刷刷秋雨来了。时当十月初，正是秋末冬初。天寒大雨，士卒冻饥，连绵军营一片萧疏冷落。漳水两岸的原野，终日陷在蒙蒙雨雾中，军营泥泞得连军炊薪柴都湿漉漉无法起火了。安阳城隐隐可见，然终日进出者却只能是宋义等一班高爵将吏，将士们便渐渐有了怨声。正当此际，宋义接到了齐王田市的王书，盛邀其长子宋襄到齐国任丞相之职。宋义大喜过望，立即亲自带着一班亲信幕僚，车马连绵地冒雨将长子送出了百余里地，直到旧齐国边界的巨野泽北岸的无盐城[1]，将儿子亲自交到了齐王特使手里，才停了下来。三日后回到军营幕府，宋义又聚来所有的高爵将军与文吏大宴庆贺，乐声歌声喧嚷笑声从幕府飘出弥散于雨雾军营，校尉士卒们终于忍不住骂将起来了。

这一日，原本拒绝了宋义酒宴的项羽，却在酒宴正酣之时怒冲冲闯进了幕府。项羽不知道的是，冻得瑟瑟发抖的校尉士卒们已经跟着他的身影，在幕府外聚拢了起来。项羽闯进幕府聚将厅，几名黄衫楚女正在飞旋起舞，楚乐弥漫，劝饮祝贺声一片喧闹。见项羽黑着脸大踏步进来，幕府大厅一时难堪，骤然沉寂了下来。宋义大为皱眉，向舞女乐手挥挥手，乐声停了，舞女们也惶惶退下了。

“次将何以来迟耶？”宋义矜持而淡漠地笑了。

“我非饮酒而来，亦无心庆贺。”项羽冷冰冰一句。

“如此，次将何干耶？”

“秦军围赵，楚军救赵。楚军当立即渡过漳水，与赵军里应外合破秦！”

“次将轻谋也。”眼见大将们一片肃然，似对项羽并无不满，宋义

---

[1]　无盐，秦时薛郡城邑，大体在今山东省东平县以南地带。

也不好厉声指斥，索性将自己的谋划明白说出，遂矜持地淡淡一笑道，“夫搏牛之法，不可以破虮虱。[1] 用兵之道，大力徒然无用，终须以智计成也。老夫救赵之策，在先使秦赵相斗，我军后发也。今秦军攻赵，秦若战胜灭赵，则我军顺势安然罢兵回师，此谓‘承其敝’也；秦若不能胜，则我军引兵鼓行而西，必灭秦军矣！被坚执锐，义不如公；坐而运策，公不如义。明白否？”

“不明白！”项羽怒声道，“赵亡则诸侯灭！救赵便是救楚！”

“大胆项羽！”宋义终究不能忍受，拍案霍然起身，高声下令道：“诸将听令：自今日之后，猛如虎，贪如狼，强力不可使者，皆斩之！”

项羽冷冷一笑，转身大踏步径自出了幕府。庆贺大宴顿见难堪，大将们纷纷各找托词而去，片刻间幕府便冷清了下来。宋义气恼，立即上书楚怀王禀报了项羽的强横不法，请准罢黜项羽次将。孰料，彭城一直到旬日之后方才来了一道王书，只有短短三五行：“楚军救赵，庙堂之急策也。虽雨，卿子冠军幸勿迟滞。”宋义大是郁闷了。以宋义之心忖度，楚怀王决策救赵云云，只是名义罢了，最终仍然是要牢牢保存住这支仅有的楚军。然今日楚怀王回书，却分明是将救赵当真了，显然是责怪宋义了。虽然王书未提项羽，然其意显然是认为项羽在这件事上无甚差池。楚王如此忌惮项羽，也不打算趁此良机罢黜项羽，当真一个迂阔君王也。宋义很懊丧，一时却也思谋不出良策应对项羽。对于此等拥兵大将，宋义若没有楚怀王名义，几乎是无法制约的。而原先宋义对制服项羽有十足信心，根本便在于认定了楚怀王忌惮项羽，一定会全力支持自己设法制约项羽，甚或除掉项羽。目下楚怀王只字不提项羽，可见军中大将也未必赞同“先斗秦赵”之策。当此之时，宋义当真犯难了。

---

[1] 《史记·项羽本纪》该句原文为：“夫搏牛之虻不可以破虮虱。”其集解、索隐的多种解释均不能直接体现其本意。以文本内涵，疑该句文字有误，当为“夫搏牛之法，不可以破虮虱。”

宋义没有料到，军中情势会发生如此突然的变化。

项羽和范增秘密邀来了当阳君、蒲将军等几位大将与项楚军的所有部将，聚商于次将大帐。项羽慷慨激昂地说："楚军北上，本当勠力攻秦救赵！不料，宋义竟滞留不前，陷我军于困境！今岁乱世，岁饥民贫，军无囤粮，士卒只能吃半菜半饭，都饿成了人干！而宋义，竟能在将士冻馁之际铺排私行，饮酒高会！更有甚者，宋义不引兵渡河，与赵并力攻秦，反说使秦赵相斗而承其敝。以秦军之强，攻新立之赵，势必灭之！秦军灭赵之后，正在强盛之时，我军何敝之承？再说，楚军定陶新败，楚王坐不安席，连府库仓底都扫了，搜罗粮米财货交给宋义。国家安危，在此一举！宋义却反其道而行之，不恤士卒，只徇其私，大非社稷之臣也！"

老范增斟酌出的这一番奋激之辞，使将军们对项羽大起敬服之心，纷纷声言愿与鲁公同心救赵。曾是刑徒的黥布尤其踊跃，当当拍案，声言要项羽索性杀了宋义，自己做上将军。项羽颇见诡秘地冷冷一笑，虽未首肯，却也没有摇头。将军们散去后，老范增终于说了一句话："少将军，人心所向，时机到也。"项羽得此一言，嘿地一喝，奋然一拳砸得大案咔嚓散架了。

次日清晨，依旧是雨雪纷纷，军营泥泞一片。卯时未到，项羽一个人踏着泥水走进了中军幕府。项羽是仅仅位次于宋义的大将，自然是谁也不会阻拦。宋义正在早膳，案上一鼎一爵，独自细斟慢饮。听见脚步声，宋义抬头，放下了象牙大箸，矜持冰冷地问了一句："次将违时冒雨而来，宁欲领死乎？"项羽站在案前三尺处，拄着长剑阴沉道："宋义，尔知罪否？"宋义愕然变色，拍案沉声道："项羽！你敢与老夫如此说话？"项羽勃然戟指，高声怒骂道："宋义匹夫！心怀卑劣，徇私害国，天地不容也！"宋义大怒拍案，喝令未出，项羽已经前出一步，一剑洞穿了宋义胸膛。宋义倒地尚在喘息，项羽又跨上一步，横剑一抹割下了宋义头颅。及至司马护卫们闻声赶来，见项羽已经将宋义的滴血头颅提在了手中，顿时呆若木鸡不知所措了。

项羽冷冷一笑，对大厅甲士视若不见，左手提着宋义血淋淋人头，右手挺着带血长剑，大步走到了幕府外。幕府外已经轰隆隆聚来了一片将士，项羽举着宋义人头高声道：“诸位将士，宋义与齐国勾连，背叛楚国！项羽奉楚王密令，已经将宋义杀了！”将士们惊愕万分，却没有一个人敢吱唔一声，问问项羽为何不出示楚王密令。显然，楚军将士已经被项羽的狠势果决慑服了。一片沉寂中，黥布举剑高喝：“立楚王者，本项氏也！今鲁公诛乱，我等拥戴鲁公为上将军！”

“拥戴鲁公为上将军——！”慑服的将士们终于醒了过来。

“好！项羽权且先作假上将军，禀报楚王待决。”

“宋义长子做齐国丞相，后患也，当追杀之。”范增提醒一句。

“龙且，带百人飞骑追杀宋襄！”项羽立即高喝下令。

龙且奋然一应，飞步去了。三日后，龙且带着宋义之子的人头返回，禀报说追到齐国腹地才杀了宋襄。项羽不再有后患之虑，立即依范增铺排，派出了与项氏有世交的亲信大将桓楚兼程南下彭城，向楚王禀报安阳军情。数日后桓楚归来，带来了楚王正式拜项羽为上将军并统属全军救赵的王书，也叙说了彭城的朝议情形。楚怀王看罢项羽军报，只沉着脸说了一句，宋义父子当死。上柱国陈婴与令尹吕青，都只摇头不说话。最后还是楚怀王拍案决断了：“项羽擅自诛杀上将军，固然不当其行。然宋义滞留安阳四十六日，空耗粮草，误国过甚，大负国家厚望，实属有罪也。事已至此，便任项羽为上将军，当阳君、蒲将军等吕臣旧部，亦归属项羽。着其当即发兵救赵。两位以为如何？”陈婴吕青看了看旁边阴沉矗立的桓楚，想说话却终于默然，最后还是点头认可了。桓楚说，他拿到了王书便火速北来，不知这两人背后会不会有何不利于上将军的谋划。

范增悠然笑道：“能有何谋划？君臣三人心思一般，无非思谋如何借重沛公刘邦，掣肘少将军罢了。这道王书，迫不得已也。”项羽咬牙切齿道：“这个楚王始终疑忌于我，当真不可理喻！”范增道：“当此之时，少将军毋顾其余，只全力部署战事。一旦胜秦主力大军，任何疑忌亦无用。”

项羽激切于复仇之战，立即派出了当阳君、蒲将军率两万兵马先行渡过漳水北上，作为救赵前军开赴巨鹿。孰料，旬日之后战报与陈余特使同时飞来：两支楚军与秦军接战，陈余的赵军也开出营垒夹击，谁知不堪秦军战力，两军均遭大败。陈余军被章邯的刑徒军截杀数千，两支楚军则被王离的九原铁骑尽数击溃，已经成了一支残军。若非雨雪之后战场艰难，秦军不能趁势猛攻，只怕巨鹿已经陷落了。陈余特使惶恐万分，紧急吁请项羽立即增兵北上，否则河北将有灭顶之灾。

“不能立即北上。”老范增冷冰冰阻挠了。

“亚父，河北危急，何能迟滞！”

“少将军少安毋躁，此时一步出错，悔之晚矣！”

老范增备细陈说了目下大势：当阳君蒲将军两部失利，足证楚军战力尚差，贸然北上，只能是徒然惨败。至于巨鹿赵军，断不会迅速陷落。范增审量的大势是：秋末连绵雨雪，已经极大迟滞了河北战事，也改变了三方格局。在赵军而言，得到了喘息之机，依靠巨鹿仓的存储尚能支撑，城外的陈余营垒也在不断收集流散兵卒之后军力增强，不致立即失守。在秦军而言，战场攻杀因雨雪而中止，河内粮道又被切断，秦军已经陷入困境，章邯王离必定急于速战速决。在楚军而言，安阳迟滞太久，此前粮草又无囤积，将士战马连月冻馁疲软无力，南方将士又衣甲单薄不耐寒冷，此时战力正在低谷，恰恰不宜速战。唯其如此，立即北上冬战，不利于楚军，只利于秦军。范增谋划的方略是：就地屯驻窝冬，继续截杀秦军的河内粮草，使将士们日日吃饱喝足，养息战力士气并整肃军马，来春北上决战！

“少将军切记，无精兵在手，万事空论也。”

“好！便依亚父谋划。”

经此四十余日滞留，后复生变折腾，眼看着进入了隆冬。

整整一个冬天，移营避风地带的楚军已经完全地恢复了过来。

这个冬天，项羽对楚军做出了大刀阔斧的整肃。第一则，全军各部立即裁汰老弱病残，统交后军安置：能做工匠仆役者留用，一无所能者原地构筑壁垒自守，来春不需北上战场。第二则，宋义幕府的全部老旧战车、乐工舞女、辕门仪仗等，或毁弃或遣散，军中不许任何奢靡之气蔓延。第三则调出秘密驻扎在安阳河谷的项楚精锐新军，正式编入上将军归属，列为全军主力，由龙且统率日日演练对秦军铁骑作战之法。将军们至此方知项羽还有一支藏而未露的精锐新军，一时尽皆惊愕，对项羽更增添了几分敬畏。第四则，将原本由宋义亲自统率的中军主力，即吕臣旧部与陈婴旧部，改为护持粮草修葺兵器的后军，由吕臣旧部的苍头军老将统率。第五则，以黥布军马为游击之师，持续此前捣毁秦军河内输粮甬道的战法，冬日连续出动，决不使秦军粮道恢复。第六则，以桓楚所部为根基，建成楚军弓弩器械营，赶制出百余架大型连弩并数以万计的长箭，日日演练操持之法。第七则，以项楚军的江东本部子弟兵为中军轴心，全部骑兵，由项羽亲自统率并施以严酷训练。如此连番整肃之下，加之彭城陆续输送的粮草衣甲兵器，加之项羽在冬天里也丝毫没有放弃的种种演练，当河冰化开春草泛绿之时，楚军较当初北上之时，已经变成了一支真正兵强马壮的精锐之师了。

河冰一开，项羽举兵北上了。

那日清晨，霜雾蒙蒙之际，项楚大军开出了隐秘营地，劲急之势非同寻常。正午时分，楚军抵达漳水南岸，未尝稍歇开始渡河。兵士乘船，战马泅水，两岸号角呼应战马嘶鸣，气象大为壮阔。上将军项羽没有与兵士共舟渡河，而是脱去了甲胄斗篷，一身短打布衣，牵着战马哗哗哗蹚进了尚有游冰浮动的河水，人马一起泅渡。

项羽的战马很是神骏特异，名号为“骓”。《正义》引《释畜》云：“苍白杂毛，骓也。”亦云青白色战马。毛色苍白驳杂，并不如何悦目，然却一定很有一种战场所需要的威猛恐怖感。几年后项羽濒临绝境，要将这匹战马送给乌江亭长。其时，项羽如是说骓：“吾骑此马五岁，所当无敌，尝一日行千里。”因此一席话，这匹战马流传后世且日益神化，成为历史上寥寥几匹著名战马之一。

大约后人多觉苍白杂毛不好看，于是，这匹神骏战马便有了一个传说中的名号，乌骓马，变成了一朵飞翔驰骋于战场的黑云。项羽一生天赋皆见于三事：兵器，烈马，美女。少年天赋直觉，求之“万人敌”；再后天赋直觉，得神骓战马；再后又天赋直觉，得美人虞姬。此三事之外，项羽天赋一无所见。故此，项羽对神骓之说，该当可信也。此时，毛色驳杂的神骓驮着那支粗长的“万人敌”，项羽散发布衣与战马从容泅渡于浮冰之间，在河面孤立显赫状如天神。舟船上的将士们精神大振，立即便是一片上将军万岁的奋然欢呼。

越过漳水，楚军在北岸的河谷地带聚结了。项羽站在一方大石上，挥着长剑激昂地下达了死战部署：“诸位将士！楚军为复仇定陶而战！为复辟六国而战！楚军有去无回！有进无退！楚军的血肉尸骨，要换得秦军伏尸遍野！要换得秦政灭亡！此次救赵血战，项羽决意亲率江东子弟披坚执锐，直下秦军营垒！项羽死战将令：全军凿沉渡船！砸破釜甑！烧掉庐舍！兵器战马之外，将士只带三日干食！破釜沉舟！血战秦军！”

“破釜沉舟——！血战秦军——！”吼声震天，弥漫了漳水河谷。

奋然忙碌，一个时辰余，楚军凿坏了所有渡河舟船，砸坏了所有造饭的铁锅陶甑，烧掉了所有被军中称为“庐舍”的军帐，每个将士领到了只够三日的饭团干肉，人人收拾得紧饬利落。不待项羽将令，楚军各部便整肃聚结了。

“全军北上！”望着尚未熄灭的熊熊火焰，项羽劈下了令旗。

五　各具内忧　章邯刑徒军与王离九原军

秋战迟滞未能如谋，章邯王离大感棘手了。

一切困局，皆因一场连绵雨雪而起。世间万事皆同，艰危之局一旦有了突发诱因，往往一发不可收。章邯所以要以快制变，其主旨，便是在困局未成之前腾挪出转身时机。以实际情形论，若秋战成行，其时滞留安阳的楚军主力无法北上，即或仓促全数北上，也绝无后来的战力，秦军灭赵胜楚几乎是必然的。河北战事之后，秦军挟战胜之威大举南下，驻屯安阳而尚未恢复的楚军主力，事实上是无法抵挡的。秦军再度击溃项羽楚军，则刘邦纵能入关也无济于事，经不起章邯王离大军的回师之力。果然如此，天下大局岂能如后来一朝分崩离析哉！不合上天一场连绵雨雪，错过了最佳战机，河内粮道又被摧毁断绝，秦军顿时被困隆冬，无法快速转身了。

无奈之下，章邯与王离秘密会商，只好强行对赵军冬战。然则，几仗之后，却是进展甚微。巨鹿城外的陈余军，此时已经与先期救赵的两支楚军残部合并，固守实力大增。陈余与当阳君蒲将军会商之后，依据山形地势构筑起坚固的壁垒，又用山水反复浇泼石垒鹿砦，光溜溜白森森一道丈余高的冰石大墙横亘山脊，确实很难攻杀。惊慌的赵军楚军又铁了心坚守不出，只缩在营垒以弓箭滚木礌石应对。冬日草木萧疏，秦军士卒攻杀无以隐身，伤亡反倒比赵军大了。巨鹿城的赵军也如出一辙，依仗着闻名天下的巨鹿要塞的高厚城墙，只在城头做种种施为，绝不出城垣一步。连番几次攻杀无效，章邯斟酌良久，终于下令停止了冬战，着手整肃自己的刑徒军了。

章邯的这支刑徒军，虽是秦军名号，年余平乱中也算战功赫赫，然则，刑徒军终与王离率领的九原主力军不同，此时困局一显，立即便生发出种种事端。最大的事端，是刑徒士卒开始纷纷闹功罢战，声言再不论功赐爵便不上战场了。

要明白闹功罢战的根源，得从刑徒成军说起。

当初，为紧急成军应对攻进关中的周文大军，章邯奉李斯方略，以皇帝诏书名义明令宣示：免除刑徒既往之罪，此后战功以大秦军功法行赏。也就是说，非但所有人军罪犯一跃而成无罪平民，且有了入军建功立业的大好时机。是故，骊山刑徒们一闻皇帝诏书，立即欢声遍野，人人奋然入军。七十万刑徒中遴选出三十万上下的精壮成军，可谓人人都是罪犯之中的精明能才，不用艰难训练便能像模像样地打仗。对周文首战大胜之后，刑徒军竟成为令朝野万分惊愕的一支特异大军，其战力丝毫不下于秦军主力。此间根本原因，便在于刑徒士卒们人人急切于立功得爵，真正成为光耀门庭饱受敬重的尊贵人士。孰料，此时的秦政秦法早已今非昔比，更非章邯所能掌控了。二世胡亥痴迷享乐，早将平定盗乱论功赐爵等等军国大事抛到九霄云外去了。用事掌权的赵高，一则全力谋划陷害李斯，二则认定章邯为李斯同党，疑忌章邯刑徒军会成为无法掌控的后患，是故根本不理睬章邯的一道道军功战报，更不会对刑徒赐爵而张其声势。其时，李斯尚未入狱。然面对种种羁绊，李斯连见到胡亥一面尚且不能，如何能实施军功赐爵这等大事？

军功法，乃秦法根本之一。依据军功法度：一战一论功，一战一行赏，不得迟滞。论功之权在军，赏功之权在君。没有皇帝诏书认定，赏功便没有国家名义。皇帝杳无踪迹，章邯徒叹奈何。其后，李斯入狱了，赵高做中丞相了，胡亥更没谱了，论功赐爵事也更是泥牛入海了。章邯不知多少次派出特使回咸阳催请，结果是特使连赵高的面都不能一见，遑论亲见皇帝胡亥？如此跌宕日久，刑徒军马不停蹄地转战年余，大战小战不计其数，军功与死伤也越积越多，却没有一战论功赐爵，没有一战得国家抚恤，没有一个刑徒士卒获得哪怕小小一个公士爵位。

骤临断粮冬战，刑徒军士卒终于不堪忍受了。

谚云，罪犯多人精。成军的骊山刑徒，大多是因始皇陵汇集的山东六国罪犯，秦人罪犯很少。秦人经变法之后百五十余年，犯罪者已经大为减少，即或有，也多散布于小工程为苦役。无论是山东六国罪犯，还是老秦国罪犯，大体都是非死罪犯人。也就是说，这些罪犯基本不涉及谋逆作乱或复辟举事等灭族必杀大罪，故能以苦役服刑。就实际人群而论，这等不涉死罪之刑徒，大都是颇具才智且敢于犯难走险之人。商鞅变法之时，对此等最容易触犯法律的庶民有一个特定用语，疲民。疲者，痞也。专指种种懒汉豪侠堕士与械斗复仇拨弄是非传播流言不务正业之人，统而言之，或曰不肖之徒，或曰好事之徒。大举汇集数十万人的罪犯群体，更有一种不同于常人群体的特异处：多有触法官吏，多有世族子弟，亦不乏各具艺业的布衣士人。此等人读书识字且颇具阅历才具，遇事有主见，有胆识，善聚合，极易生出或必然或偶然的种种事端。始皇帝末期，骊山刑徒曾发生过一次震惊天下的暴乱：刑徒黥布聚合密议，秘密激发数千刑徒逃亡，事发之夜被秦军追杀大半，然最终仍有残部进入深山遁去，最后成为一支响应陈胜军而举事反秦的流盗军。手无寸铁之刑徒，尚能如此秘密聚合而爆发，况乎全副甲胄器械在手的一支刑徒大军也。

章邯后来才知道，开进河北之前，刑徒士卒们已经在秘密酝酿逃亡罢战了。因由是，刑徒士卒中的隐秘高人认定：定陶大战全胜，尚且不见国家赏功，日后只怕永远没指望了；朝廷既能有功不赏，只怕当初的免罪之说也会食言。果真如此，刑徒士卒们最终只能落得个罪犯死于战场而已，等于服了死刑，比苦役更为不堪！那次逃亡罢战，之所以没有付诸实施，在于刑徒士卒们在相互密议中，突然流布出一则隐秘高人的评判：河北之战很可能是最后一次大战，战胜之后，章邯王离将提兵南下问政。果真立了新皇帝，平乱之功不会不作数。再说，河内甬道筑成后军粮衣甲充裕，不挨饿不受冻，几位统兵将军也善待士卒，不妨打完河北之战再相机行事。

进入河北之后，丞相李斯惨死的消息传开了，赵高做中丞相的消息也传开了，甚或，连章邯派司马欣回咸阳而无果逃回的消息都传开了。渐渐地，刑徒士卒们又骚动了。然当时战胜在即，刑徒士卒们仍厚望于其后的举兵南下问政，依然撑持着打了邯郸之战，击溃了河北赵军。及至秋末雨雪连绵，河内粮道又断，刑徒士卒们终于绝望了。军营中纷纷传播着一则高人之言：天不助秦，大秦气数尽矣！几次冬战打得磕磕绊绊，冬战不祥的高人之言又风一般流播军中了。待章邯终于察觉出特异气息时，军心已经几近涣散了。

“刑徒军果真逃亡罢战，我派涉间、苏角助你平乱！”

“刑徒军不能乱。然则，此事又不能急切。”

王离听章邯一说刑徒军情势便黑了脸，要派主力大将涉间、苏角率军进章邯营地弹压。章邯没有赞同，说他只是知会于王离，以免他分心。章邯说，刑徒军的事，由他一力处置，只要方略得当，谅无致命事端。章邯叮嘱王离，冬日歇战之时，一要拜托王离军在就近郡县筹划粮草，刑徒军是无力帮忙了；二要王离留心疏通九原将士的愤怨之心，否则只怕也要出事。王离很是郁闷，阴沉着脸一拳砸到了案上："论本心，我也不想打这鸟仗了！政不政，国不国，法不法，军不军，给谁打仗？为甚打仗？天知道！"嘶哑的低声吼喝中，素来木讷的王离第一次当着章邯哭了，哽咽唏嘘令人不忍卒睹。章邯一句话没说，却也破天荒地老泪纵横了。

王离的痛心愤激，在于九原秦军的战心早已经弥散了。

一腔愤怨郁积太久，将士们终于沮丧了，终于绝望了。

九原秦军的中坚力量有三种人，一为将门功臣子弟，二为大多易姓埋名的皇族子弟，三为关中陇西两地的布衣平民中的军旅世家子弟，所谓老秦人是也。诸多部族家族几代从军，族中若有大事，动辄在军中一传便是百数千人。寻常间国政清明军法森严，除却军务公事，族人之间来往极少，绝无山东六国军旅中的种种地方族党聚结之风。然则，自始皇帝骤然薨去，军中情势一天天恶变了。扶苏被迫自杀，蒙恬蒙毅先入狱而后被迫自杀了。这是九原大军遭遇的第一次巨变，其时不啻当头惊雷，九原大军的轴心力量骤然骚动了。入军人数最多的蒙氏王氏两大部族将士，立即激荡起来。蒙氏族人乃直接受害者，虽没有遭受连坐问罪，却是愤激万分。王氏与蒙氏三代世交，并力驰骋战场，同为最大的功勋部族，其尊严与荣誉是一损俱损一荣俱荣，王氏将士同样也是愤激万分。两大部族的将士们人皆同心，终日同声相合，大肆鼓噪举兵南下肃政除奸。王离为将之后，大势稍见缓和。因为将士们坚信：身为功臣后裔且拥兵三十余万的王离，决不会对如此国政忍耐下去，王离一定在寻觅时机。然则，第一次巨变余波尚在，一声声惊雷又连番炸开：皇族公子公主被大肆杀戮，三公九卿一个个接连倒下，最后两个军旅大功臣冯去疾冯劫又壮烈自杀，丞相李斯这最后一根支柱也岌岌可危……国政惊变目不暇接，将士们只觉噩梦无边了。种种族群人际之牵连，种种道义公理之激发，都无可遏制地蔓延开来了，燃烧开来了，人人请战问政，人人喊冤复仇，九原大军一时间成了怒涛澎湃的无边汪洋。那时候，年轻的王离已经无法坐镇幕府，在巨大的夹缝中挤压得几乎要疯了。一个显然的结局是：若再不举兵南下，老秦人强烈的复仇秉性轰然爆发，这支大军显然便要崩溃……

恰在此时，陈胜举事了，天下大乱了。

大局骤变，九原将士们顿时惊愕万分，一片肃然，一片默然。变法之后百余年来，老秦人已经锤炼出国家至上的奉公守法精神，此时国难当头，老秦人还能自相残杀自乱阵脚么？皇帝再不好，庙堂再有奸，毕竟还是平乱灭盗的，若轰然毁了庙堂，则大秦准定完结。便在将士惊愕之际，更有惊人消息传来：盗王陈胜派周文率数十万大军进兵关中，函谷关已经告破！九原将士们顿时大哗，秦国崛起百余年函谷关巍巍然矗立，连声势最大的六国合纵也未能破得函谷关，今日竟能被乌合之众的盗军攻破，奇耻大辱也！不用呼唤提醒，潜藏于老秦人骨血之中的战国记忆骤然复活了：六国复辟，要灭秦国，真正的国难来临了！这便是植根于战国大争之世的秦军底色本性，面对危难，他们的本能反应不是挽救新的大一统的帝国天下，而是已经逐渐淡化的战国原生灵魂的骤然复活——不惧生死，与山东六国一争。

“赳赳老秦，共赴国难！”

那时，这句久违了的老秦国誓轰轰然响彻了阴山草原。九原将士们奋然请战，人人大吼着护国灭盗。王离派出特使星夜兼程飞往咸阳，请命南下。那时，李斯抱病而起，给王离回复了一件长长的丞相函，陈述了以刑徒军平盗的方略，着重申明了九原大军不能轻动的大义。王离将李斯函公然明示全军，派出一班司马到各部连番解说，这才终于稳住了大局。后来，老将章邯率刑徒军开赴战场，摧枯拉朽般击溃了盗军，将数十万“张楚”乌合之众鸷走群雀一般赶出了关中。消息传来，九原军营的欢笑声震荡了阴山：“山东六国好出息也！一群刑徒便打得他鼠窜而逃，还做灭秦大梦！”

笑声没有持续多久。天下乱象日益深重，连濒临九原郡的燕赵之地也大乱了。然在王离正要率军平定燕赵之际，却又传来了匈奴新单于冒顿要大举南下复仇的消息。九原将士们毕竟明白轻重，奋激请战的呼声终于平静了下来。其后乱局丛生，关外的郡县官府纷纷解体，大军的粮草辎重衣甲器械等等输送时断时续，后来，中断的日期便越来越长了。那条从关中专通九原的直道倒是没有中断，却因为二世胡亥的胡乱折腾，关中府库尚且告急，向九原的输送便渐渐有名无实了。及至王离分兵进入河北与章邯军并马作战，九原大军的粮草实际已经陷入困局了……昏政如血，天下大乱，平盗艰难，粮草不济，如此等等连番惊变两年余，九原将士们终于折腾得连怒吼一声的心力也没有了。

“老将军先全力整肃刑徒军。九原军，毕竟老秦人。”

“少将军上心，老秦人最是伤怀也！”

“来春大战，只怕刑徒军九原军，都不牢靠。”

“少将军，你我但尽人事而已，成败与否，想亦无用也。”

那一日，老少两人直说到天色暮黑，章邯才告辞了。

一路之上，寒风吹透了重重衣甲，章邯觉得自己变成了一道冰柱。

回到幕府，在大燎炉前枯坐一阵，又呼噜噜喝下两大盆羊肉汤菜羹，章邯才觉得四肢百骸活泛了过来。凝神思忖片刻，章邯吩咐中军司马只带两个军吏随他前去弓弩器械营。中军司马惊愕犹豫，力主要带护卫马队一起去。章邯断然道："不能带！你小子怕死别去，老夫一个人去。"无奈，中军司马只好选来两个剑术过人的军吏，三人一起跟章邯匆匆走了。

中军司马所以担心，在于这弓弩器械营是刑徒军的轴心。

轴心之谓，能才汇聚所在也。但凡读过书识得字而又精明机巧者，不管原先做没做过工匠，都被汇聚到了弓弩器械营。章邯原本便是主力秦军中执掌弓弩器械营的大将，当初对进入弓弩器械营的刑徒士卒坚持亲自过目，对由刑徒担任的千夫长以下的头目，更是亲自遴选勘问而后定。是故，在整个刑徒军中，章邯最是熟悉这个弓弩器械营。刑徒军骚动大起，震荡源头定然在弓弩器械营。那个深藏不露的刑徒高人，也十有八九窝在此处。这既是章邯治军的直觉，也是章邯对刑徒生活熟悉所生发的直觉。在章邯统领七十万刑徒大修骊山始皇陵的一年里，因爆发了黥布聚结大批刑徒冒死逃亡的重大事件，章邯不得不开始了与刑徒轴心人物们的种种往来。在反反复复的周旋盘桓中，章邯见识了一个与常人全然不同的世道，对罪犯的轻蔑与冷酷也渐渐地消失了。也就是说，在章邯的心目里，不知不觉地将刑徒们也当做活生生的人看了。假如没有如此一段阅历，章邯绝不会在关中告破的危难关头，断然提出以刑徒成军应敌的方略。章邯永远都记得，当他说出这一谋划时，李斯惊讶得一双老眼瞪得溜圆，一口声连呼匪夷所思也，奇谋惊世也！事实确乎如此，在奉公守法成为铁则的老秦人眼中，罪犯是最为不堪的人群，而秦军将士则是国家的骄傲与荣耀，若罪犯一朝成为秦军将士，简直无异于太阳从西边出来！若非关中已经被攻破，而秦军主力又鞭长莫及，章邯的此等方略大约不是使庙堂的将军大臣们哈哈大笑一通，便是要入狱了……

"参见少府将军！"

“弟兄们坐了，老夫向晚无事，来说说话而已。”

刑徒军士卒们不约而同，历来在章邯的将军称谓之前要加上“少府”名号。刑徒们秉承了山东六国的传统评判：掌兵大将而能为国家重臣，此人杰也，必当敬之。章邯以主力大将而为大秦九卿重臣之一，刑徒士卒们是更为看重这个庙堂重职的。在章邯，则历来将刑徒士卒的这种独特称谓看做骊山工程的延续，那时章邯只是以少府之身统辖刑徒施工，并无将军实职。是故，章邯从来没有将此等称谓放在心上，走进军帐豪爽地笑了笑，便坐在了有人着意空出的唯一的一张老羊皮上。刹那之间，章邯体察到了一种人群突然中止了激切议论而略显尴尬的气息，也觉察到了那张老羊皮上留下的体味余温。目光一张，章邯力图在不经意的巡睃中捕捉到那个刚刚离开这张老羊皮的身影，可终究没有蛛丝马迹可寻。唯一的不同，这座军帐中聚集的二三十个人，中年人居多，且都是千夫长百夫长。显然，这座军帐正在举行一场秘密会商。而这座军帐，却不是任何千夫长的大帐，而只是一个军工吏独居的寻常牛皮帐。那个军工吏也在帐中，正忙着前后为少府将军寻觅陶罐煮茶。显然，谁也没料到章邯能在如此寒冷的冬夜突然来到如此一个角落军帐，一切都是仓促无备的真相痕迹。

“兄弟们谁都莫忙活，都坐，老夫有几句话说。”

章邯摆了摆手，头目们已经从最初的些微尴尬中解脱出来，都恢复了往日那种平板淡漠的神色。这是刑徒们永远的面具，只要涉公涉官，人皆相同，无论被官员认作敬畏，还是被常人认作麻木，左右总挂在脸上。要使刑徒们摘去面具说话，谈何容易。

“诸位兄弟都是军中头目，老夫有幸也。”章邯感喟了一句，而后正色坦诚道，“目下大局，诸位皆知。朝廷政情，战场军情，天下乱情，无须老夫饶舌，诸位甚或比老夫还要明白。老夫骨鲠在喉者，心有愧也！年余之前，兄弟们于大秦危难之时入军，是章邯亲口宣示了皇帝诏书，许兄弟们免罪之身、军功之途。然则，年余过去，兄弟们转战南北浴血搏杀，军功无数，死伤无算，然却无一人得军功之赏，无一人得爵位之荣。事有公理，此乃国家无信，有负于功臣烈士也！此乃老夫食言，不能重然诺之义也！庙堂昏暗，老夫无以扭转乾坤，诚无能也！浴血建功，老夫愧对万千兄弟，诚负罪也……”章邯慷慨伤痛老泪纵横，站起来对着满帐人众深深一躬，“老夫若有再生，当效犬马之劳，以报万千兄弟笃信章邯之大义！”

头目们似乎有些不安，然终究都还是平板板坐着，没有一个人说话。

“老夫今日前来，一则了却心愿，向万千兄弟请罪。”章邯没有再坐，直挺挺拄着长剑沉重道，“二则，老夫要将心下决断告知诸位，以免兄弟们多有揣测。”便是这一句话，木然静坐的头目们蓦然睁大了眼睛，炯炯目光一齐横扫过来。章邯缓慢清晰地说道，“老夫决断，只有一句话：兄弟们愿走便走，愿留便留，老夫绝不以军法追究。就事说事：愿走者，可带走随身衣甲战马与短兵，每人另发五千半两钱，伤残兄弟发十金。战死兄弟，许其同乡士卒代领抚恤金十金，交其家人。孤身无家之死者，老夫在函谷关外之北邙山，为兄弟们建造一座义士墓园，每个战死兄弟的灵位都进去，绝不少了一个人！……大军虽则艰难，老夫毕竟做过几年少府，这些急用财货还搜罗得来。以上诸事，老夫件件做到，一事食言，天诛地灭也！”

“少府将军……”头目们人人泪光闪烁，唏嘘出声了。

“若有人无家可归，甘愿留军，何以处置？”有人淡淡地问了一句。

“甘愿留军者，老夫只有一句话：与章邯同生死，共荣辱！若能扭转乾坤，章邯决然论功行赏！不能扭转乾坤，则章邯与兄弟们刎颈同穴！舍此之外，老夫无能再给兄弟们了……”章邯雪白的头颅颤抖着，颓然跌坐到了老羊皮上。

“少府将军，”一个稍显年轻的干瘦头目捧过来一只水袋，见章邯接过饮了两口，年轻的干瘦头目道，“大人所言，我等感佩万分。可否，容我等思谋得一两日……”

“老夫愧矣！”章邯霍然起身道，“兄弟们，老夫去谋划善后诸事了。三日之后，老夫等兄弟们回话。”说罢一拱手，章邯大步出帐了。

三日之后的清晨，北风呼啸中，突然病倒的章邯被中军司马沉重急促的脚步声惊醒了。中军司马说，那个年轻干瘦的头目送来了一件奇特的羊皮书，须得将军亲启。章邯霍然坐起，打开了光亮亮的白羊皮，赫然几行酱色大字迎面扑来：

> 生作刑徒，再为官军，无家可归，有国难投，逃亦死，战亦死，宁非与少府搏杀挣命哉！

“这？这是血书！”中军司马惊愕万分。

一句话没说出，章邯已经昏厥了过去。

六　巨鹿大血战　秦军的最后悲歌

项羽大军北上巨鹿，秦军两部立即会商了应战之法。

章邯带着司马欣与董翳，王离带着涉间与苏角，两主将四副将在九原军幕府整整会商了一日。六位大将之中，只有章邯没有轻忽项羽的这支楚军。虽然，章邯蔑视项羽，然在战法实施上却力主慎重一战，不若王离等十足自信。定陶大战之后，章邯曾听到被俘获的楚军司马说过项梁自杀前的叹息："惜乎！我家项羽若在，安得此败哉！"当时，章邯很是一阵哈哈大笑："一勇之力决存亡之道，未尝闻也！项梁不败，安有兵家天理哉！"刑徒军与九原军，虽都未与这个项羽及其江东子弟兵在战场相遇过，章邯对项羽的酷暴威猛却早已耳熟能详了。项羽转战中原，屡屡袭击郡县城池，多次屠城杀戮，可谓恶名昭著的一尊凶神。从心底说，章邯对唯知打仗杀戮的凶徒将军，历来是蔑视的。此等以个人战力为根基，轻慢兵家群体战道，又对兵法极是荒疏的人物，最不经战阵周旋，素为名将大忌。当年吴起统兵打仗，司马将剑器捧到吴起面前，却被吴起抛到了地上。吴起说，大将之位在金鼓令旗，不在拼杀之功。后来的《吴子兵法·论将》更云："凡人论将，常观于勇。勇之于将，乃数份之一耳！夫勇者必轻合，轻合而不知利，未可也！"若在名将林立的战国之世，项羽充其量只能算是个末流将军而已。即或纯然以战力论，这种轻慢兵家合众结阵的"轻合"之将，勇力是极其有限的。若是当年的秦军锐士摆开大阵，项羽的个人拼杀力道与丁点儿江东子弟兵，充其量只是山岳之与一抔黄土，狂涛之与一叶小舟。章邯可以十足自信地说，仅仅是他的弓弩营列开阵势，片刻便可击杀项羽军大半数军马，剩余之数则会迅速被秦军大阵吞没。历经百余年锤炼，秦军锐士已经完全杜绝了徒逞个人血气之勇的战场恶习，尊崇群体的"重合"之道人人理会，但上战场，总是结阵而战。没有人会将项羽此等手持一柄粗大铁矛的个人冲撞如何放在心上，既不会畏惧，也不会轻慢，只决然让你几个回合倒地便是。

当然，章邯也听说过项羽的种种传闻：爱惜士卒，会为负伤士卒的惨相流泪不已，故得士卒之心；爱惜战马，每日必亲自打理自己心爱的神骓；身先士卒，每战必亲自冲锋陷阵；天赋异禀，力道奇大如孟贲乌获；秉性暴烈而又耳根极软，决断大事常常摇摆不定；怜惜自己心爱的女子，几次要将一个叫做虞姬的美女带进军中，被老范增生生阻拦，于是项羽便常常赶回彭城，为这个女子唱歌，与这个女子盘桓……凡此等等，在章邯心中渐渐积成了一个混杂不明而又极为狰狞可怖的项羽，一面是杀人如麻屠城如魔，一面是唏嘘柔软婆婆妈妈，当真一个不可思议之怪物也！

惜乎时移势易，面对一头原本不难搏杀的猛兽，猎手如今却分外艰难了。

“老夫之见，你我两部，得换了战位。”

在王离幕府会商战法时，章邯审慎地提出，九原军与刑徒军换位而战。赵军被围而楚军北上，秦军必然面临里外夹击，若再加上纷纷赶来助势的另外四支诸侯军，则秦军数量显然少于整个敌军。秦军的原本格局是：章邯军在南包围巨鹿城池，王离军在北堵截城外赵军营垒；项羽军汹汹北上，担负截杀的秦军便是章邯军。章邯估量这是一场恶战，对刑徒军的战力第一次有了深重的忧虑，反复思忖，章邯才提出了换位方略：以王离的九原军对阵项羽军，以刑徒军应对巨鹿城以及陈余军并其余诸侯军。章邯的理由是：项羽军与王离军兵力不相上下，战力大体也不相上下，只要顶得住几阵，战局便会变化；刑徒军兵力二十余万，虽不若三方敌军总兵力多，然此三方军马大多乌合成军，战力不能与项楚军相比；果然开战，章邯军将一力先行击溃这三支弱旅，而后立即策应王离主力军。

“此战要害，在战胜项羽所部。”末了章邯重申一句。

“好！我九原军与项羽军见个高低！”王离一拳砸案，慨然道，“老将军毋忧，秦军主力虽多有困窘，战心斗志也大不如前，然今日国难之时，定然拼死血战！”

“粮草囤积在棘原仓[1]，虽非满仓，撑持此战料无大事。”章邯指点着地图道，“仍以前法，老夫从甬道向你部输粮，由刑徒军精锐护送。”

“只要粮草顺畅，项羽有来无回！”

章邯王离都没有料到，项羽军的攻势来得如此迅速而猛烈。

常理而论，一军渡河跋涉而至战场，必得稍事休整三两日方才出战。是故，常有驻扎在先的一方乘敌军远来疲惫立足未稳而立即突袭求胜的战法。章邯看重项羽军战力，力主不能轻躁攻杀，而当以秦军实力结阵胜之。是故，秦军根本没有突袭项羽军的方略准备。然章邯王离也万万不会想到，项羽军竟敢反其道而行之，全军开到巨鹿城南未曾停步，立即潮水般攻杀过来。秦军的鹿砦士卒刚刚看见一片土红旗帜卷着烟尘飞来，还在嘲笑楚人扎营也急吼吼猴子上树一般，项羽军已经潮水般呼啸漫卷过来了。及至士卒禀报到幕府，王离尚在半信半疑之时，土红色巨浪已经踏破鹿砦卷进了营地。饶是秦军气象整肃法度森严，也被这突兀之极的突袭浪潮冲得一片大乱。王离飞身上马带着仓促聚来的中军马队开始冲杀时，金鼓号令司马大旗样样都不见了，根本无法号令全军，只有拼杀混战一条路。涉间苏角的旗号，也淹没在喊杀连天烟尘弥漫的营地战场，一时各军不知靠拢方向，只有各自为战。幸得九原秦军久经战阵，对这等类似匈奴飞骑的野战冲杀很是熟悉，未被冲击的各部不待将令便飞速后撤，退出数里之遥重新整肃军马大举呼啸杀回。整整激战两个时辰，直到日薄西山，秦军才渐渐聚合有序退却，土红色潮水也停止了呼啸喊杀。

初战狼狈若此，秦军上下大为震撼。各部匆忙计数汇集于幕府，一战便死了两万余骑士，重伤万余人，轻伤不计其数。王离气得暴跳如

[1] 棘原，章邯军营地，秦时巨鹿郡一片高地也。《集解》引两说，一云在漳水之南，一云在巨鹿城之南。依据战场实际，从后者之说，棘原当为巨鹿城南部之高地。

雷，大骂项羽野猪野狼不止。闻讯赶来的章邯连番抚慰，王离才渐渐静了心神，开始与章邯会商对策。夜半时分，秦军悄然后撤了十余里，驻扎进一道相对隐秘的山谷，开始了忙碌的再战准备。

章邯告知王离，陈余军与四路诸侯军未敢妄动，预料来日也将有一场大战。章邯很是沉重，试探说九原军死伤甚多，兵力已经比项羽军少了，不如还是他率刑徒军来应对项羽。听得此话，王离涉间苏角三人一齐对章邯发作了，将案拍得当当山响，说这是老将军对九原军的戏弄，仓促一战谁都没料到，凭甚要换九原军！章邯一句话没说，静静听完了三人的暴怒发作。末了，章邯起身深深一躬："三位少将军毫无怯战之心，老夫大感欣慰矣！"原本一句庄重之言，王离情不自禁地大笑起来："老将军原怕我等怯战也！老秦人闻战则喜，安有怯战老秦人哉！"涉间苏角也连连捶案道："与项羽军厮杀痛快也！狗日的比匈奴还猛！就打这等硬仗，死了也值！"章邯道："老夫只提醒三位将军，对项羽不能以常法忖度。老夫预料，项羽不会歇息，明日必来寻战！"王离咬牙切齿道："知道。明日老将军听讯便是。"

次日清晨，太阳刚刚出山，秦军营垒所在的山谷尚是半明半亮，项羽军又潮水般杀来了。谷口外的楚军士卒一片纷乱呐喊声震荡山谷："秦军杀怕了！躲进山沟了！杀！一战灭秦！"这满山遍野的喊杀中，秦军山口突然间战鼓雷鸣号声大起，谷口两侧的弓弩阵一齐发动，粗大的长箭狂风骤雨般呼啸着扑向楚军。在楚军稍稍退潮之际，谷口一支铁骑高举着"王"字大旗如黑色狂飙般杀出。与此同时，两边山口也各有一支铁骑轰隆隆卷出，飞向楚军的后路，正是涉间苏角的左右两翼。三支铁骑显然要以"突破中央，断其后路，包围聚歼"的战法复仇了。项羽军昨日一战，骄横之气大生，今日胜算满满要一战灭了秦军主力，全然没有料到秦军并非预料的那般惶惶然全无战心，反而有备杀出，其声势气象远非昨日可比，一时便有些措手不及。好在项羽威猛过人，立即亲率江东子弟兵正面迎击王离，喝令龙且、桓楚两部迎击两翼，狭窄的山谷盆地当即展开了一场惊心动魄的大血战。

秦军怒火汹汹，楚军士气正旺，两军战力战心尽皆旗鼓相当。然则，秦军主力比项羽楚军的所长者，非但骑士个人个个威猛绝伦，且三骑五骑十骑百骑千骑万骑连环结阵作战，分明是总人数少于楚军，却又是处处优势拼杀。楚军是步骑各半的混编大军，骑兵战力比秦军稍差，而步兵结阵对抗骑兵则堪堪抗衡。项羽的八千江东子弟兵则清一色骑兵，自来号称战无不胜，偏偏今日却无处着力。无论项羽挺着“万人敌”呼啸怒吼着卷到何处，都有无边无际的闪亮长剑追逐着包围着项羽马队。整整一个时辰，项羽也没有杀得了十个秦军骑士，可身边早已经倒下了一大片江东子弟兵……酷烈的拼杀一直持续到日落西山，整整五个多时辰，战场喊杀渐渐变成了无边的喘息短促的嘶吼，谁也喊不出声了。终于，浑身血红的项羽举起万人敌一招，楚军退向了战场边缘。秦军山口也立即响起了鸣金之声，遍野马队一齐中止了追杀。

秦楚九战，此乃第二战。这次楚军大亏，同样丢下了两万余具尸体。而秦军结阵搏杀大显威力，战死不过千人上下，一举与项羽军两战打成了平手。此日，章邯军也对犹豫观望的四路诸侯军发动了突袭，连续攻占诸侯联军的十余座壁垒，若非陈余军突然杀出救援而阻碍了刑徒军攻势，使诸侯联军退入赵军营地，只怕章邯要一举击溃了巨鹿外的诸侯军。当晚，章邯王离会商军情，王离三将直是自责没能一战聚歼楚军。章邯道：“三位少将军，万莫如此想也。楚军满怀雪耻之心，要为定陶之战复仇，加之项羽剽悍无伦，大非常战也。我军正在困境之时，当以久战之心对之。老夫之意，当再度从九原增兵十万，此战方有胜算。”王离却摇头道：“九原大营斥候密报，说匈奴冒顿单于已经在整军南下，要在初夏大掠阴山，九原军不能再动了。再说，依今日之战，我目下军马大破项羽军有胜算，也无须增兵。”涉间苏角也是异口同声说破楚无疑，老将军毋忧。章邯也便不再说话了，毕竟，九原军的最大使命是抗击匈奴，王离能亲率十万铁骑南下已经是“私举”了，既感为难，章邯是不能再说甚的。

如同秦军初遇楚军突袭一样，这次楚军也是大为震撼，深感秦军能在如此困境下尚具如此威力，确实名不虚传。会商军情时，项羽与龙且桓楚等江东将军奋然齐声，一致认定对秦军要连续攻杀不能稍歇。项羽狠声狠气说：“王离一战杀我两万余精锐，此仇焉得不报！人说秦军耐久战，项羽便与他天天大战，看他能撑持几日！”老范增劝阻说，目下该当稍歇，要寻出秦军弱点再战，如此连续猛战消耗过大，不妥。可大将们人人激切，没有一个人愿意休战。项羽更是吼声如雷：“天下诸侯都在河北，此战便是存亡恶战！楚军蹚进血海，也要灭了秦军！”老范增思忖着不说话了。项羽立即部署：连夜从陈余壁垒召回当阳君与蒲将军余部，连夜整肃弓弩营参战，力图能对秦军的连弩激射有所抗衡。

诸般调遣忙碌大半夜，次日正午，项楚军再度发动了猛烈的攻杀。秦军也是全军尽出，奋力血战，两军酷烈搏杀整整两个时辰，虽各有死伤无算，但却是谁也没有溃散之象。就战法战力之娴熟合众而言，仍然是秦军优势。天色暮黑之时，两军终于罢战了。如此连续四日，楚军日日猛烈攻杀，疯魔一般扑向战场。秦军也是杀红了眼，日日迎战。两军相逢没有了任何战场礼仪，黑红两片潮水呼啸着便交融在一起了。六战之后，依然是秦军稍占优势，楚军伤亡稍大，战场大势始终算是平手。

“少将军，不能如此一味猛杀了。”老范增这次黑了脸。

“亚父有何良策？”项羽的声音嘶哑了，浑身都是血腥气息。

“只要秦军粮草不断，楚军终将不敌。”

“亚父灭我志气，究竟何意！”项羽骤然发怒了。

“少将军执意如此战法，老夫只有告退了。”老范增一拱手便走。

“亚父……”项羽拉住了范增，“亚父说，如何战法？我从亚父！”

“老方略，再断秦军粮道。”

“河内甬道，已然断绝了。”项羽一脸茫然。

“老夫是说，切断战场粮道。章邯军向王离军输粮，有条战场甬道。”

“这里？战场也有甬道？”项羽更见茫然了。

“少将军，唯赖攻杀之威，终非名将之才也。”

“战场输粮也筑甬道，章邯老贼也想得出！”项羽恶狠狠骂了一句。

“章邯能做皇室经济大臣，绝非寻常大将。”范增显然也不想多说了。

“好！我立即发兵，毁了这条甬道！”

项羽越来越不耐范增的训诫之辞了。不就一条甬道么？斥候没报，我项羽如何能知道？整日昏天黑地打仗，我项羽有空闲过问那般琐碎消息么？亚父真是懵懂，打仗打仗，打仗就是杀人！杀人就要猛攻猛杀，不猛攻猛杀，楚军能六胜秦军主力？项羽虽则将六战认作六胜，然终究未灭秦军，很有些恼羞成怒。若非老范增以告退胁迫，项羽原本确实决意继续这般日日血战。项羽根本不信，自己的无敌名号能在秦军马前没了光彩！然则老范增毕竟秉性桀骜之奇人，果真走了，项羽一时还真对诸多大事没谱，也只好不再计较，立即去部署发兵毁绝甬道，左右对楚军有好处，项羽也只好如此了。

旬日无战，王离秦军大见艰难了。

项羽深夜突袭甬道，护道刑徒军力战不退，混战两个时辰死伤万余人，终于被龙且楚军击溃了。章邯闻讯立即大举出动攻杀，却被项羽亲率楚军主力阻截。两军混战之中，龙且部掘开了大陆泽堤岸，以大水全部淹灌了甬道。章邯眼见甬道已毁，刑徒军又确实扛不住项羽军攻杀，只有忍痛罢兵。次日，章邯只好派出刑徒军五万之众，走隐秘小道向王离营地输粮。不料，项羽又派出新近从河内赶来的黥布军，专一地游击截杀秦军输粮，两军混战半日，仗是打了个不分胜负，刑徒军的粮草却是全部被楚军桓楚部掠走了。章邯立即知会王离移营，与刑徒军合兵驻扎。可王离军一开出营地，立即便有项羽军扑来截杀，终究无法向章邯营地靠拢。

如此两战之后（第七战与第八战），王离军的粮草告绝了。早在河内甬道被截断后，秦军粮草已经陷入了艰危之境。最后的粮草主要两途而来：一则是王离部在河北地未曾陷落的郡县紧急征发的少量粮草；二则是章邯此前从河内敖仓输粮时，在河北地囤积了些许粮草。去冬刑徒军骚动之后，章邯曾寄厚望于王离军在河北郡县的征发，甚或指望王离部向刑徒军输粮。可结果大失所望，河北地最大的巨鹿仓在赵军手里，其余郡县仓廪早已经被胡亥下诏搜刮净尽了。民众大乱纷纷逃亡，向民户征发粮草更无可能。若从老秦本土的河西之地或太原地带征发，或可得可观粮草，然千里迢迢又有楚军袭击，无论如何是无法输送到军前。凡此等等因素聚合，王离军断粮了，章邯军也难以为继了。

“我军已陷绝境，务求全力一战，与章邯军合兵突围！”

幽暗的砖石幕府中，王离拄着长剑，对涉间苏角两员大将并十名校尉，下达了最后的军令。两将军十校尉没有一个人吼喝应命，却都不约而同地肃然点头了。将军涉间嘶哑着声音说：“粮绝数日，突围实则是最后一战。少将军当明告将士，安置伤残。活着的，也好心无牵挂地上战场了。”涉间说得很是平静，苏角与校尉们也毫无惊讶，几乎都只是近于麻木地点了点头。王离也只说了声好，便提起长剑出了幕府。

时当黄昏，山谷里一片幽暗一片静谧。没有营涛人声，没有炊烟弥散，若非那面猎猎飞舞在谷口的大纛旗，任谁也不会想到这道死寂的山谷便是赫赫主力秦军的营地。昔日的秦军锐士们或躺在山坡草地上，或靠在山溪边的石板上，静静地闭着眼睛，谁也不看谁，谁也不说话。有力气睁着眼的，也都只看着火红的云天痴呆着。王离领着将军校尉们走过一道道山坡，不断向士卒们抱拳拱手。士卒们虽然纷纷坐了起来，却依旧是没有一个人说话。随行的中军司马大约也没力气喊话了，只将手中一面“王”字令旗一路挥动，反复打出“全军向校场聚集”的信号。所谓校场，是军营幕府前必得有的一片开阔地，长久驻扎的老营地修葺得整肃有度，目下这等仓促新建的营地，则校场不过是一片青草犹在的空阔草地罢了。巡视完整个营地回到幕府前，士卒们已经黑压压坐满了校场。王离将军校尉们走上了中央的夯土台司令台时，整个校场的士卒们刷的一声整肃地站了起来。

“兄弟们，坐了！……”王离骤然哽咽了。

“少将军，喝几口水，说话要力气。”中军司马递过了一个水袋。

“不用。”王离推开了水袋，拄定了长剑，稍许静了静心神。

“将士们，父老兄弟们，”王离迸发出全副心力的声音飘荡在苍茫暮色中，“目下，我军内无粮草，外无援兵，业已身陷绝境。九原大军若来救援，则阴山空虚，匈奴大举南下，整个华夏将陷于劫难！当年始皇帝灭六国大战，九原大军都牢牢钉在阴山，没有南下！今日，我等十万人马已经占了九原大军三成有余，不能再使九原大军再度分兵了！如此决断，秉承始皇帝毕生之志，王离问心无愧！否则，我等纵然得到救援，击败楚军，也将痛悔终生！华夏人等，皆我族类，秦军宁可败给楚军，绝不败于匈奴！”

“万岁——！”睁眼都没了力气的将士们居然全场吼了一声。

“至于咸阳朝廷，不会发兵救援。皇帝荒政，奸佞当道，大秦存亡业已系于一线！这一线，就是九原大军！唯其如此，目下我军只有最后一战！能突围而出，便与章邯部合兵，南下咸阳问政靖国。若不能突围，则九原秦军也不降楚盗！我等只有一条路：誓死血战，与大秦共存亡！”

“誓死血战！与大秦共存亡！”全场又是一声怒吼。

“目下，我军只有四万人了。”王离愤激的声音平静了下来，“四万之中，尚有八千余名重伤不能行走者，另有两千余人冻饿成病。我军尚能最后一战者，至多三万！生死之战，秦军从来先置伤残兄弟，千百年秦风，今日依旧。王离与将军校尉会商，决意连夜安置伤病残战士[1]。安置之法，秦军成例：伤残战士换了农夫布衣，由各部将士分别护送出山口，趁夜分散逃生，或隐匿农家猎户，或结伙暂求生存，之后可设法奔赴九原大营，也可径自归家。我军突围之日，王离定然派出人马，寻觅所有的父老兄弟！……”猛然，王离放声哭了。

“秦军逢战，不许哭号！”

一个伤兵猛然吼了一声，拄着一支木棍撑着一条腿，黑着脸高声道，“老秦将士，谁不是几代军旅之后。我族入军，我是第四代。有甚可怕？有甚可哭？战士不死，叫谁去死？少将军，尽管领着全活将士突围血战，莫因我等伤病残兄弟分心。我等有我等出路，不要谁个护送。”

“对！不要护送！”

“怕个鸟！死几回了！”

“全活兄弟们打个好仗！教那个项羽学学！”

在一片慷慨激昂的叫嚷中，王离止住了哭声，对着伤残将士们深深地一躬，涉间苏角与校尉们也一齐跟着深深一躬……这一夜，秦军的山谷营地没有任何一次大战前的忙碌奋激，连战马也没有一声嘶鸣，只

[1] 战士，战国秦汉语，见《史记·项羽本纪》：“楚战士无不以一当十……”

静静守候在主人身旁时不时不安地打一个轻轻的喷鼻。月亮下的营地，陷入了无边无际的静谧，只有春风鼓荡着山林原野，将一片奇异的鼾声送上了深邃碧蓝的夜空。在这万籁俱寂的深夜，王离猛然一个激灵坐了起来，抓起长剑冲出寝室。

“少将军，天还没亮！”中军司马惊讶了。

“有事，快走。”王离急匆匆一声已经出了幕府。中军司马一把抓过墙上的将军胄与斗篷，出得幕府疾步赶上，尚未给王离戴上铜胄，便见一个黑影突兀飞了过来哭喊：“少将军，伤残兄弟悉数自裁！……”涉间踉跄撞来，话音未落已软倒在地了。王离浑身猛然一抖，一跃上马飞向了天边残月。

王离梦中突现的那片山谷，在苍白的月光下一片奇异的死寂。一个个黑色影子肃然端坐着，肃然伫立着，依稀一座座石俑雕像，依稀咸阳北阪的苍苍松林。战士们拄着长剑背着弩机，挺着长矛抱着盾牌，人人圆睁着双眼，森森然排列出一个巨大的方阵，除了没有战马，活生生一方九原铁骑的血肉壁垒……

久久伫立在这片森森松林中，王离欲哭无泪，欲语无声。王离无法确切地知道，这些伤残战士是如何聚集到这片隐秘的山谷，又如何以此等方式自杀的。然则，王离却明白老秦人军旅世家的一个久远习俗：活不受辱，死不累军。帝国之功臣大将，从扶苏蒙恬蒙毅三人自杀开始，大多以各种方式自己结束了自己。杨端和、辛胜、马兴、李信、姚贾、胡毋敬、郑国、冯去疾、冯劫等等，包括李斯长子三川郡守李由的战场自杀，人人都是活不受辱的老秦人古风。死不累军，在战场之上更是屡见不鲜。秦人闻战则喜，然国中伤残者却是少见，因由便在这“死不累军”的久远的牺牲习俗。老秦人源自东方而流落西方，在漫长的西部草原的生死存亡奋争中，有着不计其数的难以顾及伤兵的危绝之战。

于是，甘愿自杀以全军的风尚生发了，不期然又相沿成为风习了。不是军法，胜似军法，这一根植于老秦人秉性特质的古老的牺牲习俗，始终无可无不可地延续着。

战国大争之世，华夏族群之英雄气概激荡勃发，冠绝史册。在整个二百余年的战国历史上，辄逢军败国亡的危难之期，无不涌现出一大批慷慨赴死烈士，七大战国尽有可歌可泣之雄杰。以军旅之风论，则秦军牺牲风习最烈。察战国史料，秦军辄遇战败，被俘者少见，降敌者少见，绝境战败后下落不明者却最多。所谓下落不明，即史料语焉不详者也。此等人何处去了？毋庸讳言，殉难自杀了。战国两百余年，明确记载的秦军战败降敌只有一次：长平大战后，秦昭王杀白起而两度强行攻赵，郑安平军战败降赵。其余几次明载的败仗，譬如秦赵阏与之战、蒙骜败于信陵君合纵救赵之战、李信军灭楚败于项燕军之战，都是伤亡极重而伤残者下落不明。最后的河北大血战，九原三大将及秦军主力的酷烈结局，是秦军古老遗风的最后绝唱。章邯三将因刑徒军特异牵累而被迫降楚，当做另案待之。

……

清晨卯时，血红的太阳挂上山巅，秦军马队全数出动了。

朝阳破雾。巨鹿要塞显出了古朴雄峻的轮廓，大陆泽的浩浩水面正在褪去淡淡的面纱，渐渐现出了山峦原野的一片片连绵军营。巨鹿城北原野的四路诸侯的援军营地，大陆泽畔山峦中的陈余赵军营地，城南原野的章邯秦军营地，遥遥正对九原秦军山峦的项楚军营地，以夹在中央的巨鹿城堡为轴心，交织成了淡淡云雾中的壮阔画卷。在这天地苍茫的画卷中，唯独九原秦军的山峦营地没有了任何旗帜，没有了诸如云车望楼之类的任何军营标志，只有一片苍黄现绿的山峦映衬着一支隆隆展开在原野的黑色马队。这支马队没有风驰电掣，而是从容地排开了三个万骑方阵，相互间隔大约一箭之地，万千战马踏着几乎如同步兵甲士一般整肃的步伐，隆隆开向了那片熟悉的谷地战场。

骤然，凄厉的号角轰鸣的战鼓一齐响起，项羽军在红黄晨雾中排山倒海般压来了。几乎与此同时，章邯的刑徒军营轰然炸开，漫漫步骑卷出军营，扑向楚军后方原野。紧接着，大陆泽畔的陈余军与四路诸侯援军也开营杀出，扑向了章邯军后方。紧接着，巨鹿城门大开，城内守军呐喊着扑向了章邯军的侧翼。显然，各方都看透了，今日之战是最后决战，不是天下诸侯熄火，便是秦军尽数覆灭。

王离军与项羽军轰轰然相撞了。楚军漫卷野战喊杀震天，秦军部伍整肃无声搏杀，奇异的战场搏杀亘古未见。饱食休整之后的楚军志在必得，士气战心汹汹如火。饥饿不堪的秦军，则凝聚着最后的心神珍惜着最后的体力，以必死之心，维护着秦军锐士最后的尊严。饶是如此，这场奇特的搏杀持续一个时辰之后，秦军的黑色铁流仍在沉重缓慢地回旋着，似乎依然没有溃散之象。此时，章邯军已经被两路赵军与范增的楚军余部阻隔截杀，被困在楚军后方的一道小河前，不可能靠拢王离秦军了。救赵诸侯们大松了一口气，纷纷将各自些许人马就地驻扎，站在了高高的山头营垒，人人惴惴不安地对秦楚决战作壁上观了。

“江东子弟兵！跟我杀向王离中军——！”

项羽眼见这支无声的饥饿之师仍不溃散，怒火中烧之下，亲率最为精锐的八千江东子弟兵霹雳雷电般扑向秦军中央的马队。这八千江东精兵，也是清一色飞骑，人各一支弯弯吴钩一支森森长矛，背负一张臂张弩机，可谓秦末之期的真正精兵。这支精兵的特异战力，在马上这支丈余长矛。战国乃至秦帝国时期，长兵器只在步兵与战车中使用，骑兵群体作战都是剑器弓弩，马上长兵闻所未闻。马上将军而以长兵上阵，自项羽始也。唯项羽长兵屡见威力，故在江东所部当即仿效，人手一支长矛。此时，八千长矛森森如林，呼啸喊杀着凝成一股所向披靡的铁流，卷向了“王”字大旗。

秦军将士搏杀一个时辰余，已经战死大半了。此时所剩万余骑士，也是人人带伤一身浴血，烟尘弥天喊杀呼啸，任何旗帜号令都无法有效聚结了。涉间、苏角两将，原本是九原军的后起之秀，在蒙恬军痛击匈奴时都是铁骑校尉，战场阅历比王离丰厚，早早已经传下了以散骑阵搏杀的军令，是故一直与楚军奋力周旋不散。所谓散骑阵，是白起所创之战法，实则是在无以联结大军的混战搏杀中三骑五骑相互结阵为援的战法。王离勇猛过人，然从未经历过大战，一直与中军马队结阵冲杀，没有做散骑阵分开，故此在战场分外瞩目。当然，一支大军的传统与法度也在此时起着作用：王离是九原统帅，若统帅被俘或战死，护卫同死。故此，中军马队始终围绕着王离死死拼杀，死伤最重而丝毫不退一步。当项羽的长矛马队潮水扑来时，王离的万余中军几乎只有两三千人马了。

“看住项羽！杀——！”

眼见森森一片长矛呼啸而来，王离拼力嘶吼了一声，马队举着长剑奋力卷了过去。然则，两方骑士尚未近马搏杀，秦军骑士便纷纷在飞掷过来的长矛中落马了。王离的战马长长嘶鸣一声，陡然人立拔起，欲图从这片长矛森林中飞跃出去，却被十多支激射而来的长矛生生钉住了。那匹神骏的战马轰然倒地，却依然避开了可能压伤主人的一方，使已经中矛的王离滚跌到了战马的后背。王离尚伏身战马痛惜不已，项羽已经飓风般冲杀过来，一支万人敌大矛直指王离咽喉，却又突然停住了。

“王离！你做项羽战俘了！”项羽大吼了一声。

王离拍了拍死去的战马，艰难起身，正了正零乱的甲胄斗篷，对着项羽冷冷一笑，双手骤然抓住长大的矛头，嘶声大笑着全力扑了上去。一股鲜血喷出之际，矛头已经洞穿了王离胸腹……项羽一个激灵，突然将王离尸身高高挑起大吼道："王离死了！杀光秦军！"又猛力摔下王离尸身，挥军向秦军余部杀来。

此时，秦军大将苏角及其所部，已经全部战死了。只有大将涉间，率余部在做最后的拼杀。渐渐地，数日未曾进食的秦军骑士们力竭了，再也举不起那将近十斤重的长剑了，坐下战马纷纷失蹄扑倒，骑士战马一个个口喷鲜血，骤然间便没有了气息。情知最后时刻已到，一时间秦军骑士们人人勒马，停止了搏杀，相互对望得一眼，一口口长剑从容地抹向了自己的脖颈……已经被愤怒与仇恨燃烧得麻木的涉间，眼见项羽一马冲来，全力举剑一吼，却无声无息地栽倒马下了……

待醒转过来，涉间眼前一片飞腾跳跃的火光。连绵篝火前，楚军的欢呼声震撼山川，楚军的酒肉气息弥漫天地。涉间流出了口水，却又闭上了干涩的双眼。突然，涉间耳边响起了雷鸣般的上将军万岁的欢呼声。随即，重重的脚步与熟悉的楚音到了身边："这个涉间，是今日唯一活着的战俘。不许他死，要他降楚！"涉间听得出，这正是那个被章邯叫做屠夫的项羽的声音。涉间静静地蜷卧着，凝聚着全身最后的气力，突然一声吼啸平地飞起，箭镞般扎进了熊熊火坑。一身油浸浸的牛皮甲胄腾起了迅猛的烈焰，涉间尖厉地笑叫着，狂乱地扭动着，依稀在烈焰中手舞足蹈。

楚军将士们骤然沉寂了。

飞动的火焰消逝了，浓烈的焦臭久久弥散在原野……

第七章 帝国烽烟

一　天地莫测　赵高的皇帝梦终作泡影

赵高想做皇帝了，且在河北战事正烈的时候。

杀死了胡亥，咸阳庙堂的一切羁绊都被铲除得干干净净了。赵高一进咸阳宫，到处都是一片匍匐一片颂声，想听一句非议之辞，简直比登天还难了。不说指鹿为马，赵高便是指着太阳说是月亮，四周也会立即轰然一应："月亮好圆也！"当此始皇帝也未曾拥有的威势，赵高只觉没有理由不做皇帝，再叫嬴氏子孙做皇帝，世事何在也。杀死胡亥的庆贺夜宴上，赵高将心思轻轻一挑，阎乐赵成等一班新贵仆从立即欢呼雀跃万岁声大起。赵高不亦乐乎，当场便"封"了赵成为丞相，阎乐为大将军，其余九卿重臣，赵高说三日后登基时再行宣诏。

四更时分散去大宴，赵高在司礼大臣导引下，乘坐帝车去太庙斋戒。可一坐进那辆自己驾驭了大半生的驷马铜车宽敞舒适的车厢，赵高便觉浑身骨节扭得生疼，连臀下的厚厚毛毡也变得硬如铁锥扎得臀部奇疼奇痒，止不住便是一连串猛烈喷嚏，酸热的老泪也黏糊糊血一般趴在脸上不往下流，强忍着到了太庙前，赵高两腿竟生生没了知觉。两名小内侍将赵高抬出车厢，一沾地立马如常了。赵高一头冷汗气咻咻道："回车！有了赵氏太庙，老夫再来不迟。"两个小内侍要抬赵高进车，赵高却冷冷一挥手，跃身车辕站上了极为熟悉的驭手位。帝车辚辚一起，一切尽如往常，赵高心下顿时阴沉了。

三日后即位大典，其骇恐之象更是赵高做梦也没想到的。

清晨卯时，宏大悠扬的钟声响起，新贵与仪仗郎中们在咸阳宫正殿前，从三十六级白玉阶下两厢排列，直达中央大殿前的丹墀帝座。这是一条大约两箭之遥的长长的甬道，脚下是吉庆的厚厚红毡，两厢是金光灿烂的斧钺。一踏上劲韧的红毡，赵高心头蓦然涌起一种生平未有的巨大亢奋，心头猛地悸动，几乎要软倒在地。两名金发碧眼的胡人侍女，立即两边夹住了赵高，阎乐也以导引为名过来照拂。赵高强自平静心神，轻轻喘息片刻，拂开了侍女阎乐，又开始自己登阶了。赵高力图使自己清醒起来，向两厢大臣们肃穆地巡视一番，然却无论如何也醒不过来，一切都如朦胧大梦，不断的长呼连绵的钟鼓像怪异的风遥远的雷，自己像被厚厚的树胶粘住了的一只苍蝇，嗡嗡嗡老在挣扎。终于，木然的赵高梦游般走进了大殿。走到丹墀之下，乐声钟鼓大作，赵高蓦然站住了。

"赵始皇帝，即帝位——！"

这一声特异的宣呼惊醒了赵高。多少年了，一听"始皇帝"三个字，赵高任何时候都是一个激灵，不成想，今日自己要做始皇帝了，也还是如此。赵始皇帝，是赵高特意给自己定的名号。赵高从来以为，做皇帝便要做秦始皇帝那般的皇帝，二世三世实在淡了许多。皇帝改了姓换了人，自己当然也是始皇帝了。赵始皇帝，多有威势的名号也，即位之后再来一次扫灭六国盗乱平定天下，谁敢说赵高不是真的始皇帝？今日若梦，却在丹墀前蓦然醒来，岂非天意哉！

钟鸣乐动了。赵高拂开了小心翼翼守候在两边的阎乐赵成，正了正那顶颇显沉重的天平冠，双手捧起了皇帝玉玺，迈上了帝座下的九级白玉红毡阶。当年，赵高捧诏宣诏，传送大臣奏章，不知多少次地走过这九级台阶，可谓熟悉之极，闭着眼睛也能健步如飞。荆轲刺秦之时，赵高便是从九级高阶上老鹰般飞了下来，扑在了秦王身前的。然则，今日赵高捧定皇帝印玺迈上白玉阶时，却面色苍白大汗淋漓了。

噫！坚实的阶梯突然虚空，脚下无处着力一脚踩空，赵高陡地一个踉跄，几乎栽倒在第二级白玉阶上。喘息站定，稳神一看，脚下台阶却分明依旧。赵高咬牙静神，举步踏上了第三阶。不可思议地，脚下石阶突然再度塌陷，竟似地裂无二，赵高惊恐一呼，噗地跪倒于阶梯之上。殿中的新贵大臣们人人惊愕恐惧，梦魇般张大了嘴巴却不能出声。强毅阴狠的赵高恼羞成怒了，霍地站起，大踏步抬脚踩上了第四级白玉红毡阶。瞬息之间，轰隆隆异声似从地底滚出，白玉阶轰然塌陷，一条地缝般的深涧横生脚下，一阵飓风陡地从涧中呼啸而出，皇帝印玺顿时没了踪迹，赵高也扑倒在阶梯石坎满脸鲜血……

惊恐的赵成阎乐飞步过来，将赵高抬下了玉阶。大殿一如往常了，似乎一切都没有发生过，一切都原封不动。喜好即时称颂的新贵们鸦雀无声了，大殿如同幽谷般寂静。最令新贵们惊骇的是，那方皇帝印玺眼睁睁不见了，谁也说不清这方神异的物事是如何在众目睽睽之下神奇消失的。

这件事便是《史记·李斯列传》所记载的“赵高引玺而佩之，左右百官莫从；上殿，殿欲坏者三”的故事。此事在《秦始皇本纪》中没有提及，本可看做“信之则有，不信则无”的无数历史神异之一。然据实而论，此等事亦不可轻易否定。一个显然的问题是，以赵高之野心与其时权势，究竟是何等因素使他不能登上最高权力，确实缺乏任何合理的解释。历史上此类无解之谜颇多，九鼎失踪千古难觅，秦代大咸阳至今找不到城墙遗址，以至于有史学家推测秦咸阳没有城墙，是一座开放式大都会等等。此等不解之谜的长期存在，足以说明：即或在人类自身的文明史领域，我们的认识能力依然是有限的。

赵高反复思忖，终于决断，还是立始皇帝的嫡系子孙妥当。

当河北战事不利的消息传来时，赵高一时狂乱的称帝野心终于最后平息了。赵高没有理政之能，没有治世之才，然对大势评判却有着一种天赋直觉。大秦天下已经是风雨飘摇了，河北有项羽楚军，关外有刘邦楚军，关中大咸阳却只有狩猎走马杀戮捕人的五万材士营，无一旅可战之军。无论谁做皇帝，都是砧板鱼肉，赵高何须冒此风险也。再说，楚军对秦仇恨极深，一旦进入关中，楚人定要清算秦政，定然要找替罪牺牲，赵高若做皇帝或做秦王，岂非明摆着被人先杀了自己？将始皇帝子孙推上去，自己则可进可退，何乐而不为哉！一班新贵仆从们自那日亲历了赵高“即位”的神异骇人情形，也不再其心勃勃地争做“赵始皇帝”大臣了，赵高说立谁便立谁，自家只顾着忙活后路去了。

在宗正府折腾了三日，赵高无奈地选定了子婴。

按照血统，子婴是始皇帝的族弟。由于胡亥赵高“灭大臣，远骨肉”的血政方略，始皇帝的亲生皇子公主十之八九被杀。在目下嫡系皇族中，扶苏胡亥一辈的第二代，经过被杀自杀放逐殉葬等等诛灭之后，已经荡然无存了。子婴辈的皇族子弟，也迭遭连坐放逐，又在扶苏胡亥与诸公子相继惨死后多次秘密逃亡，也是一片凋零了。赵高亲自坐镇，眼看着宗正府几个老吏梳理了皇族嫡系的全部册籍。结果，连赵高自己都大为惊讶了——这个子婴，竟是咸阳皇城仅存的一个皇族公子！也就是说，不立子婴，便得在后代少公子中寻觅，而后代少公子，也只有子婴的两个儿子。

“竖子为王，非赵高之心，天意也！”

以子婴作为，赵高很是厌烦。诛灭蒙氏兄弟时，这个子婴公然上书反对，是唯一与赵高胡亥对峙的皇族少公子。大肆问罪皇族诸公子公主时，这个子婴竟一度失踪，逃到陇西之地欲图启动老王族秘密肃政。后来，这个子婴又悄悄地回到了咸阳，骤然变成了一个白发如雪的盛年老公子。更教赵高厌烦的是，这个子婴深居简出，从不与闻任何政事，也绝不与闻赵高的任何朝会饮宴，更不与赵高的一班新贵往来。一个老内侍曾禀报说，当初指鹿为马时，二世身边的内侍韩谈偶见子婴，说及此事，子婴竟只淡淡一笑，连眉头都没皱一下。凡此等等疏离隔膜，依着赵高秉性，是必欲除之而后快的。然则，赵高也不能全然无所顾忌。一则，子婴是始皇帝唯一的族弟，是胡亥的长辈，又不危及胡亥权力，很得胡亥“尊奉”。赵高得让胡亥高兴；二则，赵高也不能杀得一个不留，不能背绝皇族之后这个恶名。若非如此，十个子婴也死得干干净净了。

子婴虽不尽如赵高意，然在“殿欲毁者三”的即位神异之后，赵高已经不想认真计较皇族子孙的此等细行了。左右是只替罪羊，子婴做与别个做有甚不同？人家楚盗刘邦项羽，尚敢找个牧羊少年做虚位楚王，老夫找个不大听话的皇子做牺牲猪羊，有何不可也。于是，从宗正府出来，赵高找来赵成阎乐秘密会商片刻，便派阎乐去了子婴府邸。

赵高给子婴的“上书对策”是三则：其一，国不可一日无君，故请拥立公子即位；其二，子婴只能做秦王，不能做皇帝，理由是天下大乱山东尽失，秦当守本土以自保；其三，沐浴斋戒三日，尽速即位。商定之后，赵高叮嘱阎乐道：“子婴执拗，小子说甚都先应了。左右一只猪羊而已，死前多叫两声少叫两声没甚，不与他计较。”

阎乐威风凛凛地去了，一个多时辰后又威风凛凛地回来了。阎乐禀报说：子婴几乎没话，一切都是木然点头，最后只说了一件事，沐浴斋戒仅仅三日，有失社稷大礼，至少得六日。阎乐说不行，只能三日。子婴便硬邦邦说，草率若此，我不做这个秦王。阎乐无奈，想起赵高叮嘱，便答应了。赵高听罢，嘴角抽搐了一下道：“六日便六日，你等预备即位礼仪便是。皇帝变诸侯，不需大铺排，只教他领个名号可也。”赵成阎乐领命，去呼喝一班新贵筹划新秦王即位大典了。

两人一走，赵高大见疲惫，不知不觉地靠在大案上朦胧过去了。倏忽三年，赵高骤然衰老了，灰白的长发散披在肩头，绵长黏糊的鼾声不觉带出了涎水老泪，胸前竟湿了一大片。朦胧之中，赵高在苦苦思谋着自己的出路，与那个刘邦密商未果，自己又做不成秦王，后面的路该如何走，还能保得如此赫赫权势么……

二　帝国回光　最后秦王的政变除恶

松柏森森的太庙里，子婴在沐浴斋戒中秘密进行着筹划。

侍奉陪伴子婴的，是老内侍韩谈。这个韩谈，便是二世胡亥临死之时身边说老实话的那个内侍。胡亥被赵高逼杀后，韩谈沦为宫中苦役，子婴派长子秘密将韩谈接到了自己府邸，做了谋划宫变的得力臂膀。当初子婴从陇西归来，秘密襄助诸多皇族子孙出逃，自己家族却一个没有离开咸阳，为的便是孤绝一举。子婴的谋划是：秘密联结皇族余脉与功臣后裔，寻机暗杀赵高，力挽狂澜于既倒。审时度势，子婴认定：天下大乱之时再继续等待大将拥兵入朝问政，几乎是不可能的事了，只有先暗杀了这个巨奸赵高，大秦或可有救。事若不成，殉难国家，也是皇族子孙之大义正道，何惧之有哉！为此，子婴已经进行了一年多的秘密筹划，家族人丁人人血誓报国，两个儿子全力秘密搜罗剑士。韩谈之才，一是熟悉宫廷，二是缜密精干，三是忠于皇族，故此成为追随子婴的得力辅佐。正当种种筹划行将妥当之时，赵高竟要拥立子婴为秦王，岂非天意哉！阎乐初来“会商”时，子婴一闻赵高之意，心头便剧烈地悸动了。那时，子婴只不断地告诫自己，要不动声色，要延缓时日，要妥为谋划。

六日斋戒，是子婴着意争得的重新部署之期。

有了即位秦王这一转折，许多本来的艰难都转为顺理成章了。太庙有一队听命于自己的护卫郎中，其余秘密联结的死士，则以随从内侍之身跟随。子婴进出咸阳宫各要害处，也方便了许多，甚或要召见边军大将，也将成为名正言顺之举。凡此等等便利，都使延迟宫变成为更具成功可能的路径。为此，韩谈等曾经动议，能否即位之后再实施除奸。子婴反复思忖，断然决策：剪除赵高不能延迟，再迟咸阳果真陷落，玉石俱焚矣！决断既定，暗杀赵高究竟选在何时，如何才能得手，立即成为急迫事宜。

虽是盛夏，太庙却是夜风习习颇为凉爽。太庙之南的一座庭院更见清幽，一片高厚的石屋深深埋在森森松柏林中，明亮的月光也只能斑斑点点地撒落进来，人迹罕至，静如幽谷。这便是赫赫大名的斋宫。举凡国家盛大典礼之前，或帝或王，都要进入这座斋宫，隔开尘世，净身静心，吃素几日，以示对天帝祖上的虔诚敬畏。因了此等特异处，斋宫自来都是神圣而又神秘的。除了斋戒的君王及斋宫侍者，任何人都不得进入这座庭院。

斋宫的沐浴房里，白发子婴肃然跪坐在厚厚的本色地毡上，斑斑月光洒进大格木窗，依稀映出一道裹着宽松大布的瘦长身影。轻微的一声响动，身影后丈许之遥的一道木门开了，蒸腾的水汽不断从门中涌出，一个老内侍走来低声道：“君上，热水已成，敢请晚浴。”子婴淡淡地应了一声，在老内侍搀扶下起身，裹着一片大白布走进了水汽蒸腾的木门。门内是一个黑玉砌成的硕大浴池，足有两丈见方，铜灯镶嵌在四周墙壁中，灯光在浓浓水汽中变得昏黄模糊。沐浴池四边，垂首肃立着四名少年内侍。子婴淡淡道："你等下去，只韩谈一人侍奉足矣。"身旁老内侍一摆手，四个少年内侍肃然一应，轻步走出了沐浴房。

"韩谈，今夜一定要定下除奸方略。"子婴的目光倏忽明亮起来。

"老臣明白。"

子婴坐在了黑玉水池边上，背对着热气蒸腾的水雾微微闭上了双眼。说是清心斋戒，他却大感焦虑疲惫，但有缝隙便要凝神吐纳片刻。韩谈则轻步走到池畔，向东面石墙上轻轻三叩，石墙悄无声息地滑开了一道窄门，相继飘出了两个人影。

"君上，两位公子来了。"韩谈低声一句。

"见过父亲！"两个颇见英武的年轻武士一齐拱手。

"时势维艰，何时何地除奸为宜？"子婴没有任何琐细话语。

"但凭父亲与韩公决断！"两个儿子异口同声。

"韩谈，你熟悉赵高秉性，何时何地？"

"君上，老臣对此事多有揣摩，又通联了诸多怨恨赵高的内侍义士，依各方情势评判，除奸方略之要害，在于出其不备。"老内侍韩谈平静地说着，"时日，选在斋戒末了一日。所在，太庙斋宫最宜。方略，将赵高骗入斋宫，突袭暗杀。"

"如何骗法？"

"君上只说不欲为王，赵高必来敦请。"

"赵高狡诈阴狠，岂能轻易受骗？"

"寻常时日，或许不能。今日时势，赵高舍秦王不能，必来斋宫。"

"子桓子陵，剑术可有成算？"子婴将目光转向了两个儿子。

“多年苦行修习，儿等剑术有成！”

“赵高强力，非等闲之辈，务必一击成功。”

“儿等一击，必杀赵高无疑！”

“好。”子婴点头道，“韩谈总司各方部署，子桓子陵击杀赵高。联结朝臣将军事，目下暂且不动，以免赵高察觉。目下要害之要害，是先除赵高，否则大秦无救。为确保铲除赵高一党，我须示弱，以骄其心。国政整肃，只能在除奸之后开始。”

“君上明断。”韩谈低声道，“老臣已接到三川郡流散老吏密报：赵高曾派出密使与楚盗刘邦密会，意欲与刘邦分割关中，刘邦居东称楚王，赵高居西称秦王。与楚盗一旦约定，赵高便要再次弑君，再做秦王梦。”

“刘邦未与赵高立约？”子婴有些惊讶。

“赵高恶名昭著，刘邦踌躇未定。”

“也好。叫这老贼多做几日好梦。”子婴脸色阴沉得可怕。

斋戒第六日，赵高已经将新秦王即位的事宜铺排妥当了。

依赵成阎乐谋划的简略礼仪，午后子婴出斋宫，先拜祭太庙以告祖先更改君号事，再在东偏殿书房与赵高“商定”百官封赏事，次日清晨在咸阳宫大殿即位，封定新秦国大臣即告罢了。赵高原本便没将子婴即位看得如何重大，用过早膳的第一件事，便是与赵成阎乐会商如何再派密使与刘邦立约。

未曾说得片刻，老内侍韩谈一脸忧色地匆匆来了。韩谈禀报说，公子子婴夜得凶梦，不做秦王了，要回陇西老秦人根基去，派他来向中丞相知会一声。赵高听得又气又笑，拍案连说荒诞不经。阎乐冷笑道：“猾贼一个！无非不想做二世替罪羊而已，甚个回陇西，糊弄小儿罢了。”赵成黑着脸怒道：“贱骨头！添乱！我带一队人马去将他起出斋宫！”赵高板着脸道：“如此轻率鲁莽，岂能成得大事？子婴父亲迂阔执拗，子婴也一般迂阔执拗。你若强起，那头犟驴还不得自杀了？”见赵成阎乐不再说话，赵高一摆手道，“备车，老夫去斋宫。”阎乐道：“我带材士营甲士护送中丞相。”赵高大见烦躁道：“护送甚！咸阳宫角角落落，老夫闭着眼都通行无阻！继续方才正事，老夫回来要方略。”说罢对韩谈一招手，大踏步出门去了。

赵高吩咐韩谈坐上他的特制高车，辚辚向皇城驶来。路上，赵高问韩谈，子婴做了何梦？韩谈说，子婴只说是凶梦，他不敢问。赵高问，子婴部署了家人西迁没有？韩谈说，只看到子婴的两个儿子哭着从太庙出去了，想来是子婴已经让家人预备西迁了。赵高问，听闻子婴两子多年前习武，目下如何？韩谈说，习过两年，皇族之变后都荒废了，两人都成了病秧子，也成了子婴的心病。赵高淡淡冷笑着，也不再问了。

片刻间车马穿过皇城，抵达太庙。赵高吩咐护卫的百人马队守候在太庙石坊道口，自己单车进去。韩谈低声道，中丞相，还是教护卫甲士跟着好。赵高揶揄笑道：“此乃嬴氏圣地，老夫焉敢轻慢？”脚下轻轻一跺，宽大的驷马高车哗啷甩下马队，驶上了松柏大道。从太庙旁门进了斋宫，迎面一座大石碑当道，碑上大刻“斋宫圣土，车马禁行”八个大字。赵高冷冷一笑，还是脚下轻轻一跺，高车哗啷啷飞过石碑，飞进了森森清幽的松柏林。见韩谈惊得面色苍白，赵高淡淡笑道：“老夫不带军马进太庙，足矣。嬴氏败落，宁教老夫安步当车乎？”韩谈连连点头：“是也是也，中丞相功勋盖世，岂能效匹夫之为。”说话间，高车已到斋宫庭院门前停住了。韩谈连忙抢先下车，扶下了赵高。

“中丞相到——！”斋宫门前的老内侍一声长长的宣呼。

“我来领道。”韩谈趋前一步，一脸惶恐笑意。

“不需。”赵高淡淡一句，径自走进了斋宫庭院。

韩谈亦步亦趋地跟在赵高身后，从敞开的正门连过三进松柏院落，一路除了特异的香烟缭绕气息，没有见到一个人影，幽静空阔如进山谷。赵高踏上了第四进庭院的正中石屋的九级石阶，兀自揶揄着嘟哝了一句："将死猪羊，尚能窝在这死谷素食，当真愚不可及也。"一边说一边一脚踢开了正门，厚重的木门吱呀荡开，赵高一步跨进了斋宫正室，绕过一面高大的黑玉屏便进了东首的斋宫起居所。眼见还是没有人影，赵高沉声一句："子婴公子何在？老夫来也。"话音落点，一个少年内侍从起居室匆匆出来一作礼道："启禀中丞相，公子已做完最后一次沐浴，正欲更衣。"赵高冷冷道："不欲为秦王，还信守斋戒，何其迂阔也！"韩谈连忙趋前一步道："中丞相稍待，我禀报公子出来会晤。"

"不需。老夫连始皇帝光身子都见过，子婴算甚。"

赵高一脸不悦，推开了起居室门，大步走了进去。屋中一个少年内侍惶恐道："大人稍待，公子片刻出来……"话未说完，赵高已经推开了通向沐浴房的厚厚木门，一片蒸腾的水雾立即扑面而来。赵高径直走进水雾之中，矜持地揶揄地笑着："公子不欲做秦王，只怕这斋宫便再也不能消受了。"弥漫水雾之中，子婴的声音遥遥飘来："中丞相不能擅入，斋戒大礼不能破。我立即更衣，正厅相见。"赵高一阵大笑道："此乃公子反复无常，自甘罚酒也！老夫既来，敢不一睹公子裸人光采乎？"尖亮的笑声中，赵高走向了浴房最深处的最后一道木门。

在厚厚木门无声荡开的瞬息之间，两口长剑陡地从两侧同时刺出，一齐穿透赵高两肋，两股鲜血激溅而出！赵高喉头骤然一哽，刚说得声："好个子婴！"已颓然倒在了水雾血泊之中。门后子桓子陵一齐冲出，见赵高尚在挣扎喘息，子桓带血的长剑拍打着赵高的脸庞恨声道："赵高老贼！你终有今日也！"旁边子陵骂声阉贼乱国罪该万死，猛然一剑割下了赵高白头，提在了手中。子桓奋然高声道："父亲！赵高首级在此！”水雾之中，戎装长剑的子婴飞步而来，韩谈也疾步进来禀报：“君上，皇族皇城义士已经集结了。”

“立即出宫！带赵高首级缉拿余党！”子婴奋然下令。

四人风一般卷出斋宫，依照事先谋划，立即分头率领皇族与皇城的义士甲兵杀向赵高府邸。所谓义士，除了残存的皇族后裔，主要是直属皇城的卫尉部甲士，郎中令属下的护卫郎中与仪仗郎中，皇城内的精壮内侍与侍女，以及遇害功臣的流落族人仆役等等。由于韩谈等人秘密联结，种种人士连日聚结，竟也有一两千人之众，一时从皇城鼓噪杀出，声势颇是惊人。赵高及其新贵，原本大大地不得人心。此时，赵高的一颗白头被高高挂在子婴的战车前，男女义士又不断高呼赵高死了诛杀国贼等，一路呼啸蜂拥，不断有路人加入，到得赵高府邸前，已是黑压压怒潮一片了。

阎乐赵成正与新贵们聚在赵高府邸，秘密计议如何再度联结刘邦事，突然听闻杀声大起，大门隆隆洞开，男女甲士愤怒人群潮水般涌来。阎乐赵成们堪堪出得正厅，来到车马场呼喝甲士，便被潮水般的人群亮闪闪的剑戈包围了。子婴的战车隆隆开进，遥遥便是一声大吼：“悉数缉拿国贼！不得走脱一个！”子桓子陵疾步冲到阎乐赵成面前，不由分说便将两人分别猛刺致伤，跟着立即死死捆缚，丢进了囚车。一时间人人效法，个个新贵大臣都被刺成重伤，血淋淋捆作一团丢进了囚车。子婴跳下战车，右手持金鞘秦王剑，左手提赵高人头，大步走上高阶喊道：“国贼赵高已死！拥戴王室者左站！”剩余的新贵吏员们大为惊慌，纷纷喊着拥戴王室，跑到子婴左首站成了一片……

整整三日，咸阳城都陷在一片亢奋与血腥交织的混乱之中。

赵高三族被全数缉拿，阎乐赵成三族被全数缉拿，举凡任职赵高之三公九卿的新贵们，则个个满门缉拿。整个咸阳的官署都变成了应急国狱，罪犯塞得满当当。老人们都说，当年秦王扫灭嫪毐乱党，也没如此多罪犯，新王有胆识，只怕是迟了。子婴见咸阳城尚算安定，认定人心尚在，遂决意尽快了结除奸事。旬日之后，咸阳城南的渭水草滩设了最后的一次大刑场，一举杀了赵高及其余党三族两千余人。虽是除奸大庆，可观刑民众却寥寥无几，只有萧疏零落的功臣后裔们聚在草滩欢呼雀跃着："国贼伏法！大秦中兴！"

这是公元前207年夏秋之交的故事。

赵高一党，终于在帝国末日被明正典刑，彻底根除了。

赵高是中国历史上唯一一个以宦官之身，连续两次实施罪恶政变的巨恶异谋之徒。赵高之前半生与后半生，直如雄杰恶魔的无过渡拼接，生生一个不可思议的人格异数。赵高数十年忠实追随始皇帝，以无数次的救危急难屡建大功，进入权力中枢实属正道，不存在始皇帝任人之误。在璀璨的帝国群星中，赵高的强力异能，赵高的文华才具，赵高的精通法令，赵高的敬重大臣，赵高的奉公敬事，其时几乎是有口皆碑，堪称全然与帝国功臣们同质的内廷栋梁。始皇帝骤然病逝与赵高不可思议地突变，既有着深刻的权力结构的变异法则，更有着人性深处长期潜藏的本源之恶。赵高的畸形巨变，折射出帝国山岳的浓浓阴影，击中了集权政治出现权力真空时的脆弱特质。一个中国历史上最伟大的法治帝国，何以被一个突发权力野心而毫无政治理念的中枢阴谋家颠覆？这是人类文明史的一个永恒课题，更是中国文明史的一个永恒课题。

赵高的畸形人格，既印证了孟子大师的性善说，更印证了荀子大师的性恶说。性善说将人类的希望寄托于人性美好的本真。性恶说将人类的希望寄托于遏制恶欲的法治。哪个更高，哪个更大，哪个更圆，哪个更亮，将成为任何一个时代任何一个国家任何一个民族的文明抉择难题。人性复杂难测之奥秘性，人性反向变化之突发性，人性恶欲泛滥之毁灭性，人性良善滋生之建设性，凡此等等人性课题，几乎都无一例外地包容于赵高个案中，成为人性研究的永恒课题。我们没有理由轻视赵高，以“阉人巨恶”一言以蔽之。赵高是中国文明史上一个具有突发转折性的黑恶休止符，潜藏着打开诸多文明暗箱的历史密码。可以说，在中国两千余年的奸恶权臣中，唯有赵高具有涉足文明史而不能逾越的意义。

赵高之结局，《史记》各处皆云子婴等杀之。班固却云：“吾读秦史，至于子婴车裂赵高，未尝不健其决，怜其志。婴，死生之义备矣！”班固是答汉明帝之问，上书言秦灭诸事说这番话的。班固之论，附记于《秦始皇本纪》之后。班固之有此说，或在两汉时尚有不同于司马迁所见到的秦史资料。以常理推测，子婴不具备依法问罪于赵高而后行车裂的力量，只能是先暗杀而后诛灭余党。若仅仅车裂尸身，虽有可能，终显乖张。故此，司马迁的史料甄别该是妥当的。班固之言，一家一事之说也。

三　轵道亭外的素车白马

子婴即位，立即举行了第一次大朝会。

咸阳宫大殿又响起了浑厚肃穆的钟声，稀疏零落的大臣们匆匆走进了久违的大殿，大多都是白发老人与年轻公子了。几度折腾，群星璀璨的帝国功臣干员们已经消失净尽了。留给子婴的，只是一个气息奄奄的末日帝国。子婴戴起了天平冠，手扶着已经显得古朴过时的又宽又短的镇秦剑，走到帝座前凝视着殿中的一片白发后生，良久没有说话。大臣们的参拜也颇显尴尬，不知该如何称呼子婴君号，是秦王还是皇帝陛下。毕竟，秦王名号是赵高定的，诛杀了赵高势力，子婴对君号还没有明白诏书。于是大臣们只有纷乱躬身，笼统呼了一声君上了事。子婴心下明白，站在帝座前道："首次朝会，先定君号。是继位皇帝，抑或复归秦王，根基在大势评判。若有平定乱军之力，自当称帝。"子婴没有说后半句，然其心意谁都明白。

大殿良久默然，老臣们的粗重喘息清晰可闻。这些残存的末流元老们，已经多年隔绝于国事了，对山东乱象与秦军情势等可谓人人懵懂，仓促聚来如何拿得出挽狂澜于既倒的长策大略。只有一个老臣昂昂然道："不管乱得甚样，终须有平定之时！老臣之见，自当即皇帝位，秦三世！"老臣说罢张望左右，却没有一个人呼应。子桓终于按捺不住，挺身而出高声道："君父，子桓愿率十万大军镇守函谷关！"子陵也挺身而出高声道："君父，子陵愿北上九原，率二十万大军南下平乱！"一位老臣摇头叹道："两位公子壮心可嘉，然则终难行也！老臣曾供职太尉府，对军情大体知道些许。关中老秦人已经寥寥零落，如何去征发十万大军？九原固然尚有军马，可粮草早已不济，且不说公子能否安然抵达九原，纵然到了九原，能叫士卒空着肚腹打仗么？若有充裕粮草，章邯王离两部大军能扫不平盗乱么？"老臣一番话落点，老少大臣们顿时没了话说。

"材士营不是有五万军马么？"子桓高声问了一句。

"是也是也，材士营还在也。"老少大臣们一时恍然纷纷点头。

"材士营早快空了！"一个年轻人高声道，"我便是丞相府属官，职司材士营粮草。自山东大乱，三川郡守李由自杀，天下赋税进入关中之水陆两道皆断，关中粮草早已告急。二世一死，赵高凑不够粮草，已经遣散了材士营三万人，只剩下了两万人。便是这两万人，也纷纷逃亡，如今只有五六千了……"

"逃亡？有吃有喝，他等逃甚？"一个老臣懵懂发问。

“逃甚？”年轻人冷笑道，“材士营将士以胡人居多，又从来只会狩猎走马，不练打仗，留在关中还不是摆架势等死？听说匈奴新单于要大举南下，材士营早开始溜号了！”

“果然如此，关中岂非空无一军了？”一个老臣大是惊恐。

举殿默然，无人回答。

“不说了！”子婴沉重地叹息了一声，“大势评判，赵高没错，还是回称秦王罢了。子桓与韩谈做特使，立即出函谷关，召章邯军回师关中防守，下令王离军守住九原阴山。河北乱事，秦国放手算了……”

“君上！河北军报已到多日，老臣无处可报！”

“河北军报？快说！”子婴骤然变了颜色。

“诛灭赵高之前，章邯军报已到，赵高隐瞒不告任何人！”一个老臣愤愤然唏嘘高声道，“河北战事，我军断粮，十万九原将士全军覆灭！王离、苏角、涉间三大将全部惨死战场！章邯军残部突围，又被项羽盗军追杀，已经在漳水陷入绝境……”

老臣尚在唏嘘愤然叙说，子婴已经咕咚栽倒在青铜大案，天平冠的流苏珠玉哗啦飞迸散落，殿中顿时大乱……夤夜醒来，子婴痴痴看着守在榻前的韩谈与两个儿子，长叹一声，两行泪水无声地流下两颊。四人默然相对良久，韩谈哽咽低声道：“君上，刘邦楚军已进逼武关，为今之计，只有与之周旋了。设法存得社稷余脉，再做后图……”

终于，子婴点头了。

刘邦占据了武关，军营一片欢腾。

自上年与宋义项羽部分道进兵，刘邦一路打了许多次小仗，也攻占了十几座城池。因中原已经没有了章邯的平盗大军，郡县城邑只有平日主要职司捕盗的尉卒县卒，故此颇有势如破竹之势。刘邦明白自己实力不足，一路西来心思不在打仗，而主要在搜罗各色流散人马入军。举凡流民少壮、各方诸侯战败后的流散人马、官府在大型工程后留下的善后军马、乱世激荡出来寻找出路的游士壮勇等等，刘邦尽皆一体收纳。进到富庶的三川郡南阳郡时，刘邦楚军已风风火火扩张到近二十万人马，已经颇见壮阔声势了。或收服或投奔的名士与将军也有一串了：独自领军的楚将陈武，高阳名士郦食其，魏军散将皇欣、武蒲，秦军的宛城守将及舍人陈恢，秦列侯戚鳃、王陵等，总归是很有一番气象了。

此时，救赵的宋义项羽军一直滞留安阳。刘邦也不敢贸然进兵关中，便在占据南阳后转入崤山地带驻扎，在这片山地整整窝了一冬，除了整训操演人马，各方搜罗粮草，大体没有战事。

其间，刘邦几次不耐，要进兵关中。可张良却老是摇头，说时机不到，早进无功。刘邦问为何。张良说，巨鹿之战不见胜负，进了关中也无用。若巨鹿之战项羽胜秦军，我可乘虚攻占关中。若项羽落败，沛公便回芒砀山照做流盗，哪里也别想去。刘邦便是一阵大笑，鸟事！自家成事还是别家成事？老是看人颜色起坐，羞人也！张良也笑，说这叫潜龙勿用，乘时而动，天不打雷，龙便不能抬头。刘邦便笑骂一句，鸟个潜龙，分明一条虫！其间，赵高曾派密使与刘邦会商，说若能分割关中为王，赵高愿为内应灭秦。刘邦始终只是云山雾罩地与之盘桓，不与赵高特使准定盟约。张良贺刘邦得赵高助力，刘邦则大笑说，鼠窃狗盗，与赵高为伍，惭愧惭愧！萧何说，沛公入咸阳之日，将赵高人头献于关中父老，足以自雪了。刘邦突然狞厉一笑说，赵高奸恶，得煮一锅人肉汤，让天下人分而食之。

如此这般，熬过了深秋，熬过了寒冬，终于到了河冰化解的春日。得闻项羽军破釜沉舟北上，张良才说，目下可动，然却只能动一步。刘邦说声知道了，立即便去忙碌部署了。一番密商，奇袭武关的方略便告成了：派出郦食其与陆贾两个名士做说客，进入武关游说秦军守将献关降楚。再派曹参、灌婴各率三万人马向函谷关佯攻，虚张声势以牵制迷惑函谷关秦军。刘邦则自领中军与樊哙周勃等部，秘密从丹水河谷进逼武关，伺机奇袭。因是首战关中要塞，刘邦志在必得，根本不在乎名士说客是否能说降成功，心思只在偷袭之上。

武关之战很是顺利。此时的秦军人心惶惶，关中军事又无统一部署，武关将军依据粮草状况，将守军对整个丹水流域的巡视悉数撤销，只守着关城不出。刘邦军的樊哙周勃率数百精悍军士乔装成楚地商旅北上，大布苫盖的货车实际藏满了兵器。武关军士正在做例行盘查，不防樊哙周勃突然动手，杀死盘查军士又杀散城门守军，事先埋伏在山谷的大军便蜂拥杀来抢关入城。未及一个时辰，武关城头便飞起了“刘”字大旗。

此时，郦食其陆贾的游说方见成效，秦军守将已经放松了防守抵御之心，双方正在会商如何妥当善后。不料尚未定论，樊哙乱军已经入城涌入了官署。秦军守将大为震怒，立即率身边护卫与樊哙乱军展开了拼杀。一应官吏百姓闻讯，也纷纷赶来助战，整个武关城内便陷入了一片混战。

暮色时分，刘邦接得捷报，正要入城，萧何却黑着脸急匆匆来了。刘邦忙问何事？萧何愤愤然说，樊哙周勃在武关屠城，杀尽了所有守军，也杀尽了城中百姓。刘邦虽感惊讶，却又释然笑道：“果真如此，一定是城内拼死抵御，那两个粗货杀红了眼。不打紧，项羽屠城多了，我军只一次，怕它何来？”萧何正色道：“沛公何其不明也！项羽屠城，所过无不残灭，已在天下恶名昭著，连楚怀王都忌惮这个剽悍猾贼，不敢让其进入关中。沛公欲成大事，若效法项羽，必将大败也！”刘邦顿时皱起了眉头：“有如此厉害么？”旁边张良点头道：“萧兄言之有理，此前，我军已在颍阳屠城一次，进入关中再屠城，只怕后患甚大。项羽屠城，沛公亦屠城。若如项羽，沛公必败。”

刘邦额头顿时渗出了汗珠，搓着手急促转了两圈道：“两位先生所言，我倒是明白。可散兵游勇多多，不让他杀人越货，能留住人么？娘的，乱世治人，还真是难！”萧何道：“沛公只要心明意坚，自有整军之法。沛公若图目下小利，自要放任屠城。”刘邦皱着眉头似笑非笑道：“你说的，我愿意屠城？只要你能保得军粮财货，我便有办法。否则，你便是说破大天，终究不管用。左右老子不能成了空营，做光头鸟沛公！”萧何道：“有人心，才有财货粮草。失了人心，迟早都是空营。”刘邦脸色阵红阵白，指着萧何鼻子急吼吼大喊：“好你个萧何！逼我刘季跟这班粗货兄弟翻脸！好！我听你！可没得吃喝钱财，老子找你要！总不成你要人喝风屙屁！”急吼吼喊罢，刘邦一阵风出营上马飞去了。

刘邦率幕府人马进入武关，没有片刻歇息，立即将攻占武关的将士全部聚集到了校军场。大片火把之下，刘邦登上了将台，笃笃点着拄在胸前的长剑高声道：“今日奇袭武关，兄弟们有功，我刘季将论功行赏，人赐十金！至于爵位官职，那得等到灭了秦成了事再说。今日便封你个万户侯，顶个屁用！”

“谢赏金！沛公万岁！”火把飞动一片欢呼。

“万岁个鸟！今日这般占城，谁也没好！”刘邦突然声色俱厉，骂得滔滔江河一泻直下，“刘季与兄弟们一样，都是粗货出身，得说一番粗话！我等偷鸡摸狗穿墙越户杀人放火扯旗造反，在大秦子民中，十有八九都是疲民无赖！可我等都是庶民，我等打仗，要杀的是贵胄官吏，要反的是大秦朝廷，关庶民屁事！庶民都是我等父老兄弟，没有庶民拥戴，甭说粮草后援，要打了败仗，连个藏身的狗窝都没有！刘季与老兄弟们，当初在芒砀山做流盗近一年，他娘的杀过老百姓么！要杀人越货，能藏得下去么！这叫甚？这叫好狗护三家！你便是只游狗，也得靠几个门户不是！没人给你丢一根骨头，你还不是一只死狗！你他娘的当兵杀人，不当兵了，还不是人杀你！要想日后不被人杀，今日便甭乱杀百姓！今日不积阴德，日后不定祖坟都被人挖了！说今日，今日进武关，谁个他娘的下令屠城？樊哙！是你么！准定是你个狗才！你杀狗杀猪还不够，还要入城杀人！狗胆包天你！来人！拿下樊哙！先打一顿大棍！”

“沛公！城内乱战！我没下令！……”

不管樊哙如何大吼大叫，刘邦只叫事先部署好的中军卫士拿住樊哙一阵呼啸乱打。其时也没有法定军棍，所谓大棍者，实则长矛木杆也。卫士将长矛倒转过来，倒是比后来的法棍威风多了。乱棍纷乱呼啸之间，刘邦依旧愤然嘶声大吼着：“打！打死这个屠夫！”片刻之间，樊哙一身鲜血，无声无息地躺在地上不动了。全场将士大骇，乱纷纷跪倒乱纷纷哭喊：“沛公饶恕樊将军！我等甘愿受罚！”周勃也奋然脱去了甲胄衣衫，光膀子赳赳拱手道：“周勃治军不严！甘愿与樊将军一起受责！”

“都给我起来！听我说！”

将士们唏嘘站起，刘邦没理睬周勃，高声对全场道，“楚军灭秦，天下大道！成了大事，人人富贵！然则，要成事便得有法度。我等都是粗货，忒多文辞谁也记不住，刘季只与全军兄弟立约三则：日后不得屠城！不得杀降！不得抢劫奸淫！凡有违抗，刘季亲手宰了他狗娘养的！听见了么！明白了么！”

“听见了！明白了！”全场一片声浪。

“至于打仗有功，刘季必有赏赐，若有不公，任何人都可找刘季说话！谁混得日子过不下去，都来找刘季！刘季领兄弟们起事，是要做人上人！”

“沛公万岁——！”

刘邦屠城事，在《史记》中颇见微妙。颍阳屠城，明记于《高祖本纪》，只有一句话：“南攻颍阳，屠之。”武关屠城，却未见于《高祖本纪》与《项羽本纪》，而见于《秦始皇本纪》，也是一句话：“沛公将数万人已屠武关，使人私于高……”也就是说，司马迁将刘邦的两次屠城，分别记载在两处，显然是有所避讳，不欲使刘氏皇族过分难堪。在秦末大乱之世，项羽“诸所过无不残灭”，大屠城大坑杀大劫掠大纵火每每令人发指。刘邦军在进入关中之前，也有两次屠城，虽不若项羽恶名昭著，却也绝非人道王师。项羽刘邦如此，其余所谓诸侯军之种种暴行，则更为普遍。此等暴虐毁灭行径飓风般盛行秦末，将帝国时期的宏大建设以及战国时期积累的丰厚财富，几乎毁灭净尽，人口锐减，天下陷入了惊人的萧疏荒漠，以致西汉初期“将相或乘牛车”，朝廷陷于极大困境，刘邦本人几乎被匈奴大军俘获。庶民更是家徒四壁，生存状况远远恶化于秦帝国之时。

这一历史事实，赤裸裸现出了六国贵族复辟的残酷兽性，与对整个社会的毁灭性灾难，也显示了“诛灭暴秦”的旗帜是何等的荒诞不经！尝见后世诸多史家，动辄便有“诛无道，灭暴秦”之辞，便觉滑稽，总会想起《水浒》中“说得口滑”的那些信口开河者。谚云，有口皆碑。又云，众口铄金。两千余年悠悠恶口，将屠夫变成了英雄，将功臣变成了罪犯，将山岳变成了深渊，将深渊变成了山岳，将真正的兽性暴虐，变成了吊民伐罪的王道之师，我族悲矣哉！《诗》云：“高岸为谷，深谷为陵。”岂我族文明史之符咒哉！

刘邦军在武关整肃之后，气象大有好转，立即挥兵北进关中。

此时巨鹿之战已告结束，项羽军正在追逼章邯余部，欲迫使章邯军降楚。此时咸阳政变迭起，国政几乎陷于瘫痪，秦军在关中的守备事实上已经形同虚设。当刘邦军进入蓝田塬时，拦阻秦军只是老秦国蓝田大营的传统驻守老军两三万人而已。刘邦派出特使周旋的同时，又突然攻杀，遂占据了蓝田大营。据《高祖本纪》，连同蓝田之战，刘邦军入关三破秦军，两次“大破”，一次追击战“遂破之”。就实说，全然虚夸粉饰之辞也。此时关中秦军一无主力，二无战心，何来值得两次大破之军？究其实，不过击溃了完全不需攻杀便能遣散的非战守营军，借以显示灭秦战绩而已。据理推测，不是太史公从刘邦对楚怀王的战报上扒来的原辞，便是转录汉军后世的美化传闻。

至此，刘邦及其轴心将士对关中大势已经明了，再不担心大战激战，而是一力谋划如何进入咸阳。以萧何方略，沛公军当先以老秦东都栎阳为根基，积蓄粮草整肃军马，时机成熟一举攻占咸阳。刘邦连连点头，觉得这一方略很是稳妥。张良却以为，萧何之策过于迟缓，当此大厦将倾之时，大咸阳已经在连番血雨腥风中没有了任何抵抗余力，子婴杀了赵高一党，必派密使前来立约。当此之时，不需再占栎阳耗费时日，当谋划一举入咸阳。不入咸阳，终不能践楚怀王之约，耽延之时若项羽军赶到，只怕沛公便要前功尽弃了。刘邦恍然猛醒，拍案连连道：“立即部署进兵咸阳！子婴密使来不来，老子不管他！”

最后一夜，秦王子婴是在太庙度过的。

韩谈做密使赶赴蓝田塬，已经与刘邦约定：子婴君臣降楚，待刘邦禀明楚怀王而后封定祭祀社稷之地。刘邦军不杀皇族，不伤百姓，不劫掠财货，不进入太庙。也就是说，子婴以降楚换得了残存皇族与整个大咸阳的平和易主，其后，咸阳剩余老秦人去留自便，嬴氏皇族便如同周灭商后的商人余脉，在一方封地上延续祖先血脉了。子婴反复思虑，这是唯一的了结大秦的出路了，沧海桑田世事变换，大秦气数已尽，子婴又能如何？子婴唯一能告于先人者，嬴氏社稷犹存，血脉不灭也。三日前，刘邦军已经开进关中腹地，驻扎于咸阳东南的霸上了。明日正午，刘邦便要在咸阳东受降了。

韩谈守候在廊下，子婴独自走进了祭祀正殿。

灯烛明亮，香烟缭绕。祭祀长案上，猪牛羊三牲整齐排列着。子婴一身本色素衣，一根丝带扎束着雪白的长发，无冠无剑，扶着一支竹杖进来，肃然跪倒在长案前。子婴一脸淡泊，木然的祷告似乎在宣读一件文告：“列祖列宗在上，子婴伏惟以告：自始皇帝驟薨，国事迭经巨变，终致大秦三岁崩矣！子婴不肖，虽诛杀赵高，然无力回天。九原军死难殉国，章邯军不得已降楚，朝无能臣，国无大军，府库空虚，赋税绝收，皇族凋零，子婴为存社稷余脉，为存咸阳国人，唯有降楚一途。明朝之期，子婴便非秦王。今夜，子婴最后以秦王之身，行祭祀列祖列宗之大礼。嬴氏皇族，大秦一统天下，此后不复在矣！列祖列宗之神位，亦当迁往陇西族庙。嗟乎！国亡家破，子婴善后无能，愧对先人矣！”

祷告完毕，遥遥传来太庙钟室的一声悠长钟鸣。子婴艰难地扶杖站起，缓慢地走向了大殿深处。沉沉帷幕之间，矗立着一座座丈余高的黑玉神龛，立着一尊尊嬴氏祖先的蓝田玉雕像。从一尊尊雕像前走过，木然的子婴任热泪不断地涌流着，喃喃地自语着，列祖列宗，子婴再看先人一眼，死亦瞑目矣！

韩谈回来之后，子婴已经向楚怀王拟好了一件降书。降书末了，子婴请封嬴氏余脉于陇西之地，使老秦人重归久远的故里，在那里为楚王狩猎农耕养牛养马。老秦人太苦了，熬过了夏，熬过了商，熬过了西周，在漫漫岁月中多少次几欲灭种矣！自东周成为诸侯，老秦人更是急剧地起落沉浮，危难与荣耀交错，牺牲与屈辱并存，战死了多少雄杰，埋葬了多少烈士。直到孝公商君变法之后，老秦人才赳赳大出于天下，激荡风云一百五十余年，成就了统一华夏大业，烨烨雷电中，老秦人一举登上了皇皇文明之绝顶。然则急转直下，老秦人又在冥冥难测的风云突变中轰然解体，于今，天下老秦人竟连一支像样的大军也难以聚合了……子婴一尊尊看着，一尊尊诉说着，一直看完了六百余年三十五尊先人的雕像：

老祖秦仲	在位二十三年
次祖秦庄	在位四十四年
秦襄公始立诸侯	享国十二年
秦文公	享国五十年
秦宁公	享国十二年
秦出公	享国六年
秦武公	享国二十年
秦德公	享国二年
秦宣公	享国十二年
秦成公	享国四年
秦穆公	享国三十九年
秦康公	享国十二年
秦共公	享国五年
秦桓公	享国二十七年
秦景公	享国四十年
秦哀公	享国三十六年
秦惠公	享国十年
秦悼公	享国十四年

秦厉公	享国三十四年
秦躁公	享国十四年
秦怀公	享国四年
秦灵公	享国十年
秦简公	享国十五年
秦惠公	享国十三年
秦出子	享国二年
秦献公（进入战国）	享国二十三年
秦孝公	享国二十四年
秦惠文王	享国二十七年
秦武王	享国四年
秦昭王	享国五十六年
秦孝文王	享国一年
秦庄襄王	享国三年
秦王嬴政	战国二十五年
秦始皇帝	帝国十二年
秦二世胡亥	在位三年

这三十余座雕像中，没有子婴。那最后一座虚空的神龛，是二世胡亥的位置。因了战乱，因了种种艰难，也因了朝野人心对胡亥的不齿，这尊玉身至今未能雕成。子婴是最后的秦王，是亡国之君，只怕已经无缘进入皇族太庙，而只能在日后的族庙家庙中享祭了。子婴已经不知多少次地数过了，截至今日，他做了四十六日秦王[1]，第四十七日，便是

[1] 《秦始皇本纪》云子婴为秦王四十六日；《李斯列传》云，子婴立三月。从本纪说。

他成为平民的开始……

“君上，五更末刻了，不能耽延了。”

韩谈的轻声呼唤惊醒了子婴。

子婴步履蹒跚地扶杖出来，太庙庭院的森森松柏林已经显出了霜雾朦胧的曙色，红光紫雾，整个天地一片蒙蒙血色。子婴没有问韩谈此等征候是何预兆，子婴已经无心过问此等事了。韩谈也没说天色，只在旁边陪伴着子婴默默地走着。未出庭院，太庙的太卜令却匆匆前来，肃然一躬道：“禀报秦王，太卜署作征候之占，红霾蔽天，血灾凶兆也。”子婴苦笑道：“血灾？上天不觉迟暮么？几多血灾了，用得占卜？”说罢笃笃点着竹杖去了。路上，韩谈惶恐不安地低声道：“君上，老臣之见，今日得赶紧教两公子与王族人等一体离开咸阳。太卜之占，素来是无异象不占，不可不虑。”子婴惨淡笑道：“国家已灭，王族宁不与社稷共存亡乎！逃甚？刘邦便是负约，要杀戮残存王族，嬴氏也认了。天意若此，逃之一身何用矣！”韩谈不再说话了。

红霾笼罩中，咸阳宫开始悄无声息地忙碌起来。

降楚的礼仪，韩谈与子桓已经与刘邦军约定过了。子婴请以国葬之礼出降。刘邦哈哈大笑说，国葬便国葬，也是末世秦王一番哀国之心，无碍大局。出降受降之地，选在了咸阳东南的轵道亭。这是一座郊亭，大体在刘邦的霸上军营与大咸阳之间的官道边。因这条官道东出函谷关与进入太行山口轵关陉的轵道相连，实际便是全部轵道的关中段，故而一直被呼为轵道，道边迎送亭自然也唤作了轵道亭。

卯时到了。当沉重悠长的号角声从皇城传出时，周回数十里的咸阳城头，黑色秦字大旗一齐消失了。守军士卒们放下了手中兵器，默默地走下了雄峻的城垣。各官署仅存的大臣吏员，人人一身布衣，无冠无剑，默默地走出了咸阳南门。皇城内残存的皇族后裔与有官爵的内侍侍女，则是人人白衣散发，无声地汇聚到咸阳宫前的车马广场。

“国薨也——！皇城落旗开门——”

随着韩谈嘶哑悲怆的呼声，皇城内外所有的旗帜仪仗都消失了，郎中们将斧钺器械堆积到城头城下所有的指定地，悄无声息地汇进了一片白茫茫之中。原本平静麻木的人群，随着韩谈的呼声与仪仗旗帜的消逝，突然哭声大起，内侍侍女郎中们纷纷扑向殿前玉阶头撞玉柱，惨烈自戕。片刻之间，白玉广场变成了血泊之地……

子婴视若不见，领着残存的人群缓缓流淌出皇城。咸阳城街市整个空了，从皇城出来直到南门，一条长长的大道上空荡荡杳无一人。直到子婴车马人群流出南门与大臣人群会合，依然没有一个庶民身影。

这一天，整个大咸阳都死寂了。

出降受降，平静得没有任何波澜。

子婴是虔诚出降的。整个出降队列徒步而来。只有子婴与王后，乘坐着一辆以四匹白马驾拉的取缔了任何饰物的王车，脖颈上绑缚着一根原本系印的黑丝带，怀中抱着装有皇帝印玺的玉匣，车后紧跟着两个儿子。王车去饰，白马驾拉，送葬国家之意也，此谓“素车白马”。系印丝带绑缚脖颈，国王该当自杀殉国也，此谓“系颈以组”。子婴献出的印玺是天子五玺。除了那方号为皇帝行玺（常用印玺）的和氏璧玉玺，其余五方大印分别是皇帝之玺、皇帝信玺、天子行玺、天子信玺、天子之玺。加起来是两皇帝玺、三天子玺，共五方印玺。只有在这一日，向由符玺事所专掌的五方神圣印玺，第一次集中在了一个大铜匣中。当布衣散发的子婴系颈以组，将天子五玺高高捧于头顶，一步步向刘邦战车前走来时，刘邦大笑了，楚军金鼓齐鸣了……

终于，刘邦军马隆隆开进了大咸阳。

四　烽烟废墟　帝都咸阳大火三月不灭

刘邦军进入咸阳，首要难题是如何面对庞大无比的帝国遗业。

无论事先如何自觉胸有成算，刘邦们入城之后还是乱得没了方寸。关中的连绵胜迹，大咸阳的宏阔壮丽，使这些大多没进过京畿之地的粗朴将士们大为惊愕，新奇得一时晕乎乎找不到北了。尽管有武关整肃在先，士卒们还是弥散于大街小巷，抢劫奸淫时有发作，整个大咸阳陷入了惊恐慌乱，民众乱哄哄纷纷出逃。刘邦虽说做亭长时领徭役入关中曾经进过咸阳，也偶然遇见过一次始皇帝出巡，但却也从来没有进过皇城。张良、萧何、陆贾、郦食其等名士与将军，也是个个没进过皇城。进咸阳的当日，刘邦顾不得整肃约束部伍，立即与一班干员兴冲冲进入皇城观赏，可一直转悠到三更，还没看完一小半宫室。刘邦万般感喟，大手一挥笑道："这皇城大得没边，嫔妃侍女多得没数，索性今夜住进来乐一回！"随从将士们立即一阵万岁狂呼。旁边张良却低声道："沛公此言大是不妥。项羽军在后，不能失秦人之心。"刘邦蓦然省悟，却见旁边樊哙黑着脸不做声，于是笑骂道："如何，你小子美梦不成，给老子颜色看了！"樊哙气昂昂道："先生说得对！沛公光整肃别人，自家却想泡在这富贵乡不出去！"刘邦一阵大笑道："好好好，走！出去说话。"

回到幕府，中军司马报来乱军抢劫奸淫的种种乱象。刘邦大皱眉头，当即深夜聚将，会商善后之法。将军们纷纷说秦王子婴是后患，不杀子婴不是灭秦。刘邦心智已经清醒，重申了与楚怀王之约与义兵之道，说子婴是真心出降，杀降不祥，杀子婴只能自绝于关中。最后议定，将子婴"属吏"，待禀明楚怀王后再作决断。属吏者，交官吏看管也。之所以如此决断，并非刘邦真正要请命楚怀王，而是顾忌项羽军在后，自己不能擅自处置这个实际是帝国名号的秦王。

此事刚刚决断，一直不见踪迹的萧何匆匆来了。刘邦大是不悦道："入城未见足下，也去市井快活了么？"萧何奋然一拱手道："沛公，我去了李斯丞相府。"刘邦揶揄笑道："如何，趁早抢丞相印了？"萧何没有笑，深深一躬道："沛公，我去查找了天下人口、钱粮、关塞图籍，已得数车典籍。我等两手空空，何以治理郡县？"刘邦恍然大悟，起身正容拱手道："萧兄真丞相胸怀也，刘季受教。"

再议诸事，将军谋臣们已经狂躁大减，遂理出了行止三策：其一，降楚之秦国君臣一律不杀；其二，全军开出咸阳，还军霸上；其三，废除秦法，与秦人约法三章，稳定关中人心。萧何率一班文士立即开始书写文告，天亮之际，约法三章的白布文告已经在咸阳纷纷张挂出来。天亮后，刘邦又带着萧何，亲自约见了咸阳国人中的族老，倡明了自己的定秦方略与约法三章。末了，刘邦高声说："我所以入关中，为父老除害也！我军不会再有所侵暴，父老们莫再恐慌！明日，我即开出咸阳，还军霸上！待诸侯们都来了，再定规矩。"很快，咸阳城有了些许生气，开始有人进出街市了。

这约法三章最为简单，全部秦法尽行废除，只约定三条规矩：其一，杀人偿命；其二，斗殴伤人治罪；其三，盗抢财货治罪。其时之文告用语更简单："与父老约，法三章耳：杀人者死，伤人及盗抵罪。余悉除去秦法。"此等处置，全然应急之策，其意只在彰显刘邦灭秦的大义之道：入咸阳，存王族，除苛法，安民心。无论后世史家如何称颂，约法三章在实际上都是一种极大的法治倒退，而绝非真正的从宽简政。数年之后，刘邦的西汉王朝在亲历天下大混乱之后，几乎悉数恢复了秦政秦法，足证"约法三章"之随机性。

约法三章的同时，萧何给所有的咸阳与关中官署都发下了紧急文告，明告各官署“诸吏皆案堵如故”。也就是说，要所有秦官秦吏依旧行使治民权力，以使郡县乡里安定。如此一来，已经占据关中大半人口的山东人氏与老秦人众，一时都安定了下来，纷纷给刘邦楚军送来牛羊酒食。刘邦下令，一律不许接纳百姓物事，说辞很是慷慨仁慈：“我军占据仓廪甚多，财货粮草不乏。民众苦秦久矣，刘季不能耗费百姓物力也！”于是，刘邦善政之名在关中一时流传开来，民众间纷纷生发出请刘邦为秦王之议。《史记·高祖本纪》描绘云：“人又益喜，唯恐沛公不为秦王。”

凡此等等，皆是关中安民之效。与后来项羽的兽行暴虐相比，刘邦的宽政安民方略颇具远见卓识。其最直接的后续效应，是刘邦的王师义兵之名，在关中民众中有了最初的根基。后来，当刘邦以汉王之身北进关中时，关中百姓竭诚拥戴，全力支持汉军与项羽长期对抗，使关中变成了刘邦汉军的坚实根基。萧何之所以能“镇国家，抚百姓，给馈馕，不绝粮道”，源源不绝地为汉军提供后援，其根本原因，便是关中民众对项羽军的仇恨，与对汉军的自来厚望。历史地说，这是相对远大的政治眼光所必然获得的长远社会利益。

还军霸上数日之后，刘邦突然决断，要抵御项羽于函谷关外。

那夜，一个神秘的游士请见刘邦。这个游士戴着一方蒙面黑纱，个头矮小，人头尚在刘邦肩头之下。矮子举止煞有介事，步态很是周正，刘邦笑得不亦乐乎了。蒙面矮人没笑，只一拱手道：“甘泉鲰生，见过沛公。吾所以来，欲献长策，以报沛公保全关中之德也。”鲰者，原本杂小鱼类，于人，则谓短小丑陋者也。刘邦一听来人报号，不禁又呵呵笑了：“自认丑生，安有长策乎？”鲰生淡淡云：“人丑，其言不丑。沛公计丑人乎，计正理乎？”刘邦顿时正色，肃然求教。鲰生悠然道：“长策者，十六字也：东守函谷，无纳诸侯，自王关中，后图天下。”刘邦皱眉道："关中力竭，子婴不能王，我何能王耶？"鲰生道："子婴不能王者，秦政失人心也。沛公能王者，善政得人心也。秦富十倍于天下，地形之强，雄冠天下。在下已闻，项羽欲封章邯三将为三王。若项羽入关，沛公必不能坐拥关中也。此时若派重兵东守函谷关，使项羽诸侯军不能西进关内。沛公则可征关中民众入军，自保关中而王，其后必得天下。方今之势，关中民众多闻项羽暴虐，必随沛公也。而欲与天下争雄，必据关中为本。沛公好自为之也！"说罢，鲰生无片刻停留，一拱手出得幕府去了。刘邦醒悟，追到帐外，已没了人影。

此时，张良萧何恰好皆不在军中。刘邦反复思忖，鲰生方略果能如愿，则一举便能立定根基。然若果真张开王号，名头又太大，自己目下军力实在不堪。关中民众能成军几多，也实在不好说。刘邦知道，智计之士有一通病，总以民心如何如何，而将征发成军与真正能战混作一团。实则大大不然，关中民众纵能征发数万，形成能战精兵也远非一两年事。然，鲰生之谋又确实利大无比，不能割舍，且要做便得快做，慢则失机失势。刘邦转悠半夜，终于决断，先实施一半：只驻军函谷关抵御项羽，而暂不称王。如此可进可退：果真扛得住项羽军，再称王不迟；扛不住项羽军，总还有得说辞退路。心思一定，刘邦大为振奋，深感自己第一次单独做出了一则重大决断，很是有些自得。天亮之前，刘邦断然下达了将令：樊哙、周勃两部东进，防守函谷关，不许任何军马入关。

刘邦没有料到，这个匆忙的决策很快使自己陷入了生死劫难。

倏忽之间，秋去冬来。

十一月中，项羽军与诸侯各部军马四十万隆隆南下，号为百万大军，经河内大道直压关中。王离的九原军覆灭后，项羽与诸侯联军连续追杀章邯的刑徒军。此时，大咸阳正在连番政变之中，赵高杀二世，子婴杀赵高，朝臣吏员几次大换班，政事陷于完全瘫痪。章邯军所有后援悉数断绝，若再与项楚军转战，势必全军覆没。老将章邯虑及刑徒军将士大多无家可归，为国苦战竟无了局，义愤难忍却又万般无奈，最后只有降楚了。而此时的项羽军诸侯军也正在粮草告乏之时，不欲久战，遂在洹水之南的殷墟，达成出降受降盟约。是年仲秋，章邯三将率二十余万刑徒军降楚了。

项羽接纳了老范增方略，给章邯一个雍王名号，给司马欣一个上将军名号，令两人率降军为前部军马西进。章邯向为九卿重臣，一路说动沿途城邑之残存官署全都归附了项楚军，敖仓等几座仓廪残兵也悉数放弃了抵御。项羽军对沿途仓廪大为搜刮，粮草兵器顿时壮盛了许多。大军进至新安，眼见函谷关遥遥在望，项羽却突然与黥布等密谋，实施了一场极其血腥的暴行——突然坑杀了二十余万降楚刑徒军！

坑杀的事由很是荒诞不经：刑徒军士卒不堪楚军将士“奴掳使之”，遂生怨声。有人密报了项羽，项羽立即作出了一番奇异的推定：“秦吏卒尚众，其心不服，至关中不听，事必危，不如击杀之！”史书记载的最后事实是：“于是，楚军夜击，坑秦卒二十余万人新安城南。”对于多次屠城坑杀的项羽，此等大举暴行驾轻就熟，很快便告结束。

《史记·项羽本纪》为坑杀找了一个同样荒谬的背景理由：项羽的诸侯军中多有当年服过徭役的军吏士卒，当年秦军吏卒对此等人“遇之多无状”。是故，才有秦军降楚后，诸侯吏卒乘战胜之威，将秦军士卒当做奴隶虐待的事发生。列位看官留意，章邯之“秦军”原本并非传统的政府军，而是应急成军的刑徒与官府奴隶子弟。刑徒原本便是苦役，而官奴子弟同样卑贱，如此两种人如何有权力对当年的山东徭役施以“无状”虐待？再者，刑徒军中纵有少量的官军将士加入，亦决然不会人人都虐待过当年的徭役者，将二者等同置换，从而作为对降卒施虐的依据，显然的荒诞。此等理由，只说明了此时尚存的一个历史事实：除了项羽本人不可理喻的暴虐，诸侯复辟势力对秦帝国的仇恨是一种普遍存在，项羽的疯狂只是群体暴虐的发动点而已。

新安坑杀迅速传遍天下，刘邦的函谷关守军大为震恐。

项羽大军抵达函谷关前，见关城大张“刘”字大纛旗，关门则紧闭不开。前军大将黥布命军士呼叫开城。可城头却现出了刘邦军大将樊哙的身影，樊哙大喊着，沛公信守楚怀王之约，先入关中者王，项楚军当自回江东才是。项羽闻报大怒，立即下令黥布军与当阳君两部攻城。项楚军此时大非昔比，已经接手了章邯秦军的全部重型连弩与大型器械，且仍由章邯军残存的弓弩营将士操作，攻城大见威力。而函谷关的刘邦军，虽也有大型防守器械，然樊周两将却已经早早遣散了守关秦军，刘邦军士卒根本无法操持那些需要长期演练的防守器械。樊哙周勃更不知秦军防守函谷关的独有战法，只以最传统的滚木礌石与臂张弓射箭应对，根本无法抵挡在城外弓弩营箭雨遮蔽下的潮水般的攻城楚军。不消半个时辰，函谷关便被攻破。樊哙周勃恐惧于项羽杀戮成性，早领着余部军马向西逃窜了。此战经过在史料中只有“击关，遂入”四个相关字，足见其如何快捷了。

楚军破关，项羽只觉又气又笑，也不下令追杀，只挥军隆隆入关。整肃数日，项羽大军再度西进，终于抵达关中腹地，在骊山之北的戏水西岸驻扎了下来。项羽的中军幕府，驻扎在一片叫做鸿门的高地上。此时，已经是十二月的隆冬时节了。

当夜，老范增领来了一个乔装成商旅的人物来见项羽。此人乃刘邦的左司马曹无伤。曹无伤神秘地对项羽禀报说：“沛公欲王关中，要拜子婴为丞相！秦之珍宝，已经被沛公尽数掳掠了！”老范增阴沉着脸色说："刘邦自来贪财好色，然入关中，财货不取，女色不掠，其志不在小也！老夫曾教望气者相之，言此人上有龙虎五彩之气，此天子气也。少将军当急击勿失也！"项羽大怒，立即下了一道秘密军令：整休一日，第三日攻杀刘邦军。

不料，项羽的这道密令，刘邦却意外地事先知道了。

项羽的一个叔父（季父）项伯，与刘邦军的张良素来交好。得闻项羽密令攻灭刘邦军，项伯匆匆找到霸上，劝说张良赶紧离开刘邦，或随他投奔项羽，或另谋出路。张良说，如此不告亡去，不义也，容我向沛公一别。项伯不善机谋，随张良来到中军幕府，等在了辕门外树影下，张良自己进去告别。张良匆匆来见刘邦，将项羽攻杀密令一说，刘邦顿时大为惊恐。张良此时才问，驻军函谷关抵御项羽，何人谋划？刘邦坦诚地说了鲰生献策自己决断事，没有丝毫隐瞒，只问张良该当如何。张良说，目下事急，只有先疏通项伯，再谋疏通项羽。刘邦忙问，先生如何与项伯熟识？张良说，项伯当年杀人在逃，他曾急难护持，于项伯有救命之恩。刘邦与人交接很见功夫，立即问张良项伯谁年长。张良说，项伯年长。刘邦立即说，先生为我请入，我当以兄长之礼待之。

张良出来一说，项伯虽有难色，终不忍负张良之恩，只有跟张良走进了幕府。刘邦恭敬地以事兄之礼相待，设置了匆忙而不失隆重的军宴，以尊奉长者的一种叫做"卮"的酒器连连向项伯敬酒，热诚盘桓，询问项伯的寿数子女。得闻项伯有女未嫁，刘邦立即为自己的长子求婚。项伯感刘邦豪爽坦诚又尊奉自己为长者，又见张良殷殷点头，便欣然允诺了。于是，两人倏忽之间结成了婚约之盟。之后，刘邦说起了年来进兵诸事，末了无比诚挚地抹着泪水说："刘季入关中，秋毫不敢有所犯，只登录吏民、封存府库，以待上将军前来处置。所以派军守函谷关，无非防止乱军流盗而已。果真抵御，刘季能不亲临军阵，而仅以两个粗货率军么？刘季日夜北望上将军到来，岂敢反乎！敢请项兄为我说几句公道话，刘季不敢背德也！”项伯大为心感，当场欣然允诺，并对刘邦叮嘱了一句：“天亮之后，足下记着立即来谢项王。”

项伯连夜回到鸿门幕府，对项羽备细禀报了见刘邦事。末了，项伯说了一番意味深长的话：“若非沛公先破关中，我军岂敢长驱直入乎？今人有大功，而我灭之，不义也。若能因善而遇，大道也。”项羽见叔父说得诚恳，又听说刘邦万分惶恐，心下大感欣慰，当即点头允诺，取缔了攻杀刘邦军的密令。

次日清晨，尚未到惯常聚将的卯时，刘邦便带着百余名随从来到项羽幕府外，恭谨地等候召见了。若论楚军各方势力资格，刘邦原本与项梁同时举事，又被楚怀王尊为“宽大长者”，又先入关中，此时本是最老资格的一方楚军势力，高着项羽一辈。今日如此谦卑地早早赶来等项羽召见，虽说迫不得已，也是刘邦刻意为之。

果然，年轻的项羽得到禀报后大感尊严，立即下令召见刘邦。刘邦恭敬地进入幕府参拜，又重申了自己的诸般忠心与苦衷，末了慷慨唏嘘地说：“老臣与将军勠力同心灭秦，将军战河北，刘季战河南。刘季不期先入关破秦，才能与将军再度相见于此也！今必有小人之言，有意让将军与老臣生出嫌隙。”项羽不善言辞，交接人物也是喜怒立见颜色，见刘邦称臣唏嘘，一时竟有些愧意，脱口而出道：“此等话，都是沛公那个左司马曹无伤说的。不然，项籍何至于问罪沛公？”刘邦心下惊愕，脸上却一如既往地虔诚抹泪诉说。项羽对赫赫沛公竟然称臣大是欣慰，说得片时，吩咐大摆酒宴抚慰刘邦。

于是，有了那则流传千古的鸿门宴的故事。

太熟的老故事无须多说了。总归是刘邦得种种因素暗助，从盛大而暗藏杀机的酒宴上不告而逃，终于安然脱身了。鸿门宴之后，几个相关人物的命运，皆由此而发生重大变化。其一，向项羽告密的左司马曹无伤，被刘邦回到霸上军营后立即秘密诛杀了。其二，刘邦开始小心翼翼地与项羽周旋，不再对项羽的任何决断提出异议了。这般韬光养晦，直到后来韩信的“明修栈道，暗度陈仓”而北进方告了结。其三，后来的楚汉相争中，项伯几乎成了刘邦的不自觉内应，与刘邦始终保持着秘密联络。其四，老范增对项羽绝望了。这位项楚军最重要的也是唯一具有相对长远目光的奇谋之士，用长剑击碎了刘邦送来的玉斗，唉的一声，顿足长叹：“竖子不足与谋也！来日夺项王天下者，必刘邦也！我等人众，实则今日已为之虏矣！”后来，这位奇谋之士终于在另一个奇谋之士陈平的反间计迷雾中倒下，在项羽的疑忌中愤然告退，郁闷悲愤而发背疽，在归乡途中惨死了。其五，项羽始被刘邦迷惑，自此屡屡落入与刘邦周旋的种种困境，最终迅速溃败身死。

鸿门宴之后，项羽自感已得天下，遂决意恢复诸侯制。

基于名义之需，项羽上书楚怀王，请命“分地而王”。不料，执拗的楚怀王竟只回复了两个字：“如约。”其意明显之极：按照当初之约，先入关中者王，此时当由刘邦为王封地，而不当由项羽称王分封。项羽恼羞成怒，撕碎了回书骂道：“怀王算鸟！我家项梁所立罢了。无战无伐，何以得以主约！定天下者，是项羽！是诸将！不是楚怀王！”此时，诸侯们已经人人明白项羽要做天下之王，要以天子名义分封诸侯，乐得人人逢迎，更乐得早日占据一方。于是，项羽以诸侯共倡为名，给楚怀王奉上了一个虚空名号——义帝，而自己则做了实际上的天子。不久，楚怀王便被项羽派人暗杀了。这位颇具见识的牧羊少年，终于消失在秦末的大毁灭风暴中了。

隆冬时节，复辟诸侯制的分封大典在楚军营地举行了。

项羽亲自宣示了废除帝国郡县制的王书，向天下彰明了分封诸侯的王道长策。接着，诸侯们上书称颂项羽武功，拥立项羽为西楚霸王，行天子号令。霸王者，王号也；西楚者，王畿所在地也，或曰国号也。其时，旧楚地域分为四楚：淮北之陈郡地带为北楚，江陵地带为南楚，江东吴越为东楚，彭城地带为西楚。项羽以彭城为都，故号西楚霸王。

项羽名号，实为中国历史上最为荒诞不经的一个王号。以字之本义论，霸是“魄”的本字，原指每月初始的新月，故从“月”。《周书》有“哉生霸”之说。《说文》云：“霸，月始生，霸（魄）然也。”进入春秋战国，“霸”遂演化为强力大争、强力治世学说的轴心语词，这便是霸道、霸王之说，与王道说对立；通常，法家被指认为霸道说，然并非法家认可。若以实际论之，霸则指霸主，譬如赫赫大名的春秋五霸；越王勾践横行江淮时，诸侯曾纷纷庆贺，也曾称颂其为霸王。也就是说，霸王之名，其时泛指拥有一种超乎寻常的军力威势的王者，与“霸道”治世学说并无必然联系。若以复辟诸侯制的政治主张而言，项羽恰恰与霸道反其道而行之，正好该是王道复古论者。故此，项羽自号霸王，其意绝非宣示治世理念，而仅仅是炫示自己的赫赫威势。

更有甚者，项羽之前的所有霸主、霸王、五霸等等名号，皆为天下指认，而无一人自封。公然以“霸王”自封为正式王号者，五千年唯项羽一人也。其刚愎横暴，其愚昧昭彰，其蠢蛮酷烈，由此足见矣！关中民众此后评说项羽，有一个极为传神的说法：“人言楚人沐猴而冠，果然！”《史记·索隐》云，沐猴而冠说的是楚人性暴躁。其实大不然也。猴子沐浴而冠带者，妖精也，魔怪也，绝非性情暴躁之意也。这一诅咒式评判，以“楚人”为名，实则明确指向项羽。因为，刘邦也是楚人，而关中民众却争相拥戴其为秦王。是故，此骂在实质上并不涉及对楚人的整体评判。唯其此骂入骨三分，项羽大为恼怒，立即下令搜捕那个说者，活活在大鼎里用滚水煮死了此人。《集解》引两说，一云此人为蔡生，一云此人为韩生，总归关中士子也。

项羽即霸王位，分封的十八位诸侯王分别是：

魏豹	西魏王	都平阳
韩成	韩王	都阳翟
赵歇	代王	都邯郸
田都	齐王	都临淄
臧荼	燕王	都蓟城
刘邦	汉王	都南郑
瑕丘申阳	河南王	都洛阳
司马印	殷王	都朝歌
张耳	常山王	都襄国
黥布	九江王	都六（县）
吴芮	衡山王	都邾城
共敖	临江王	都江陵
田市	胶东王	都即墨
田安	济北王	博阳
韩广	辽东王	都无终
章邯	雍王	都废丘
司马欣	塞王	都栎阳
董翳	翟王	都高奴

分封完毕，项羽扶着长剑站起，吼出了自己的快意宗旨："本王已经定天下！然尚未向暴秦复仇！三日之后，杀秦王子婴，开掘骊山陵，焚烧咸阳！本王将与诸侯瓜分关中财货女子而后各回封地享国！"诸侯

们惊愕良久，才开始狂呼霸王万岁了。

这一日，呼啸的北风鼓荡起漫天红霾，大咸阳的天空一片雾蒙蒙暗红。

楚军在渭水草滩摆开了声势浩大的刑场，将在咸阳能搜罗到的嬴氏皇族悉数缉拿，押解到了灭秦刑场。白发子婴走在队首，其后大多是少年男女与白发老者，除了子婴身后的子桓子陵，精壮者寥寥无几。残存的嬴氏子孙们步履蹒跚地蠕动着，没有一个人发出任何声息，似乎一片梦游的人群散落在古老的陇西草原。关中民众忙于惊恐出逃，没有一个人前来观刑。十万江东精锐围起的刑场，依然一片空旷寥落。项羽亲率十八位诸侯王前来行刑，号为复仇之杀。

终于，午时鼓声响起了。

项羽走下刑台，走到了子婴面前冷冷一声："子婴抬头！"

雪白的头颅缓缓仰起，子婴直直盯着项羽，轻蔑地淡淡地笑了。

项羽顿时大怒，突兀大喝："暴秦孽种！知罪么！"

子婴冷冷笑道："秦政固未尽善，然绝非一个暴字所能了也。大秦为天下所建功业，岂一屠夫所能解耳？屠夫可杀子婴，可灭嬴氏，然终不能使秦政灭绝矣！"

项羽被激怒了，吼声如雷，丢开长剑一把扭住了子婴白头。

但听一声异常怪响，一颗血淋淋的白头已经提在了项羽手里！

子婴尸身一阵剧烈抖动，脖颈突然激喷出一道血柱直扑项羽。

项羽顿成一个血人，连连跳脚大吼："杀光嬴氏皇族！"

在项羽的吼声中，楚军大刀起落，一排排人头落地了。

鲜血汩汩流入枯草，流入灰蒙蒙翻滚的渭水，红色的河水滔滔东去了……

杀完了嬴氏皇族，项羽的数十万大军立即开始大肆掳掠咸阳与关中财货。这是亘古未见的彻底掳掠，其轴心是三大方面：其一盗掘骊山陵，其二搜罗大咸阳宫室与关中所有行宫台阁之财货与妇女，其三征发民户财货与妇女入军。而后，项羽军又大肆征发关中牛马人力车辆，昼夜不绝地向彭城运送财货妇女。

苍茫壮阔的骊山陵，遭受了第一次浩劫，也是历史上最大规模的浩劫。项羽亲自坐镇掘陵，楚军大队兵马狂风卷地而来，推倒了翁仲，掀倒了殿阁，掘开了陵墓，肆意砸毁陵墓中排列整齐的兵马俑军阵，从地下搬运出能搬走的所有殉葬财宝。就在楚军要大规模开掘始皇陵地宫时，红霾笼罩的天空突然炸雷阵阵电光闪闪，隆冬天竟然大雨如注冰雹如石漫天砸下，掘陵楚军立刻死伤遍地，兵士们仓皇奔走惨叫连天。黥布赶来惶惶说："冬雷大凶，不宜继续掘陵。"项羽才气狠狠悻悻中止了开掘地宫。

怒气难消，项羽全力以赴地劫掠关中财货妇女了。

项羽下了一道军令：举凡不出财货妇女者，一体坑杀！此时的关中人口，已经大多为山东迁入人口，老秦人已经居少数了。所谓山东迁入人口，主要是三大部分：一是灭六国前入秦定居的山东商旅，一是灭六国后迁徙进来的六国贵族，一是大量滞留的山东徭役。拥有财货妇女者，实以前两种人口居多，而尤以老山东商旅为最多。此两种人满心以为，楚军最不当抢掠的便是他们。殊不知，项羽却骂入秦山东人氏助纣为虐，照样一体掳掠。于是关中大乱，民众多有动荡怒声。项羽闻报大怒，立即下令坑杀怨民。于是，项羽军又有了最大规模的"西屠咸阳"暴行。

自此一屠，关中精华人口几乎丧失殆尽。

《史记·项羽本纪》对项羽入秦的作为记载是："项羽引兵西屠咸阳，杀秦降王子婴；烧秦宫室，火三月不灭；收其货宝妇女，而东。"

《秦始皇本纪》的记载是："项籍为从长（纵约盟主），杀子婴及秦诸公子宗族；遂屠咸阳，烧其宫室，虏其子女，收其珍宝货财，诸侯共分之。"《高祖本纪》的记载是："项羽遂西，屠烧咸阳宫室，所过无不残破。秦人大失望，然恐，不敢不服耳。"三处皆有屠咸阳，可谓凿凿矣！自春秋战国至秦末，史有明载的大规模战争掳掠，只有两次：一为乐毅灭齐之后，二为项羽入关之后。与项羽的全面酷烈暴行相比，乐毅实在已经算是仁者了。乐毅尚能自省，掳掠只以财货劳力为大体界限，从未屠城。后期，乐毅更欲以仁政化齐。项羽不同，暴行十足而彻底，其残酷暴虐，远远超过此前此后的任何内乱动荡与外患入侵。

这一年的冬天大干大冷，整个关中陷入了一片死寂。

上天欲哭无泪，年年隆冬雪拥冰封的关中，没有一片雪花飘落。红霾一冬不散，天空大地终日雾蒙蒙烟沉沉血红无边，残破的村社，荒芜的农田，尽行湮没在漫天红尘之中。春天终于来了，却没有丝毫的春意。空旷的田野没有了耕耘，泛绿的草滩没有了踏青，道中没有车马商旅，城垣没有人口进出，座座城池冷清不堪，片片村社鸡犬不鸣。整个大咸阳，整个关中平野，都陷入了无以言说的悲凉萧疏。

诸侯们不敢与江东楚军在掳掠中争多论少，分得的财货妇女远远少于项羽军。一个奇异干冷的冬季，已经使诸侯军在关中难以为继了。开春稍暖，诸侯们便以各种各样的理由先行退出了关中。项羽眼见大秦数百年之财货妇女，已经全部东流，关中业已变成了萧疏残破的原野，咸阳变成了杳无人迹的空谷，自觉了无生趣，遂决意东归了。

此时，有人进言于项羽，说了一通关中的好处，劝项羽都关中以霸。项羽却俨然一个出海成功的海盗，得意而又慨然地说："富贵不归故乡，如锦衣夜行，谁知之者！"于是，有了那则"沐猴而冠"的恐惧骂辞。项羽眼皮也不眨，便索拿烹杀了那个敢骂他沐猴而冠的士子。

然则，项羽却由此而隐隐生出了一种深深的恐惧：只要大咸阳冰冷地矗立着，秦人迟早都会复仇。既然自己不在关中立足，大咸阳便决然不能留在关中，否则，无论何方势力进入关中，都将是后患无穷。

决意东归之日，项羽下令纵火焚烧咸阳。

这是整个人类文明史上最为野蛮的毁灭之火。

犹带寒意的浩浩春风中，整个大咸阳陷入了无边的火海，整个关中陷入了无边的火海。巍巍皇城，万千宫室，被罪恶的火焰吞噬了；苍苍北阪，六国宫殿，被罪恶的火焰吞噬了；阿房宫，兰池宫，穷年不能尽观的无数壮丽宫室，统统被烈火吞噬了。大火连天而起，如巨浪排空，如洪水猛兽，一片又一片，整个关中连成了火的汪洋，火的世界。殿阁楼宇城池民房仓廪府库老弱生民猪羊牛马河渠田畴直道驰道，万千生命万千民宅，统被这火的海洋吞没了。赤红的烈焰压在半天之上，闪烁着妖异的光焰，烧过了春，烧到了夏……

这是公元前 206 年春夏之交的故事。

三年之后，刘邦军再度进入关中，大咸阳已是一片焦土。

两千余年之后，大咸阳已经成为永远埋在地下的废墟。

然则，那个伟大的帝国并没有就此泯灭。

帝国的永恒光焰，正时时穿越时空隧道，照亮着我们这个民族脚下的道路。

［《大秦帝国·帝国峰烟》终］

祭秦论　原生文明的永恒光焰

——秦亡两千二百十五年祭

公元前207年秦亡，至今岁，两千二百十五年矣！[1]

漫漫岁月，沧桑变幻，人类文明在甘苦共尝中拓展延伸，已经由我们在《大秦帝国》中走过的铁器农耕文明，进境为工业文明与科学文明之交会时代了。然则，文明的进境并没有从根本上改变人性，没有改变人性的基本需求，更没有改变人类面对的种种基本难题。人还是人，人类还是人类，国家还是国家，民族还是民族；贫困与饥饿依然随处可见，战争与冲突依然不断重演；先民曾经反复论争的人性善恶、法治人治、变革守成、贫富差异等等基本问题，并没有因为工业与科学的出现而消弭。甚或相反，交通的便捷与信息的密集，使种种冲突更为剧烈，更为残酷，更为多元，更为全面。我们在高端文明时代面对的基本问题，依然是先民在原生文明时代面对的基本问题。

[1]《祭秦论》写于2008年。（编者注）

我们的脚步，依然是历史的延续。

回首历史而探究文明生发演变之轨迹，对于我们这个五千年绵延相续而守定故土的族群，有着重新立定精神根基而再造高端文明的深远意涵。对于在各种文明的差异与冲突中不断探索未来之路的整个人类，有着建设性的启迪。深入探究足迹漫长而曲折的中国文明史，其根基点，无疑在于重新开掘中国原生文明的丰厚内涵。

深刻认知我们这个民族在文明正源时代的生存方式、生命状态及其无与伦比的创造力，并从高端文明时代应有的历史高度，给予正确客观的解析，方能如实甄别我们面临的精神遗产，恰如其分地选择我们的传统文明立足点，避免将古老糟粕当做稀世珍宝的难堪与尴尬。唯其如此，走完大秦帝国的历史之路，再解析帝国灭亡的历史奥秘，清点帝国时代的文明遗产，并回顾我们的历史意识对原生文明时代的认知演变，便成为重新开掘的必要一步。

由于种种原因，我们的历史意识已经长久地堕入了一种误区：对繁杂细节的考据，淹没了宏阔的文明视野；对具体事件的记叙，取代了高远的剖析与甄别。年深日久，几乎形成了一种怪圈：桩桩小事说得清，件件大事不明白。就事件的发端、经过、结局等具体要素而言，几乎每一日每一事的脉络都是清楚的，不存在诸多民族常有的那种动辄消失几百年的大段黑洞。然则，对重大事件、重大人物、重大时代、国民精神、生存方式等等具有文明坐标意义的历史核心元素的研究评判，却始终不着边际，没有形成一种以国民意识体现出来的普遍认知。至少，在我们已经跨入高端文明的门槛之后，我们的浩瀚典籍中还没有一部立足于文明史高度，对中国的传统文明作出整体解析与评判的著作。作为中国原生文明时代的轴心，秦帝国所遭遇的历史口碑，是这种褊狭的历史意识浸渍而成的最大的荒诞剧。

我们每每惊叹于地下发掘的宏阔奇迹。

我们常常麻木于文明开掘的精神再生。

追溯秦帝国的历史兴亡脚步，我经常不自觉地陷入一种难以言说的迷茫。埋首检索那些汗牛充栋的典籍史料，我每每惊愕于一个不可思议的现象：对于如此一个只要稍具历史目光与客观头脑，便能评判其不朽文明价值的帝国时代，何以那么多的历史家学问家以及种种骚人墨客乃至市井演义，都充满了怨毒的心绪，不惜以种种咒骂横加其身？隋唐之后更是不分析，不论证，不甄别，凡涉春秋战国秦之评判，大体皆统统骂倒。及至当代目下，仍有诸多学人秉承此风，屡屡说得口滑，言辞之轻慢戏侮几近江湖套路，读之既咋舌不已，又颇觉滑稽。

问题究竟出在了什么地方？

何等历史烟雾，使秦文明两千余年不为国人意识所认同？

这既是《大秦帝国》开篇序言提出的基本问题，也是这部作品在最后该当有所回应的基本问题。我力图做到的，是以所能见到的种种史料为依据，解析国民历史意识对秦帝国非议曲解的演变轨迹，并探究秦帝国灭亡的基本原因，发掘中国原生文明的精魂所在，对我所追慕的伟大的原生文明，对我所追慕的伟大的秦帝国，有一个诚实的说法。

是文为祭，以告慰开创华夏原生文明的伟大先贤们。

一　暴秦说：秦末复辟势力的历史谎言

秦帝国的骤然灭亡，是中国文明史上最大的黑洞。

秦以排山倒海之势一统天下，以变法图强之志大规模重建华夏文明；使当时的中国，既一举跨越了以“国人”与奴隶生产为根基的夏商周三代古老松散的邦联文明，又一举整合了春秋战国五百余年剧烈大争所酝酿出的全部文明成果；以最大的规模，以最快的速度，巍巍然创建了人类在铁器时代最为伟大的国家形式，最为进步的社会文明。依照历史的法则，具有伟大创造力的权力主体，其权力生命至少应当延续相当长的一个历史时期。然则，秦帝国却只有效存在了十二年（其后三年为崩溃期）。随着始皇帝的骤然撒手而去，建成这一伟大文明体系的权力主体，也轰然溃灭了。

这一巨大的命运落差，给攻讦与谎言提供了历史空间。

历史的发展，已经显示出固有的内在逻辑：权力主体的灭亡，并不等同于其所创建的文明体系的灭亡；权力主体在某个阶段的突然沉沦，并不必然植根于其所创造的文明体系。历史的事实是：作为文明建筑师的秦帝国骤然灭亡了，秦帝国所创建的文明体系却为后世继承了；秦帝国政权因突发政变而突然崩溃了，其结局却并未改变秦帝国所创造的文明体系的历史本质。

历史的逻辑，已经包含了解析历史真相的路径。然则，我们对秦帝国灭亡之谜的历史探究，两千余年一直存在着一个巨大误区：将秦帝国所创建的文明体系与秦帝国权力主体等同而一，论秦亡必以秦政为因，论秦政必以秦亡为果，以秦亡之速推论秦政之恶，以秦政之恶推论秦亡之速，互为因果，越纠缠越乱。由于这个巨大误区的存在，对秦亡原因之探究，长期陷入一种愚昧的因果定论：秦政暴虐，暴政亡秦。诚然，这个误区看似只是方法论意义上的误区，是“暴秦”说的学理成因之一。但是，两千余年来我们的历史学家始终集中于孜孜寻求“暴政”依据，并无数次地重复这则古老的论断，直至当代依然没有发生大的变化，其中自然有着上述误区的长久积淀。

“暴秦”说其来有自，我们的梳理得从源头开始。

对以秦政秦制为轴心的秦文明的评判争议，其实自秦孝公商鞅变法之后的秦国崛起时期便开始了。就总体而言，战国时代对秦文明的评判是两大主流：一则，是从制度的意义上，高度肯定秦国变法及其所创造的新型法治文明，并力图效法秦国，由此形成了以赵国燕国变法为代表的第三波变法浪潮；一则，是从施政的意义上，对秦国法治作出了严厉指控，其代表性言论是“苛法”说与“虎狼”说。在战国时代，尚未见到明确的“暴政”说法。就根基而言，这两种说法的根基点是不同的。“苛法”之说，是具有“王道”价值观的守旧学派的一种政治评判。尽管这一评判具有守旧学派反对一切变法的特质，并不具有认真探究的客观性；但就其基本面而言，尚是一种法治与政论的争鸣，不具有总体否定的意图。“虎狼”之说，则是山东六国基于族群歧视意识，在抗争屡屡失败之后，以仇恨心态发出的政治诅咒，实属攻讦性的非正当评判，自不当作为文明评判的历史依据。

从基本面说，战国后期的秦灭六国之前，天下言论对秦政的评判是积极认定的。最基本的依据，有两方面。一方面，战国末期兼具儒法两学，且学术立场素来公正的荀子大师，对秦制秦政秦风素有高度评价。在《强国》篇中，荀子依亲自入秦的所见所闻，对秦风秦政作出了最高评价：“佚而治，约而详，不烦而功，治之至也。秦类之矣！”在《正论》篇中，荀子则对“治世重刑”的合理性作了充分论证，实际是对“苛政”说的回应。荀子之说，没有任何人提出反驳。另一方面，战国末期“天下向一”的历史趋势日渐形成，“天下一统”的可操作战略也由李斯适时提出。这种人心趋势，意味着天下寄厚望于秦政，寄厚望于秦国“一”天下。如此两个基本面充分说明：战国之世对秦政的总体评判虽有争议，但天下主流是肯定秦政秦制的。当然，这种肯定的后面，有一个最基本的社会价值原则在起作用：求变图强是战国时代的核心价值观，而战国变法只有秦国最成功，成功本身是“应时而变”

的结果，是顺应潮流的结果，社会意识不可能否定自己的潮流。在“求变图存”与“大争事功”成为时代精神的大背景下，整个社会对一个获得巨大成功的国家，是没有指责理由的。

秦帝国一统天下后，舆论情形发生了变化。

变化的轴心，是关于恢复诸侯制还是建立郡县制的大争论。由这一大争论生发开去，牵涉出对夏商周三代文明与秦帝国所创文明的总体对比，以及与之相关的总体评判。然则，这场大争论及其余波，仍然被争论各方自觉限定在战国精神所能容纳的争鸣之内：反对方并未涉及对秦政的总体指控，创新方也并未以对方对传统诸侯制的赞美而横加指责，更谈不上问罪了。历史声音的突然变调，开始于“焚书坑儒”案之后。自儒生博士们纷纷从秦帝国庙堂“亡”去（不经正式辞职而私自离职），评判秦文明的言论中便出现了一种此前从未有过的声音：秦政毁灭典籍，暴虐之道也。被秦始皇拜为少傅文通君的孔子八世孙孔鲋，以及诸多在秦帝国职任博士的名儒，都在离开中央朝廷后与藏匿山海的六国贵族们秘密联结起来了。这种以“非秦之政”为共同点的秘密联结，使原本并不具有真实政治根基而仅仅是庙堂论政一家之言的政治评判，不期滋生为六国贵族复辟的政治旗帜。

“暴秦”说，遂以极大的声势，在秦末之乱中陡然生成了。

自陈胜吴广举事反秦，对秦政的认知评判，便成为当时所有反秦势力必须回答的紧迫问题。以反秦次序论，最先反秦的陈胜吴广农民集团，当时对秦政并无总体性仇恨。“闾左徭役”们直接仇恨的对象，首先是秦二世的过度征发，尚不涉及对秦政如何评判。陈胜的“天下苦秦久矣”之叹，所言实际内容也只是二世即位后的政治行径。基于农民集团的直感特质，陈胜吴广的发端路径很简单：先以为扶苏、项燕鸣冤为事由，后又以“张楚”（张大楚国）为举事旗号，最终达成以武力抗争谋求最好的社会出路。演变的转折点，出现于陈胜举事后谁也预料不到的天下轰然而起的陡然大乱之局。陈胜农民军迅速占据了陈郡，六国贵族与当地豪强纷纷聚来，图谋借用陈胜力量复辟，这才有了最初的“暴秦”说。原发经过是：陈郡“三老豪强”们劝说陈胜称王，并大肆称颂其反秦举事是“伐无道，诛暴秦”的大业。这是贵族阶层第一次对秦帝国总体冠以“暴秦”之名，是中国历史上最早的“暴秦”说。

就其实质而言，这是一个显然的政治权谋：志在复辟的贵族势力，利用农民集团政治意识的幼稚，以称颂与劝进的方式，将自己的政治目标巧妙设定成农民集团的政治目标，从而形成天下共讨“暴秦”的声势。其实际图谋，则是使农民反秦势力成为贵族复辟的强大借用力量。其后的历史事实，正是如此演进的：除了刘邦、项梁、黥布、彭越四支反秦势力，是借陈胜发端声威而没有直接借用陈胜兵力举事外，其余所有六国贵族都投奔了陈胜吴广集团，直接以陈胜划拨的军马为根基，以陈王部将的名义出兵，而后又迅速背叛陈胜，纷纷复辟了六国旗号。陈胜政权的迅速消失，其根本原因，正是被大肆渗透其中的贵族复辟势力从内部瓦解了。

复辟势力遍地蜂起，对秦政秦制的总体攻讦，立即以最激烈的复仇方式爆发出来。六国复辟者们纷纷杜撰煽惑说辞，愤愤然将秦政一概骂倒。其间，诸多攻讦在史料中都是零散言辞，只有三则言论最成系统，因而具代表性。这三则言论，都是由张耳、陈余为轴心的“河北”赵燕集团所生发，既是当时最具煽惑力的言论，又是被后世“暴秦”论者引用最多的史料。唯其如此，我们将这三则言论全文引录如下：

> 陈中豪杰父老乃说（陈涉称王）……陈涉问此两人（张耳陈余），两人对曰：“夫秦为无道，破人国家，灭人社稷，绝人后世，

罢百姓之力，尽百姓之财。将军瞋目张胆，出万死不顾一生之计，为天下除残也！今始至陈而王之，示天下私。愿将军毋王，急引兵而西；遣人立六国后，自为树党，为秦益敌也！敌多则力分，与众则兵强。如此野无交兵，县无守城，诛暴秦，据咸阳以令诸侯。诸侯亡而得立，以德服之，如此则帝业成矣！今独王陈，恐天下不解也。”

武臣等从白马渡河，至诸县，说其豪杰曰：“秦为乱政虐刑以残贼天下，数十年矣！北有长城之役，南有五岭之戍，外内骚动，百姓罢敝，头会箕敛以供军费，财匮力尽，民不聊生。重之以苛法峻刑，使天下父子不相安。陈王奋臂为天下倡始，王楚之地，方二千里，莫不响应，家自为怒，人自为斗，各报其怨而攻其仇，县杀其令丞，郡杀其守尉。今已张大楚，王陈，使吴广、周文将卒百万西击秦。于此时而不成封侯之业者，非人豪也！诸君试相与计之！夫天下同心而苦秦久矣！因天下之力而攻无道之君，报父兄之仇而成割地有土之业，此士之一时也！”

武臣（武信君）引兵东北击范阳。范阳人蒯通说范阳令曰：“窃闻公之将死，故吊。虽然，贺公得通而生。”范阳令曰：“何以吊之？”对曰：“秦法重。足下为范阳令十年矣！杀人之父，孤人之子，断人之足，黥人之首，不可胜数。然而，慈父孝子莫敢剚刃公之腹中者，畏秦法耳！今天下大乱，秦法不施，慈父孝子可剚刃公之腹中以成其名。此，臣之所以吊公也！今诸侯畔（叛）秦矣，武信君兵且至，而君坚守范阳，少年皆争杀君而投武信君。君若急遣臣见武信君，可转祸为福在今矣！”范阳令乃使蒯通见武信君（又做了范阳令的使者，这里又有了一大篇为范阳令辩护的说辞）……武信君从其计，因使蒯通赐范阳令侯印（注意，又成了武臣的使者）。赵地闻之，不战以下城者三十余城。

这三则以攻讦秦政秦制为轴心的言论，具有显然的不可信处：

其一，强烈的复仇心态与权谋目标，使其对秦政的攻讦具有明显的手段性，丧失客观真实性。简单说，第一则是张耳陈余利用农民集团在政治上的幼稚，对陈胜设置了巨大政治陷阱：不要急于称王，农民军应当一面全力对秦作战，一面同时扶持六国贵族尽速复辟。这一陷阱的要害，是诱骗农民军抵挡秦军，而六国贵族趁机复辟称王。为了这一目标，张陈两人将“破人国家，灭人社稷，绝人后世”列为“暴秦”首恶，而将复辟六国贵族作为“为秦树敌”的首要急务。后来的事实是：包括张陈集团在内的六国贵族，一旦借陈胜兵力出动，则立即迅速称王，丝毫不顾忌“示天下私”之嫌疑了。这等因赤裸裸的权谋需要而蓄意生发的“暴秦”说，是典型的攻讦说辞，无法与严肃的评判相提并论。是故，后世说者大多悄悄抛弃了这一说法，不再将灭六国作为秦帝国的罪行对待。

其二，为达成尽速下城占地的实际利益，虚声恐吓，肆意夸大。蒯通说范阳令之辞，是“秦任酷吏”说的代表。其对民众仇恨之夸张，其先前的恐吓与后来的抚慰之间的自相矛盾，都到了令人忍俊不能的地步。显然的事实是：蒯通为使自己成为纵横名士，先恐吓范阳令，再允诺自己所能给范阳令的前途：只要降赵为复辟势力收服城池，便可“转祸为福”；而后，蒯通再转身变作范阳令特使，对武臣又大说范阳令苦衷，使武臣“从其计”；再后，蒯通又摇身变作武臣特使，赏赐范阳令以侯爵印并高车驷马；至此，蒯通个人目标达成而成为名士重臣，范阳令也"转祸为福"，武臣也借此得到三十余城。此等秦末策士卷入复辟黑潮，其节操已经大失战国策士之水准，变成了真正的摇唇鼓舌唯以一己之私利的钻营者。即或大有"贤名"的张耳陈余，后来也因权力争夺大起龃龉，终究由"刎颈之交"变成了势不两立。我们要说的是：此等实际利益争夺中的虚声恐吓说辞，多有肆意夸大，不足作为史料凭据。

其三，此类说辞大而无当，与当时事实有显然的矛盾，其诸多纰漏完全经不起推敲。譬如武臣集团的说辞，其显然的夸大胡诌至少有四处：一则，"吴广周文将卒百万西击秦"。《史记》只云"数十万"，尚且可疑。百万大军攻秦，全然信口开河。二则，"陈涉王楚之地，方二千里"。其时，陈胜农民军连一个陈郡尚且不能完全控制，何来方二千里土地？三则，"头会箕敛，以供军费"。秦帝国军费来源颇多，说辞夸张地归结描绘为"家家按人头出钱，官府以簸箕收敛"这一残酷形式。四则，"家自为怒，人自为斗，各报其怨而攻其仇，县杀其令丞，郡杀其守尉"。就实而论，举事反秦之地在初期肯定有仇杀与杀官事实，如项梁刘邦举事都是如此。然若天下尽皆这般，何以解释章邯大军出动后在大半年之内的秋风扫落叶之势？

其四，秦末复辟势力具有典型的反文明性，其强烈的施暴实践，最充分地反证出其诛暴言论的虚伪性。作为秦末复辟势力的轴心，江东项羽集团的大暴行具有骇人听闻的酷烈性。《史记·项羽本纪》记载了项羽集团对平民与降卒的六次大屠杀，全部都是战胜之后骇人听闻的屠城与杀降：第一次襄城屠城，坑杀全城平民；第二次城阳大屠杀，杀光了此前辅助秦军抵抗的全城平民；第三次新安大屠杀，坑杀秦军降卒二十万；第四次咸阳大屠杀，杀戮关中平民无计，大烧大杀大劫掠大掘墓；第五次破齐大屠杀，坑杀田荣降卒数目不详，大劫掠大烧杀，逼反复辟后的齐国；第六次外黄大屠杀，因一个少年的利害说辞而放弃。种种大规模暴行之外，项羽又恢复了战国大煮活人的烹杀，后来又有杀楚怀王、杀秦王子婴并嬴氏皇族、大掘秦始皇陵等暴行。项羽集团频频大规模施暴，使大屠杀的酷烈恶风在秦末之乱中骤然暴长。号为“宽大长者”而相对持重的刘邦集团，也有两次大屠城：一屠颍阳，二屠武关。自觉推行安民方略的刘邦集团尚且如此，其余集团的烧杀劫掠与屠杀则自可以想见了。

当时，不幸成为“楚怀王”的少年芈心，对项羽的种种恶魔行径始终心有余悸。这个楚怀王对大臣将军们忧心忡忡而又咬牙切齿地说：“项羽为人，剽悍猾贼！项羽尝攻襄城，襄城无遗类，皆坑之！诸所过之处，无不残灭！”故此，楚怀王坚执不赞同项羽进兵咸阳，而主张“宽大长者”刘邦进兵咸阳。剽者，抢劫之强盗也。悍者，凶暴蛮横也。猾者，狡诈乱世也。贼者，邪恶残虐也。少年楚怀王的这四个字，最为简约深刻地勾出了项羽的恶品恶行。这个聪明的楚怀王当时根本没有料到，因了他这番评价，项羽对他恨之入骨。此后两三年，楚怀王便被项羽以“义帝”名目架空。之后又被毫不留情地杀害。楚怀王能如此评判，足见项羽的酷烈大屠杀已经恶名昭著于天下了。

太史公亦曾在《项羽本纪》后对其凶暴深为震惊，大是感慨云：“羽岂舜帝苗裔邪？何兴之暴也！”《索隐述赞》最后亦大表惊骇云：“嗟彼盖代，卒为凶竖！”——很是嗟叹啊，他这个力能盖世者，竟陡然成了不可思议的凶恶之徒！显然，项羽之凶恶为患，在西汉之世尚有清醒认知。孰料世事无定，如此一个恶欲横流凶暴骇人的剽悍猾贼，宋明伊始竟有人殷殷崇拜其为英雄，惋惜者有之，赞颂者有之，以致颂扬其“英雄气概”的作品广为流播。如此荒诞之认知，我族良知安在哉，是非安在哉！

整个战国之世兵争连绵，但却没有过一次屠城暴行。秦始皇灭六国大战，秦军也没有任何一次屠杀平民的暴行。秦末复辟势力却变成了疯狂恶魔，对整个社会展开了变态的报复，其残暴酷烈远远超过了他们所指斥的“暴秦”千百倍。此等无与伦比的大破坏大摧毁暴行，风行“楚汉相争”的短短几年，成为中国乃至整个人类历史上绝无仅有的飓风大破坏时期。其直接后果是，繁荣昌盛的帝国文明在五六年中骤然跌入了“人相食，死者过半”的社会大萧条大赤贫境地，以致西汉建政五十余年后仍然陷入严重赤贫而不能恢复。

作为历史谎言的生发期，说者的动机、手法与怨毒的心绪，已经在上述特征中得到了最充分体现。某种意义上，秦末复辟者的言行，恰如孔子指斥少正卯所描画：言大而夸，辞伪而辩，行辟而奸，心逆而险。是故，其攻讦之辞无处不似是而非，几乎没有一条可以作为评判秦文明之依据。倘若忽视这些基本特征，而将其作为论证“暴秦”的历史依据，则意味着我们的历史意识尚不具有高端文明时代应有的分析水准。

二　历史实践与历史意识的最初分裂

以对秦文明的评判为轴心，西汉历史的实践与意识出现了最初的分裂。

历经为祸剧烈的秦末之乱与楚汉相争，西汉王朝终于再度统一了中国。当此之时，如何面对秦帝国及其母体春秋战国时代，成为西汉建政立国最为紧迫的实际问题。如何解决这一问题，直接取决于主导阶层的历史意识。所谓历史意识，其轴心是社会主导阶层的文明视野，及其所能代表的广泛的社会利益，而绝非领袖个人秉性与权力阴谋所能决定。文明视野与社会利益的广泛度，有一个具体的基准问题：对待秦帝国所开创的大一统文明框架，是全面继承还是另起炉灶？

从中国文明演进的历史意义上说，西汉是一个极其重要的具有特殊意义的时代。这一特殊在于：西汉处在中国原生文明之后的第一个十字路口，最具有发生种种变化的社会潜质，最具有重塑中国文明的种种可能。一言以蔽之，西汉王朝承担着“如何承前，如何启后”的最重大的历史课题。唯其如此，西汉王朝的历史抉择，显得特别的重要。

西汉的开国阶层，基本是由秦末各种社会职业的布衣之士组成的。其中坚力量之中，除了一个韩国贵族张良，刘邦集团的文臣武将大多由吏员、商贩、工匠、小地主、游士、苦役犯六种人构成。刘邦本人，更是典型的秦末小吏（亭长）。虽有职业的不同与社会身份的些许差异，但就总体而言，他们都处于平民阶层。这一广大阶层，是孕育游离出战国布衣之士的社会土壤，其中的佼佼者，几乎无不具有战国布衣之士的进取特质。从社会意识与历史意识的意义上说，当时的士人阶层，是对历史与所处时代有着相对全面、客观、清醒认识的唯一社会阶层。基于这种社会根基，刘邦集团的种种政治作为，一开始便与项羽集团有着种种较为鲜明的反差。对待秦文明的基本态势，刘邦集团与项羽集团更有着重大的区别。项羽集团作为既得利益的丧失者，对秦文明恨之入骨，既彻底地有形摧毁，又彻底地精神否定，灭秦之后则完全复辟了诸侯制。刘邦集团则虽然反秦，却对帝国功业与秦始皇始终有着一种实实在在的景仰。对于帝国文明框架，则一开始便采取了审慎地权衡抉择的做法。

汉高祖刘邦到汉武帝刘彻，历经百余年，西汉终于完成了这种权衡抉择。

这一过程，并不全部都是难题。对于中央集权、郡县制、统一政令、统一文字、统一度量衡、统一生产交通标准、移风易俗以及种种社会基本法度，西汉王朝都全部继承了秦文明框架。所谓“汉承秦制”，此之谓也。事实上，重新确立的秦制，也被整个社会迅速地重新接受了。所谓权衡抉择，主要集中于两个核心：一则，如何对待具有强大传统的诸侯分封制？二则，如何对实际继承秦制而道义否定秦制做出合理阐释？具体说，对待分封制的难点，是要不要仿效秦帝国废除实地分封制，实行虚封制？合理阐释继承与否定秦文明的矛盾方式的难点，则是要在反秦的正义性与秦文明的历史价值之间，做出恰如其分的评判与说明。

对于分封制难点，西汉王朝做出了有限妥协，至汉武帝时期基本确立了有限实地分封制。这一基本制度，比秦帝国有所倒退，也给西汉王朝带来了长期的恶果。这是“汉承秦制”历史过程中的另一个基本问题。尽管西汉的妥协是有限的，然由于分封制（即或是有限实地分封制）带来的社会动荡连绵不断，故在西汉之后，这种有限分封制一代比一代淡化，魏晋之后终于演变为完全的虚封制。也就是说，历代政权对秦制的实际继承，在西汉之后更趋完整化。这一历史现象说明。历经秦末乱世的复辟劫难，又再度经过西汉初中期“诸侯王”引发的动荡，历史已经最充分地昭示出一则基本道理：从秦制倒退是没有出路的，其结局只能导致中国重新陷入分裂动荡；历经春秋战国五百余年激荡而锤炼出的统一秦制，是适用于社会的，是有益于国家的，是有利于华夏民族长远壮大发展的。从实际制度的意义上说，秦文明在本质上获得了完全的历史认可。

然则，在历史意识的评判上，却出现了巨大的分裂。

西汉王朝发端于反秦势力。这一最基本的事实，决定了西汉政权不可能对秦帝国及秦文明在道义上给予认同。否则，西汉政权便失去了起事反秦的正义性。对于历来注重道义原则而强调“师出有名”的古老传统，这一点非常重要。中国古代社会之所以将“吊民伐罪”作为最高的用兵境界，其根源，正在于注重政治行为的道义原则。若对方不是有罪于天下的暴政而加之以兵，便是“犯”，而不是“讨”或“伐”；既是天下“讨秦伐秦”，则秦只能是暴政无疑。这便是中国古老的政治道义传统所蕴涵的逻辑。

虽然，刘邦集团的社会根基不同，决定了其与六国贵族的复辟反秦具有种种不同。但在指斥秦政，从而使自己获得反秦正义性这一点上，却是共同的。其间区别，只是指斥秦政的程度与方式不同而已。如前所述，六国贵族对秦政是仇恨攻讦，是蓄意谎言。而刘邦集团的指斥秦政，则仅仅限于泛泛否定。

细察《史记·高祖本纪》，刘邦本人终其一生，对秦政的评判只有两次，且都是同一句话。一次是最初的沛县举事，在射入城邑的箭书上说了一句：“天下苦秦久矣！”另一次，是在关中约法三章时，又对秦中父老说了一句：“父老苦秦苛法久矣！”另外，还有两件值得注意的事情。一件事，是刘邦在称帝后的第八年，也就是临死之年的冬天，下诏为战国以来六位“皆绝无后”的王者建立固定的民户守冢制度：陈胜及赵悼襄王等四王，各封十家民户守陵，信陵君封五家；只有对秦始皇，封了二十家守陵。在其后两千余年的历史上，封民户为秦始皇守陵，刘邦是唯一的一个。与之相对比的是，汉武帝泰山封禅时，儒家大臣已经可以明确提出秦始皇不能进入封禅之列，而汉武帝也采纳了。另一件事，是刘邦在建政第六年，擢升秦帝国的统计官张苍为“计相”，并“令苍以列侯居相府，领主郡国上计者”。实际上，便是以萧何为总政丞相，以张苍为主掌经济的副丞相。以秦帝国经济官员为自己的经济丞相，刘邦实际推行秦政的意图是很明确的。这位张苍，后来在汉文帝时期一直擢升至丞相，总政十余年。其时，甚至连西汉王朝的历法、国运、音律等，都一律秉承秦文明不动。这种全载式继承，一直延续到汉武帝。

与刘邦同代的开国重臣，也鲜有系统指斥秦文明的言论。最典型者，是大谋士张良。张良曾经是韩国末世的“申徒”（民政经济大臣），纯正的六国贵族，且其青年时期始终以谋杀秦始皇与鼓动复辟反秦为使命。但是，在投入刘邦集团后，张良却只以运筹谋划为任，从来没有涉足实际政务，再也没有对秦政做出过公然指控。刘邦称帝后，张良事实上便隐退了。身为六国贵族，张良的政治表现前后有巨大变化且最终退隐，颇值得探究。历来史家与民间演义，皆以“淡泊名利，功成身退”说之。实则不然，张良的变化，实际与刘邦集团的政治氛围密切相关。张良既不能使刘邦复辟诸侯制，又不愿追随刘邦实际推崇秦政，只有忍痛抛开历来的政治企图，而走入修身养性的“神仙”道路。这一人生逻辑，当较为接近历史之真相也。

刘邦之后的吕后、惠帝、文帝、景帝君臣，情形皆大体相同：极少涉及评判秦政，但有涉及，也只是淡淡几句宽泛指斥。也就是说，在汉武帝之前，对秦政秦制的理念否定尚停留在感性阶段——出于必须的反秦正义原则，仅仅对秦文明有原初的必须性的感性评判而已。于是，“天下苦秦久矣”便成为笼统的代表性说法。

这种感性指斥，在汉武帝时期开始发生变化。

西汉对秦文明的评判，由感性向知性转化，开始了大规模的理念评判。

这一变化的背景是：西汉政权已经稳定昌盛，开始了结文治武功方面的种种难题。武功方面，是大力连续反击匈奴。文治方面，则以阐释继承与否定秦文明的历史矛盾为基点，确立国家意识形态的主流价值法则。在这一大背景下，文治目标的实现体现为两个方面：既涌现了中国历史上第一部系统梳理华夏足迹的经典史书——《史记》，又涌现了大量的审视秦文明的言论与文章。

从总体上说，西汉时代对秦文明的评判，以及对秦亡原因的探究，呈现出相对客观的态势。所谓相对客观，是西汉评判大体摆脱了秦末复辟者充满怨毒与仇恨的心绪，开始从论说事实的意义上评判秦文明。一个基本的事实是：西汉学人无论是肯定还是否定秦政，都极少引用秦末复辟者咒骂秦政的恶辞，都是在陈述自己认定的事实。尽管其中不乏大而无当的囫囵指责，但就其基本面说，相对客观了许多。但无论客观程度如何，西汉对秦文明的理念否定是清楚的，且由感性到知性，越来越趋于理论化。

具体说，为西汉官方认定的《史记》相关篇章中，尚很少对秦文明作总体指斥。在《货殖列传》《河渠书》《平准书》等综合性叙述篇章中，都是铺叙历代经济功绩与地域风习，基本不涉及对历代文明演进的阶段性总体评判。即或在专门叙述意识形态变化的《礼书》《乐书》《律书》中，也很少指斥春秋战国秦帝国时代。在《礼书》中只有一段隐约肯定又隐约指责的说法："周衰，礼废乐坏……至秦有天下，悉内六国礼仪，采择其善，虽不合圣制，其尊君抑臣，朝廷济济，依古以来。至于高祖……大抵皆袭秦故……少所变改。"在《太史公自序》及人物之后的"太史公曰"中，偶有"秦失其道"、"秦既暴虐"等言辞，但远未达到秦末复辟势力那般一体咒骂，亦远未达到后世史家那般总体认定"暴政亡秦"。

汉武帝本人的态度，也是颇具意味的。

《史记·礼书》记载了一则基本事实：汉武帝大召儒术之士，欲图重新制定礼仪，有人便主张恢复古代礼制。汉武帝下诏说："盖受命而王，各有所兴，殊路而同归，谓因民而作，追俗为制也。议者咸称太古，百姓何望？汉亦一家之事，典法不传，谓子孙何！化隆者闳博，治浅者褊狭，可不勉与！”显然，汉武帝对复古是敏感的，也是严厉的，即或仅仅是礼制复古，也依然给予很重的批驳，将话说得分外扎实：汉也是历代之一家而已，没有自己的法度礼仪，何以面对子孙！敏感什么？警觉何在？其实际底线是很清楚的：不能因为否定秦政而走向复古。这次诏书之后，汉武帝没有接受儒术之士的理念，而是大行更新：改历法、易服色、封泰山、定宗庙百官礼仪，完成了既不同于复古又不同于秦制的“汉家礼仪”，“以为典常，垂之于后。”汉武帝的颇具意味处，在于其始终自觉地把握着一则施政理念：秦可否定，然既不能因对秦的否定而走向复辟，也不能如同汉高祖那样全盘继承秦制。如此理念之下，对秦文明的否定，自然很难如后世那般走向极端化。

这一基本事实，透露出一则值得注意的历史信息：即或已经到了汉武帝时期，西汉对秦文明的总体性评判已经明确持否定原则，然其基本方面依然是谨慎的，依然避免以系统形式作最终的简单否定。《史记》中“非秦”言论的感性闪烁，以及这一时代诸多思想家对秦政秦制的评判，都在否定中包含着肯定，几类汉初的贾谊。凡此等等，足证这一时期对文明演进史探究的相对慎重与相对客观。

西汉的官方历史意识，在汉武帝之后开始了某种变化。

变化的标志，是在官方声音中开始出现总体否定秦文明的说法。所谓总体否定，是否定中不再包含肯定，而是全部一概否定，对秦文明的分析态度开始消失。最基本的事实，是汉昭帝时期的盐铁会议大论争。作为会议记录的《盐铁论》，如实记载了“贤良文学”与中央主政大臣桑弘羊的争论。其集中涉及评判秦文明的篇章，有《诛秦》《周秦》《伐功》《申韩》《备胡》等。贤良文学者，西汉之职业理论家也，儒生之群体也。他们对秦文明的评判，是总体否定而不包含任何肯定的。其典型言论有：“商鞅反圣人之道，变乱秦俗，其后，政耗乱而不能理，流失而不可复。”“秦任战胜之力以并天下，小海内以贪胡、越之地。”“秦力尽而灭其族，安得朝人也！”，等等。连反击匈奴这样的正义之举，也被说成“贪地”，其荒谬可见矣！中央主政大臣桑弘羊的评判，则截然相反，这里不再列举。虽然，从形式上说，这种整体指斥秦文明的论说，只是中央会议的一家之言，并不绝对代表中央朝廷的声音。但是，能以全盘否定秦文明的历史价值观为基准，以群体之势向朝廷正在奉行的实际政策发难，其中蕴涵的转机是意味深长的。

西汉时代的历史意识，更多表现在官员学者的个人论著中。

在官方探究的同时，西汉时期具有官员身份的学人，对秦政得失与秦亡原因也开始了大规模探究。这种探究有着一个鲜明的趋势：总体否定秦文明而局部或有肯定，力图从秦文明本身的缺失中寻觅秦帝国灭亡的原因。就其论说的影响力而言，西汉的不同时期分别有四个代表人物：一个是淮南王刘安学派，一个是贾谊，一个是贾山，一个是董仲舒。淮南王刘安的学派凝聚了一部作品，名为《淮南子》，其对秦文明、秦帝国、秦始皇一体指斥，从经济、军事、政治、民生等基本方面全面论说，其最终的评判属于全盘否定式。《淮南子·氾论训》的经济否定论可谓代表，其云：“秦之时，高为台榭，大为苑囿，远为驰道，铸金人，发適戍，入刍稿，头会箕赋，输于少府。丁壮丈夫，西至临洮、狄道，东至会稽、浮石，南至豫章、桂林，北至飞狐、阳原，道路死人以沟量！”

贾谊的《过秦论》，是被历代推重的一篇综合评判性史论。贾谊的基本立场是否定秦文明的，然其中也对秦孝公商鞅变法作了高度肯定，对秦始皇的基本功绩也作了高度肯定。贾谊对秦亡原因的总论断是：“仁义不施，而攻守之势异也！”贾谊对秦文明的总体论断则为：“秦王……废王道，立私权，禁文书而酷刑法，先诈力而后仁义，以暴虐为天下始……故秦之盛也，繁法严刑而天下震……秦本末并失，故不长久。”

贾山给汉文帝的上疏，也是明确指控秦政，号为“至言”。其代表性言论是：“秦……赋敛重数，百姓任罢，赭衣半道，群盗满山，使天下人戴目而视，侧耳而听！”其文咒骂秦始皇尤烈，“秦王贪狠暴虐，残贼天下，穷困万民，以适其欲也……秦皇帝身在之时，天下已坏矣，而弗自知也！”因贾山之说大而无当，几近于秦末复辟势力之怨毒咒骂，故其影响力在后世较弱，不如贾谊与其后董仲舒的论说。

董仲舒的指控秦政，属于全盘否定式的代表，其经济指控、法治指控、教化指控最为后世“暴秦”论者看重。董仲舒一生文章极多，仅上书便有一百二十三篇。其论秦之说主要有两则，一则见于本传记载的上书，一则见于《汉书·食货志》转引的“董仲舒说上曰”（上书或问对记载）。两论皆具后世“暴秦”说的典型性，被后世史家反复引证为史料依据，故此摘录于下：

《汉书·食货志》转引其经济指控云：古者税民不过什一，其求易供；使民不过三日，其力易足。……至秦则不然，用商鞅之法，改帝王之制，除井田，民得卖买，富者田连阡陌，贫者亡立锥之地。又专川泽之利，管山林之饶，荒淫越制，逾侈以相高；邑有人君之尊，里有公侯之富，小民安得不困？又加月为更卒，已，复为正一岁，屯戍一岁，力役三十倍于古；田租口赋，盐铁之利，二十倍于古。或耕豪民之田，见税什五。故贫民常衣牛马之衣，而食犬彘之食。重以贪暴之吏，刑戮妄加，民愁亡聊，亡逃山林，转为盗贼；赭衣半道，断狱岁以千万数。汉兴，循而未改……

《汉书·董仲舒传》载其法治指控秦云：师申商之法，行韩非之说，憎帝王之道，以贪狼为俗。非有文德以教训天下也。诛名而不察实，为善者不必免，而犯恶者未必刑也……又好用憯酷之吏，赋敛亡度，竭民财力，百姓散亡，不得从耕织之业，群盗并起。是以刑者甚重，死者相望，而奸不息。

《汉书·董仲舒传》记载其教化指控云：至周之末世，大为亡道，以失天下。秦继其后，独不能改，又益甚之：重禁文学，不得挟书，弃捐礼谊而恶闻之。其心欲尽灭先王之道，而专为自恣苟简之治，故立为天子十四岁而国破亡矣！自古以来，未尝有以乱济乱，大败天下之民如秦者也！其遗毒余烈，至今未灭，使习俗薄恶，人民嚚顽，抵冒殊扞，孰烂如此之甚者也！孔子曰："腐朽木之不可雕也，粪土之墙不可圬也。"今汉继秦之后，如朽木粪墙矣，虽欲善治之，亡可奈何……为政而不行，甚者必变而更化之……汉得天下以来，常欲善治而至今不可善治者，失之于当更化而不更化也！

董仲舒经济指控与法治指控的经不起推敲，我将在后面一并澄清。

这里需要指出的是：董仲舒在教化指控中，将西汉"习俗恶薄"的原因，没有归结为六国贵族集团大复辟带来的社会大破坏，而全数归结为秦政，这是显然的历史偏见。这种偏见并非误解，而是蓄意为之。董仲舒的目标很明确：促使汉制"更化"，变为以"三代王制"为本体，而由儒家执意识形态之牛耳的实际制度。而如果将世道沦落之根源归结于复辟动乱，则无异于否定了儒家颂扬"王制"的正当性。所以，只能将世风败坏的罪名，整体性推于秦政了事。此等基于显然的政治意图而全盘否定秦文明的做法，实在不甚高明，也存在着太多的矛盾纰漏。是故，并没有从总体上动摇“汉承秦制”的实际国策。董仲舒生于西汉中期，距秦帝国时代不过百年上下，对复辟势力的暴力毁灭、相互背叛、杀戮劫掠、道德沦落等等恶行，及其破坏力与后遗症，应该很清楚。对最为残暴的项羽集团的大破坏，董仲舒应该更清楚。然则，董仲舒却将这种破坏整个文明结构与社会伦理的罪责，转嫁于素来注重建设而法度整肃的秦文明时代，事实上是不客观的，是经不起质疑的。

西汉之世，秦末复辟势力的历史谎言遭到了总体遏制。

然则，西汉之世对秦文明的总体评判，也第一次以理论化的否定形式出现了。这种理论化，既表现于相对谨慎的官方探究，更表现于以私学官学中的种种个人探究为形式特征的普遍的“非秦”思潮。正是在诸如贤良文学、淮南王学派，以及贾山董仲舒等儒家名士的部分或全面指控秦文明的思潮中，使秦末复辟势力的历史谎言，又有了重新复活的历史机遇，并最终酿成了西汉末期王莽复辟的实际灾难，又最终弥漫为久远的历史烟雾。

从形式上说，西汉时代对华夏文明演进的总结与审视，对秦文明的总结与审视，是中国历史意识的第一次自觉。但是，由于具体的政治原因，由于所处时代的文明视野的限制，这次大规模的相对自觉的文明史审视，最终产生了接近于“暴秦”说的否定性结论。这一结论，导致了中国历史意识不可思议的分裂：实际继承秦文明，理念否定秦文明。

此前的中国，历史的脚步与历史的意识从来是坦率合一的：一个政治集团认定并推崇某一种文明，必然竭尽全力去追求并实现，反之则断然抛弃。只有从西汉这个时期开始，中国历史的实践与中国历史的意识，出现了怪诞的分离。尽管这种分裂是初始的，远非后世那般严重。

但是，这一分裂因东汉的秉承而延续跌宕四百余年之后，终于积淀为荒诞的历史定式。作为实际继承秦文明的两汉中央政权，基于种种原因，始终对这种荒诞的分裂保持了默认，保持了实际上的支持。同时，由于“罢黜百家，独尊儒术”的文教方略的确立，儒家历史价值观日益占据主流，中国历史实践与历史意识对秦文明的荒诞分裂——实际建政与价值评判的分裂，随着历史的推移而更趋深重了。

三　历史烟雾的久远弥散

历史意识的烟雾，终于无可遏制地弥漫开来。

大一统的秦帝国十五年而亡，既无修史遗存，亦无原典史料现世。项羽的屠戮劫掠与焚烧，使大咸阳化作了废墟，集战国之世全部典籍法令与文明书证的丰厚无比的帝国文档库存，悉数付之罪恶火焰。从此，这个伟大的帝国丧失了为自己辩护的绝大部分书证、物证与人证，沦入了面对种种口诛笔伐而无以澄清的境地。就实说，后世对秦帝国的评判依据，相对直接的文本资料大体只有四种：其一是后来抢救再现的先秦典籍与诸子著作；其二是帝国遗留于山川河海的部分勒石碑文与残存物证；其三是司马迁的《史记》中所记载的经过作者“甄别”的史实；其四是西汉初期帝国遗民的部分亲历言论记录。当然，若天意终有一日可使始皇陵地宫藏品再现于世，我们为这个伟大帝国辩护的直接证据，完全可能发生根本性的改变。在此之前，我们的澄清依然分外的艰难。

然则，我们的努力不能停止。

历史，正是这样一步一步走过来的。

所谓国家与民族的历史意识，大体是四个层面：其一是历代政权对原生文明的实际继承原则；其二是见诸正史的官方意识对历代文明演进的价值评判；其三是历代史家学者及学派的历史论说；其四是见诸文学艺术与民间传说的普遍认知。我们所谓的历史意识的烟雾，当然指同时体现于这四个方面的种种变形。

从此四方面说，自西汉之后，秦帝国及其所处的原生文明时代，在理念上被大大扭曲变形，且表现为一个愈演愈烈的历史过程。也就是说，两千余年来，我们对自己的原生文明时代的总体态势，始终处于一种不可思议的割裂状态：一方面，在建政原则上，对一统秦帝国的文明框架原封继承，并全力维护；另一方面，在理念认定上，对秦帝国与春秋战国的文明功绩又极力否定，极力攻讦。这是一个奇特而巨大的矛盾。在整个人类文明史上，没有哪个创造了独立文明的民族，在后来的发展中极力贬低本民族原生文明的先例，更没有实际继承而理念否定的荒诞割裂先例。唯有我们，承受了先人的丰厚遗产，还要骂先人不是东西。此等咄咄怪事，发生于我们这个自认深有感恩传统的古老民族身上，岂非不可思议哉！

一片博大辽阔的文明沃土呈现出来，耕耘者的尸体横陈在田间。后来者毫不迟疑地宣布了沃土继承权，却又困惑于曾经包括自己在内的一群人杀死了耕耘者不好交代。于是，一面谨慎地审视着这片沃土，一面小心地探询着其余人对农夫之死的说法。终于，人们有一搭没一搭地耕耘着，开始探究起来，渐渐争论起来，又渐渐吵成了一团，终于将耕耘者的死与被开垦的沃土连成了一体，无休止地吵吵起来。有人说，这片土地邪恶，导致了农夫的突然死亡，与群殴无关。有人说，农夫愚蠢不知歇息，才有突然死亡。有人说，农夫耕耘有误，给这片土地留下了祸根。有人说，农夫根本不该开垦这片土地。有人说，农夫用力太猛死得活该。一代代争吵延续下来，人们终于一致认定：这是一个坏农夫，原本该死，不需争论。有浑不知事的孩童突然一问：“农夫坏，开出来的土地也坏么？”人们惊愕良久，又齐声回答：“土地是我们的了，自然不坏！”于是人们力乏，从此不屑提起这个死去了的农夫，索性简化为见了农夫尸体只啐得一口，骂得一声了事。偶有同情者，遥望农夫尸体叹息了一声，立即便会招来人众侧目千夫所指……

一则古老的寓言。一幅历史的大相。

大伪欺史，文明何堪？

东汉伊始，“暴秦”说终于成为官方正式立场。

西汉末期，基于对秦政的普遍指控，对夏商周三代的“王制”文明一时滋生出一种向往思潮。在这一思潮的弥漫中，一股信奉儒家文明价值观的社会势力崛起了。在追谥孔子为“褒成宣尼公”的同时，这股势力力图重新复辟周制，再现那个“宪章文武，礼治王化”的远古田园诗时代。这便是号为“新始”的王莽集团，在近二十年的岁月里全面复辟周制的荒诞时期。历史的演进是残酷的：王莽集团竭尽全力改制复古，非但没有使天下趋于王道昌盛，反倒引发了大饥荒大混乱大动荡，华夏大地再次沦入了较秦末大劫难有过之而无不及的社会大倒退，西汉二百余年累积的文明成果，悉数付诸东流！绿林赤眉农民军遭遇的大饥饿大杀戮，其酷烈远远过于因不堪徭役而举事的陈胜吴广农民集团。

历史的教训是冰冷的。随后立定根基的东汉政权，不再做任何复古梦，很现实地回到了忠实效法西汉而秉承秦制的道路上，在实际施政中再度肯定了秦文明的价值，断然摒弃了复古道路。秦末至西汉末的两百多年间，历经项羽王莽两次大复辟，既带来了毁灭性的灾难，也对整个社会历史意识产生了巨大的震慑。此后的中国历史上，尝试复辟“三代王制”的政治狂人再也没有出现，即或偶有政治幻想症者，也只能自家嘟哝几句而已。这一基本事实足以说明：华夏族群的历史意识已经实实在在地认定了秦文明的真实价值，在实际中永远地奉行不悖了。

历史意识的荒诞，也正在这样的时期定型了。

东汉王朝在实际奉行秦文明的同时，官方意识却更为明确地指控秦文明，更为高调地颂扬三代王制，从而弥漫出一股浓郁的弦外之音：三代王制本身仍然是值得推崇的，只是王莽的复辟还不够水准而已。再次确立这种实际建政法则与意识形态价值原则的荒诞割裂，是“暴秦”说弥漫为历史烟雾的根基所在。

《汉书·食货志》与《汉书·刑法志》，是东汉官方对历代文明框架（制）的总体看法。在这两篇概括叙述并评判历代体制的文献中，完全可以看出“暴秦”说的新面目。这两篇文献对华夏文明进程的总体评判是：以井田制为轴心的夏商周三代“王制”文明，是最高的理想社会状态；自春秋战国至秦帝国，则是最为不堪的沦落时代；西汉之世，始入承平昌盛。基于此等价值标准，这两篇文献的定式是：开首皆以大段篇幅描绘三代“王制”的田园诗画面，紧接着语气一转，便开始严厉指控春秋战国秦的种种不堪与暴虐，之后再叙述西汉的承平国策。

唯其具有代表意义，我将其对春秋战国秦的指控摘引如下：

> 《汉书·食货志》云：周室既衰，暴君污吏慢其经界，徭役横作，政令不信，上下相诈，公田不治……《春秋》讥焉！于是上贪民怨，灾害生而祸乱作。陵夷至于战国，贵诈力而贱仁谊，先富有而后礼让……及秦孝公用商君，坏井田，开阡陌，急耕战之赏，虽非古道，犹以务本之故，倾邻国而雄诸侯。然王制遂灭，僭差亡度。庶人之富者累巨万，而贫者食糟糠；有国强者兼州域，而弱

者丧社稷。至于始皇，遂并天下，内兴功作，外攘夷狄，收泰半之赋，发闾左之戍。男子力耕不足粮饷，女子纺绩不足衣服。竭天下之资财以奉其政，犹未足以澹其欲也。海内愁怨，遂用溃畔。

《汉书·刑法志》云：春秋之时，王道浸坏，教化不行……陵夷至于战国，韩任申子，秦用商鞅，连相坐之法，造三夷之诛，增加肉刑、大辟，有凿颠、抽胁、镬烹之刑。至于秦始皇，兼吞战国，遂毁先王之法，灭礼谊之官，专任刑罚，躬操文墨，昼断狱，夜理书，自程决事，日县石之一。而奸邪并生，赭衣塞路，囹圄成市，天下愁怨，溃而叛之。

东汉官方认定"暴秦说"之外，学人官员的个人评判，也循此基准多有呈现。这一时代的文明史视野已经大为弱化，官员学者个人即或有局部肯定秦政的论说，也是星星点点不成气候。诸如东汉之桓谭、王充，皆有局部肯定秦政之文章，然已成为极其微弱的声音了。

东汉之后，华夏再度陷入了分裂割据状态。三国时代的剧烈竞争，颇有小战国气象。基于竞争本身的需要，这一时代对历史的重新认知，有了新的可能。由于《三国志》乃晋人陈寿撰写，且没有总括叙述某领域历史演进的诸《志》专类，是故，无法评判三国及西晋的官方历史意识。然则，从这一时期各方实际奉行的政策体制，以及著名君主与政治家的历史评判言论，仍然可见其对秦文明的总体评判。这种评判，较之东汉松动了许多。曹操被《三国志》评曰："太祖运筹演谋，鞭挞宇内，揽申、商之法术，该韩、白之奇策……超世之杰矣！"而曹操对秦皇汉武的肯定也是明确的，其《置屯田令》云："夫定国之术，在于强兵足食。秦人以急农兼天下，孝武以屯田定西域，此先代之良式也！”在三国大政治家中，唯有诸葛亮对秦政表现出继承东汉的荒诞割裂：实际奉行而理念否定。诸葛亮《答法正书》云：“……秦以无道，政苛民怨，匹夫大呼，天下土崩。”足见其忠实秉承东汉之传统也。

步入两晋南北朝时期，华夏大地纷争频仍，又逢北方诸族群相继占据北中国，政权不断更迭，相互攻伐不断。当此之时，中国关于文明史演进的探讨几乎趋于沉寂，玄妙清谈弥漫一时。无论是官府作为，还是官学私学，对历史文明的总体探讨及其理论总结，都几乎趋于销声匿迹。这是一个特殊的沉沦时代，两汉时代注重文明演进探讨的历史视野，这时已经变化为注重个人体验的思辨“玄学”。在玄学清谈弥漫之时，偶然也迸发出些许文明史探究的火花。葛洪的《抱朴子·外篇·用刑》，便对秦亡原因做了探讨，认定秦亡并非严刑而亡，“秦其所以亡，岂由严刑？秦以严得之，非以严失之也！”其余，如做过廷尉的刘颂、做过明法掾（解释法令的官员）的张斐，也都曾经从论说法令演进的意义上肯定过秦政。当然，这些声音远非主流，几乎没有实际影响力。

进入隋代，对文明演进史的探讨又是一变。

隋虽短促，然却是三百年分裂之后再度统一中国的重要时期，是华夏族群的第五次大一统。从实际制度框架说，隋继承了秦制无疑。然则，由于此时距秦帝国已经千年之遥，且又经过了西晋之后的三百年分裂战乱，隋对文明演进的审视，遂开始以西晋之后的历史演进为主，对两汉之前的历史已经很少涉及，对秦政得失的探究则更少了。虽然如此，我们还是可以从基本面看出隋代对秦文明的模糊肯定。隋文帝杨坚注重实务，临死之遗诏开首便是：“嗟乎！自昔晋室播迁，天下丧乱，四海不一，以至周齐，战争相寻，年将三百。”遗诏最后云：“自古哲王，因人作法，前帝后帝，沿革随时。律令格式，或有不便于事者，宜依前敕修改，务当政要。”显然，隋对秦文明所体现的变法精神尚是肯定的。

唐代情形，又是一变。唐变之要，是从隋的不甚清晰坚实的历史评判中摆脱出来，再度开始大规模总结文明演进史。结局是，唐又重新回到了东汉轨迹。唐人魏征主修的《隋书》，实则是唐政权的历史目光，而不是隋政权的历史目光。《隋书》的《食货志》、《刑法志》、《百官志》等综合篇章，在对特定领域的总括性叙述中，均对秦文明做出了复归东汉传统的评判：

> 《隋书·食货志》云：秦氏起自西戎，力正天下，驱之以刑罚，弃之以仁恩；以太半之收，长城绝于地脉；以头会之敛，屯戍穷于岭外。
>
> 《隋书·刑法志》云：秦氏僻自西戎，初平区夏，于时投戈弃甲，仰恩祈惠，乃落严霜于政教，挥流电于邦国；弃灰偶语，生愁怨于前，毒网凝科，害肌肤于后；玄钺肆于朝市，赭服飘于路衢；将闾有一剑之哀，茅焦请列星之数。
>
> 《隋书·百官志》云：秦始皇废先王之典，焚百家之言，创立朝仪；事不师古，始罢封侯之制，立郡县之官；太尉主五兵，丞相总百揆，又置御史大夫以贰于相。自余众职，各有司存。汉高祖除暴宁乱，轻刑约法，而职官之制，因于嬴氏。

如果说，《隋书》诸志的总括性叙述，代表了唐政权的官方评判，那么唐太宗在《贞观政要》中的理念，则是更为直接的建政施政态度。《贞观政要·君臣鉴戒》云："朕闻周秦初得天下，其事不异。然，周则惟善是举，积功累德，所以能保八百之基。秦乃恣其奢淫，好行刑罚，不过二世而灭。"其《务农》篇云："昔秦皇汉武，外多穷极兵戈，内则崇侈宫室，人力既竭，祸难遂兴。彼岂不欲安人乎？失所以安人之道也！”当然，唐代也有基于现实政治而对秦政秦法的具体肯定，但已经远非主流了。同一个魏征，在答唐太宗对商鞅法治的责难时，论说便是相对肯定的：“商鞅、韩非、申不害等，以战国纵横，间谍交错，祸乱易起，谲诈难防，务深法峻刑以遏其患。所以权救于当时，固非致化之通轨。”（《魏郑公谏录》卷三）

在整个唐代的历史意识中，只有柳宗元对秦文明做出了“政”与“制”的区分，指出了秦“失在于政，不在于制。”其《封建论》云：“秦有天下……不数载而天下大坏，其有由矣！亟役万人，暴其威行，竭其祸贿；负锄梃谪戍之徒，圜视而合从，大呼而成群；时则有叛人而无叛吏，人怨于下，而吏畏于上，天下相合，杀守劫令而并起。咎在人怨，非郡邑之制失也……酷刑苦役，而万人侧目。失在于政，不在于制。秦事然也！”将文明体制框架与具体的施政作为区别开来，这是自两汉以来最有见地的文明演进史观念。这一观念，在某种意义上合理解释了对秦文明的实际继承与理念否定这一巨大割裂现象——实际继承对“秦制”，理念否定对“秦政”。虽然，柳宗元的评判依旧远远不是主流历史意识；虽然，柳宗元的“秦制”几乎单纯地指郡县制，而并非包容了秦文明的所有基本方面，但就其历史意识的出新而言，依然是不容忽视的。

唐之后，华夏又陷入了几近百年的分裂割据。五代十国，是一个历史意识严重萎缩的时期，大器局的文明视野与民族进取精神，从这个时期开始严重衰退了。政变频频交错，政权反复更迭，邦国林立，各求自安。这一时代除了诸多的佛教事件与闪烁的诗词现象，几乎没有文明史意义上的重大事件，对中国文明史的探究自然也难觅踪迹。

宋王朝统一中国之后，几乎是立即陷入了连番外患与诸多内忧之中，对既往历史的审视已经大为乏力了。《宋史》乃元代主修，其概括性的诸《志》综述，已经根本不提秦文明了。当然，我们不能将《宋史》的综合叙述，看做宋代的官方历史意识。宋代的历史意识，我们只有到其学派思潮与主要人物的言论中去寻找。宋代儒学大起，生发出号为“理学”的新潮儒学。理学的历史意识，是儒家历史意识的极端化，自然是以儒家的历史价值观为根基的，又比儒家更僵化。

从宋代开始，一种历史现象开始生成：审视历史，必引孔孟言论以为权威。大量的先秦诸子典籍，在这个时期被一体性忽视。以致连墨子这样的大家，其论著也湮灭难见，沦入到道家典籍中隐身了。直到近代，墨子才被梁启超发掘出来，重新获得重视。最为实际的改革家王安石，尚且言必引孔孟为据，对制度沿革的论说则多以五代十国的兴亡为依据。其余人物之论述，则更可以想见了。以修《资治通鉴》闻名的司马光，其历史意识更是明确地贬斥秦文明。凡见诸《资治通鉴》的“臣光曰”，很少对秦政秦制作认真的总体性评判，而对秦政秦制的具体“罪行”指控，则屡见不鲜。朱熹、二程等儒家大师，指控秦文明更是司空见惯了。作为治学，他们对秦政的探究是很认真的。譬如朱熹，对商鞅变法之“废井田，开阡陌”做出了新解：“开”非开垦之开，而是开禁之开；开阡陌，便是开土地国有制不准买卖之禁，从此“民得买卖”土地。然则，这种具体的学问功夫，并不意味着文明历史意识的深化与开阔。从总体上说，宋代对秦文明及其母体时代的评判，是遗忘融于淡漠之中——既很少提及，又一概贬斥。

元明清三代，历史意识对秦文明的评判，已经板结为冰冷的硬体了。

元人修《宋史》，明人修《元史》，清人修《明史》。这三史，对包括秦帝国及先秦时代的评判都呈现为一个定式：先极为概括地简说夏商周三代，而后立即接叙距离自己最近的前朝兴亡，对春秋战国秦时代基本略去不提。这种现象，我们可以称之为“遗忘定式”。然则，遗忘绝不意味着肯定，而恰恰是偏见已经板结为坚深谬误的表征。元明清三代，非但官方历史意识断然以“暴秦”为总括性评价，即或被后世视为进步思想家的学子，也同样断然“非秦”。也就是说，自宋开始的千余年之间，对秦文明的评判已经积淀成一种不需要探究的真理式结论。耶律楚材有诗论秦：“……焚书嫌孔孟，峻法用高斯。政出人思乱，身亡国亦随。阿房修象魏，许福觅灵芝。偶语真虚禁，长城信谩为。只知秦失鹿，不觉楚亡骓。约法三章日，恩垂四百期……”海瑞云：“欲天下治安，必行井田……尚可存古人遗意。”邱浚云：“秦世惨刻。”黄宗羲云：“秦变封建而为郡县，以郡县得私于我也！”王夫之云：“郡县者，非天子之利也，国祚所以不长也。呜呼！秦以私天下之心而罢侯置守，而天假其私以行大公，存乎神者之不测，有如是夫！……秦之所以获罪于万世者，私己而已矣！”顾炎武云：“秦之亡，不封建亡，封建亦亡……封建之失，其专在下；郡县之失，其专在上……尽四海之内为我郡县，犹不足也！”凡此等等，其中即或有个别特出者对秦文明作局部肯定，也只是荧荧之光了。加之话本戏剧等民间艺术形式的渲染，“暴秦”论遂大肆流播。千年滥觞之下，虽不能说人人信奉，大体也是十之八九论秦皆斥之以“暴”字了事。

从此，国人的历史意识与文明视野，沦入了最简单化的冻结境地。

1840 年开始，中国在人类高端文明的入口处遭遇了巨大的历史冲击。

这一冲击历时百年余。几经亡国灭种的劫难，中国民族的历史意识终于开始了艰难的觉醒。自觉地，不自觉地，华夏族群开始了连绵不断的文明历史反思。民族何以孱弱？国家何以贫穷？老路何以不能再走？

新路究竟指向何方？凡此等等关乎民族兴亡的思索，都在“救亡图存”这一严酷背景下蓬蓬勃勃地燃烧起来。于是，有了“戊戌变法”对中国现实出路的尝试，有了“辛亥革命”对中国现实命运的设计，有了“五四”运动对中国传统文明的反思，有了马克思主义传入中国后的“新文化运动”的文明反思。当我们这个民族终于自立于世界民族之林的时候，我们又开始了大规模的意识形态重建，开始了借助于高端文明时代的科学思维方式，对我们民族的文明史重新审视的历史过程。从一个民族开拓文明史进程的意义上说，我们这个民族的伟大智慧并没有被历史的烟尘窒息。我们坚韧努力的脚步，体现着我们民族再生与复兴的伟大心愿，也体现着我们民族的文明历史意识觉醒的丰厚成果。

但是，我们走过的弯路太多了。戊戌变法企图以浅层的形式变革，引领中国走入高端文明时代。我们失败了！辛亥革命则企图以仿效西方文明的政治变革方式，引领中国走入高端文明时代。我们也失败了！五四运动与新文化运动，企图以相对简单的“打倒”方式清理总结我们的文明史。我们并没有获得预期的成功。马克思主义传入中国所导致的社会大变革，使我们这个民族实实在在地站了起来。在我们的生存生计成为最迫切问题的历史关头，我们这个民族以最大的智慧，停止了无休止的论争，从纷杂折腾中摆脱出来，而全副身心地投入到了民族富强的努力之中。历史证明，我们的伟大智慧挽救了民族，挽救了国家，给我们这个民族在最艰难的历史时刻开启了真正复兴的希望。

然则，被我们搁置的问题，并不因为搁置而消失。

一个民族的文明发展历史，有着必然的逻辑：要在发展中保持悠长的生命力与饱满的生命状态，就必须有坚实的文明根基；这种文明根基的坚实程度，既取决于民族文明的丰厚性，更取决于一个时代基于历史意识而确立的继承原则。我们可以因为最紧迫问题所必需的社会精神集中，而暂时中止大规模的文明文化论争，诚如战国名士鲁仲连所言："白刃加胸，不计流矢。"然则，我们不能忘记，在获得必要的社会条件之后，对文明历史的认真探究，依然是一个民族必需的文明再生的历史环节。我们所需要避免的，只是不能重蹈将文明审视一定等同于某一实际目标的简单化。也就是说，任何时候，一个民族对自己文明历史的审视，都不应该成为任何实际目标的手段。这一探究与审视，本身有其伟大的目标：清理我们的历史传统，寻求我们的精神根基，树立我们的民族精神，并使这些基本面获得普遍的社会认知，使我们民族的复兴与发展，有着久远的清晰的坚定的信念。

这是我们审视中国原生文明的根基所在。

四　认知中国原生文明的基本理念

对中国历史的审视，聚讼最烈而误解最深者，是对中国原生文明的认知。

任何一个民族，都有自己的原生文明生成期。原生文明，是一个民族的精神根基。一个国家、一个民族，在她由涓涓溪流汇成澎湃江河的历史中，必然有一段沉淀、凝聚、升华、成熟的枢纽期。这个时代所形成的文明与传统，如同一个人的生命基因，将永远以各种各样的方式影响或决定一个人的生命轨迹。这种如同生命基因一样的民族传统，便是一个民族的原生文明。各个民族对其原生文明的深刻反思，从来都是各个民族在各个时代发挥创造力的精神资源宝库。

原生文明是民族精神的坚实根基，是高端文明的永恒基因。

中国原生文明的生成期，是五帝时代与夏商周三代。中国原生文明的成就期，是春秋战国秦帝国时代。

春秋生发！战国绽放！秦帝国则以华夏族群五百余年的激荡大争所共同锤炼的文明成果为根基，对这一时代的种种社会文明形式，进行了系统的梳理总结，大规模地创建了适合我们民族且领先于铁器时代的新文明形态。从此，我们这个十里不同俗、隔山不同音的博散族群，开始有了我们统一的文字，有了统一的生产方式，有了种种具有最大共同性的生活方式，有了统一稳定的国家形式。具体文明形式的聚合一统，形成了我们民族的整体生存方式，形成了我们民族的整体文明，形成了我们独有的历史传统。从总体上说，中国的原生文明时代，是我们这个民族的文明智慧大爆炸时代，其时代精神坚刚强毅，其生命状态惕厉奋发，其创造智慧博大深远，其文明业绩震古烁今。唯其如此，原生文明时代是我们民族的文明圣土。我们有最充足的理由，对那个时代保持最高的敬意。这既是一个伟大民族的文明认知能力，也是一个伟大民族的文明良知。

可是，由于种种我们说到或没有说到的历史原因，我们的历史意识对我们的原生文明时代产生了普遍而深重的误解。我们无须怨天尤人，那是对我们这个伟大民族的失望。我们无须以批判清算的简单方式了结历史，那是对我们这个伟大民族历史智慧的亵渎。事已如此，任何固执，任何褊狭，任何自卑，任何狂躁，都无助于我们的文明脚步。我们应当客观，应当冷静，应该耐心，应该细致，应该有胸襟，应该有能力，非如此，不能勘透我们的文明历史，不能找到内核所在。

审视中国原生文明的基本点，是对春秋战国秦帝国时代的总体认知。

从整体上否定一个时代，不可能对这个时代的文明创造作出肯定性评价。

两千余年来，对中国原生文明成就时代的总体评判，一直存在着巨大的争议。渐渐成为主流的历史意识认为：那是一个崇尚谲诈与阴谋的暴力时代，是王化败坏道德沦落的时代，是只有赤裸裸利益争夺而仁义道德荡然无存的时代。唯其如此，那个时代的君王是骄奢淫逸的罪魁祸首，士人是追逐功名利禄而毫无节操之徒，民众则是世风大坏利欲熏心争夺不休，人际交往充满着背信弃义，庙堂官场充斥着权谋倾轧，邦国战争弥漫着血腥杀戮。一言以蔽之，那是一个恐怖的时代，一个不堪的时代。翻开史书，此类评判比比皆是，其用语之怨毒，其渲染之浓烈，直教人心惊肉跳。

另一种始终不占据主流位置的历史意识，则持相反观念：那是一个"求变图存"的时代，是一个五千年历史中最富"巨变"的时代，是一个朴实高贵的时代，是一个创造新政新制的时代，是一个圣贤迭出原典林立的时代，是一个"士"阶层拥有最独立自由人格的时代。是故，从三国时代开始，便有了"书不读秦汉以下"的先秦崇拜说。虽然，对春秋战国秦帝国时代的正面评价远非主流，然却成为我族一种珍视原生文明的精神根基。

与后人的两种历史评判相对比，身处该时代的"时人"，对自己的时代有着特殊清醒的评判。代表着社会普遍心声的《诗经》，对这个时代的大象描绘多有这样的句子：礼崩乐坏，瓦釜雷鸣；高岸为谷，深谷为陵；烨烨雷电，不宁不令；山陵卒崩，百川沸腾。等等等等，不一而足。而名士学子的评价，最具代表性的有两则，一则是晏子对春秋时期社会精神的描述："凡有血气，皆有争心。"一则是韩非子对战国风貌的大概括："大争之世，多事之时。"在百家争鸣而蓬勃共生的诸子百家中，对自己所处时代持总体否定的评判者，不能说没有，实在是极少。最典型者，大约只能说是孔子及其创立的儒家，对那时的"礼崩乐坏"持有极其悲观的看法。

总体上说，当时的社会意识对自己的时代已经有了清醒的认知：这个时代一边是沦落，一边是崛起，有腐朽没落的阴暗，更有进取创新的光明，其主导潮流无疑是雷电烨烨的大创造精神。客观地说，任何一个时代，都有足以构成普遍性问题的具体弊端。原生文明时代，也同样有种种社会弊端。有巨大的贫富差别，有深重的社会灾难，有民众的饥饿，有官吏的腐败，有难以计数的阴谋，有连绵不断的战争等等。举凡社会基本问题，在那个时代都有。若仅仅注重于具体的阴暗与苦难，从而以因为有此等阴暗而否定一个时代所创造的文明，应该说，这不是文明历史的评判视野。作为一种文明审视所应具有的历史意识，我们应该看到的基本方面是：这个时代的总体生存方式、总体生命状态及其独有的创造力，这个时代解决种种社会矛盾的基本方式是否具有进步性，其创造的文明成果是否经得起历史的验证，是否足以构成一个民族的精神根基。舍此而孜孜于种种具体阴暗的搜求罗列，将完全可能导向历史虚无主义，而悲剧性地否定整个人类历史开掘创造的存在意义。无论如何，这是不可取的方向。

审视中国原生文明的基本点之二，是对秦文明的界定与性质认定。

这是当代史学界生发的新问题：秦文明是落后文明，还是先进文明？

这是一个典型的历史价值观问题，也是一个当代历史意识涌现出的新的基本问题。多有历史学家与学人之论著认为：秦统一中国，是“落后文明征服先进文明”的一个例证。这一认识包含的基本价值观是：秦文明是落后文明，而当时的山东六国是先进文明。进入二十一世纪后，这种评判仍然出现在历史学界。这个命题的内涵具有诸多混乱，实在是一个堪称“臆断”的评判。然则，因为这一评判牵涉出对原生文明审视的一系列基本事实的认定，故而在事实上成为最基本的问题。这个问题的实质，是对秦文明历史性质的总体认定，其必然牵涉的基本方面有三则：

一则，何谓秦文明？引起两千余年争论不休的秦文明，究竟是指商鞅变法之前的早秦文明，还是指商鞅变法之后的新秦文明？若指前者，落后无疑。然在事实上，早秦文明却绝非后人争论的秦文明，大约也不会是此等理念持有者所谓的秦文明。若指后者，则显然有违历史事实——在历代评判言论中，没有人将早秦文明作为否定对象，而只明确地否定战国秦文明与帝国秦文明。同时，也有违高端文明时代的普遍共识——当代历史认知中的秦文明，没有人理解为早秦文明。这里的混乱是：说者将商鞅变法之前的秦文明与商鞅变法之后的秦文明不作区分，囫囵地以秦人族群发源地为根基，将早秦文明看做战国秦文明与帝国秦文明，又一体认定为落后文明。

我们需要强调的一个基本认知是：凡是涉及秦文明评判的历史论著或民间认定，人们所说的“秦文明”，一定是变法之后的战国秦文明与一统华夏后的帝国秦文明，而不是早秦文明。若将这两个时期的秦文明都看做“落后文明”，而将这两个时期的山东六国文明看做“先进文明”，那就是明白无误地脱离了高端文明时代的基本历史价值观，不是这里要澄清的问题了。

二则，秦人族群起源。这个问题之所以基本，在于它是秦为“落后文明”这一论断的根基。秦人究竟起源于东方华夏，还是本来就是西方戎狄？在当代中国民族史学界有争论，在当代历史学界也有争论。然则，在此前的中国历史上却大不相同：隋唐之前基本无争论，隋唐时期始有“秦人起自西戎”说出现。从问题本身说，《史记》明确记载了秦人族群的起源与迁徙，明确认定：秦人是大禹时代的主要治水部族之一，始祖首领是大业、大费（一说伯益）；商灭夏的鸣条之战，商人与秦人结盟，秦人尚是参战主力之一；殷商中后期，秦部族成为镇守西陲的军旅部族，蜚廉、恶来是其首领；西周之世，秦人不愿臣服周室，流落西部戎狄区域，后渐渐归附臣服于周；西周末期的镐京之乱，周平王敦请秦人勤王救周，秦始成为东周的开国诸侯。认真分析史料，秦人族群的历史足迹并不混乱，司马迁的记载很清楚，甚或连秦族的分支演变都大体一一列出了。

春秋之世，秦国尚不强大，故以“蛮夷”指斥秦国者不是没有，然实在极少。即或有，也并非起源确指之意，而仅仅表示一种轻蔑。战国之世，秦国在变法之后强大，指斥秦人为“蛮夷”者遂骤然增多。然就其实质论，如同“虎狼说”一样，都是泄愤骂辞，而非认真确指。在中国历史上，此等基于邦国族群仇恨而生出的相互攻讦现象多多。最早者，有周族骂商族为“戎殷”、“蠢戎”；其后的南北朝人，又相互骂为“北虏”、“岛夷”；春秋战国时，中原诸侯则骂楚为“荆蛮”、秦为“戎狄”等等。若以此等言辞作为族群起源之评判依据，殊非偏执哉！唯其如此，西汉之世为秦立史，秦人的起源与迁徙历史，根本不是疑点。司马迁作史的原则是“信则存信，疑则存疑”。对一个西汉持否定评判的先代族群，若有如此重大的“非我族类”的事实，岂能不如实记载？姑且不说事实，即或是疑点，司马迁也必会如实记载下“人或曰”之类的话语，以期引起人们注意。然，《史记》中却从未见此等迹象。显然，秦人是否中原族群，直至西汉并无大的争论。其后直至隋代，也没有大的争论。秦人族群被“认定”为西部戎狄，仅仅只是起自唐代。如前所引，《隋书》中方有“秦人起自西戎”之说。分析历史，这显然是唐人的政治需要：以秦族起源类比于起自北周胡族的隋，影射隋之短命如秦而已。此历史恶习也，并无基于事实的公正探究立场，不当为凭。

秦族起源问题之争论，恰恰是在当代滥觞了。历史学家蒙文通于上世纪三十年代提出“秦人戎狄”说，并以《秦之社会》及《秦为戎族考》论证，推定秦族群与骊山戎皆为“犬戎”。之后，随即出现了“秦人东来”说，以卫聚贤的《中国民族的来源》、黄文弼的《秦为东方民族考》为代表，认定秦人为中原族群。后一论说，自不待言。以蒙氏“秦人戎狄”说而论，实则是依据史书中的种种零星言论推演而成。这种推演，曾被近年故去的著名秦史专家马非百先生批评为：“蒙氏以此为据，殊属偏执。”

作为学术研究，学人持何观点，原本无可厚非。我们要说的是：原本不是问题的秦人族群起源，何以突然竟成了问题。仅仅是那些上古史书中的星星点点的攻讦言论起作用么？果真如此，《史记》中对楚族也有“荆蛮”“南蛮”之说，更有“非我族类，其心必异”的攻讦，如何楚人起源不成其为问题，从来没有引起过大规模的争论？当“落后文明”说与“秦为戎狄”说联结起来的时候，我们的历史意识中潜藏的一种既定的东西才彰显出来：“落后文明”说以“秦为戎狄”说为依据，“秦为戎狄”说则为“落后文明”说寻找族群根基。虽然，“秦为戎狄”说与“落后文明”说，都并未成为普遍认知，但多有学者在高端文明时代依然重复并维护一个古老的荒谬定式，足见我们这个民族对文明历史的审视，将会有多么艰难！

三则，秦部族果真西戎部族，又当如何？在高端文明时代，将族群起源地看做判定文明先进或落后的根据，未免太过堕入西方史学的旧定式了。西方历史意识曾以罗马征服希腊为例证，生发出一种理念：落后文明征服先进文明，在历史上多有发生。就罗马与希腊而言，当时的罗马族群是落后文明无疑，罗马征服希腊也是纯粹的武力吞并，体现了“落后文明征服先进文明”的典型方式。然则，将这一理念延伸为某种定式，认为一个特定族群的早期状态便是其永久的文明定性依据，显然是荒诞的。由此而将秦文明与征服希腊的落后罗马文明等同，同样是荒诞的。

高端文明时代应当具有的历史价值观是：无论秦人是否戎狄，都不能因此而否认秦国在深彻变法之后，在两次文明大创造后形成新文明形态的历史事实。战国秦创造出了战时法治国家的新文明形态，灭六国之后秦更创造出了新的大一统国家的文明形态。这一历史事实说明：就基于文明内涵的历史定性而言，一个民族的文明先进与否，与其族群发源地及早期状态并无必然性关系。在文明史评判的意义上，族群发源地完全可忽略不计。若认定族群早期落后，其文明便必然永远落后，秦人即或全面变法移风易俗自我更新国家强大，依旧还是落后文明。果真如此，岂非制造出一种荒谬绝伦的“历史血统论”——民族生成永久地决定其文明性质！

诚如此，历史的发展何在，民族的奋进有何价值?

从高端文明时代应当具有的文明视野出发，这一观念已经为诸多先秦史及秦汉史研究家所抛弃了。然则，它依然是一种堂堂见诸多种论著的流行理念。最基本的文明性质判定，本来是高端文明时代审视原生文明时代最应该获得普遍认知的第一问题。实则恰恰不然，我们这个高端文明时代依然存在着“秦为落后文明，山东六国为先进文明”的认定。历史学界尚且如此，遑论民众之普遍认知了。

五　走出暴秦说误区：秦帝国徭役赋税之历史分析

认定秦帝国为“暴秦”，基本论据之一是徭役赋税指控。

及至当代，即或是对秦文明功绩整体肯定的史家，对秦政的经济

“暴虐”也是明确指斥并多方论证的。历史上几乎所有指控“暴秦”的言论——包括被西汉时期抛弃了的秦末历史谎言都被当代史学家一一翻了出来，悉数作为指控依据。其中最基础的根基之一，是对秦帝国的以徭役赋税为轴心的经济政策的指控。

赋税徭役之作为问题提出，乃西汉董仲舒发端。在中国历史上，董仲舒第一个以数量表述的方式，认定了秦帝国的赋税率与徭役征发率，遂成为日后所有“暴秦”论者的最重要依据。在我所能见到的无数典籍资料中，都是原文引用董仲舒，而后立即认定秦为“暴秦”，缺乏任何中间分析。也就是说，将董仲舒之说当做真理式史料给予信奉。这种武断方式，几乎成为涉秦论说的一种“八股”。依据当代经济理念分析董仲舒之说，而后给予评判者，未尝见之也。

董仲舒的数量表述，主要是三组对比数字。第一组：古代为什一税，秦时佣耕豪田为什五税；第二组，秦人口赋与盐铁之利，二十倍于古；第三组，古代徭役一年三日，秦之“力役”则三十倍于古。我们且以当代经济理念结合历史事实分析董仲舒说，而后评判其能否立足。

第一则，先说最重要的田税率。

什一税，是说田税率为十分之一。这一税率，是夏商周三代较为普遍的贡赋制背景下对民众的税率。诸侯及附属国对天子的“贡”，不是税，自然也不涉及税率。自春秋时期开始，什一税事实上已经被大大突破了。突破的根本原因，不是普遍的暴政，而是生产力的发展与税源的拓宽，是社会经济大发展的合理结果。及至战国时期，由于铁制农具使用，可耕地的大量开垦，农作物产量大幅提高，生产力与整个社会经济水平都有了极大发展。此时，税率的大幅提高已经成为各大战国的普遍事实，绝非秦国一家。

据《中国赋税史》《中国财政史》《中国民政史》等综合研究统计：

战国初期之魏国，百亩土地的正常年产量是一百五十石，丰年产量是三百石到六百石；折合亩产，则是每亩产量一石半至六石。《管子》则云：“高田十石，间田五石，庸田三石。”管子所云，当为春秋时期的齐国。也就是说，当时齐国的最高亩产可以达到每亩十石。以吴承洛先生之《中国度量衡史》，战国之“石”与“斛”接近，大体一百二十斤，每斤约合当代市斤六两到八两之间。依此大体推算，当时的亩产量最高可达当代重量的五六百斤至八九百斤之间！这一生产力水平，在整个自然经济时代，一直没有实质性突破。同样依据上述三史，秦帝国时期中国垦田大体已达到八百二十七万顷。由于人口的不确定，我们不能确知当时的人均耕地数字。但是，每人占有耕地至少在数十亩至百亩之间无疑，大大超出今日数量。如此历史条件下，战国与秦帝国时期的经济总量已经远远超过了夏商周三代，其税率的提高无疑是必然的。

然则，秦帝国时代的田税率究竟有多高，没有帝国原典史料可查。董仲舒的数字，也没有明确指认自己的史料依据。董列出的田税率是“或耕豪民之田，见税什五”。

依据当代经济理念分析，董仲舒的这个数字不是国家“税率”，而是佣耕户的地租率。其实际所指，是如陈胜那般“耕豪民之田”的佣耕者，向豪民地主交出一半的收成。董仲舒显然不懂经济，将地租率硬说成国家税率，使秦帝国时代的田税率猛然提升到十分之五的大比例。有意还是无意，已经不重要了。重要的是，后世将这一典型外行的指控当成了历史事实，当成了真理性质的史料依据。

就历史事实而论，交租之后的经济逻辑是：国家以地亩数量征收田税，只向地主征收，不针对佣耕者征税。之所以不针对佣耕者，有两个原因：其一，佣耕者耕的是地主的土地，佣耕者不是地主；其二，佣耕者是流动的，若以佣耕者为基数征税，固然可以避免历代都大为头疼的“漏田”现象，然在事实上却极难操作。所以，佣耕者向地主缴租，国家再从地主之手以登记核定的田数征税，是从战国时代开始一直延续两千余年的田税法则。唯其如此，此后的经济逻辑很清楚：佣耕者的一半产量中，必然包括了地主应该缴纳的田税。而地主不可能将粮食全部交税，而没有了自家的存储。是故，秦帝国的田税只能比“什五税”低，而不可能高。最大的可能是，国家与地主平分，也征收地主田租的一半为田税。如此，则田税率为十分之二点五。即或再高，充其量也只是十分之三。因为，秦帝国不可能将自己的社会根基阶层搜刮净尽。

第二则，再说人口盐铁税率。

人头税乃春秋战国生发，夏商周三代本来就没有，说它“二十倍于古”，是没有任何可比意义的。人头税之轻重，只能以当时民众的承受程度为评判标准。而史料所记载的人口税指控，除了秦末历史谎言的“头会箕敛”的夸张形容，再无踪迹可寻。

所谓盐铁之利，在“九贡九赋”的夏商周三代也基本没有，至少没有铁。即或有盐利，肯定也极低。因为，三代盐业很不发达，不可能征收重税。故此，说秦时盐铁之利二十倍于古，无论是就实际收入的绝对数量而言，还是就税率而言，也几乎没有任何可比意义。

若董仲舒的“二十倍于古”泛指整个商业税，则更见荒诞。战国至秦帝国时期的商业大为发达，七大战国皆有商业大都会。齐市临淄、魏市大梁、秦市咸阳、楚市陈城、赵市邯郸、燕市蓟城、韩市新郑。七大都会之外，七国尚各有发达的地域性大商市，如齐东即墨、魏北安邑、楚东南之江东吴越、秦西南之蜀中、赵北之胡市等等。其时之市场规模与国家来自关市的财政收入，远远超出夏商周三代何止百倍。以此论之，说商业税“二十倍于古”，只怕还估摸得低了。基本的原因是，夏商周三代的民众自由商事活动规模很小，而国家“官市”又多有限制且规模固定。总体上说，三代商市根本无法与《史记·货殖列传》所记载的战国秦时代的蓬勃商市可比。所以，商业税之比同样没有意义。

第三则，再说徭役征发。

以董说的夏商周三代一年三日徭役为基数，三十倍于古，是九十日。董仲舒列举了这九十日的大体构成："月为更卒"，每年要有一个月给县里做工；"复为正一岁"，再给郡里每年也要做工。按照逻辑，按照历代史家的注释，这里的"一岁"不是一次性一年出工，而是一人一生总计服郡徭役一年，每年分摊出工。第三项"屯戍一岁"，每人一生中要给国家一次性守边一年。对董仲舒的分项说法，《史记》注解引师古之说，替董仲舒解释云："率计，今人一岁之中，屯戍及力役之事三十倍多于古也！"所谓率计，是大体计算之意。显然，这一归纳没有说明一个男丁一年中究竟有多长时段的徭役，而只依据大体计算而笼统指斥"三十倍多于古也"，有失粗疏轻率，并武断过甚。

以董仲舒之说，一个男丁在一生中究竟要分摊多少徭役？

可以有四种计算方法：

其一，若以"能劳"为准，将一个男丁的徭役期限假设在二十岁至五十岁之间（二十岁加冠，五十岁称老），其有效劳役的基数时间为三十年；则三项徭役合计总量为五十四个月，具体均摊出工，则《史记》所云之"率计"，每年只有月余。

其二，若以六十岁一生为基数，则徭役总量为八十四个月，分而摊之，"率计"每年仍然只有月余。

其三，以六十岁一生为基数，以三十年"能劳"期为有效徭役征发时段，在三十年内服完八十四个月徭役，则"率计"两月余，还是不到三个月，仍然不到"三十倍于古"的九十日。

其四，只有以八十岁一生为基数，徭役总量为一百零四个月，以三十年精壮期服完徭役，其“率计”才可能超过三个月，实现董仲舒“三十倍于古”的宏大设想。然则，一个自然经济时代的政权，设定男人每人八十岁寿命而规定徭役，现实么？可能么？只怕董仲舒自己都要脸红了。

笼统指斥其“三十倍于古”，既夸大事实，也毫无实际意义。

即或不与董仲舒认真计较，便以第三种方法计，在实际中也远非那么不堪重负。国家征发徭役，只要不疯狂到要自断生计，大体皆在每年农闲征发，而不可能在农忙时期征发。而那个时代的实际农闲时间，每年无论如何在三个月之上。历史的事实是，每年月余的徭役，在战国时代不足论。即或接近三个月，也不可能达到严重威胁民众生存的地步。

秦帝国是一个大规模建设的时代，精壮男子每人每年服徭役一月余或两月余，客观地说，远在社会容忍底线之中。以秦帝国刻石所言，民众在秦始皇时期是大为欢悦地迎接太平盛世的。即或我们将刻石文辞缩水理解，至少也是没有反抗心理的。其另一个基本原因，是帝国工程的绝大多数都是利国利民的。疏通川防、开拓道路、抵御匈奴、南进闽粤、大兴水利、销毁兵器、迁徙人口填充边地等等等等。除了搬迁重建六国宫殿，秦始皇时期没有一件值得指控的大工程。以战国民众在大争之世所锤炼出的理解力，是会敏锐体察出恶政与善政区别的。只是到了秦二世时期，才因骊山陵与阿房宫的大规模建造而偏离社会建设轨迹，使工程徭役具有奢靡特质。如此大背景下，才有了陈胜吴广因“失期皆斩”面临生死抉择而不能容忍而举事反秦的社会心理动因。这与秦政的本来面目与总体状况，并非一事。以文明历史的评判意识，不当以胡亥赵高的昏聩暴虐取代帝国整个时期，更不能以此取代整个原生文明时代。

还有一个重大的历史现象必须申明：举凡历史上的强盛时代或富裕国家，其税率与征发率必然相对高；举凡历史上的不发达时代，或大贫困大萧条时代及贫穷国家，其税率与征发率必然很低或极低；直至当代，依然如此。

秦帝国正是前一种时代，前一种国家，其税率与徭役征发“年率”虽相对较高，但却是建立在自觉地大力发展生产力基础上的，其性质绝非对贫瘠的掠夺，而是在高度生产力水平上积聚社会财富，为社会进行大规模的建设。其后，秦末大动乱大复辟，将秦帝国建设成果悉数摧毁，“民失作业，而大饥馑。人相食，死者过半。高祖令民得卖子，就食蜀汉。天下既定，民无盖臧，自天子不能具醇驷，而将相或乘牛车。”在此等经济大萧条社会大贫困下，西汉即或实行了“什五税一”甚或“三十税一”，达到十五分之一与三十分之一的极低税率，其穷困状况仍然惨不忍睹。汉文帝时期，贾谊的《论积贮疏》犹云：“汉之为汉几四十年矣！公私之积，犹可哀痛。失时不雨，民且狼顾；岁恶不入，请卖爵子。既闻耳矣，安有为天下阽危者若是而上不惊者！”

这一基本的历史现象，给我们的历史意识提出了一连串的尖锐问题。

在大贫困大萧条时代的低税率低征发，与大发展大兴盛时代的高税率高征发之间，我们究竟应当如何评判？假如要我们选择，我们选择什么？贫困的低税率低征发，果真是“仁政”么？富有的高税率高征发，果然是“暴政”么？此等对比之法，果真有实质意义么？果真能说明问题么？果真值得作为最重要的依据去评判文明史么？两千余年来，我们一直在指控强盛秦帝国的高税率与高征发，我们一直在赞颂生产力低下时代与大贫困时代的“轻徭薄赋”，这符合历史演进的本质法则么？符合社会经济发展的逻辑么？

六　走出暴秦说误区：秦帝国法治状况之历史分析

秦法酷烈，历来是暴秦说的又一基本论据。

这一立论主要有五则论据：其一，秦法繁细，法律条目太多；其二，秦法刑种多，比古代大为增加；其三，秦法刑罚过重，酷刑过多；其四，秦时代罪犯多得惊人；其五，秦法专任酷吏，残苛百姓。举凡历代指控秦法，无论语词如何翻新，论据无出这五种之外。认真分析，这五则论据每则都很难成立，有的则反证了秦法的进步。譬如，将“凡事皆有法式”的体系性立法看做缺陷，主张法律简单化，本身就是“蓬间雀”式的指责。

首先，所有指控都有一个先天缺陷：说者皆无事实指正（引用秦法条文或判例）或基本的数字论证，而只有尽情的大而无当的怨毒咒骂。罗列代表性论证，情形大体是：第一论据，西汉晁错谓之“法令烦懵”，并未言明秦法法条究竟几多，亦未言明究竟如何烦乱惨痛，而只是宣泄自己的厌恶心绪。第二第三论据，除《汉书·刑法志》稍有列举云：“秦用商鞅，连相坐之法，造叁夷之诛，增加肉刑、大辟，有凿颠、抽胁、镬烹之刑”外，其余尽是“贪狼为俗”、“刑罚暴酷，轻绝人命”之类的宣泄式指控。第四则论据更多渲染，“囹圄成市，赭衣塞路”，“死者相枕席，刑者相望，百姓侧目重足，不寒而栗”，“断狱岁以千万数”，“刑者甚众，死者相望”，等等等等。依据此等夸张描绘，秦时罪犯简直比常人还要多，可能么？第五则论据也尽是此等言辞，“狱官主断，生杀自恣”，“杀民多者为忠，厉民悉者为能”，“贼仁义之士，贵治狱之吏”，等等等等。

这一先天缺陷所以成为通病，是中国史学风气使然么？

当然不是。中国记史之风，并非自古大而无当，不重具体。《史记》已经是能具体者尽具体了，不具体者则是无法具体，或作者不愿具体也。到了《汉书》，需要具体了，也可以具体了，便对每次作战的伤亡与斩首俘获数字，都记录详尽到了个位数，对制度的记述更为详尽了。也就是说，对秦法的笼统指控，不能以“古人用语简约，习惯使然”之类的说辞搪塞。就事实而论，西汉作为刚刚过来人，纵然帝国典籍库焚毁，然有萧何第一次进咸阳的典籍搜求，又有帝国统计官张苍为西汉初期丞相，对秦法能无一留存么？更重要的现实是：秦在中央与郡县，均设有职司法典保存与法律答问的“法官”，西汉官府学人岂能对秦法一无所见？秦末战乱能将每个郡县的法律原典都烧毁了？只要稍具客观性，开列秦法条文以具体分析论证，对西汉官员学人全然不是难事。其所以不能，其所以只有指斥而没有论证，基于前述之种种历史背景，我们完全有理由认定：这种一味指控秦法的方式，更多的是一种政治需要，而不是客观论证。

唯其如此，这种宣泄式指控不足以作为历史依据。

要廓清秦法之历史真相，我们必须明确几个基本点。

其一，秉持文明史意识，认知秦法的历史进步性质。

秦国法治及秦帝国法治，是中国历史上唯一一个自觉的古典法治时代，在中国文明史上具有无可替代的历史地位。秦之前，中国是王道礼治时代。秦之后，中国是人治时代。只有商鞅变法到秦始皇统一中国的一百六十年上下，中国走进了相对完整的古典法治社会。这是中国民族在原生文明乃至整个古典文明时代最大的骄傲，最大的文明创造。无论从哪个意义上审视，秦法在自然经济时代都具有历史进步的性质，其总体的文明价值是没有理由否定的。以当代法治之发达，比照帝国法治之缺陷，从而漠视甚或彻底否定帝国法治，这是摒弃历史的相对性而走向极端化的历史虚无。依此等理念，历史上将永远没有进步的东西值得肯定，无论何时，我们的身后都永远是一片荒漠。

基于上述基本的文明史意识，我们对秦法的审视应该整体化，应该历史化地分析，不能效法曾经有过的割裂手法——仅仅以刑法或刑罚去认知论定秦法，而应该将秦法看做一个完整的体系，从其对整个社会生活规范的深度、广度去全面认定。即或对于刑法与刑罚，也当以特定历史条件为前提分析，不能武断地以秦法有多少种酷刑去孤立地评判。若没有整体性的文明历史意识，连同秦法在内的任何历史问题，都不可能获得接近于历史真相的评判。

其二，认知秦法的战时法治特质，以此为分析秦法之根本出发点。

秦法基于战国社会的“求变图存”精神而生，是典型的战时法治，而不是常态法治。此后一百多年，正是战国大争愈演愈烈的战争频仍时代，商鞅变法所确立的法典与法治原则，一直没有重大变化。也就是说，从秦法确立到秦统一六国，秦法一直以战时法治的状态存在。作为久经锤炼且行之有效的一种战时法治体系，秦法自然不会无缘无故地改弦更张。法贵稳定，这是整个人类法治史的基本经验。一种战时法治能稳定持续百余年之久，这意味着这种战时法治的成熟而有效。帝国建立而秦始皇在位的十二年，又因为大规模文明建设所需要的社会动员力度，因为镇压复辟所需要的社会震慑力度，也因为尚无充裕的社会安定而进行历史反思的条件，帝国在短促而剧烈的文明整合中，几乎没有机会去修改秦法，使战时法治转化为常态法治。是故，直到秦始皇突然死去，秦法一直处于战时法治状态，一直没有来得及大规模地修订法律。

从文明史的意义上说，秦帝国没有机会完成由战时法治到常态法治的转化，是整个中国民族在原生文明时代巨大的历史缺憾。而作为高端文明时代应该具有的文明视野，对这一法治时代的审视，则当准确地把握这一历史特质，全面开掘秦法的历史内涵；而不能以当代常态法治的标准，去指控古典战时法治的缺憾，从而抹煞其历史进步性。果真如此，我们的文明视野，自将超越两千余年“无条件指控”的坚冰误区。

其三，认知作为战时法治的秦法的基本特征。

战时法治，从古到今都有着几个基本特征。即或到了当今时代，战时法治依然具有如此基本特征。战时法治的超越时代的基本特征，是五个方面：一则，注重激发社会效能；二则，注重维护社会稳定性；三则，注重社会群体的凝聚力；四则，注重令行禁止的执法力度；五则，注重发掘社会创造的潜力。

就体现战时法治的五大效能而言，帝国法治的创造性无与伦比。第一效能，秦法创立了“奖励耕战”的激赏军功法，使军功爵位不再仅仅是贵族的特权，而成为人人可以争取的实际社会身份；第二效能，秦法确立了重刑原则，着力加大对犯罪的惩罚，并严防犯罪率上升；第三效能，秦法创立了连坐相保法，着力使整个社会通过家族部族的责任联结，形成一个荣辱与共利害相连的坚实群体；第四效能，秦法确立了司法权威，极大加强了执法力度，不使法律流于虚设；第五效能，秦法确立了移风易俗开拓税源的法令体系，使国家的财力战力在可以不依靠战争掠夺的情况下，不断获得自身增长。

凡此创造，无一不体现出远大的立法预见性与深刻的行法洞察力。

这一整套法律制度，堪称完整的战时法治体系。战时法治体系与常态法治体系的相同处，在于都包括了人类法律所必需的基本内容。其不同处，则在于战时法治更强调秩序效能的迅速实现，更强调对人的积极性的激发。是故，重赏与重罚成为战时法治的永恒特征。秦法如此，后世亦如此，包括当代法治最为发达的国家也如此。从此出发审视秦法，我们对诸如连坐法等最为后世诟病的秦法，自然会有一种历史性的理解。连坐相保法，在中国一直断断续续延伸到近现代才告消失，期间意味何在？何以历代尽皆斥责秦法，而又对秦法最为“残苛”的连坐制度继承不悖，这便是“外王而内法”么？这种公然以秦法为牺牲而悄悄独享其效能的历史虚伪，值得今天的我们肯定么？

其四，秦法的社会平衡性，使其实现了古典时代高度的公平与正义原则。

从总体上说，秦法的五大创造保持了出色的社会平衡：激赏与重刑平衡，尊严与惩罚平衡，立法深度与司法力度平衡，改进现状与发掘潜力平衡，族群利益与个体责任平衡，国家荣誉与个体奋发平衡。法治平衡的本质，是社会的公平与正义。正因为秦法具有高度的社会平衡性，所以才成为乐于为秦人接受的良性法治，才成为具有高度凝聚力与激发力的法制体系。

在一个犯罪成本极高，而立功效益极大的社会中，人们没有理由因为对犯罪的严厉惩罚，而对整个法治不满。否则，无以解释秦国秦人何以能在一百余年中持续奋发，并稳定强大的历史事实。荀子云：“秦四世有胜，非幸也，数也。”数者何？不是法治公平正义之力么？在五千年的中国历史上，甚或在整个人类的文明史上，几曾有过以罪犯成军平乱的历史事实？可是在秦末，却发生了在七十万刑徒中遴选数十万人为基本构成，再加官府奴隶的子弟，从而建成了一支精锐大军的特异事件。且后来的事实是：章邯这数十万刑徒军战力非凡，几乎与秦军主力相差无几，以致被项羽集团视为纯正的秦军，而在投降后残酷坑杀了二十万人。

这一历史事实，说明了一个法治基本现象：只有充分体现公平正义的法律，才能使被惩罚者的对立心态消除。在一个法治公平——立法与司法的均衡公平——的社会里，罪犯并不必然因为自己身受重刑而仇恨法治，只有在这样的法治下，他们可以在国家危难的时候拿起武器，维护这个重重惩罚了他们的国家。

另一个基本事实是：秦国与秦帝国时代，身受刑罚的罪犯确实相对较多，即或将“囹圄成市，赭衣塞路”、“死者相枕席，刑者相望”这样的描绘缩水理解，罪犯数量肯定也比后世多，占人口比例也比后世大。然则，只要具体分析，就会看出其中蕴含的特异现象。

其一，秦之罪犯虽多，监狱却少。大多罪犯事实上都在松散的监管状态下从事劳役，否则不能“赭衣塞路”。说监管松散，是因为当时包括关中在内的整个大中原地区并无重兵，不可能以军队监管刑徒，而只能以执法吏卒进行职能性监管，其力度必然减弱。从另一方面说，秦始皇时期敢于全力以赴地屯戍开发边陲，敢于将主力大军悉数驻扎阴山、岭南两大边地，而对整个腹心地域只以正常官署治理，如果法制状况不好且罪犯威胁极大，如果对法治没有深厚的自信，敢如此么？直到秦二世初期大作始皇陵、阿房宫，关中依然没有大军。后来新征发的五万“材士”驻屯关中，也没有用于监管罪犯。凡此等等，意味何在，不值得深思么？

其二，秦之罪犯极少发生暴动逃亡事件。史料所载，只有秦始皇末期骊山刑徒的一次黥布暴动。相比于同时代的山东六国与后世任何政权，以及同时代的西方罗马帝国，这种百余年仅仅一例的比率是极低的。这一历史现象说明：秦帝国时代，罪犯并不构成社会的重大威胁力量，甚或不构成潜在的威胁力量，反而成为了一支担负巨大工程的特殊劳动力群体，最后甚或成为了一支平乱大军。若是一个法治显失公平的社会，不会如此自信地使用罪犯力量，罪犯群体也不会如此听命于这一政权。当陈胜的“百万”周文大军攻入关中之时，关中已经无兵可用。

其时若罪犯暴动，则秦帝国的根基地带立即便会轰然倒塌，陈胜农民军便将直接推翻秦帝国。而当时的事实恰恰相反，七十余万罪犯非但没有借机逃亡暴动或投向农民军，反而接受了官府整编，变成了一支至少超过二十万人的平乱大军。一个基本的问题是：假若罪犯不是自愿的，帝国官府敢于将数十万曾经被自己惩治的罪犯武装到牙齿么？

而如果是自愿的，这一现象意味着什么？

在人类历史上，无论一个时代一个国家是施行恶法，还是施行良法，都从来没有过敢于或能够将数十万罪犯编成大军且屡战屡胜的先例。只有秦帝国，尚且是轰然倒塌之际的秦帝国，做到了这一点。就其本质而言，这是法治史上极具探究价值的重大事件。它向法治提出的基本问题是：人民的心灵对法治的企盼究竟何在？社会群体对法治的要求究竟何在？只要法治真正地实现了公平与正义原则，它所获得的社会回报又将如何，它的步伐会有多么坚实，它的凝聚力与社会矛盾化解力会有何等强大。

可惜，这一切都被历史的烟雾湮没了。

轰然倒塌之际，秦法尚且有如此巨大的凝聚力，可见秦法之常态状况。

法治的良恶本质，不在轻刑重刑，而在是否体现了公平正义原则。

其五，认知作为秦法源头的商鞅的进步法治理念。

由于对帝国法治的整体否定，当代意识对作为帝国法治源头的商鞅变法也采取了简单化方法，理论给予局部肯定的同时，却拒绝发掘其具体的法治遗产。对《商君书》这一最为经典的帝国法治文献，更少给予客观深入的研究。《商君书》蕴藏的极具现实意义的进步法治理念，几乎被当代人完全淡忘，只肆意指控其为“苛法”，很少作出应有的论证。

帝国法治基于社会平衡性而生发的公平与正义，我们可以从已经被久久淡漠的商鞅的法治思想中看到明确根基。《商君书》所体现的立法与执法的基本思想，在其变法实践与后来的帝国法治实践中，都得到了鲜明体现。

唯其被执意淡漠，有必要重复申明这些已经被有意遗忘的基本思想。

一则，“法以爱民”的立法思想。

《商君书》开篇《更法》，便申明了一个基本主张：“法者，所以爱民也。礼者，所以便事也。是以，圣人苟可以强国，不法其故；苟可以利民，不循其礼。”这是由立法思想讲到变法的必要：因为法治的目标在于爱民，礼仪的目标在于方便国事；所以，要使国家强大，就不能沿袭旧法，不能因循旧制，就要变法。在《定分》篇中，商鞅又有“法令者，民之命也，为治之本也”之说。凡此，足见商鞅立法思想的人民性，在古代社会是绝无仅有的。在诸多的中国古代立法论说中，商鞅的“法以爱民”、“法令民之命”的思想，是独一无二的，是明确无误的，但也是最为后世有意忽视的，诚匪夷所思也。商鞅这一立法思想，决定了秦法功效的本质。秦国变法的第二年，秦人“大悦”。若非能够真实给民众带来好处，何来社会大悦？

二则，“去强弱民”的立法目标原则。

所谓“强”，这里指野蛮不法。所谓“弱”，这里指祛除（弱化）野蛮不法的民风。这一思想的完整真实表意，应该是：要祛除不法强悍快意恩仇私斗成风的民风民俗，使民成为奉公守法勇于公战的国民。也就是说，“弱民”不是使民由强悍而软弱，而是弱化其野蛮不法方面，而使其进境于文明强悍也。就其实质而言，“去强弱民”思想，是商鞅在一个野蛮落后的国家实现战时法治的必然原则，是通过法治手段引导国民由野蛮进入文明的必然途径，其进步性是毋庸置疑的。

三则，“使法必行”的司法原则。

商鞅有一个很清醒的理念：国家之乱，在于有法不依。历史的事实一再说明，一个时代一个国家的法治状况如何，既取决于法律是否完备，更取决于法律是否能得到真正的执行。某种意义上，司法状况比立法状况更能决定一个国家的法治命运。《画策》云：“国之乱也，非其法乱也，非法不用也。国皆有法，而无使法必行之法……法必明，令必行，则已矣！”

请注意，商鞅在这里有一则极为深刻的法哲学理念——国皆有法，而无使法必行之法。这句话翻译过来，几乎是一种黑格尔式的思辨：任何国家都有法律，但是，任何健全的法律体系中，都不可能建立一种能够保障法律必然执行的法律。这一思想的基础逻辑是：社会是由活体的个人构成的，社会不是机器，不会因法制完备而百分之百地自动运转，其现实往往是打折扣式的运转。这一思想的延伸结论是：正因为法律不会无折扣地自动运转，所以需要强调执法，甚至需要强调严厉执法。体现于人事，就是要大力任用敢于善于执法的人才，从而保证法律最大限度地达到立法目标。也正因为如此，秦法对官员“不作为”的惩罚最重，而对执法过程中的过失或罪责则具体而论处。

显然，商鞅将“使法必行”看做法治存在的根基所在。否则，国皆有法而依旧生乱。此后两千余年的中国历史上，包括韩非在内，没有任何一个人将司法的重要说得如此透彻。理解了这一点，便理解了秦任“行法之士”的历史原因。

四则，反对“滥仁”的司法原则。

商鞅执法，一力反对超越法令的“法外施恩”。《赏刑》云：“（法定），圣人不必加，凡主不必废。（依法）杀人不为暴，（依法）赏人不为仁者，国法明也。……圣人不宥过，不赦刑，故奸无起。”法外不施恩的原则，在王道理念依然是传统的战国时代，是冷酷而深彻的，也是很难为常人所能理解的。“杀人不为暴，赏人不为仁”的肃杀凛冽，与商鞅的“法以爱民”适成两极平衡，必须将两极联结分析，才是商鞅法治思想的全貌。这一思想蕴藏的根基理念是法治的公平正义，是对依法作为的根基维护。对如此思想，若非具有深刻领悟能力的政治家，是本能地畏惧的。这一司法原则，其所以在秦国扎下了坚实的根基，最根本原因便是它的公平性——对权贵阶层同样的执法原则，同样的执法力度。从这一原则出发，秦法还确立了不许为君王贺寿等制度。

商鞅这一思想产生的历史背景，是王道仁政的“滥仁”传统在战国之世尚有强大影响力。此前此后的变法所以不彻底，根基原因之一，便是不能破除国有二法与种种法外施恩之弊端。顾及到这一背景，对商鞅这一思想的价值性便会有客观性的认知。

五则，“刑无等级”的公平执法理念。

商鞅确立的执法理念有两则最重要：一则，举国一法，法外无刑，此所谓“壹刑”原则；再则，执法不依功劳善举而赦免，此为“明刑”原则。《赏刑》篇对这两个原则论述云：“所谓壹刑者，刑无等级，自卿相将军以至大夫庶人……罪死不赦。有功于前，有败于后，不为损刑；有善于前，有过于后，不为亏法；忠臣孝子有过，必以其数断；守法守职之吏有不行王法者，罪死不赦，刑及三族……故曰：明刑之犹，至于无刑也！”也就是说，卿相大夫忠臣孝子行善立功者，统统与民众一体对待，依法论罪，绝不开赦。相比于“刑不上大夫，礼不下庶人”的旧制传统，庶民孰选，岂不明哉！

六则，“使民明知而用之”的普法思想。

商鞅行法的历史特点之一，是法律公行天下，一力反对法律神秘主义。为此，商鞅确立了两大原则：其一，法典语言要民众能解，反对晦涩难懂；其二，建立“法官”制度，各级官府设立专门解答法律的“法官”。对于第一原则，《定分》论云：“夫微妙意志之言，上知（智）之所难也。……故，知（智）者而后能知之，不可以为法，民不尽知（智）；贤者而后能知之，不可以为法，民不尽贤。故圣人为法，必使之明白易知，愚知（智）遍能知之……行法令，明白易知……万民皆知所避就，避祸就福，而皆以自治也！”这段话若翻译成当代语言，堪称一篇极其精辟的确立法律语言原则的最好教材。商鞅使“法令明白”的目的，在于使民众懂得法律，从而能“避祸就福以自治”。这一番苦心，不是爱民么？

对于第二原则，《定分》论云：“为法令，置官吏朴足以知法令之谓者，以为天下正（法律）……天子置三法官：殿中置一法官，御史置一法官及吏、丞相置一法官。诸侯郡县皆各为置一法官及吏，……吏民欲知法令者，皆问法官。故，天下之吏民无不知法者。”其中，商鞅还详细论说了法官的工作方式、考核方式。其中对法官不作为或错解法令的处罚之法颇具意味：法官不知道或错解哪一条法律，便以这条法律所涉及的刑罚处罚法官。此等严谨细致的行法措施，不包含爱民之心么？此后两千余年哪个时代做到了如此普法？

七　走出暴秦说误区：秦帝国专制说之历史分析

当代“暴秦”说的一个新论据，是帝国“专制”说。

传统“暴秦”说，其指控主要来自经济与法治两个具体方面。及至近现代乃至当代，中国史识在基本秉承传统指控外，又对秦帝国冠以“专制强权”定性，秦文明及其所处的原生文明时代遂成一团漆黑，似乎更加的万劫不复了。这一指控基本不涉及史料辨析，而是一种总体性的性质认定，因此，我们只作史观性的分析评判。

首先的问题是，这一理念的产生，有非常值得深思的四个基本原因。

第一原因，是中国古代社会作出的三阶段划分：原始社会、奴隶社会、封建社会；作为“封建社会”开端的战国秦帝国，便合乎逻辑地被冠以专制定性。顺便说及的是，作为根基概念的“封建社会”是否真正科学，已经引起了史学界的关注与讨论，思想史家冯天瑜等人的文章相对深刻。这一质疑的出现至少说明，完全套用西方概念与理念框定中国古典社会，是值得商榷的。

第二原因，是西方文明史理念的影响。这一理念的基本表述可以概括为：举凡大河流域的文明，皆以治水为基础，生发出东方专制主义历史传统。这一理念的代表作有两部，英国学者汤因比的《历史研究》，美国学者魏特夫的《东方专制主义》。基于这一理念，作为东方大国的中国古典社会，被一律视为专制时代，秦帝国自然不能幸免。

第三原因，中国当代民主思潮的普及，使许多人对中国古典时代产生了本能的排斥，尤其对强盛时代产生了逆反心理。这一思潮表现为两种形式：一则是学人以论著或其他方式见诸社会的封建专制论说；二则是社会个体不加任何分析的武断认定。在《大秦帝国》第一部被改编为电视历史剧的过程中，我听到的这种非理性地将秦帝国认定为“专制”的说法不知几多。在网络上，也有人严厉质疑我“专制崇拜何时休”。自然，这些人对那个时代与秦帝国都缺乏基本的了解。然则，正是这种不了解而本能认定的普遍事实，给我们提出了一个很深刻的问题：我们对文明历史的评判，根基究竟应该在哪里？历史主义的评判意识，为什么在我们民族中如此淡薄？这种以所谓科学民主理念去断然否定自己民族文明史的现象，为什么在其他国家民族极其罕见，甚或没有，而在我们民族却大肆泛滥？

第四原因，历史“暴秦论”的沉积物与其余种种学说思潮的错位嫁接。自两汉之后，因“暴秦”说而沉积成的“非秦”理念代代强化，已经成为某种意义上的非理性认知。当此基础之上，诸多人等对包括西方史观在内的种种“非秦”定性，非但极容易接受，且更愿意以“新理论”来论证旧认知，从而证明被历史铸成的谬误具有真理的性质。诸多历史学家与文化人，论秦几乎形成了一种八股定式：对秦帝国时代不加任何论证，先行冠以“专制”或“落后文明”之定性，而后再展开以旧理念为根基的论述。其研究精神之沦落，距离儒家朱熹之对秦考据尚且不如，遑论科学？这里的直接原因，在于这种错位嫁接。根本原因，却实在是一个涉及诸多方面的复杂问题。

那么，秦帝国时代的文明与政权性质不是专制么？

是集权，是一种具有历史进步意义的中央集权，因而是一种进步的政治文明。

专制，是对民主而言的一个政治系统制度。民主制的产生有两个最基本的条件，一则是交通与信息的极大便捷，否则，没有社会大协商的条件；二则是生产力的巨大质变，否则，不可能承载人人参与国事这种极其巨大的社会成本。两千余年之前，人类的整个社会基础是自然经济，既没有便捷沟通的手段条件，更无法承载“人人当家做主”的社会成本。是故，民主制不可能在自然经济条件下出现。从这一意义上说，人类的古典时代，无一例外都是集权或专制政体，其间差别，只是专制程度的不同而已。

帝国时代，中国的传统是将近三千年的松散的天子诸侯制。以当代理念定性，夏商两代可称之为邦联制；西周可称之为联邦制。也就是说，其时之政治状态，是一元之下的松散多元化：天子威权有限，诸侯自由度极大。要说民主的根基，那时的政治协商现象远比后世要浓郁得多。原因只有一个，天子与诸侯之间，要做到谁强制谁，极难极难。此等政治条件，对社会生产力的推动极为缓慢；而在社会生产力终于发展到一定程度时，其松散乏力效率极低的社会管理又对生产力的发展阻碍极大。至少，任何对社会有益的大型工程都不可能实现。所以，春秋战国之世的生产力出现大发展后，此等松散邦联制、联邦制便开始渐渐消解。消解的形式，是实际上增大扩张诸侯国的自治权。

就其历史本质而言，这一现象的基础逻辑是：作为能够从整体上大大提高社会效率的“天子”系统，一时不可能改变。社会的实际单元——诸侯，便基于社会利益需求的强大推动，率先实行紧密化高效率的社会管理，从而出现一个又一个集权邦国。这种集权邦国渐渐普及为“天下”认可的普遍形式之后，整个“天下”对整个社会的松散分治便到了不能容忍的地步。于是，寻求整合整个社会效率的“向一”思潮开始出现。人类社会的复杂在于，当共同需求弥漫为普遍潮流时，由谁来充当这种共同需求的“供应商”，人群无法通过协商来确定，而需要通过武力竞争来确定。唯其如此，秦帝国以战争方式统一华夏，并建立了“治权归一”的中央集权制，是历史潮流推动的结果。

相对于既往三千年的松散乏力的邦联制、联邦制，中央集权的治权归一制，无疑具有一举迈入新时代的进步性。历史的实践证明，这种中央集权制问世伊始，立即展现了无与伦比的强大创造力，整个华夏社会的繁荣富庶远远超过了夏商周三代与春秋战国，在整个人类的古典历史上达到了一个空前绝后的高峰时代。此后两千余年，中央集权制一直绵延相续，终于僵化为落后于时代的国家体制。

这是历史，也是必然。

我们不能因此而否定中央集权制在创造时期的巨大进步意义。

我们可以，而且应该摒弃专制。

可是，我们不能因摒弃专制而连带否定我们民族的整个文明根基。

将中央集权体制曾经有过的历史进步性一概抹煞，又进而以专制定性取代中央集权，以今日之政治抉择取代总体上的文明评判，这既是理论逻辑的混淆，更是历史虚无主义的悲剧。以此等理念，人类历史将永远不会有进步坐标，任何时代的创造，都可能因其必然成为历史而被否定。不要忘记，即或我们自己，我们这个时代，也将被后来者评判。

从更为广阔的意义上说，我们要客观审慎地对待我们民族的政治文明传统，妥善寻求解决之道，而不能一概以反专制的理念简单否定我们的传统。我们民族的政治文明传统是什么？是“尚一”，是“执一”。我们的传统政治哲学，是“一生二,二生三,三生万物”。“一”，是我们民族的政治文明根基，五千年没有偏离。虽然，我们有千千万万人在不假思索地呼吁“民主”，然而，更有大于千千万万许多倍的人依然有着坚实的“尚一”根基。唯其如此，我们民族要开创未来，要取得更大的历史进步，要在政治文明取得突破，必须面对的难题有两个基本方面：

第一个难题，解决好“尚一”传统政治文明的社会根基。

第二个难题，寻求能够兼容“尚一”的群策群力的历史道路。

这是东方文明的独特处，更是中国文明的独特处。

自远古洪荒，我们的民族便走着一条特立独行的历史之路。我们的文字，我们的生活方式，我们的政治文明，我们的社会伦理，我们的建筑风格，我们的衣食住行，我们的所有基本方面，都是在没有历史参照系数的大势下独立创造的。我们这个民族的最大不同，在于她是世界上唯一的一个不以信仰与独特生活方式为聚合纽带，而以文明内涵、文化方式为聚合纽带的民族。某种意义上，任何一个群体，只要踏进了华夏文明圈，写中国字并奉行中国式的多元生活方式，她便渐渐真正成了华夏民族。无论是先秦戎狄，还是帝国诸胡与匈奴，还是五胡乱华，还是宋元明清的周边民族群，乃至世界上最难融合的犹太人，都曾经大批量地成为我们民族的群体成员。唯其如此，传统文明对于我们这个民族的意义，远远大于其他任何民族。我们曾经五千年绵延相续的生命历史，证实了我们民族文明的强大生命力与无与伦比的创造力。假若我们要忽视乃至淡漠我们民族的文明传统，而要硬生生奉行“拿来主义”，我们必然会走向巨大的不可预测的历史误区。

上述几个方面，是对“非秦”三大理念的历史辨析。

“非秦”三大理念是：暴秦论、落后文明论、专制论。

我没有将对诸如商鞅、秦始皇等轴心人物的评判列为“非秦”理念的基本问题，只是因为历史人物的史料相对确定，需要澄清的事件与客观因素不很多。历史论说对历史人物的不同评判，几乎完全是认识与理解的问题，尽管这种认识与理解也基于整体否定秦文明而生。另一个原因是，我对相关历史人物的理解，已经在整部书中作出了依据史实的艺术再现，不需要再以论说方式去概括了。

八　秦帝国骤然灭亡的两个最重大原因

秦帝国突然灭亡的原因，始终是中国历史的一个巨大谜团。

揭示这个谜团，对于全面认知中国原生文明具有基础性的意义。

任何历史秘密，大体都基于两个原因形成：其一是资料物证的巨大缺失或全部缺失，导致后人无从认知评判；诸多历史古国的消亡谜团与民族的断裂黑洞，都是这样形成的。破解这种历史秘密，起决定性作用的，是史料与证据的发现。其二是人为地扭曲真相，历史烟雾长期弥散，而使简单化的谬误结论成为传统主流，导致后来者文明探究的艰难寻觅。秦帝国灭亡之所以成为谜团，盖出第二原因也。破此等历史秘密，起决定作用的则是探究者及其所处时代的认知能力。

两千余年对秦亡原因的探究，一直与对秦政的总体评判紧密联系在一起，与“暴秦”说互为论证，形成了一个已经板结的主流定式，其结论极其简单明确：暴政亡秦。但是，大量的历史事实已经呈现出一个基本结论：秦政是一个伟大的文明体系，秦政并无暴虐特质。以中国历史作纵向对比，从项羽复辟集团毁灭帝国文明的暴政暴行开始，秦之后的大暴政导致的大劫难屡屡发生。与其相比，秦政文明水准远远高于其上。这一文明水准，主要指两个基本特征：一则是大规模的文明创新性，二则是大规模的建设性。这两个基本点，其后中国历史上的任何时代都无可比拟。是故，秦政绝不是中国历史上的暴政时期。

以人类文明史作横向对比，秦政则是同时代人类文明的最高水准。大体同时代的西方罗马帝国的残酷暴烈，与秦帝国的法治文明根本不可同日而语。举凡人类在自然经济时代的野蛮标志，都是西方罗马帝国及中世纪的专属物：斗兽场、奴隶角斗士、初夜权、奴隶买卖制、领主私刑制、贞操带、以掠夺为实质的宗教战争等等等等，其触目惊心，其阴暗恐怖，尽出西方落后文明也。这是历史的事实，不能因为西方社会今日的相对文明发达而否定其历史的野蛮性。客观地说，相比于西方罗马帝国，秦帝国的文明水准至少超过其半个时代，或者说高出其半个社会形态。

唯其如此，指控秦帝国“暴政”，并极其武断地以此作为秦亡基本原因，既缺乏基本的历史事实依据，又与高端文明时代的审视理念显然不合，是有失公正的。就历史观而言，我们不否认秦政与秦亡的内在联系，我们更对基于探究历史经验教训而研究秦亡与秦政之间的因果联系，表示由衷的敬意。我们只对缺乏历史依据的“暴政亡秦”说给予必须的否定，并客观公正地论述我们的理念。

要探究秦亡奥秘，首先得明确两则根基。

其一，将作为文明体系的帝国创造物——秦政体系，与作为权力主体的秦帝国区别开来，建立一种明确的认知：权力主体之与其文明创造物，是两个具有不同运行逻辑的各自独立的主体。两者之间有联系，但并无必然的兴亡因果关系。秦帝国的速亡结局，并不必然证明其文明体系（秦政）的暴虐。秦二世赵高政权的暴虐杀戮，只是帝国权力主体在历史延续中的变形，而不是作为帝国创造物的秦政的必然延伸。

其二，探究秦帝国灭亡奥秘，必须从高端文明时代应当具有的历史高度，透视解析那个特定时代的广阔的社会历史联结，寻觅导致其速亡的直接原因，以及更为深广的社会因素。任何简单化的方式，都只能重新陷入历史的烟雾之中。

从史料角度说，基本事实是清楚的，秦亡并无秘密可言。秦亡原因的探究，更多侧重于对既定历史事实以高端文明时代的价值理念给予分析与认定，而不是呈现新的史料证据，提供新的历史事实。这里的前提是：我们这个民族对历史事实的记述是大体完整的，没有重大遗漏的，历代分歧甚或烟雾的形成，原因不在事实不清，而在是非不明。

综合当代所能见到的全部基本资料，我们可以认定：秦帝国突然灭亡，有两个最为重大的原因：其一，突发政变所导致的中央政权突然变形；其二，战国传统所形成的巨大社会惯性，导致整个社会迅速地全面动荡。突发政变是秦亡的直接原因，战国惯性则是秦亡的基础原因。这两个原因所涉及的历史事实，大体都是清楚的。尤其是突发政变，更是人人皆知的历史事实。战国传统所形成的社会惯性，却历来为史家与社会所忽视，然也是客观存在的历史事实。是故，我们的探究重点不在新史料，而在新认知——高端文明时代所应当具有的历史透析能力。

其一，突发恶性政变，导致中央政权结构全面内毁。

秦帝国在权力交接的转折时期，突然遭遇恶性政变，历史异数也。

异数者，匪夷所思之偶然性与突发性也。对于秦始皇之后的权力交接，历代史家与社会意识都有这样一个基本评判：若由长公子扶苏继位，秦帝国的历史命运必然大不相同。其时，扶苏的品性与才具已经得到了天下公认，“刚毅武勇，信人奋士”，已经具有了很高的社会声望，连底层平民陈胜吴广等尚且知之，朝廷郡县的大臣吏员更不用说了。当时的始皇帝与天下臣民，事实上已经将扶苏作为储君对待了。尽管在施政宽严尺度上，扶苏的宽政理念被更看重复辟严重性的始皇帝否定了，但就其实际处置看，扶苏的重要性丝毫没有减弱。当此之时，历史却突兀地呈现出一幅最荒诞的画面：始皇帝突然死于大巡狩途中，最不成器的少皇子胡亥，突兀成了秦帝国的二世皇帝！

这一突兀变化的成因，及其演进环节所包含的具体因素，始终无法以常理推断。几乎其中任何一个环节都是突发的，几乎任何一个因素都是突然变形的，都不具有可以预料的逻辑性。突发性与偶然因素太多太多，教人常常不自觉地产生一种历史幻觉：莫非这当真是古人所谓的天意？

透析这场政变对秦帝国的直接的全面的内毁，认识其突发性与偶然性这一特质，是极其重要的。唯其突发，唯其偶然，唯其不可思议，才有了秦帝国中央政权的坚实结构迅速瓦解崩溃，才有了帝国臣民依然本着奉公守法的传统精神，在连番惊愕中不自觉接受了权力轴心极其荒诞的恶性作为。恶性政变突发，农民暴动又突发。秦帝国所有足以纠正中央恶变的政治力量，都因为没有起码的酝酿时间，而最终一一宣告失败。从根本上说，政变的突发性与农民举事的突发性聚合，决定了其后帝国命运的残酷性。这场突发政变所汇聚的历史偶然性因素，大体有如下方面：

始皇帝年近五十而不明白确立扶苏为太子，偶然性一也。

始皇帝明知身患疾病而坚执进行最后一次大巡狩，偶然性二也。

始皇帝大巡狩之前怒遣扶苏北上九原监军，偶然性三也。

始皇帝最后一次大巡狩，于诸皇子中独带胡亥，偶然性四也。

始皇帝中途患病而遣蒙毅回咸阳，偶然性五也。

始皇帝在蒙毅离开后以赵高兼领符玺令，偶然性六也。

始皇帝于沙丘行营病情突然加重，偶然性七也。

突发病情致始皇帝未能在死前写完遗诏，偶然性八也。

突发病情未能使始皇帝召见李斯会商善后，偶然性九也。

长期忠诚无二的赵高突发人性变形之恶欲，偶然性十也。

栋梁重臣李斯之突变，最为不可思议，偶然性十一也。

扶苏对假遗诏之缺乏辨识或不愿辨识，选择自杀，偶然性十二也。

蒙恬、蒙毅相继入狱，蒙恬被逼接受自杀，蒙毅被杀，偶然性十三也。

王翦、王贲父子于始皇帝生前病逝，偶然性十四也。

李斯一错再错，大失前半生节操才具，终致惨死，偶然性十五也。

胡亥素质过低而近于白痴，偶然性十六也。

秦帝国功臣阶层因李斯突变而分化不能凝聚，偶然性十七也。

赵高之恶欲野心膨胀变形，大出常理，偶然性十八也。

陈胜吴广之“闾左徭役”突发暴动，偶然性十九也。

关中老秦人人口锐减，对恶性政变失去强大威慑力，偶然性二十也。

……

必须申明的是：上述偶然性，并非指这些事件或因素是无原因爆发，而是指恰恰在这一时刻爆发的突然性。譬如最为关键的两个人物——赵高与李斯的突变，可谓这种偶然性的典型。以赵高前期表现与功绩，始皇帝对其委以重任且信任有加，是完全正常的，几乎是必然的。唯其如此，赵高的人性之恶变突然发作，并无必然性，确实是一种人性突变的偶然性。若说赵高从少年时代起便是一直潜藏在始皇帝身边的奸佞或野心家，是十分滑稽的。李斯更是如此，以其前期的巨大功绩与杰出才具，及其自觉的法家理念与几次重大关头表现出的坚定政治抉择，实在不可能在其与蒙恬的地位高低上计较。然则，李斯恰恰接受了赵高说辞，恰恰计较了，这是必然性么？仅仅以李斯青年时期的“厕鼠官仓鼠”之说，便认定李斯从来是一个私欲小人，同样是滑稽的。李斯与赵高，都是英雄与魔鬼的无过渡对接的异常人物，其突然变异，无疑隐藏着人性潜质的巨大秘密。但是，从社会原则与政治原则出发，任何时代的人事任用都只能遵循实践法则，以人物的既往历史去判定，而不可能以极少数的突然变例去判定。从本质上说，赵高与李斯的政治地位，是其努力奋争的结果，是历史的必然。从人事任用权力说，始皇帝重用赵高李斯是合乎逻辑的，同样是必然的。唯其如此，赵高李斯的突然的巨大的变异，实在是一种不可预知的偶然性。

种种偶然性导致的这场政变，是历史上摧毁力最强的恶性政变。

作为一种权力更迭的非常态方式，政变从来存在于从古至今的政治生活之中。就其结局与对历史的影响而言，政变有三种：一种是相对正义方发动的良性政变，譬如后世最著名的李世民玄武门之变；一种是仅仅着力于夺权而不涉及国策，无可无不可的中性政变，譬如赵武灵王末期的政变，以及后世的明成祖朱棣政变；第三种便是破坏力最强的恶性政变，其典型便是始皇帝身后的赵高李斯政变。

这场政变之所以成为恶性政变，是由其主要发动者的特质决定的。这一政变的轴心人物是赵高、胡亥、李斯三人。三人的具体谋求目标不同，但目标的根基点相同：都是为了谋求最大的个人利益，或为私欲所诱惑。其最为关键的李斯与赵高，都是帝国的赫赫功臣，赵高掌内廷大权，李斯掌国政大权，既有足够大的权力影响，又有足够大的社会声望，同时更有改变始皇帝既定意志的权力手段。

然则，政变之所以成为恶性政变，并不在于政变开始与过程中的权谋与恶欲，而在于政变成功之后的再度恶变。若胡亥即位后，赵高与李斯同心为政，妥善推行李斯已经在始皇帝在世时开始了的适度宽政，减少徭役征发，而避免了农民的突发暴动，这场政变完全可能成为无可无不可的中性政变。然则，事情没有按照正常的逻辑发展，而是再度恶变，大大偏离了李斯卷入政变的初始预期。这里，决定性的诱发因素又变成了胡亥。胡亥即位后，低能愚顽的享乐意识大发作，进一步诱发了赵高全面操纵国政的野心，并最终导致了赵高再次发动政变杀了胡亥。在这再度恶变的过程中，李斯几欲挣扎，几欲将国政扳回常态，然由于已经与帝国权力层的根基力量疏远，李斯的努力显得苍白无力，终于陷入了赵高的阴谋而惨死。

因再度恶变，这一政变终于走上了恶性道路。

恶果之一，秦帝国坚实的权力结构迅速崩溃。在赵高“诛大臣而远骨肉”的残酷方略下，嬴氏皇族被大肆杀戮，帝国功臣被一一剔除，中央政权发生了急剧的恶变。

恶果之二，反其道而行之的种种社会恶政——大工程不收反上，大征发不减反增，赋税征收不轻反重，迅速激发了激烈的民众反抗；由此而诱发复辟势力全面复活，使社会动荡空前激烈且矛盾交织难解，大灾难终于来临。

恶果之三，秦帝国群策群力的施政决策方式荡然无存，骤然转变为胡亥赵高的荒唐臆断。中央决策机构全面瘫痪，以致胡亥对农民暴动的社会大动乱程度的荒唐认定，根本无法得到应有的纠正。在始皇帝时期，这是无法想象的。

恶果之四，中央政令的荒谬，与社会治情严重脱节，致使郡县官吏无所适从，纷纷生出疏离之心。天下政务几近瘫痪，军力财力无法凝聚，无力应对愈演愈烈的社会动乱。

恶果之五，恶政导致秦帝国边地主力大军人心浮动，战心丧失，战力大减。九原主力军固然粮草不济，岭南主力军固然山高水远，然若不是恶政猖獗，以秦军之顽韧苦战传统，必全力以赴挽救国难。以章邯之刑徒军，尚能在平乱初期连战大捷，若秦军主力全面出动，稳定大局当不是难事。事实却不然，除了王离一部，两大秦军主力皆未大举出动。其根本原因，正在于政治的恶变从根基上毁灭了秦军将士的归属感。败政恶政无精兵，这是千古不变的道理。从政治特质决定军事特质的意义上说，秦军的声威骤然消失，并非不可思议的秘密，其根本原因，正在于政治的恶变。

综上所述，秦帝国灭亡的直接原因是显而易见的。

其二，战国大争传统形成的巨大惯性，导致了空前剧烈的全面动荡。

秦末动乱之快速剧烈，在整个人类历史上独一无二。

仅仅一年，天下大势面目全非。自古所谓天下大势，通指三个基本面：一曰朝局，二曰民治，三曰边情。朝局者，政情轴心也。民治者，人心根基也。边情者，存亡之首也。对此三个基本面的总体状况，古人一言以蔽之，统归于“治乱”两字。天下稳定康宁谓之治，天下动荡纷扰谓之乱。是故，治乎乱乎，天下大势之集中表征也。

从始皇帝病死沙丘的公元前 210 年七月二十二日，至公元前 209 年七月大乱之时，堪堪一年，天下由盛大治世陡然化作剧烈乱世，转折之快如飓风过岗万木随向，实在是中国历史上绝无仅有的一次大象飞转。及至大泽乡九百徭役揭竿而起，竟能达到“旬日之间，天下响应”的激速爆发之势，为后世任何大动荡所望尘莫及。在社会节奏缓慢的自然经济时代，皇皇强势一年急转直下，实在是不可思议的。在中国乃至整个人类历史上，事实上也只有这一次。

历代史家解释这一现象，无不归结为秦“暴政”蓄积已久，其发必速。所谓“天下苦秦久矣”，正是此等评判之依据。实则不然，这种轰然爆发而立即弥漫为整个社会大动乱的现象，固然与秦二世恶政有直接关联，也与始皇帝时期的帝国施政有关联，但不是必然性关联，尤其不是长期“暴政”激发一朝大乱的必然性因果关联。基本的原因是，秦帝国并非暴政，更不是长期暴政。秦末大动乱其所以骤然爆发且立即全面化，其所以成为人类历史之唯一，根本的原因，取决于那个时代独有的特质。不理解或有意忽视这一特质，则无法深刻解析这一历史现象。

秦末社会的独有特质，在于战国大争传统依然是主导性的时代精神。

这种精神，决定着时人对种种事件的认知标准，也决定着随之而来的反应方式与激烈程度。为此，要深彻体察两千余年之前的那场剧烈大爆发，首先得理解那个时代的价值理念，理解那个时代的行为方式。否则，不足以解释其普遍而剧烈的反应，不足以解释其大规模地酷烈演进。作为解析人群活的历史奥秘的探索者，最不能忽视的，是发掘那个时代已经被史书风干了的鲜活要素。否则，曲解是必然的。

首先要关注的大背景，是秦帝国建立后不同群体的社会心态。

秦帝国恶性政变发生之时，一统天下尚只有短短的十二年。无论以哪个时代的变化标尺衡量，十二年，都是个太短太短的时段。其时，七大战国生死拼杀的那一代人，全部正在盛年之期。新生一代，尚处于上一代人的风信标之下。家国兴亡所导致的巨大的精神鸿沟，尚深深植根于种种社会群体之间，尚有很远的距离才可能弥合。就权力层面说，战胜者成了一统天下的君王与功臣，战败者则成了失国失地的臣民或罪犯。此间鸿沟，既不可能没有，也不可能不深。就民众层面说，战胜国臣民的主宰感、荣誉感与尊严感，以及获取巨大的战胜利益的愉悦感，都倍加强烈。灭亡国家的民众浓烈的沦丧感、失落感与自卑感，以及在社会利益分割中的不公平感，被鲜明地放大了。此间鸿沟，既不可能没有，也不可能不深。就关注焦点而言，作为战胜者的帝国政权与本体臣民，立即将全部心力投入到了大规模的文明创制之中，力图以宏大的建设功业达到人心聚化，从而达到真正的天下大治。作为战败亡国的山东六国臣民，其需求则要复杂得多：民众孜孜以求的是，力图从统一新政中获得实际利益的弥补，获得精神沦丧的填充。六国贵族则殷殷渴求于复辟，殷殷渴求夺回已经失去的权力、土地与人民。此间鸿沟，不可能没有，更不可能不深也。

凡此种种鸿沟，意味着这时的社会心理尚处于巨大的分裂状态。

帝国政权的统一，距离天下人心的真正聚合，尚有很大的距离。

虽然，从总体上说，天下民众确定无疑地欢迎统一，并欣然接受了统一。始皇帝大巡狩刻石中的“皇帝并一海内，天下和平”并非虚妄之辞。然则，历史与社会的复杂性便在这里：对于一个魄力宏大且又洞彻天下的政权而言，上述种种社会鸿沟都可能在妥善的化解中渐渐趋于平复；而对于一个不知深浅的恶变政权，上述种种社会鸿沟，则可能立即从潜藏状态骤然转化为公开状态，精神鸿沟骤然转化为实际颠覆。

就其实质而言，秦帝国统一初期，整个社会心理仍旧处于一种不定型的可变状态，天下对秦帝国一统政权尚未形成稳定的最终认可。渴望重新回到战国大争时代的精神需求，仍然是一股普遍而强劲的社会思潮。无论是帝国中央在确立郡县制中爆发的“诸侯封建”说，还是六国贵族在当时的复辟言论与复仇暗杀行动，以及山东民众与当年封主的种种联结，甚或对贵族暗杀行动的实际掩护、民间流言、反秦石刻生发不息等等，都证明了这种可变性的强烈存在。

唯其如此，在后世看来相对寻常的种种事变，在这个时期都具有数倍数十倍放大的强烈反应后果。如秦二世胡亥般低能昏聩的君主，前世有之，后世更多有之。然则，其时社会反应之迟钝缓慢，远远无法与秦末之激烈快速相比。自西汉末期的绿林、赤眉农民军暴动起，任何时代的农民起义都是反复酝酿多年方能发动，发动后又长期转战，很难得到社会有效支持，至于普遍响应，更是极其罕见。此种现象，愈到中国后期愈明显。宋王朝享乐庸主多多，且内忧外患频仍，农民反抗经久不断，却数十年不见天下轰然而起。明代昏君辈出，首代杀尽功臣，此后外患政变迭出，后更有“家家皆净”之号的盘剥皇帝嘉靖，而明代酿成农民大起义，却竟然是在二百余年之后。纵观中国历史，其对昏暴君主的反应差别之大，直教人怀疑战国华夏族群与后世国人简直就不是一个种族。

此间根本，正在于活历史中的时代精神的巨大差别。

关注的根本点，是直接延续于秦帝国时代的战国精神。

春秋战国时代乃“多事之时，大争之世”，普遍的生命状态是“凡有血气，皆有争心”。当此之时，世风刚健质朴，不尚空谈，求真务实，对国家大政的评判既直截了当，又坦荡非常。春秋战国时代的普遍现象是：国有昏君暴政，则人才立即出走，民众立即反抗，或纷纷逃亡。这种刚健坦荡精神，既包括了对昏聩政治的毫不容让，也包括了对不同政见者的广阔包容，因之酿成了中国历史上的一系列政治奇观。在中国历史上，只有春秋战国时代的贵族/掌权者可以因政见不同而流亡，并能在流亡中寻觅时机以再度夺取政权。也只有这一时代的政治失败者，能在被贬黜流放中再度崛起，重新返回权力场。也只有在这一时代，士人阶层能以政见理念为标准，选择效力的国家，能“合则留，不合则去”，其特立独行千古罕见。也只有这一时代的民众，可以自由迁徙，“危邦不居”，可以对自己不能容忍的暴政一挥手便走，否则便聚而抗争。也只有这一时代的民众，真正地千刀万剐过昏暴的君主……凡此等等奇观，皆赖于这一时代的根基精神，皆为这一时代的社会土壤所开出的绝无仅有的奇葩。

这一时代现象，便是天下问政的风尚。

这一风尚的实际内涵，是对失败者的宽容，对在位者的苛刻。

在秦统一中国之后的十二年里，这种春秋战国遗风仍然以浓烈的历史传统，存在于现实社会。整个社会对已经灭亡的六国，并没有因为向往和平与统一而从精神上彻底抛弃。对具体到个人的六国贵族的复仇，更没有因为遵奉秦法而一概冷落。至于对复辟旧制带来的恶果，则因为没有复辟大毁灭的历史先例，其时尚无法深切体察。其时，天下民心对帝国大政的基本态势，仍然是春秋战国的价值法则：你果真高明，我便服你；你果真低能，我便弃你。始皇帝雄风烈烈大刀阔斧开天辟地大谋天下生计，谁都会看在眼里。好！帝国施政纵有小错，民也容忍了。秦二世低能昏聩杀戮重臣，享乐与聚敛并发，大谬也，是可忍孰不可忍！在那个时代，没有漫长的忍耐与等待，没有基于种种未来与现实利益而生发的反复权衡，没有“臣罪当诛兮，天子圣明”的愚忠世风，没有“窃以为如何如何”的萎缩表达方式。人同此心，心同此理，一切都是简单明了的。

轰然之间，社会直感立可爆发为巨大的社会风暴。

这便是社会土壤，这便是时代精神。

就历史事实说，始皇帝以战止战而一统天下，民众无疑是真诚地欢迎，真心地景仰。一个新政权堪堪立定，便致力于破解人身依附、取缔封地旧制、决通川防、修筑道路、消除边患、建立郡县、统一文字、统一交通、统一田畴等等天下生计作为。再加上帝国君臣上下同心，政风清廉，遵奉法度等等后世罕见的清明政风。历经春秋战国数百年锤炼的天下臣民，不可能没有分辨力，不可能不真诚地景仰这个巍巍然崛起的新帝国。唯其如此，天下臣民容忍了相对繁重的徭役，容忍了相对繁重的赋税，也容忍了种种庞大工程中夹杂的与民生无关的奢华工程，如拆毁六国都城而在咸阳北阪写放重建。甚或，也容忍了勤政奋发的始皇帝任用方士求仙采药而求长生不老的个人奢靡与盛大铺陈。

归根结底，人民是博大、明智而通达的。事实上，人民在期待着始皇帝政权的自我校正。毕竟，面对始皇帝这样一个不世出的伟大君主，人民宁可相信他是愿意宽政待民，且能够自我校正的。这种天下心态，虽非春秋战国时代的主流精神，然却也是基本的复杂人性的活化事实，既是正常的，也是前世后世屡见不鲜的。

在人类历史上，伟大的君主不惜以累积民怨为代价而追求宏大功业，是极为常见的。这种君主，其归宿大体不外三途：其一，暮年自我校正，且能清醒善后，战国如秦昭王，后世如唐太宗；其二，有所悔悟而来不及自我校正，然却在生前能清醒善后，择贤君而立，故其弊端被后世继承者校正，后世汉武帝为此典型；其三，既来不及自我校正，又来不及清醒善后，骤然撒手而去，留下巨大的权力真空，导致巨大的颠覆性恶变。

无疑，始皇帝属于第三种情形。

始皇帝身后的恶性政变，既滑出了始皇帝的政治个性逻辑，又滑出了帝国法治的常态稳定性逻辑，本身便是一个历史罕见的偶然性。且作一条历史的延长线：若没有陈胜吴广的农民暴动及其引发的复辟恶潮，度过胡亥赵高的恶政之后，由子婴继位秦三世，帝国政治能否恢复平稳状态？应当说，答案是肯定的。果然如此，后世对秦政秦文明的评价又当如何？这一假设的意义，在于展现历史逻辑，在于清楚认识恶性政变并非因始皇帝时期的秦政而发，并不具有必然性。当然，秦帝国的法治并非高端文明时代的法治，其自身逻辑的历史展现力是相对脆弱的，其法治原点的高度集权性，具有足以破坏其稳定传承性的力量。法家学说之慎到派之所以注重对“势”的研究，盖出此因也。

于是，历史的逻辑在这里突然断裂了。

偶然的恶性政变，遭遇了深厚的历史传统。

强大的惯性力量，绞杀了本质上具有可变性的历史逻辑。

这便是秦帝国突然灭亡的历史本质。

……

伟大的秦帝国骤然消逝于历史的天宇，是中国文明史的一个巨大变数。

伟大的原生文明淡出高端文明视野，是中国文明史的一幕深刻悲剧。

沧海桑田，白云苍狗，我们民族的历史脚步在艰难泥泞中并未停歇。虽然，我们对那个伟大的帝国及那个伟大的时代，有着太多太深的误解，但是，我们毕竟在那个时代的光焰所照耀的旅程上走了过来。时空渐渐深邃，光焰渐渐暗淡。是历史的烟尘淤塞了遥远的文明之光，还是现实的纷扰遮蔽了我们的视野，抑或，我们已经飞入了历史的太空，再也不需要民族传统的根基？

蓦然回首，遥望帝国，一掬感动的热泪盈眶而出。

有哪一个时代，承受了无尽的指控，却依然坚实地支撑着她的后世子孙们！

轴心时代的文明光芒

［中信版《大秦帝国》跋］

这一版《大秦帝国》，是我与中信出版集团合作的结果。

十余年来，作为一部全方位开掘中国统一文明创建过程的历史文学作品，《大秦帝国》已经在市场与社会初步立住了根基。在各种以网络技术为基础的电子阅读平台普遍化的时期，一部五百余万字的作品能以纸质读物的传统形式，稳健地走进躁动不宁的社会大市场，并相对稳定地在各阶层文化人群中获得了认可，这是相当令人意外的。但是，在中国这样一个具有古老文明根基的现代大国，《大秦帝国》的市场拓展与中国庞大的阅读人口相比，还是有很大的社会历史空间。一部作品是否具有真实的被认知性，在当代社会的唯一检验方式，就是市场对它的接纳程度。因为，市场需求是基于自发性而产生的。任何非市场意志的“运作”，都不会从根本上决定一部作品的传播命运。一部作品是否能够在披沙拣金的历史潮流中存活下来并传之久远，起决定作用的永远是各阶层人群的阅读认知。

出版机构，是联结作品与市场不可或缺的社会平台。

我选择中信出版集团，有两个基本原因：

其一，中信出版集团是中国具有积极价值观取向的出版平台，其立足中国经济变革现实的关注点，其放眼世界文明的广阔视野，都使中信的出版物在社会树立了具有坚实出版信念的大学术形象。庄重性，而不是流俗性，是我作为作者特别欣赏的地方。

其二，建立在中信出版集团平台上的全新出版机构“中信·大方”拥有一群具有进取精神与阳光价值取向的职业人。施宏俊董事长、王蕾总编辑，以及几位极富朝气的年青干员，都与我有强烈的价值观共鸣，也有过彼此信任的愉快的合作经历。他们的题材选择原则，他们的职业精神，他们的契约意识，他们的信用实践，他们的工作风格，重叠融汇，给我留下了一种鲜明的感知——我是在与一个文明人群体打交道。

因此，本书交由中信出版集团出版，几乎是一种自然的转移。

之所以如此，一个更为深刻的原因，是《大秦帝国》所开掘发现的历史时代、历史精神，奠定了我们之间一种更为广泛的对历史与现实的共同认知。在这样的基础上，诸如编辑、装帧这样的技术问题，对于我就是特别省心的一件事，几乎是用不着反复商讨的。

春秋、战国、秦帝国三大时代的历史精神，给我们这个时代提供了一种巨大而深刻的历史参照——要完成深刻的文明重建与民族复兴，应该具有什么样的民族精神与时代精神？那个时代的中国，给世界古典文明史留下了一座无可超越的巅峰——在世界文明的“轴心时代”，中国创建了世界上独一无二的统一文明。

我们景仰中国统一文明开创时期。

那五百余年，是中国民族群永恒的生命力所在。

作为曾经的中国民族群的后裔，应该将那个时代伟大的精神遗产融入我们的血液，渗透我们的灵魂。虽然，那个时代已经远去。但是，它与我们这个时代的同质性转折、同质性奋争，是留驻人类历史天空的一片永远的阳光。

一个民族的梦想，就是力图复兴曾经的巅峰并达到新的高度。

夸父逐日，是我们这一代人追寻的精神图景。

愿中信版《大秦帝国》承载着这一抹强烈的历史光芒，走进你的心灵世界。

孙皓晖

海南·积微坊

2016 年 6 月 28 日

栋梁摧折　帝国崩塌